Erotic Lives of the Superheroes

LA VITA EROTICA DEI SUPERUOMINI

by Marco Mancassola

슈퍼
히어로의
Erotic Lives of the Superheroes
에로틱
라이프

오후세시
at 3 o'clock in the afternoon

슈퍼히어로의 에로틱 라이프

초판 1쇄 발행 2014년 6월 27일

지은이 마르코 만카솔라 옮긴이 박미경 발행인 서영택 본부장 이홍
편집인 박희연 편집주간 최서윤 편집장 한성수 이정아 책임편집 복창교 디자인 이하나
제작 한동수 마케팅 정상희 정지운 국제업무 나현숙 공은주 김윤경 최하나

발행처 ㈜웅진씽크빅 출판신고 1980년 3월 29일 제406-2007-00046호
임프린트 오후세시 주소 서울시 종로구 인사동9길 27 가야빌딩
주문전화 02-3670-1021, 1173, 1595 팩스 02-747-1239
문의전화 02-3670-1135(편집) 02-3670-1191(영업)
홈페이지 http://www.wjbooks.co.kr

한국어판출판권ⓒ ㈜웅진씽크빅 2014

ISBN 979-11-85424-12-5 (03880)

오후세시는 ㈜웅진씽크빅 단행본사업본부의 임프린트 리더스북의 문학 브랜드입니다.
이 책의 한국어판 저작권은 모모 에이전시를 통해
Piergiorgio Nicolazzini Literary Agency 사와의 독점 계약으로 (주)웅진씽크빅에 있습니다.
저작권법에 의해 한국 내에서 보호를 받는 저작물이므로 무단전재와 무단복제를 금합니다.
이 도서의 국립중앙도서관 출판시도서목록(CIP)은
서지정보유통지원시스템 홈페이지(http://seoji.nl.go.kr)와
국가자료공동목록시스템(http://www.nl.go.kr/kolisnet)에서 이용하실 수 있습니다.
(CIP제어번호 : CIP2014018789)

- 책값은 뒤표지에 있습니다.
- 잘못된 책은 구입하신 곳에서 바꾸어드립니다.

차례

제1편

미스터 판타스틱

2005년 5월
~
2006년 4월

화강암 도로에 촘촘히 박힌 콘크리트 건물이 신부의 부케보다 아름답게 빛나던 시절, 이곳은 한때 그의 도시였다. 그가 위업을 이룩하고 기적을 일으켰던 도시, 이곳에서 그의 말은 곧 진실이었다.

격자 모양 도로에 흩어져 있는 맨홀 밑으로 물줄기가 끊임없이 흐르며 희망의 증기를 내뿜었다. 아침 햇살을 받은 맨해튼이 신기루처럼 반짝거린다. 리드 리처즈는 한 손을 이마에 올린 채 맨해튼 시내를 내려다보고 있었다. 조지 호텔 29층에 있는 사우나는 전면이 두꺼운 유리여서 도시가 훤히 내려다보였다. 그의 도시 뉴욕. 고급 호텔의 탁 트인 사우나 밖으로 선명하게 빛나는 도시가 아득하게 느껴졌다. 열기가 차오르고 땀이 줄줄 흐르자 뭐라 형언할 수 없는 불안감이 그를 엄습했다.

리드는 마음을 느긋하게 먹으려고 애썼다. 어쨌든 긴장을 풀려고 온 곳이니까. 그는 사우나에 자주 왔다. 독소를 배출하고 긴장을 푸는 데 이만큼 좋은 곳이 없었다. 사우나 안에는 그 말고도 몇 사람 더 있었다. 그들은 나무 벤치에 길게 누운 채 그림자마냥 말없이 바깥을 응시하고 있었다. 후끈한 사우나 안은 정적과 땀줄기와 조심스러운 무관심이 흘렀다. 적어도 평소에는 그랬다. 하지만 오늘은 왠지 분위기가 달랐다.

사우나에는 남자가 넷 있었는데 리드가 들어서자 대화가 뚝 끊기면서 어색한 기운이 감돌았다. 리드가 자리를 잡고 앉자 희뿌연 조명 속에서 그들의 눈이 호기심어린 촉수마냥 그를 훑었다. 리드는 그들의 시선이 거북했다. 남들이 자기를 알아보는 것이 영 싫었다. 그는 지난 20년 동안 단 한 번도 TV에 출연하지 않았다. 하지만 여전히 그의 사진이 시중에 나돌고 있었고, 지난 시절의 영광을 추억하는 기사나 아들 프랭클린의 기사에 곁들여 간간히 등장했다.

수년 전, 리드가 스포트라이트에서 벗어나면서 대중의 관심은 프랭클린에게로 옮겨졌다. 사람들의 시선에서 벗어나자 리드는 한시름 놓았다. 미디어의 관심이 멀어지니 유명인 주변에 병적으로 떠도는 온갖 가십도 잦아들었다. 이제 어디를 가든 알아보는 사람이 거의 없었다. 그런데 지금 그는 편히 쉬러 온 사우나에서 남들 눈을 의식하며 불안감을 느꼈다. 고무 몸에서 땀방울이 주르르 흘러내렸다.

나무 벤치가 델 정도로 뜨거워졌다. 그런데도 리드는 어쭙잖은 경쟁 심리 때문에 자리에서 일어나지 않았다. 사내들도 그에게 저항이라도 하듯이 꿈쩍도 하지 않았다. 리드는 바깥 풍경에 넋을 잃은 척하며 후끈한 열기를 참았다. 사우나 안에 있는 남자들은 모두 그보다 젊었다. 요즘 들어 그는 부쩍 나이를 의식했다. 뜨거운 정적 속에서 그들의 헐떡거리는 숨소리만 들렸다.

시간이 하염없이 흘러갔다. 그를 교외로 데려다 줄 차가 아까부터 밖에서 대기하고 있었다. 중요하게 처리할 일이 있었지만, 리드는 바보같이 젊은 친구들을 누르려는 욕심에 자리에서 일어나지 못하고 있었다. 하지만 어리석기 짝이 없는 행동임을 알기에 결국 일어섰다.

땀이 비 오듯 쏟아지고 머리가 핑 돌았지만 다른 사람들이 자기를 보고 있다는 생각에 중심을 잡으려고 애썼다.

'저 사람이 리드 리처즈야. 미스터 판타스틱. 고무 인간. 20세기 슈퍼히어로 연대기의 한물간 주인공.'

'벌거벗은 채 땀을 진탕 흘리며 중심을 잡으려고 애쓰는 꼴 좀 봐.'

리드는 사우나에서 나와 상쾌한 공기를 마시고는 찬물로 샤워를 하기 시작했다. 그제서야 숨이 제대로 쉬어졌다. 사우나 안에서는 몸이 녹아내릴 것 같았다. 그 정도로 오래 있었다니 스스로 생각해도 정말 어리석었다. 의사들이 그에게 하지 말라고 수년째 경고했던 무모한 행동이었다.

'리드, 당신 몸은 특별해요. 그러니 특별히 주의해야 합니다.'

몇 분 지나자 기분이 한결 나아졌고 심장박동도 느려지기 시작했다. 리드는 의사들이 전문 트레이너와 매주 한 차례 진행하는 훈련 때 외에는 초능력을 쓰지 말라고 신신당부했는데도 샤워를 하면서 조심스레 양팔을 바닥에 닿도록 길게 늘렸다가 쑥 당겨 봤다. 조금 화끈거렸다. 그는 스트레칭을 해서 목을 위쪽으로 늘려 보고, 가슴을 아코디언처럼 크게 부풀려 보고, 머리도 우산처럼 옆으로 길게 늘려 봤다. 프랭클린은 어렸을 때 그가 이렇게 하면 손뼉을 치며 즐거워했었다. 요즘도 샤워를 하면서 간혹 이런 묘기를 부린다. 그런데 하고 나면 날카로운 통증이 찾아왔다.

그는 스트레칭을 멈췄다. 혹시라도 주변에 누가 있으면, 보이지 않는 손이 그의 몸을 늘리고 비틀고 꼬았다가 원상태로 되돌리며 그를 가지고 논다고 생각할 것이다. 그의 몸. 그의 모습. 리드는 이제 자신의 진짜 재주, 아니 진짜 초능력은 몸을 변형시키는 것이 아니라 변형된 몸을 원상태로 되돌리는 것일지도 모른다고 생각한다. 나이를 먹을수록 그의 몸을 이루는 고무 재질이 낡아 탄성이 조금씩 떨어졌고, 전보다 훨씬 더 예민해졌다. 하지만 긴 세월 동안 수천 가지 방식으로 몸을 늘리고 당기고 비틀어 왔는데도 그의 모습은 거의 변하지 않았다. 리드 리처즈에겐 기적이었다. 아니, 어쩌면 저주일지도 모른다. 체온이 조금씩 떨어지자 그는 혼잣말을 중얼거렸다.

"난 예전 그대로야. 조금도 변하지 않았어."

*

잠시 후, 리드는 목욕 가운을 걸치고 탈의실에 들어섰다. 기분이 착 가라앉아 있었는데 스피커에서 흘러나오는 감미로운 음악을 듣다 보니 마음이 따뜻해졌다.

'흠, 내 팔과 복근은 그대로야. 내 물건도 아직 쓸 만하고.'

리드는 옷을 넣어 둔 목제 로커 앞에 잠시 서 있다가 갑자기 고개를 세게 흔들었다. 나이가 들면서 몸이 쑤시고 마음이 허전해지는 것을 당연하게 받아 넘길 수가 없었다. 막연한 욕망과 본능이 불쑥불쑥 치솟았다. 방금 전 사우나에서의 일만 해도 그렇다. 왜 그리 터무니없는 행동을 했을까? 은퇴한 슈퍼히어로이자 존경받는 과학자요, 리처즈 재단의 이사장인 내가 왜 그리 피해망상적인 행동을 했을까? 두려움에 떠는 어린아이 같았다. 그는 탈의실의 따뜻한 공기 속에서 자신의 행동을 곰곰이 따져 봤다. 그사이 몸의 물기가 바싹 말랐다. 옷을 입으려고 로커 문을 열었다.

로커 안에 웬 쪽지가 보였다. 반으로 접힌 하얀 종이가 바지 위에 얌전히 놓여져 있었다. 순간, 리드는 본능적으로 닥쳐올 위험에 대비해 반격할 자세를 취했다. 그를 둘러싼 세상이 일시에 바뀌었다. 탈

11

의실 조명, 샤워기에서 떨어지는 물소리, 윙윙거리는 환풍기 소리까지 어느 것 하나 놓치지 않았다. 그는 수많은 매복 공격에도 살아남은 전사였다. 이런 순간 어떻게 행동해야 하는지 누구보다 잘 알았다. 급변한 상황에서는 무엇 하나 놓쳐서는 안 된다. 어떤 신호도 놓쳐서는 안 된다. 겉으로 보이는 게 다가 아니다. 위협적인 존재가 숨어 있을 수도 있고, 의혹을 풀어 줄 실마리가 담겨 있을 수도 있다.

뜬금없이 나타난 쪽지 때문에 경계경보가 발령됐다. 리드는 손가락 사이에 쪽지를 끼우고는 팔을 몇 미터 늘려 안전거리를 확보했다. 전염성 폐기물이라도 되는 양 탈의실 구석에 쪽지를 내려놓은 후 옷을 점검했다. 하나씩하나씩 들어서 유심히 살폈지만 아무것도 없었다. 미심쩍은 바느질이나 소형 도청 장치도 없었고, 독성 물질의 흔적도 없었다. 예전에 그를 노린 공격에서 접해 봤던 교묘한 장치 같은 것은 전혀 눈에 띄지 않았다. 사실 옷에는 손댄 흔적도 없었다. 리드는 한숨을 내쉬었다. 이제 쪽지를 살피기만 하면 됐다. 그런데 아무리 살펴봐도 평범한 종이쪽지였다. 조심스레 쪽지를 펼쳐서 안에 적힌 메시지를 읽었다.

잘 가요, 미스터 판타스틱

이게 전부였다. 또박또박 인쇄된 글자였다. 리드는 무슨 뜻인지 이해할 수 없었다. 간단한 문구였지만 너무 모호했다. 사우나에서 땀을 빼는 사이에 누가 로커 문을 따고 이런 메시지를 남겼을까? 도대체 누가? 왜?

리드는 가만히 서서 글자를 응시했다. 다른 문구가 더 튀어나올 것만 같았다. 뭘 놓친 걸까? 과학자답게 체계적으로 따져 봤다. 철자 순서를 바꿔서 가능한 조합으로도 만들어 보고, 숨겨진 코드나 은밀한 암호가 있지 않을까 온갖 방법으로 테스트했다. 실제 통용되는 언어와 조작된 언어, 사라진 언어까지 총동원해 봤지만 다른 메시지를 찾아내지 못했다.

잘 가요, 미스터 판타스틱

리드는 결국 포기했다. 그냥 괴상한 인사말로 치부해 버리기로 했다. 웬 미치광이가 작별 인사라도 하기로 마음먹었거나 자신을 열렬히 추종하는 팬이 특별한 사이라고 믿고서 스토커처럼 행동했을지도 모른다. 아무튼 쪽지를 접어 바지 주머니에 넣었다. 이런 요상한 장난에 신경 써야 하나 고민하면서 옷을 입었다.

*

갑자기 무슨 소리가 들렸다. 어디서 나는 소리인지 알아내는 데 적어도 일이 초 정도 걸렸다. 가볍게 두드리는 소리. 리드는 망설이다가 결국 탈의실에서 나가 사우나 쪽으로 향했다. 아무도 보이지 않았다. 유리를 두드리는 소리 외에는 고요했다.

리드는 가쁜 숨을 몰아쉬면서 사우나 문 앞에 섰다. 누군가가 안쪽에서 문을 두드리고 있었다. 유리문 너머로 손이 보였다. 막연히 문이 잠겨 도움을 청하는 거라고 생각했다. 리드는 그 사람을 도와주기로 마음먹었다. 생명을 구하는 일, 예전엔 늘 하던 일이었으니까. 적어도 그렇게 믿으며 살아왔다. 그런데 지금은 도움을 청하는 소리 같지 않았다. 오히려 그를 유혹하는 소리 같았다.

문을 열자 뜨거운 열기가 훅 뿜어져 나와 리드의 몸을 휘감았다. 사람 모습이 어슴푸레 보이는가 싶더니 어둑한 안쪽으로 더 깊이 들어갔다. 여자의 모습이었다. 리드는 문 옆에 불안하게 서 있었다. 남성용 사우나에서 여자가 뭘 하고 있는 것일까? 아까 있던 남자들은 다 어디로 갔지? 이미 사우나에서 긴 시간 머물렀는데 또다시 들어가도 괜찮을까? 이런 생각으로 머뭇거렸지만, 이성의 목소리는 곧 아련한 속삭임처럼 사그라졌다. 리드는 안으로 들어가서 등뒤로 문을 닫았다. 여자와 그의 숨소리 외에는 어떤 소리도 들리지 않았다.

안에는 두 사람뿐이었다. 여자가 사우나에서 가장 뜨거운 벽감 쪽으로 더 깊숙이 들어갔다. 그러더니 마치 늘 그 자리에서 그를 기다려 온 사람처럼 차분히 앉아 그를 빤히 쳐다봤다. 리드는 여자 옆으로 바싹 다가가 앉았다. 어둑한 조명 탓에 여자의 모습이 또렷하게 보이지 않았다. 가장 먼저 땀으로 희번덕거리는 다리가 눈에 들어왔다. 그리고 다리 사이로 음모가 흐릿하게 보였고, 수영복 자국인지 삼각형 모양의 살이 하얗게 도드라져 보였다. 가느다란 팔과 봉긋한 가슴도 보였다. 두 사람은 나란히 앉아서 땀을 흘리며 숨을 몰아쉬다가 떨리는 눈길로 서로의 몸을 응시했다. 리드는 혼란스러웠다. 몸이 점점 뜨거워지더니 가슴이 조여 오고 숨이 막혀 왔다. 허벅지가 단단해지면서 음경이 터질 듯 부풀었다.

여자가 미소를 지었다. 정확히 볼 수는 없었지만 리드는 그녀가 미소 짓고 있음을 알았다. 그녀를 만지고 싶은 충동에 손을 뻗었다. 욕망과 행동이 그토록 강력하게 결합돼 있다는 사실이 놀라웠다. 순간적이었다. 손가락으로 여자의 가슴을 부드럽게 만졌다. 처음에는 수줍었지만 점차 대담해졌다. 여자가 그의 음경에 손을 대는 순간, 리드는 손아귀에 힘을 주며 여자의 가슴을 와락 움켜잡았다. 여자의 손길도 더 뜨거워졌다.

'내가 왔소. 몸을 늘리거나 뒤틀지 않고 내가 직접 왔소.'

리드는 깜짝 놀라 눈을 떴다. 눈꺼풀이 파르르 떨렸다. 그는 자동차 뒷좌석에 앉아 있었다. 차창 밖으로 무심한 풍경이 스쳐 지나갔다. 녹음이 짙은 나무들. 이미 뉴저지 주 깊숙이 들어와 있었다. 리드는 숨을 깊게 들이마시며 새로운 현실에 적응하려고 애썼다. 차가 맨해튼을 벗어나 휑한 차도를 부드럽게 질주하고 있었다. 조지 호텔에서 차에 오른 직후에 깜빡 잠이 든 모양이었다. 차 안에서 내내 잠을 잔 것이다. 운전기사가 백미러로 그를 힐끔 쳐다봤다. 그의 미소 띤 시선과 마주치자 리드는 불편했다. 사우나로 다시 돌아가는 꿈을 꾸면서 혹시라도 숨을 거칠게 쉬진 않았을까? 기사가 눈치 챈 건 아닐까? 리드는 반쯤 발기한 음경을 가리려고 몸을 불편하게 뒤척였다.

"겨우 맞췄습니다."

기사가 여전히 미소를 띤 채 백미러를 쳐다보며 말했다. 히스패닉 악센트가 두드러진 말투였고 얼굴은 삼십 대로 보였다. 전에 몇 번 그를 태워 준 기사였다. 에콰도르 출신인 건 생각났지만 이름은 도무지 떠오르지 않았다.

"뭐라고요?"

꿈에서 막 깬 멍한 상태로 리드가 되물었다.

"시간을 겨우 맞췄다고요."

잠시 뜸을 들인 후에 기사가 덧붙였다.

"아까 출발할 때 늦을 것 같다고 하셔서요."

리드는 고개를 끄덕이며 안도했지만 여전히 모든 게 낯설고 어지러웠다. 기사와 자신의 목소리, 유난히 반짝이는 도로가 머릿속에서 마구 뒤엉켰고, 거기에 차창으로 햇살이 쏟아져 들어와 질식할 것만 같았다. 리드는 기사를 응시하며 현실감을 되찾으려고 안간힘을 썼다. 이름을 떠올리려고 기억을 더듬었지만 도무지 생각이 나질 않았다. 머릿속이 여전히 혼란스러웠다.

"잠들지 말았어야 했어."

그가 혼잣말을 하자 기사가 대꾸했다.

"아닙니다. 잘 주무셨어요."

기사가 속도를 늦추며 커브를 돌았다. 차가 다시 쭉 뻗은 도로 위를 달리자 한숨을 쉬며 슬며시 덧붙였다.

"잠이 보약이죠. 저도 푹 좀 자 봤으면 좋겠습니다."

두 사람의 눈이 백미러에서 다시 마주쳤다. 리드는 젊은 기사의 얼굴을 유심히 살폈다. 호감 가는 인상이었지만 왠지 고민거리가 있어 보였다.

"여자 문제로군."

환자의 질병을 진단하는 의사처럼 리드가 직감적으로 말했다.

"아내 때문입니다."

기사가 바로 수긍하며 또다시 한숨을 내쉬었다. 그러고는 잠시 주저하다가 속내를 털어놓았다.

"도무지 예전 같지가 않아요. 뉴욕에 오더니 머리에 바람만 잔뜩 들어서는……."

리드는 고개를 끄덕였지만 딱히 해 줄 말이 없었다. 불행한 사랑 이야기를 들으면 늘 가슴이 먹먹했다. 그들을 보면 하나같이 얼굴에 고뇌가 서려 있었다.

달리는 차의 진동을 느끼며 리드는 문득 자신의 얼굴을 매만졌다. 늘 외모에는 자신이 있었다. 천 번도 넘게 승리를 거뒀지만 그의 얼굴에는 오만함이 없었다. 이혼을 비롯해 천 번도 더 낙심했지만 통한

의 그림자도 없었다. 그의 고무 얼굴에는 아무것도 들러붙지 못한다. 스르르 미끄러져 내려가 아무런 흔적도 남지 않기 때문이다.

그런데도 리드는 조심스러웠다. 졸려 보이지 않을지, 아까 꿈속에서 일었던 욕망이 어딘가에 남아 있는 건 아닐지 염려스러웠다.

'정신 차려. 처리할 일이 많잖아.'

리드는 창문을 조금 내리고는 신선한 공기를 들이켰다. 가시지 않은 잠 기운과 후끈 달아오른 욕망의 여운, 기사의 목소리에서 묻어나는 우울한 분위기까지 싹 떨쳐 내고 싶었다.

두 사람은 그 후로 각자의 생각에 빠져 아무 말도 하지 않았다. 차가 숲으로 이어지는 지선 도로로 접어들었다. 멀리 우주 센터의 독특한 구조물이 눈에 들어왔다.

*

구조물은 줄기가 잘린 거대한 버섯 같았다. 땅 위로 봉긋 솟은 젖무덤. 부풀어 오른 거대한 물집. 이곳에 올 때마다 리드는 우주 센터 건물을 비유할 만한 새로운 대상을 떠올렸다. 이번엔 초록이 무성한 대지 한가운데 납작하게 솟은 반구처럼 보였다. 정말 요상하게 생긴 건물이었다.

사실 리드는 디자이너들이 왜 건물을 저런 모습으로 지었는지 정확히 알고 있었다. 다소 납작한 곡면은 인체의 특정 기관을 상기시킬 의도로 만들어졌다. 이 구조물을 하늘에서 보면 거대한 초록색 홍채로 보일 것이다. 우주 센터는 땅 위로 돌출된 거대한 눈알로, 하늘을 경외하며 세심히 살피는 목적을 잊지 말라는 뜻이었다.

리드는 정문에서 보안 검색대를 통과했다. 경비원들이 존경의 뜻으로 그에게 고개를 숙였다. 어쨌거나 그는 이 우주 센터뿐 아니라 대여섯 개 기관의 과학기술 자문위원으로 활동하는 덕망 있는 인물이었다. 하지만 그는 경비원들의 공손한 태도에 우쭐하면서도, 그들이 주고받는 말을 엿들으면 전혀 다른 말이 오갈 거라는 사실을 알기에 씩 웃었다.

'이봐, 저자가 그……?'

'맞아. 바로 그자야. 프랭클린 리처즈의 아버지.'

우주 센터 안은 쾌적했다. 젊은 연구원 몇이 로비에서 어슬렁거리고 있었다. 이곳은 정부 기관과 소규모 대학을 합쳐 놓은 듯한 분위기로, 새내기 우주비행사의 훈련이나 각종 강연이 여기에서 이뤄졌다.

"리처즈!"

누가 그의 이름을 불렀다. 리드는 곧바로 돌아보지 않았다. 실은 돌아볼 필요가 없었다. 로비를 지나 자기 쪽으로 성큼성큼 걸어오는 여자가 누구인지 알고 있었다. 군인이나 특수 부대원은 아니지만, 겉모습만 보면 그녀가 제복을 입은 듯한 인상을 풍길 거라는 것을 잘 알았다. 각이 잡힌 의상, 단정하게 쪽진 머리, 매혹적이면서도 냉소적인 표정은 배지나 견장이 없어도 그녀의 지위를 드러내고도 남았다. 그리고 그녀를 마주하려고 돌아서는 순간 자신이 혼란에 빠질 거라는 것도 알았다. 미세스 글라스아이. 그녀의 유리 눈을 마주할 때마다 리드는 늘 어찌할 바를 몰랐다.

"안 오시는 줄 알았어요."

미세스 글라스아이가 말했다.

"리드 리처즈 사전에 지각이란 없는데, 오늘은 기념할 만한 날이네요. 맨해튼에 있는 당신 사무실에 전화도 걸었어요."

그녀가 조금 지나치다 싶을 정도로 따뜻하게 웃으며 덧붙였다. 목소리만 들으면 굉장히 친밀한 사이 같았다. 리드는 마주 서서 희미하게 웃었지만 그녀의 시선을 똑바로 쳐다보지 못했다.

"당신은 언제 봐도 멋져요. 도대체 비결이 뭐예요?"

그녀가 리드의 팔짱을 끼고는 아까처럼 성큼성큼 걸으며 물었다.

리드는 사우나의 장점을 몇 가지 들려주며 원목이 깔린 복도를 나란히 걸어갔다. 주위의 시선을 의식했지만 팔짱을 풀지는 않았다. 그녀는 겉으론 온화해 보이지만 아주 강단 있게 센터를 이끌었다. 목이 팬 블라우스를 걸쳐도 대령다운 위엄이 넘쳤다. 뉴저지 주 한가운데에 자리 잡은 우주 센터의 최고 책임자라는 사실과 센터 건물이 창공을 응시하는 눈알 모양이라는 사실은 차치하고서도, 그녀가 유리눈알이라는 별명으로 불리는 데는 그만한 이유가 있었다. 한쪽 눈이 의안이었기 때문이다. 그런데 어느 쪽이 의안인지는 아무도 몰랐다.

미세스 글라스아이가 리드를 어느 강의실로 안내했다.

"실력이 출중한 그룹이에요."

그녀는 특유의 지나치게 상냥한 미소를 놓치지 않으며 그에게 안으로 들어가라고 손짓했다. 리드는 강의실 안쪽을 들여다봤다. 학생들의 다리밖에 보이지 않았지만 그쪽 방향에 시선을 고정해 그녀의 눈과 마주치지 않도록 조심했다. 미세스 글라스아이와 함께 있을 때마다 그녀의 눈을, 엄밀히 말해서 그녀의 한쪽 눈만 똑바로 쳐다보는 것이 너무 어색했다. 한 지점만 응시하는 것. 하나의 홍채, 하나의 동공. 상대의 눈을 마주칠 지점이 하나뿐일 때, 혹시라도 엉뚱한 쪽을 바라볼까 봐 조마조마했다.

"한 가지 부탁드릴 게 있어요."

미세스 글라스아이가 바짝 다가서며 말하는 바람에 리드는 목을 뒤로 확 뺄 뻔했다.

"좀 물러서서 말씀하세요."

리드가 뒤로 물러서며 말했다. 그녀가 기습적으로 들이대는 바람에 그도 이번에는 그녀의 얼굴로 시선을 돌리지 않을 수 없었다. 악의라고는 찾아볼 수 없는 부드러운 턱, 촉촉하게 빛나는 입술, 아이스링크처럼 단단하고 매끄러운 피부, 불룩 솟은 광대뼈……. 위로, 위로 향하던 리드의 시선이 어느 한쪽 눈으로 향하려다 가까스로 멈췄다.

'어느 쪽이 유리 눈인지 알 수만 있다면…….'

미세스 글라스아이는 다음 주에 있을 워크숍에 사소한 문제가 생겨 스케줄이 꼬였다고 말했다. 그 때문에 프로그램을 바꿔야 한다며 리드에게 다음 주에 한 번 더 와달라고 부탁했다. 말하면서 계속 다가서는 통에 그녀의 가슴이 리드에게 닿을 지경이었다. 리드는 거듭 거절했다. 스케줄이 꽉 차서 도저히 짬을 낼 수 없었다. 하지만 그렇다고 포기할 그녀가 아니었다. 이번엔 그가 빠져 나갈 수 없는 덫을 놓기 시작했다. 그녀가 갑자기 고개를 돌리며 멀리 다른 곳을 바라봤다. 그러자 리드의 시선도 호기심 많은 사냥감처럼 그녀가 바라보는 쪽으로 향했다. 바로 그때, 사냥감을 포획하려는 듯이 그녀가 갑자기 그를 똑바로 쳐다봤다. 리드는 이런 공격에 매번 속수무책으로 당했다. 당황한 그는 팔짱을 낀 채 무력하게 바닥만 내려다봤다. 그녀는 사람을 궁지에 몰아넣는 데 선수였다.

"내일 전화하겠습니다."

리드는 결국 한 발 물러섰다. 그녀의 부탁을 들어줄 마음은 추호도 없었지만 달리 거절할 방법이 없었다. 그만하면 모호한 답변으로 충분했다. 미세스 글라스아이는 만족한 듯 고개를 끄덕이고는 한 걸음 뒤로 물러나며 포위망을 거둬들였다. 리드는 덫에서 풀려났다. 드디어 그녀와 작별을 고하고 그 상황에서 벗어날 수 있었다. 핸디캡이 있는 당돌한 여자가 정중한 신사를 멋대로 주무르는 상황, 두 사람은 이런 상황에 익숙했다. 이제야 리드는 아무 데로나 시선을 둘 수 있었다. 마침내 은퇴한 슈퍼히어로, 존경받는 과학자, 항공우주국 자문위원으로서 강의실 안으로 들어가서 그의 강의를 고대하는 새내기 우주비행사들에게 다가갔다.

*

"여러분은 대단히 멋진 일을 해낼 것입니다. 새로운 행성을 발견하고 혜성의 꼬리를 만져 보고, 폭발한 행성의 반짝이는 먼지 속을 뚫고 지나갈 것입니다. 행성과 멀리 떨어진 위성이나 텅 빈 우주 공간을 떠도는 소행성을 발견하면 외로움이 뭔지 알게 될 것입니다. 머나먼 우주의 어느 별에서 크리스마스를 축하하면서 시간이 우주의 진공 속으로 한없이 뻗어 나간다고 느낄 것입니다. 25시와 여덟 번째 날, 다섯 번째 계절을 경험할 것입니다. 여러분은 이 모든 일을 경험할 수 있습니다."

리드는 분위기를 한껏 고조시켰다.

"아니면,"

잠시 뜸을 들였다. 들뜬 얼굴로 자신을 올려다보는 훈련생들을 하나하나 살핀 후 말을 이었다.

"러시아의 거물급 마피아 단원을 수행하며 일생을 보낼 것입니다. 그런 자들은 정지 궤도를 유람하려고 수백만 달러를 들이고는, 친구한테 보여 주려고 연신 카메라 셔터를 눌러댈 것입니다. 그리고 기사 노릇을 하는 여러분에게 후한 팁을 던져 주겠죠."

훈련생 사이에서 웃음이 터져 나왔다. 그 덕에 썰렁했던 분위기가 가셨다. 훈련생은 여섯 명이었다. 싱싱한 폐로 차분하게 숨 쉬면서 영민한 눈을 반짝이는 여섯 젊은이. 다섯은 남자였고 하나는 여자였다. 그들은 영예로운 탐험을 수행할 가능성과 평범한 직업인으로 전락할 위험성 사이에서 줄타기할 자신들의 미래를 상상했다.

"영예로움과 평범함은 전혀 다르지만 주파수가 매우 근접해 있습니다. 그래서 올바른 주파수를 찾지 못하고 잡음만 들으며 인생을 허비할 수도 있습니다. 정말 힘들죠. 여러분 자신뿐 아니라 여러분을 둘러싼 주변 세상도 중요합니다. 우주비행사의 앞날은 불확실합니다. 희생이라는 무거운 짐을 지면서 그 짐의 무게를 느끼지 않도록, 언젠간 중력이 없는 곳에서 숨 쉴 날이 오기를 고대합니다."

수업은 계속 이어졌다. 말이 술술 나왔다. 리드는 지금 상황이 얼마나 웃긴지 의식하지 않으려고 쉬지 않고 떠들었다. 그는 이런 강연이 부질없다고 생각했다. 시선을 한몸에 받으며 누군가를 가르치는 일이 달갑지 않았다. 지식을 전파하고 자신이 이해한 바를 확신에 차서 떠벌리는 일이 몸에 맞지 않은 옷을 걸친 것마냥 영 어색했다.

그렇지만 한편으로는 가르치는 일이 좋았다. 그가 진행하는 수업이나 회담, 각종 업무가 결국은 재단의 재원 마련을 위한 수단이었지만 그래도 가르치면서 약간의 보람을 느꼈다. 쓸데없는 생각을 접고 수업에 전념하면, 그의 말이 널찍한 강의실을 꽉꽉 채우며 곧이곧대로 먹혔다. 앞에 앉아 있는 사람들은 이미 기술 교육을 완벽하게 이수했다. 그들이 그에게 기대하는 것은 기술이 아니었다. 그의 희끗희끗한 머리와 명성에서 나오는 경험과 지혜였다. 노교수나 이른바 현자라는 자들이 한물갔다고는 하지만 젊은 세대가 갖추지 못한 경험과 지혜를 갖췄다. 그들에게 꼭 필요한 것이었다.

수업이 끝났다. 두 시간이 훌쩍 지나갔다. 리드는 여섯 명의 젊은 우주비행사에게 다음 수업을 기약하지 않은 채 작별을 했다. 훈련생 중에는 러시아 출신도 있었다. 리드가 러시아 마피아 단원에 대해 언급했을 때 그는 전혀 불쾌해하지 않고 그냥 함께 웃어넘겼다. 리드는 빈 강의실에 홀로 남아 엄습해 오는 적막감을 누르며 메모를 정리하고 있었다.

"저, 실례합니다."

갑자기 들리는 목소리에 리드가 고개를 들었다. 유일한 여자 훈련생이 수수께끼 같은 미소를 띠우며 걸어왔다. 리드는 놀란 눈으로 그녀가 다가오는 모습을 지켜봤다. 창문으로 들어오는 햇살을 받아 그녀의 머리칼이 반짝거렸고, 초록색 눈은 깊은 바다처럼 맑고 투명했다. 리드는 수업 중에도 그녀의 눈을 봤다. 실은 눈뿐만 아니라 유연하고 매끄러운 손도 눈여겨봤다. 그런데 지금 그녀의 손에 들린 물건을 보니 더욱 놀라웠다.

"세상에, 믿을 수가 없군."

리드는 그녀의 손에 들린 물건을 보고는 소리쳤다.

"오래전에 모두 사라진 줄 알았는데."

"서점에서는 사라졌을지 모르지만 제 책장에서는 아닙니다."

그녀가 책을 건네며 말했다. 리드는 고대 유물이라도 되는 양 조심스레 책을 받아들고는 몇 장 넘기다가 다시 책 표지에 눈길을 줬다.

리드 리처즈 — '판타스틱' 전기

제목 밑에는 그가 유니폼을 입고 찍은 사진이 박혀 있었다. 그가 이끌던 슈퍼히어로 그룹이 해체된 직후에 출간됐으니 적어도 15년은 더 된 물건이었다. 그녀가 그 책을 손에 쥐고 있다는 것이 믿기지 않았다.

"이 책이 나왔을 때 자네는 어린아이였을 텐데……."

리드가 고개를 들어 젊은 여자를 바라보며 말했다.

"열두 살 때였어요."

그녀가 탁자 한쪽에 걸터앉으며 쾌활하게 대답했다. 살결이 하얘 콧잔등에 난 주근깨가 유독 눈에 띄었다. 어린 소녀가 슈퍼히어로 전기를 읽으며 어떤 상상을 했을지는 짐작하고도 남았다. 그녀가 풍성한 붉은 머리카락을 귀 뒤로 쓸어 넘기는 모습을 보던 리드는 그녀의 다른 면을 발견했다. 고양이 같은 눈망울과 탄탄한 몸매가 눈에 쏙 들어온 것이다.

"이 책에 서명해 달라는 거로군."

리드가 펜을 찾으려고 재킷 주머니를 뒤지며 말했다. 그런데 아무것도 잡히지 않았다.

"분명히 여기 있었는데."

그가 중얼거리며 재킷을 더듬는 사이 강의실 문 쪽에 누군가가 나타났다. 좀 전에 강의를 들었던 우주비행사였다. 키가 훤칠했고 무테 안경을 썼다. 그가 안경을 고쳐 쓰는 척하며 젊은 여자에게 시선을 고정했다.

그녀가 사뿐히 일어서며 말했다.

"그럼 이렇게 하시죠. 일단 선생님께서 이 책을 가지고 가셨다가 서명해서 다음 주에 돌려주세요. 한 번 더 강의하러 오신다고 들었는데, 맞죠?"

리드는 뭐라고 말해야 할지 몰랐다. 어떻게 설명해야 하나 궁리하다가 시간을 너무 끌었다. 젊은 여자는 그새를 못 참고 문 옆에 서 있는 남자에게 달려가 그의 팔을 꽉 잡았다. 리드는 그 몸짓을 보고 한 대 얻어맞은 사람처럼 멍해져 더 이상 입을 뗄 수 없었다. 그녀의 손이 자신의 살갗에 닿은 것처럼 찌릿했다. 저토록 하얀 손에 닿으면 불에 덴 것처럼 뜨거울 거라고 상상했다. 그러면서 젊은 남자와 여자가 서 있는 모습을 우두커니 바라봤다.

'잘 어울리는 커플이군.'

젊고 매력적인 두 육체의 결합이 당연하고 자연스러워 보이면서도 한편으로는 가슴이 시렸다.

"서명해 주실 거죠?"

그녀가 말했다.

"제 이름은 일레인 라이언이에요."

그 말을 끝으로 두 사람은 홀쩍 떠나 버렸다. 그의 손에 책 한 권만 남긴 채.

*

리드는 그날 잠을 설쳤다. 서늘한 침대에 누워 잠이 들었다 깨기를 반복했다. 영상으로 찍어서 보면 같은 장면을 연속해서 틀어 주는 것처럼 보였을 것이다.

뭔가 잘못된 것이 틀림없었다. 그를 잠들지 못하게 하는 장애물이 있었다. 풀리지 않는 수수께끼나 알아내야 할 비밀이 있는 듯했다. 그는 눈만 뜬 채 미동도 하지 않고 그것이 뭔지 생각했다. 그러다 스르르 잠이 들었다. 두 시간 동안 단잠을 자서인지 마침내 그의 몸의 긴장도 풀리는 듯했다. 호흡을 늦추고 세포 조직을 재건하고 독소를 배출하고 감각을 강화할 수 있었다. 세상사람 누구나 밤이면 하는 일을 그도 똑같이 했다. 그런데 그날은 좀 달랐다. 어슴푸레 동이 틀 무렵 눈을 떴는데 몸이 평소와 달랐다. 그의 팔이 침대 밖으로 길게 뻗어나가 있었다. 도움이라도 청하려는 듯 문 쪽으로 3미터나 늘어나 있었다. 리드는 악몽을 꾼 것이 아닌지 기억을 더듬었다. 그러면서 새벽의 차갑고 흐릿한 빛 속에서 자신의 팔을 가만히 응시했다. 마치 남의 팔처럼 아무런 감각도 느껴지지 않았다.

갑자기 통증이 밀려왔다. 팔을 움직이려고 하자마자 번개에 맞은 듯한 통증이 느껴지며 숨도 쉴 수 없었다. 바로 그 순간, 전광석화처럼 수수께끼에 대한 실마리가 스쳐 지나갔다. 그를 밤새 괴롭히며 잠 못 들게 한 문제가 뭔지 깨달았다.

'그건 연인끼리 주고받는 제스처가 아니야. 남자 친구의 팔을 그렇게 붙잡는 여자는 없어. 그건 그냥 동료끼리 하는 동작일 뿐이야.'

리드는 낮에 만났던 젊은 여자 우주비행사와 그녀를 기다리던 남자를 떠올리며 혼잣말을 중얼거렸다.

"그 둘은 연인 사이가 아니야. 그냥 친구야."

그런 생각이 불현듯 떠오르더니 곧 확신이 섰다. 그것이 왜 문제가 되는지 종잡을 수 없었지만 왠지 마음이 놓였다. 그는 팔을 원상태로 되돌리고는 만족한 상태로 다시 잠에 빠져들었다.

그는 모든 문제가 풀렸다고 생각했다. 여느 때처럼 해가 떠오를 것이다. 시내 빵집에서는 그가 아침으로 먹을 베이글을 오븐에 구울 것이고, 브루클린에 사는 그의 비서는 잠에서 깨어나 출근 준비를 서두를 것이며, 그는 평소처럼 이야기를 나누고 전화와 이메일로 일을 처리하고 커피를 마시며 창밖을 내다볼 것이다. 시간은 째깍째깍 흘러가고 일거리는 폭풍처럼 밀려들 것이다. 그에겐 여느 때와 똑같은 일상이 펼쳐질 것이다.

*

햇살이 도시를 환하게 비추고, 적막한 거리에 생기가 돌아왔다.

8시경, 애너벨이 출근했다. 리드는 사무실 문 밖에서 애너벨의 인기척을 느꼈다. 그녀가 컴퓨터를 켜고 자동응답 메시지를 확인한 다음 두 사무실 사이에 난 문 쪽으로 걸어오는 소리가 들렸다. 리드는 그녀가 노크도 하기 전에 들어오라고 했다. 이미 한 시간째 일하고 있던 터라 배가 몹시 고팠다. 애너벨이 지나치게 쾌활한 목소리로 아침 인사를 하며 신문을 건네고는 여느 때처럼 계피 향이 물씬 풍기는 베이글 봉지를 내밀었다. 그녀는 출근길에 늘 빵집에 들러 베이글을 사다 줬다. 리드는 기쁜 마음으로 봉지를 열었다.

애너벨은 커피를 타러 나가면서 바깥 날씨가 "끝내주게 좋다."고 했다. 그녀가 나가는 모습을 지켜보면서 리드는 깡마른 여자들이 대체로 지나치게 활달하게 구는 경향이 있다고 생각했다. 짜증스러운 기분을 숨기려고 일부러 그러는지 모르지만, 어쨌든 애너벨은 유능한 비서였다. 거식증 환자처럼 비쩍 마른 여자가 아침마다 챙겨 주는 음식을 먹는 게 싫지 않았다. 자신이 살아 있음을 확인하는 것 같은 묘한 기분이 들었기 때문이다. 베이글을 꺼내 한 입 베어 물자 계피 향이 입 안 가득 퍼졌다.

아침 시간이 훌쩍 지나갔다. 간밤에 잠을 설친 여파가 슬슬 몰려왔다. 그와 주변 세상 사이에 미세한 틈이 벌어진 것처럼 머리가 띵했다. 숨을 한 번 크게 내쉰 다음 책상에 놓인 전화기를 뚫어져라 응시했다. 전화를 걸어야 한다는 생각에 오전 내내 머리가 지끈거렸다. 더 이상 미룰 수 없었다. 한 차례 더 강의해 달라는 우주 센터의 요청을 수락할지 여부를 알려 줘야 했다. 바로 그때 텔레파시라도 통한

27

것처럼 전화벨이 울렸다.

수화기를 들자 애너벨이 레이먼드 미네타의 전화라고 알려줬다. 그 사람이 누구인지 떠올리는 데 몇 초나 걸렸다. 조지 호텔을 방문한 지 스물네 시간밖에 안 지났는데 오래된 기억처럼 가물가물했다. 내키지 않았지만 애너벨에게 연결하라고 했다.

"레이먼드."

리드는 정중한 목소리로 말했다. 재단 후원자들에게는 늘 약간의 거리를 두고 대하곤 했다.

"이보게, 친구."

반면에 레이먼드는 사람을 녹일 듯 간지러운 목소리로 말했다. 리드는 그 목소리가 정말 싫었다. 아니, 그 사람이 끔찍이 싫었다. 그의 말투나 태도, 심지어 정치적 관점도 거슬렸다. 레이먼드 미네타는 맛없는 햄버거처럼 입맛 떨어지는 작자였다. 호화로운 호텔 소유주인 그는 남들이 뻔히 아는데도 동성애자라는 사실을 극구 숨겼고, 거기에 지독하게 보수적인 기독교 근본주의자였다. 그런 작자가 리처즈 재단을 왜 후원하는지 리드는 이해할 수 없었다.

"한동안 자넬 만나지 못했네 그려."

미네타가 연인을 대하듯 달콤하게 속삭였다. 리드는 전날 그의 호텔 사우나에 갔다는 이야기를 일부러 하지 않았다. 미네타는 벌써 알고 있을지도 모른다.

"지금 자네를 귀찮게 하는 이유는 말이야……."

미네타가 계속 뜸을 들였다.

"내가 남을 성가시게 하는 걸 얼마나 싫어하는지 자네도 알잖아. 그 이유는 말이야, 오늘 아침에……."

얕은 신음 소리와 함께 목소리가 잠시 끊겼다. 재채기가 나왔거나 갑자기 통증을 느꼈는지도 모른다.

'알게 뭐람.'

리드는 예전에 들었던 소문이 떠올랐다. 미네타가 천 달러나 하는 이탈리아 정장 속에 말총으로 짠 속옷을 입고 있다는 이야기였다. 통증을 느낄 때마다 성적 자극을 느낀다는 얼토당토않은 소문이었다. 리드는 웃음이 나오려는 것을 참았다.

'바지 속에 말총 속옷을 입은 백만장자랑 전화로 뭔 말을 하겠어.'

리드는 갑자기 마음이 조급해졌다. 수화기를 들고 있으니 얼른 우주 센터에 전화해야겠다는 생각이 더 간절해졌다. 오전 내내 그 생각만 했는데 이젠 답을 줘야 한다.

"오늘 아침에."

다시 미네타의 목소리가 들렸다.

"그러니까 오늘 아침에 말이야, 프랭클린에 관한 기사를 읽었네."

"프랭클린?"

리드가 순간적으로 관심을 보이며 물었다.

《데일리 뉴스》에 실렸더군. 그들이 프랭클린에게 어느 헬스 클럽에 다니냐고 물었는데……."

리드는 애너벨이 갖다 준 신문 더미에서 《데일리 뉴스》를 찾았다. 오전 내내 신문을 훑어볼 짬도 없었다. 그는 수화기를 귀와 어깨 사이에 걸치고 신문을 뒤적였다. 예전 같으면 어깨를 손처럼 변형시켜 간단히 해결했을 텐데 남들하는 대로 하겠다고 결심한 탓에 지금은 이런 불편한 자세를 취했다. 어깨와 귀 사이에 수화기를 고정하고 잽싸게 신문을 넘기다 아들의 인터뷰 기사와 사진을 찾았다. 조간 신문마다 기사를 실으려고 안달하는 매력남이자 미국인이 가장 사랑하는 아들, 프랭클린 리처즈. 아들 사진을 보니 가슴이 찌르르 저려 왔다.

시간이 자꾸만 흘렀다. 진짜로 중요한 전화, 당장 연결해야 할 긴급한 전화가 그를 기다리고 있었다. 그런데 미네타는 전화를 끊을 생각이 전혀 없었다.

"프랭클린이 인터뷰 진행자에게 한 대답을 보고 내가 얼마나 당황했는지 아나? 아, 글쎄 자네 아들이 다른 호텔의 헬스 클럽 회원권을 갖고 있다는구먼. 자네도 알다시피 프랭클린이 우리 호텔을 뻔질나게 드나들었잖은가. 우린 자네 못지않게 프랭클린도 언제든 환영하는 바이네. 우리 호텔의 헬스 클럽은……."

리드의 불안감이 점점 더 고조됐다. 미네타가 원하는 게 도대체 뭐지? 그를 프랭클린의 홍보 담당자쯤으로 생각하는 걸까? 짜증스럽게 사무실을 둘러보다가 한 물건에 시선이 꽂혔다. 사무실 구석 선반에 올려 둔 그의 전기였다. 멋진 헌사와 함께 그의 서명을 기다리는 그 책이 눈에 띄었다. 리드는 어제 만난 젊은 여자 우주비행사를 떠올렸고, 추가로 진행할 수업도 생각했다. 퉁명스럽게 전화를 끊고 싶은 충동과 팔을 확 늘려 책을 집고 싶은 충동을 간신히 억눌렀다.

"그러니까 내 말은 프랭클린을 향한 내 마음을 조금이나마 보여 주고 싶다는 걸세. 우정의 표시로 그에게……."

미네타는 말을 계속 이어 나갔다.

리드는 사무실 구석에 놓인 책과 신문에 실린 프랭클린의 사진 사이에 무슨 연관이라도 있는 양 번갈아 가며 쳐다봤다. 사진 속에서 그의 아들은 환하게 웃고 있었다. 젊고 완벽했다. 왠지 모르게 우울한 기분이 그를 엄습했다.

"그렇군."

미네타가 다시 말을 중단한 사이에 리드가 얼른 끼어들었다.

"나도 프랭클린과 연락이 잘 안 되네. 녀석에겐 비서도 없거든. 그래서 다들 인디 스타라고 부르더군. 어디에도 얽매이지 않고 누구에게도 속박당하지 않는 녀석이잖아. 그래서 더 좋아하는 거겠지, 안 그런가?"

리드는 미네타에게 끼어들 짬을 주지 않으려고 얼른 말을 이었다.

"그래서 말인데, 지금 내 비서에게 전화를 돌려줄 테니 어떻게 하면 프랭클린에게 연락할 수 있는지 물어보게. 흔쾌히 도와줄 걸세. 녀석을 초대해서 우정의 증표든 뭐든 마음대로 주게나. 아무튼 반가웠네, 레이먼드."

미네타의 대답을 기다리지도 않고 전화를 냅다 돌려 버렸다. 리드는 연결이 끊어진 신호를 들으며 안도했다.

잠시 침묵이 흘렀다. 그 순간이 영원히 지속됐더라면, 안도의 한숨을 내쉬며 버튼을 누르지 않았더라면, 그때 전화를 걸지 않았더라면…… 나중에 리드는 그때를 떠올릴 때마다 번뇌에 사로잡혔다. 그 순간에 돌이킬 수 없는 시간 속으로 들어선 게 아닐까? 정확히 어느 시점에서 그의 삶이 엉뚱한 길로 들어섰을까? 그의 삶이 다른 사람에 의해 좌우되기 시작한 순간, 떨쳐낼 수 없는 집착과 욕구에 시달리며 블랙홀의 궤도로 빠져든 순간, 통과하자마자 완전히 딴 사람으로 바꿔 놓은 문. 그 전환점은 언제였을까? 그가 넘은 문턱은 어디였을까?

리드는 벨소리에 귀를 기울이며 상대방이 수화기를 들 때까지 차분히 기다렸다. 곧 미세스 글라스아이의 씩씩하면서도 부드러운 목소리가 들렸다. 그녀는 리드의 목소리를 듣고도 전혀 놀라지 않았다. 여태 그의 전화를 기다리고 있었고, 그의 대답을 기대하고 있었을 테니 당연했다.

리드는 심호흡을 했다. 맨해튼의 햇살이 창문을 통해 밀려들어 왔다. 점심시간이 다가오자 주린 배를 채우려고 안달 난 사람들이 거리로 쏟아져 나왔다. 문 밖에서는 거식증에 걸린 비서가 말총 속옷을 걸친 백만장자의 질문에 공손하게 응대하고 있었다. 문득 리드의 머릿속에서 모든 일이 하나로 연결되었다. 온갖 장면이 뇌리를 스쳤다. 미세스 글라스아이의 눈, 에로틱한 꿈, 미스터리한 쪽지, 살을 파고드는 말총 속옷, 환하게 웃고 있는 금발의 아들, 뜬금없이 나타난 그의 전기, 밖으로 뻗어 나간 팔, 불행한 운전기사, 굶주린 육체……

그는 수화기에 대고 한 번 더 강의하러 우주 센터에 기꺼이 가겠노라고 말했다.

"저도 기쁩니다. 그곳에 다시 가게 돼 무척 기쁩니다."

*

일주일 뒤, 리드는 우주 센터에서 강의를 마치고 차를 타고 돌아오고 있었다. 이번엔 다른 운전기사가 뉴저지 주의 석양을 뒤로 하고 조용히 차를 몰았다.

지난 일주일이 어떻게 흘러가는지도 모르게 지나갔다. 여느 때처럼 바쁘고 피곤했지만 한편으론 기대감에 들떠 있었다. 우주 센터와 젊은 여자 우주비행사를 간간이 떠올리면서 일주일을 별걱정 없이 보내고는, 약속한 날에 평소처럼 깔끔한 모습으로 시간 맞춰 우주 센터에 갔다. 자신이 그곳에 있다는 사실과 그녀 역시 그곳에 있다는 사실이 어린아이처럼 좋았다. 같은 시간, 같은 장소에 두 사람이 함께 있다는 사실이 신기했다. 그는 여러 차례 그녀와 눈을 마주쳤고, 반쯤 열린 문틈으로 몰래 훔쳐보는 사람처럼 틈틈이 그녀를 주시했다.

 그 점만 빼면 강의는 순조로웠다. 그는 확신에 찬 목소리로 훈련생들을 웃게도 하고 곰곰이 생각하게도 했다. 젊은 우주비행사 여섯 명을 손바닥 위에 올려놓고 맘껏 주물렀다. 강의가 끝나자 리드는 늘 하던 대로 자료를 정리했다. 그래야 나이 들어 은퇴한 슈퍼히어로가 깔끔하다는 인상을 심어 줄 수 있을 테니까.

 그녀가 그에게 다가왔다. 리드는 그녀를 기억 못하는 척 의아하게 쳐다보다가 곧 싱긋 웃으며 서류 더미 사이에서 자신의 전기를 꺼냈다.

 "고맙습니다."

 그녀는 인사하면서 책 커버를 살짝 들춰 안에 적힌 헌사를 엿봤다.

 '일레인 라이언에게, 하늘 높이 날아오르길!'

 그녀가 머리칼을 한쪽 귀 뒤로 넘겼다. 무슨 의도로 그런 몸짓을 하는지 여러 가지 해석이 가능했지만 리드는 수줍어서 그런다고 생각했다. 책을 건네주는 것 말고는 달리 할 말이 없었다.

 5월 어느 날 오후, 그 자리에서 모든 게 마무리될 수 있었다. 건물 밖에 늘어선 나무 뒤편으로 해가 저물어 갔다. 리드는 왠지 이 젊은 여자에게 끌렸다.

 그는 결국 여자에게 태워 주겠다고 했다. 작정하고 접근한 건 아니었지만 사심이 전혀 없지도 않았다. 서명한 책을 돌려주면서 그녀가 브루클린에 산다는 것을 알게 됐고, 그래서 가는 길에 시내까지 태워 주겠노라고 했다. 그게 전부였다.

 차가 교차로에 접어들자 속도를 늦췄다.

 "이렇게 편하게 가니까 정말 좋네요."

 일레인은 리드와 뒷자리에 나란히 앉았다. 그녀는 미소 띤 얼굴로 창밖의 석양을 조용히 응시했다. 리드도 그녀의 시선을 좇아 불타는

33

듯한 지평선을 바라봤다.

"평소엔 그 친구와 함께 시내로 돌아가나?"

문 옆에서 일레인을 기다리던 무테 안경을 낀 젊은 친구를 지칭하며 리드가 물었다. 일레인이 리드 쪽으로 고개를 돌렸다.

"네, 버나드랑 같이 가요. 그는 낡아 빠진 볼보를 모는데 그 차엔 에어컨도 없어요. 실은 브레이크도 없는 거나 마찬가지예요."

일레인이 생긋 웃으며 덧붙였다.

"그 차를 탈 때마다 모험을 하는 것 같다니까요."

리드가 고개를 끄덕였다. 그의 뇌는 그녀의 말, 표정, 미세한 동작까지 전부 저장했다. 일레인의 멋진 콧날과 귀여운 주근깨, 숱이 많고 적당히 긴 속눈썹, 블라우스 깃 사이로 보이는 빗장뼈, 소매 끝으로 수줍게 보이는 손목…… . 공개적으로 연구할 수 없다는 점을 아쉬워하며 이 모든 것을 과학적 연구를 하듯 세세히 살폈다. 차 안으로 진홍빛 햇살이 밀려들어 왔다. 리드는 얼른 좀 전에 하던 이야기를 이어 나갔다.

"그 친구가 오늘 하루는 혼자서 볼보를 몰고 가는 걸 감수했으면 좋겠군."

"버나드가요?"

일레인은 리드의 말에 꽤 즐거워하는 눈치였다.

"그럴 것 같지 않아요. 제가 집에 도착할 때쯤이면 그가 남긴 음성 메시지가 열 개도 넘을걸요. 교수님 차를 얻어 탄 게 어땠는지 알고 싶어 안달할 거예요."

리드가 이마를 찌푸렸다.

"호기심이 많은 친구거든요. 게다가 교수님은…… ."

일레인이 말하다 말고 적당한 단어를 찾느라 머뭇거렸다.

"알다시피 교수님은 사람들의 호기심을 자극하는 분이시잖아요. 살아 있는 전설이니까."

리드는 칭찬이나 칭찬 비슷하게 들리는 말에 대처하는 요령을 이미 터득하고 있었다. 평소에 그런 말을 들으면 겸손함과 자기비하적 냉소, 짜증 섞인 냉담을 적절히 버무려 대응했다. 하지만 이번에는 눈을 끔벅거리며 어떻게 대처할지 고민했다. 일레인의 말이 톡 쏘는 음식처럼 자신의 위장 속으로 퍼지는 것 같았다. 그는 자신을 낮추는 쪽으로 방향을 잡았다.

"전설치고는 좀 모자란 데가 있지. 다소 둔해진 전설이라고나 할까."

아는 것만 많을 뿐 늙어 빠진 교수에 지나지 않다는 점을 입증이라도 하듯이, 리드는 두 사람 사이에 놓인 서류와 파일을 흔들며 말했다.

"아, 그런 말씀 하지 마세요."

일레인이 서류 더미에 한 손을 얹으며 당돌하게 말했다.

"요즘 시대에는 교수님 같은 분이 중요한 역할을 해야 해요. 그 끔찍한 살인 사건만 해도 그래요. 누가 상상이나 했겠어요. 배트맨 같은 전설적 인물이…… 세상이 참 이상해졌어요. 그렇게 생각지 않으세요?"

리드는 아무 생각도 하지 않았다. 실은 생각하고 싶지도 않았다. 최근 일어난 배트맨 살인 사건이나 그들이 사는 험난한 세상 등 암울한 이야기는 언급하고 싶지도 않았다. 지금은 그저 분위기를 띄우고 일레인을 즐겁게 해 주고 싶었다. 과거의 짐을 계속 지고 있을 수는 없었다. 그래서 얼른 주제를 바꿨다.

"이걸 잘 봐."

리드는 일레인의 손 옆에 자기 손을 놓고 조각가처럼 세심하게 모양을 잡아갔다. 금세 두 손이 똑같아졌다.

일레인이 눈을 휘둥그레 떴다.

"아니 어떻게······?"

그러다 상황을 파악하고 리드의 잔재주에 놀라 소리쳤다.

"제 손이에요!"

"이상한 세상에 맞는 이상한 속임수지."

리드가 손을 원상태로 되돌리며 말했다. 찌릿한 통증이 일었다. 적절한 준비 없이 초능력을 사용할 때마다 이런 충격이 왔지만 전혀 내색하지 않았다. 오히려 자신의 장난에 즐거워하는 일레인을 보고 흡족한 미소를 띠었다.

리드는 계속 농담을 던졌고, 일레인은 계속 깔깔 웃었다. 리드는 자기가 지금 온갖 술수를 동원해 서른다섯 살이나 어린 여자를 공략하고 있다는 사실을 정확히 인식하고 있었다. 그녀의 마음을 사기 위해 광대처럼 익살을 부리고 있었다. 지금까지 여자의 환심을 사려고 이런 짓을 해본 적은 단 한 번도 없었다. 그런데 지금은 왜 이러는지 자신도 그 이유를 알 수 없었다.

일레인은 유쾌하게 웃었다. 이따금 초록색 눈을 반짝이며 리드의 얼굴을 살폈다. 유치한 농담에 어린아이처럼 웃기만 하기엔 일레인이 너무 똑똑했다. 리드는 일레인의 반응을 주시하다가 두 사람 사이에 미묘한 기류가 흐르고 있음을 알아차렸다. 그들은 지금 간접적으로 자기 감정을 표현하며 일종의 역할 놀이를 하고 있었다. 리드는 순간적으로 가슴이 철렁했다.

'난 지금 이 여자를 꼬시고 있는 거야. 내 아들보다 더 어린 여자에게 추파를 던지고 있는 거라고. 이 여자도 그걸 알면서 동조하고 있어.'

그들을 태운 차가 맨해튼을 지나고 있었다. 리드는 뭔지 모를 기운을 느끼면서 일레인이 자신을 만져 주기를 바랐다. 그래야 그의 고무 몸에서 일어나는 미묘한 떨림을 느낄 수 있을 테니까.

리드는 일레인을 훑어봤다. 그녀를 만지고 싶은 충동이 마구 일었다. 몸에 딱 붙는 바지에 감싸인 그녀의 하얀 속살을 더듬고 싶었다. 차가 남쪽으로 향하며 끝없이 늘어선 차량 행렬을 따라갔다. 한참을 달리자 눈앞에 거대한 다리가 나타났다. 다리 밑으로 흐르는 물소리가 들리는 듯했다. 시간이 얼마 남지 않았다고 속삭이는 듯했다. 진짜 시간이 별로 없었다. 이 기회를 놓칠 수 없었다. 차가 브루클린으로 접어들자 리드는 헛기침을 했다. 그러고는 그가 꾸며낼 수 있는 가장 태연한 목소리로 다음에 함께 저녁 식사나 하자고 했다.

*

레드 와인, 화이트 와인, 이탈리안 와인, 프렌치 와인, 캘리포니아 와인. 앞에 앉은 여자를 위해 와인을 고르는 일이 이토록 즐거울 줄 몰랐다. 와인은 그날 밤의 분위기와 색채를 뜻한다. 밤의 색조는 와인에 의해 결정된다. 물론 그들이 식사하는 장소, 일레인이 입은 드레스, 그들이 나누는 대화도 그 밤의 색조에 영향을 미쳤다. 불빛과 눈빛, 유리잔의 쨍 하고 부딪치는 소리도 영향을 미쳤다. 이토록 경이로운 경험을, 이토록 강렬하고 순수한 열정을 다시 맛보리라고는 생각지도 못했다. 일레인과 함께 밤을 보낼 때마다 꿈인지 생시인지 헷갈릴 정도였다.

'내가 꿈을 꾸고 있는 건 아닐까? 나한테 이런 일이 정말로 일어난 걸까?'

부딪치기 직전의 행성처럼 그들은 밤마다 점점 더 가까워졌다. 그런데도 리드는 도무지 실감이 나지 않았다. 지난 수년 동안 여자가 필요하면 매춘부를 불렀다. 그녀들은 예쁘고 유쾌하고 예측 가능했다. 그녀들과 함께 있으면 일이 어떻게 흘러갈지 처음부터 알 수 있었다. 매춘부와 함께 보낸 밤은 늘 같은 색조였고 신선한 구석이라곤 없었다.

지난 수년 동안 그러니까 아내와 이혼한 이후, 그가 경험한 여자는 살살거리고 신중하고 화끈한 고급 매춘부뿐이었다. 그렇다고 그를 흠모하는 여자가 없었던 건 아니다. 돈 안 들이고 섹스할 기회가 없었던 것도 아니다. 고무 인간의 다리 사이에 어떤 물건이 달렸을지 궁금해하는 여자는 널렸으니까. 더 젊었을 때 은밀하게 추파를 던지는 여자들, 혹은 아예 대놓고 달려드는 여자들 때문에 무척 성가셨다. 봉투 끝을 살짝 태운 편지를 보내거나 몸의 은밀한 부분의 털을 담아 보내는 여자도 있었다. 몸을 마음대로 구부리고 늘릴 수 있는 남자. 여자라면 누구나 그를 만지고 싶어 했다. 하지만 그는 건드릴 수 없는 남자였다. 아내가 있었으니까. 하지만 아내와 헤어진 뒤로도 그는 여전히 접근할 수 없는 남자였다. 그 스스로 존경받는 과학자로서 체면을 앞세웠기 때문이다. 그가 생각하는 성숙한 인간은 섹스에 탐닉하지 않고 위엄과 분별력과 자제력을 갖춘 사람이었다.

그는 오로지 과학 연구와 재단 일에만 몰두했다. 세계를 지키느라 수십 년을 보냈으니 이젠 자신의 삶을 지키는 데 전념하고 싶었다. 연애와 섹스에 신경 쓸 여력이 없었다. 그래서 속 편하게 매춘부들과 어울리게 되었다. 절대로 속 썩이지 않는 예쁜 여자들. 그들은 하나같이 젊었지만 프랭클린보다는 나이가 더 많았다. 그 선은 리드가 절대로 넘지 않는 심리적 경계선이었다.

고급 매춘부에겐 그 나름의 스타일이 있었다. 그들은 검정 정장이나 검정 세단처럼 튀지 않는 스타일을 즐겼다. 리드 리처즈는 은퇴한 슈퍼히어로였다. 아무하고나 어울릴 수 없는 노릇이었다. 비웃음거리가 되는 것은 정말 끔찍했다. 그래서 리드에겐 스타일이 굉장히 중요했고, 그건 섹스할 때도 마찬가지였다.

그러다 보니 여자의 환심을 사는 요령을 다 잊어버린 것 같았다. 여자의 마음을 사로잡으려면 온 세상이 그녀 위주로 돌아가는 것 같은 착각에 빠지게 해야 한다. 마치 영화 속 주인공이 된 것처럼 느끼게 해 줘야 한다. 마법을 부린 양 모든 게 순조로워야 한다. 레스토랑과 테이블, 와인, 타이밍, 식후에 마시는 음료까지 모든 게 완벽해야 한다. 어색하거나 우물쭈물해서는 안 된다. 마법에 빨려들게 하는 일은 손가락 하나만 까딱하는 것으로는 되지 않는다. 그렇기에 리드는 이런 황홀감이 지속된다는 사실이 믿기지 않았다. 이토록 젊고 예쁜 여자가 무보수로 자기 옆에 머문다는 사실을 도무지 믿을 수가 없었다.

그가 일레인을 데리고 가는 레스토랑은 사실 매번 애너벨이 골라 줬다. 애너벨이 나서서 그들의 저녁 식사 자리를 예약했다. 그곳은 매력적인 장소여야 하고 리드가 다른 사람들 눈에 띌 위험도 없어야 했다. 이혼한 아내나 돈을 주고 데이트했던 여자들과 가본 적이 없는 곳이면 더 좋다. 친근하면서도 세련된 장소, 그가 여자를 데려가도 괜찮을 만한 장소, 여자의 마음을 사고 그녀가 세상의 중심이라 느낄 만한 장소여야 했다. 리드는 가끔 이 도시에 그런 레스토랑이 충분치 않으면 어떡하나 걱정했다.

그럴 때마다 애너벨은 "뉴욕엔 레스토랑 천지예요."라며 그를 안심시켰다. 애너벨이 매번 적당한 곳을 골라내는 걸로 보면 그 많은 레스토랑을 다 아는 것 같았다. 그야 물론 그녀가 언론에 소개된 레스토랑 기사를 섭렵한 덕분이다.

게다가 첫 데이트에서 여자에게 으레 선물하는 꽃다발 대신에 값비싼 분재를 보내라고 조언했다.

"브루클린에 사는 여자들은 분재 화분을 아주 좋아하죠."

리드는 애너벨의 억양을 흉내 내며 혼잣말을 했다. 나중에 일레인에게 전화해 반응을 살폈을 때, 애너벨의 조언이 제대로 통했음을 알았다.

분재 화분, 레스토랑, 와인의 밀도, 일레인을 데리러 남쪽으로 달리는 동안 붉게 물들어 가는 석양 빛, 여름밤 일레인이 하늘을 쳐다보는 방식, 깨끗이 청소된 거리의 향취, 서둘러 샤워를 마친 듯 약간 젖은 일레인의 머리카락, 유리잔 테두리에 묻은 립스틱 자국. 이때만 해도 리드의 기억은 이런 시시콜콜한 것들로 채워졌다. 왁스칠한 서판에 새겨진 글자처럼 작은 조각과 이미지가 하나둘 자리를 잡아갔다. 일레인과 일레인을 대변하는 것을 알아낼 유일한 방법은 이러한 일련의 조각뿐이었다. 서로 관련 없는 사소하고 뜬금없는 것들을 하나하나 연결해서 유추할 수밖에 없었다.

리드는 어떻게든 일레인에게만 집중하고 싶었다. 그녀가 하는 모든 말에 귀를 쫑긋 세우고는 그녀의 가족, 어린 시절을 보낸 스태튼 섬, 섬에서 날마다 바라보던 바다, 그 바다를 여행하려 했던 이야기 등을 하나도 놓치지 않았다. 하루는 연안에 정박한 여객선에 불이 났다고 했다. 그녀는 활활 타오르는 불길에 매료돼 하늘을 올려다봤다. 별들이 쏟아질 듯 가까이서 반짝거렸고, 그런 별을 본 건 그때가 처음이었다. 활활 타오르는 불길과 구분하기가 어려웠다고 했다. 그녀의 아버지는 소방관이었고 어머니는 간호사였다. 언니는 의사가 되겠다고 했다. 그래서 열여섯 살 난 일레인이 우주비행사가 되겠다고 선언했을 때 식구들은 모두 깜짝 놀랐다. 그 말은 그녀가 공군에 입

대해서 수년 동안 우주공학을 공부해야 한다는 뜻이었다. 그녀의 확고한 결심을 아무도 의심하진 않았지만 열여섯 살 난 여자애의 꿈 치고는 별나다고 여겼다. 하지만 나중에 그 결심이 바뀔 거라 여겼기 때문에 당시 아무도 그녀를 말리지 않았다.

일레인은 해가 갈수록 자신의 야망이 어떻게 굳건해졌는지 말했고, 리드가 강연할 때 말했던 것처럼 혜성의 꼬리를 만질 때 기분이 어떠할지 늘 궁금했다고 했다. 리드는 이야기를 들으면서 일레인의 입술과 입 모양을 관찰했다. 때로는 바위처럼 단단하게, 때로는 녹아 없어질 듯 부드러워 보였다.

리드는 그녀의 입 모양에 빠져들었고 더 나아가 그녀의 모습을 탐닉했다. 그는 자신의 모습을 거의 잊을 정도로 늘리고 비틀고 왜곡하며 평생을 살아왔기 때문에 모양에 집착했다. 누군가를 사랑하려면 다른 무엇보다도 형체가 있어야 한다. 서로 상대의 모습을 사랑해야 하고 두 입술과 두 육체가 만나야 한다.

리드는 일레인에게 키스를 하고 싶었다. 그래야 그 입술의 윤곽을 완전히 알 수 있을 테니까. 그런데 아직도 입을 맞추지 못하고 있었다. 입술에 다가가는 게 두려웠는지도 모른다. 그녀의 입술은 레스토랑의 희미한 촛불이나 혹은 고급 칵테일 바의 어둑한 조명 속에서 도도하게 빛났다. 리드가 어쩌다 곁눈질로 힐끔 볼 때면 그 입술은 다 안다는 듯 묘하게 비틀리며 미소 지었다. 하지만 그 모두는 그림자에 불과했다. 적어도 리드는 그렇게 생각했다.

나중에 리드는 그때가 정말 순수했다고 생각했다. 서로 탐색하고 갈망하고 주저하고 두려워하며 보냈던 그 몇 주가 진정으로 행복했다고.

*

리드가 회의실 문을 밀었다. 그들을 환영이라도 하듯이 시원한 바람이 쏴 하고 밀려왔다. 일레인에게 재단 사무실을 구경시켜 줄 때가 됐다고 생각한 리드는, 애너벨에게 며칠 동안 사무실 에어컨을 계속 켜 두라고 말해 뒀다. 그는 일레인에게 자기가 일하는 곳을 보여 주고 싶었다.

"이곳이 회의실이야."

"엄청나네요. 제가 예상했던 것보다 훨씬 커요."

일레인이 놀란 표정으로 말했다.

두 사람은 밤중에 놀이공원에 몰래 들어온 아이들처럼 조용히 회의실을 둘러봤다. 윤이 나는 원목 테이블 주변을 거닐다 리드가 입을 열었다.

"사실 이곳은 거의 사용하지 않아. 일 년에 두어 번 쓸까? 도서실과 연구실도 마찬가지이고. 요새는 애너벨과 나만 재단에 출근하니까."

"농담하지 마세요."

일레인이 매혹적인 미소를 지으며 대꾸했다. 그녀가 입은 원피스는 눈 색깔과 비슷한 진녹색이었다. 소매가 없어서 맨 어깨가 그대로 드러났다.

"이 회의실엔 과학계의 거물들이 수시로 드나든다고 하던데요."

일레인의 말에 리드가 기다렸다는 듯 수긍했다.

"그중엔 노벨상 수상자도 두어 명 있지. 하지만 자주 만나는 건 아니야. 정례적으로 결정할 일이 있을 때만 이사회를 소집하니까. 기금을 다시 배정하거나 과학 저널을 새로 발간할 때 정도. 아, 가끔 맛있는 점심을 함께 먹기도 하지."

그 말에 일레인이 살짝 웃었다. 그들은 회의실을 나와 애너벨의 사무실로 들어갔다. 무더운 날씨였지만 사무실이 워낙 서늘해서 계절을 혼동할 정도였다. 일레인이 몸을 가볍게 떨었다. 에어컨을 너무 세게 틀어놓은 탓이리라.

"이쪽으로 가 볼까?"

리드는 마지막으로 자신의 사무실로 안내했다.

"한때는 말이지,"

리드는 일레인에게 자신의 사무실을 구경시켜 주는 게 쑥스러웠지만 그런 마음을 숨긴 채 말을 꺼냈다.

"한때는 우리가 이 건물을 통째로 사용했었지. 그런데 지금은 겨우 두 층만 사용하고 있어."

"알고 있어요."

일레인이 책상을 살짝 만지면서 대답했다.

"자서전에서 읽었어요."

그러더니 이번엔 손가락을 길게 펴서 책상 위를 훑으며 말했다.

"건물을 통째로 사용했다니 정말 대단했나 봐요."

"당시엔 정말 그랬지. 70년대엔 온갖 프로젝트를 진행했으니까. 연구실도 여러 개 있었고 온갖 종류의 비행기를 넣어 두는 격납고도 있었어. 초강력 범죄자를 가두는 특별 감옥과 멤버들이 거처하는 관사까지 없는 게 없었지."

"지구상에서 가장 유명한 슈퍼히어로 그룹이었죠."

일레인이 탐색을 계속하며 혼잣말을 하듯 낮게 중얼거렸다.

예의상 한 말일 테지만 리드는 가슴이 뭉클했다. 벽에 걸린 사진 쪽으로 걸어가는 일레인을 눈으로 따라갔다. 그녀는 어른의 사무실을 방문한 어린아이 같았다. 머리는 귀 뒤로 단정하게 넘겼고 피부는 도자기처럼 윤기가 흘렀으며 훤히 드러난 어깨에는 주근깨가 흩뿌려져 있었다. 리드는 그녀가 아찔할 정도로 사랑스러웠다. 일레인이 깜짝 놀란 얼굴로 그를 향해 돌아서더니 활짝 웃으며 소리쳤다.

"와, 믿을 수가 없어요. 이 사진을 본 적 있어요!"

리드가 가까이 다가갔다. 이십여 년 전, 그가 엄청난 공을 세운 뒤에 리처드 애버던이 기념으로 찍어 준 사진이었다.

"플로리다에서 구조 작업을 마친 뒤에 찍은 사진이죠?"

일레인이 눈을 반짝이며 말했다.

"똑똑하게 기억해요. 허리케인 때문에 보트가 바다로 휩쓸려 갔는데 교수님이 몸을 수 킬로미터나 뻗어서 붙잡으셨죠. 아이들이 타고 있던 보트였어요. 온 세상이 경악을 금치 못했죠. 교수님이 그토록 멀리까지 몸을 뻗을 수 있으리라곤 아무도 예상치 못했으니까요."

"나도 몰랐지."

리드가 슬쩍 웃으며 말했다. 일레인이 그 사건을 기억한다는 게 기뻤다.

"그때만 해도 내 몸이 꽤 쓸 만했지."

리드는 거의 변명조로 덧붙였다. 그 사건은 그가 이룬 마지막 업적이었다.

"신문에서 몇 주 동안 그 사건에 대해 떠들었어요."

일레인이 꿈을 꾸듯이 말했다.

"교수님이 뉴욕으로 돌아왔을 때, 애버던이 찾아가 이 사진을 찍었죠. 《타임》의 표지를 장식했잖아요. 당시에 초등학교 선생님이 그 표지를 복사해서 교수님 초상화를 그리라고 했어요. 제 그림은 형편없었지만요."

일레인이 고개를 흔들며 계속 말을 이어 나갔다.

"교수님은 단연 화제의 인물이었어요. 여자애들은 교수님 얘기만 했어요. 저도 그 보트에 타고 있다가 교수님께 구조됐더라면 얼마나 좋았을까 생각했다니까요."

일레인이 다시 몸을 떨었다. 미소를 잃지 않으면서 몸을 살짝 움츠렸다.

'이럴 때 일레인을 따뜻하게 감싸 줄 수 있으면 얼마나 좋을까?'

리드는 일레인의 피부를 감싸는 옷이 되고 싶었다. 예전이라면 두툼한 옷감처럼 몸을 변형시킬 수 있었을지도 모른다. 하지만 지금은 안 된다. 자신의 옷을 다 벗어 일레인에게 입혀 줄 수만 있어도 기쁠 것 같았다.

리드는 손을 들어올려 일레인의 뺨에 가볍게 댔다. 일 초가 무척 길게 느껴졌다. 그러자 일레인이 팔을 들어 그의 손을 잡았다. 아주 천천히. 두 사람은 이렇게 마주 서서 상대의 감촉을 느꼈다.

사실 리드는 사람들의 손이 두려웠다. 소름 끼칠 정도로 호기심 어린 사람들의 손길이 두려웠다. 그들은 아무 때나 어떤 구실을 대서든 그를 만지려 들었다. 악수라도 할라치면 그의 아귀힘이 얼마나 센지 확인이라도 하려는 듯 아주 세게 잡았다. 그의 고무 몸이 얼마나 단단한지 알아보려고 우연을 가장해서 어깨에 손을 올리기도 했다.

'오늘 리드 리처즈랑 악수했는데 엄청나게 큰 껌을 만지는 것 같더라니까.'

다른 사람의 손길은 당혹스럽고 귀찮았지만 일레인의 손길은 그렇지 않았다. 그녀의 손이 그의 몸을 미끄러져 내려와 그의 목과 팔을 지나는가 싶더니 셔츠 속으로 들어가 상체를 더듬었다. 그녀의 손길이 지나간 곳이 불에 덴 것처럼 화끈거렸다. 그 길을 따라 틈이 벌어지며 뜨거운 용암이 분출할 것만 같았다. 특히 가슴에서 복부까지 수

직으로 길게 난 틈으로는 가늠하지 못할 만큼 강한 열기가 분출했다.

두 사람은 꼭 껴안았다. 입으로는 쉴 새 없이 이야기를 하고 몸으로는 상대를 쓰다듬고 어루만졌다. 리드와 일레인이 플로리다 사건을 비롯해 옛 추억을 더듬는 동안 그들의 몸도 상대의 몸을 자유롭게 더듬었다. 그렇게 몇 시간이고 떠들 수 있을 것 같았다. 그러다 두 사람의 입술이 조금씩 가까워졌고, 너무 가까워져 더 이상 한 마디도 할 수 없을 지경에 이르렀을 때 마침내 입을 맞췄다. 다시 침묵이 흘렀다.

*

리드는 일레인의 구두를 벗겼다. 혀끝으로 그녀의 부드러운 발을 핥다가 발목을 애무하면서 점점 위로 올라갔다. 미끈한 다리를 감탄스러운 눈으로 바라봤다. 그가 그녀의 몸의 중심부에 감히 접근하지 못하고 주저하자 일레인이 원피스를 벗었다. 자그마한 팬티 외엔 아무것도 걸치지 않았다. 희미한 조명 아래 누운 일레인의 몸에는 방해물이 하나도 없었다. 리드는 그녀의 부드럽고 따뜻한 속살을 응시하다가 가만히 몸을 낮췄다. 일레인의 가슴이 그의 입안에서 달콤하게 녹아내렸다.

리드는 입술로 아래로 더듬어 내려갔다. 작은 오아시스 같은 배꼽에 이르자 그녀의 배가 사구에 쌓인 모래처럼 사르르 떨렸다. 그는 팬티를 만지다가 얼굴을 묻고는 그녀의 향취를 들이켰다. 순백의 향이 느껴졌다. 일레인이 슬며시 다리를 들어 리드가 팬티를 내릴 수 있도록 도와줬고, 리드는 일레인의 미끈한 다리를 따라 팬티를 내리는 동작을 무한히 반복할 수 있으면 좋겠다고 생각했다.

리드는 불그스레한 솜털에 살며시 입술을 댔다. 일레인의 입에서 가늘게 한숨이 새어 나왔다. 순간, 리드는 정신이 번쩍 들어 자기 몸과 주변을 의식했다. 땀에 젖은 그의 몸, 침실, 은은하게 빛나는 램프, 깨끗한 시트가 한눈에 들어왔다. 일레인이 그의 머리를 잡고는 그가 자신의 눈을 똑바로 쳐다보도록 유도했다. 그러고는 탄식하듯 그를 불렀다.

"리드."

그때까지도 옷을 입고 있던 리드는 그제야 옷을 벗기 시작했다. 셔츠 단추를 풀자 탄탄한 복근이 드러났다. 일레인이 은근히 안심하며 그가 옷 벗는 걸 거들었다.

'내 나이에 이 정도면 나쁘지 않지.'

리드는 속옷을 벗지 않고 다시 일레인의 몸을 애무하기 시작했다. 일레인의 안달에도 불구하고 결전의 순간을 뒤로 미뤘다. 리듬을 유지하는 게 중요했다.

'흠, 더 이상 기다릴 수 없어.'

리드가 순식간에 사각 팬티를 벗어 내렸다. 흠뻑 젖은 음경이 훤히 드러났다. 일레인의 손길을 느낀 순간, 그는 눈을 감았다. 일레인의 손바닥 안에서 그의 음경이 요동쳤다. 그런데 그녀가 쥐고 있는 동안 혹시라도 발기 상태가 지속되지 못하면 어쩌나 슬며시 걱정됐다.

'그걸 자세히 살피지 마. 얼마나 무거운지 가늠하지도 마. 유일하게 내가 통제할 수 없는 부분이니까. 내 의지와 상관없이 파트너의 욕구에 따라 멋대로 변하니까.'

그의 속내를 알아차린 듯 일레인의 눈이 푸른 광채를 번뜩였다. 그녀는 항복의 표시로 손을 머리 뒤로 한 채 편하게 누웠다. 천분의 일 초만큼 짧은 시간에 리드는 심연처럼 깊은 일레인의 눈동자에 빠져들었다. 그 아래 깊은 곳에 무언가가 있었다. 리드는 더 자세히 보려고 몸을 낮췄다. 몸과 몸이 포개지고 시선과 시선이 마주쳤다. 일레인의 눈은 비밀 통로로 이어지는 입구처럼 반짝거렸다. 어둑한 조명 아래서 보니 얼굴이 달라 보였다. 더 말랐고 신비로웠다. 그에게 보여 주기 위해 오랜 세월 동안 변치 않고 기다려 온 것만 같았다.

"일레인."

리드는 일레인의 이름을 속삭이며 순식간에 그녀의 유구한 역사를 더듬었다. 150여 년 전 지독한 가난을 뒤로 하고 신대륙을 찾아 나선 사람들, 온갖 역경을 극복한 그들의 위대한 삶이 스치듯 지나갔다. 그들은 서로 아끼며 똑같은 꿈과 희망을 품었다. 그는 떠나온 조국 아일랜드의 파릇파릇한 대지를 추억했다.

그는 그녀 안으로 미끄러져 들어갔다. 아무런 생각도 하지 않았다. 통제하려고도 하지 않았다. 그랬다가는 그의 물건 크기에 영향을 미칠 수 있었다. 그래서 리드는 몸이 알아서 하도록 맡겼다. 맞물린 두 육체가 자연스럽게 움직일 수 있도록 아무 생각도 하지 않았다. 이따금 그는 다른 사람의 몸 안에서 너무 팽창하면 어쩌나 두려워하곤 했다. 하지만 지금은 그런 걱정도 접었다.

'그런 일은 일어나지 않아. 넌 일레인을 죽이지 않을 거야. 그런 걱정 따윈 집어치워.'

전율이 파도처럼 일어나 그의 고무 몸속으로 자꾸만 자꾸만 퍼져 나갔다. 리드는 계속 움직였다. 일레인이 다리로 그의 허리를 감쌌다. 그녀의 얼굴이 녹아내릴 듯이 일그러졌다. 절정에 오른 순간, 그들은 그 자세로 얼어붙은 듯이 멈췄다. 리드는 몸 안에서 광명의 빛줄기가 솟아오르는 것을 느꼈다. 그 빛이 다리 쪽에서 얼굴 쪽으로 밀려오더니 눈 밖으로 쏟아져 나왔다. 눈앞이 환해지며 모든 게 선명해졌다. 일레인의 벌어진 입술이 보였다. 그의 이름을 소리쳐 부를 때 목젖이 바르르 떨리는 것도 보였다. 리드는 그 외침 속으로 사라지고 싶었다. 그녀 안으로 녹아들고 싶었고, 마침내 그는 일레인 옆에 나란히 누웠다. 숨을 헐떡이며 무슨 말을 해야 할지 몰라 헛기침을 했다. 처음으로 몸을 섞고 난 감흥에서 벗어날 때까지 둘은 한참 동안 그렇게 누워 있었다.

*

해가 뜰 무렵에야 리드는 일레인을 집에 데려다 줬다. 너무 이른 시간이라 기사를 부르지 못해 택시를 잡아탔다. 동트기 직전 거의 텅 빈 거리를 택시가 쏜살같이 달렸다. 두 사람은 말없이 꼭 껴안고 있었다. 리드는 일레인과 헤어지는 게 내키지 않았다. 하지만 일레인은 몇 시간 후에 휴스턴행 비행기에 몸을 실어야 했다. 짐도 싸고 준비할 게 많았다.

리드는 일레인의 머리칼을 어루만졌다. 그녀의 따스한 숨결이 셔츠를 지나 가슴팍까지 전해졌다. 택시가 교차로에 멈췄을 때 리드는 환경미화원 두 명과 눈이 마주쳤다. 둘 다 한껏 부러운 표정으로 택시 안을 쳐다보면서 축하 기도라도 하듯이 손을 들어 보였다. 리드도 손을 흔들며 화답했다. 처음으로 사랑을 나눈 커플에게서 뿜어져 나오는 사랑의 기운이 일레인과 자기에게서도 발산되나 보다고 리드는 생각했다. 리드는 잠든 일레인의 귀에 대고 속삭였다.

"세상도 우리 사랑을 알아차렸나 봐."

택시가 브루클린으로 진입해서 한참 달리고 있을 때 일레인이 깜짝 놀라며 눈을 떴다. 몇 시간 푹 자다 일어난 사람처럼 주변을 둘러보더니 이내 정신을 차리고는 리드에게 살짝 키스를 했다. 택시가 멈취 섰다. 일레인의 집 앞이었다. 택시에서 내리는 일레인의 목덜미에 리드가 얼굴을 바짝 대고 말했다.

"며칠 뒤에 봐."

일레인이 택시 문을 열자 상쾌한 바람이 차 안으로 훅 들어왔다. 리드는 일레인이 건물 안으로 들어가는 모습을 지켜봤다.

동이 트면서 은빛 방패에 반사된 듯 사방이 환해졌다. 택시가 맨해튼으로 돌아오는 동안 태양이 점점 더 솟아올랐다. 이스트 강의 물결은 대양을 향해 잔잔히 흘렀고, 하늘 높이 솟은 건물은 아침 햇살에 하나둘 모습을 드러냈다. 태양이 떠오르자 도시가 한껏 살아났다. 맨해튼이 그를 향해 달려오는 것 같았다. 리드는 눈부신 광경에 새삼 감사했다.

그에게 맨해튼은 한동안 낯선 도시였다. 그는 오랫동안 기억의 그림자 속에 갇혀 지냈다. 새로울 게 없는 나날이었다. 그는 이 도시에서 견딜 수 없을 만큼 외로웠다.

택시가 기다란 다리를 뒤로 하고 리틀 이탈리아를 향해 질주하는 동안, 마법에라도 걸린 듯 도시가 되살아났다. 리드는 피로가 엄습해 택시 뒷자리에 꺼질 듯 몸을 기댔다. 리드는 자신이 이 도시를 여전히 사랑한다는 사실을 새삼 깨달았다. 그의 도시 뉴욕. 뉴욕은 서구 낭만주의의 정수였다. 리드는 잠에 빠져들면서 생각의 실타래를 끝없이 풀어갔다. 예전처럼 고무 몸을 한껏 늘려 이 도시를 감싸 안을 수 있을 것 같았다.

*

뉴욕에 가을이 찾아왔다. 조금씩 햇살이 누그러졌고 어쩌다 한 번씩 상큼한 바람도 스쳤다. 그러더니 밤에는 서늘한 기운이 감돌며 도시 분위기가 눈에 띄게 달라졌다. 거리를 오가는 사람들의 옷차림도 조금씩 바뀌었다. 여자들은 더 이상 민소매 차림으로 거리를 활보하지 않았다. 센트럴파크도 짙푸른 녹색 옷을 벗고 퇴색하기 시작했고 해가 저무는 시간도 조금씩 빨라졌다.

리드는 날마다 일에 파묻혀 지냈다. 애너벨이 퇴근한 뒤에도 사무실에 남아 이메일을 쓰거나 강의 자료를 준비했다. 그러면서 일레인에게 전화해도 되는 시간이 오기만을 기다렸다. 그는 날이 저물든 말든 신경 쓰지 않으려고 애썼다. 해가 지면 왠지 모를 불안감이 엄습했기 때문이다. 가을이 깊어갈수록 그의 속은 점점 더 타들어 갔다.

리드는 그해 여름에 일레인과 함께 유럽에 가지 못했다. 그는 일레인과 함께 런던의 웨스트엔드 번화가에서 저녁을 먹고, 워털루브리지에서 템스 강을 바라보고 싶었다. 경비행기를 타고 영불해협을 건너며 유럽의 풍광을 감상하고 싶었다. 하지만 일레인은 다른 계획으로 분주했다. 여름 내내 뉴욕과 휴스턴을 오가며 훈련 과정을 소화했다. 지금 아니면 영영 끝내지 못할 거라며 하루도 훈련을 빼먹지 않았다. 결국 리드는 유럽 여행을 취소하고 주말에만 일레인을 만났다. 간절한 바람과는 달리, 그는 여름 내내 맨해튼에서 한 걸음도 나가지 못했다.

그러나 리드가 안달한 이유는 다른 데 있었다. 바로 버나드였다. 그렇다. 버나드 때문이었다. 일레인의 훈련 동료이자 리드가 처음에 그녀의 남자 친구라고 오해했던 바로 그 자식 때문이었다. 일레인의 휴스턴 훈련에는 늘 버나드가 동행했다. 새벽 비행이 있기 전날에는 그녀의 아파트에서 밤을 보내기도 했다. 버나드는 체격이 좋았고 용모도 준수했다.

어느 날 오후, 리드는 인터넷으로 버나드를 검색했다. 그가 아는 온갖 데이터베이스에 그의 이름을 입력했다. 한참 검색에 열을 올리고 있을 때 갑자기 인터폰이 울렸다.

"리드!"

여느 때처럼 일부러 활기차게 꾸민 애너벨의 목소리가 울렸다.

"경찰이 찾아왔어요. 기억하시죠? 오늘 아침에 전화 주셨던 분이에요."

"물론 기억하지."

리드가 무뚝뚝한 목소리로 대답했다. 순간적으로 짜증이 치밀었다. 그날 저녁까지 마무리해야 할 일도 많았고 버나드에 대한 정보도 찾아야 했다. 경찰은 요즘도 오래된 법률 사건을 들이밀며 그를 찾아오곤 했다. 그가 슈퍼히어로로 맹활약하던 당시 잡은 범죄자에 대한 문제로 여전히 그를 성가시게 했다.

경찰이 사무실로 들어왔다. 경찰복 대신에 깔끔한 정장 차림이었다.

"데니스 드 빌라 형사입니다."

리드는 형사와 악수했다. 이 자도 속으로 '미스터 판타스틱의 손이야! 진짜로 고무 같잖아!' 라고 생각할까 봐 내심 언짢았다.

하지만 사내는 그런 생각을 하는 것 같지 않았다. 심각한, 아니 근엄한 표정을 짓고 있었다. 키가 그리 크지는 않았지만 다부진 체격으로 삼십 대 정도로 보였다.

일레인과 데이트를 시작한 이후로 리드는 다른 남자를 새로운 관점에서 살피는 버릇이 생겼다. 여자 눈에 매력적으로 보일까? 내 경쟁자가 될 정도인가? 혹시 버나드보다 더 만만찮은 경쟁 상대인가?

드 빌라 형사는 책상 맞은편 소파에 앉았다. 잠시 리드를 응시하더니 입을 열었다.

"제가 여기 왜 왔는지 궁금하실 겁니다."

사실 리드는 전혀 궁금하지 않았다. 아니, 그런 건 안중에도 없었다. 어떻게 하면 버나드를 엿 먹일까 궁리하느라 바빴다. 기밀 자료를 다 뒤졌지만 어떤 정보도 찾지 못했다. 결국 검색 도구를 활용해서 일반 사이트를 둘러봤다. 컴퓨터 화면에 검색 결과가 담긴 구글 페이지가 떴다. 버나드 던과 관련된 정보가 몇 페이지에 걸쳐 나왔다. 리드는 형사의 눈을 피해 가며 그 목록을 살폈다. 버나드가 대학 때 수강했던 과목, 활동했던 농구팀에 관한 오래된 기사 몇 개뿐 특별한 정보는 없었다. 인터넷의 탁월한 검색 실력도 이 젊은 친구에게는 전혀 먹히지 않았다.

"잠깐이면 됩니다."

드 빌라 형사가 입을 열었다.

리드는 낮게 한숨을 내쉬고는 어떻게든 대화에 집중하려고 노력했다.

"내가 한번 맞혀 볼까?"

리드가 약간 짜증 섞인 목소리로 물었다.

"법률적인 문제로 온 거 아닌가? 옛날 사건이라도 파헤친 건가? 이삼십 년 전에 벌어진 사건에 대해 내 증언이 필요한가?"

"그런 건 아닙니다."

데니스 드 빌라는 그의 말에 대답하며 다시 리드를 응시했다. 둘 사이에 잠시 냉랭한 침묵이 흘렀다. 형사의 시선은 생각보다 강렬했다.

"배트맨 살인 사건을 알고 계실 겁니다."

목이 쉬었는지 목소리가 조금 갈라졌다. 펑펑 울었는지, 아니면 강렬한 빛에 노출됐는지 모르겠지만 눈도 벌겋게 충혈된 상태였다.

"물론 알고 있네."

리드가 고개를 끄덕였다. 그리고 이번엔 다소 정중한 투로 덧붙였다.

"그렇게 끔찍하게 죽다니……. 듣기로는 재판이 곧 열린다지?"

드 빌라 역시 고개를 끄덕이며 말했다.

"맞습니다."

다시 침묵이 흘렀다. 그런데 갑자기 삐! 소리가 울리며 침묵이 깨졌다. 이메일 수신을 알리는 소리였다. 일레인에게서 온 소식일까 싶어 리드는 얼른 스크린을 확인했다. 별것 아니었다. 그의 눈이 다시스크린의 다른 창 쪽으로 넘어갔다. 시답잖은 결과만 보여 주는 구글창이 잔뜩 열려 있었다. 버나드, 버나드, 버나드. 그 이름이 다시 리드의 머릿속에서 맴돌았다.

리드는 드 빌라 형사 쪽으로 예의상 고개를 돌렸지만 이제 그에 대한 흥미는 사라졌다. 눈이 왜 벌겋게 충혈됐는지 알고픈 마음도 사라졌고, 마주 앉아 이야기를 들어줄 생각도 없었다. 이젠 그저 얼른 일어나서 나가 주기만 바랐다.

하지만 리드의 속내야 어떻든 형사는 이런 저런 질문을 던졌다. 요새 이상한 일이 벌어지진 않았는지, 누가 뒤를 쫓아왔거나 몰래 엿본다는 느낌은 들지 않았는지 꼬치꼬치 캐물었다. 은퇴한 슈퍼히어로에게 심각한 일이 벌어지고 있고, 새로운 살인 사건이 일어날지도 모른다는 우려도 표명했다. 정황상 그런 낌새가 보인다는 것이다.

리드는 형사를 안심시켰다. 별다른 일은 없었으며, 누구에게도 해를 끼치지 않았기 때문에 자신을 건드릴 만한 사람도 없다고 했다. 평범한 시민으로 조용히 살아가는 자신에게 누가 무슨 이유로 음모를 꾸미겠는가?

리드는 형사에게 이런 이야기를 차분히 전했다. 한때 경찰이 그를 비롯한 슈퍼히어로들에게 도움을 청하러 찾아왔다는 점을 상기시키며 자신이 경찰에게 도움을 청할 일은 없을 거라고 못 박았다. 옷도 잘 차려입고 인상도 좋아서 이야기를 더 나누고 싶지만 할 일이 너무 많아서 노닥거릴 시간이 없다는 점도 분명히 전했다. 사실이었다. 버나드에 대해 생각할 게 많았으니까. 사실 머릿속은 이미 그에 대한 생각으로 꽉 차 있었다.

리드는 다시 컴퓨터 스크린으로 눈을 돌렸다. 검색 엔진의 마법을 다시 동원하고 싶었다. 연적에 관한 정보를 캐는 일에 몰두해야 했다. 일레인은 버나드가 동성애자라 질투할 이유가 없다며 그를 안심시켰다. 그런데 구글 검색에서 버나드가 게이라는 단서는 하나도 나오지 않았다. 각종 동성애자 단체, 남성 전용 클럽, 게이 출신 농구선수, 게이 우주인 등 온갖 자료를 뒤져도 버나드의 이름은 나오지 않았다. 동성애자는 대개 단체에 가입해서 권리를 주장하거나 존재를 알리려고 안달한다. 하지만 인터넷을 전부 뒤졌는데도 그의 흔적은 어디에도 없었다. 일레인이 작정하고 속인 게 아니라면 버나드가 게이라서 그의 연적이 될 수 없으며 리드 자신이 너무 예민하게 군다는 걸 확인해 줄 근거는 전혀 없었다. 온갖 정보로 가득한 가상 세계에서 질투에 눈이 먼 연인이 찾는 정보는 단 한 줄도 나오지 않았다.

드 빌라는 리드를 계속 응시했다. 또다시 침묵이 흘렀다. 결국 형사가 자리에서 일어나며 이상한 낌새가 보이면 언제든 연락하라며 명함을 내밀었다. 리드는 명함을 손가락 사이에 끼우고는 이 빳빳하고 네모난 종이가 뭔지 모르는 사람처럼 잠시 멍하니 서 있었다. 그러다 퍼뜩 정신을 차린 후 형사를 문 쪽으로 안내했다. 막상 형사가 떠나려 하자 미안한 마음이 들었다. 악수하면서 리드는 형사에게 가을이면 찾아오는 알레르기 증상에 주의하고 눈을 보호하라고 말해 주고 싶었다.

리드가 버나드에 대한 정보를 캐려고 할 때마다 일레인은 무안을 줬다.

"리드, 정말 왜 그래요. 버나드 얘기 좀 그만해요. 그가 당신에게 뭘 입증해야 하는 건지 정말 모르겠어요. 제가 이미 다 말했잖아요. 그러니까 이제 더 이상 그 얘기 꺼내지 마세요. 알아들으셨죠?"

리드는 다 알아들었다. 적어도 며칠 동안은. 그러다가도 시간이 좀 지나면 다시 의심과 집착이 스멀스멀 피어올라 전보다 더 심하게 그를 괴롭혔다. 예전에 함께 일하던 동료들에게 도움을 청할까도 생각했다. 이런 분야에선 전문가들이니 버나드의 삶을 뒷조사해 완벽한 보고서를 가져다 줄 테니까. 그의 일상과 버릇, 친구 관계, 성적 취향에 따른 남성 편력이나 여성 편력 등 리드의 궁금증을 일거에 날려줄 자료를 며칠 만에 대령할 것이다. 하지만 리드는 이런 생각까지 하는 자신이 너무 한심했고 일레인의 말을 믿지 못하는 것에 심한 죄책감도 느꼈다.

'이게 무슨 짓인가? 한 사람을 이토록 사랑하면서 그 사람의 말을 전혀 믿지 못하다니!'

하지만 사실 버나드는 리드의 고민거리 중 일부에 지나지 않았다. 그의 머릿속에는 일레인과 관련된 온갖 다른 문제가 산적해 있었다. 함께 휴가를 떠나자는 그의 제안에 일레인은 들은 척도 하지 않았다. 그가 연락할 수도 있다는 사실에 아랑곳하지 않고 바쁠 땐 휴대전화를 꺼 놓았다. 그러면서도 하고 싶은 것은 무엇이든 해야 직성이 풀렸다. 누가 이래라 저래라 간섭할 수 있는 여자가 아니었다. 하물며

남자가 소유할 수 있는 여자는 더더욱 아니었다. 그러니 어떻게 감히

리드가 그녀를 자기 여자라고 생각하고 소유할 수 있겠는가?

그런데 지금 리드는 딱 그렇게 행동하고 있었다.

일레인이 그의 집에서 자고 가는 날에는 승리감에 들떠서 어쩔 줄 몰랐다. 리드는 그녀를 안고 있으면 세상을 다 얻은 것처럼 흐뭇했다.

'일레인이 내 품에 포근히 안겨 있어!'

그런 날은 새벽이 일찍 찾아왔다. 창문을 뚫고 훼방꾼마냥 두 사람 사이를 비집고 들어왔다. 이 시간이 되면 두 사람은 더 꼭 껴안았다. 반쯤 깬 상태로 서로의 몸을 더듬었다. 이른 아침에 나누는 섹스는 그야말로 호사였다. 리드는 눈도 뜨지 않은 채 그녀 안으로 미끄러져 들어갔다. 그러다 절정에 다다를 때쯤 눈을 번쩍 뜨고서 의기양양하게 그녀를 내려다봤다.

그런 다음에는 곧바로 일어나야 했다. 일레인이 자기 집에 들렀다 나가려면 서둘러야 했기 때문이다. 때로는 집에도 못 들르고 뉴저지주의 우주 센터나 공항으로 곧장 갔다. 리드는 자제력과 효율성이 뛰어난 사람이라 그녀를 억지로 더 붙들지는 않았다. 그렇게 굴었다가는 비참해질 게 뻔했기 때문이다. 그 대신 헤어진 뒤에도 자신을 생각할 수 있도록 뭔가 인상적인 모습을 심어 주려고 애썼다.

그래서 활기차게 아침 식사 준비를 했다. 스코틀랜드산 훈제 연어, 프랑스산 치즈, 유기농 시리얼, 맛있는 수입 과일 등으로 정성껏 차렸다. 유기농 식품만 취급하는 터무니없이 비싼 식료품점에서나 구입할 수 있는 재료였다. 일레인이 차를 즐겨 마신다는 이야기를 듣고는 일본에서 직접 값비싼 차를 구하기도 했다. 아무튼 그는 완벽한 아침상을 대접하려고 세세한 부분까지 신경 썼다. 그녀와 함께 있는 한 모든 게 완벽해야 했다. 그래야 그가 없는 시간이 허전하고 덜 완벽해 보일 테니까. 그래야 그가 그립고 아쉬울 테니까.

음악도 신경 써서 준비했다. 옷을 입거나 식사하는 동안 늘 잔잔한 배경 음악을 틀어놨다. 섬세한 멜로디와 탐미적 감성을 자랑하는 제프 버클리처럼 한 번 들으면 하루 종일 귓가에 맴도는 노래로 골랐다.

그는 언제 어디에서나 일레인의 의식 속에 존재하고 싶었다. 하루종일 그녀 안에서 메아리치고 싶었다. 유령처럼 그녀 주변에서 얼쩡거리고 싶었다. 리드는 이런 데 신경 쓰며 안달해 본 적이 없었다. 누군가가 하루 종일 자기를 생각하며 지내기를 간절히 바랐던 적도 없었다.

사랑에 빠지기 전까지만 해도 리드는 그저 평범한 육십 대 남자였다. 슈퍼히어로 생활을 청산한 뒤로 초능력도 상당히 떨어졌다. 하지만 다른 사람을 향한 이토록 강렬한 욕망을 경험하기 전까지는 온갖 제약을 그러려니 받아들였다. 그런데 지금 그녀에게 할 수 있는 게 너무 없었다. 일레인을 자신의 여자로 묶어 둘 자원이 너무나 빈약했다.

리드에게 일레인은 가까이 있는 것 같다가도 한없이 멀게 느껴지는 존재였다. 마음이 평온하다가도 갑자기 머릿속이 뒤죽박죽 혼란스러웠다. 일레인은 그의 집에서 눈을 뜨면 간단히 씻고 머리를 말리지도 않은 채 식탁에 앉아서는 한두 가지 집어 먹곤 바로 가방을 챙겨 떠나 버렸다. 리드는 서둘러 떠나는 그녀를 매번 엘리베이터까지 배웅했다. 대개는 가벼운 키스나 포옹으로 작별했다. 때로는 손을 변형해서 수줍게 장미를 선사했다. 그러면 일레인은 미소 지으며 냄새를 맡는 시늉을 했다. 자그마한 장미를 피워 내느라 리드의 손과 팔이 오전 내내 얼마나 고통스러운지 그녀는 몰랐다.

일레인이 떠나고 나면 리드는 일상으로 돌아가는 것 외에 달리 할 일이 없었다. 책상에 앉아 일을 하면서 또 다른 하루를 보내야 했다. 그의 머릿속에서 끓어오르는 집착을 아무도 눈치채지 못했다. 리드는 여느 때와 마찬가지로 싹싹하고 생산적이고 적당히 냉소적이었다.

그렇지만 그에 따른 중압감은 무척 컸다. 집착을 억누르고 내적 고통을 숨긴 채 아무렇지도 않은 척 행동하는 것이 너무 힘들었다. 날이 저물 때면 외로움과 피로감이 파도처럼 밀려들어 숨이 막힐 지경이었다.

조용한 밤, 리드는 거울에 비친 자신의 모습을 보며 이상한 낌새를 감지했다. 불안에 쫓기듯 눈이 흔들렸고 눈가에는 피곤의 그림자가 짙게 드리워져 있었다. 리드는 자기 눈에 그런 그림자가 서리는 것이 싫었다.

'외로워 미칠 것 같더라도 스타일은 유지해야 해. 불쌍한 늙은이처럼 보여선 안 돼.'

리드는 자신이 이런 지경에까지 이르렀다는 것을 믿을 수 없었다. 그것도 불과 몇 주 만에 딴 사람이 된 것은 더더욱 인정할 수 없었다. 한때 수많은 사람의 목숨을 구하고 경찰서장과 육군대령 앞에서 호령하던 그였다. 지금도 국제 과학계의 내로라하는 인사로 존경받고 있다. 그런 자신이 어떻게 이렇게 될 수 있단 말인가!

'평생 고무 인간으로 살아왔지만 이젠 더 이상 늘어나고 싶지 않아. 씰룩씰룩 몸을 뻗어 억지로 그녀의 삶에 헤집고 들어가고 싶지 않아. 아니, 그보다 더 많은 걸 원해. 모든 걸 갖고 싶어. 그녀에게 들어가서 몇 시간이고 머물고 싶어. 그녀를 속속들이 알고 싶어. 주말엔 모든 걸 접고 어디로든 함께 떠나고 싶어. 그녀를, 그녀의 나날을 지배하는 왕이 되고 싶어. 그녀가 나를, 내 나날을 지배하는 여왕이 됐으면 좋겠어. 그 밖에 다른 건 다 시시하고 의미 없어.'

하루 종일 비가 내렸다. 뚝뚝 떨어지는 빗소리가 도시 전체에 메아리쳤다. 아파트 건물에도, 거리에도, 택시 지붕에도, 버스 창문에도 빗방울이 떨어졌다. 거리를 분주히 오가는 사람들의 우산에도, 여행 안내서를 들여다보며 고심하는 여행객의 우산에도 빗방울이 떨어졌다. 스타벅스 창에 붙은 포스터도 빗줄기에 흠뻑 젖었다. 배수로에 밀려드는 빗물이 넘쳐서 주변 도로가 얕은 시내처럼 변했다. 차들은 거북이걸음으로 기어가며 빵빵거렸고, 외투가 흠뻑 젖은 사람들은 짜증스럽게 걸음을 재촉했다. 빗속의 뉴욕은 활기를 잃었다. 쏟아지는 빗줄기가 사무실 창문을 마구 두드리며 그 안에서 일하는 사람들을 옴짝달싹 못하게 했다.

리드는 어두워질 때까지 일만 했다. 오전에는 대학 교수들을 위한 세미나에 참석했다. 천체물리학계의 현안을 의논하는 데 많은 시간을 할애하고, 말미에는 참석자들의 요구에 따라 슈퍼히어로로 활약하던 시절의 이야기를 들려줬다. 이야기가 자연스럽게 샛길로 빠져 옛 추억과 그의 삶에 대한 이야기까지 나왔다. 보통 때 같으면 얼른 강의 주제로 돌아갔을 테지만 너무 피곤하거나 집중력이 떨어질 때는 그냥 분위기가 흘러가는 대로 놔뒀다. 리드는 과거에 얽매이는 사람이 아니었다. 그런데도 때로는 과거를 그리워하는 척 행동해야 했다.

빗속을 뚫고 사무실로 돌아와서는 다시 일에 파묻혔다. 조급한 마음을 억누르면서 학술지에 기고할 기사를 작성하고 워싱턴의 거물과 장거리 통화를 했다. 정부에서 새로 진행할 중요한 프로젝트에 그를 고문위원으로 초빙하고 싶다고 했다. 그들은 그를 온갖 프로젝트에 참여시키려고 했다. 기분 좋은 일이었지만 웬일인지 마음이 허전하고 불안했다.

불똥이 결국 애너벨에게 튀었다. 다음 날 있을 스케줄 중 두 개를 너무 촉박하게 잡아놨기 때문이다.

"스케줄을 살짝 겹치게 잡아서 시간을 아끼는 걸 좋아하시잖아요."

애너벨의 항변이 오히려 그의 화를 돋웠다.

"애너벨, 내가 좋아하는 것과 싫어하는 것을 당신이 멋대로 결정할 권리가 있나? 내 시간을 당신 마음대로 결정할 수 있다고 생각해? 그건 그렇고 왜 아직도 사무실에 있는 거지? 자네는 사생활도 없나?"

애너벨이 눈물을 뚝뚝 흘리며 사무실을 뛰쳐나갔다. 그 모습을 보고도 리드는 무심하게 생각했다.

'밖에는 비가 내리고 안에는 눈물이 흐르네. 안팎이 완벽한 평형 상태로군.'

리드는 여섯 시가 돼서야 일을 멈췄다. 눈을 감고서 아무 생각도 하지 않으려고 애썼다. 머릿속을 싹 비우고 싶었다. 예전에 티베트 승려가 몇 가지 명상 기술을 가르쳐 준 적이 있었는데 막상 써먹으려니 하나도 기억나지 않았다. 잡생각이 끊이지 않고 떠올랐다. 워싱턴, 애너벨, 온갖 약속, 섹스에 대한 갈망, 휴가…….

일레인은 지난 주말 내내 단 한 번도 연락하지 않았고 리드도 전화 한 통 걸지 않았다. 그는 품위를 지키고 싶었다. 그의 마지막 보루였다. 마침내 일레인이 아침에 전화해서는 저녁 때 만나자고 했다.

리드는 숨을 급히 들이쉰 뒤, 집으로 돌아와 샤워를 하고 어두운 색 셔츠를 걸쳤다. 아직 시간이 남아 몇 달 동안 보지 않던 TV를 켰다. 돌연변이 여성이 유명인사의 몸으로 변신하는 쇼 프로그램을 하고 있었다. 그녀는 미국에서 가장 유명한 슈퍼우먼 중 한 명이었다.

'나도 저런 걸 하면서 늙을 수도 있었어. TV 코미디 프로그램에 출연해 광대짓을 하거나 토크쇼 진행자로 살아갈 수도 있었어.'

쇼는 그런 대로 재미있었다. 일레인이 올 때까지 잠시 머리를 비우고 시간을 죽이는 데 적격이었다. 그때 벨이 울렸다. 리드는 무표정한 얼굴로 자리에서 일어났다. 그녀가 찾아올 때면 마냥 행복했다. 너무 들떠서 안정을 찾을 수 없을 정도였다.

리드는 일레인이 집까지 편히 올 수 있도록 차를 보냈다. 그런데도 일레인은 들어오면서 짜증을 냈다.

"차가 징그럽게 막혔어요!"

두 사람은 가볍게 입을 맞췄다. 일레인은 코트 속에 타이트한 원피스를 입고 있었는데, 목이 폭 파이고 다리가 훤히 보일 정도로 짧았다. 리드가 여태까지 봤던 여자 우주인 중에서 가장 섹시했다. 잘 차려입은 두 사람은 거실에 서서 잠시 머뭇거렸다. 리드의 기억으로는 애너벨이 캄보디안 레스토랑에 자리를 잡아뒀다고 한 것 같았다. 아니, 라오스 레스토랑이라고 했던가?

그런데 리드는 밖에 나가고 싶지 않았다. 사람들이 자기를 알아볼까 불안한 것도 싫었고, 함께 온 젊은 여자가 몇 살일까 호기심 어린 눈으로 쳐다보는 것도 싫었다.

"오늘밤엔 그냥 집에서 먹을까? 배달 음식 한 번 먹어 보겠어?"

"그것도 좋아요."

일레인이 흔쾌히 동의했다.

"저도 오늘은 완전히 죽을 맛이거든요."

사십 분 뒤, 두 사람은 카펫 위에 앉아 종이 상자에 든 타이 음식을 먹고 있었다. 거실에 흐르는 잔잔한 클래식과 밖에서 들리는 빗방울 소리가 교묘하게 어우러졌다. 이렇게 편하게 식사하기는 처음이었다. 신발도 신고 있지 않았다. 이대로 아늑한 실내에서 끝까지 편하고 행복한 시간을 보낼 수 있을 것 같았다. 리드는 자꾸만 일레인의 쭉 뻗은 다리에 눈이 갔다. 금방이라도 후끈 달아올라 침대로 안고 가고 싶었다.

그런데 대화가 자꾸 끊기면서 분위기가 어색해졌다. 나중에 돌이켜 생각해 봐도 무엇 때문에 논쟁이 시작됐는지 알 수 없었다. 그 문제는 꺼지지 않는 불씨요, 벌어진 상처였다.

"우리 사이에 문제가 있는 것 같아."

리드는 엉겁결에 이렇게 말했다. 그러면서 자신이 얼마나 침착한지 보여 주려고 화이트 와인을 한 모금 마셨다.

"그 문제는 다름 아니라……."

리드는 최대한 태연한 척하며 말을 이었다.

"난 당신의 그……. 뭐라고 해야 하나, 당신의 그 무심함을 이해할 수 없어. 연락을 뚝 끊었다가 갑자기 나타나서 아무 일도 없었다는 듯 행동하는 게 도무지 이해가 안 가."

일레인도 와인을 한 모금 들이켰다. 잔을 살짝 흔들어 황금빛 잔물결이 퍼져 나가는 모습을 가만히 지켜보더니 조용히 반박했다.

"리드, 당신은 내가 어디 있는지 알고 있잖아요. 언제든 연락할 수도 있고요."

리드는 빈정대는 소리로 들릴까 봐 목소리 톤을 일정하게 유지하려고 노력했다.

"물론이지. 당신이 어디 있는지 잘 알지. 훈련받느라 여념이 없다는 것도 알고 밤 늦은 시간까지 잠깐 짬을 내기도 어렵다는 것도 알아. 그래, 당신이 얼마나 바빴을지 짐작하고도 남아. 동료들 눈도 있고 버나드도 신경 써야 할 테니까."

갑자기 일레인이 잔을 탁 하고 내려놓았다.

"맙소사."

리드는 그 소리를 못 들은 체했다. 일레인의 신경을 건드렸으니 이제 분위기가 급속히 냉랭해질 것이다. 은은한 조명도, 슈베르트의 음악도, 그들의 벗은 발도 다 소용없었다.

"정말 믿을 수가 없어요. 또 버나드예요? 도대체 그에게 왜 이렇게 신경 쓰는지 물어봐도 돼요?"

일레인이 소리쳤다.

리드는 자리에서 일어나 빈 상자를 치우기 시작했다. 그러면서 태연한 목소리로 대답했다.

"난 신경 쓰는 게 아니야. 당신은 그가 게이라고 했지, 그렇지? 그런데 내가 왜 그를 신경 쓰겠어?"

리드의 빈정대는 말투에 일레인이 성난 목소리로 되받았다.

"정말 이해할 수가 없어요."

일레인은 머리까지 절래절래 흔들더니 자리에서 벌떡 일어났다. 그러고는 바닥에 남아 있던 상자를 치우기 시작했다.

"당신은 또 이렇게 얼렁뚱땅 넘어가는군."

리드가 비난하자 일레인은 오히려 더 큰 소리로 따졌다.

"리드, 내가 얼렁뚱땅 넘어간다고요? 천만에요. 당신이 너무 많은 걸 요구하는 거예요. 내 인생을 속속들이 구속하려고 하잖아요. 우리가 결혼한 부부라도 되나요?"

리드는 숨이 턱 막혔다. 분위기가 완전히 돌변했다. 뭔가 좋지 않은 일이 일어날 것만 같았다. 하지만 여기서 접을 수는 없었다.

"그게 무슨 말이야?"

이제 두 사람은 주방 쪽에 서 있었다. 빈 쟁반과 종이 박스와 잔을 식탁에 내려놓고 그 자리에 서서 똑바로 쳐다봤다. 거실 카펫을 벗어나니 바닥이 얼음처럼 차가웠다.

"당신을 만나면서 놀랍고 즐거운 일이 많았어요."

일레인이 아까보다 부드러운 목소리로 말했다.

"당신은 내 어린 시절 영웅이었으니까요. 그런 전설적인 인물이 그 날 우주 센터에서 내 눈앞에 나타났어요. 우리 둘 사이에 불꽃이 튀었죠. 당신의 눈과 내 눈에서."

일레인은 여기까지 말하고는 주변을 불편하게 돌아봤다.

"여긴 불이 안 들어오나요?"

리드는 미동도 하지 않았다. 불은 얼마든지 켤 수 있었다. 버튼만 누르면 주방을 훤히 비춰 줄 할로겐 램프가 크기별로 구비되어 있었다. 세계적인 조명 디자이너가 몇 십 년 전에 이 아파트에 멋진 조명을 달아놓았다. 하지만 리드는 불을 켜지 않았다. 거실 쪽에서 비치는 은은한 불빛만으로도 일레인의 성난 얼굴이 충분히 보였다.

"계속해 봐."

리드가 재촉하자 일레인이 아까 하려던 말을 이어 나갔다. 오래전부터 준비한 말처럼 술술 나왔다.

"당신은 중요한 사람이에요. 사람들의 존경을 받고 매력적이기까지 해요. 다른 슈퍼히어로들처럼 우스꽝스럽게 망가지지도 않았고요. 당신이 저를 좋아한다는 걸 알고 정말 놀랐어요. 당신과 데이트를 시작한 뒤로는 놀라움의 연속이었지요. 전에는 접해 보지 못했던 세계를 알게 됐으니까요. 그러니까 제 말은, 옛날 방식으로 연애할 수 있었다는 뜻이에요. 저를 데리러 차가 오고, 데이트할 때마다 멋지고 새로운 레스토랑에 가고, 첫날밤을 위해 오랜 시간을 기다리고……."

65

"잠깐."

리드가 중간에 끼어들었다. 일레인이 치명타를 날릴 거라 생각하고 있었는데, 이런 고백은 예상치 못했다.

"당신 말은 그러니까 평소에는 그렇지 않다는 뜻인가? 다른 남자하고는 오랜 시간을 기다리지 않는다는 거야?"

이 질문에 일레인은 깜짝 놀라는 것 같았다. 어스름한 불빛 속에서 슬쩍 미소까지 지어 보였다.

"리드."

일레인이 팔을 벌리며 말했다.

"전 시골 촌뜨기가 아니에요. 나이도 스물일곱 살이나 먹었죠. 일주일에 육십 시간 넘게 훈련받느라 죽을 맛이고요. 기회가 오면 곧바로 섹스를 하죠."

리드가 고개를 끄덕이며 물었다.

"그런데 나랑은?"

일레인이 잠시 생각하더니 말했다.

"당신하고는……. 글쎄요. 당신 또래 남자는 이렇게 하나 보다 생각했어요."

리드는 불에 덴 것처럼 온몸이 화끈거렸다. 먼저 얼굴이 벌게지더니 점점 아래로 뜨거운 기운이 번져 갔다. 최근에 그의 감정이 집중됐던 민감한 부위로 그 기운이 몰렸다.

"내 또래 남자라……."

이 말을 되뇌며 일레인의 얼굴을 똑바로 쳐다봤다. 희미한 불빛 아래서도 그녀의 얼굴은 다이아몬드처럼 단단해 보였다. 하도 단단해서 세월이 지나도 변할 것 같지 않은 얼굴, 어쩌면 주름은 좀 잡히겠지. 내 아내였던 수잔처럼……

그 순간, 전처 수잔의 얼굴이 떠올랐다. 두 얼굴을 비교하면서 과거의 삶과 지금의 불확실한 현실을 연결할 수 있는 것이 고마울 지경이었다.

"리드?"

일레인의 부름에 리드는 번뜩 정신이 들었다. 사방이 고요했다. 언제부터인지 음악도 꺼졌고 빗소리도 멈췄다. 두 사람의 말소리 외에는 아무 소리도 들리지 않았다.

"계속해 봐."

리드가 다시 말했다.

"딱히 할 말은 없어요."

일레인이 한숨을 쉬며 말했다.

"그냥 그런 상황이 흥미로웠어요. 정말 멋진 시간이었죠. 그런데 당신은 내게 너무 많은 걸 기대하는 것 같아요. 아무래도……."

일레인은 잠시 주저하다 말을 이었다.

"아무래도 우리 관계에 대해 서로 생각이 다른 것 같아요."

리드는 다시 고개를 끄덕였다.

"이제 그만 만나는 게 좋을 것 같아요, 리드."

"그래. 그러는 게 좋겠군."

리드는 그가 꾸며낼 수 있는 가장 태연한 목소리로 대답했다.

*

삶이 다시 그를 중심으로 돌아갔다. 더 이상 집착하지도 않고 어리석게 기다리지도 않으며 새벽까지 뒤척이지도 않았다. 아니, 그렇게 하지 않겠다고 굳게 다짐했다. 리드는 예전의 자신으로 돌아가고 싶었다. 품위 있고 강직하고 조금은 냉소적인 사람으로. 때로는 금방 그렇게 되는 것 같았다. 지난 몇 달 동안 벌어진 일은 그저 신기루일 뿐이었다. 쇼핑하러 가서는 이탈리아의 유명 디자이너가 제작한 심플하고 우아한 정장을 골랐다. 젊었을 때부터 이런 정장을 입었지만 요즘처럼 멋져 보인 적이 없는 것 같았다.

'자, 봐.'

리드는 거울 앞에 서서 생각했다.

'멋지잖아. 내가 되고 싶었던 바로 그런 사람이야. 혼자서도 이렇게 멋지고 우아하잖아.'

또한 리드는 애너벨에게 사과하는 뜻으로 꽃을 사다 줬다. 처음엔 초콜릿으로 할까 생각했지만 역효과일 것 같아 마음을 바꿨다.

하지만 전혀 다른 때도 있었다. 세탁소에 옷을 맡길 때나 《뉴욕 타임스》의 일요판 기사를 읽을 때, 반스 앤 노블 서점에서 구입한 책을 뒤적일 때는 마음이 너무 허전했다. 따뜻한 물로 샤워하면서 자신의 변치 않는 몸을 더듬을 때, 특수 시설에서 트레이너의 감독하에 스트레칭을 할 때도 옆구리가 너무 시렸다. 그가 늘 해오던 일을 할 때면 빈자리가 너무 크게 느껴졌다. 일레인이 이 도시 어딘가에 있다는 생각에 일이 손에 잡히지 않았다. 시도 때도 없이 그녀가 떠올랐다. 일레인은 창문을 흔드는 바람이었고, 세상 모든 것에 스며든 정령이었다. 하지만 그는 그녀의 이름조차 부를 수 없었다.

책상에 앉아 생각을 집중하려고 애쓰던 어느 날, 프랭클린에게서 이메일이 왔다. 리드는 보낸 사람 이름을 보고 깜짝 놀랐다. 세상 어딘가에 자신과 같은 성을 쓰는 사람이 있다는 사실에 새삼 감격했다. 프랭클린 리처즈. 그의 아들. 지난 몇 주 동안 아들은 통 소식이 없었다. 그래서 그가 뉴욕에 있는지 아니면 다른 곳에 있는지도 몰랐다.

'아버지한테 계속 얘기해야지 했는데 깜빡한 게 있어요. 조지 호텔의 그 작자 말이에요. 이름이 뭐더라, 아무튼 말총 속옷을 입고 다닌다는 그 작자 말이에요. 누군지 아시죠? 아무튼 그자가 카르티에 시계를 보냈더라고요. 그것도 제가 바그다드에 머물 때요. 그곳에서 제가 카르티에를 손에 들고 어떤 기분이었을지 상상해 보세요. 어쨌든 시계는 바로 이베이에 올려서 팔아치웠어요. 그런데 그자가 제 주소를 어떻게 알아냈을까요? 필시 아버지한테 연락했겠죠?'

리드는 레이먼드 미네타가 전화했던 날이 한없이 먼 옛날처럼 느껴졌다. 그가 일레인을 만난 직후였다. 그때만 해도 앞으로 무슨 일이 펼쳐질지 아무것도 몰랐다. 도대체 시간이 얼마나 흘렀을까? 불과 몇 달 전 일인데 마치 전생에 있었던 일처럼 아득했다.

리드는 상념을 접고 프랭클린의 편지로 되돌아갔다.

'제가 보기에는 말이죠, 그자가 자기네 호텔 헬스 클럽에 와 달라는 것 같아요. 그런데 왜 다들 그렇게 헬스 클럽에 목매는지 이해할 수가 없어요. 뉴욕에 갈 때마다 다들 제가 어디서 운동하는지, 사우나는 어디를 이용하는지 묻더라고요. 제가 뭐라고 하겠어요? 아무데나 간다고 둘러대죠. 뉴욕에서 지내는 시간이 얼마 되지도 않는데. 참, 이렇게 이메일을 쓴 이유는 오늘밤 저에 관한 다큐멘터리가 방송된다는 얘기를 하려고요. 아버지가 원래 TV를 잘 안 보시지만 그래도 알려 드려야 할 것 같아서요.'

리드는 답장을 썼다가 그냥 지워 버렸다. 뭔가 진실된 이야기를 적어야 할 것 같았다. 지난 몇 달 동안 그가 놓치고 있는 게 바로 진실이었기 때문이다. 아들과 진솔한 이야기를 나누고 싶었다.

'내가 요새 너보다 더 어린 여자한테 푹 빠졌단다. 지금은 어떻게든 헤어나려고 애쓰는 중이다.'

하지만 곧 마음을 바꿨다. 속내를 적나라하게 드러내는 것은 그답지 않았다. 그런데도 아들에게 털어놓으면 마음이 홀가분해질 것 같았다. 위로받고 싶었다. 하지만 동정받고 싶지는 않았다. 불쌍해 보이고 싶지도 않았다.

게다가 끝장난 사랑 이야기보다 중요한 일이 많았다. 처리해야 할 일도 쌓여 있고, 외교 간담회도 여러 건 기다리고 있었다. 그녀에 대한 생각을 접어야 하는 이유가 족히 수십 가지는 됐다. 새벽에 눈을 떠서 혼자라는 생각에 치를 떨지 말아야 할 이유가 너무나 많았다.

*

그날 밤, 리드는 일을 마친 후 UN 직원과 호화로운 레스토랑에서 식사를 했다. UN 직원은 그에게 동유럽 여러 대학에서 진행되는 과학 훈련 프로그램에 대해 장황하게 늘어놓았다. 지루한 이야기였다. 리드는 식사를 마치고 일찍 집으로 돌아왔다. 달리 할 일도 없어서 TV를 켰다.

최근엔 TV 보는 일이 잦아졌다. 물론 TV 덕에 슈퍼히어로가 구시대 유물로 전락했기 때문에 좋아하지는 않았다. 슈퍼히어로가 TV에 나온 뒤로 사람들은 그들을 영웅이 아니라 연예인으로 생각하기 시작했다. 리드는 그런 짓거리가 도무지 성에 차지 않았다. 다 큰 남자가 얼굴에 떡칠하고 쇼 프로그램에 나와서 떠드는 게 한심했다. 또한 다 큰 남자가 소파에 누워 멍한 눈으로 TV를 보는 것도 한심했다.

화면에 프랭클린이 나왔다. 시작한 지 몇 분 안 된 듯했다. 리드는 아들의 삶이 어떻게 재구성되는지 지켜봤다. 70년대와 80년대 언론의 총아였던 슈퍼히어로를 부모로 둔 소년의 이야기는 흥미진진했다.

리드는 크게 웃었다. 내레이터는 온갖 미사여구를 동원해 아들을 치켜세웠다. 프랭클린이 미국 젊은이들에게 가장 훌륭한 롤모델이라 거나 불안한 미국을 위한 섹시 아이돌이라고 떠벌렸다. 리드는 자기 아들이 TV 앞에서 킬킬대는 모습을 상상했다. 머리칼을 쓸어 넘기며 냉소적인 미소를 짓고는 그 모든 걸 이룬 자신을 흐뭇해할 것이다. 서른 살이나 먹었지만 아들은 여전히 미국인이 가장 사랑하는 아들 이요, 가장 인기 있는 청년이었다. 그 점은 의심할 여지가 없었다. 미 국은 그가 무엇을 하든 다 용서할 것이다.

리드는 프랭클린에게 자신이 어떤 아버지였을지 잠시 생각했다.

'아들의 진가를 알아보는 걸로 부모의 가치를 판단한다면, 난 좋은 아버지였을 거야.'

그는 프랭클린이 성장해 온 방식에 만족했다. 하지만 그 과정은 정 말 힘들었다. 고무처럼 탄성이 뛰어나서 어떤 상황에든 매끈하게 대 처하는 그도 자식을 키우는 일에는 어려움을 느꼈다. 아들을 어떻게 대하는 게 옳은지 몰랐다. 당신과 분리된 존재이지만 당신에게 전적 으로 의존하고, 사사건건 의존하면서도 당신 마음대로 통제할 수 없 는 그런 존재! 프랭클린은 고무 인간을 아버지로 뒀고 투명 인간을 어머니로 뒀다. 그야말로 대단한 부모였지만 자식을 키우는 일에서 는 여느 평범한 부모와 다르지 않았다.

슈퍼히어로 사이에 동료애가 넘치던 시절, 누군가가 슈퍼히어로 아버지들끼리 모임을 만들어서 육아 경험이나 어려움 등을 공유하자 고 제안했다. 하지만 이야기만 오갔지 만들어지지는 않았다. 슈퍼히 어로들은 공동 전선을 펼 줄 몰랐다. 리드는 평범한 아버지와 특별한 아버지 양쪽에서 귀감이 되기로 결심하고 육아에 대처하는 법을 하 나씩 터득해 나갔다.

프랭클린이 어렸을 때는 함께 샤워를 했다. 어린 프랭클린은 쏟아지는 물줄기 속에서 아버지가 묘기를 부리는 걸 무척 좋아했다.

리드는 아들이 신나게 웃는 모습이 세상 무엇보다 좋았다. 날마다 조금씩 성장하는 아들의 모습에 매료됐다. 멋지게 잘 자라는 아들이 자랑스러웠다. 아들과 함께 사는 동안에는 외로움을 느낀 적이 없었다. 외롭다는 것은 삶의 의미가 없다는 뜻이다. 프랭클린은 그의 삶에 의미를 채워 줬다. 슈퍼히어로 활동을 줄이기 시작했을 때도, 세상이 바뀌기 시작했을 때도 그에겐 늘 프랭클린이 있었다.

그런 프랭클린이 독립했다. 수년 동안 리드는 아들이 언젠간 집으로 돌아올 거라고 꿈꿨다. 아들이 돌아오면 재단 건물 2층을 내주겠다고 생각했다. 하지만 프랭클린은 돌아올 생각이 전혀 없었고 리드의 꿈도 조금씩 사그라졌다. 리드는 아들이 돌아오리라는 생각을 완전히 접었다. 프랭클린에겐 다른 계획이 있었다.

그러고 보니 프랭클린과 일레인은 닮은 구석이 있었다. 둘 다 세상에 나가 자신의 운명을 개척하고 있었다. 자유롭고 행복하게.

*

며칠 뒤, 일레인에게서 문자 메시지가 왔다. 재킷 주머니에 넣어 뒀던 휴대전화가 진동하며 가슴을 울렸다. 리드는 휴대전화를 꺼내 작은 화면에 떠오른 글자를 놀란 눈으로 바라봤다.

'당신 아들을 다룬 다큐멘터리를 봤어요. 당신 생각이 많이 나더군요.'

처음엔 무시하기로 마음먹었다. 뭐, 딱히 답장을 요하는 메시지도 아니었다. 이젠 이별의 아픔을 어느 정도 떨쳐 냈다고 생각하던 참이었다. 일레인의 미소, 일레인의 피부, 일레인의 청아한 목소리. 그녀의 싱싱한 젊음, 섹스 후에 풍기는 뜨거운 체취. 병을 이겨 내면 온갖 증상이 사라지는 것처럼 언젠가는 그녀의 흔적도 사라질 것이다. 그는 곧 다시 자유로워질 것이다. 더 이상 시린 가슴을 안고서 새벽에 눈뜨지 않아도 될 것이다. 한 달에 한 번 정도 돈을 주고 여자를 살 것이다. 그냥 그렇게 지낼 것이다.

그런데 문자 메시지가 하루 종일 머릿속에서 떠나지 않았다. 일레인이 무슨 의도로 보냈는지 모르니 그냥 삭제하는 게 현명한 처사일 것 같았다.

그는 그날 그녀의 메시지를 수십 번도 더 읽었다. 그런데 읽을수록 점점 더 혼란스러웠다. 밖에는 이미 어둠이 깔려 크라이슬러 빌딩 꼭대기에 조명이 환히 켜졌다. 주변 빌딩도 하나둘 불을 밝히며 거대한 근위병처럼 무표정한 얼굴로 제자리를 지켰다.

책상 램프에 의지한 채 리드는 또다시 메시지를 살폈다. 그냥 삭제할까, 아니면 답장을 보낼까 망설이고 또 망설였다. 그러다 문득 시간이 너무 늦었음을 깨달았다. 내일 아침까지 마무리해야 할 보고서가 컴퓨터 화면에 떠 있었다.

'아, 이젠 나도 모르겠다.'

이런 시시한 결정에 이토록 많은 에너지를 쏟다니, 그 자신도 믿을 수 없었다. 결국 화가 폭발해서 자기도 모르게 휴대전화 자판을 눌렀다.

'나도 가끔 당신 생각을 했어.'

일레인이 바로 답장을 보내왔다. 그도 다시 문자를 보냈다. 그러다 두 사람은 십 대 커플처럼 저녁 내내 문자를 주고받았다. 결국 리드는 새벽 두 시가 돼서야 보고서를 끝냈다.

몇 시간 뒤 눈을 떴을 때, 마음이 구름처럼 붕 떠올랐다. 문자 메시지에 대한 기억이 몽상처럼 머릿속을 맴돌았다. 사실 두 사람은 아무약속도 하지 않았다. 그저 일상적인 이야기를 나눴을 뿐이다. 서로보고 싶다는 고백도 하고 일상생활을 들려주기도 했다. 한때 연인이었던 사람들이 자연스럽게 나눌 수 있는 그런 이야기였다. 새벽에 눈을 뜨자마자 리드는 반사적으로 휴대전화를 확인했다. 일말의 불안감과 일말의 기대감으로. 하지만 아무 메시지도 없었다.

'그럼 그렇지. 내가 또 괜한 기대를 한 거야.'

이제 또 다른 하루가 그를 기다리고 있었다. 생산적으로 보내야 할늦가을의 또 다른 하루가, 답장을 보내야 할 이메일이, 워싱턴에서걸려오는 전화가, 팀 버너스 리를 비롯해 첨단기술 분야 전문가들과의 화상회의가……. 리드는 다른 유명 인사들에겐 별 감흥이 없었지만 첨단기술 분야 전문가들에겐 어느 정도 존경심을 느꼈다. 그래서화상회의에 신경을 많이 썼다. 그 일을 모두 마친 다음, 나머지 자잘한 일들을 일사천리로 해치웠다.

그렇게 하루를 보내고 오후 늦게 리드는 애너벨의 책상으로 걸어갔다. 특허를 받으려고 계획한 마이크로 장치의 스케치를 애너벨에게 내밀며 말했다.

"이것 좀 스캔해 줘."

그는 시간이 날 때마다 아이디어를 짜내 이런 장치를 고안하곤 했다. 혁신적인 물건은 아니지만 마이크로공학 업계에서 기꺼이 검토해 볼 만한 초소형 장치였다.

"네, 알겠습니다."

애너벨은 흔쾌히 대답하고 스케치를 받아서 그녀가 처리해야 할온갖 문서 더미 위에 올려놓았다.

"잠깐!"

뭔가가 리드의 주의를 끌었다. 애너벨의 책상에 놓인 여러 파일 더미 중 하나에 그의 시선이 꽂혔다. 리드는 파일 맨 위에 놓인 종이를 집어 들었다.

"아, 그거요?"

애너벨은 리드의 목소리에서 갑작스런 변화를 감지하지 못하고 대수롭지 않게 말했다.

"며칠 전에 다른 우편물과 함께 왔어요. 걱정 마세요. 헛소리니까. 별 의미 없는 장난이에요. 쓰레기통에 버린다는 걸 깜빡했어요."

리드는 그 자리에 얼어붙었다. 꼼짝 않고 서서 그 문구를 읽고 또 읽었다. 하얀 종이에 또박또박 인쇄된 문구. 기억 속에서 작은 회오리가 일었다. 처음엔 너무 흐릿해서 감지하기 어려웠지만 점차 그의 뇌리를 집어삼킬 만큼 강력하게 휘몰아쳤다. 이 요상한 문구를 어디에서 읽었는지 기억났다.

잘 가요, 미스터 판타스틱

"뭐가 잘못됐나요?"

애너벨이 당황해서 물었다.

"이런 터무니없는 쪽지에 신경 쓰실 필요가 없을 것 같아서……."

또 뭘 실수한 건 아닌지 두려워하는 목소리였다.

"이게 어떻게 이 자리에 있는 거지?"

리드의 질문에 애너벨은 리드가 방금 쪽지를 발견한 서류 더미를 뒤져서 우표가 붙은 봉투를 찾아냈다.

"이 안에 들어 있었어요."

물론 증거가 될 만한 건 하나도 없었다. 그냥 평범한 흰 봉투였다. 당연히 발신자 주소는 없었다. 주소로 찍힌 글자도 쪽지에 쓰인 문구와 같은 서체였다. 리드는 머리를 흔들었다. 도대체 누가 이런 장난을? 익명의 쪽지를 수상쩍은 눈으로 봐야 하나? 이걸 협박으로 봐야 하나? 도무지 종잡을 수가 없었다. 아무튼 이번엔 제대로 살펴봐야겠다고 생각했다.

"아무것도 아냐. 신경 쓰지 마."

리드는 애너벨을 안심시켰다. 그러고는 봉투와 쪽지를 들고 사무실로 돌아왔다.

이번엔 그가 온갖 서류 파일을 뒤질 차례였다. 명함을 보관해 둔 서랍부터 살폈지만 그가 찾는 명함은 나오지 않았다. 책상에 쌓여 있는 서류 더미를 뒤져봐도 마찬가지였다.

'그 형사 이름이 뭐였더라? 이탈리아 성 씨였는데……. 그 사람 명함을 어디 뒀지?'

그의 책상은 평소에 흠잡을 데 없이 정돈돼 있었다. 뭘 찾겠다고 몇 초 이상 뒤져 본 적이 없었다.

바로 그때 애너벨이 전화를 연결했고, 그 전화를 끊자마자 또 다른 전화가 왔다. 리드는 남은 오후를 전화를 받느라 다 허비했다. 쉬지도 못하고 내내 일하고 나니, 익명의 쪽지 문제가 그다지 긴급해 보이지 않았다. 아까보다는 훨씬 덜 심각하게 느껴졌다. 한숨 돌리고 나서 형사의 명함을 다시 찾았다. 없었다. 명함을 찾을 수 없다는 건 어쩌면 버렸을 수도 있다는 뜻이었다. 게다가 형사에게 연락해서 뭐라고 할지도 문제였다.

'아, 형사 양반! 누군가가 나한테 잘 가라고 이상한 쪽지를 두 번이나 보냈소. 이거 무서워 살겠소? 제발 도와주시오!'

쪽지도 한심하고 상황도 한심했다. 경찰에게 도움을 청하려고 한 자신도 한심하긴 마찬가지였다. 지금까지 그는 스스로 자신을 지켜 왔다. 그 문구는 협박이 아니라 웬 미치광이가 옛 시절을 그리워하며 보낸 작별 인사일지도 모른다. 리드는 이렇게 생각을 정리하고 쪽지 를 쓰레기통에 던져 버렸다. 그러고는 한숨을 내쉬며 긴장을 풀었다. 상황을 마무리 짓기라도 하듯이 배에서 이상한 소리까지 났다.

애너벨이 퇴근했다. 하루를 마감할 시간이었다. 이제 컴퓨터와 책 상 램프를 끄고 안에 들어가 샤워하면서 고민을 곱씹을 시간이었다.

'사람들은 나를 미스터 판타스틱이라고 불러. 내가 그만큼 판타스 틱한 일을 했기 때문이지. 그땐 나중에 뭘 하며 살지 고민하지 않았 어. 능력자로 사는 걸 멈추면 어떻게 될지 너무 막연했어. 그런데 그 때가 왔어. 지금의 나는 누구보다 바쁘게 살아. 데이터의 끊임없는 흐름 속에서, 팀 버너스 리와 화상회의를 하면서, 특허출원할 발명품 을 만들면서, 천체물리학에 관한 세미나에 참여하면서, 오락가락하 는 기분에 시달리면서 하루하루를 보내고 있어.'

'나이 드는 건 나쁘지 않아. 그저 내가 잘 해내고 있다는 확신만 들 면 돼.'

리드는 사무실 불을 껐다. 어둠의 보호를 받으며 사무실을 나서서 바로 집으로 들어갔다. 그리고 어스름한 불빛에 의지해 옷을 벗었다.

서글픈 밤기운이 망토처럼 그의 몸을 감쌌다. 잦아든 도시의 소음 이 창문을 통해 스며들었다. 그런데 바로 그 순간, 두 번째 예기치 않 은 사건이 일어났다.

엘리베이터가 그가 사는 층에서 멈추더니 문이 스르르 열리는 소 리가 났다. 리드는 다시 옷을 챙겨입었다. 신경을 곤두세우고 이 시 간에 누가 왔을까 생각했다. 누가 됐든 수위가 들여보내 줄 만한 사람이었다. 리드는 어둠 속에서 조용히 방들을 살폈다. 노쇠한 고무 몸의 힘을 한껏 끌어모아 금방이라도 덤빌 태세를 취했다. 마지막 방에 도달해 심호흡을 한 번 하고 스위치를 켰다. 환한 불빛 속에 누군가가 서 있었다. 그녀였다.

"리드!"

일레인이 한 손으로 눈을 가리며 소리쳤다.

"불 좀 꺼 주세요. 너무 환해서 눈을 뜰 수가 없어요."

"당신이 돌아왔군."

리드가 일레인을 침대로 누이며 속삭였다. 두 사람은 옷을 벗고 꼭 껴안았다. 숨소리가 점점 거칠어졌다.

"당신이 돌아왔어. 내 품으로."

리드는 일레인의 몸을 부드럽게 쓸었다. 어깨와 팔을 쓰다듬고 가슴을 스쳐 지나 군살이라곤 전혀 없는 배를 마치 환자를 진찰하는 의사처럼 살살 어루만졌다. 일레인이 눈앞에 누워 있다는 게 믿기지 않았다. 리드는 일레인의 눈을 똑바로 쳐다보려고 했다. 하지만 일레인은 눈을 꼭 감은 채 거친 숨만 몰아쉬었다. 마침내 리드가 미심쩍은 목소리로 다시 말했다. 이번엔 거의 질문처럼 들렸다.

"돌아온 거야?"

일레인이 골반을 리드에게 바싹 붙이며 아주 천천히 문지르기 시작했다.

"리드, 아무 말 말아요. 우리 그냥 사랑을 나눠요."

리드는 일레인의 몸 위에 올라탔다. 그녀의 따뜻한 온기가 고스란히 느껴졌다. 그녀의 숨결과 체취를 힘껏 빨아들였다. 그런데 왠지 집중하기가 어려웠다. 둘 사이에 축축한 수분층이 형성되고 있었다. 표면에 피막이 생겨서 몸과 몸이 완벽하게 들러붙지 못하는 것 같았다. 리드는 둘 사이에 아무것도 없기를 바랐다. 땀방울도 없고, 피부조차 없기를 바랐다. 일레인이 눈을 뜨고 그에게 영원히 돌아왔다고 말해 주길 바랐다.

일레인은 신음 소리만 냈다. 본능적으로 리드는 그녀를 더 세게 껴안았다. 그러다가 갑자기 이상한 행동을 하기 시작했다. 한 번도 해본 적이 없는 행동이었다. 리드는 팔을 케이블처럼 길게 늘려 일레인을 둘둘 감았다. 죄인처럼 꼼짝 못하게 감아서 점점 더 세게 조였다. 팔과 몸통을 꽁꽁 싸매자 일레인은 도망이라도 치려는 듯 몸을 비틀었다. 하지만 곧 항복하고는 다시 신음 소리를 냈다.

리드는 격한 상태에서 살짝 뒤로 물러났지만 압박을 풀지는 않았다. 자기가 뭘 하는지도 몰랐다. 다만 그녀를 온전히 이해하고 싶었다. 그녀를 포로로 삼고 싶었다. 리드는 숨을 깊이 들이쉰 뒤 그녀의 몸을 뒤집었다. 일레인이 꿈틀거리자 리드는 그녀의 엉덩이 사이에 자신의 음경을 대고 문질렀다. 그러면서 눈으로는 일레인의 등에 난 주근깨와 점을 별자리마냥 응시했다. 그녀의 머리칼이 얼굴 양쪽으로 흩어져 목덜미와 어깨가 고스란히 드러났다. 리드는 별이 총총한 하늘을 바라보듯이 공상에 잠겼다. 일레인의 목소리가 아주 먼 곳에서 들려오는 것 같았다.

"리드, 더 세게, 더 세게 조여 줘요."

리드는 일레인을 있는 힘껏 감싸 안았다. 그녀는 이제 그의 것이었다. 그녀를, 그녀의 몸을 마음대로 다룰 수 있었다. 그런데도 왜 만족스럽지 않은 것일까? 리드는 팔이 불타오르는 것 같았다. 이 팔을 얼마나 더 길게 늘려야 그녀의 몸을 전부 감쌀 수 있을까?

문득 정신이 아득해지며 분노가 치밀어 올랐다. 그 순간 그는 일레인의 몸 안으로 맹렬히 들어갔다. 그뒤로는 모든 게 본능적이었다.

그의 음경은 왕복운동을 하면서 점점 더 깊숙이 들어갔고 신음 소리
도 더 깊어졌다.

'이건 내가 아니야. 난 이렇게 사랑을 나누지 않아. 이건 내 스타일
이 아니야.'

속으로 무슨 생각이 들든, 리드는 일레인의 몸을 움켜쥐고 음경을
찔러댔다. 그의 음경이 일레인의 몸 안에서 점점 더 커졌다. 그의 음
경은 그 자신도 통제할 수 없었다. 몸 전체에서 유일하게 마음대로
할 수 없는 부분이었다. 원래 크기는 자신도 알 수 없었다. 진짜 길이
를 알아차릴 수 없는 유일한 부분이었다. 그의 음경이 일레인의 몸
안에서 부풀어 올랐다. 그런데 멈출 수가 없었다. 숨소리가 점점 더
거칠어졌다. 일레인이 몸을 비틀며 비명을 질렀다. 리드는 일레인의
등에 난 별자리를 응시하며 자신의 의문에 대한 해답을 점쳤다.

'왜 돌아왔을까?'

리드는 통증이 밀려드는 것을 느꼈다. 처음엔 팔이 찌르르 아프더
니 곧 음경이 불에 덴 것처럼 화끈거렸다. 온몸이 활활 타오르는 것
같았다. 그는 신음 소리를 내며 일레인의 몸에 정액을 분출했다. 갑
자기 시야가 흐려졌다. 그는 일레인의 등에 난 우윳빛 은하수 속에서
길을 잃고 말았다.

*

모든 게 다시 시작됐다. 변한 건 아무것도 없었다. 일레인은 뉴저지
주의 우주 센터를 뻔질나게 드나들었고, 버나드와 함께 격주로 휴스
턴에 날아갔다. 걸핏하면 휴대전화 전원을 꺼 놓았고, 일주일에 두어
번 눈부시게 예쁜 모습으로 찾아와 밤을 보내고 갔다. 그저 관계를

유지할 정도로만 만났을 뿐 간섭하거나 끼어들지 않았다. 다음에 언제 만날지 기약도 하지 않고 헤어질 때가 많았다. 리드가 바라는 관계와는 정반대로 흘러갔다. 그는 일레인을 길들이지 못했고 오히려 일레인이 그를 길들였다. 그녀는 자신이 바라는 관계를 리드가 받아들이도록 밀어붙였다.

처음에 리드는 거기에 맞췄다. 그녀가 돌아왔다는 사실에 현혹되어 어느 정도 거리를 두는 게 자기한테도 좋을 거라고 생각했고, 그녀의 무심함에 익숙해지려고 애썼다. 그녀를 소유하고 싶으면서도 한 순간의 통보로 그녀를 놓아줄 수 있기를 바랐다.

다른 건 차치하고 우선은 그녀가 왜 돌아왔는지 알고 싶었다. 그날 밤에 왜 뜬금없이 나타나 다시 몸을 허락했는지 알고 싶었다. 물론 그런 걸 따져 봐야 아무 소용도 없다는 걸 리드는 잘 알고 있었다. 게다가 딱히 이유가 있어야 하는 것도 아니었다. 밀려갔다 밀려오는 파도처럼, 계절이 바뀌면 어김없이 돌아오는 철새처럼 그냥 돌아올 수도 있으니까.

그런데도 리드는 일레인이 왜 돌아왔는지 궁금했다. 혹시 섹스 때문에 돌아온 건 아닐까? 섹스할 때 일레인은 완전히 정신을 놓았고 비명을 지르며 더 강하게 해달라고 애원했다. 그런 그녀가 때로는 두려웠다. 하지만 일레인이 찾아올 때마다 섹스를 했고 그녀 안에 들어가 한껏 팽창했다. 팔을 길게 뻗어 그녀를 힘껏 감싸안았다. 이젠 당연히 그런 식으로 섹스를 해야 할 것 같았다. 일레인은 그가 팔로 꽉 압박하는 걸 좋아했다. 매번 도망치듯 훌쩍 가 버리면서도 함께 있을 땐 그에게 완벽히 복종하는 것처럼 굴었다.

하지만 리드는 섹스할 때마다 몸이 타오르는 것 같았다. 막판엔 지독한 통증이 밀려왔다. 일레인의 몸 위로 쓰러지면서 그런 식으로 섹스한 자신을 저주했다. 밀려드는 통증은 견디기 힘들 정도여서 다시는 그렇게 할 수 없을 것 같았다.

통증에 못 이겨 눈을 뜨면 그녀가 옆에 누워 있었다. 일레인이 하얀 속살을 드러내고 자기에게 안겨 있는 모습을 보면 주체할 수 없을 정도로 사랑이 샘솟았다. 그것은 일종의 화학반응이었다. 통증 입자들이 일시에 사랑의 입자로 모습을 바꿨다. 그는 그녀를 위해서라면 자기 몸을 또다시 불사르겠노라고 다짐했다. 그녀를 황홀경에 빠뜨릴 수만 있다면 자기 몸을 극한까지 몰고 갈 수 있었다. 리드는 이런 욕망이 끊임없이 되살아날 거라는 걸 알았다. 지금까지 늘 그래왔다. 사그라졌다가도 어느새 돌아왔다. 이유가 있든 없든 늘 다시 돌아와 저 밑바닥에서 꿈틀대며 일어났다.

사실, 일어난 건 그런 욕망만이 아니었다. 다른 것도 하나둘 생겨나더니 점점 더 자주 나타났다. 엉덩이 쪽에 느껴지는 감각만 해도 그랬다. 딱히 통증이라고 할 수는 없지만 어느 한 부위가 불에 덴 듯 자꾸 화끈거렸다. 일레인이 그의 엉덩이에 처음 손댔을 때 느꼈던 뜨거운 기운이 수시로 느껴졌다. 그의 고무 몸은 절대로 찢길 수 없는데도 그런 느낌에서 헤어나지 못했다.

'센터에 가면 트레이너에게 이 말을 꼭 해야겠군. 아니, 닥터 세판스키에게 털어놓는 게 좋겠어. 한없이 유쾌하다가도 갑자기 밀려드는 통증에 정신을 못 차릴 지경이야. 이런 상태가 벌써 몇 달째 지속되고 있어. 전에는 내 몸에 대해 늘 이야기했는데…… 매번 검사와 테스트를 받았고, 그 결과에 대해 과학자들과 허심탄회하게 의논했지. 하긴, 내 몸은 연구 대상이었으니까. 하지만 지금은 온전히 나 혼자의 몸이야. 그런데 혼자 감당하려니 내 몸을 어떻게 해야 할지 모르겠어. 갓난아기를 두고 쩔쩔매는 어수룩한 부모 같아. 이 몸을 행

복하게 해 주려면 뭘 어떻게 해야 하지?'

*

리드에게 일은 신념과도 같은 것이었다. 삶을 채우거나 외로움을 달래려고 일에 빠진 게 아니었다. 그는 논리를 좋아했다. 그가 하는 일은 논리가 지배하는 분야였다. 원인과 결과 사이에 논리적 관계가 분명히 존재하는 세상이었다. 그에게 일은 안전한 투자 같은 것이었다. 시간을 쏟을 만한 가치가 있는 확실한 투자처요, 삶을 허비할 위험성이 거의 없는 안전한 피난처였다. 물론 요즘 하는 일은 극도로 위험한 범죄자를 잡는 것과는 거리가 멀었다. 그저 새로운 연구 프로젝트를 수행할 기금을 조성하거나, 과학 논문의 초안을 작성하거나, 학회에서 강연하거나, 아니면 애너벨에게 일거리를 처리하라고 부탁하는 게 고작이었다. 그런데도 여전히 그는 행동의 앞뒤가 들어맞고 논리정연한 걸 좋아했다. 만사가 물 흐르듯이 순조롭게 흘러가는 걸 즐겼다. 적어도 얼마 전까지는.

겨울이 성큼 다가왔다. 해가 느지막이 떠서 일찌감치 저물었다. 리드는 멍하니 앉아 있을 때가 많았다. 새벽 어스름 속에 혹은 쌀쌀한 오후에 넋 놓고 앉아 있다가 화들짝 놀라며 자신이 뭘 하던 중이었는지 한참 생각했다. 이메일 수신함에는 열어 보지 않은 메일이 쌓여 갔고, 논문이나 기사 작성도 지지부진했다. 어디 하나에 진득하니 집중하지 못했다. 전화통화 중에도 상대방 이야기를 듣지 않고 엉뚱한 생각에 빠지기 일쑤였다. 그런 자신의 모습이 너무 낯설었다. 예전의 자신이 아님을 절감했다.

그의 에너지 시스템에 구멍이 생긴 게 분명했다. 어쩌면 그 구멍이

엉덩이 쪽에 났을지도 모른다. 걸핏하면 그쪽이 불에 덴 것처럼 화끈
거렸다.

　리드는 더 이상 버나드의 이름을 검색하지 않았다. 그 자식의 실체
를 알아서 뭐하겠냐고 체념했다. 하지만 일레인의 이름은 검색했다.
일레인이 그를 얼마나 사랑하는지 혹은 사랑하지 않는지에 관해 검
색 엔진이 최신 정보를 알려 주기라도 하듯이 하루에도 몇 번씩 구글
창에 그녀의 이름을 입력했다. 하지만 매번 별다른 정보를 얻지 못했
다. 버나드와 마찬가지로 뻔한 정보만 몇 십 페이지에 걸쳐 나왔다.
그러다 결국에는 자신의 이름까지 검색하기에 이르렀다. 일레인이
그를 뒷조사한다면 어떤 정보가 나올지 궁금해 자기 이름을 검색창
에 입력했다. 그녀의 눈앞에 펼쳐질 기사를 자기 눈으로 확인해 보고
싶었다.

　그런데 온라인 기사 중에는 자신에 대한 이야기가 맞나 싶을 정
도로 엉뚱한 게 많았다. 대부분 하릴없는 잡담이나 시답잖은 헛소
리였다.

　이렇게 구글링에 빠져 있던 어느 날, 애너벨이 서류에 서명을 받으
려고 삐쩍 마른 몸을 흔들며 그의 방에 들어왔다. 그때도 컴퓨터 화
면에는 구글 페이지가 떠 있었다. 애너벨이 책상 옆으로 다가오며 컴
퓨터 화면을 힐끗 쳐다봤다. 리드는 애너벨의 얼굴에서 걱정스러운
표정을 읽었다.

　두 사람은 의미심장한 눈빛으로 한참 쳐다봤다. 그 순간 리드는 애
너벨이 모든 걸 알고 있음을 직감했다. 그가 웹사이트를 헤매는 데
시간을 허비한다는 사실을 그녀는 이미 알고 있었다. 그가 신념처럼
여기는 귀중한 업무에 집중하지 못한다는 사실도 알았다. 이메일에
답장도 하지 않고, 기사 마감 시간을 넘기기 일쑤라는 것도, 회신 전

화를 잊어버린다는 것도 다 알았다. 무언가에 정신이 팔려 진을 빼고 있다는 것도 알았고, 그 무언가가 뭔지도 알았다. 애너벨은 이 사실을 모두 알고 있었다. 옆에서 늘 헌신적으로 보좌하고 있으니 당연했다. 리드는 그 점을 높이 사면서도 한편으로는 불편했다.

그 후 며칠 동안, 리드는 예전처럼 믿을 만하고 생산적인 사람으로 보이려고 무진 애를 썼다. 그랬더니 자신이 마치 딴 사람 몸에 들어가 주변의 의심을 가라앉히려고 애쓰는 외계인처럼 느껴졌다.

'난 리드 리처즈야. 고무처럼 탄력 있는 몸에, 모든 걸 저장하고 모든 걸 논리정연하게 풀어내는 머리를 지녔어. 《뉴욕 타임즈》 편집장에게 전화해서 어떤 사설이라도 싣게 할 수 있는 능력자라고.'

그런 리드 리처즈가 걸핏하면 비서한테 레스토랑 자리를 예약하라거나 선물을 사다 달라고 부탁했다. 일레인을 위해. 그의 인생에 구멍을 뚫어 놓은 여자를 위해.

애너벨은 그의 지시를 군소리 없이 따랐다. 워낙 빈틈이 없는 사람인지라 그녀의 생각은 어김없이 들어맞았다. 리드는 그녀의 눈초리에서 어떤 일이 일어나고 있음을 감지했다.

'애너벨이 나를 더 이상 인정하지 않는군. 나 역시 나를 인정하지 못하는데, 뭘. 질서가 다 무너지고 있어. 논리정연하던 내 삶이 엉망진창이 돼 버렸어.'

일레인이 돌아왔을 때, 어리석게도 그는 모든 게 전과 같다고 생각했다. 아니, 억지로 그렇게 믿으려고 했다. 하지만 모든 게 전보다 더 꼬였다는 걸 이젠 안다. 집착은 전보다 더 심해졌고, 불안감은 더 파괴적이 됐다. 겨울은 아직 시작되지도 않았는데, 냉혹한 고통의 계절은 절정에 이르고 있었다.

어느덧 크리스마스 시즌에 접어들었다. 이번에도 리드는 일레인과 유럽 어딘가로 잠시 휴가를 떠나겠다는 꿈에 부풀었다. 하지만 그런 말을 할 때마다 일레인은 상상력이 풍부한 어린아이 대하듯이 시큰 둥하게 웃었다. 그러고는 휴가는 꿈도 못 꾼다고 못 박았다.

"그냥 혼자 다녀오세요."

일레인이 너무 태연하게 말하는 바람에 리드는 가슴이 찢어질 듯 아팠다. 결국 리드는 아무 데도 가지 못했다.

12월 20일, 리드를 태운 차가 뉴저지 주로 달리고 있었다. 일레인 이 그의 삶에 들어온 뒤 처음 가는 길이었다. 차가 습지대를 따라 길 게 이어진 도로를 달려 우주 센터 앞에서 멈췄다. 숲속에 쌓여 있던 눈이 녹았다. 한겨울의 맹추위도 변덕스런 날씨 앞에서는 맥을 못 췄 다. 아무튼 올해는 숨 막히는 크리스마스가 될 것 같았다.

우주 센터 앞에서 리드는 묘한 반감이 일면서 마음이 불편해졌다. 판유리를 통해 불그스름한 불빛이 새어 나왔다. 입로 주변에 차가 줄 지어 늘어선 걸로 봐서 파티가 한창임을 알 수 있었다. 파티장에 들 어설 때 사람들의 시선이 한꺼번에 쏠릴 걸 생각하니 벌써부터 얼굴 이 화끈거렸다.

리드는 차에서 내려 건물 옆쪽에 나 있는 쪽문으로 걸어갔다. 잔디 를 가로질러 가는데 밟을 때마다 철벅철벅 소리가 났다. 날씨가 풀리 면서 눈이 녹아 늪지대를 방불케 할 정도도 질척거렸다. 건물에서 나 오는 잔잔한 음악 소리나 사람들이 떠드는 소리와 대비돼 더 처량하 게 들렸다.

'관심을 끌고 싶지 않아. 그 자리에 줄곧 있던 사람처럼 아무도 모

르게 들어가야겠어.'

그런데 쪽문 앞에 이르니 건장한 경비원 둘이 지키고 있었다. 그들은 수상쩍은 눈으로 리드를 쳐다보며 손님용 출입구는 건물 다른 편에 있다고 알려 줬다.

"알고 있네."

리드가 말했다.

"그런데 내가 이쪽 출입구 쪽에 차를 세워 놨다네. 저 진창길을 되돌아가고 싶지 않으니 이쪽으로 들어가게 해 주게."

리드는 발을 내려다보며, 경비원들이 그의 진흙투성이 신발을 가엾게 여겨 주길 바랐다.

"멀쩡한 길로 가시면 됩니다. 그러면 신발을 더럽힐 일도 없을 겁니다. 이 길을 쭉 따라가시면 손님용 출입구가 나옵니다."

리드는 두 경비원을 위아래로 훑어보며 생각했다.

'예의만 발랐지 융통성이라곤 눈을 씻고 찾아봐도 없는 녀석들.'

리드는 참을성 있게 대답했다.

"이보게, 난 이 우주 센터의 과학 고문위원, 리드 리처즈네. 그냥 이 문으로 들어가게 해 주게."

두 경비원은 시선을 교환하더니 다시 리드를 돌아보며 말했다.

"방금 리드 리처즈라고 하셨습니까?"

나이가 더 어린 경비원이 되물었다. 리드가 그렇다고 대답하자 두 사람은 결국 그를 안으로 들여보내 줬다. 하지만 못미더워하는 기색이 역력했다.

안으로 들어간 리드는 신발을 매트에 벅벅 문지르며 진흙을 털어 냈다. 로비에 들어서자 마침 음악 공연이 한창이었다. 그 덕에 사람들의 시선이 그에게 쏠리지 않았다. 리드는 휴대품 보관소에 코트를 맡겨 놓고, 웨이터에게 잔을 하나 건네받았다. 그런 다음 분위기를 살피려고 주변을 둘러봤다. 연회실에는 턱시도를 걸친 남자와 이브닝드레스를 입은 여자로 가득했다. 다들 나이가 한참 들어 보였다. 전에 여기서 그의 강연을 듣던 우주비행사들은 눈에 띄지 않았다. 이곳에 초대받지 못했거나 어디 다른 곳에서 축배를 들고 있을 것이다. 일레인은 여전히 휴스턴에 있다. 물론 버나드와 함께.

미세스 글라스아이는 그림자도 보이지 않았다. 연회실 한가운데 크리스마스 트리가 우뚝 서 있었다. 트리에 매달린 장식품들이 불그스레한 조명을 받아 반짝거렸고, 전나무의 송진 냄새가 홀을 가득 매우고 있었다. 리드는 가까이서 송진 냄새를 맡으려고 트리 쪽으로 다가갔다. 작은 유리공이, 아니 엄밀히 말하면 작은 유리 눈알이 가지마다 잔뜩 매달려 있었다. 리드는 그 모습을 가까이서 보고는 신음소리를 내뱉었다. 다들 아무렇지도 않게 쇼를 보면서 술잔을 기울이는 것이 놀라울 따름이었다.

'크리스마스 트리 장식품이 유리 눈알이라니! 세상에! 이걸 보고 당황스러워하는 사람이 나 말고 아무도 없단 말인가?'

"좀 지나치지?"

뒤에서 굵직한 목소리가 들렸다.

돌아보니 거의 벗다시피 한 남자가 서 있었다. 진녹색 팬티만 걸친 나모르였다.

"나모르, 여기서 뭐하고 있나?"

리드는 별 감흥 없이 알은체를 했다. 은퇴한 슈퍼히어로를 만나면 늘 의례적인 인사만 했다. 특히 나모르 같은 작자는 전혀 반갑지 않았다. 나모르는 으레 그렇듯이 상대를 경멸하는 듯한 태도로 어깨를 으쓱했다.

"나야 뭐, 술잔이나 기울이고 있지."

그는 손에 들고 있던 술잔을 치켜들며 말했다.

"아, 그리고 자네처럼 이 어여쁜 장식물을 둘러보고 있었지. 우리 안주인께서 자신을 상징하는 물건에 애착이 있는 줄 몰랐는데, 자넨 알고 있었나?"

나모르는 리드의 생각을 읽기라도 한 듯 빤히 쳐다봤다. 그러더니 넌지시 덧붙였다.

"어쨌거나 그녀는 자네처럼 점잖은 신사를 난처한 상황에 빠뜨리는 데 선수잖아."

나모르는 모든 사실을 안다는 듯이 거만하게 껄껄 웃었다. 그러고는 와인을 벌컥벌컥 들이켰다. 리드는 억지로 웃는 척했지만 속으로는 짜증이 났다. 이 작자랑은 삼십 초 이상 견디지 못하겠다고 생각했다.

'난처해할 사람이 있다면 그건 바로 자네야. 어떻게 아직도 그런 꼴로 돌아다닐 생각을 하는 건지. 한심하군, 한심해. 나이는 육십이 넘었는데, 뾰족한 귀에 축 처진 가슴지느러미를 달고 다니는 꼴이라니. 거대한 수족관에 들어가 형형색색 물고기랑 헤엄치면서 관객들 앞에서 토크쇼를 하는 작자니 별 수 있겠나!'

"아, 저 새된 소리 좀 그만 들었으면."

음악 공연을 두고 나모르가 투덜댔다. 아무도 자기에게 관심을 기울이지 않아서 화가 난 것 같았다. 바다 왕국과 그 자신에 관한 뻔한 레퍼토리에 호응해 줄 관객이 없는 게 못내 서운한 듯했다. 그의 진짜 출신지를 실제로 확인한 사람은 없지만, 그는 벌써 수십 년째 그런 이야기를 떠벌리고 다녔다. 나모르는 술을 한 잔 더 벌컥벌컥 들이켜고는 넌지시 물었다.

"자네의 그 사랑스러운 전처는 어떻게 지내는가?"

"잘 지내고 있네."

리드는 그의 은근한 눈빛과 목소리에 깔린 의도를 모른 채 대답했다.

둘은 몇 마디 더 주고받았다. 캡틴 아메리카와 그의 늙은 동료들이 뭘 하며 지내는지, 슈퍼맨의 나이가 몇 살이며 어디가 아픈지 등 공통으로 알고 있는 사람들과 관련된 이야기가 오갔다. 하지만 어떤 주제가 나오든 두어 마디 이상 진척되지 않았다.

마침 공연이 끝나고 군중 속에서 박수가 터져 나왔다. 그 틈에 리드는 나모르에게서 슬며시 벗어났다. 연회실을 둘러보다가 아는 얼굴을 보면 몇 마디 인사를 나눴다. 그런데 꼬집어 말할 수는 없지만 낌새가 이상했다. 왠지 사람들의 의례적인 미소와 은밀한 속삭임 속에서 뭔가가 거슬렸다. 석연찮은 기분으로 홀을 둘러보는 데 뒤에서 누가 그의 팔을 잡았다. 리드는 돌아보지 않고도 누군지 알았다. 미세스 글라스아이의 손아귀에 또다시 걸려든 것이다.

"여기 계셨군요."

미세스 글라스아이는 리드의 양쪽 뺨에 요란스레 키스하며 알은체를 했다. 목이 깊이 팬 드레스를 입었고, 머리에도 손을 댄 것 같았다. 금발 비슷하게 염색을 했는지 아무튼 전과 달라 보였다. 미세스 글라스아이가 그의 팔을 놓지 않은 채 은근한 목소리로 말했다.

"못 본 지 한참 됐군요. 하지만 걱정 마세요. 당신 이야기는 다 듣고 있으니까."

"누구한테서?"

리드는 그녀의 눈길을 피하면서 조금 불안한 목소리로 물었다.

"누구냐면……."

미세스 글라스아이는 좀 더 가까이 다가서더니 갑자기 딴 소리를 했다.

"그 위원회에 참여해 달라는 초청을 받았다면서요? 워싱턴에서 열리는……."

리드는 가볍게 한숨을 내쉬었다.

"아, 그거요. 자세히 들여다볼 시간이 없었습니다."

미세스 글라스아이는 그의 팔을 계속 붙들고서 누군가에게 활짝 웃으며 눈인사를 보냈다. 그러는 와중에도 입술을 아주 천천히 움직이며 말했다.

"당연히 거절하실 거죠?"

그야말로 가식적으로 보였다. 리드는 그녀의 입술에서 시선을 돌렸지만 딱히 어디를 쳐다봐야 할지 몰랐다. 그래서 연회실 안을 둘러보다 결국 크리스마스 트리에 시선이 꽂혔다. 천 개나 되는 작은 눈들이 그를 쏘아보고 있었다.

"당연히 거절할 거라뇨?"

리드가 어리둥절한 표정으로 반문했다.

"음……, 당신은 내가 반드시 거절해야 한다고 생각하는 겁니까?"

미세스 글라스아이가 그의 팔을 놔줬다. 오십 살이나 먹은 여자의 능구렁이 같은 얼굴이 순간 흔들렸다. 잠시 후 그녀가 진심어린 말투로 말했다.

"리드, 당연한 걸 가지고 왜 이러세요?"

리드는 어정쩡하게 웃었다. 그녀가 무슨 뜻으로 하는 말인지 감이 잡히지 않았다. 어쨌든 이 자리에서 위원직을 거절하겠다고 대답하긴 싫었다. 요즘 들어 업무에 신경 쓰지 못했다는 사실을 털어놓고 싶지도 않았다. 워싱턴? 워싱턴에서 뭔 일이 벌어질지 알게 뭐람! 리드는 눈을 한 곳에 두지 못하고 계속 두리번거렸다. 두 사람 사이에 누가 끼어들어서 방해라도 해 줬으면 싶었다. 아니면 대화 주제라도 바꼈으면 했다.

"그럼 저자는 어떻습니까?"

리드는 나모르가 있는 방향을 쳐다보며 물었다. 나모르는 홀 반대 편에서 전직 포르노 배우 같은 여자 두어 명과 시시덕거리고 있었다. 미세스 글라스아이가 리드의 시선을 따라가더니 말했다.

"늙어 빠진 나모르요? 그게 아니라도 바쁠 텐데요."

"한심한 작자죠."

리드는 화제를 돌릴 수 있어 기뻤다. 미세스 글라스아이는 나모르를 아주 진귀한 원숭이 종의 행동을 연구하는 동물학자마냥 유심히 쳐다봤다.

"혹시 경쟁하는 게 두려워서 그렇게 말씀하신 건가요?"

그녀는 웃지도 않았고, 평소처럼 느릿한 말투도 아니었다.

"경쟁하다니요? 내가 저런 작자랑? 난 저 친구와 달리 품위를 지키며 살고 있소. 몸에 딱 달라붙는 복장을 20년 전에 벗어 던졌소. 게다가 마흔 살은 족히 넘은 저런 금발 여자들과 노닥거리지도 않소. 그나저나 저런 여자들은 여기 왜 온 겁니까!"

리드는 자신의 도발적인 발언에 만족하며 잔을 쭉 들이켰다.

미세스 글라스아이는 리드의 얼굴을 외면하면서 고개를 절레절레 흔들었다. 뭔가 걱정거리가 있는 듯했다. 아니면 혹시…… 리드는 한 대 세게 맞은 것처럼 아찔했다.

'이 여자가 나를 쳐다보지 않네. 내가 뭘 불편하게 했나?'

두 사람이 알고 지낸 지 꽤 오래됐지만 역할이 바뀐 건 처음이었다. 이번엔 그녀가 그의 시선을 피했다. 리드는 숨을 깊이 들이쉬었다. 사태가 어렴풋이 짐작되자 분노가 확 치밀었다.

"아, 리드."

미세스 글라스아이가 서글픈 표정으로 말했다.

"걱정 말아요. 당신은 저런 사십 대 여자들에게 관심 없다는 걸 다들 알고 있으니까."

두 사람의 눈이 순간 마주쳤다. 그의 두 눈이 그녀의 진짜 눈과 가짜 눈에 부딪치는 순간 불꽃이 일었다.

"다들 알고 있어요."

미세스 글라스아이가 마지막 일격을 날렸다.

"당신이 더 나은 걸 찾았다는 사실을."

리드는 돌처럼 굳어 버렸다. 그녀의 말을 알아들었지만 그래도 방금 뭐라고 했는지 따지고 싶었다.

'다들 알고 있어요. 당신이 더 나은 걸 찾았다는 사실을.'

음악 소리가 다시 커졌다.

리드는 그 자리에 못 박힌 듯 서 있었다. 천 개나 되는 눈을 의식하며 분노를 자제하려고 애썼다. 이제 모든 게 이해가 됐다. 전부 알 것 같았다. 사람들이 자기를 의식한다는 사실을. 미세스 글라스아이의 살아 있는 눈과 유리 눈, 크리스마스 트리에 대롱대롱 매달린 수많은 눈이 자신을 쏘아봤다. 빌어먹을 바다의 제왕인지 아틀란티스의 왕자인지 하는 작자의 눈도 자신에게 쏠렸다. 그의 은밀한 목소리와 멍청한 미소가 무엇을 뜻하는지 비로소 깨달았다. 멕시코 어느 병원에서 가슴을 빵빵하게 성형하고 지금 나모르와 함께 서 있는 두 여자의 눈도 자신에게로 향했다. 연회실을 가득 메운 사람들도 자신을 힐끔힐끔 살폈다. 저녁 내내 등뒤로 느껴지던 온갖 눈초리, 지난 며칠 간 참석했던 크리스마스 파티에서 직면했던 눈초리, 뭔지 모르지만 꺼

림칙했던 그 눈초리가 이젠 무엇을 뜻하는지 알았다. 그들의 어색한 표정과 어정쩡한 미소까지 이젠 모두 이해됐다. 다들 알고 있었다. 나쁜 소문은 빨리 퍼지는 법이다.

가수의 목소리가 다시 높아졌다. 다들 그 주위에 둘러서서 노랫소리에 귀를 기울였다. 리드는 그 틈을 이용해 조용히 빠져나왔다. 물론 그가 나가는 모습을 들키지 않을 방법은 없었다.

더 이상 뻔뻔하게 그 자리에 남아 있을 수 없었다. 자신이 젊은 여자와 부적절한 관계를 맺고 있고, 몰라볼 정도로 사람이 달라졌으며, 젊은 여자에게 빠져 일도 팽개치고 있다는 사실을 다들 알고 있었다. 모두 자신을 비도덕적이고 몰염치한 인간이라고 생각했을 것이다. 그 나이에 그 위치에서 그런 식으로 처신하다니 욕을 먹어도 쌌다.

'요즘 세상은 정말 엉망진창이야. 도처에서 전쟁이 발발하고, 전염병이 끊임없이 돌고, 테러 공격이 수시로 자행되고, 자원이 고갈돼가고, 문명이 붕괴될 조짐을 보이고 있지. 이럴 때 젊은 여자 뒤꽁무니나 쫓아다니며 시간을 허비하고 있다니. 나처럼 고상하고 점잖은 사람이.'

리드는 가까스로 중앙 출입문 앞에 당도했다. 맡겨 놓은 코트도 찾지 않고 서둘러 나가 질척한 잔디밭으로 직행했다. 숨이 막힐 것 같아서 얼른 바람을 쐬고 싶었다. 밖에서도 가수의 노랫소리가 들렸다. 한 번도 들어보지 못한 구슬픈 사랑 노래였다. 리드는 쌀쌀한 밤공기를 마시며 비틀비틀 걸었다.

'좋아. 저들이 알든 말든 무슨 상관이야. 날 이상한 눈으로 쳐다봐도 신경 안 써. 뭐라고 욕해도 상관 안 해.'

리드는 이렇게 중얼거리면서 그게 자신의 진심임을 알고 놀랐다. 가면이 벗겨졌는데 부끄럽지도 당황스럽지도 않았다. 실은 너무 피곤해서 그런 걸 걱정할 여유가 없었다.

'빌어먹을 스타일, 빌어먹을 품위 같으니라고!'

사랑도 하고 품위도 지키고? 그런 건 있을 수 없다. 사랑에 빠지려면 굴욕을 기꺼이 감수해야 한다.

*

두 주 정도 지난 어느 날, 리드는 워싱턴행 비행기에 몸을 실었다. 비행기에 오르면서 보니 하늘이 눈부시게 화창했다. 가방에는 워싱턴에서 팩스로 보내온 제안서가 들어 있다. 위원회에서 수행할 업무가 적혀 있을 터라 비행 중에 살펴보겠다고 마음먹었다. 자리에 앉자 스튜어디스가 커피를 가져다 줬다. 비행기는 절반 정도밖에 차지 않았는데 다들 피곤하고 졸려 보였다. 연말연시를 흥겹게 보낸 뒤라 그런지, 아니면 춥고 쓸쓸한 겨울이 한참 남아서 그런지 고적감이 감돌았다.

'참 스산한 계절이야. 기분까지 음산해지는군.'

리드는 안전벨트를 매면서 생각했다. 비행기가 활주로를 미끄러지듯이 나아가다 이내 낮게 드리운 구름 속으로 올라갔다. 리드는 눈을 감았다. 월요일 아침 7시 30분. 그는 단추 하나만 눌러서 그 자리에 영원히 머무를 수 있으면 얼마나 좋을까 생각했다.

이것저것 따져 보니 지난 두 주는 즐거운 일도 많았다. 서글프긴 했지만 즐거웠다. 크리스마스엔 프랭클린과 통화했다. 아들은 아프리카 오지에서 전화를 걸어 조만간 뉴욕으로 올 거라고 했다. 전처하고도 통화했다. 그녀는 예의 그 차갑고 정중한 목소리로 그에게 잘 지내라고 했다. 옛 친구 벤과도 오랜만에 연락이 닿았다. 점심엔 자선 만찬 행사에도 참석했다. 사실은 사람들의 음흉한 눈길이 부담스러워 집에 틀어박혀 책이나 읽으며 지내려고 했다. 몇 년 동안 그런 여유를 누려 보지 못했으니까. 하지만 일레인의 눈에 괴짜 노인네로 비칠까 봐 억지로 밖으로 나갔다. 일레인은 크리스마스를 가족과 함께 보냈다.

어쨌든 자선 만찬 행사는 나쁘지 않았고, 두어 차례 흥미로운 대화도 나눴다. 사실 사교 모임에서 대화다운 대화를 나누기란 어려운 일이다. 요즘 같은 때 말이 통하는 사람을 만나기가 어디 쉽겠는가?

그 후 며칠은 휴가나 마찬가지였다. 애너벨도 플로리다에서 새해를 맞이하겠다고 휴가를 냈다. 하지만 실제로는 거식증 치료를 위해 클리닉에 입원했을 공산이 크다.

아무튼 그날은 한 해를 마감하는 마지막 날이었다. 해가 질 무렵, 이상하게도 도시 전체가 차분하게 가라앉아 있었다. 폭풍 전야 같은 느낌이었다. 리드는 일레인과 함께 폭죽이 터지는 브로드웨이를 손잡고 거닐었다. 낯선 사람들과 포옹도 하고 새해 복 많이 받으라는 말을 수도 없이 주고받았다. 질척한 길거리를 거닐면서 큰 소리로 웃고 떠들다가 택시를 잡아타고 남쪽의 배터리 파크로 갔다. 그리고 일렁이는 바다에 반사된 폭죽을 지켜봤다.

두 사람은 꼭 껴안은 채 서 있었다.

"난 해마다 이곳에 와."

리드가 말했다. 일레인이 바람결에 머리칼을 나부끼며 말없이 고개를 끄덕였다.

나중에 두 사람은 리드의 집으로 돌아왔다. 바깥 소음이 가라앉을 무렵, 옷을 벗고 침대에 누웠다. 일레인의 속살이 도자기처럼 은은하게 빛났다. 리드는 일레인을 뒤집어서 매끈한 등을 어루만졌다. 그녀

가 숨을 들이쉬고 내쉴 때마다 등이 오르락내리락했다. 리드는 그녀
가 흥분으로 전율하는 것을 고스란히 느꼈다.

"사랑해."

리드는 잔뜩 부풀어 오른 음경을 일레인의 엉덩이에 대며 속삭였다.

"아, 리드."

일레인이 가늘게 한숨을 쉬었다.

"제 생각을 아시잖아요."

"쉿!"

리드가 일레인의 다리 사이로 미끄러져 들어가면서 말했다. 하지
만 일레인은 이야기를 멈추지 않았다.

"당신은 날 사랑하는 게 아니라 집착하는 거예요. 그건 달라요."

"쉿!"

리드가 다시 말했다. 그러고는 그녀를 포로처럼 꽁꽁 묶으려고 팔
을 길게 뻗었다.

"쉿!"

다시 한 번 속삭이면서 몸의 어느 부위를 늘려 일레인의 입에 갖다
대고 빨게 했다.

"쉿!"

리드는 엉덩이를 빠르게 움직이며 그녀의 심장이 뛰는 걸 느꼈다.
그녀의 맥박이 너무나 강해서 두려울 정도였다.

일레인은 그에게 준비하라고 말했다.

"뭘 준비하라는 거야?"

정액이 분출되려는 찰나에 리드가 신음하듯 물었다.

"아, 리드."

일레인의 심장이 요동쳤다. 바로 그 순간, 그녀의 심장이 돌연 멈추 **97**

더니 "딸깍" 하는 불길한 소리를 냈다. 그게 무슨 소린지 생각할 짬도 없었다. 곧이어 빛이 번쩍하더니 엄청난 열기와 함께 모든 게 산산조각 났다. 리드는 자신의 몸이 갈기갈기 찢기고 사방으로 튀어 빛과 열기 속으로 녹아드는 걸 느꼈다. 폭탄이 터지면서 방이 흔적도 없이 사라졌다. 리드는 놀라움 속에서 이 모든 걸 감지했다. 그런데 이런 일이 일어나리라고 예견이라도 한 사람처럼 왠지 모를 만족감이 밀려왔다.

그때 누군가가 그의 어깨를 만졌다. 리드는 화들짝 놀라며 눈을 떴다.

스튜어디스가 웃으며 말했다.

"곧 착륙합니다."

리드는 당황해서 주변을 둘러봤다. 뉴욕과 워싱턴을 오가는 비행기 안이었다.

"아, 그래요."

그는 기계적으로 대답하며 안전벨트가 단단히 매어 있는지 확인했다. 그러고는 창밖을 힐끗 쳐다봤다. 아래로 워싱턴 변두리가 언뜻 스쳐갔다. 리드는 바깥 풍경을 보면서 눈을 여러 번 깜빡거렸다. 꿈과 현실이 오락가락했다. 언제 잠들었는지 모르지만, 마지막 날 밤의 기억이 요상한 꿈으로 돌변해 그를 혼란에 빠뜨렸다.

*

나사 본부는 강철과 유리로 된 기다란 직육면체 모양이었다. 공항에서 리드를 태워 온 차가 거대한 건물의 정문 앞에서 멈췄다. 보좌관들이 여러 명 나와서 그를 맞았다.

"리처즈 씨, 다시 만나 뵙게 돼 반갑습니다."

경비대장이 말했다. 그는 숨 돌릴 틈도 없이 중앙 로비를 지나 엘리베이터 앞까지 리드를 안내했다.

회의실 공기는 무겁게 가라앉아 있었다. 한 남자가 웃음 띤 얼굴로 성큼성큼 걸어왔다. 리드가 그의 손을 반갑게 잡으며 인사했다.

"오랜만이군, 마이클."

나사의 수장은 소년마냥 환하게 웃으며 리드의 손을 다정하게 잡았다.

"반갑네, 리드. 이렇게 와 줘서 고맙네. 스케줄이 너무 빡빡해서 정신이 하나도 없네. 자네의 명석한 두뇌가 절실하던 참이야."

"됐네, 이 사람아."

리드는 달리 할 말이 없었다.

남자 넷이 테이블 주변에 둘러앉아 있었다. 셋은 항공우주국 실무자였고 하나는 외부 컨설턴트였다. 리드가 다 아는 인사들이었다. 일 분 정도 뒤에 여자가 들어왔다. 여러 정부 기관에 컨설팅을 해 주는 저명한 심리학 교수였다. 이제 위원들이 모두 모였다.

의장이 연설을 시작했다.

"이렇게 자리해 주셔서 감사합니다. 이 모임을 위해 워싱턴까지 먼 걸음을 해 주신 분들께 특히 감사드립니다. 비행기에서 제공한 커피보다 우리 커피가 더 맛있기를 바랍니다."

의장의 농담에 일부 참석자들이 슬며시 웃었다.

"본 위원회가 좀 급하게 소집됐다는 건 다들 아실 겁니다. 이번 프로젝트에서는 요식 절차가 생략됐습니다. 그 점이 마음에 걸리지만 우리로선 달리 선택의 여지가 없었습니다."

의장은 위원들에게 의견을 말할 기회를 주느라 잠시 뜸을 들였다.

아무도 나서지 않자 나사 실무자 중 한 명에게 고갯짓을 하며 말했다.

"조녀선이 심사 위원으로서 본 회의를 주도할 겁니다."

조녀선이 전체 위원들에게 고개를 살짝 숙이며 다시 인사했다.

"저는 여러분의 판단을 전적으로 신뢰합니다."

의장이 다시 말을 이었다.

"다만 프로필을 검토할 때, 후보를 다양한 그룹에서 선발해 주셨으면 합니다. 본 프로젝트는, 흠…… 어떻게 설명해야 하나? 그러니까 다양한 관점을 대변하는 승무원이 필요합니다."

심리학자인 헬렌 키펜버그가 조심스럽게 나섰다.

"마이클, 어떤 임무를 수행할지 좀 더 자세히 설명해 주실 수 없나요? 가서 무슨 일을 하는지도 모르는데 후보를 어떻게 심사합니까?"

의장은 딱히 누구에게랄 것도 없이 모호하게 웃더니 질문을 못 들은 사람처럼 자기 할 말만 계속했다. 나이에 비해 동안인 얼굴이 상당히 지쳐 보였다. 최선을 다해 달라는 당부를 끝으로 회의실에서 조용히 나갔다.

남은 여섯 명은 당황했다. 뭘 어떻게 해야 할지 몰라 한동안 서로 쳐다보기만 했다. 하지만 오전 시간이 거의 지나간 데다 살펴야 할 후보가 많아서 일단 일에 착수했다. 조녀선이 가죽으로 된 서류 가방에서 파일을 하나씩 꺼내 호명했다. 그들은 후보의 프로필을 일일이 살펴가며 토론을 벌였다. 대체로 이미 알고 있는 사람들이어서 프로필을 심사하는 일은 어렵지 않았다. 논의가 순조롭게 이뤄졌고 의견도 대체로 일치했다.

리드는 간결하게 의견을 개진하며 자신이 맡은 역할을 충실히 수행했다. 항공우주국은 전에도 이와 유사한 임무로 그를 여러 번 소환했었다. 리드는 프로젝트에 대한 보안을 철저히 지킨다는 점에 별로 놀라지 않았다. 모임의 긴급성과 중요성에 압도되지도 않았다. 나사 직원들의 아리송한 태도에 빈정 상하지도 않았다. 이보다 더 이상한 모임에도 자주 불려 다녔고 훨씬 더 긴장되는 상황에 처한 적도 있었다. 그가 불안한 이유는 다른 데 있었다.

안에서 뭔가가 북받쳐 올라왔다. 마이클이 개회사를 시작한 순간, 아니 더 일찍부터 속이 뒤틀리기 시작했다. 어쩌면 크리스마스 파티에서 미세스 글라스아이와 얘기를 나눴을 때부터, 아니 워싱턴에서 걸려온 전화를 처음 받았을 때부터 그랬는지도 모른다. 팩스로 제안서를 받았을 때도 그는 살펴보는 걸 차일피일 미뤘다. 이번 소환이 무엇 때문인지 생각하려 하지도 않았다. 워싱턴에서 무엇 때문에 와달라고 하는지, 그곳에서 그를 기다리고 있는 일이 무엇인지 따져 보지도 않았다.

'우주탐사선의 승무원 후보를 선정하는 일이었어.'

조녀선이 서류 가방에서 새로운 파일을 꺼낼 때마다 리드는 뱃속이 뒤틀렸다. 물에 젖은 원단이 햇볕에 마르며 오그라들 듯이 탄력 넘치는 그의 고무 몸이 오그라드는 것 같았다. 마음이 자꾸만 오락가락했다.

'아냐, 그럴 리 없어. 순전히 우연의 일치일 거야. 아냐, 그런 우연은 일어날 수 없어.'

의혹이 걷잡을 수 없이 일었다. 파도처럼 밀려왔다가 밀려가기를 반복했다. 드디어 점심시간이 됐다. 사십 분 동안 휴정하기로 하고 자리에서 일어났다. 그동안 여섯 명의 후보를 선발했다.

그들은 직원 식당 옆에 별도로 마련된 식탁에서 점심을 먹었다. 식사 중에 다양한 이야기가 오갔다. 먼저 배트맨 살인 사건이 화제에 올랐다. 복잡한 재판 과정과 음란하게 훼손된 시체에 대해 저마다 한 마디씩 했다. 또한 대통령의 실언과 십 대 여학생 사이에 번진 구강 임질에 관한 연구에 대해서도 허심탄회하게 이야기를 나눴다. 모든 게 순조로웠다. 내로라하는 전문가들이 다양한 화제를 놓고 이야기꽃을 피웠고 리드도 간간이 대화에 참여했다. 깊이 따지지 않고 표면적인 수준에서 대화가 오갔다. 그들의 대화나 친분은 딱 그 정도였다. 어쩌면 수박 겉핥기 식인 게 다행이었다.

회의실로 돌아왔을 때 리드는 평정을 거의 되찾았다. 다들 커피 잔을 하나씩 들고 있었다. 그는 자리에 앉으며 가볍게 한숨을 내쉬었다. 하지만 그 평정은 곧 깨지고 말았다. 피할 수 없는 일이 마침내 벌어진 것이다.

"버나드 던."

조너선이 서류 가방에서 새로 꺼낸 파일을 들고 덤덤한 목소리로 읽었다. 리드는 눈을 내리깔고 앞에 놓인 작은 메모장만 쳐다봤다. 공기가 희박해졌다. 숨 쉴 때마다 몸에 생채기가 나는 것 같았다.

"드디어 새로운 인물이 나왔군요."

누군가가 한 마디 던졌다. 외부 컨설턴트였다.

"마이클이 다양성에 대해 언급할 때 염두에 둔 사람이 바로 이런 후보였을 겁니다. 첫 임무를 수행하러 떠나는 우주비행사, 어때요?"

"제가 휴스턴에서 그의 훈련을 담당했습니다."

나사 실무진 중 한 명이 말했다.

"탁월한 후보입니다. 야망도 크고요."

리드는 조너선이 들고 있는 파일을 슬쩍 넘겨봤다. 버나드의 작은 사진이 눈에 들어왔다. 사진만 봤는데도 엉덩이 부위가 화끈거렸다. 미세한 분화구가 터져 펄펄 끓는 용암을 분출시킬 것만 같았다. 질투, 분개, 적의가 한꺼번에 솟구쳤다.

'개자식. 여기서까지 나를 고문하는군.'

"뉴저지 주에서 열린 한 세미나에서 그를 만난 적이 있습니다."

헬렌 키펜버그가 말했다.

"하지만 딱히 아는 것이 없어서 드릴 말씀이 없네요. 리드, 그를 어떻게 생각하세요?"

리드는 곧바로 반응하지 않았다. 기억 속에서 그의 이름을 찾느라 애쓰는 척하다가 입을 열었다.

"버나드 던이요? 흠, 강의할 때 한두 번 본 것 같기는 하네요."

잠시 침묵이 흘렀다.

"그래서요?"

조너선이 물었다.

"그래서 뭐요?"

리드가 되물었다.

"그러니까 당신 의견은 어느 쪽이냐 이겁니다. 그를 후보 파일에 넣을까요, 아니면 탈락 파일에 넣을까요?"

리드는 집중하는 것처럼 보이려고 눈을 감았다. 실은 속내를 들킬 것 같아 동료 위원들의 눈을 쳐다볼 수 없어서였다. 도저히 가타부타 결정을 내릴 수가 없었다. 그런데 갑자기 뱃속이 뒤틀렸다. 그 순간, 뭐라고 할지 순식간에 결정 났다. 생각할 여유도 없이 오장육부를 지나 입 밖으로 튀어나왔다.

"탈락 파일."

버나드의 이력서를 두고 몇 분 동안 더 의견이 오갔지만 리드는 거기에 신경 쓰지 못했다. 자기가 방금 저지른 일을 생각하느라 경황이 없었다.

'난 제대로 따져 보지도 않았어. 순전히 본능적으로 반응했어.'

그의 부정적인 의견 때문에 다른 사람들도 흔들리는 것 같았다. 결국 참석자들은 버나드를 탈락시키는 쪽으로 의견을 모았다. 리드는 다시 한 번 생각해 보라고 당부하고 싶었다.

하지만 시간이 없었다. 그들은 이미 다른 프로필로 넘어가고 있었다. 리드는 다시 눈을 감았다. 제발 그런 일이 일어나지 않기를 기도하면서 숨을 깊이 들이쉬었다.

하지만 그런 일은 일어나고야 말았다.

"일레인 라이언."

조너선이 이름을 불렀다.

극심한 공포가 밀려왔다. 그와 동시에 불쾌한 반감도 일어났다. 그 이름을, 그녀의 피부, 그녀의 체취, 그녀의 온기를 하나도 모르면서 저렇게 무심하게 부르다니 도저히 용납할 수 없었다.

'당신은 그 이름을 부를 수 없어. 그 이름은 오직 나만 부를 수 있어. 오직 나만!'

하지만 그 이름이 파일에 적혀 있었다. 그 이름이 회의실 테이블 주변에 떠돌고 있었다.

"일레인 라이언, 몇 안 되는 여성 후보입니다."

조너선이 파일을 들여다보며 다시 한 번 불렀다.

"게다가 가장 어렵습니다."

헬렌 키펜버그가 일레인의 프로필을 미리 살펴본 사람처럼 덧붙였다. 리드는 유명한 심리학자가 그토록 침착한 목소리로 그녀의 이름을 부르는 것도 싫었다.

"제가 보기엔 대단히 흥미로운 프로필이네요."

한동안 일레인에 대한 이야기가 오갔지만 리드는 한 마디도 하지 못했다. 그 상황이 너무나 비현실적이었다. 어떻게든 그 분위기에 섞이려고 방 중간의 한 지점을 쳐다봤다. 속이 안 좋거나 기침을 하는 척할까도 생각했다. 그 자리를 빠져나갈 구실을 찾아볼까도 생각했다. 하지만 그랬다가는 더 관심을 끌 것 같았다. 헬렌이 뭐라고 지껄이는 동안 리드는 겁에 질린 채 가만히 앉아 있었다.

"일레인 라이언의 성적은 거의 완벽합니다."

헬렌은 웅변이나 라디오 인터뷰를 예행 연습하는 것처럼 과장된 말투로 말했다. 리드는 그 목소리가 싫었다. 그녀가 '그 이름'을 발음하는 방식도 맘에 들지 않았다. 게다가 리드에게 또다시 의견을 물을 때는 죽도록 싫었다.

"리드, 뉴저지 주의 우주 센터에서 그녀를 만난 적이 있지 않나요? 그녀를 어떻게 생각하세요?"

참석자들의 눈이 모두 자신에게 쏠렸다. 그 순간, 리드의 얼굴이 화끈 달아오르는 듯했다.

"당신 말이 맞는 것 같군요. 괜찮은 프로필이에요."

리드는 간결하게 대답했다.

하지만 기대에 찬 눈으로 그를 빤히 쳐다보는 심리학자의 눈을 마주 보지 못했다. 헬렌은 그의 대답이 성에 차지 않는 눈치였다. 리드는 그녀가 자기를 코너에 몰려는 건 아닌지 의심스러웠다.

'어쩌면 저 여자는 최근에 뉴욕을 방문했거나 뉴저지 주 우주 센터를 다녀왔을지도 모르지. 소문을 들었을지도 몰라.'

"좋습니다."

조녀선이 끼어들었다.

"어떻게 생각하세요, 리드? 후보 파일, 아니면 탈락 파일?"

리드는 침을 꿀꺽 삼키고는 어떻게든 웃으려고 노력했다.

"이런, 또다시 제게 첫 의견을 피력하라는 건 아니죠?"

"왜 아니겠습니까?"

조녀선이 대꾸했다.

"뉴욕 출신 후보라면 당연히 당신이 제일 잘 알 텐데요."

리드는 쏟아지는 시선 때문에 땀이 송글송글 맺히기 시작했다. 빠져나갈 구멍이 없었다. 모든 시선을 한꺼번에 감당할 수도 없었다. 그냥 굴복해야 할 것 같았다. 대답할 수 없다고, 그럴 권리가 없다고 고백해야 할 것 같았다. 개인적으로 아는 사이라고 털어놓아야 할 것 같았다.

'혹시 저들이 다 알고 있는 건 아닐까?'

생각이 여기에 미치자 그는 완전히 멍해졌다. 빠져나갈 방법이 정말로 없었다. 의혹이 꼬리에 꼬리를 물고 일어났다.

'일레인과 나의 소문이 워싱턴에까지 퍼졌을까? 이 모임의 실체가 뭘까? 나를 곤란한 입장에 빠뜨리거나 내 직업윤리를 테스트하려고 소환한 건 아닐까?'

"리드?"

누가 그의 이름을 불렀다. 필시 조녀선일 것이다. 회의실 분위기가 다소 흐트러졌다.

'집중해. 이 상황에서 어떻게든 빠져나가야 해.'

"리드, 괜찮아요?"

"일레인 라이언은 모든 테스트를 우수한 성적으로 통과했습니다."

헬렌 키펜버그가 어색한 분위기를 깨려고 끼어들었다. 리드는 잠시 숨통이 트였다. 하지만 키펜버그가 레즈비언이라 일레인에게 반한 건 아닐까 하는 의심이 들었다. 온갖 상상의 나래를 펼치려는 찰나, 그녀가 다시 질문을 던졌다.

"그래서 말인데요, 리드. 이 후보에 대해 확실한 의견을 좀 주세요.

당신 의견이 가장 중요해요. 이 후보를 통과시킬까요, 말까요?"

리드는 비명을 지르고 싶었다. 사람들에게 당장 멈추라고, 일레인에 대해 더 이상 떠들지 말라고 외치고 싶었다. 자신의 사랑을 보호하고 신성한 침묵 속에 감추고 싶은 욕구가 솟구쳤다. 그녀에게 전화해서 용서를 구하고 싶었다. 이렇게 먼 곳에서 그녀의 이름을 부르고 그녀에 대해 함부로 떠들어서 미안하다고 말하고 싶었다. 아니, 그녀를 호되게 질책하고 싶었다. 그녀에게 어떻게 된 일이냐고 따지고 싶었다. 진실을 고백하라고 다그치고 싶었다.

'내가 이 위원회의 위원이 될 거라는 걸 알고 있었어? 이런 일이 벌어질지 알고 있었던 거야?'

이런 의혹에 사로잡히자 눈앞이 캄캄해졌다. 하지만 곧 정신을 차렸다. 일레인이 뭘 알고 있는지 모르니까, 다른 위원들이 뭘 알고 있는지 모르니까, 아직은 아무것도 모르니까. 그는 아무것도 몰랐다. 다만 한 가지는 확실히 알았다. 일레인이 후보로 뽑히면 몇 달 동안 볼 수 없다는 것이다.

이런 생각이 들자 땅속으로 꺼질 것처럼 힘이 쫙 빠졌다. 문득 자신에게 제의를 거절하라던 미세스 글라스아이가 떠올랐다. 그녀가 이 자리에 없는 게 못내 아쉬웠다. 그녀가 가슴골을 훤히 내보이며 도발적인 자세로 옆에 앉아 있다면 기운이 좀 날 것 같았다. 미세스 글라스아이는 나쁜 사람이 아니었다. 온갖 고초를 이겨내고 그 자리에 오른 사람이다. 그녀는 크리스마스 파티에서 자신에게 경고하려고 무진 애를 썼다. 하지만 지금 이 자리에는 없었다. 리드 혼자였다. 당장 답변을 달라는 사람들을 혼자서 감당해야 했다.

리드는 미친 듯이 비명을 지르고 싶었다. 하지만 그야말로 신중하고 차분한 목소리로 답변을 내놓았다.

리드는 그날 저녁에 뉴욕으로 돌아왔다. 일주일은 나갔다 온 것처럼 피곤했다. 집에 돌아오자마자 구두와 셔츠를 벗어던지고, 와인잔을 들고 반나체로 집 안을 서성거렸다. 밖에는 비가 열대 폭우처럼 맹렬히 쏟아지고 있었다. 리드는 와인을 마시며 창밖을 내다봤다. 워싱턴에서 오후 내내 그를 짓누르던 불안과 의혹을 떨쳐 내려고 자신에게 최면을 걸었다. 그는 잔을 내려놓고는 옷을 몽땅 벗고 욕실로 들어가 샤워기 물을 최대한 뜨겁게 틀었다. 고무 조직이 열을 받으면 좋지 않다는 걸 알면서도 개의치 않았다.

샤워를 마치고 나오니 살갗은 시뻘게졌고 머리에선 샴푸 냄새가 났다. 하지만 기분은 조금도 나아지지 않았다. 자정에 가까운 시간이었다. 저녁을 걸렀지만 배고픈 줄도 몰랐고 잠도 오지 않았다. 결국 노트북 컴퓨터를 켜고 일레인의 사진을 저장해 둔 폴더를 열었다. 그리고 단서를 찾는 탐정처럼 사진을 하나하나 살폈다. 저 얼굴, 저 붉은 머리카락, 저 사랑스러운 입으로 거짓말을 했단 말인가? 상상만 해도 견딜 수가 없었다. 하지만 일레인이 위원회에 대해 알았다 해도 엄밀히 따지면 거짓말을 한 건 아니다. 그저 그에게 말하지 않았을 뿐이니까.

리드는 궁금해서 도저히 참을 수가 없었다. 여기서 컴퓨터 화면만 쳐다보며 고민해 봤자 아무 소용 없었다. 결국 서둘러 옷을 입고는 택시를 불렀다. 쏟아지는 비를 뚫고 택시가 브루클린 남쪽을 향해 달렸다. 리드는 가는 내내 이렇게 불쑥 찾아가도 될까 고민했다. 집으로 돌아갈까도 했다. 하지만 이미 엎질러진 물이었다. 돌아가기엔 너무 많이 와 버렸다. 리드는 자신을 결단력이 있는 사람이라고 생각했다. 상황을 똑바로 직시하고 어떤 고통을 감내하더라도 과감하게 결정한다고 믿었다. 그래서 요즘 들어 이러지도 저러지도 못하고 고민하는 자신이 너무 답답하고 싫었다. 일레인과 얽히면서 모든 게 꼬이고 뒤틀렸다.

'그녀는 나보다 더 단호한 사람이야. 나보다 의지도 강해. 관계를 맺는다는 건 두 의지가 만난다는 거야. 약한 의지가 강한 의지를 만나면 지게 돼 있어.'

일레인의 집 창문이 보였다. 불이 켜져 있었다. 택시 기사에게 전화를 하는 동안 기다려 달라고 부탁했다. 리드는 일레인의 휴대전화 신호음이 울리는 모습을 상상했다. 식탁 위나 베개 옆에서 휴대전화가 진동하는 모습도 상상했다. 일레인이 휴대전화를 집어 들고 발신자를 확인하는 모습도 상상했다.

"여보세요?"

일레인의 목소리가 들렸다.

"나야. 자고 있었나?"

리드는 대답을 기다리지도 않고 덧붙였다.

"당신 집 앞인데 들어가도 될까?"

잠시 침묵이 흘렀다.

"올라오세요."

리드는 택시기사에게 요금을 지불했다. 기사가 전화 내용을 다 들어서 조금 무안했다. 서둘러 인도를 지나 건물로 들어갔다. 위로 올라가니 문이 조금 열려 있는 집이 보였다. 좁은 거실에 주황색 전등이 켜 있었다. 일레인이 방 안에서 나왔다.

"리드, 이 시간에 웬일이세요?"

록그룹이 선명하게 찍힌 티셔츠와 바지 차림에 맨발이었다. 마치

십 대 소녀 같았다. 이런 모습의 일레인을 보니 공포에 가까운 불안감
이 밀려들었다. 두 사람은 서로 놀라서 마주 보며 한참 동안 서 있었
다. 결국 일레인이 먼저 정신을 차리고 그에게 달려와 꼭 껴안았다.

"오, 리드!"

일레인은 얼굴을 반짝이며 탄성을 터뜨렸다.

"스페이스 미션에 부름을 받았어요. 내일 워싱턴으로 떠나요!"

"알고 있어."

리드는 품에 달려든 일레인을 살짝 밀치며 대답했다.

"나도 그 위원회에 있었어. 수십 명의 프로필을 검토해서 십여 명
을 선발했지. 내일 워싱턴에 가면 다 만날 거야. 특별위원회에서 우
주탐사선 승무원 네 명을 최종 선발할 거고, 당신은 좋은 점수를 받
았어. 다 알아. 오늘 워싱턴에 있었으니까. 난 당신에게 합격 표를 던
졌어. 나머지 위원들은 그저 내 의견에 따랐고. 그래, 다 알고 있어.
그런데 당신도 알고 있었어. 내가 그 위원회에 참여할 거라는 걸 당
신은 진작 알고 있었어."

일레인은 리드에게서 몸을 뗐다. 무슨 소리인지 통 못 알아듣겠다
는 표정으로 그를 빤히 쳐다보더니 여전히 웃음 띤 얼굴로 방으로 걸
어갔다.

"들어오세요."

침실은 최소한의 가구만 갖춰져 있었다. 크림색의 작은 장식장이
벽에 붙어 있고, 소파 겸용으로 쓰이는 퓨턴 매트리스가 나무 바닥
위에 놓여 있었다. 창턱에는 리드가 몇 달 전에 보내 준 분재가 놓여
있었다. 물을 제대로 안 줬는지 시들시들했다. 책장에는 천문학, 기상
학, 물리학, 우주공학과 관련된 책 수십 권이 가지런히 꽂혀 있었다.
리드는 눈에 익은 책을 보자 마음이 살짝 풀렸다. 일레인의 집에 와

보기는 처음이었다. 침실을 구석구석 살펴보니 놀랍기도 하고 당혹스럽기도 했다. 무엇보다도 바닥에 놓인 커다란 여행가방을 보니 엉덩이가 또다시 화끈거렸다. 일레인은 활짝 펼쳐진 여행가방에 옷을 챙겨 넣었다.

"내일 그들이 저를 선발하면 곧장 휴스턴으로 날아갈 거예요."

일레인이 설명했다.

"존슨 우주 센터에서 적어도 3개월 동안 훈련을 받겠죠. 이번 임무는 기록적인 속도로 진행될 예정이에요. 일정이 아주 빡빡해요."

"알고 있어."

리드가 다시 말했다. 그러고는 방에 딱 하나밖에 없는 하얀 의자에 앉아 일레인이 짐을 꾸리는 모습을 지켜봤다.

"믿기지 않아요. 정말 믿기지 않아요."

일레인은 속옷을 챙기며 연신 감탄했다.

"최종 면접에 선발되다니 꿈을 꾸는 것 같아요."

가방에 담긴 속옷을 보자 리드는 갑자기 욕정이 솟구쳤다.

"일레인, 잠깐 얘기 좀 해."

리드가 애원조로 말했다.

"그래요, 얘기하세요."

일레인이 짐 꾸리는 일을 멈추지 않은 채 대답했다. 리드는 차분한 목소리로 이야기하려고 잠시 숨을 골랐다. 화난 것처럼 보이고 싶지 않았다. 마음을 가라앉히자 음악 소리가 작게 들렸다. 책장에 놓인 오디오에서 나는 소리였다. 리드는 그 음악 소리와 떨어지는 빗소리, 자신의 숨소리까지 들으며 한숨을 내쉬었다.

"내가 그 위원회에 참여할 거라는 걸 알고 있었나?"

일레인이 머리카락을 한쪽 귀 뒤로 넘겼다.

"흠…… 짐작은 했어요."

말은 그렇게 하면서도 여전히 짐 싸는 데 여념이 없었다.

"이틀 전 당신이 워싱턴에 갈 거라고 말했을 때……."

"짐작은 했다고?"

리드가 그녀의 말을 똑같이 따라했다.

"당신은 자신이 후보라는 사실을 나한테 말하지 않았어. 그 때문에 내가 얼마나 곤란했는지 알아?"

일레인이 그의 눈을 정면으로 쏘아봤다.

"왜요? 아직 아무것도 결정 나지 않았어요. 전 여전히 최종 선발 과정을 통과해야 한다고요. 게다가 우리 사이를 아는 사람은 아무도 없어요."

"아니, 그렇지 않아."

리드가 일어서며 말했다. 창가로 걸어가려다 포기하고 다시 의자에 주저앉았다. 방이 너무 좁아서 걸어 다닐 수가 없었다. 두 사람과 여행가방, 그날 오후 워싱턴에서 있었던 기억까지, 이 모든 걸 전부 수용하기엔 턱없이 비좁았다.

"뉴욕에 우리 사이를 아는 사람들이 있어. 그들이 워싱턴 쪽에 말할 수도 있어."

"누가 우리 사이를 안다고요? 그럴 리가 없어요. 당신이 얼마나 세심하게 신경 썼는데요. 레스토랑에선 당신을 알아보지 못하는 자리만 골라서 예약했고, 파파라치한테 사진 찍히지 않으려고 당신이 얼마나 애썼는데……."

"그래도 알 만한 사람은 다 알아."

일레인은 잠시 생각하더니 다시 짐을 싸기 시작했다.

"남 얘기나 하면서 시간을 낭비하는 사람들을 보면 우스워요."

그러더니 상황을 마무리 짓기라도 하듯이 한 마디 덧붙였다.

"한심한 사람들이죠."

리드는 한숨을 내쉬었다. 인내심이 바닥나기 시작했다.

"일레인, 얼렁뚱땅 넘어가려고 하지 마. 난 오늘 아주 중요한 자리에서 비윤리적으로 행동할 수밖에 없었어. 맡은 바 소임을 제대로 수행하지 못했어. 당신과 아무 사이도 아닌 것처럼 행동해야 했어. 거짓되게 행동할 수밖에 없었다고."

리드는 팔짱을 끼고 일레인을 쏘아봤다. 마지막으로 한 마디 덧붙였다.

"전혀 나답지 않게 처신했어."

일레인이 또다시 머리카락을 귀 뒤로 넘기며 리드의 말을 무심히 따라했다.

"당신답지 않게 처신했다고요?"

리드는 소리치고 싶었다. 부끄럽다는 듯이 머리카락을 귀 뒤로 넘기지 말라고. 처음 만났을 때 리드는 그 수줍은 몸짓에 반했다. 이젠 그 몸짓이 무엇을 뜻하는지 알았다. 수줍어서 그런다고 생각했던 매력적인 몸짓이 실은 버릇에 불과했다.

'내 앞에 있는 당신은 피곤하지만 무척 들떠 있군. 얼른 짐을 싸고 싶겠지. 내일 워싱턴으로 떠나야 하니까. 원하는 걸 손에 넣었으니까.'

리드는 벌떡 일어났다. 이제 정말로 묻고 싶었던 질문을 하기로 결심했다.

"나한테 돌아온 이유가 이것 때문이었나?"

차마 묻지 못했던 끔찍한 질문을 하고야 말았다.

"그랬어? 내가 그 위원회에 참여할 거라는 걸 알고 다시 돌아온 거야?"

일레인이 여행가방을 탁 닫았다. 잠금 장치를 잠갔다가 다시 열었다. 그렇게 열고 닫기를 몇 차례 반복하더니 마침내 입을 열었다.

"가끔 당신에게 뭐라고 말해야 할지 모르겠어요. 정말 뭐라고 말해야 할지 모르겠어요. 당신은 내가 그 정도로 못됐다고 생각하세요? 개인적인 이득을 취하려고 당신에게 돌아왔다고요?"

일레인은 여행가방을 똑바로 세웠다. 당장이라도 떠날 사람처럼 벌떡 일어나더니 리드를 쏘아보며 말했다.

"당신을 진짜로 이용해 먹을 생각이었다면 사랑한다고 말했겠죠. 거짓말로 당신을 유혹했겠죠. 하지만 그러지 않았어요. 당신을 사랑한다고 말한 적도 없어요. 단지 보고 싶었다고 했죠. 당신이 보고 싶어서 돌아왔어요. 그걸 이해하는 게 그렇게 어려워요?"

일레인은 잠시 뜸을 들이다가 말을 이었다.

"그런 것 같군요. 당신에겐 어렵군요. 당신은 모든 걸 어렵게 꼬고 비트니까. 냉담하고 단호한 내 행동을 놓고도 온갖 상상의 나래를 펼치죠. 당신이 그런다는 거 알아요. 당신에게 나라는 사람은 존재하지 않아요. 당신은 나를 사랑하는 게 아니에요. 당신이 나라고 생각해 온 이미지를 사랑하는 거예요. 좋아요, 마음대로 하세요. 내 유령에게 빠지든 말든 상관 안 해요. 하지만 진짜 나는, 진짜 일레인은 몇 시간 뒤에 워싱턴으로 떠날 거예요."

일레인이 몇 걸음 걸어왔다. 리드와 거의 부딪칠 정도로 다가와서는 화난 어조로 낮고 확실하게 말했다.

"어찌 됐든 난 뽑힐 자격이 있어요. 그건 당신도 알고 나도 알아요."

리드는 일레인을 꼭 껴안았다. 달리 할 수 있는 게 없었다. 그녀의 뼈가 으스러질 정도로 세게 안았다. 이러다 죽일 수도 있겠다는 생각이 들었다. 하지만 일레인은 고통을 호소하지 않았다. 그가 초인적인 힘을 지녔다면, 그녀는 다른 형태의 힘을 지녔다. 그녀의 힘은 너무나 완강하고 종잡을 수 없었다.

리드는 일레인을 계속 안고 있었다. 그녀의 심장이 뛰는 게 느껴졌다. 그러다 그들은 키스를 했다. 모든 게 순식간에 일어났다. 매트 위로 쓰러져 난투극을 벌이는 사람들처럼 서로 옷을 벗기고 입을 맞췄다. 리드는 갑작스러운 상황에 당황했다. 미칠 듯이 흥분했지만 음경은 무력하게 처져 있었다. 일레인이 숨을 헐떡이며 그의 음경을 자극하기 시작했다. 섬세하게 마사지하는가 싶더니 확 잡아당겼다. 리드는 자제력을 잃고 몸이 멋대로 늘어나도록 내버려 뒀다. 그의 음경이 촉수로 변해 길게 늘어나면서 일레인의 몸을 감쌌다. 일레인은 숨을 헐떡이며 음경의 끝부분을 자신의 입으로 가져갔다. 리드는 손가락 하나를 음경처럼 만들어 그녀의 몸 안으로 밀어 넣었다. 온몸이 마구 늘어나 파도처럼 그녀를 집어삼킬 듯했다. 문득 자기에게는 아무런 욕망도 없다는 생각이 들었다. 단지 그녀와 합쳐야 한다는 생각뿐이었다. 그녀가 자신의 것이 아니라는 생각을 못하도록 그녀를 가져야 한다는 생각뿐이었다.

"일레인."

리드는 숨을 헐떡였다. 갑자기 그 순간이 한눈에 들어왔다. 그는 멀리, 무한정 멀리 떨어진 곳에서 그 상황을 내려다보고 있었다. 괴물 같은 남자가 정자를 분출하는 모습이 보였다. 두 사람이 매트에 누워 있는 모습이 보였다.

리드는 마지막 몇 방울까지 모조리 분출했다. 그러고는 한숨을 내쉬고는 몸을 원상태로 되돌렸다.

*

시간이 흘렀다. 리드는 일레인의 매트에서 눈을 떴다. 옷을 다 벗은 채 얇은 시트만 덮고 있어서 서늘했다. 일어나려고 하니 온몸이 쑤시고 아팠다. 몸이 뒤틀린 채 숨도 못 쉬고 한참 동안 누워 있었다. 통증이 밀려왔다. 지난밤에 했던 섹스가 떠올랐다. 일레인의 몸에 올라타서 자신의 몸을 마구 늘리고 뒤틀었던 것 같다. 정말로 그랬나? 온몸이 쑤시고 아픈 걸로 봐선 틀림없이 그랬다. 공허감이 밀려드는 걸로 봐서도 그랬다. 일레인은 사라지고 없었다. 여행가방도 보이지 않았다. 꼼짝 않고 누워서 통증과 불안감을 가라앉히며 밖에서 나는 소리에 귀를 기울였다. 차 소리가 점점 잦아지고 커졌다.

그래도 밖은 여전히 컴컴했다. 리드는 여섯 시쯤 됐을 거라고 짐작했다. 이젠 일어나서 움직여야 했다. 남의 집에 한없이 누워 있을 수는 없었다.

리드는 고통에 신음하면서 일어나 옷을 챙겨입었다. 일레인이 쪽지라도 남겼을까 싶어 주위를 둘러봤지만 아무것도 보이지 않았다. 택시를 불렀다. 집으로 돌아와 샤워를 하고 서둘러 출근했다. 애너벨보다 일찍 사무실에 들어가 여느 때처럼 책상 앞에 앉았다. 너무나 낭만적이면서 너무나 우울했다. 반짝이는 책상에 그의 실루엣이 비쳤다. 밤새 아무런 온기도 받지 못한 전화기는 서늘했다. 컴퓨터 화면은 작은 소리를 내며 다시 살아났다. 리드는 꿈인지 생시인지 아득한 상태로 그 자리에 앉아 있었다.

'내가 있을 곳은 여기야. 내 일상은 여기에서 이뤄져.'

이렇게 마음을 다잡아도 문득 다른 생각이 떠오르며 오전 내내 그를 괴롭혔다.

'내가 왜 그랬지? 그녀에게 왜 합격 표를 던졌지?'

'세상에, 내가 무슨 짓을 한 거야?'

'어찌 됐든 그녀 옆에서 버나드는 치워 버렸어.'

그럭저럭 오전 시간이 흘러갔다. 오후도 지루하게 흘러갔다. 리드는 일에 집중하려고 애썼지만 번번이 딴 생각에 빠져들었다. 휴대전화에서 배터리가 얼마 남지 않았다는 신호를 보냈다. 리드는 자리에서 벌떡 일어나 책상 서랍에서 충전기를 찾았다. 그러다가 며칠 전에 그가 찾던 명함을 발견했다. 데니스 드 빌라. 은퇴한 슈퍼히어로들이 위험에 처했다고 확신한 형사. 리드는 냉소적인 미소를 띠며 고개를 흔들었다. 이젠 아무도 그를 도울 수 없다. 그가 직면한 진짜 위험은 조롱과 고뇌의 늪으로 한없이 빠져드는 것이니까.

일레인에게서는 아무 소식도 없었다. 리드는 그저 아무 일도 일어나지 않기를 바랐다. 모든 게 망각의 세계로, 비현실의 세계로 사라지길 바랐다.

'아무 일도 일어나지 않을 거야. 일레인은 뽑히지 못할 거야. 아무도 뽑히지 못할 거야. 아무도 떠나지 못할 거야.'

하지만 결국 그의 휴대전화가 진동했다. 리드는 끈질기고 냉혹한 현실로 돌아와야 했다. 휴대전화 화면에 뜬 문자 메시지를 살폈다.

'해냈어요.'

정말 잔인한 메시지였다.

'제가 뽑혔어요. 우주탐사선을 타고 진짜 날아갈 거예요.'

*

한 달이 흘렀다. 변덕스러운 겨울 추위가 기승을 부렸다. 리드는 희끄무레한 아침 햇살을 받으며 닥터 세판스키의 상담실에 있었다. 벌거벗은 채 검사대에 똑바로 누웠다. 두 남자의 숨소리와 간헐적으로 들리는 초음파 기계음 외에는 사방이 고요했다.

"여기도 다 괜찮은데."

오른손으로는 초음파 탐촉자로 리드의 하복부를 문지르고 눈으로는 모니터를 쳐다보며 의사가 말했다. 그는 모니터에서 눈을 떼지 않은 채 회심의 미소를 지었다.

"참 우습지. 오랜 세월이 흘렀는데도 슈퍼히어로의 몸속을 들여다보면 여전히 흥분된다니까. 정부에서 일하던 시절로 돌아간 기분이야. 그땐 굉장했지. 자네도 기억나지?"

리드는 심호흡을 했다. 차가운 젤을 잔뜩 바른 배 위에서 탐촉자가 미끄러지듯이 움직였다.

"난 당신네 리서치 프로그램에 참여하지 않았습니다. 정부 측 의사들 손에 내 몸을 맡기고 싶지 않았으니까."

의사는 그 말을 들은 척도 하지 않고 모니터만 뚫어져라 쳐다봤다.

"다 괜찮군. 여기도 괜찮아."

그리고 다른 손으로 젤이 담긴 튜브를 집어 들더니 리드의 사타구니에 얼음처럼 차가운 젤을 쭉 짜냈다. 리드는 모니터를 보려고 고개를 살짝 들었다. 하지만 그가 누운 곳에서는 세판스키의 옆얼굴 외에는 아무것도 보이지 않았다. 의사의 얼굴은 유난히 낮은 콧대와 툭 뛰어나온 광대뼈가 대조를 이뤘다. 일흔다섯 살은 족히 됐을 텐데, 얼굴만 봐서는 나이를 가늠할 수가 없었다.

"당시에,"

의사가 다시 입을 열었다.

"새로운 슈퍼히어로가 검사를 받겠다고 동의하면 얼마나 신났는지 몰라. 어린애처럼 좋아했다니까. 슈퍼히어로의 몸속을 조사하면 아무도 모르는 세상을 발견할 수 있다고 기대했었지."

그러더니 변명조로 한 마디 덧붙였다.

"당신들은 국가 안보를 위한 전략적 자원이었으니까. 그래서 연구했던 거야."

"아무렴 그러셨겠죠."

리드는 달리 할 말이 없었다. 세판스키 박사가 정부의 지원을 받아 슈퍼히어로를 연구할 당시, 리드도 일단의 과학자 팀을 꾸려 자신을 비롯한 휘하 슈퍼히어로들을 연구했다. 그때는 다들 그런 일에 몰두했다. 누구의 몸이든 연구하면 비밀을 밝혀낼 수 있다고 확신했고, 아무도 모르는 진실을 파헤칠 수 있다고 생각했다. 60년대와 70년대를 지나 80년대 초반까지 그런 분위기가 이어졌다. 그의 삶에서 황금기였다. 진정한 슈퍼히어로들의 시대였다.

"내가 아는 지식은 전부 그때 배운 거라네."

세판스키가 의기양양한 목소리로 말했다. 그러더니 모니터가 화장대라도 되는 양 쳐다보며 머리를 매만졌다. 그의 뺨은 하도 팽팽해서 주름은커녕 표정조차 알아보기 어려웠다.

'얼굴에 또 손을 댔군.'

세판스키는 이십 년 전에 주름살 제거 수술을 처음 받은 이후로 계속해서 수술을 받아 왔다.

"앗!"

리드가 갑자기 오싹 움츠러들며 소리쳤다. 세판스키가 그의 민감한 부위에 예고도 없이 젤을 짜냈기 때문이다.

"이왕 조사를 시작했으니 여기도 좀 알아보도록 하세."

의사가 리드의 양쪽 고환에 탐촉자를 들이대며 건성으로 말했다. 리드는 한숨을 내쉬었다. 의사들과 있을 땐 인내심이 필요했다. 성형수술로 젊음을 유지하려는 의사가 초음파 검사 결과를 놓고 그럴듯하게 늘어놓는 말은 이제 신물이 났다. 가만히 누운 채 시선을 창밖으로 돌렸다. 유리창을 통해 쏟아지는 빛줄기를 따라 상담실의 먼지가 자욱하게 보였다. 탐촉자가 고환을 살살 애무하듯이 움직였다. 이젠 좀 느긋하게 누워 있으려는데 세판스키가 다시 질문을 던졌다.

"그나저나 성생활은 어떤가? 섹스에 대해서 특별히 할 말은 없나?"

리드가 의사에게 시선을 돌렸다.

"왜 그런 걸 묻습니까? 그쪽에 무슨 문제라도 있나요?"

리드는 고개를 들어 아래쪽을 쳐다봤다. 하지만 의사가 아무 대답도 하지 않아 결국 그가 먼저 대답했다.

"특별한 건 없습니다. 지난 몇 달간 특별히 얘기할 만한 성생활 같은 건 없었습니다."

"자위도 안 했나?"

"그런 것까지 말해야 합니까?"

"당신 같은 슈퍼히어로들은 늘 섹스에 어려움을 느끼지."

의사가 리드의 한쪽 고환에 탐촉자를 대고서 말했다.

"이젠 내 말을 믿게. 그 점은 내가 누구보다 잘 아니까. 당신들은 다른 사람의 몸을 잘 모르는 것 같아. 당신들과 너무 다르니까. 그래서 늘 외로움을 느끼는 거라네."

의사는 리드 쪽으로 고개를 돌려 한참 쳐다보더니 예의 그 음흉한 미소를 지었다. 그을린 얼굴이 햇볕을 받아 사악하게 번뜩였다.

리드는 지푸라기라도 잡는 심정으로 다시 물었다.

"조지프, 나한테 무슨 문제가 있다면 숨김없이 말해 주면 좋겠어요. 하지만 내 성생활이 그것과 무슨 상관인지 도무지……."

"당신 같은 슈퍼히어로들은 욕망을 초월하지. 몸이 극한까지 치닫다 보니 평범한 인간의 욕구를 느낄 수 없어. 어중간한 상태에 갇히는 거지. 쾌락을 위해 섹스하는 게 아니라 누군가를 소유하지 못할까 봐 두려워서 섹스를 하는 거야. 오르가슴에 도달할 수도 없고, 도달하더라도 아무 느낌도 없어."

세판스키는 탐촉자를 내려놓고는 리드에게 종이 타월을 한 움큼 건네줬다. 리드는 끈적끈적한 젤을 닦아냈다. 가슴과 복부, 사타구니까지 젤이 잔뜩 묻어 있었다. 문득 자신이 어머니의 젤리 같은 자궁에서 갓 태어난 새끼 괴물 같다는 생각이 들었다.

"흥미로운 이론이군요. 하지만 내 증상이 어떤지 이미 말씀드렸잖습니까. 너무 피곤해서 도무지 일에 집중할 수 없다고요."

"요즘엔 인류의 75퍼센트가 그 문제로 힘들어한다네."

의사의 반박에 아랑곳하지 않고 리드가 계속 말했다.

"게다가 엉덩이 쪽의 통증이 계속 괴롭힙니다. 고무 조직에 열상이 생긴 것 같아요."

리드는 불편을 호소하면서도 그 열상에 어떤 감흥이 느껴지는지 구체적으로 언급하진 않았다. 그 감흥이 너무나 뚜렷해서 이름까지 붙였다는 말은 전혀 내비치지 않았다.

'일레인. 이 열상은 그녀가 남긴 흔적이오. 그녀가 깨물어서 생긴 불멸의 자국이오.'

"엉덩이도 세밀히 살펴봤지만 아무것도 없었네."

세판스키는 얼굴을 찌푸렸다. 아니, 원래는 미간을 찡그릴 생각이 었던 듯한데 의도와 달리 머리선만 살짝 올라갔다 내려왔을 뿐이다. 그가 선언하듯이 말했다.

"자네 엉덩이에는 아무 문제도 없네. 복부나 고환에도 별다른 문제가 없고. 사실 자네에게는 아무런 문제도 없네."

리드는 젤을 깨끗이 닦아내지 못한 채 주섬주섬 옷을 챙겨입었다. **121**

세판스키의 진단이 영 마음에 들지 않았다.

"알았습니다. 따로따로 놓고 보면 내 몸의 모든 부위가 괜찮은 것 같습니다. 하지만 한꺼번에 놓고 보면 어떻습니까? 몸 전체를 살펴볼 수는 없습니까?"

리드는 바지를 입으면서 덧붙였다.

"분명히 무슨 문제가 있는 것 같아요. 난 그걸 느낄 수 있어요."

세판스키의 책상에 놓인 전화기가 울렸다. 의사가 수화기를 들었다. 그가 말하는 품새로 봐서 옆방의 간호사와 통화하는 게 분명했다.

"잠시만 기다리라고 해."

의사는 전화기를 내려놓고 리드에게로 돌아섰다.

"증상이 있어야지, 증상이. 리드, 의사는 증상을 토대로 판단하네. '무슨 문제가 있는 것 같다'는 말은 증상이 아닐세. 다 살펴봤지만 자네 몸에는 아무 이상도 없네."

의사가 말하는 동안에도 입 주변의 살이 시멘트를 발라놓은 것처럼 움직이지 않았다. 광대뼈 수술로 여성스러워진 얼굴은 검버섯이 피고 털이 많은 손등과 대비돼 영 어색했다.

"어쩌면……."

"어쩌면 뭐죠?"

리드는 옷을 다 입으면서 되물었다.

"자네의 성적 문제를 털어놓는다면 더 자세히 알아볼 수는 있을 거야. 어떤 증상은 그 부분에 감춰진 경우가 많거든."

의사가 손으로 아랫도리를 가리키며 마지막 문장을 강조했다.

"나는 아무 문제도 없습니다."

리드는 의사의 말을 일축했다. 세판스키가 별나다는 건 알지만 섹스에 대해 극구 말하라는 이유를 도통 알 수가 없었다. 그저 본능적으로 조심해야겠다는 생각만 들었다. 리드는 사생활에 대해 시시콜콜 말하지 않고서도 의사가 도와주기를 바랐다. 그게 그토록 어려운 일인가? 제기랄, 의사가 돈 받고 해 주는 일이 그런 거 아닌가?

전화벨이 다시 울렸다.

"아무래도 일어나야 할 것 같네. 옆방에서 환자가 기다리고 있거든."

"그러셔야죠. 만나서 반가웠습니다."

리드는 재킷을 걸치고 진료실을 나왔다. 대기실을 힐끗 보니 황갈색 머리칼을 한 사십 대 여성이 앉아 있었다. 멋진 몸매를 자랑하듯 노출이 심한 옷을 걸치고 있었다. 리드는 그녀가 환자인지, 아니면 의사의 연인인지 의심스러웠다. 세판스키가 아내 몰래 여성 환자들과 바람을 피운다는 소문을 들었다. 평범한 여자와 슈퍼우먼을 가리지 않고 만난다고 했다. 얼굴을 뜯어 고친 늙은 의사가 섹스를 하면서 땀을 삘삘 흘리는 모습을 상상하니 속이 메스꺼웠다.

리드는 피부에서 끈적거리는 젤의 냉기가 느껴지는 듯했다. 살짝 몸서리를 치면서 엘리베이터 쪽으로 걸어갔다. 일 층에 도착해서 건물 밖으로 나오니 햇볕이 따가웠다. 차도에는 그를 태울 차가 대기하고 있었다. 그런데 리드는 건물로 되돌아가고 싶었다. 상담실로 뛰어가 슈퍼히어로 전담 의사이자 유명인사인 조지프 세판스키에게 진실을 털어놓고 싶었다. 그가 느끼는 감각에 이름이 있으며 그 이름이 엉덩이에서, 몸뚱이에서 불타고 있다고 소리치고 싶었다.

*

눈을 떴다. 온몸이 불타올랐다. 환한 조명이 수천 개의 미세한 칼날처럼 그의 몸을 찔렀다. 주변이 낯설었다. 하지만 자신이 어디에 누워 있는지 금세 알았다. 벽에 설치된 등과 별 특징 없는 가구로 봐서 병원이 틀림없었다.

사방이 고요했다. 리드는 잠시 눈을 감았다. 그런데 잠깐 눈을 감았다고 생각했는데 시간이 한참 흘렀나 보다. 다시 눈을 떴을 때 그는 혼자가 아니었다.

"걱정 많이 했는데,"

세판스키 박사가 침대 옆에 서서 말했다.

"이제야 정신이 들었군, 리드."

리드는 무슨 말인지 몰라 어리둥절했다. 어떻게든 생각해 내려고 애썼다. 데이터를 끌어모아 무슨 일인지 파악하려고 했지만 소용없었다. 그에겐 아무 데이터도 없었고 모든 게 수면 아래에 잠겨 있었다.

"이게 다 뭡니까?"

정맥 주사병과 팔에 꽂힌 튜브를 가리키며 간신히 물었다.

"포도당과 무기염류 주사액일세. 자네는 한참 동안 의식이 없었어."

세판스키가 설명하면서 침대 머리맡으로 다가와서는 생전 처음 보는 사람처럼 리드를 뚫어져라 쳐다봤다.

"맙소사, 지난번에 왔을 때 나한테 말하지 그랬나. 자네 몸을 그런 식으로 학대한다는 사실을 털어놨어야지."

리드는 그에게 당장 꺼지라고 말하고 싶었다. 다시 눈을 감고 텅 빈 상태로 돌아가고 싶었다. 곧 모든 게 수면 위로 떠오를 것이다. 무슨 일이 있었는지, 왜 그런 일이 벌어졌는지 조만간 알게 될 것이다. 몸을 살짝 일으키려고 했지만 꼼짝도 할 수 없었다. 몸이 녹았다 다시 굳은 것처럼 이상했다.

"애너벨."

리드는 온 신경을 끌어모아 간신히 불렀다.

"애너벨은 어디 있죠? 내 다이어리는?"

"다이어리 걱정일랑 아예 말게. 한 이삼 일은 누워 있어야 하니까. 딴 생각은 하지 말게."

의사는 리드에게서 시선을 떼지 않았다. 경악을 금치 못하는 눈빛이었다.

"애너벨이 오늘 아침 자네를 발견했네. 침실 바닥에 누워 있었다고 하더군. 몇 시간이나 그러고 있었는지 아무도 모른다네. 자네 몸은 정말 불경스러운 상태였어. 도대체 뭘 하려고 했는지 내 알 바 아니지만 이것만은 알려 주겠네. 자네 몸은 그야말로 개판이었어."

리드는 뭐라 대꾸해야 할지 몰라 고개만 끄덕였다. 흐릿하긴 했지만 기억이 서서히 돌아오고 있었다.

"좀 쉬게. 혼자 있도록 해 줄게."

"내 비밀을 알고 싶어 하지 않았나요?"

리드는 계속 우겼다. 웬일인지 그에게 털어놔야 할 것 같았다.

"한 번은 인터넷에서 포르노 영화를 다운받은 적이 있습니다. 일부러 그런 건 아니고 우연히…… 다들 그렇게 말하지만 진짜 우연히 그랬죠. 난 포르노물을 좋아하지 않으니까."

"리드, 지금 그런 말을 할 필요는 없네."

말은 그렇게 하면서도 세판스키는 침대 옆에 그대로 서 있었다. 그의 눈이 점점 더 흐릿해졌다.

"파일을 열었지만 그게 뭔지 알아차리는 데 시간이 좀 걸렸어요. 그러다 배우의 음경을 자세히 보고 말았죠. 정말 큼직하더군요."

리드는 힘이 들어서 눈을 감았지만 말을 중단하지는 않았다.

"그런데 그 후로 기가 막힌 일이 벌어졌습니다. 섹스를 할 때 내 음경이 그 배우의 것과 같은 모양으로 변하는 겁니다. 그럴 의도는 없었는데."

리드는 지금 의사에게 이런 이야기를 털어놔 봤자 아무 소용없다는 걸 잘 알고 있었다. 하지만 진실을, 은밀한 비밀을 고백해야 할 것 같았다. 의식이 또렷한 상태로 살아 있다는 사실에 일말의 고마움을 전하고 싶었다.

"내 몸에서 거기는 나도 통제하지 못합니다. 내 생각의 미묘한 암시에, 심지어 무의식적인 생각에 반응해서 멋대로 늘어나거나 줄어들죠. 특히 잠재의식에 반응하는 것 같아요. 내 음경은 내가 감지하지도 못하는 생각과 편집증에 따라 움직입니다. 내 음경은 편집증의 산물이에요. 혼자 있을 때도 그래요. 이젠 원래 모양과 크기를 나도 잘 모르겠습니다."

한동안 침묵이 흘렀다.

"이제 그만 쉬게."

세판스키가 말했다. 목소리만으로는 그가 흡족했는지, 기겁했는지 알 수 없었다. 아마 둘 다일 것이다. 나가면서 리드에게 푹 쉬라고 한 번 더 당부했다.

그의 조언을 따르는 건 어렵지 않았다.

*

그 후로 줄곧 잠이 들었다 깼다를 반복했다. 밀려왔다 밀려가는 파도처럼 의식이 돌아왔다 나가기를 반복했다. 정신을 차릴 때마다 기억이 조금씩 또렷해졌다. 그가 병원에 누워 있게 된 이유가 하나둘 드러났다. 기억이 하나씩 떠오를 때마다 곤혹스러움도 조금씩 커졌다.

발단은 그저께로 거슬러 올라갔다. 리드는 그동안 어수선했던 마음을 다잡고 평소의 자신으로 돌아왔음을 보여 주려고 미친 듯이 일에 매달렸다. 전화 응대하는 태도가 부적절하다고 애너벨을 야단치면서 혈당이 높은 것 아니냐고 심술궂게 지적했다. 보고서를 늦게 제출한 컨설턴트를 질책하며 재단 설립 이래 온갖 보고서를 정시에 제출한 수십 명의 컨설턴트 목록을 괴로울 정도로 천천히 읽어 줬다. 사무실에 컴퓨터 기술을 지원하는 회사 사장에게 전화해서는 서비스가 엉망이라고 불평했고 일 년 동안 무상 서비스를 제공하라고 요구했다. 바스크 펠로타 경기 도중에 전화를 받은 사장은 영문도 모른 채 리드의 요구를 수락했다. 선수가 점수를 기록했는지 관중석에서 울려 퍼지는 함성 소리가 전화기 너머까지 들려왔다.

그런 식으로 업무에 집중했더니 기분이 좀 나아졌다.

'그것 봐. 난 여전히 상황을 통제하고 있어. 내 의지는 세상에 대한 통제력을 잃지 않았어. 밀어붙일 수도 있고 설득할 수도 있어. 내가 움직이면 뭐든 해낼 수 있어. 하루만 줘 봐. 뭐든 다 해낼 테니까.'

하지만 저녁에 집으로 돌아오면 의지가 썰물처럼 빠져나갔다. 그 앞에 펼쳐진 밤은 정말 공허하고 지루했다. 낮에 넘치던 활기와 자신감이 밤이 되면 무기력과 불안감으로 바뀌었다. 일에 매진하면 할수록 밤에는 멍해졌다. 의지의 가면을 훌훌 벗어던지고 누군가의 손에, 일레인의 손에 자신을 내맡기고 싶었다.

하지만 일레인은 거기 없었다. 멀리, 아주 멀리 떨어진 곳에 있었다. 휴스턴이 지구 끝보다 더 멀게 느껴졌다. 그곳은 전혀 다른 규칙이 적용되고 전혀 다른 사고가 지배하는 세상 같았다. 리드는 일레인이 자기를 생각하지 않으리라는 사실을 알고 있었다. 하지만 밤마다 그녀가 전화해 주기를 기다렸다. 외출도 자제하고 특별한 계획도 세우지 않았다. 그녀가 결코 전화하지 않을 거라는 사실을 알면서도 그랬다. 결국엔 자신이 못 참고 전화할 터였지만 밤마다 자리에 앉지도 못하고, 저녁도 거른 채 그녀에게서 전화가 오기만을 기다렸다. 온갖 공상에 사로잡힌 채 흥분하고 들뜬 채 안절부절못하고 이 방 저 방을 왔다갔다했다.

리드는 일레인의 손과 입술을 떠올렸다. 발가락 사이의 부드러운 살과 무릎 뒤쪽의 움푹 팬 오금, 등에 난 주근깨 지도를 떠올렸다. 기억만으로도 지도를 그릴 수 있었다. 일레인의 몸 구석구석을 떠올리는 게 즐거우면서도 한편으로는 세밀한 부분까지 기억하는 자신에게 기겁했다.

하지만 일레인은 그를 사랑하지 않았다. 그 점은 분명했지만 아직 말로 확실히 매듭짓지는 못했다. 희망을 품어 봤자 소용없음을 알지만 리드는 희망의 끈을 놓지 못했다. 다시 시작하고픈 마음, 다시 태어나고픈 마음을 내려놓지 못했다. 죽었다가 다시 태어나는 것, 이것이 그가 진정으로 바라던 게 아닐까? 리드는 그녀에 대한 생각을 한시도 멈추지 못했다. 주술사가 혼령을 불러내듯 그녀의 몸을 간절히 불러냈다.

문득 오래전 일이 떠올랐다. 아내와 함께 수십 년 동안 이끌었던 슈퍼히어로 그룹이 해체됐을 때, 그리고 두 사람이 더 이상 함께 있을 이유가 없음을 깨달았을 때, 리드는 매일 밤 잠들기 전에 얼굴을 기이하게 비틀거나 사방으로 늘리곤 했다. 광대뼈를 수십 센티미터나 늘리고 이마를 체스트 익스펜더처럼 옆으로 길게 뺐다. 손으로 얼굴을 눌러서 뒤통수가 닿을 때까지 압박하기도 했다. 정말 끔찍하고 고통스러웠다. 고무 얼굴에 감각이 있으리라고는 아무도 생각하지 못할 것이다. 하지만 고무처럼 늘어나는 살에도 신경이 팽팽하게 연결되어 있었다. 리드는 밤마다 그런 행동을 반복했고 그래야 마음이 안정됐다. 슬픔의 찌꺼기가 더 이상 남아 있지 않다고 생각될 때, 다시 원상태로 되돌아왔다. 그러면 다시 태어난 기분이 들었다. 고통을 초래하는 파괴적인 행동이었지만 한편으로는 슬픔을 치유하는 행동이기도 했다. 결혼의 실패를 이겨내는 그 나름의 방식이었다.

당시 리드는 그 일이 인생에서 겪는 마지막 위기일 거라며 스스로 위로했다. 그는 그때 혼자 되뇌던 말을 아직도 기억한다.

'다시는 고통을 느끼지 않을 거야. 이런 식의 고통은 절대로 반복하지 않을 거야. 다음번엔 아예 사전에 차단할 거야.'

이제 와서 생각해 보니 그때 일이 우습기까지 했다. 고통을 차단한다고? 고통은 난데없이 찾아온다. 안개 속에서 돌진해 오는 자동차처럼 갑자기 튀어나온다. 잽싸게 피하는 게 말처럼 쉽지 않다. 그런데 지금 그가 처한 감정 상태 때문에 오래전에 느꼈던 감정이 눈 녹듯 사라져 버렸다. 당시 일은 이제 흐릿하고 즐거운 추억이다. 사실 전처인 수잔과는 몇 년 동안 무심하게 지내다 헤어졌다. 그녀가 떠났을 땐 이토록 애달프지도 않았다. 감정의 불꽃이 활활 타오르는 지금 같은 상황에서 일레인을 포기하는 것과는 완전히 달랐다.

'그때처럼 해봐야겠어. 얼굴을 완전히 망가뜨렸다가 다시 맞추는 거야.'

일레인의 전화를 간절히 기다리는 동안 불현듯 그때 일이 떠올랐다. 그런데 이번엔 자신의 몸은 안중에도 없었다. 오로지 일레인의 몸만 생각했다. 한때는 그의 침대에 나란히 누워 있었지만 지금은 아무 흔적도 남기지 않은 그녀의 몸에만 집중했다. 팽팽한 긴장감이 엄습했다. 결국 리드는 손을 들어 등불에 비쳐 보다가 갑자기 일레인의 손과 똑같은 모양으로 변형시키기 시작했다. 그 손으로 자신을 만지며 점점 더 가쁜 숨을 몰아쉬었다.

그는 자기 손에 키스했다. 손가락을 핥았다. 그것만으로는 부족했다. 일레인은 어디에 있을까? 그녀의 몸은 어디에 있을까? 온몸을 꼬고 비틀었다. 너무 들뜨고 흥분해서 몸이 타오르는 감각도 느끼지 못했다. 급기야 가슴도 변형시키기 시작했다. 가슴을 앞으로 툭 돌출시켜 여자의 가슴처럼 보이게 하고 손으로 만졌다. 그런데 너무 딱딱했다. 순간 내가 지금 뭘 하고 있나 하는 생각이 떠올랐다. 침대에 누워 있는 자신을 힐끗 바라봤다. 떠나간 연인의 가슴을 한 벌거벗은 남자가 보였다. 리드는 충격과 당혹감에 휩싸인 채 웃음을 터뜨렸다.

웃다 보니 배가 수축하고 뒤틀렸다. 산통에 가까운 통증과 함께 온몸이 뒤틀렸다. 리드는 옆으로 누워 다리를 얼굴 쪽으로 꺾어 U 자 모양을 만들었다. 두 다리를 합쳐 고무 덩어리로 만든 다음, 찌르는 듯한 아픔을 저주하면서 계속 모양을 변형시켰다. 또 하나의 몸이 탄생했다. 다리가 없는 두 몸이 마주 보고 침대에 누웠다. 리드는 자신이 미쳤다고 생각했다. 하지만 멈추지 않았다. 일레인을 다시 창조하고 싶었다. 기본 골격을 빚고 원하는 형체와 얼굴, 가슴을 도드라지게 했다. 작은 회오리처럼 일어난 통증이 몸속을 휘저으며 점점 더 거세게 휘몰아쳤다. 그래도 멈추지 않았다. 온몸을 떨며 침을 흘리고 숨을 헐떡이면서 일레인의 몸을 빚어냈다. 흥분으로 음경이 딱딱해졌다. 일레인의 목과 복부가 완성됐다. 리드는 그 자세로 누워 일레인을 어루만졌다. 그녀가 느껴졌다. 그의 손에 그녀의 몸이 감지됐다. 부드럽고 따스한 감촉이 느껴졌다. 리드는 그녀의 형상이 도망가지 못하게 단단히 붙잡았다. 신기루처럼 사라질까 봐 힘껏 껴안았다.

몸 안에서 새로운 일이 일어날 것만 같았다. 뭔가 어마어마한 일이, 통증이나 감각으로 설명할 수 없는 일이 일어날 것만 같았다. 눈앞이 흐릿해지면서 온몸의 감각도 사라졌다. 리드는 자신이 한계를 넘어버렸으며, 이젠 되돌릴 수 없음을 깨달았다. 의식이 가물가물해지는 순간, 어떤 문구가 퍼뜩 떠올랐다. 그는 꺼져 가는 의식 속에서 그 말을 읊조렸다.

"잘 가요, 미스터 판타스틱."

곧이어 천지가 암흑으로 변했다. 리드는 암흑의 세계로 빨려들어갔다.

*

리드는 자신의 상태를 아무에게도 알리지 말라고 부탁했다. 프랭클린과 수잔은 물론, 일레인에게도 절대 알리지 말라고 당부했다. 걱정시키고 싶지 않았고, 동정을 사고 싶지도 않았다. 특히 일레인에게는 애정에 굶주린 허약한 노인네로 비치고 싶지 않았다. 병원에 있는 동안 그녀에게 전화하지 않기로 마음먹었다. 물론 그가 전화하지 않아도 일레인은 전혀 신경 쓰지 않을 것이다. 훈련에만 매진하고 있을 테니까. 그녀는 훈련 외에 다른 건 안중에 없었다.

애너벨만 리드의 상태를 알고 있었다. 애너벨은 이틀 동안 사무실과 병원을 오가며 서류를 가져오고 메시지를 전달했다. 그 덕에 리드는 급한 일을 처리할 수 있었고, 그가 사무실에 없다는 사실을 아무에게도 들키지 않았다.

사흘째 되는 날, 리드는 옷을 입고 소지품을 챙겨 병원을 나섰다. 혼자 병원에서 나와 애써 태연하게 걸음을 옮겼다. 얼핏 보면 환자를 면회하고 나오는 사람 같았다. 작은 여행가방만이 그가 환자였음을 짐작케 했다. 분주히 오가는 사람들을 보려니 처음엔 화가 치밀었다.

세상이 전과 똑같다는 사실을 받아들이기 힘들었기 때문이다. 하지만 잠시 걸으면서 다리에 피가 도는 느낌을 받을 즈음 생각이 바뀌었다. 이상하게도 가슴이 뭉클했다. 왜 그런지는 자신도 알 수 없었다. 주변에 오가는 사람들의 몸을 쳐다봤다.

코트를 걸친 남자의 몸, 하이힐로 다리를 길어 보이게 한 여자의 몸, 거리 모퉁이에 서 있는 형사의 몸. 언젠가는 죽어야 할 몸, 초능력도 없고 방어력도 없어서 가련한 몸. 갑자기 가슴이 미어질 듯 아팠다.

리드는 가벼운 전율을 느꼈다. 기절하기 직전에 그를 엄습했던 느낌이 되살아났다. 상상할 수도 없고 비교할 수도 없는 느낌. 그가 속한 세상에서 순식간에 이탈되는 듯한 느낌. 리드는 차가 기다리는 곳으로 달려가 누가 뒤쫓기라도 하는 듯 서둘러 차에 올랐다.

운전기사가 차를 몰기 시작했다. 차량 흐름에 자연스럽게 합류하며 백미러로 리드를 힐끗 살피더니 물었다.

"괜찮으십니까?"

"괜찮네."

병원 건물을 뒤로 하고 가면서 리드가 대답했다.

"별일 아니길 바랍니다."

운전기사가 다시 조심스럽게 말했다.

"그래, 별일 아니네."

리드는 다른 말을 덧붙이지 않았다. 운전기사에게 입원 얘기를 시시콜콜 들려줄 생각도 없었다. 창밖으로 시선을 돌려 쌩쌩 달리는 차들을 바라봤다. 그러다 문득 어떤 기억이 떠올라 기사에게로 시선을 돌렸다. 히스패닉 말투, 고민거리가 있는 듯한 얼굴. 전에도 그를 몇차례 태워 준 적이 있는 기사였다. 그의 차를 마지막으로 탔던 때가 또렷이 기억났다.

'그날이었어. 운명의 그날.'

"자네 이름이 산티아고였지?"

놀랍게도 이름까지 기억이 났다.

"맞습니다."

운전기사가 웃음 띤 얼굴로 대답했다.

리드는 몇 달 전 에콰도르 출신의 이 기사가 그를 뉴저지 주 우주 센터로 태워다 준 날을 떠올렸다. 그날도 여느 날과 똑같아 보였다. 사랑에 빠져 집착의 노예라 되리라고는 꿈에도 생각지 못했다.

그런데 지금은 그날과 완전히 동떨어진 상태로, 집착과 광분에 휩싸여 있다. 그날을 돌아보면, 왠지 애초에 일이 이렇게 흘러갈 수밖에 없었던 것 같다. 그 후에 벌어진 모든 일이 왠지 모르게 우울했던 그날의 기분과 밀접하게 관련돼 있었다. 단 하나의 유전자에서 완전한 몸이 생겨나듯이 모든 일의 단초가 그날 싹텄다. 우주 센터로 걸어 들어가 일레인을 만났고, 그 순간 모든 게 정해졌다. 단 한 번의 만남, 단 한 차례의 전율로……

'지금 이 순간 내 앞에 펼쳐질 미래를, 앞으로 펼쳐질 현실을 알 수 있다면……. 아, 아냐. 그건 이미 내 곁에 있어. 나를 사방에서 에워싼 것들 속에 있어.'

리드는 산티아고의 목덜미를 바라봤다. 그와 시선을 마주치기를 바라며 계속 백미러를 바라봤다. 운전기사가 그에게 앞으로 닥칠 사태를 피할 만한 비결을 알려 주기라도 하는 양 그를 쳐다봤다.

"자네 부인 말일세."

결국 리드가 입을 열었다.

"전에 그런 이야기를 했던 것 같은데. 아직도 부인이랑 문제가 있 **133**

나?"

산티아고의 웃음기가 싹 가셨다. 백미러로 미심쩍은 시선을 보냈다.

"제 아내요? 제가 아내 얘기를 선생님께 했습니까?"

"그랬지. 부인 때문에 무척 힘들다고 했잖아. 자네가 그런 이야기를 털어놨는데, 그날은 내가 귀담아듣지 못했어."

산티아고는 적잖이 당황한 눈치였다.

"놀랍군요. 그때 나눈 얘기를 기억한단 말씀이세요?"

운전기사의 목소리가 떨렸다. 리드 리처즈 같은 대단한 사내가 몇 달 전에 들은 운전기사의 집안 문제를 기억한다는 사실에 놀라기도 하고 언짢기도 한 것 같았다.

리드는 피곤해서 등받이에 푹 기댔다.

"그래, 기억하네. 하지만 관두게. 남의 사생활을 캘 생각은 없으니."

리드는 창밖으로 시선을 돌렸다. 수많은 차량과 보행자 그리고 앞에 펼쳐진 교차로와 신호기를 쳐다봤다. 그리고 멀리, 더 멀리, 거리가 끝나는 지점까지 내다봤다. 맨해튼 섬을 둘러싸고 있는 해안가를 떠올렸다. 그 해안가를 거닐었던 게 엊그제 같은데 벌써 여러 주가 지났다. 지난해 마지막 날 이후로는 그곳에 통 가지 못했다. 그날 밤이 못내 그리웠다. 오후 햇살을 받으며 해변을 거닐고 싶었다. 아무 곳으로나 멀리 떠나고 싶었다. 유럽, 스페인, 이탈리아의 해변 등 몇 년간 가 보지 못한 장소로 훌쩍 떠나고 싶었다. 답답한 뉴욕을 벗어나 세상 밖으로 나가고 싶었다.

리드는 운전기사와 다시 이야기하기로 마음먹었다. 이젠 자기도 사랑의 아픔을 안다는 사실을 기사에게 알리고 싶었다.

"어쩌면 그때 자네에게 이 말을 했어야 하는데……."

뭐라고 말해야 하나 고민하다 결국 이렇게 말했다.

"그러니까, 사람들은 간혹 불가사의하게 행동하기도 하네. 우리에게 바라는 것에 대해 모호한 신호를 보내는 거지."

이해를 구한다기보다는 아버지가 자식에게 조언하듯이 말했다.

"어쩌면 그들은 우리에게 아무것도 바라지 않는지도 모릅니다."

운전기사가 의심스러운 눈초리를 거두지 않으며 대답했다. 웬일인지 그런 주제를 놓고 얘기하는 게 껄끄러운 눈치였다.

"아니 어쩌면,"

리드는 어떻게든 이 젊은이랑 연결점을 찾고 싶었다.

"내 말은 그러니까, 누군가를 사랑한다면, 그 사람의 불가사의한 점에도 불구하고 사랑하는 거라는 말일세. 우리는 너무 이성적이야. 우리가 모든 걸 통제할 수 있다는 주제넘은 생각에 빠져 있어. 사랑하고 싶다면, 어느 정도 굴욕을 당할 각오를 해야지."

"전 이해가 되지 않습니다."

앞을 막고 있는 버스를 피해 가면서 산티아고가 대답했다.

"전 이미 충분히 굴욕당했다고 생각하니까요."

그러더니 백미러로 리드를 힐끔 쳐다봤다. 그 눈초리는 리드도 이미 충분히 굴욕당한 사람처럼 보인다고 말하는 듯했다.

리드는 더 이상 왈가왈부하지 않기로 마음먹었다. 젊은이를 상대로 우기는 건 그답지 않았다. 다시 창밖으로 시선을 돌려 맨해튼 중심지를 오가는 사람들을 쳐다봤다. 파란만장한 삶을 살아온 자신이 이토록 나약하고 쉽게 상처받는가 싶어 마음이 헛헛했다.

다음 번 교차로에서 산티아고가 차를 천천히 멈추더니 입을 열었다.

"조언해 주셔서 고맙습니다, 리처즈 씨. 그런데 말입니다. 전 이제 그런 조언이 필요 없습니다."

뭔가 숨기는 듯한 목소리였다. 리드는 그게 뭘까 궁금했지만 자세히 캐묻지 않았다. 산티아고가 액셀을 밟으며 말했다.

"이미 그런 걸 따질 때가 지났습니다."

그의 히스패닉 말투는 이상하게 들리면서도 동시에 생기가 넘쳤다.

"제 말은 이제 그런 시기는 다 끝났다는 뜻입니다. 그러니까, 뭐라고 말해야 하나…… 낭만주의! 맞아요, 낭만주의. 낭만적인 문제에 대해 떠들다 보면 결국 우리 자신에 대해서만 얘기하게 됩니다. 개인적인 얘기 말입니다. 할리우드 영화의 주인공이라도 된 양 우리 삶에 대해 시시콜콜 떠벌리죠. 그게 뭐 그리 대단하다고. 그런 시기는 이미 지났습니다. 이젠 다 끝났어요."

그는 고개까지 절레절레 흔들었다. 그의 낯빛이 몹시 어두웠다.

"참, 리처즈 씨는 아주 유명한 분이시죠. 그때는 제가 이 나라에서 살지 않았지만 선생님이 대단한 분이었다는 건 압니다. 슈퍼히어로로는 엄청난 힘으로 자신의 운명을 개척할 수 있겠죠. 하지만……"

끼어드는 택시에 신경 쓰느라 그가 말을 끊었다. 잠시 후 조금 떨리는 목소리로 계속 말을 이었다.

"요즘 사람들은 자신의 운명을 통제하려는 생각을 별로 하지 않습니다. 주변 사람들한테 물어보세요. 지금은 다들 운명론자가 됐어요. 당장 내일 아침에 허리케인에 휩쓸리거나 외계인이 침공하거나 무슨 희한한 일을 당해도 전혀 놀라지 않을 겁니다. 물론 터무니없는 얘기죠. 하지만 그게 운명이에요. 운명이 뭘 의도하든 감히 거스를 생각도 못합니다. 운명은 가혹하니까요. 우리의 계획을 방해하고 일을 어긋나게 합니다. 그리고 우리의 '낭만적 자존심'도 무너뜨립니다. 운명의 눈으로 볼 때, 우리는 그저 시시한 존재에 불과합니다."

산티아고가 입을 다물고 숨을 가쁘게 몰아쉬었다. 리드는 그가 괜찮은지 보려고 백미러로 유심히 살폈다.

'나도 요새 좀 별나게 굴긴 했지만 나보다 더한 사람도 있군.'

리드는 공연히 얘기를 꺼냈다고 후회하면서 의자에 기댔다.

'이 친구를 괜히 자극했군. 그저 사랑의 아픔에 대해 얘기하고 싶었을 뿐인데, 철학자 운전기사한테 일장연설을 듣고 말았구먼.'

리드는 누가 운전기사에게 저런 생각을 심어 주고 저렇게 기이한 표정을 가르쳐 줬는지 궁금했다. 저렇게 사악한 눈빛은 어디에서 나온단 말인가? 복잡한 도시에서 매일 12시간 넘게 운전하다 보면 저렇게 될까?

"현명한 생각이네."

리드는 이렇게 잘라 말하고 입을 다물었다.

*

봄기운이 완연한 어느 오후, 벤이 오랜만에 전화를 걸어왔다. 리드는 책상에 앉아 있다가 전화벨이 울려 수화기를 들었다. 당연히 애너벨일 거라고 여겼는데 놀랍게도 걸걸한 목소리의 남자였다.

"안 죽고 살아 있었나, 껌 딱지 친구?"

"벤!"

리드가 놀라 소리쳤다. 벤은 지난 몇 주 동안 통 소식이 없었다. 그는 종잡을 수 없는 친구였다.

"자네의 천사 같은 비서가 자네를 정말 사모하나 봐. 난 그 이유를 통 모르겠단 말이야. 불쌍한 아가씨. 자네한테서 벗어나지 못해서 그렇게 말라비틀어지는 거야. 자네한테 직접 연결해 달라고 부탁하느라 애 좀 먹었네. 자네한테 혼쭐이 난다고 어찌나 걱정하는지, 가엾은 아가씨니 좀 살살 하게."

리드는 웃음을 참으며 머리를 흔들었다.

"꼭 나랑 직접 통화해야 하는 이유를 물어도 되겠나?"

"그야 자네를 놀래 주려고 그랬지. 점잖은 신사인 양 행세하기 전에 자네의 그 계집애 같은 목소리도 듣고 말일세."

리드는 다시 미소를 지었다. 거대한 몸집을 한 사내가 여느 때처럼 티셔츠와 낚시용 바지를 걸치고 단단한 긴 의자에 앉아 전화하는 모습이 떠올랐다.

"벤, 내가 자네한테 지옥으로 꺼지라고 말한 적 있나?"

"있고말고!"

두 남자는 킥킥대고 웃었다. 리드는 친구의 전화를 받고 무척 기뻤다. 벤저민 그림과는 대학 시절부터 알고 지냈다. 그런데 아쉽게도 몇 년 전에 그가 도시를 훌쩍 떠나 버렸다.

"아무튼 자네가 궁금해할까 봐 하는 말인데, 난 요새 아주 잘 지내고 있다네. 이 늙은 돌덩이는 부서지지도 않는군. 자네는 어떻게 지내나?"

"아, 말도 말게."

리드는 한숨을 내쉬고는 잠시 생각한 뒤 설명했다.

"미치광이들한테 빙 둘러싸인 기분이야. 만나는 사람마다 요상한 얘기만 한다니까. 뉴욕은 정신병원이야. 아무도 믿을 수 없어."

"무슨 말인지 알겠네. 내가 왜 이곳으로 피신했겠나?"

벤이 잠시 말을 끊었다. 리드는 그가 맥주를 들이켜는 소리를 들었다. 불현듯 친구가 사는 작은 어촌에서 함께 낚시나 하면서 살고 싶다는 생각이 들었다.

"그 정도로 엿 같은 곳이지."

벤이 계속해서 말했다.

"다들 코카인에 쩔어서 붕 떠 있잖아. 빚에 쪼들리고 피해망상에 사로잡혀서 말이야. 비틀비틀 흔들리다 바닥으로 곤두박질치지. 그래 놓고는 그게 정상이라고 생각해. 아, 글쎄 어떤 자식이 계속 편지를 보내서 한다는 말이, 요상한 슈퍼히어로 약을 구해 달라는 거야. 그 자식도 뉴욕에 사는 것 같아."

"맙소사. 그런 공상에 빠진 작자가 아직도 있단 말인가?"

"그렇다니까. 슈퍼히어로에 대한 헛소리를 믿는 사람이 아직도 많은가 봐. 그 자식한테 슈퍼히어로의 비밀스러운 약은 아스피린처럼 살리실산 결정체를 갈아 만든다고 말해 줬네. 그런 다음 그 가루를 똥꼬에 불어넣어 줄 사람만 찾으면 된다고 알려 줬지."

리드가 웃음을 터뜨렸다. 몇 주 만에 처음으로 유쾌한 기분이 들었다. 이런 식으로 자제력을 잃는 것은 언제든 환영이었다.

"자네가 그런 말을 했을 리 없지."

리드가 낄낄 웃으면서 말했다.

"진짜라니까."

벤이 대답했다. 그의 걸걸한 목소리에서 따스한 기운이 느껴졌다. 그런데 그가 갑자기 걸걸한 목소리로 예기치 못한 질문을 던졌다.

"잠시 휴가를 다녀왔다는 얘기를 들었네. 그래, 클리닉은 지낼 만하던가?"

리드의 얼굴에서 웃음기가 싹 가셨다. 머리카락이 쭈뼛 섰다. 제기랄. 아무도 모른다고 생각했는데, 그 일을 거론할 일은 절대로 없을 거라고 생각했는데…….

"괜찮더군."

리드는 아무렇지도 않은 척 툭 내뱉었다.

"그런데 어떻게……."

"촌구석에 살아도 알 건 다 아네. 소식통이 있거든."

절체절명의 순간에 임박한 위험에 납작 엎드린 동물처럼 리드는 말없이 기다렸다. 수화기 너머에서 벤이 심호흡을 하는 소리가 들렸다. 이젠 리드가 설명할 차례였다.

"겨우 이틀 머물렀다는 건 자네 소식통이 말하지 않던가? 비밀에 부칠 생각은 없었네. 진짜 별일 아니었어."

"그렇다면 다행이네."

벤이 조금 비꼬는 듯한 말투로 대꾸했다.

"그런데 자네를 발견했을 때 온몸이 비비 꼬여 있었다고 하더군. 음경이 머리를 휘감고……. 뭐, 그야 자네 특기니까. 그래도 왠지 걱정이 돼서 말이야."

리드는 다시 미소를 지었다. 고맙기도 하고 슬프기도 했다. 벤이 전화한 의도가 뭔지 알 것 같았다. 그런데 훨씬 더 곤란한 질문을 곧 던질 거라고 생각하니 갑자기 짜증이 일었다. 숨이 막혀서 말도 잘 나오지 않았다.

"맙소사, 벤."

"어쨌든 말이야. 자기 몸이 콘돔과 같은 재질로 만들어진 사람이라면 필시 그 문제에 예민할 거라 짐작하네. 당연히 조심해야겠지. 자기 음경이 무엇을 휘감는지 조심해야 할 거야."

"돌려 말하지 말게. 하고 싶은 말이 뭔가?"

리드가 씩씩거리며 물었다.

하지만 전화기 너머에 있는 남자는 아직 결정타를 날릴 준비가 돼 있지 않았다. 코너로 천천히 몰고 가서 제대로 한 방 먹일 작정인 셈이었다.

"궁금한 게 있네. 자네 여자 친구들은 다 어떻게 됐나? 예전에 한참 데이트하던 여자들 말이야. 패리스, 지나, 지젤처럼 귀여운 이름을 가진 아가씨들은 다 어디로 갔나?"

"아, 그야 다른 고객들이랑 노닥거리고 있겠지."

리드는 친구에게 응수할 재치 있는 말을 찾았지만 겨우 이렇게 대꾸하는 데 그쳤다.

"왜, 그 아가씨들한테 관심 있나? 전화번호라도 줄까?"

"관두게. 나 같은 거구가 그런 쪼만한 아가씨랑 데이트를 할 수 있다고 생각하나? 난 스모 선수 같은 아가씨가 필요해."

벤은 농담을 소화할 시간을 주려는 듯 숨을 길게 내쉬었다. 그런 다음 하던 말을 계속했다.

"자네가 진심으로 걱정돼서 하는 말일세. 우리 나이가 되면 어떤지 나도 알아. 기분을 풀고 싶지. 이따금 만족시켜 줄 필요도 있어."

"사실 난 매우 만족한 상태라네. 내 일에서 만족을 느끼고 있어."

리드는 변명처럼 들리리라는 걸 알면서도 말했다. 벤은 맥주를 한 모금 마시고 나서 말을 이었다.

"그렇게 말하다니, 우습군. 아주 우스워."

비꼬는 말투가 역력했다.

"자네한테 웃기는 일이 벌어지고 있다는 얘길 들었어. 다들 자네가 변했다고 하더군. 매사에 땍땍거리고, 함께 일하는 사람들을 구박한다고 말일세. 유머 감각도 사라지고, 예전처럼 신뢰할 수도 없대. 요상한 이유로 병원에나 처박히고……. 만족스런 상태라고 말하는 사람치고는 정말 웃기지 않나?"

리드는 점점 피곤해졌다. 귓전에 올리는 목소리는 따스했지만, 처리해야 할 일이 산더미처럼 쌓여 있다는 생각에 가슴이 답답했다. 좀 전에 쓰다가 만 이메일이 스크린에서 깜빡이며 마무리하라고 재촉했다. 아주 중요한 이메일이었다.

"정말 놀라운걸."

리드가 반격에 나섰다.

"촌구석에 틀어박혀서 어떻게 그런 소식을 전부 들었단 말인가?"

벤은 아무 대꾸도 하지 않았다. 잠시 뜸을 들이더니 하던 말을 계속했다. 이번엔 비꼬는 말투가 아니었다. 익살스러운 느낌도 싹 가시고 그 어느 때보다 진지하고 묵직했다.

"그녀의 사진을 봤네, 리드. 두말할 것도 없이 매력적인 아가씨더군. 붉은 머리카락과 콧잔등에 절묘하게 난 주근깨까지, 어떤 남자라도 자제력을 잃을 만하더군."

리드는 의자에 푹 주저앉았다. 해가 기울면서 사무실에 그림자가 드리우기 시작했다.

"그녀의 사진을 봤다고."

리드가 벤의 말을 되뇌었다.

"그만 하게. 말은 돌게 돼 있어. 그리고 그깟 사진 구하는 게 뭐 그리 어려운 일이라고."

썩 유쾌하지 않은 과제를 앞에 둔 사람처럼 벤이 한숨을 내쉬었다.

"난 자네를 알아. 지금도 어떡하면 이 전화를 끊을 수 있을까 궁리하고 있겠지. 할 일이 쌓였다고 걱정하는 것도 아네. 그래, 본론으로 들어갈게. 리드, 내가 자네를 잘 모른다면 그냥 좀 걱정하다 말았을 걸세."

"걱정할 이유 하나도 없네. 괜찮아. 다 순조롭게 지나가고 있으니까."

리드는 엉겁결에 거짓말을 했다. 벤이 맥주를 벌컥벌컥 들이켜고는 반박했다.

142

"집어치워, 리드. 나한테까지 숨길 필요 없어. 우린 사십 년 넘게 알고 지냈어. 이십오 년 동안이나 함께 일했다고. 날 속일 생각일랑 말게."

벤의 목소리가 하도 굵고 깊어서 손에 들린 수화기가 가늘게 떨렸다.

"한 가지만 묻겠네. 그녀가 그럴만한 가치가 있나? 물론 예쁘긴 해. 하지만 그렇게 대단한 건 아니야. 자네는 더 잘할 수 있어. 도대체 그 아가씨한테서 뭘 보는 건가? 아니, 뭘 보든 그건 자네 마음속에 있는 거라고 생각지 않나?"

"그녀 문제로 더 이상 왈가왈부하고 싶지 않네."

리드가 반박했다. 얼굴이 벌게지고 입술이 바짝 타들어갔다.

"아직 준비가 안 됐네. 아직은."

"아직 준비가 안 됐다고?"

벤이 헛웃음을 치며 탄식했다.

"이걸 웃긴다고 해야 하나, 비극이라고 해야 하나? 내가 알고 있던 리드와 지금 그런 멍청한 대답을 하는 리드를 비교한다면……."

"벤, 제발."

"쳇! 준비가 안 됐다는 말 따윈 집어치우게."

벤이 으르렁거리며 말했다. 전화기가 다시 떨렸다.

"그녀랑 데이트한 지 꽤 오래됐다고 들었네."

리드는 자제력을 잃지 않으려고 애썼다. 오랜 친구와 다투고 싶지 않았다.

"아닐세. 요새는 통 만나지도 못하네."

리드는 대수롭지 않은 사실을 얘기하듯 애써 태연하게 말했다. 일레인과의 관계가 삐걱거렸지만 하나도 괴롭지 않은 것처럼 말했다. 몰래 음란한 변태 짓을 일삼고, 그녀 곁으로 갈 수만 있다면 무슨 짓이든 벌일 상태라는 걸 숨기려고 그야말로 태연자약하게 말했다.

"이봐, 껌 딱지 친구. 헛소리 집어치워. 그 아가씨는 지금 휴스턴에 있잖아. 다들 알고 있어. 그나저나 워싱턴에서 열린 위원회에 무슨 낯짝으로 갔던 건가? 다들 그걸 궁금해하더군."

리드는 눈을 감았다. 그러고는 자신 없는 목소리로 물었다.

"제기랄! 누가 그러던가?"

"문제는,"

벤은 리드의 말을 무시하고 하던 말을 계속했다.

"그녀가 조만간 뉴욕으로 돌아간다는 걸세. 그땐 어떻게 할 텐가?"

벤은 또다시 말을 멈췄다. 그러고는 잔뜩 의심스러운 목소리로 말했다.

"아니, 자네가 그 새를 못 참고 휴스턴으로 몸소 행차할 수도 있겠지."

리드는 아무 말도 하지 못했다. 친구에게 모든 걸 들킨 것 같았다. 찔린 얼굴로 컴퓨터 스크린을 힐끗 쳐다봤다. 쓰다가 만 이메일이 그를 기다리고 있었다. 그 이메일은 아주 신중하고 정중한 문구로 작성됐다. 리드는 홀린 듯이 그 문구를 쳐다보며 다음 문장은 뭐라고 적을까 궁리했다.

"리드? 설마 정말로 그럴 작정은 아니겠지?"

벤은 어린아이를 대하듯 부드럽게 말했다.

"그러지 말게. 그런 멍청한 짓은 제발 그만두게. 자네답지 않아. 내 말을 들어. 자넨 시궁창으로 떨어졌어. 그런 일은 누구에게나 일어날 수 있는 일이네. 하지만 이쯤에서 멈추게. 시궁창에서 뒹굴지는 말아야지. 멀리서 보면 낭만적으로 보일지 모르지만 실제로는 전혀 그렇지 않아."

144

벤은 숨을 한 번 깊이 들이쉬고는 다시 말했다.

"그 아가씨랑 도대체 뭘 하고 싶은 건가? 아이를 가질 생각인가? 결혼해서 사람들한테 리처즈 부인이라고 자랑하고 싶은 거야? 가당 치도 않은 일이라는 건 자네가 더 잘 알잖아. 자네는 그런 불장난을 저지를 사람이 아니야. 자네답지 않아. 어쩌면 자네는 그 아가씨랑 뭘 할지 전혀 생각하지 않았을 수도 있어. 무슨 의도나 이유 없이 그 냥 곁에 두고 싶었을 수도 있고. 난 자네를 알아. 정말이야. 자네가 그녀와 뭘 해볼 생각이었다면 벌써 세상 사람들한테 알렸을 거야. 이곳에 데려와서 이 돌덩이 친구에게 소개했을 거야. 내 축복을 받 으며 떳떳하게 만났을 거라고. 그런데 뭔가? 자네가 그녀를 믿었다 면 당연히 그랬을 테지. 하지만 그러지 않았어. 자네는 그저 이뤄질 수 없는 사랑 놀음에 빠졌을 뿐이야. 절망적인 연인 역할에 빠져 순 교자인 양 괴로워했어. 그건 위험한 게임이야, 리드. 뉴욕은 미치광 이 천지야. 자네, 설마 그런 미치광이들의 왕으로 군림하고 싶은 건 아니겠지?"

리드는 찌릿한 통증을 느꼈다. 자신은 버터 조각처럼 부드러운 반 면, 친구의 말은 뜨거운 나이프 같았다. 돌덩이 인간의 목구멍에서나 나올 법한 걸걸한 목소리였다. 리드는 친구의 말이 옳다고 인정했다. 실제로 일레인을 누구한테도 소개하지 않았다.

애너벨도 일레인을 만난 적이 없었고 벤은 사진으로만 봤을 뿐이 다. 생각이 프랭클린에게 미치자 리드는 숨이 턱 막혔다. 일레인을 아들에게 소개할 수는 없었다. 둘이 나란히 서 있는 모습은 상상할 수도 없었다. 일레인이 프랭클린의 짝으로 딱 맞을 성싶었기 때문이 다. 어쩌면 일레인이 리드의 지인이나 아들을 만나고 싶지 않은 눈치 였기 때문에 소개하지 않았는지도 모른다. 리드는 일레인의 그런 태 도에 안심하면서도 왠지 씁쓸했다.

'그녀는 내 주변 사람들에게 인정받고 싶지 않은가 봐. 세상 사람들이 우리 사이를 알든 말든 관심도 없어.'

"리드?"

리드는 무슨 말이든 해야 했다. 어떻게든 친구를 안심시켜야 했다. 결국 한숨을 쉬고 나서 최대한 부드럽게 말했다.

"고맙네, 돌덩이 친구. 자네 말을 명심하겠네."

하지만 벤은 전혀 안심하는 것 같지 않았다.

"그런 식으로 사랑에 빠질 시기는 지났네, 리드. 지금은 그런데 정신 팔 때가 아니야."

"이젠 자네까지! 그런 설교라면 이미 들었네."

"그렇다면 아주 좋은 설교를 들었군 그래."

밖은 이미 컴컴했다. 불을 켜지 않아서 사무실도 어두웠다.

컴퓨터 스크린만 심해에 사는 발광성 플랑크톤처럼 주변 사물을 희미하게 비췄다. 리드는 반쯤 쓰다가 만 메시지를 뚫어져라 쳐다봤다. 그가 곧 보내려는 메시지는 수천 킬로미터에 달하는 전선을 타고 무선 중계국을 거쳐 목적지에 도달할 것이다. 다른 컴퓨터 스크린을 통해 낯선 사람의 눈앞에 똑같은 내용으로 나타날 것이다. 그가 고심해서 작성한 메시지는 휴스턴 소재 존슨 우주 센터의 특정 연구실을 사용하도록 허락해 달라는 내용이었다. 하지만 실상은 휴스턴에 가기 위한 그의 꼼수였다.

*

4월도 되지 않았는데 뉴욕은 이미 숨 막히게 더웠다. 엄청난 열기가 도시를 뒤덮었다. 리드는 사무실 창을 통해 거리를 살피는 일이 잦았다. 무슨 신호를 기다리는 사람 같았다. 몽상에 잠긴 채, 버스 지붕에 찍힌 번호를 눈으로 따라가거나 쉼 없이 오가는 택시를 좇았다. 처리해야 할 일이 많았지만 의욕이 없었다. 일을 보면 의욕은커녕 욕지기가 올라왔다.

지난 며칠 멍한 상태로 지내는 동안 리드는 컬럼비아 대학교에서 강연하던 도중에 멍청한 질문을 한 학생에게 화를 내기도 하고, 예전에 일레인과 함께 갔던 레스토랑에서 혼자 식사도 했다. 약속을 어기고도 전혀 미안해하지 않았고, 전화가 울려도 잘 받지 않았으며, 보고서를 또다시 늦게 제출한 컨설턴트를 나무라지도 않았다. 프랭클린이 뉴욕에 돌아올 거라는 메시지를 보고도 시큰둥했다. 그사이 데니스 드 빌라 형사에게서 두어 차례 연락이 왔다. 아들에게는 짤막하게나마 답장을 보냈지만, 형사의 피해망상적인 생각에는 대응하고 싶지 않아 답장도 하지 않았다.

전에는 즐겨했던 일도 이젠 모두 시들해졌다. 매주 열심히 하던 훈련도 여러 번 빼먹었고, 조지 호텔 사우나에도 가지 않았다. 시간을 쪼개 가며 열심히 살았던 사람이, 더 나아가 시간을 지배했던 사람이 이젠 넋 놓고 지내는 게 일상이 됐다.

조금이나마 신경 쓰는 일은 컴퓨터로 이메일을 확인하는 것뿐이었다. 휴스턴에서 올 메시지를 기다렸기 때문이다. 그 와중에도 일레인에게는 이삼 일에 한 번씩 전화를 걸었다. 그녀가 아무리 지치고 따분한 목소리로 전화를 받아도 개의치 않았다. 자신이 휴스턴에 갈지도 모른다는 이야기는 언급하지 않았다. 깜짝 놀라게 해 주고 싶었기 때문이다. 반가워하든 말든 일단은 몰래 방문해서 놀라게 해 주고 싶었다. 자기에게 아직도 그녀를 깜짝 놀라게 할 능력이 있음을 과시하며 그녀의 관심을 받고 싶었다.

일레인은 전화로 자신의 하루 일과를 들려줬다. 기상학 수업과 낙하 훈련, 무중력 시뮬레이션, 로켓 발사와 착륙 테스트, 우주선의 복잡한 소프트웨어 활용 실습에 대해 설명했다. 리드가 전혀 모르는 세계를 들려주는 것처럼 자랑스레 떠들었다. 하지만 리드는 이 미션에 대해 이미 속속들이 알고 있었다.

리드는 모든 게 예전과 같은 것처럼 행동했다. 일레인이 그에게서 얻을 건 다 얻었다는 점을 모르는 것처럼 말했다.

'그녀는 호기심을 채웠어. 어린 시절 영웅이랑 연애도 했고, 이 미션에 뽑히도록 지원도 받았어. 그녀가 내게서 얻을 수 있는 게 또 뭐가 있을까?'

일레인의 목소리는 날마다 조금씩 더 멀어졌다.

"당신은 이미 우주 공간으로 날아간 것 같군."

속내를 숨기고 농담조로 말하자 일레인이 무뚝뚝하게 대답했다.

"일생에 다시없는 기회니까요."

*

얼마 후 벤이 뜬금없이 나타났다. 이번엔 그의 눈앞에 몸소 나타났다. 정장을 말쑥하게 차려입고 리드의 사무실에 떡하니 나타났다. 아무리 맞춤 정장이라 해도 그의 거대한 몸집을 가리지는 못했다. 벤은 파나마모자를 멋지게 눌러쓰고, 리드의 구두보다 두 배는 커 보이는 구두를 신고 있었다.

"리처즈, 지금 그 놀란 표정은 도대체 뭔가? 난 저 먼 우주에서 날아온 게 아니라 고작 세 시간 정도 운전하면 되는 곳에서 온 걸세."

벤은 체면이고 뭐고 없이 배고프다는 말부터 꺼냈다. 바깥 날씨도 죽이는데 해변으로 가서 식사나 하자고 했다.

"그 삐쩍 마른 고무 엉덩이를 당장 일으키게."

벤은 커다란 시가를 입에 물고 리드를 재촉했다. 리드는 믿기지 않
다는 듯 고개를 흔들었다.

"사무실을 비울 수 없네."

"누가 자네를 붙잡는다고?"

벤이 소파에 앉으며 물었다. 육중한 체중 때문에 소파가 푹 꺼졌다.
리드는 뭐라고 말해야 할지 몰라 난감했다. 사실 별다른 약속은 없었
다. 그가 해야 할 유일한 일도 이메일을 수시로 확인하는 것뿐이었
다. 리드는 말문이 막혔다. 친구의 갑작스러운 방문에 놀라기도 했거
니와 자신이 아무때나 사무실을 비워도 된다는 사실에 당황했기 때
문이다. 실제로 그를 붙잡는 사람은 아무도 없었다. 열한 시 삼십 분
에 사무실을 나간다고 누가 뭐라 하겠는가!

그 시간에 두 사람이 나가는 걸 보고 애너벨도 놀라는 눈치였다.
어쩌면 이백이십칠 킬로그램이나 나가는 벤의 주황색 돌덩이 몸에
충격을 받았는지도 모른다.

"또 봅시다, 귀여운 아가씨."

벤의 인사를 듣고 애너벨의 입이 더 크게 벌어졌다.

바깥 날씨는 훈훈했다. 리드는 숨을 크게 들이쉬었다. 갑갑한 사무
실에서 벗어나니 기분이 상쾌했다. 벤이 픽업트럭을 가리켰다. 그의
픽업트럭은 인도에 바퀴를 걸치고 비스듬히 세워져 있었다. 마침 젊
은 여순경이 주차위반 딱지를 끊고 있었다. 벤이 다가가자 여순경이
침을 꿀꺽 삼키며 말했다.

"맙소사. 당신이 누군지 알아요. 광고에 나오는 분이잖아요. 그, 그,
그……"

"아가씨, 나한테 '인크레더블 헐크'라고 할 작정이라면 입 다무는 게 좋을 거요."

벤은 돌덩이 입술로 공중을 향해 키스를 날리며 차에 올라탔다. 바퀴가 한참 주저앉았다.

"리드, 차에 탈 텐가, 아니면 동그랗게 말아서 스페어타이어처럼 굴러갈 텐가?"

두 사람은 남쪽으로 향했다. 맨해튼은 거대한 개미집 같았다. 꽉 막힌 도로 때문에 점심이 늦어진다며 벤이 툴툴댔다.

"자메이카 만으로 가는 길에 괜찮은 일식당이 있거든."

"거기까지 가는 데 한 시간은 족히 걸릴 걸세. 그때쯤이면 난 사무실로 돌아가야 해."

리드는 엉거주춤한 상태로 항변했지만 친구의 마음을 돌릴 수 없음을 알고는 곧 자리에 눌러앉았다. 마음을 느긋하게 먹고 친구의 옆모습을 바라봤다. 거친 얼굴과 골격은 여전했지만 표정은 다소 부드러워졌다. 이 친구도 세월의 흐름 앞에서는 어쩔 수 없는 듯했다. 그래도 그는 여전히 전설적인 돌덩이 인간, 벤저민 그림이었다. 리드는 문득 환상의 콤비였던 친구의 거칠지만 따스한 몸을 만지고 싶어졌다.

가는 내내 햇살이 따사로이 비쳤다. 그들은 창문을 내리고 달렸다.

"오늘 같은 날 자네가 그 목가적 마을을 뒤로 하고 오다니 믿을 수가 없네."

"모르는 소리 하지 말게. 자네는 낚시에 대해 아무것도 몰라."

벤이 코웃음을 치며 말했다.

"이렇게 화창한 날은 낚시하기에 좋지 않아."

벤은 가속 페달을 밟으며 이스트 강 위의 다리를 쌩쌩 달렸다. 새로운 영지를 점령하러 떠나는 르네상스 시대 전사처럼 한껏 들떠 있었다. 그는 동면하는 곰처럼 촌구석에 틀어박혀 지냈지만 가끔은 이렇게 세상 밖으로 나왔다. 벤은 십 년 전에 한 보험회사의 TV 광고에 출연했었다. 그 보험사는 돌덩이처럼 안정되고 견실하다는 이미지를 홍보하려고 했는데, 벤은 두 번 생각하지 않고 광고를 찍었다. 그런 다음 광고 출연료를 받아서 뉴잉글랜드의 한 어촌 마을로 냅다 숨어버렸다. 그곳에서 집도 하나 장만하고 넓고 튼튼한 픽업트럭도 구입했다. 그러고는 낚시나 하면서 유유자적하게 전원생활을 즐겼다. 그런데 그 광고가 나간 후 한동안 다른 광고 섭외와 TV 출연 요청이 쇄도했다. 하지만 벤은 일언지하에 거절했다.

"뭔 소리야?! 실패한 놈들이나 TV에 출연하는 거야. 달리 할 게 없는 작자들이지. 난 여기서 할 일이 엄청 많아."

벤은 세상 사람들과 엮이지 않으려고 했다. 그래서 한적한 어촌 마을의 작은 집에서 혼자 느긋하게 지냈다.

두 사람은 브루클린 박물관에서 멀지 않은 일식당 앞에 멈췄다. 벤은 이곳에서 식사한 적이 있다며 맛좋은 낫토를 추천했다.

"자네는 아직도 그런 걸 먹나?"

"물론이지. 이렇게 멋진 몸매를 유지하는 비결이 뭐라고 생각하나?"

벤은 한쪽 발로 서서 빠르게 도는 피루엣 동작을 선보였다. 지나가던 사람들의 눈이 휘둥그레졌다. 벤은 메밀국수와 갖가지 야채 튀김을 주문했다. 물론 그가 가장 좋아하는 나토도 빼놓지 않았다.

"구역질 나는군."

벤이 끈적끈적한 콩을 듬뿍 떠서 입속에 넣는 걸 보고 리드가 코를 막았다.

"돌덩이 인간 벤 그림이 저런 걸 먹으리라고 누가 상상이나 하겠나?"

"이봐. 자네가 아무리 브루클린이라는 동네에 맺힌 게 있기로서니 왜 남이 먹는 음식을 두고 말이 많은가? 자네는 그 맛없는 흰 쌀밥이나 얼른 비우게."

삼십 분쯤 뒤 두 사람은 바닷가로 향했다. 픽업트럭이 로커웨이로 이어지는 철교를 건너자 갑자기 도시가 사라지고 반짝이는 바다가 시야에 들어왔고, 이삼 킬로미터를 더 달리자 해변이 나왔다. 두 사람은 트럭을 세워 놓고 모래사장으로 걸어서 내려갔다.

"믿을 수가 없군."

리드가 말했다. 사무실에서 차로 한 시간 남짓 거리에 이렇게 한적한 곳이 있다는 게 놀라웠다. 바다에서 따스한 바람이 불어왔고, 하늘이 진주처럼 환하게 빛났다. 비행기 한 대가 JFK 공항에서 이륙해 구름을 가르며 북쪽으로 날아갔다. 서핑하는 사람들이 파도에 넘어지지 않으려고 몸을 까딱까딱 움직였다. 산책하는 사람들이 해변을 한가로이 거닐었다.

리드는 오가는 사람들의 얼굴을 유심히 살폈다. 남자와 여자, 커플, 혼자 달리는 사람, 개를 산책시키는 노인……. 그들의 얼굴을 호기심 어린 눈으로 관찰했다. 봄기운이 완연한 4월 초순, 해변을 거니는 사람들을 바라보면서 리드는 그들이 자기와 비슷하다는 느낌을 받았다. 자기와 가까이 있으면서도 한편으로는 몇 광년이나 떨어져 있었다.

그때, 누군가 두 사람을 향해 다가왔다. 리드는 고개를 흔들며 몽상을 떨쳐 냈다. 다섯 살 정도밖에 되지 않은 남자아이가 발끝을 들고 살금살금 다가오더니 두 사람 앞에 섰다. 아이는 눈을 동그랗게 뜨고 벤을 쳐다봤다. 시간이 좀 흘렀다. 벤이 잠시 참는 것 같더니 볼을 불룩하게 부풀리며 말했다.

"꼬마야, 잘 들어. 네 부모님은 다르게 말했겠지만 너는 우주의 중심이 아니란다. 그런데 우리한테 할 말이라도 있니? 두 겹으로 된 하기스 기저귀를 차서 좋다고 말하고 싶은 거니? 그게 아니라면, 꼬마야, 내 친구랑 나는 지금 산책하고 있으니 썩 비켜다오."

"벤……."

리드는 책망하는 얼굴로 벤을 쳐다봤다. 그러고는 몸을 낮추고는 아이가 놀라지 않았는지 살폈다. 다행히 아이는 겁먹은 것 같지 않았다.

"안녕!"

리드가 말했다.

아이는 그제야 리드의 존재를 알아차리고는 대담한 목소리로 물었다.

"아저씨 친구 진짜예요?"

벤이 또다시 볼을 불룩하게 부풀리고는 눈알을 굴렸다. 리드가 얼른 중재에 나섰다.

"자네가 변장한 게 아닌지 궁금한가 봐."

"나도 아네, 껌 딱지 친구."

벤이 아이에게 돌아서서 말했다.

"물론 진짜란다, 꼬마야. 난 돌덩이 인간 벤저민 그림이야. 이 아저씨랑 나는 슈퍼히어로란다. 너, 슈퍼히어로가 뭔지 아니? 너희 엄마가 우리 얘기를 해 준 적 없니?"

그때 큐 사인을 받은 여배우처럼 젊은 엄마가 무리에서 벗어나 빠른 걸음으로 다가왔다. 엄마는 아이를 급히 안아올리고는 웃으며 말했다.

"제 아이가 귀찮게 해드렸죠. 죄송합니다."

"아, 괜찮습니다."

몸에 딱 붙은 티셔츠를 입은 젊은 엄마의 상체에 눈길을 주며 벤이 말했다.

"실은 요 녀석이 우리를 아주 즐겁게 해 주던 참입니다."

리드와 벤은 둘만 남자 은근한 눈빛을 교환했다. 잠시 침묵하는가 싶더니 두 사람은 폭소를 터뜨렸다.

"자네, 이거 아나?"

한참 만에 리드가 물었다.

"훗날 우리가 영감태기가 돼서 요양원 같은 데 들어가면 필시 이런 일을 회상하며 그리워할 거야."

"자네나 그러겠지, 난 아냐."

벤이 대답했다.

"난 돌덩이로 만들어져서 꼬부라진 영감태기가 되지 않을 거니까."

벤은 구두를 벗어들고 휘파람을 불며 맨발로 모래사장을 걸었다. 꼬마 말고 그에게 특별히 관심을 보이는 사람은 없었다. 어쩌면 그날은 사람들이 그를 알아보지 못했거나 그 꼬마처럼 그가 변장했다고 생각했을지도 모른다. 아니, 어쩌면 그를 알아봤는지도 모른다. 벤도 알아보고 리드도 알아봤지만 그냥 내버려 두기로 마음먹었는지도 모른다. 골치 아픈 문제로 고민하고 있었거나 바다에서 불어오는 산들바람에 홀렸는지도 모른다. 그 덕에 육십 대에 이른 은퇴를 한 두 영웅은 봄볕을 쐬며 유유히 걸을 수 있었다.

맨발에 밟히는 모래가 참 따뜻했다. 해변에 부딪치는 파도 소리가 허공을 맴돌았다. 그 소리는 하얀 물거품과 아스라한 추억을 담아 속삭이는 것 같았다. 리드는 숨을 깊이 들이쉬며 완벽한 그 순간을 음미했다. 하지만 이렇게 평온한 순간에도 그의 가슴은 터질 것 같았다. 벤에게 소리치고 싶었다. 해변을 오가는 모든 사람들에게, 탁 트인 바다와 줄지어 늘어선 아파트 건물을 향해 소리치고 싶었다. 일레인의 이름을 부르고, 그녀가 이곳에 없다고 목청껏 외치고 싶었다.

"자네와 통화하고 나서 계속 생각해 봤네."

벤이 리드의 속내를 읽은 것처럼 말을 꺼냈다. 그 목소리가 파도소리와 교묘히 어우러졌다.

"이젠 자네를 잘 모르겠어. 별의별 생각이 다 들더군. 결국 이렇게 생각하기로 했네. 자네는 그렇게 어린 아가씨를 사랑한 적이 한 번도 없었고, 단지 서른 살이나 어린 여자랑 사랑에 빠지는 남자를 예전부터 늘 흉내 냈다고 말일세. 자네를 비난하고 싶어서가 아니야. 이 문제가 도대체 어디서 비롯됐는지 알고 싶어서 그래. 내 말은 그러니까…… 우리가 함께 해온 그 오랜 세월 동안, 자네가 뭘 하든 난 늘 그걸 깊이 생각했던 것 같아. 내 말 무슨 뜻인지 알겠나, 리드?"

리드가 말없이 고개를 끄덕였다.

"옛날 일을 생각해 봤네."

벤이 다시 말했다. 그의 묵직한 발이 모래 속으로 푹푹 빠졌다.

"자네에게 예전부터 이런 면이 있었는지 궁금했어. 악당의 급소를 공격하고 경찰 간부에게 명령을 내리던 시절에도 이런 성향이 있었을까? 두 달에 한 번씩 백악관에 가고, 우리 그룹의 리더이자 글로벌 스타였던 미스터 판타스틱 시절에도 이런 면이 있었을까? 어쩌면 그때도 자네에게 이런 면이 있었을지 모르지. 여성스러울 정도로 부드러운……."

벤은 잠시 말을 끊었다가 얼른 리드의 어깨를 찰싹 치면서 덧붙였다.

"아, 내 말 오해하진 말게! 자네를 계집애 같은 남자라고 말하려던 건 아닐세. 난 그저 궁금할 뿐이야. 자네에게 그런, 뭐랄까, '사랑을

155

위해 죽음도 불사한다'는 그런 면이 있었냐는 거지."

리드는 친구가 슬쩍 손을 댄 어깨를 문지르며 말했다.

"벤, 자네 손이 얼마나 매운지 모르지?"

그런 다음 고개를 흔들며 덧붙였다.

"나를 그토록 생각해 줘서 고맙네. 하지만 뭐라고 말해야 할지 나
도 잘 모르겠어. 수잔에게는 자네가 말하는 그런 면을 전혀 보여 준
것 같지 않거든."

벤은 리드의 말을 곱씹는 것 같더니 갑자기 웃음을 터뜨렸다.

"물론 아니지! 자네가 이렇게 낭만적으로 굴었다면 수잔은 필시 주
먹을 날렸을 걸세. 자네 면전에서 방어막을 둘러쳤을 거야."

생각만으로도 즐거운지 벤은 걸으면서 계속 싱글거렸다.

"자네와 수잔은 다른 일로 바빴지. 힘을 합쳐 임무를 수행해야 했
으니까. 상대를 향한 애착이 아니라 임무에 대한 집착이 두 사람을
함께 있게 했던 것 같아."

"세상을 자유롭게 한다고 확신했지."

리드가 벤의 말을 받아서 마무리했다.

"자네도 그랬고, 다른 슈퍼히어로들도 모두 그렇다고 확신했어."

리드는 바다 냄새를 맡았다. 해변에 부딪치는 파도 소리가 점점 더
거세졌다. 수평선 너머로 서서히 떨어지는 햇살을 받으며 그는 친구
와 나란히 모래사장을 걸었다.

"오래전 일이야, 벤. 지금 생각해 보니, 우린 그저 역할을 수행했던
것 같아. 각자 맡은 배역에 따라 연기했을 뿐이야. 우리는 이상에 사
로잡혀 있었고, 우리의 삶은 그 이상을 실현하는 데 맞춰져 있었어.
기자들은 우리 이야기를 과장해서 떠벌렸고, 시나리오 작가들은 우
리에게 영감을 받아 영화를 제작했어. 지구상의 아이 중 절반은 우리

를 숭배했지. 학생들과 정치가들은 우리를 칭찬하기에 바빴고. 물론 반대하는 무리도 좀 있었지. 경찰 간부 중에는 우리를 흠모하는 사람도 있었지만 혐오하는 사람도 있었어. 우린 사람들의 열정을 일깨웠어. 그런데 어쩌면 자네 말이 옳을지도 몰라. 애초에 나한테 어떤 약점이 있었을지도 몰라."

"이런, 자네에게 약점이 있었다고 말하려던 건 아닐세. 자네는 늘 내 본보기였고 형제 같은 존재였어. 물론 앞으로도 그럴 거야."

벤은 모자를 고쳐 쓰고 주머니에서 시가를 하나 꺼냈다.

"아, 제기랄! 난 이런 감상적 대화에 익숙하지 않아. 게다가 만면에 미소를 띠고 해변을 거니는 사람들 좀 봐. 우리 얼굴도 저렇게 보이나? 다들 신경안정제라도 먹은 것 같아."

벤은 고개를 흔들면서 예의 그 비꼬는 표정을 지었다. 그러나 곧 진심 어린 목소리로 하던 말을 계속했다.

"내 말 좀 들어보게. 자네와 나, 우리 그룹 그리고 소수의 슈퍼히어로들은 품위를 유지하며 살고 있어. TV에 나와 광대짓을 하거나 리얼리티 쇼에서 바보짓을 하면서 능력을 우려먹지는 않잖아. 그런 짓을 하면서 연명하는 작자들이 얼마나 많은가?"

리드는 다시 고개를 끄덕였다. 내심 바람 소리나 들으며 조용히 걷고 싶었지만 친구의 말을 가로막지는 않았다.

"우리 뒤를 이을 만한 자들이 나온다면 걱정을 덜 수 있을 텐데. 그래야 마음을 놓고 지낼 텐데."

"세월이 변했네. 요즘 젊은 세대는 달라. 우리는 그들이 뭘 할 수 있는지 모르네."

리드의 지적에 벤이 시가를 우적우적 씹었다. 젊은 사람들 이야기가 나오자 예외 없이 그의 심장이 마구 뛰기 시작했다.

"내 생각이 뭔지 아나? 요새 젊은 놈들은 아는 게 없다는 것일세."

벤의 단호한 말을 듣고 리드는 가만히 생각했다. 해변을 바라보다 넌지시 반박했다.

"노인이 다 된 슈퍼맨이 파크 슬로프 인근에 무슨 센터인지 학교인지를 설립했다네. 초능력과 진지한 의도가 있는 젊은이들을 훈련시킨다고 하더군."

"진지한 의도?"

벤의 목소리는 그 어느 때보다 더 회의적이었다.

"웃기는 소리 하지 말고 하게. 사람들이 수년째 슈퍼맨의 아이디어에 대해 떠들더군."

벤은 다시 말을 멈췄다. 돌덩이 얼굴에 햇살이 쏟아져 반짝였다.

"문제는 젊은 친구들의 자질이 갈수록 떨어진다는 거야. 방사성 동위원소처럼 한 세대를 내려갈 때마다 절반씩 줄어들고 있어. 이런 말 해서 미안한데, 자네 아들만 해도 그래."

"프랭클린에겐 초능력이 없어. 엄밀히 말하면 진짜 슈퍼히어로가 아니야."

"나도 알아. 내 말뜻은……. 내가 그 애를 얼마나 아끼는지 자네도 알잖아. 그 애를 위해서라면 내 영혼이라도 팔 거야. 하지만 녀석이 하는 짓은 참을 수가 없네. 땜빵 스타 같은 이미지는 특히 마음에 안 들어. 가십 기사에나 오르내릴 뿐 아무 짝에도 쓸모가 없어. 그 애라면 훨씬 더 큰 일을 해낼 수 있어. 시스템을 통째로 흔들 수 있다고."

"그런 건 잘 모르겠네."

리드는 한숨을 내쉬었다. 그러고는 이마를 찌푸리면서 단호한 어조로 덧붙였다.

"어떤 때는 자네와 비슷한 생각을 하기도 해. 하지만 우리가 사는 시대를 고려하면 프랭클린은 지금도 너무 적극적이야. 환경운동 단체는 아주 좋아하지. 어쨌든 누군가가 시스템을 확 바꿀 수 있다고 기대해서는 안 되네. 요즘 같은 세상에서는 더더욱."

그 시점에서 벤이 흐뭇한 표정으로 리드를 쳐다봤다.

"뭔가?"

리드가 물었다.

"아무것도 아냐. 자네 생각에 동의하진 않네만, 아무튼 내가 원하는 건 이거야. 난 예전의 리드와 얘기하고 싶어. 그야말로 이성적으로 생각하고 판단하는 옛 친구가 그리워."

벤의 말이 끝나자 리드는 고개를 돌렸다. 우쭐해야 할지 아니면 언짢아해야 할지 종잡을 수 없어서였다.

"벤, 난 그저 어떤 아가씨한테 좀 빠졌을 뿐이야. 치명적인 뇌졸중에 걸린 게 아니라고."

벤의 얼굴이 활짝 펴졌다. 그러고는 환자를 진단하는 의사처럼 선언했다.

"좋아! 이젠 아주 멀쩡해진 것 같군. 그래야 자네답지."

두 사람은 가던 길을 돌려 다시 천천히 걸었다. 해가 지면서 앞쪽으로 긴 그림자가 드리웠다. 리드는 모래사장을 내려다보며 그들이 앞서 걸었던 발자국을 찾았다. 시원하게 부는 바람과 등 뒤로 느껴지는 따스한 햇볕, 친구의 다정한 눈길…… 시간이 멈췄으면 싶었다. 이런 시간이 다시 올까? 해변에서 산책하는 사람들, 아까 만난 어린 소년, 서핑을 즐기는 젊은이들이 다 떠나고 나면 이곳은 얼마나 허전할까?

리드는 한숨을 내쉬었다. 해가 질 무렵이면 늘 마음이 허전했다. 이제 다들 떠날 것이다. 그는 집에 가 봐야 반갑게 맞아 줄 사람도 없었고, 들떠서 기다릴 사람도 없었다. 그래도 이겨낼 수 있을 것이다. 벤도 그렇게 말하지 않았던가. 예전의 리드로 돌아갈 수 있다고. 바위에 부딪치는 파도 소리가 아련하게 들렸다. 그는 그 소리를 기억 속에 온전히 담으려고 애썼다. 해가 수평선 너머로 떨어지자 주변 공기가 조금 선뜩해졌다.

*

4월 11일, 이 날은 역사에 기록될 만한 운명적인 날이었으나 시작은 여느 날과 다름없었다. 동이 트면서 희뿌연 구름 사이로 햇살이 비치기 시작했다. 비행기가 동쪽에서 서쪽으로 미끄러지듯 지나갔다. 대서양 상공을 가로질러 오면서 옛 유럽의 음울함까지 실어 날랐다. 화물을 잔뜩 실은 화물선이 부두에 들어왔다. 떠오르는 태양에 화물선 뱃머리가 불타는 듯 이글거렸다. 이스트 강과 허드슨 강이 유유히 흐르며 새로운 하루의 열기를 빨아들였다.

리드는 여섯 시경에 눈을 떴다. 그런데 한참이 지나도록 뒤숭숭한 꿈에서 헤어나지 못했다. 음경이 딱딱하게 발기했다가 축 늘어진 걸로 봐선 일레인 꿈을 꾼 것 같았다. 몸도 조금 뒤틀렸고 팔은 한 뼘가량 늘어나 있었다. 가슴도 평소보다 더 부풀어 있었다. 리드는 심호흡을 하고 침대 시트를 옆으로 홱 젖혔다. 아침에 몽롱한 상태에서도 일레인에 대한 생각은 그의 가슴을 후벼 팠다.

리드는 샤워를 하면서 간밤의 우울한 흔적을 떨쳐 내려고 했다. 하지만 왠지 모를 불안감이 감돌았다. 이유도 없이 복부 한쪽이 따끔거렸다. 리드는 이것도 일레인 때문이겠거니 생각했다. 일레인이 곁에 없으니 아침을 차리지도 않아 주방이 공허한 무대 장치처럼 보였다.

'그만해!'

리드는 자신을 책망했다.

'일레인이 여기 있더라도 내가 차려 준 음식을 먹지 못할 거야. 미션 수행을 위해 정해진 식단만 먹어야 할 테니까.'

리드는 다른 생각을 하려고 애썼다. 하지만 마음이 영 불안했다. 심장이 평소와 다르게 뛰었고, 목에 뭐가 걸린 것처럼 찜찜했다. 엉덩이 쪽에서 오싹한 기운이 올라왔다. 왜 이러는지 도무지 알 수 없었다. 몸이 무언가를 먼저 감지한 듯했다. 사건은 시커먼 그림자처럼 은밀하게, 치솟는 불길처럼 맹렬하게 다가오고 있었는데 그는 전혀 알아채지 못했다.

리드는 몇 시간째 멍한 상태로 앉아 있었다. 집중도 안 되고 생각의 실타래가 뚝뚝 끊겨 한 문장도 완성하지 못했다. 결국 애너벨에게 어떤 전화도 연결하지 말라고 지시했다. 점심때가 다 돼서 사무실을 나섰다. 쏟아지는 햇살에 눈이 부셔서 얼른 차에 올랐다. 가물가물 올라오는 아지랑이가 신기루처럼 보였다. 차에서 내리는데 오싹한 한기가 느껴졌다. 바람이 셔츠 속까지 파고들었다. 곁눈질로 보니 파파라치가 근처에서 얼쩡거리고 있었다.

지난 며칠 사이에 가십 기사의 관심이 리드에게 쏠리기 시작했다. 그와 젊은 아가씨의 관계에 대한 이야기가 보도국에까지 들어간 게 틀림없었다. 둘의 관계가 파탄에 이른 지경에 들통 나다니 정말 아이러니했다. 게다가 일레인은 뉴욕에 있지도 않았다. 파파라치는 오늘은 낯 뜨거운 사진을 하나도 건지지 못할 것이다. 리드는 한숨을 내쉬었다. 지금까지 그런 가십 기사의 먹잇감이 되는 것을 용케 피해 왔다. 세인의 입방아에 오르내리지 않도록 신중하게 처신했다. 슈퍼히어로로 맹활약하던 시절에도 그런 유의 관심은 별로 좋아하지 않왔다.

리드가 레스토랑으로 들어간 뒤에도 파파라치는 주변에서 좀 더 서성거리다가 갑자기 사라졌다. 리드는 오늘 명예회원으로 활동하는 한 연구소의 자문위원들과 식사 약속이 있었다. 늙수그레한 전문가 십여 명이 먼저 와 있었다. 가십 기사에 목마른 독자들에겐 전혀 흥미롭지 않은 인사들이었다. 리드는 두 노 교수 사이에 자리 잡았다. 파파라치에게 정신이 팔려 있던 잠시 동안은 괜찮았지만 곧 다시 마음이 불안해졌다. 사람들의 대화에 집중할 수 없었다. 누가 누군지 분간하기도 어려웠다. 검버섯이 핀 그들의 손을 똑바로 쳐다보지도 못했다. 흥미로운 이야기도 전혀 귀에 들어오지 않았다. 심지어 메뉴판에 쓰인 글자도 눈에 들어오지 않았다. 결국 그날의 스페셜 메뉴 가운데 맨 위에 적힌, 생강에 절인 닭고기와 샐러드를 주문했다.

지루한 식사를 끝내고 다시 차에 올랐다. 바람이 점점 더 세차게 도시를 휘감았다. 거리를 오가는 사람들은 옷이 홀렁 벗겨질까 봐 옷깃을 여미느라 정신이 없었다. 휘몰아치는 바람 소리와 웅웅거리는 자동차 소리가 어우러져 오싹한 비명처럼 들렸다. 리드의 몸속에는 뭐라 형언할 수 없는 블랙홀 같은 게 생겨났다. 그의 생각과 주의력과 현실 감각이 모두 그 속으로 빨려 들어갔다. 사무실에 돌아오자 분위기가 익숙해서인지 마음이 살짝 가라앉았다. 리드는 세수라도 하려고 화장실에 들어갔다. 거울에 비친 눈빛이 초조하고 불안해 보였다.

'도대체 무슨 일이야?'

리드는 다시 사무실 책상에 앉았다. 외출한 사이에 이메일이 왔나 보려고 컴퓨터를 확인했다. 그가 기다리던 메시지가 있었다. 다른 메시지들과 섞여 있었지만 한눈에 알아봤다. 휴스턴에서 답장이 온

것이다. 리드는 하루 종일 찜찜하고 불안했던 이유를 그제야 알아차
렸다.

하지만 메시지를 읽고 나서도 여전히 찜찜했다. 잠시 들었던 안도
감도 오래가지 못하고 또다시 불안감이 엄습했다.

답장이 늦어진 이유에 대한 설명은 없었다. 발사를 앞두고 존슨 우
주 센터가 정신없이 바쁜가 보다고 리드는 생각했다. 어쨌든 그의 요
구는 받아들여졌다. 그는 원하는 걸 얻었다. 발사하기 며칠 전에 그
곳을 방문해 일레인에게 자신의 존재를 상기시킬 수 있게 됐다. 당연
히 만족스러워야 했지만 딱히 기쁘지 않았다. 갑자기 피곤이 밀려와
서 눈을 감고 의자에 기댔다. 한숨이 절로 나왔다.

'아까 먹은 점심 때문인가? 생강에 절인 닭고기를 먹는 게 아니었
어.'

머리가 어지럽고 생각이 이리저리 표류했다.

정신을 차리고 주변을 살펴보니 낯선 곳에 와 있었다. 조명도 희미
했고 소리도 아주 약했다. 움직이려고 하자 수영장 바닥에 있는 것
처럼 물의 저항이 느껴졌다. 실제로 그곳은 수영장 바닥처럼 보였다.
주변에 사람들이 있었다. 다들 말도 없고 움직이지도 않았다. 리드는
그들의 시선을 느끼며 주변을 살폈다. 사람이 아주 많았다. 다들 정
장 차림으로 말없이 그를 바라보고 있었다. 리드는 자신이 아는 사람
들이 한자리에 모여 있어 깜짝 놀랐다.

"다들 여기 모였군요."

리드가 말했다.

마지막으로 전처인 수잔이 보였다. 수잔은 방 끝에서 그를 기다리
며 얼음 조각상처럼 창백하게 서 있었다.

수잔이 고개를 저었다. 그러고는 입술을 거의 움직이지 않고 비통

163

한 목소리로 말했다.

"오, 리드. 아직도 모르는군요."

리드의 몸이 떨리기 시작했다.

"주변을 둘러봐요, 리드. 다 모인 게 아니에요. 누가 빠졌는지 모르겠어요?"

리드의 눈이 주변을 샅샅이 훑었다. 본능적으로 일레인을 찾았다. 그리고 군중 가운데서 그녀를 찾았다. 일레인은 그곳에 있었다. 리드는 뭐가 뭔지 몰라 수잔에게 고개를 돌렸다.

"리드, 누가 빠졌는지 정말 모르겠어요?"

리드는 그제야 정신을 집중했다. 깊은 곳에서 뭔가가 올라오기 시작했다. 그가 늘 알고 있던 어떤 씨앗이 표면 위로 꿈틀대며 올라와 모양을 잡기 시작했다. 막연한 느낌이 조금씩 명쾌해지더니 다이아몬드처럼 단단하고 칼날처럼 아픈 현실로 다가왔다. 세상에! 세상에! 말로 형언할 수는 없지만 너무나 두렵고 끔찍했다. 그게 무엇인지 정확하게 알지 못하는데도 눈물이 쏟아졌다. 그게 뭔지 곧 알게 될 거라고 직감했다. 그때 갑자기 무슨 소리가 들렸다. 처음에는 작았는데 점점 더 크고 집요하게 들렸다.

리드는 몸을 부들부들 떨며 눈을 떴다. 사무실이었다. 불안하고 몽롱했다. 책상 위의 전화기가 울어대고 있었다. 리드는 수화기를 들 생각도 하지 않고 멍하니 바라보고만 있었다. 칼날을 삼킨 것처럼 목구멍에서 날카로운 고통이 느껴졌다. 전화벨이 울리지 않기를, 그를 더 이상 괴롭히지 않기를 간절히 바랐다. 애너벨에게 이미 어떤 전화도 연결하지 말라고 지시했었다. 방금 섬뜩한 악몽에서 깨어났다. 그는 전화를 받고 싶지 않았다. 하지만 전화기가 계속 울어댔다. 결국 떨리는 손으로 수화기를 들었다.

"여보세요?"

긴 침묵이 흘렀다. 한참 만에 울먹거리는 애너벨의 소리가 들렸다. 온몸에 소름이 돋았다.

"애너벨? 에너벨, 무슨 일이야?"

"리드……."

애너벨의 목소리가 그렇게 슬프게 들린 적이 없었다.

"리드…… 벤저민 그림 씨가 전화하셨는데……."

애너벨은 무슨 말을 덧붙일 듯하다가 눈물을 삼키며 바로 벤을 연결했다. 전화기가 끝 모를 침묵 속으로 빠져들었다.

"벤…… 벤…… 자네 맞나?"

처음엔 흐느끼는 소리만 들렸다. 벤의 걸걸한 목소리가 산산조각 난 돌멩이처럼 갈라졌다.

"벤, 뭐야? 장난하는 거야? 벤, 도대체 왜 그래?"

그제야 벤이 숨을 깊이 들이쉬면서 소리쳤다.

"오, 하느님! 오, 하느님! 리드, 리드!"

리드는 전화기를 떨어뜨리고 자리에서 벌떡 일어났다. 하지만 머리가 핑 돌아 쓰러지듯 벽에 기댔다. 머리를 부여잡고 아직도 그 이상한 꿈에서 깨어나지 않은 거라고 중얼거렸다. 그쪽 현실에서는 아무것도 확정되지 않았고 어떤 결과도 도출되지 않았다. 하지만 이쪽 현실에서는 수화기 너머에서 벤의 울부짖는 목소리가 들렸다. 리드는 술 취한 사람마냥 비틀거리며 문으로 향했다. 문을 벌컥 열자 바람이 쌩 하고 일어나 애너벨의 책상에 놓여 있던 서류가 흩어졌다. 리드와 애너벨은 공포에 휩싸인 채 서로 쳐다봤다. 애너벨의 얼굴은 눈물로 얼룩져 있었다.

TV가 켜져 있었다. 리드의 시선이 최면에 걸린 것처럼 화면으로 향했다. ABC 방송국의 속보가 나오고 있었다. 헬리콥터에서 찍은 화면은 커다란 건물에서 솟아오르는 연기를 보여 주고 있었다. 시커먼 연기가 치솟고 있었다. 리드는 연기 기둥을 쳐다봤다. 처참한 건물도 쳐다봤다. 왠지 낯이 익었다. 맨해튼에 있는 건물이었다. 신음 소리가 새어 나왔다. 입에 침이 마르고 혈관 속의 피가 엉겨 붙은 듯 느리게 흘렀다. 모든 게 엄청나게 느렸다. 리드는 창밖으로 고개를 돌렸다. 멀리 건물 사이로 연기 기둥이 보였다. 헬리콥터도 보였다. 대여섯 대가 허공에 뜬 채 가만히 있는 것 같았다. 리드는 연기가 치솟은 방향을 살폈다. 그제야 온갖 의혹과 두려움이 하나로 합쳐지기 시작했다. 또다시 신음 소리가 터져 나왔다. 의식이 혼미해지며 공황 상태에 빠져들었다.

리드는 미친 듯이 달려 나갔다. 애너벨의 비명을 뒤로 하고 엘리베이터로 돌진했다. 로비에 도착해서 또다시 달렸다. 수위가 소리치면서 그를 제지했다. 바깥 세상의 공포로부터 그를 보호하려는 듯했다. 하지만 리드는 수위를 밀치고 거리로 뛰쳐나갔다. 거리는 비현실적으로 조용했다. 헬리콥터와 사이렌 소리만 허공을 맴돌았다. 차량 흐름도 뚝 끊겨 있었다. 다들 차에서 내려 고개를 뒤로 젖히고 놀란 얼굴로 연기 기둥을 올려다보고 있었다. 리드는 달렸다. 달리 할 수 있는 것이 없었다. 달리고 또 달렸지만 슬로 모션처럼 한없이 느렸다. 비명을 지르고 울음을 터뜨리고 토할 것 같은 충동이 일었지만 숨도 쉬지 않고 달렸다.

한 무리의 사람들이 폭발 현장에서 벗어나 그쪽으로 몰려오고 있었다. 인종에 상관없이 남녀노소 모두 충격을 받은 표정이었다.

'터졌구나. 진짜로 터졌어. 우리 이웃에서, 조지 호텔에서 폭탄이 터졌어. 희생자가 있을 텐데, 그중에 하나가……'

리드는 밀려오는 군중을 헤치며 나아갔다. 숨을 헐떡이고 겁에 질린 채 파괴된 건물 앞에 다다랐다. 그러고는 그대로 얼어붙고 말았다. 조지 호텔 29층이 뻥 뚫려 있었다. 그 위로 화염이 맹렬하게 치솟고 있었다. 소방대원들은 건물을 에워쌌고 취재기자들은 충격과 흥분 속에서 현장 소식을 전했다. 호텔에서 급히 빠져나왔는지 실내복을 걸친 여자들이 울면서 우왕좌왕했고, 반쯤 벗은 사내가 사막에서 길을 잃은 예언자처럼 걸어 다녔다. 리드는 모든 걸 지켜봤다. 시뻘겋게 페인트칠 된 소방차와 시뻘겋게 타오르는 화염까지 하나도 놓치지 않았다.

리드는 주춤거리며 몇 걸음 나아갔다. 그를 알아본 기자들이 그에게 다가오기 시작했다. 한 경찰이 그를 제지하려는지 아니면 안아주려는지 모르게 두 팔을 벌리며 다가왔다. 리드는 경찰의 품에 쓰러지며 팔을 위로 뻗으려고 시도했다. 뻥 뚫린 층을 향해, 활활 타오르는 불길을 향해 팔을 뻗었지만 미치지 못했다. 결국 무기력한 두 촉수는 몇 미터 떨어진 군중 속으로 떨어졌다. 경찰이 그를 강하게 붙잡고는 진정하라고 소리쳤다. 사실 리드는 상당히 차분한 상태였다. 주변에 모여드는 기자들의 얼굴을 관찰하고, 그들 중 한 사람이 멀지 않은 곳에서 마이크에 대고 전하는 소식도 다 알아들었다.

"뉴욕에 정말 슬픈 일이 벌어졌습니다. 4월 11일 오늘 저녁 6시경, 맨해튼 심장부에 있는 조지 호텔 헬스 클럽에서 익명의 공격자가 설치한 폭발물이 터졌습니다. 수많은 부상자가 발생했고 두 명이 목숨을 잃었습니다. 사망자 중 한 명은 우리 시대의 젊은 스타, 미국인이 가장 사랑하는 아들 프랭클린 리처즈입니다."

*

그 후로 며칠 동안 방송은 계속 그 사건만 내보냈다. 온 나라가 충격에 휩싸였다. 폭발이 일어난 다음 날, 〈프랭클린 사망〉이라는 표제의 기사가 쏟아졌다. 다른 단어를 사용할 수 없었거나 다른 표현을 떠올릴 수 없었는지 신문마다 똑같은 표제를 달았다. 잡지 커버와 신문 일 면은 미국인이 가장 사랑하는 아들의 얼굴로 도배됐고, TV 정규 방송은 모두 중단됐다. 화염에 휩싸인 건물과 목격자들의 겁먹은 얼굴, 프랭클린의 아버지이자 은퇴한 슈퍼히어로의 비통한 모습과 불길이 치솟는 29층을 향해 헛되이 팔을 뻗는 모습이 반복해서 나왔다. 조지 호텔 앞에 애도의 꽃다발이 쌓이고, 젊은이 수천 명이 거리를 행진하며 프랭클린의 이름을 연호하는 모습도 계속 방송됐다. 방송사는 이미 내보냈던 프랭클린 리처즈의 다큐멘터리를 다시 보여주며 처음이자 마지막 작품이라고 홍보했고, 최고 시청률을 기록했다. 수많은 사람들을 인터뷰해서 수시로 보여 줬다. 조지 호텔 소유주인 레이먼드 미네타도 인터뷰했다. 그가 얼굴을 찡그리며 울음을 터뜨리고 특유의 콧소리로 "불쌍한 녀석, 불쌍한 녀석."이라고 읊조리는 장면이 계속해서 나왔다.

폭발 공격 직후에 국방장관이 성명을 발표했다. 그는 국민을 안심시키며 비열한 테러 행위에 미국은 전혀 흔들리지 않는다고 선언했다. 밤낮으로 일하는 특별조사팀도 방송에 등장했다. 그들은 이번 범죄 행위의 배후를 조사 중이라고 발표했다. 눈이 벌겋게 충혈된 데니스 드 빌라 형사도 보였다. 그는 감정이 격앙된 것 같으면서도 왠지 모르게 냉정해 보였다. 기자의 격분한 질문에도 그는 평소와 다름없이 엄숙한 표정으로 대답했다. 다들 궁금한 게 아주 많았다.

"누가 폭탄을 설치했는지 알아냈습니까?"

사건의 주동자는 아직 확신하지 못하지만 비밀 조직의 소행이라는 데 의견이 모아졌다. 이 치명적인 단체의 목표는 은퇴한 슈퍼히어로와 연계된 사람들을 살해하려는 거라고 알려졌다.

"엄밀히 말하면, 프랭클린은 슈퍼히어로가 아닙니다. 그렇다면 그는 이번 공격의 우발적 희생잡니까?"

프랭클린이 조지 호텔 사우나에 있을 때 터진 폭탄이 그를 노린 것인지, 아니면 아버지인 리드 리처즈를 노린 것인지 경찰은 확신하지 못했다. 리드 리처즈는 이곳 헬스 클럽을 자주 방문한다고 알려져 있었다.

"리처즈 부자는 왜 신변 보호를 받지 않았습니까? 사전에 아무런 공격 징후도 없었나요?"

경찰은 리드 리처즈에게 보안 조치가 필요할 것 같아 몇 차례 연락을 취했었다. 하지만 어떤 징후도 찾지 못했다. 프랭클린 리처즈의 경우 공격이 있기 전날까지 해외에 머물렀기 때문에 보호 조치를 취하는 것 자체가 불가능했다.

"이번 공격이 혹시 배트맨 살인 사건과 어떤 식으로든 연관이 있습니까?"

이번 공격은 배트맨 살인 사건과 확실히 연관돼 있었다.

"살인 사건이 또 일어날 가능성이 있습니까?"

안타깝게도 경찰은 그 가능성을 결코 배제할 수 없었다.

방송사는 리드를 내버려 두기로 결정했다. 하지만 그들은 이런 상황에서도 리드가 눈물 한 방울 흘리지 않고 담담하게 행동하는 것에 적잖이 놀랐다. 폭발 현장에 도착했을 때만 해도 충격을 받은 상태였지만 리드는 그야말로 침착하게 행동했다. TV 카메라를 피하고 인터뷰도 모두 거절했다. 다만 사건 직후 경찰을 만나 조사에 협조하겠다고 했다. 그러고는 짤막한 성명서를 발표해 가능한 한 모든 수단과 방법을 동원해서 아들을 죽인 자들을 잡겠다는 의지를 천명했다. 그런데 이틀 후, 리드는 귀찮게 달려드는 카메라맨을 폭행하고 촬영 장비도 망가뜨렸다. 그제야 사람들은 리드 리처즈의 가면이 벗겨지려 한다는 걸 알았다. 그의 자제력은 무너지기 일보 직전의 댐과 같았다. 그 댐이 무너지면 그의 눈물이 폭포처럼 쏟아질 것이다. 다른 사람들의 눈물과 함께, 온 국민의 눈물과 함께 대지를 적실 것이다.

*

리드는 처음 며칠 동안 분노에 휩싸여 마취제라도 맞은 듯 다른 감정을 느끼지 못했다. 흐느껴 울 수도, 집으로 밀려드는 사람들의 포옹에 반응할 수도 없었다. 먹을 수도, 잠을 잘 수도 없었다. 다들 그에게 쉬라고 했지만 그가 어떻게 쉴 수 있겠는가? 프랭클린을 죽인 자들을 생각하느라 아무것도 할 수 없었다. 그들이 누구인지, 어떤 미친 단체인지 찾아내기 전에는 아무것도 할 수 없었다. 리드는 살이 델 정도로 뜨겁고 눈을 못 뜰 정도로 환한 조명 아래 못 박힌 채, 그림자 뒤로 숨은 그들을 조명 아래로 끄집어내려고 애썼다.

리드는 자리에 꼼짝도 않고 앉아서 한 놈도 빠짐없이 찾아낼 거라고 다짐했다. 그리고 살인자들을 마치 보아뱀처럼 양팔로 칭칭 옭아매는 모습을 상상했다. 리드는 눈도 끔뻑이지 않고 숨만 겨우 쉬면서 복수를 맹세했다. 그리고 프랭클린에게 시계를 보내고 자기네 헬스클럽에 자주 오라고 초대한 미네타를 저주했다. 그 멍청한 작자 때문에 프랭클린은 그날, 그 시간에, 그 자리에서 공격을 받은 것이다. 바보천치 같은 경찰도 저주했다. 눈의 실핏줄이 터진 드 빌라 형사와 아무 증거도 찾지 못한 그의 동료들도 저주했다. 경찰은 아직까지 미치광이 비밀 조직이 어디서 왔는지, 배후가 누구인지 알아내지 못했다. 호텔을 드나든 사람들 중에 의심스러운 자를 포착하지도 못했다. 이런 상황에서 그가 어떻게 쉴 수 있겠는가?

리드는 꼼짝도 않고 앉아 있었다. 뻔한 말로 애도를 표하는 사람들에게 고개만 까딱했을 뿐이다. 장례 절차를 의논할 때도 움직이지 않았다. 곁에 와서 뭐라고 위로하는 사람들 모두 꼴 보기 싫었다. 하나같이 시커먼 옷을 차려입고 걱정하는 얼굴로 그를 쳐다봤고, 리드는 그렇게 쳐다보는 사람들에게 적대감을 느꼈다. 그들은 리드가 정상이 아닌 것처럼 대했다. 그가 말귀를 못 알아듣는 양 천천히 말하고, 같은 말을 반복했다.

'리드, 당신은 쇼크 상태예요.'

'리드, 프랭클린은 죽었어요.'

그렇다, 프랭클린은 죽었다. 리드도 잘 알고 있었다. 그 사실이 머릿속에서 계속 맴도는데 어찌 모르겠는가! '죽었다'는 말이 무슨 뜻인지도 알았다. 리드는 지금 다른 사람의 도움이 필요없었다. 그들의 손을 잡고 싶은 마음도 전혀 없었다. 애초에 그는 손잡는 걸 좋아하지 않았다. 비통한 표정으로 바라보는 시선도 달갑지 않았다. 사람들이 쳐다보거나 카메라를 들이대는 건 더더욱 싫었다. 사건 발생 이틀 후, 그 앞에 불쑥 나타난 카메라맨을 폭행한 건 그 때문이었다. 카메라맨이 집요하게 쫓아다니는 게 싫어서 그를 쳤다. 리드 입장에서는 논리적인 행동이었다. 아무튼 처음 며칠 동안 리드는 분노에 사로잡혔고 그 나름대로 논리적으로 행동했다. 마치 뇌속에 있는 백업 엔진이 작동하여 인과관계에 따라 행동하도록 지시하는 것 같았다.

'리드, 이제 아들을 보러 가. 그들이 부검을 끝냈어. 수잔과 함께 가서 시체를 확인하도록 해.'

리드는 네온 등이 비치는 냉랭한 방에 서 있었다. 검시관의 연구실이었다. 테이블에 하얀 시트로 덮여 있는 시체는 필시 그의 아들일 것이다. 리드와 수잔이 테이블 옆으로 다가갔다. 어두운 옷을 입은 수잔은 아무 말도 하지 않았다. 리드는 수잔의 시선을 피했다. 두 사람은 사건 이후 계속 만났지만 딱히 대화를 나누지 않았다. 할 말도 없었고 할 수도 없었다. 폼알데하이드 냄새가 코를 찌르는 그곳에서도 말 한 마디 하지 않았다. 그저 테이블을 사이에 두고 마주 서 있었을 뿐이다. 리드는 엉겁결에 시트 자락을 붙잡았다.

새까맣게 탄 시체가 보였다. 얼굴은 형체가 없었고 머리카락도 남아 있지 않았다. 가슴 부위는 피부가 열기에 저항한 정도에 따라 시커먼 색에서 검붉은 색까지 달랐다. 부검할 때 Y 자 형태로 절개했다가 서둘러 꿰맨 자국도 보였다. 리드는 시체를 응시했다. 살아오는 동안 다양한 시체를 봐 왔기 때문에 당혹스럽지는 않았다. 싸우다 보면 불에 탄 시체, 피부가 벗겨진 시체, 폭발로 터진 시체 등이 널려 있었다. 그런데 시체를 보자마자 리드는 퍼뜩 의심이 들었다. 테이블에 놓인 시커먼 시체가 아들과 닮은 구석이 하나도 없었다. 리드는 시체에서 아들을 연상할 만한 점을 찾았으나 아무리 쳐다봐도 찾을 수 없었다. 이 시체가 프랭클린이라는 증거가 하나도 없었다. 혹시나 하는 마음에 수잔에게 말하려는 순간, 그의 시선이 시체의 오른손에 꽂혔다.

오른손은 온전했다. 주먹을 꽉 쥐고 있는 모양을 보니 왠지 신생아의 주먹 같았다. 리드는 그 손을 자세히 살폈다. 손가락마디와 주름까지 세밀히 살피는데 갑자기 뭔가가 울컥 치밀어 올라왔다. 프랭클린에게 느꼈던 다부진 금발 청년의 이미지가 불현듯 눈앞의 시체와 합치됐다.

하늘이 노래지고 머리가 핑 돌았다. 리드는 눈을 감았다. 잠시 후, 다시 눈을 떴을 때는 온 세상이 바뀌어 있었다.

지난 며칠 동안 꿈인지 생시인지 모르고 멍한 상태로 지냈다. 그러나 더 이상 현실을 회피할 수 없었다. 진실이 날카로운 칼날처럼 그의 목을 겨눴다. 입이 딱 벌어지고 눈이 크게 떠졌다. 아내 수잔이 테이블 맞은편에 서 있었다. 수잔도 세월을 비껴갈 수 없었는지 금발머리가 희끗희끗해졌다. 여전히 예뻤지만 고통으로 일그러진 얼굴은 백지장처럼 창백했다. 수잔의 입매를 보니 아들의 입매와 참 많이 닮았다는 생각이 들었다. 휘둥그레 뜬 눈도 아들의 눈과 많이 닮았다. 리드는 수잔의 눈동자에 비친 자신의 모습을 바라봤다. 수잔도 그의 눈동자에 비친 자기 모습을 바라봤다. 두 사람의 비통한 마음이 그 눈동자에 고스란히 담겨 있었다.

*

리드 리처즈의 인생에서 가장 힘겨운 날이 밝았다. 하늘에는 구름한 점 없었다. 잔인한 태양이 유령처럼 서서히 도시를 덮었다.

아침나절에 벤이 찾아왔다. 커다란 선글라스를 낀 폼이 다 늙은 깡패 같았다.

"자네도 하나 쓰게."

벤이 리드에게 선글라스를 내밀며 말했다.

"필요 없네."

리드가 말했다.

리드는 장례식에 갈 준비를 마치고 침대 발치에 앉아 있었다. 집과 이어져 있는 사무실에서는 애너벨과 세반스키 박사가 소리를 죽이고 **173**

뭐라 이야기를 나누고 있었다.

"그래도 가져가게."

벤이 우기며 선글라스를 리드의 양복 가슴 주머니에 넣었다. 그의 돌덩이 손이 의외로 섬세해 보였다. 벤이 잠시 머뭇거리다가 물었다.

"어젯밤엔 눈 좀 붙였나?"

"모르겠네."

리드는 대답하며 고개를 돌렸다. 벤이 너무 가까이 서 있어서 부담스러웠다. 리드는 이런 상황이 닥치면 꿈을 꾸는 것처럼 흐릿할 거라고 생각했었다. 그런데 전날 프랭클린의 시체를 보고 나니 모든 게 명료해졌다. 사람들의 얼굴과 사물이 그를 시시각각 압박하는 듯했다. 맹목적인 분노가 사라지고 나니 모든 게 분명해졌다. 너무 예리해서 매서울 정도였다.

"모르겠어."

리드는 다시 말하며 고개를 더 돌렸다.

"눈은 감았는데, 글쎄…… 그게 뭔 차이가 있을라고."

"차이가 있을 거야. 두고 보면 알아. 기운을 차려야 해. 사람들이 아주 많이 몰려들 걸세. 그들을 상대하려면 기운을 내야지."

벤의 말이 옳다는 게 곧 증명됐다. 그들은 어둡게 선팅된 차를 타고 시내를 달렸다. 거리는 한산했다. 도로에는 오가는 차가 거의 없었다. 문을 닫은 가게도 많았다. 문을 연 일부 레스토랑에서는 웨이터들이 판유리 너머로 밖을 내다보고 있었다. 뉴욕시장은 그날을 애도의 날로 선포했다. 가장 최근에 벌어진 비극적 사건과 가장 사랑하는 아이돌의 죽음에 뉴욕 전체가 흐느꼈다. 사람들이 삼삼오오 무리지어 성당을 향해 걸어갔다. 이대로 가면 장례식장이 미어터질 것이다.

벤이 창밖을 바라보며 소리 없이 눈물을 흘리기 시작했다. 선글라스를 끼고 있어서 리드는 벤이 우는 줄도 몰랐다.

"이 도시가 완전히 삭막해지지는 않았나 보군."

벤이 말했다.

"다들 그 애를 사랑했어. 정말로 그 애를 아끼고 사랑했어."

리드는 친구의 돌덩이 얼굴을 보고 문득 그에게서 좀 떨어지고 싶은 충동을 느꼈다. 하지만 차 안이 너무 비좁아 벗어날 수 없었다. 결국 손을 들어 친구의 거칠고 젖은 얼굴을 감쌌다.

"용서해 주게."

벤이 흐느끼며 말했다.

"요전 날 벤치에서 내가 한 말, 프랭클린이 제대로 하고 있지 않다고 한 말을……."

성당이 시야에 들어왔다. 성당 밖에 인파가 얼마나 몰렸는지 가늠하기도 어려웠다. 얼핏 봐도 몇 만 명은 돼 보였다. 군 특수부대가 주변을 순찰하고 있었고 촬영 팀도 수십 개는 온 듯했다. 벤은 창밖을 힐끗 쳐다보며 몸을 떨었다. 그러고는 얼른 마음을 추스르려고 주머니에서 시가를 찾았다.

리드는 벤의 얼굴을 감쌌던 손을 풀었다. 친구의 눈물이 손가락을 타고 뜨겁게 흘러내렸다.

벤이 시가를 우적우적 씹다가 갑자기 퉤 뱉더니 다시 흐느끼기 시작했다. 차가 도로변에 멈춰 섰다.

"우리를 노린 공격에 그만 프랭클린이 당한 거야."

벤의 거대한 몸이 운석처럼 흔들렸다. 벤은 리드의 손을 움켜쥐고는 분노에 차서 덧붙였다.

"그들이 프랭클린을 죽인 이유는 순전히 우리 때문이야. 우리가   **175**

하는 일과 우리가 해온 일 때문이라고. 하지만 난 도무지 모르겠네. 왜 다 늙어 빠진 슈퍼히어로들에게 이런 짓을 한단 말인가?"

"낸들 알겠나."

리드는 벤에게서 손을 빼냈다. 그러고는 아침나절에 벤이 챙겨 준 선글라스를 꺼내 쓰고는 차문을 열었다.

사람들이 갑자기 조용해졌다. 다들 입을 다물고 한곳에 시선을 고정했다. 리드가 차에서 내리자 세상이 그대로 정지한 듯했다. 리드는 수많은 시선의 무게에 짓눌려 어깨를 숙인 채 성당으로 들어갔다.

안에는 또 다른 군중이 기다리고 있었다. 세계에서 몇 손가락 안에 드는 규모의 성당인데도 발 디딜 틈이 없었다. 이 나라에서 가장 중요한 인사들이 앞의 몇 줄을 차지하고 있었다. 리드는 맨 앞줄 가운데 자리로 안내받았다. 수잔은 먼저 와서 미동도 하지 않고 앉아 있었다. 얼굴은 얼음처럼 하얗고 냉랭했다. 리드는 수잔 옆에 앉았다. 정적이 감도는 가운데 옷 스치는 소리와 수잔의 가는 숨소리만 들렸다. 수잔이 투명하게 변신하고픈 유혹을 물리치는 게 얼마나 힘들지 짐작이 갔다. 리드도 가만히 앉아 있으려고 그만큼 애를 써야 했다. 무수한 유리 파편이 고무 몸으로 파고드는 것 같았기 때문이다. 특히나 팔을 뻗어 통증이 느껴지는 가슴과 엉덩이를 누르고 싶었지만 애써 참았다.

장례식을 공개적으로 치르자고 제안한 사람은 수잔이었다.

"프랭클린을 위해서 그렇게 해요. 그 애가 그렇게 해 주길 원할 거예요."

그래서 고무 인간과 투명 인간이 이 자리에 나란히 앉게 됐다. 파이프오르간의 웅장한 소리가 본당을 가득 메우자 사람들이 가볍게 몸을 떨었다. 다들 고개를 숙이고 나무 의자를 붙잡았다. 미스터리한 죽음에 대한 의문과 분노가 다시 한 번 그들을 사로잡았다.

뉴욕 시 주교의 쩌렁쩌렁한 목소리가 장내에 울려 퍼졌다.

"오늘은 정말 가슴 아픈 날입니다. 가슴이 있는 자라면 누구나 찢어지는 아픔을 느낄 것입니다. 오늘은 미국인들에게 정말 비통한 날입니다."

리드는 주교의 이야기에 귀를 기울였다. 그 소리가 아주 가까운 곳에서 들리는 것 같기도 하고 아주 먼 미지의 장소에서 들리는 것 같기도 했다.

불현듯 고개를 돌리고 초록색 눈동자를, 불그스레하게 빛나는 머리칼을 찾고픈 욕구가 일었다. 그는 일레인이 왔다는 사실을 알고 있었다. 군중 속 어딘가에 그녀가 앉아 있다는 생각이 머릿속에서 떠나질 않았다.

의식이 끝나고 나서야 리드는 고개를 돌렸다. 그런데 그와 수잔을 향해 다가오는 수많은 인파를 보고는 깜짝 놀랐다. 조의를 표할 시간이었다. 두 사람은 삽시간에 사람들에게 둘러싸였다. 리드의 손을 처음 잡은 문상객은 미국 대통령이었다. 대통령은 얼굴을 찌푸리며 손을 내밀었다. 리드는 내심 못마땅했지만 대통령의 손을 잡았다. 카메라 플래시가 여기저기서 터졌다. 위로의 말이 달갑지 않으면서도 한편으로는 고맙기도 했다. 대통령 다음으로 시장, 경찰국장, 뉴욕 일간지 편집장들, 항공우주국 국장, 외국의 외교사절, 세계 주요 과학 연구소 관리 등이 뒤를 이었다. 리드가 그들을 모두 존경하는 건 아니었기에 욕지기를 느끼면서도 감사하는 마음으로 일일이 악수를 나눴다. 그러면서 그들의 손이, 축축한 손바닥이 그의 몸속에서 타오르는 불길을 잠재워 주기를 간절히 바랐다.

다음으로 이번 사건의 희생자 가족이 다가왔다. 그 희생자는 보스턴에서 온 사업가였는데, 우연히 그 시간에 조지 호텔에 있다가 변을 당했다고 경찰은 판단했다. 그의 미망인이 여섯 살쯤 돼 보이는 아들 손을 잡고서 그 앞에 섰다. 그녀의 표정에 적대감이 살짝 내비쳤다. 리드는 그녀를 포옹하는데 가슴이 철렁했다.

"남편은 당신의 열렬한 팬이었습니다. 어쩌다 이런 일이······."

미망인이 말했다.

"정말 유감입니다."

리드가 작은 목소리로 말했다.

"우린 강해져야 합니다. 신의 가호가 함께하시길······."

미망인이 흐느끼며 말했다.

리드는 당장 쓰러질 것 같았다. 그런데 곁눈질로 힐끔 보니, TV 카메라들이 그를 집중적으로 찍고 있었다. 그들은 미스터 판타스틱이 눈물을 흘리며 쓰러지길 고대하고 있었다. 팔을 한없이 뻗어서 파도에 휩쓸리는 보트를 구하고, 거대한 고무 밴드처럼 몸을 늘려 붕괴하는 다리의 양끝을 묶은 미스터 판타스틱이 무너지고 있었다. 그들은 그런 낌새를 포착하고는 먹잇감을 노리는 짐승처럼 달려들 태세였다. 바로 그때, 또 다른 위대한 슈퍼히어로가 성당 복도를 힘겹게 걸어왔다.

노쇠한 슈퍼맨이었다. 군중이 그를 위해 길을 터 줬다. 살아 있는 전설이 지팡이에 의지한 채 떨리는 걸음으로 천천히 다가왔다. 왕년에 활동할 때 입었던 유니폼과 붉은 망토를 두르고 있었다. 리드는 슈퍼맨을 향해 몇 걸음 나아갔다. 은퇴한 두 영웅이 수많은 카메라 앞에서 포옹했다.

그런데 슈퍼맨은 혼자가 아니었다. 캡틴 아메리카, 데어데블, 미스틱, 토르 등 은퇴한 슈퍼히어로들이 줄줄이 뒤를 이었다. 일부는 예전에 입었던 전투복 차림이었다. 다음 날, 신문 지면은 아마도 장례식에 참석한 인사뿐 아니라 미처 참석하지 못한 인사들의 사진으로 도배될 것이다. 그중에는 배트맨도 포함될 것이다. 그를 잔인하게 죽인 살인자에 대한 형사 재판이 한창 진행 중이었다. 그리고 불쌍한 로빈도 등장할 것이다. 어쩌면 다들 잊어버렸는지 모르지만, 로빈도 몇 년 전에 불가사의하게 살해됐다.

나모르도 장례식에 참석했다. 아틀란티스의 왕자라고 자칭하는 나모르는 의외로 검정 양복을 입고 왔다. 리드는 그가 옷을 제대로 갖춰 입은 모습을 처음 봤다. 그와 포옹할 때는 예의 그 찝찔한 바다 냄새가 풍겼다. 예전에 프랭클린은 나모르를 볼 때마다 "늙어 빠진 노출증 환자, 셔츠 입는 걸 까먹는 남자, 가슴지느러미의 왕자."라는 말로 놀리곤 했다. 리드는 프랭클린의 유쾌하고 짓궂은 눈으로 나모르를 바라봤다. 삐죽 솟은 귀, 검정 양복을 걸치고 어색하게 걷는 모습이 눈에 들어왔다. 아들은 밝고 쾌활했으며 언제나 웃음이 넘쳤다. 아들의 눈으로 바라보니, 다른 슈퍼히어로들도 한결같이 축 처지고 볼품이 없었다. 그뒤로는 연예계 스타들이 카메라 플래시를 받을 기회를 기다리고 있었다. 얼굴에 광채가 나는 세판스키 박사도 보였다. 장례식에 올 걸 대비해서 급하게 시술받은 티가 역력했다. 아들의 눈으로 바라본 그들의 모습은 정말 기괴했다. 비통한 얼굴 이면에 감춰진 그들의 가식에 리드는 치가 떨렸다.

그때 성당 한쪽에서 흐느끼는 소리가 났다. 레이먼드 미네타가 기둥을 붙잡고 울면서 알아듣기 어려운 말을 내뱉고 있었다. 다들 당황해서 얼굴을 돌렸다. 리드는 수잔을 쳐다봤다. 마침 수잔은 나모르의 격한 포옹에 숨을 컥컥거리고 있었다.

'이놈의 장례식은 정말 기괴하군. 프랭클린이 우릴 보면 정말 가관

이라고 생각하겠지.'

리드는 이런 생각에 머리가 지끈거렸다. 마지막으로 미세스 글라스아이가 앞으로 나왔다. 리드는 눈물이 쏟아질 것 같았지만 이를 악물고 참았다. 이번에는 그녀의 시선을 피하지 않았다. 그녀도 도발적으로 행동하지 않으려고 조심했다. 지금은 그런 게임을 벌일 때가 아니었다. 잃은 것을 위로하고 감싸 줄 때였다. 리드는 미세스 글라스아이가 자신을 진심으로 이해해 줄 거라고 생각했다. 그녀가 겪은 비극을 너무 잘 알고 있었기 때문이다.

"리드."

미세스 글라스아이가 낮은 목소리로 말했다.

"내 말 잘 들어요, 리드. 앞으로 정말 힘들 거예요. 하루이틀이나 한두 달이 아니라 평생 힘들 거예요. 고통은 사라지지 않겠지만 당신은 더 강해질 거예요. 당신이 충분히 강해지면 뭔가 믿을 만한 걸, 믿고 의지할 만한 걸 찾을 겁니다. 그게 당신을 도울 거예요."

리드는 그녀를 안았다. 그녀의 달콤한 숨결과 단단한 가슴이 느껴졌다.

"당신에겐 일이 있잖아요."

미세스 글라스아이가 웃으며 덧붙였다.

"당신과 나는 일을 하도록 태어난 사람이에요. 그렇지 않나요?"

미세스 글라스아이가 수잔에게 다가갔다. 두 여자는 서로를 쳐다보며 마음을 읽었다. 수잔도 그녀가 몇 년 전 자동차 사고로 한쪽 눈과 어린 아들을 잃었다는 사실을 잘 알고 있었다. 그것이 미세스 글라스아이의 비극이었고, 그녀가 감내해야 하는 슬픔이었다.

아들을 잃은 두 엄마가 따뜻하게 포옹했다. 상대의 머리칼에 얼굴을 묻고 상대의 아픔을 나눠 가졌다. 그날 미세스 글라스아이의 비밀이 드러났다. 그녀의 진짜 눈에서 눈물이 흘러내렸기 때문이다.

*

최근 10년 사이에 가장 성대한 장례식이 끝났다. 미국인이 가장 사랑한 아들은 이제 시커먼 잿더미로 변했다. 방송 팀도 모두 스튜디오로 돌아갔다. 수많은 사람들이 따뜻한 위로를 건네려고 고인의 부모를 포옹했다. 하지만 손을 너무 많이 타서 부식되는 조각상처럼 당사자는 일일이 악수하고 포옹하느라 진이 빠졌다. 성당 안팎에 운집했던 군중도 서서히 흩어졌다. 수잔도 자리를 정리하고 떠날 준비를 했다. 리드는 수잔이 친구들과 보좌관들에게 둘러 싸여 떠나는 모습을 봤다. 벤을 비롯해 뒤에 남아 있던 슈퍼히어로들을 뒤로 하고 리드는 서둘러 수잔에게 다가갔다.

"수잔."

수잔은 차도 가장자리에 서 있었다. 그녀가 탈 차가 조용히 다가왔다.

"그냥 가는 거야?"

리드가 묻는 소리에 수잔이 돌아봤다. 그녀도 짙은 선글라스를 끼고 있었다.

"프랭클린의 물건을 어떻게 처리할지 결정해야 해. 조만간 그 애집에 같이 갑시다."

입 밖으로 나오는 소리가 납덩이처럼 무거웠다.

"그 문제는 나중에 얘기해요."

수잔이 까칠한 목소리로 대답했다. 잠시 선글라스를 고쳐 쓰더니 차갑게 덧붙였다.

"갈게요."

"맙소사."

리드의 목소리가 커졌다.

"이건 우리 두 사람에게 벌어진 일이야, 수잔. 그 애는 '우리' 아들 이잖아. 나를 무슨 원수 대하듯 하지 마."

리드는 침을 꿀꺽 삼켰다. 그러고는 입 밖에 내고 싶지 않았던 말을 결국 내뱉었다.

"프랭클린이 나 때문에 살해됐다고 생각해서 이러는 거야?"

"지금으로서는 그게 사실인지 아닌지 알 수 없어요."

"그 폭탄의 진짜 목표가 나였다고 밝혀지면⋯⋯."

"무슨 일이 벌어진 건지 아직은 알 수 없어요."

"수잔, 내 생각엔⋯⋯."

리드는 목이 메어 말을 잇지 못했다. 겨우 마음을 진정하고 다시 말했다.

"얘기라도 좀 해야⋯⋯ 아니, 적어도 한 번 안아 주기라도 해야 하는 거 아냐?"

수잔이 흔들렸다. 잠시 자제력을 잃은 듯했다. 몸이 투명하게 변하기 시작했다. 하지만 헛기침을 한 번 하고 마음을 가라앉히더니 다시 모습을 드러냈다.

"리드, 당신을 안아 줄 사람은 따로 있잖아요. 다 알고 있어요. 프랭클린보다 더 어리다면서요."

리드는 고개를 흔들었다. 그녀가 눈앞에서 또 사라질까 봐 가만히 쳐다보고만 있었다. 하지만 보이는 건 그녀의 선글라스에 비친 자신의 모습뿐이었다. 비통함 때문에 자다가 질식할까 봐 두려워 며칠째 잠 한 숨 못 잔 초췌한 남자의 얼굴이 보였다.

"그건 이 일과 아무 상관 없어."

리드가 항의조로 말했다.

수잔이 무슨 말을 하려다 망설였다. 그러고는 머리를 뒤로 넘기며 그냥 차에 올랐다.

"잘 해봐요, 리드."

"그건 이 일과 아무 상관 없다고."

리드가 다시 말했다.

"잘 해봐요."

차가 떠났다. 리드는 팔을 뻗어서 차를 붙잡을까 생각했다. 범퍼를 붙잡고 떠나지 못하게 할까 고민했다. 예전 같으면 식은 죽 먹기였을 것이다.

'어쩌면 아직도 그렇게 할 수 있을지 몰라. 지금도 될까? 몸을 늘리고 비틀 수는 있어. 팔다리도 뻗을 수 있어. 그야 할 수 있지만 그다음에 어찌 될지는 나도 몰라.'

리드는 그대로 돌아섰다. 그러다 뒤에 남아 있던 사람들과 눈이 마주쳤다. 그들은 못 볼 걸 봤다는 듯 당황하면서도 동정어린 시선을 보냈다. 리드는 될 대로 돼라는 심정으로 그들의 시선에 맞섰다. 그러다 무리 속에서 한 얼굴을 알아봤다. 초록색 눈동자, 불그스레한 머리칼. 리드는 오후 햇살에 반짝이는 그녀를 보고 그 자리에 얼어붙었다.

일레인이 그를 향해 다가왔다. 그를 놀라게 하지 않으려는 듯 천천히 걸어와 몇 발짝 앞에서 멈춰 섰다. 두 사람은 가만히 서 있었다. 침묵이 길어지자 결국 일레인이 먼저 입을 열었다.

"제길, 뭐라고 해야 할지 모르겠어요. 이런 상황에서 뭐라고 한들 무슨 소용이겠어요."

"아무 말도 할 필요 없어."

리드가 애써 대답했다.

"당신이 장례식이 오늘 열린다고 알려 주자마자 휴가를 신청했어
요. 휴스턴에서 비행기 타고 바로 왔어요."

"휴스턴."

리드는 무심결에 일레인의 말을 따라했다. 그러고는 반쯤 감긴 눈
으로 그녀를 쳐다봤다. 수잔을 만난 직후라 그녀의 얼굴을 바라보는
게 곤혹스러웠다.

일레인은 그가 마지막 봤을 때보다 더 예뻐졌다. 피부도 더 맑게
빛났다. 리드는 가슴이 벅차올라 똑바로 쳐다보지도 못했다.

'한때는 당신을 내 품에 안았었지. 당신과 내가 함께 있을 때, 그때
는 세상이 완전한 것 같았어.'

리드는 입을 열고 일레인에게 간청했다.

"나와 함께 가자."

일레인이 놀란 표정으로 그를 쳐다보며 말했다.

"지금,"

하지만 더 이상 얘기하지 못하고 머뭇거리다 겨우 말을 끝맺었다.

"우는 거예요?"

"난 더 이상 이곳에 있고 싶지 않아."

리드가 애원했다.

"차 타고 함께 가자. 나 좀 집에 데려다 줘."

"맙소사, 리드."

일레인이 고개를 저으며 말했다.

"전 바로 떠나야 해요. 휴스턴으로 돌아가야 해요."

일레인이 리드를 불편하게 바라보며 덧붙였다.

"당신이 이러는 거 보기 불편해요."

리드는 돌아서서 걸어갔다. 잠시 후, 마음이 바뀌었는지 일레인이 옆으로 다가왔다. 몇 미터 걸어가자 차가 보였다. 햇살이 낮게 드리우며 둘의 어깨를 은은하게 비쳐 줬다. 두 사람은 말없이 차에 올랐다. 기사가 시동을 걸었다. 남아 있는 관중을 뒤로 하고 차가 출발했다. 리드는 벤에게조차 인사를 건네지 않고 출발했다. 그래도 아무런 가책을 느끼지 않았다. 얼른 그 자리를 피하고 싶었다.

두 사람은 나란히 앉아 창밖만 바라봤다. 뉴욕은 여느 때처럼 분주했다. 택시는 사방으로 질주하고, 사람들은 상점과 그리스 식당, 패스트푸드점, 스타벅스, 반스 앤 노블스, 유기농 식품점, 스포츠 클럽 등을 분주히 드나들었다. 이 모든 것이 기계적으로 돌아간다는 생각이 들었다. 사람들이 리드의 시야에 나타났다가 이내 사라졌다. 건물 입구로 빨려들거나 미스터리한 문 속으로 사라졌다. 마치 거대한 인형극 무대를 보는 것 같았다. 기이하고 허황되면서도 한편으로는 더없이 화려한 인형극 무대에서 온갖 인형들이 움직이는 것 같았다.

'내 도시는 잔인한 무대야. 예전부터 줄곧 그랬어. 내가 모르는 척했을 뿐이야.'

차가 멈췄지만 두 사람은 미동도 하지 않았다. 마침내 리드가 운전기사에게 잠시 자리를 비켜 달라고 부탁했다.

운전기사가 차에서 내렸다. 뒤에 남은 두 사람은 몹시 지쳐 있었다. 깊은 구렁으로 떨어진 남자와 저 우주 멀리까지 날아갈 여자, 둘 사이의 거리감을 의식했는지 둘 다 말이 없었다.

리드는 빈 집으로 들어갈 생각에 가슴이 답답했다. 일레인에게 같이 올라가자고 청해 봤자 소용없을 것이다. 그는 아무 생각도 할 수 없었다. 옛 연인을 다시 만났다는 반가움도 없었고, 간절히 바라던

185

일이 이뤄졌다는 흥분도 없었다. 오랫동안 이 순간을 꿈꿨지만 다 부질없다는 생각이 들었다. 모든 게 사전에 쓰인 각본대로 흘러가는 것 같았다. 리드는 일레인의 하얀 피부에 눈이 부셔 눈을 게슴츠레 떴다. 머릿속에는 프랭클린의 숯처럼 탄 시체가 떠올랐다. 수잔의 까칠한 얼굴과 벤의 선글라스도 떠올랐다. 리드는 일레인의 손을 더듬었다. 그 이상은 넘보지 않았다.

"리드."

일레인이 움찔하며 작은 소리로 말했다.

"당신은 몹시 지쳤어요. 좀 쉬세요."

리드는 정신이 퍼뜩 들었다. 일레인에게 자신을 안아달라고 말하고 싶었다. 어루만져 달라고 애원하고 싶었다. 그녀의 손길로도 치유될 수 없겠지만 그래도 그 손길이 간절히 그리웠다.

"내가 처음으로 저녁 식사에 초대했던 때 기억하나?"

리드가 물었다.

"그때도 이렇게 차에 타고 있었지. 채 일 년도 안 된 일이로군. 사랑을 나누고 새벽에 내가 당신 집으로 데려다 준 건 기억하나? 그때도 이렇게 차에 타고 있었지. 불과 얼마 전 일이라는 게 믿기지 않아."

일레인은 갈수록 불편한 눈치였다. 고개를 끄덕이며 쌀쌀맞게 말했다.

"당신은 몹시 지쳤어요."

"고무로 된 몸을 지닌 사람에게는 시간이 참 이상하게 흘러. 돌돌 말렸다가 확 펼쳐졌다가 다시 쪼그라들지. 시간은 각자의 몸과 흡사하게 흘러가는 거야."

"맙소사, 리드."

"떠나지 말아 달라고 해도 아무 소용없겠지."

리드가 한숨을 쉬며 말했다.

"나랑 유럽에 가자고 해도 아무 소용없겠지."

일레인이 시선을 딴 데로 돌렸다.

"제게 그런 걸 요구하지 마세요. 그런 걸 요구하다니, 당치도 않아요."

"그래, 맞아."

리드는 일레인의 창백한 옆모습을 보며 바로 수긍했다. 달리 더 할 말도 없었다. 그녀의 거절에 놀라지도 않았다. 다만 너무 지쳤다. 결국 그건 이렇게 간단한 문제였다. 일레인의 얼굴이 창 쪽을 향했다. 자동차의 가죽 시트 냄새가 역하게 느껴졌다. 리드는 홀로 남겨지고 싶지 않았다. 하지만 잠시 후면 그렇게 될 운명이었다.

"당신이 저녁 식사에 초대했던 날 기억해요. 어스름한 새벽에 집까지 데려다 준 날도 기억하고요. 다 기억해요, 리드. 당신 옆에 있었으니까."

일레인이 갑자기 그를 향해 돌아앉았다. 리드는 눈이 부신 듯 두 눈을 꼭 감으며 신음했다.

"리드, 절 똑바로 보세요. 저한테도 계획이 있어요. 그건 당신도 알잖아요. 닷새 후면 임무를 수행하러 떠나요. 막바지 훈련 단계에서 오늘 여기 온 것도 미친 짓이에요. 며칠 후면 떠나야 한다고요, 리드. 저한테 불가능한 걸 요구하지 마세요. 전 슈퍼히어로가 아니에요. 불가능한 일을 할 수는 없어요."

리드가 또다시 신음했다.

"그리고 당신도 할 일이 있잖아요."

일레인이 한층 누그러진 목소리로 말을 이었다.

"저랑 유럽으로 달아나는 것 말고 훨씬 더 중요한 일이죠. 뉴욕에 머물면서 프랭클린에게 벌어진 사건을 조사해야죠. 지금은 그 일에 신경 써야 하는 것 아닌가요?"

리드는 계속 눈을 꼭 감고 있었다. 눈꺼풀에 내리쬐는 햇살이 날카로운 칼날 같았다. 눈을 감아도 작열하는 빛을 감지할 수 있었다.

"조사라……."

리드가 한숨을 내쉬었다.

"그런 희망이라도 붙잡고 살면 좀 나을까? 정의가 실현되는 걸 지켜보면서……."

리드는 목이 메었다.

"조사하면 뭐가 나올지 나도 궁금해. 배트맨에게 벌어진 일이 또다시 벌어질지도 모르지. 경찰이 그 사건을 미친 듯이 파헤쳤지만 아직 배후를 밝혀내지 못했어. 그나저나 배후를 밝혀낼 수는 있을까? 설사 밝혀낸들 달라지는 게 뭐지? 내가 이 고통에서 벗어날 수 있을까?"

일레인은 아무 대답도 하지 않았다. 리드는 만감이 교차했다. 지금은 그녀가 곁에 있지만 앞으로 다시는 만날 수 없으리라. 눈꺼풀 너머 작열하는 빛 속으로 곧 사라지겠지. 어둠 속에서도 유령처럼 빛나는 이 여자를 한때는 품에 안았다고 생각했는데, 손가락 끝으로 스쳤을 뿐이다. 신기루 같고 환영 같은 여자. 운명에 이끌려 그녀를 세상의 중심에 올려놨지만 그녀는 그가 눈치채지 못하는 사이에 저만치 도망가 버렸다.

맨해튼에 붉은 석양이 깔렸다. 분주하고 북적거리던 도시가 차분하게 가라앉았다. 행인들은 차에 누가 타고 있는지 모른 채 옆으로 지나갔다. 근처 스타벅스 카페에서는 사람들이 노트북 컴퓨터로 뉴스를 읽고 있었다.

〈안녕, 프랭클린 리처즈.〉

〈프랭클린에게 작별을 고하느라 멈춰 버린 뉴욕.〉

운전기사가 근처에서 어슬렁거리다 불안했는지 다가왔다. 그러고는 불투명한 창문에 얼굴을 대고 안을 엿봤다. 바로 그때 차문이 벌컥 열리며 리드가 튀어나왔다. 리드가 두 눈을 감고 비틀거리자 기사가 얼른 부축하며 물었다.

"괜찮으세요?"

리드는 천천히 눈을 뜨고 자기를 붙잡아 준 사내를 쳐다봤다. 처음에는 누구인지 알아보지 못하다가 이내 기사 얼굴을 똑바로 보고는 고개를 끄덕였다. 오십 대 초반에 체격이 다부진 기사는 한평생 차를 몰았다. 수년째 리드가 만나고 있는 여러 기사 중 한 명이었다. 리드가 가까스로 미소를 지으며 말했다.

"괜찮네. 저 숙녀를 공항까지 모셔다 주게."

*

장례식을 마치고 오니 집이 텅 비고 허전했다. 리드는 회의실과 애너벨의 사무실을 지나 아파트로 들어갔다. 모든 게 멈춰 버린 것 같았다. 벤이 앉아서 몇 시간이고 흐느끼던 소파는 그의 육중한 체구 때문에 아직까지 폭 꺼져 있었다. 실내에는 며칠 동안 애너벨이 수없이 끓여낸 차의 향기가 감돌고 있었고, 싱크대에는 씻지 않은 머그잔과 유리잔이 수북이 쌓여 있었다.

다들 오늘 같은 날은 침대에 누우면 죽은 듯이 잘 거라고 그랬다.

실제로 리드는 몹시 피곤했다. 상상할 수도 없을 정도로 피곤해서 손가락 하나 까딱할 힘도 없었다. 온몸의 피가 다 빠져나간 것처럼

189

축 처졌다. 그런데도 의식은 명료했다. 길고 긴 하루를 보냈지만 도무지 멈춰지지 않았다. 결국 리드는 무거운 몸을 이끌고 집 안을 돌아다녔다. 프랭클린이 자랐던 방과 거실을 천천히 걸어 다녔다. 아들이 살아 숨 쉬던 이곳을 일레인도 잠시 스쳐갔다. 그 둘은 단 한 번도 만나지 않았으며, 앞으로도 절대 만나지 못할 것이다.

리드는 옷을 홀홀 벗어던지고 샤워실로 뛰어갔다. 물소리라도 나면 적막감을 깰 수 있을 것 같았다. 쏟아지는 물줄기가 그의 몸을 감쌌다. 처음에는 미지근했지만 점점 더 뜨거워졌다. 리드는 온도를 최고로 높였다. 살갗이 델 정도로 뜨거워지자 리드는 가만히 입을 벌렸다. 잠시 후 비틀거리며 샤워실을 나왔다. 몸에서 물이 뚝뚝 떨어졌다. 시뻘게진 살갗에서 김이 솟았고 근육은 축 늘어졌다. 그는 바닥에 쓰러졌다. 고무 몸이 비틀리고 길어져서 흐물흐물해졌다. 그는 그 상태로 텅 빈 집 안을 기어 다녔다.

다음 날 아침, 세판스키 박사가 찾아왔다. 리드는 여전히 벌거벗은 채 침대 끝에 앉아 있었다.

"맙소사, 리드."

박사가 주사를 놓으려고 준비하면서 말했다.

"설마 또 어리석은 장난을 친 건 아니겠지?"

박사는 수상쩍은 변형이 없나 꼼꼼히 살폈다.

"밤이고 낮이고 아무때나 전화하라고 했잖은가."

"당신이 뭘 해 줄 수 있습니까?"

리드의 거친 목소리에 놀라 세판스키 박사가 뒤로 물러났다.

"무슨 얘긴지 알겠네. 슈퍼히어로는 사람들을 돕지만 슈퍼히어로를 도울 수 있는 사람은 아무도 없다, 뭐 이런 말인가? 자, 그럼 세판스키 박사가 뭘 해 줄 수 있는지 알려 주겠네."

아침 햇살이 광채 나는 그의 피부에 반사됐다.

"나는 자네에게 디아제팜 진정제를 놔 줄 수 있네. 천사처럼 잠들게 해 줄 수 있어. 잠을 자지 못하면 어떻게 되는지 자네도 알잖아. 뇌는 정기적으로 꿈을 꿔야 해. 잠을 자면서 뇌가 꿈을 꾸도록 해 주지 않으면 깨어 있을 때 꿈을 꾸게 돼. 그러면 곧 꿈을 꾸는 건지 깨어 있는 건지 헷갈릴 거야."

리드는 의사가 주사기를 들고 다가오는 걸 지켜봤다. 얼굴을 뜯어고치는 데 혈안인 인간이 현실에 대해 뭘 안다고 떠드나 싶었다.

"딱히 잠을 자고 싶은 생각은 없습니다."

리드가 말했다.

"이보게, 리드."

세판스키의 얼굴에 실망하는 기색이 어렸다.

"자네를 진심으로 돕고 싶네. 하지만 내가 오전 내내 여기 있을 수는 없잖은가. 오늘은 발행인과 점심 약속도 있단 말일세."

리드는 그가 무슨 말을 하는지 몰랐다. 책을 썼다는 말인가? 그렇다면 필시 성형수술에 대한 책일 것이다. 생각이 꼬리에 꼬리를 물고 이어졌다.

'그래, 사람들은 발행인과 점심을 먹어. 여름이 오기 전에 몸매를 가꾸고 얼굴을 손보지. 인터넷을 뒤지며 다른 사건은 없나, 다른 슈퍼히어로가 살해되지는 않았나 검색하지. 온갖 희망과 욕구로 생을 낭비하고, 이룰 수 없는 환상을 품고 사랑에 빠지지. 자식을 낳고 그 자식이 죽는 모습을 지켜보지. 초록 행성에 갇혀 오만 가지 일을 벌이지.'

리드는 주삿바늘이 살 속으로 들어오는 걸 느꼈다. 약이 침투하는 동안, 박사가 자신의 벗은 몸을 노골적으로 들여다보다가 이불을 덮어 준다는 느낌을 받았다.

그는 조지 호텔의 전망 좋은 사우나에 있었다. 물론 이 장면이 꿈이라는 걸 바로 알아차렸다.

'이 사우나는 더 이상 존재하지 않아. 폭탄 공격으로 다 파괴됐어.'

그런데도 모든 게 너무 생생했다. 어둑한 조명 속에서 사람들의 몸이 보였다. 나무 벤치 냄새와 뜨거운 열기도 고스란히 느껴졌다. 등줄기에 땀이 주르르 흘러내렸다. 리드는 세판스키 박사가 한 말을 떠올렸다. 아무리 생각해도 박사가 그에게 거짓말한 게 틀림없었다. 현실이 꿈을 닮아가는 게 아니라 꿈이 현실보다 더 생생해지는 것 같았다.

사우나에서 다들 나가고 리드 옆에 앉아 있던 젊은 청년만 남았다. 리드는 그게 누구인지 알아보고는 깜짝 놀랐다. 프랭클린이 자신을 쳐다보며 웃고 있었다. 땀에 흠뻑 젖은 아들의 얼굴이 어둠 속에서 희미하게 빛났다. 아버지와 아들은 나란히 앉아서 판유리 밖에 펼쳐진 전경을 말없이 바라봤다. 눈앞에 내려다보이는 뉴욕은 미동도 하지 않았다. 리드는 슬픔을 주체하지 못하고 아들을 꼭 껴안았다. 아들의 건장한 근육과 뜨거운 피부가 느껴졌다.

"네가 여기 있구나. 나랑 여기 함께 있구나."

리드가 탄식했다. 프랭클린이 어색하게 웃으며 말했다.

"우리만 있는 게 아니에요, 아버지."

리드는 사우나 구석 쪽에 한 사람이 더 있다는 걸 감지했다. 미스터리한 인물이 어둠 속에서 스르르 움직였다. 리드는 직감적으로 여자구나 하는 생각이 들었다. 문득 기억이 하나 떠올랐다. 모든 게 분명했다. 리드는 프랭클린의 손을 잡고 여자 쪽으로 다가갔다. 어두운 사우나에는 후끈한 열기가 가득 찼다. 리드, 프랭클린, 일레인. 세 사람이 꼭 붙어 앉았다. 리드는 가슴이 뭉클해서 눈물이 쏟아질 것 같았다. 아들의 입술과 일레인의 입술을 더듬었다. 그러고는 둘의 머리를 가까이 붙여 줬다. 프랭클린과 일레인이 서로를 쳐다보며 웃었다. 둘은 최종 허락을 구하는 것처럼 리드를 돌아보더니 곧 키스를 했다. 리드는 가슴에 맺힌 응어리가 풀렸다고 느꼈다. 그제야 뜨거운 눈물이 쏟아지기 시작했다.

곧 모든 게 끝날 것이다. 폭탄이 모든 걸 날려 버릴 것이다. 그런데 아무 일 없이 시간이 흘러갔다. 리드는 그들을 쳐다봤다. 몸에는 수영복 자국이 희미하게 나 있고, 손은 상대의 머리칼을 만지고 있다. 그 모습이 너무 생생해서 리드는 당치도 않는 희망을 품었다.

'이건 꿈이 아니야. 내 아들이 아직 살아 있어. 이건 꿈이 아니야. 오히려 다른 것들이 꿈이었어.'

리드는 화들짝 놀라 눈을 떴다.

열네 시간이나 잠들어 있었지만 눈을 뜬 즉시 머리가 팽팽하게 돌아갔다. 하지만 몸은 여전히 천근만근이었다. 꿈속의 일이 전혀 꿈같지 않고 또 다른 현실처럼 생생하게 느껴졌다. 그는 컴컴한 집 안을 이리저리 돌아다녔다. 앞으로 내내 이렇게 살아야 하는 건 아닐까 두려웠다.

'휴식도 없는 긴 하루가 이어지겠지. 잠을 자든 깨어 있든 늘 고통에 잠겨 있겠지.'

아직 동이 트지도 않았는데 리드는 사무실로 나갔다. 특별히 할 일도 없으면서 옷도 잘 차려입었다. 애너벨은 우편물을 처리하러 잠시 들를 것이다. 당분간 리처즈 재단은 활동을 중지했다. 다음 주에 이사회를 열어 재단 이름을 프랭클린으로 바꾸는 걸 의논할 예정이다.

리드는 컴퓨터가 켜지길 기다리며 우두커니 앉아 있었다. 아들 이름을 구글창에 입력하고 검색을 시작했다. 검색 엔진이 뭔가를 숨기지 않나 싶어 검색하고 또 검색했다. 검색 결과, 프랭클린 리처즈의 장례식에 오십만 명 정도가 참석했다고 했다. 십 대 자살 사건이 두 건 발생했는데, 둘 다 프랭클린의 사진을 손에 쥐고 있었다고 한다.

사람들이 많이 방문하는 블로그에는 리드를 비난하는 글도 올라왔다.

'그 늙은 '영웅'은 아들도 지켜 주지 못했다. 어쩌면 폭탄 공격의 진짜 목표가 그였을지도 모른다.'

그밖에도 무수히 많은 글이 검색됐다. 리드는 눈이 충혈될 때까지 읽고 또 읽었다. 시간이 한참 지났을 때, 옆 방에서 무슨 소리가 들렸다. 애너벨이었다. 리드는 그녀와 부딪치지 않으려고 얼른 집으로 돌아갔다. 화장실에 들어가 샤워기를 틀었다. 혹시라도 애너벨이 그를 만나려 한다면 단념하고 돌아가게 할 속셈이었다. 쏟아지는 물소리가 멀리서 들리는 파도 소리 같았다. 머릿속에는 온갖 생각이 소용돌이쳤다. 아까 온라인으로 읽은 기사가 떠오르는가 싶더니 꿈에서 본 장면도 떠올랐다. 그리고 일레인과 마지막으로 나눈 대화도 떠올랐다. 화장실에서 나오니 사방이 고요했다. 그는 조용히 사무실로 갔다. 책상에는 편지 뭉치와 함께 그가 가장 좋아하는 베이글 봉지가 놓여 있었다.

리드는 코를 벌름거리며 빵 냄새를 맡았다. 예전에는 아침마다 베이글을 먹는 게 낙이지만, 지금은 이걸 뭐에 쓰나 싶어 쳐다보기만 했다. 그러다가 책상에 놓인 편지에 시선이 갔다. 거의 다 애도의 편지였다. 처음 몇 통은 TV에서 그를 봤다는 여자들이 보낸 것이었다.

"당신을 보고 제 마음이 무척 아팠어요. 이상하게 들릴지 모르겠지만, 장례식에서 당신을 봤을 때 제 품에 꼭 안아 드리고 싶은 마음이 들더군요. 제 전화번호를 드릴 테니 내키면 언제든 전화 주세요."

비극적 분위기 덕분에 갑자기 그에게서 성적 매력이 풀풀 풍겼나 보다. 한동안 이런 편지에 시달릴 것이다. 리드는 사람들의 어리석은 환상을 위해 자신의 슬픔을 이용당하지 않도록 각별히 신경 써야겠 다고 생각하면서, 그런 편지에 일체 답장하지 않기로 마음먹었다. 이 메일은 물론이요, 전화까지 무시하기로 굳게 결심했다. 하지만 그의 생각과는 달리 그날은 전화가 한 통도 걸려 오지 않았다. 그다음날도 마찬가지였다. 그의 삶은 온통 침묵 속에 잠겨 들었다. 친구들이 그 의 비통함을 존중한다는 뜻일 수도 있지만, 그보다는 그의 비통함에 당황했을 가능성이 더 컸다.

'사람들은 다른 사람이 고통스러워하는 걸 보면 당황하나 봐. 달리 더 해 줄 게 없으니까. 아예 신경을 꺼 버리는군. 수잔의 친구들은 다 를까? 그나저나 수잔은 요즘 어떻게 지내고 있을까? 내내 눈물만 흘 리고 있을까? 아니면 투명인간으로 변해 방구석에 쪼그리고 있을까?'

리드는 수잔을 생각하니 마음이 더 괴로웠다.

'수잔은 그 애 엄마였어. 나는 그 애 아빠였고. 도대체 어쩌다 우리 가 이렇게 됐지?'

＊

그날 이후 프랭클린이 꿈에 자주 나타났다. 일레인도 자주 나타났 다. 하지만 꿈을 꿔도 별 어려움 없이 일어났다. 그래서 꿈인지 생시 인지 분간이 잘 안 갔다. 어느 쪽으로든 연속성이 깨지지 않았다. 잠 들어 있든 깨어 있든 별 차이가 없었다. 몸뚱이가 내내 타오르는 것 같았고, 방향도 모른 채 몸을 늘리고 싶은 충동이 수시로 일었다.

때로는 전화벨 소리에 놀라서 깨기도 했다. 대개는 경찰한테서 걸려온 전화였다. 그들은 몇 차례 전화하여 아파트를 지키는 데 필요한 세부 사항을 의논했다. 그리고 수사관들이 두 차례 찾아와서 사건의 추이를 설명해 줬다. 리드는 그 자리에서 지난 몇 달 동안 받았던 익명의 쪽지에 대해 설명했다. 그러자 드 빌라 형사가 깜짝 놀라며 고개를 떨어뜨리고는 뺨을 매만지면서 한참 생각에 잠겨 있었다.

"누가 그런 쪽지를 보냈는지 정말 궁금합니다. 실은 배트맨도 비슷한 작별 쪽지를 받았거든요. 그나저나 쪽지를 받았으면 우리에게 진작 말씀하셨어야죠, 리처즈 씨."

"맙소사!"

리드는 입이 잘 떨어지지 않았다.

"그렇다면 그 쪽지가 무슨 경고장이라도 된다는 말인가?"

"일단은."

드 빌라 형사가 무슨 얘기를 하려다가 멈추더니 말을 돌렸다.

"그 쪽지가 공격을 주도했던 사람들이 보낸 건지는 우리도 모릅니다. 어찌 됐든 그런 걸 받았으면 우리에게 알렸어야 합니다."

어느 날 오후에는 벤에게서 전화가 왔다. 리드는 전화벨 소리를 듣고 예의 그 뒤숭숭한 낮잠에서 화들짝 깼다. 친구의 걸걸한 목소리가 수화기를 꽉 채웠다.

"잘 듣게, 리드. 무력감에 빠지지도 말고 죄책감에 시달리지도 말게. 그 폭탄이 자네를 노린 건지 아직 모르잖아. 설사 그렇다 한들, 벌어질 일을 막을 방법도 없었잖은가."

리드는 멀리 떨어진 친구의 숨소리에 귀를 기울였다. 귓전에서 메아리치는 친구의 숨소리에 홀려 한동안 입을 떼지 못했다.

"아니야, 그 쪽지를 심각하게 생각할 수도 있었어. 시간 여유가 있었을 때, 드 빌라 형사의 경고와 쪽지를 좀 더 심각하게 생각할 수도 있었어. 그때라면 무슨 조치를 취할 수 있었을지도 몰라. 그런데 이젠 너무 늦었어. 너무 늦어서 뭐가 뭔지 하나도 모르겠어."

"무슨 소리를 하는 건가?"

벤이 다그쳤다.

"프랭클린이 죽은 건 자네 잘못이 아냐. 하지만 누가 저지른 짓인지 알아내는 건 자네 책임이야."

"누가 그랬는지 알아. 슈퍼히어로에게 반감을 품은 미치광이 집단이야. 배트맨 살인을 모의한 바로 그 집단 말일세."

"그래. 하지만 그 집단의 배후가 누구인가? 리드, 우린 세세한 것까지 다 알아야 하네. 그걸 알아내지 못하면 우리가 어떻게 살아남을 수 있겠나?"

"난 잘 모르겠네."

리드는 침을 꿀꺽 삼키고는 자신의 생각을 차분히 설명했다.

"배트맨만 해도 그래. 벌써 몇 주째 재판이 진행되고 있지만 해결될 기미가 전혀 없어. 아주 끔찍한 일이 벌어지고 있어. 그걸 테러라고 부르든, 음모라고 부르든 그건 자네가 알아서 하게. 더 알아내겠다고 발버둥 치든 포기하든, 뭘 하든 간에 우린 미쳐 갈 수밖에 없어. 설사 그 폭탄이 나를 노린 거라고 밝혀진들……."

리드는 몸서리치며 눈을 감았다.

"난 이제 더 이상 생각하고 싶지도 않아."

"자네가 이렇게 나오다니 믿을 수가 없군. 처음 며칠 동안 치를 떨며 복수하겠다고 맹세하지 않았나. 경찰에게 최대한 협조하겠다고 약속했잖아."

벤의 목소리가 분노로 떨렸다.

"자네가 이런 식으로 말한다면, 우리가 할 게 뭐가 남았나? 범인에 대해 샅샅이 알아내지 못한다면, 우리가 할 게 뭐가 남았느냐 말이야? 리드 '자네'에게 남은 건 또 뭔가? 자네는 뭘 할 텐가?"

벤이 숨을 한 번 크게 들이쉬더니 야유조로 물었다.

"자네가 껌뻑 죽는 그 아가씨랑 도망이라도 갈 텐가?"

리드는 가시가 목구멍에 콱 걸리는 것 같아 헛기침이 나왔다. 심호흡을 몇 차례 하면서 마음을 가라앉혔다. 그러고는 너무나 슬픈 목소리로 대답했다.

"아니, 도망가지 않을 걸세. 껌뻑 죽는 아가씨 따윈 없으니까."

이틀 후 드 빌라 형사가 다시 찾아왔다. 이번엔 수사관을 달지 않고 혼자 왔다. 그는 새로운 사실을 알아냈다고 말했다. 하지만 그 얘기 해도 될지 몰라 리드의 눈치를 살폈다. 한참 주저한 끝에 프랭클린이 아버지로 오인받았다고 결론 내릴 만한 정황이 몇 가지 드러났다고 전했다. 우선, 사우나 예약이 단순히 '리처즈'라는 이름으로 돼 있었고, 호텔 컴퓨터가 해킹당한 흔적으로 봐서 누군가가 예약 명단에 접근했을 가능성이 크다고 했다. 정황상 리드가 진짜 목표였을 것임에 틀림없었다. 형사는 상당히 확신하는 것 같았다.

"이 증거가 확실하다고 생각하나?"

리드가 힘겹게 물었다.

드 빌라는 대답하기 전에 한참 뜸을 들였다. 불씨처럼 빛나는 그의 눈이 리드의 얼굴에 한동안 머물렀다.

"이 사람들은 슈퍼히어로의 '아들'을 죽이려고 하지 않았습니다. 이건 정말 끔찍한 실수였습니다."

리드는 고개를 떨어뜨렸다. 한참 동안 그대로 있다가 뜬금없이 물었다.

"자네한테도 가족이 있나?"

그 질문에 드 빌라 형사가 움찔했다.

"없습니다."

그러더니 한 걸음 뒤로 물러나면서 말을 바꿨다.

"실은 형이 하나 있습니다. 뭐, 서로 연락하지 않은 지 오래됐지만 요."

형사는 적어도 서른 살은 됐을 텐데도 얼굴이 꽤 어려 보였다. 겉으로는 냉정해 보였지만 속이 깊고 쉽게 상처받는 타입이었다. 형사가 헛기침을 한 번 하고 울컥한 목소리로 말했다.

"리처즈 씨, 무슨 말씀을 하시려는 건지 압니다. 제가 그런 상실감을 감히 상상이나 할 수 있느냐는 거죠? 예, 상상할 수 있습니다. 제가 방금 말씀드린 게 얼마나 충격적일지도 충분히 상상할 수 있습니다."

리드는 더 이상 말하지 않고 형사를 내보냈다. 입이 바짝 마르고 목이 몹시 탔다. 몸속의 수분이 몽땅 빠져나간 것 같았다. 그와 더 이상 나눌 말이 없었다.

'그들이 엉뚱한 리처즈를 죽였구나. 내 아들이 나 대신 죽었어. 공격의 진짜 목표는 미스터 판타스틱이었어. 그들이 진짜로 노린 건 노쇠한 영웅이었어.'

*

이곳이 약속의 도시였던 시절, 무엇이든 꿈꿀 수 있고 누구든 그 꿈을 이룰 수 있었다. 미로처럼 생긴 크리스털 궁전은 하늘에서 쏟아지는 빛을 사방으로 퍼뜨렸다. 신성한 도시, 선택받은 도시였던 시절, 이 도시를 구제하면 다른 도시도 모두 구제받았다. 이 도시의 화려함이 곧 세상의 화려함을 상징했다. 이 도시는 한때 그의 도시였다. 그의 이름과 이 도시의 이름은 오랜 연인처럼 함께 불렸다.

리드는 아침 늦게 집에서 나왔다. 경호원들이 놀라며 허둥지둥 따라나섰다. 리드는 평소처럼 차에 오르지 않고 방향을 틀어 인파 속으로 섞여 들었다.

"리처즈 씨! 리처즈 씨!"

경호원 하나가 그를 다급하게 불렀다.

리드는 더 빨리 걸었다. 강한 전파를 내는 퀘이사처럼 뉴욕이 고동쳤다. 리드는 그 진동을 고스란히 느낄 수 있었다. 뉴욕의 진동은 중첩되는 온갖 울림과 자동차 엔진, 지하철, 수많은 심장박동 소리가 한데 어우러진 것이었다. 불안한 경비원들이 빠르게 쫓아오자 리드는 군중 속에서 냅다 달리기 시작했다. 이 거리 저 거리를 지그재그로 달렸다. 그의 고무 다리로 뉴욕의 맥박을 고스란히 느꼈다. 도시의 진동이 카운트다운처럼 점점 더 또렷하고 강력해졌다.

리드는 궁금했다. 남쪽으로 1,600여 킬로미터나 떨어진 곳에서 오늘 벌어질 일을 예상하고 뉴욕 시가 기대에 들떠 이렇게 진동하는 것은 아닐까? 오늘은 플로리다 주 케네디 우주 센터에서 우주탐사선이 발사될 예정이다. 우주탐사대원들이 곧 지구 표면을 벗어날 예정이었다. 일레인에게는 엄청난 날이었다. 드디어 우주공간으로 떠나는 날이다.

리드는 고개를 들어 하늘을 쳐다봤다. 일레인이 저 하늘을 뚫고 날아갈 거라는 생각에 가슴이 먹먹해졌다. 일레인은 먼 우주로 떠나는데 자신은 숨 막히는 지구 온실에 죄인처럼 갇혀 있었다. 강렬한 햇볕 때문에 피부가 따끔거렸다. 흐르는 땀줄기에 옷이 눅눅해졌고 고무 몸이 축축 늘어졌다. 지하철 출입구가 보이자 얼른 그곳으로 피했다. 경호원들의 추적을 완전히 따돌렸다. 리드는 지하철 승강장에 서서 트랙을 내려다봤다.

진정하고 잠시 숨을 돌려야 했다. 하지만 리드는 마음이 불안해서 승강장 주변을 왔다갔다했다. 그를 알아볼지도 모르는 승객들을 흘끔흘끔 쳐다봤다. 그들은 필시 노쇠한 슈퍼히어로가, 아니 퉁퉁 부은 얼굴과 칙칙한 은회색 머리칼을 한 노인네가 땀으로 얼룩진 셔츠 차림으로 불안에 떨고 있다고 생각했을 것이다.

마침내 선로에서 쉬익 하는 소리가 들리기 시작했다. 전동차의 라이트가 멀리서 희미하게 비치더니 점점 더 밝고 빠르게 다가왔다. 급기야 뜨거운 바람을 몰고 와 그 앞에 섰다. 리드는 행선지도 모른채 전동차에 올랐다. 전동차는 어두운 터널을 지나 도시 내부를 가르며 힘차게 달렸다. 그의 아픔과 괴로움을 뒤로 하고 점점 더 빨리 달렸다. 사무실과 집, 프랭클린과 일레인이 꿈을 꾸던 침대를 뒤로 하고 달렸다. 그가 영웅이었던 거리와 팔만 뻗으면 닿을 수 있는 모든 것을 뒤로 하고 달렸다. 후회와 아쉬움만 남은 일상을 뒤로 하고 달렸다.

위에서는 도시가 계속 진동했다. 위에서는 사람들이 허겁지겁 달리고 커피를 마시며 샌드위치를 먹고 식당을 예약했다. 위에서는 사람들이 《빌리지 보이스 *Village Voice*》를 읽고 휴대전화로 속삭이며 신용카드를 긁고 완벽한 휴가 기회를 노리며 중독에서 벗어나고 다시 사랑에 빠질 수 있기를 꿈꿨다. 위에서는 사람들이 환상에 빠졌다가 깨어나기를 반복하며 삶의 굴레에서 벗어나지 못했다.

전동차가 정류장을 여러 개 지나갔다. 리드는 브루클린역 이름을 듣고서야 정신이 퍼뜩 들었다. 결국 그다음 역에서 내렸다. 그런 다음 어렴풋이 행선지를 정한 뒤 다른 전동차로 갈아탔다. 이번엔 동쪽으로 달렸다.

시간이 흘렀다. 리드는 전동차에 몸을 맡기고 가면서 자신이 지금 어디로 향하는지 점점 더 확신이 들었다. 드디어 마지막 정류장에 도달했다. 로커웨이 해변이었다. 역을 나서니 아까보다 날이 더 뜨거웠다. 그는 해변 쪽으로 걸어갔다. 반짝반짝 빛나는 뜨거운 모래밭이 해안을 따라 길게 뻗어 있었다. 부서지는 파도 소리가 귀를 간질이고 부드러운 바닷바람이 셔츠 속으로 스며들었다.

리드는 숨을 크게 들이쉬었다. 구두를 벗자 불씨처럼 뜨거운 모래가 발바닥을 달궜다. 햇볕이 따가워 고개를 들 수가 없었다. 모래사장에는 이곳을 산책한 수많은 사람들의 발자국이 고스란히 남아 있었다.

'어쩌면 벤과 내 발자국도 남아 있겠지. 우리에게 다가와 벤의 몸이 진짜냐고 묻던 꼬마의 발자국도 있으려나. 겨우 2주밖에 안 지났구나. 2주 전에 여기 왔었는데…… 아무것도 모르고 아무것도 예상하지 못한 채 이곳을 걸었는데…….'

해변에는 리드 말고도 사람이 많았다. 그들은 말없이 바닷가를 거닐거나 뜨거운 모래사장에 누워 몸을 태웠다. 심란한 얼굴로 백사장을 걷는 모습이 왠지 불안하고 쓸쓸해 보였다. 리드는 바람을 쐬며 한참 걸었다. 바다의 울부짖는 소리가 자꾸만 그를 자극했다. 그의 귀에 뭐라고 속삭이는 것 같았다. 리드는 그게 무엇을 뜻하는지 알 것 같았다. 그는 여기서 멈출 수 없었다. 여정을 계속해야 했다. 팔다리가 쑤시고 아팠지만 남은 에너지를 끌어모아 계속 나아갔다. 하지만 곧 비틀거리며 바닥에 쓰러졌다.

"괜찮으세요? 어디 아프세요?"

누군가가 그에게 말을 걸었지만 아무 대답도 할 수 없었다. 리드는 겨우 일어서서 해변을 가로질러 아파트 건물이 늘어선 쪽으로 걸어 갔다. 그러고는 다시 지하철역으로 돌아왔다. 그가 가야 할 곳은 따로 있었다. 그곳으로 가려면 리드는 다시 지하철을 타고 북쪽으로 가다가 롱아일랜드역에서 동쪽으로 가는 지하철로 갈아타야 했다. 이제 그는 자신의 최종 목적지를 알았다. 바로 롱아일랜드 동쪽 끝에 있는 '몽톡'이었다.

전동차에서 승객들이 그를 흘끔흘끔 쳐다봤다. 그의 옷에는 모래가 잔뜩 묻어 있었다. 리드는 그제야 뭔가 없어졌다는 걸 알았다.

'이런, 구두가 없구나. 해변에서 잃어버렸나 보네.'

리드는 당황해서 자신의 맨발을 내려다봤다. 맨살을 드러낸 발이 무기력해 보였다. 문득 그가 사랑했던 여자의 발이 떠올랐다. 벤의 돌덩이 발도 떠올랐다. 프랭클린의 아기발도 떠올랐다. 생각이 꼬리에 꼬리를 물고 이어졌다. 사람들의 손과 발, 그들이 죽어 저세상으로 가는 모습까지 떠올랐다. 전동차가 북쪽으로 달리다 롱아일랜드를 가로지르며 햄턴역을 지나쳤다. 마을이 끝없이 이어졌다. 창밖으로 스치는 롱아일랜드의 모습이 꿈결인지 생시인지 모르게 스쳐 지나갔다.

시간이 상당히 흘렀다. 전동차를 두어 시간은 탄 것 같았다. 드디어 종착역에 도착했다. 몽톡은 인디언 이름을 따서 지은 작은 마을이다. 롱아일랜드 동쪽 끝에서 광대한 대서양의 심연을 향해 삐죽 튀어나온 곳이다. 역 밖으로 나오니 택시가 한 대 보였다. 리드가 불쑥 문을 열고 뒷자리에 앉자 운전기사가 깜짝 놀라며 쳐다봤다.

"어디로 모실까요, 손님?"

기사가 백미러로 그를 쳐다보며 물었다.

"등대 쪽으로 갑시다."

리드가 대답했다.

"멋진 곳이죠. 데이트하기에 딱 좋습니다. 그래서 젊은 연인들이 즐겨 찾죠."

기사는 잠시 입을 다물었다가 물었다.

"뉴욕에서 오시는 겁니까? 어디 불편하세요?"

기사는 두 질문이 서로 연결된 것인 양 연이어 물었다.

"요금 낼 돈은 있으니,"

리드는 잠시 말을 끊었다가 다시 말했다.

"걱정 말고 얼른 등대로 데려다 주게. 여기까지 오는데 온종일 걸렸으니까."

택시가 거의 아무 소리도 내지 않고 출발했다. 유령처럼 말없이 돌아다니는 여행자들만 간간이 눈에 띌 뿐 거리도 매우 조용하고 한산했다. 택시가 주택가를 지나 신록이 우거진 곳을 향해 달려갔다. 은빛 햇살 속에 잠긴 풍광이 평온해 보였다. 크리스털처럼 맑고 투명한 하늘 아래로 멀리 등대가 보였다. 홀로 핀 거대한 꽃의 줄기처럼 하늘을 향해 우뚝 솟아 있었다. 해안가에 늘어선 바위에 파도가 밀려와 부딪치며 거품을 일으켰다. 택시가 주차구역에 멈췄다. 주차장 입구에 세워진 성조기가 산들바람에 나부꼈다. 리드가 차에서 내리자 바다가 포효하며 맞아 줬다.

리드는 등대 꼭대기로 가는 표를 구입해서 철제 계단을 오르기 시작했다. 다른 방문객은 없었다. 그의 숨소리가 계단을 따라 메아리쳤다. 등대 꼭대기에 이르자 탁 트인 공간이 나왔다. 리드는 떨리는 손으로 난간을 부여잡았다.

'드디어 왔구나. 정말 오래 걸렸군. 도대체 얼마만이지? 프랭클린이 어렸을 때 와보고 처음일 거야.'

등대에는 정말로 다른 방문객이 없었다. 리드는 마음이 놓였다. 바다와 파도 소리를 들으며 홀로 고독을 즐겼다. 며칠 만에, 아니 몇 달만에 처음으로 마음이 평온했다. 그런데 여기에 온 이유가 뭘까? 왜하필 등대일까? 그가 이곳에 있는 데는 남다른 의미가 있었다. 등대자체에도 의미가 있었다. 등대의 불빛은 세대를 이어오며 뱃사람들을 인도해 준다. 등대지기는 수세기에 걸쳐 이 꼭대기에서 불빛을 비추며 희망과 두려움과 동경의 눈으로 수평선을 살폈다. 등대 왼쪽으로는 멀리 뉴잉글랜드의 해안이 펼쳐져 있고, 앞쪽으로는 짙푸른 바다가 넘실댔다. 끝없이 펼쳐진 망망대해, 피고 지고 또 피는 하얀 거품, 일렁이는 파도, 지진단층을 덮고 있는 액체 거울, 바다 밑바닥에솟아난 산맥, 난파선, 미국과 유럽의 눈물이 흘러들어 짠맛이 나는바닷물…….

리드는 수평선을 하염없이 바라보았다.

"유럽, 유럽, 유럽."

못내 아쉬운 마음에 그 이름을 여러 번 불렀다. 그러고는 다른 이름도 하나씩 읊조리며 바람에 실려 보냈다.

"프랭클린."

"일레인."

"수잔."

리드는 헛기침을 한 번 하고는 마지막으로 자기 이름도 불러봤다. 바다 건너 저 멀리, 맞은편 대륙의 해변에서 새로운 리드가 듣고 있기라도 하듯이 그의 이름을 불렀다.

"리드."

그런 다음 갑자기 옷을 하나씩 벗기 시작했다. 뜨거운 햇살에도 불구하고 몸이 으슬으슬 떨렸다. 옷을 다 벗자 왠지 이상한, 성적인 느낌과 비슷한 전율이 일었다. 누군가를 어루만지고 싶은 욕구도 느껴졌다. 아쉽고 그리운 마음에 몸과 마음이 허전했다.

'아냐, 세상이 내 앞에 펼쳐져 있어.'

리드는 뭔가 붙잡을 게 필요했다. 다리를 길게 뻗어 가는 로프처럼 만든 다음 난간에 꽉 묶었다. 이제 됐다. 통증은 느껴지지 않았다. 마취되거나 뭔가에 홀린 것처럼 아무 느낌도 없었다. 그의 몸은 더 이상 자신의 것이 아니었다. 몸이 정신과 분리돼 제 스스로 결정을 내리는 것 같았다. 리드는 정신이 혼란스러우면서도 한편으로는 말짱했다.

'맙소사, 이게 무슨 짓이지? 아냐, 이렇게 해야만 해.'

리드는 등대 꼭대기에서 벌거벗은 채 난간에 몸을 묶고 있는 자신을 보고 쓸쓸하게 웃었다. 그러고는 상체를 꼿꼿이 세우고 숨을 깊이 들이쉰 다음 허공으로 몸을 날렸다.

리드는 몸을 길게 늘려 바위투성이 해안가를 지나 투명한 바닷물로 돌진했다. 그러고는 깊이를 알 수 없는 바다로 풍덩 뛰어들었다. 가속도가 붙고 근육이 팽팽하게 늘어나 수 킬로미터를 힘들이지 않고 내달렸다. 바다를 지나 멀리 반대편 해안을 향해, 나머지 세상을 향해 힘차게 나아갔다. 점차 얼굴이 흉하게 일그러지고 힘줄이 끊어질 것처럼 당겼지만 이를 악물고 더 나아갔다.

'난 세상을 다 품을 거야. 이 행성 전체를 내 품에 안을 거야.'

그런데 갑자기 어딘가 찢기는 느낌이 들었다.

'그래, 이럴 줄 알았어. 엉덩이 쪽에 뭔가 있었어. 그곳에서 고통의 씨앗이 결국 싹을 틔우는구나.'

엉덩이 쪽에서 상처가 벌어지는 게 느껴졌다. 곧 참을 수 없는 고통이 밀려들겠지만 리드는 평정심을 잃지 않았다.

'난 리드 리처즈, 미스터 판타스틱이야. 내 아들은 화염에 휩싸여 죽었어. 나는 이제 바다에 빠져 죽겠구나.'

리드는 파도를 가르며 뱀처럼 몸을 비틀었다. 입안은 짜디짠 바닷물로 가득했다. 그가 내지른 비명이 물속에서 작은 파동을 일으켰다. 그 파동이 고래가 내는 소리처럼 사방으로 퍼져 나갔다. 살면서 느꼈던 모든 고통이 한꺼번에 밀려드는 것 같더니 완전히 새로운 감각으로 구현됐다.

'드디어 올 것이 왔구나. 다시는 원래 모습으로 되돌아가지 못할 거야. 다시는 돌아가지 못할 거야. 다시는…… 다시는…….'

몸이 발기발기 찢기고 그 안에서 피가 흘러나왔다. 확장과 수축을 거듭해 온 세포들이 콸콸 쏟아지더니 해파리처럼 물속을 떠다녔다. 붉은 방울들이 퍼져 나가는 모양새가 꼭 얼굴처럼 보였다. 하지만 일렁이는 물결에 휩쓸려 그 모습이 서서히 흐트러졌다. 바다는 이제 비명처럼 날카로운 침묵에 휩싸였다. 모든 게 끝났다. 고통도 멈췄다. 멀리서 비행기가 지나는지, 구슬픈 화물선이 지나는지 웅웅거리는 소리가 희미하게 들렸다.

감지하기 어려운 온갖 소리가 대지를 가르며 울려 퍼졌다. 전자파가 사방에서 진동하며 지구를 정보의 바다로 뒤덮었다. 또 한 명의 영웅이 죽었다는 소식이 조만간 사방팔방으로 퍼져 나갈 것이다. 프랭클린의 아버지이자 슈퍼히어로 시대를 화려하게 장식했던 리드 리처즈가 세상을 떠났다.

그런데 당장은 다른 소식이 먼저 전파를 탔다. 방송은 여느 때처럼 충격적인 소식을 아무렇지도 않게 쏟아냈다. 전 세계 주식시장이 요동치고, 중동 지역에서는 미군들이 죽어 나갔다. 나사는 플로리다 기지에서 우주탐사선을 성공리에 발사했다. 언론은 탐사선은 지구 대기를 무사히 빠져나갔고, 남자 세 명과 여자 한 명으로 구성된 승무원들도 모두 양호한 상태라고 전했다.

*

실제로 우주탐사선에 탑승한 승무원들은 썩 괜찮은 상태였다. 특히 일레인 라이언은 이보다 더 좋을 수 없었다. 그녀는 떨리긴 했지만 평온한 마음으로 발사 순간을 지켜봤다. 머릿속은 그 어느 때보다 명쾌했다. 연소실에서 연료 타는 소리가 들렸고, 탐사선 옆으로 대기의 저항이 느껴졌다. 가슴이 터질 것 같았다. 드디어 해낸 것이다. 오로지 이 목표만을 위해 정진해 왔다. 온갖 역경과 외로움, 회의적인 시선을 보란 듯이 이겨냈다. 오랜 시간 욕망을 키웠고, 그 욕망으로 인한 중압감에 짓눌려 살았다. 하지만 우주선이 지구 중력장을 벗어나고 사령관이 승무원들에게 명령을 내리는 이 순간, 그녀는 솜털처럼 가벼웠다.

일레인은 몸속에서 새로운 감흥이 일어나 자신도 모르게 움찔했다. 시선을 돌려 우주탐사선의 둥근 창밖을 내다봤다. 꽃봉오리가 피어나듯 그녀의 눈이 휘둥그레지고 동공이 크게 확장됐다. 저 아래 지구가 보였다. 외로이 빛을 발하는 구체, 물과 대기층으로 이뤄진 곳. 그녀는 저 선명한 대기 안에서 태어나 성장했다. 저 아름답고 푸른 대기 안에서 학교를 다녔고 슈퍼히어로의 전기를 읽었다.

'내 꿈이 실현됐어. 난 지금 우주로 나가고 있어.'

온갖 난관과 야유에도 불구하고, 리드의 만류에도 불구하고.

일레인은 저 아래 남아 있는 남자를, 그와 나눴던 이상한 정사를 떠올렸다. 리드가 떠나지 말라고 말했을 때 느꼈던 당혹감도 떠올랐다. 그는 아들의 죽음을 빌미로 그녀를 붙잡으려고 했다. 그녀는 몹시 불쾌했다. 연민을 불러일으키려는 그에게 실망감을 느꼈다.

물론 처음 한동안은 리드와 만나는 게 굉장히 좋았다. 나이 든 남자는 여자 다루는 법을 안다. 게다가 어린 시절 영웅과 잠자리를 함께한다는 건 확실히 설레는 일이었다. 그래서 가끔 자제력을 잃기도 했다. 하지만 그게 전부였다. 하지만 안타깝게도 리드는 온갖 공상에 빠져들었다. 탐욕스러운 시대에 나고 자라서인지, 그 세대 남자들은 굉장히 독선적이다. 뭐든 정복할 수 있다고 생각했고 원하는 건 뭐든 소유하려고 했다. 자유와 명예, 대중의 관심과 사적인 즐거움까지 모두 탐냈다. 하지만 세상은 오래전에 바뀌었다. 무엇보다도 누가 누구를 소유하는 시대는 지났다.

'난 당신 곁에 머물 수 없었어요. 당신 곁에 있을 때도 진짜 내가 아니었어요. 당신이 품었던 집착이었을 뿐이에요.'

우주탐사선이 살짝 흔들렸다. 일레인은 그녀가 살던 뉴욕을 살펴보려고 지구 표면을 뚫어져라 쳐다봤다. 신기루처럼 보이는 해안선을 살폈다. 너무 멀어서 스태튼 섬이 어디인지 정확히 찾을 수 없었다. 하지만 길게 뻗은 롱아일랜드는 알아볼 수 있었다. 그런데 롱아일랜드 연안에서 뭔가 눈에 띄었다. 그녀는 눈을 깜빡이며 자세히 살폈다.

"자네도 보이나?"

사령관이 물었다.

"예. 혹시 바다에 떠 있는 유막 아닐까요?"

일레인이 불안한 목소리로 말했다.

"아니, 그렇게 보이진 않는데⋯⋯. 유막은 저런 색을 띠지 않잖아."

사령관이 대답했다.

일레인은 멀리 보이는 그 작은 것을 유심히 살폈다. 푸른 바다에 붉은 얼룩이 떠 있는 게 아무래도 이상했다. 사령관 말대로 유막 같지는 않았다. 어쩌면 그냥 자연현상일지도 모른다. 거대한 조류 군락이거나 진홍색 물고기 떼일지도 모른다. 아무튼 정말 멋진 광경이었다. 그 색이 너무나 붉고 선명했다. 소름이 쫙 끼쳤다. 절망적인 사랑의 감정이 혈관을 타고 온몸을 휘돌았다.

"뭐가 됐든 굉장히 아름다워요."

일레인이 떨리는 목소리로 말했다. 눈물이 쏟아질 것 같았다.

"그런데 꼭 사람 얼굴처럼 보이지 않으세요?"

"그렇군."

사령관 역시 감격에 겨워 떨리는 목소리로 대답했다. 한동안 말을 잇지 못하다가 혼잣말로 덧붙였다.

"이 행성은 정말 경이로운 곳이야."

제2편

배트맨

2005년 4월
&
1980년대~1990년대

브루스 웨인은 이백 달러짜리 사각팬티만 걸치고 욕실에 있었다. 그는 거울에 비친 자신의 구릿빛 피부와 탄탄한 복근을 보며 싱긋 웃었다. 우쭐한 기분에 어깨춤이 절로 나왔다. 마침 거실 오디오에서는 디스코 음악이 쾅쾅 울려 퍼지고 있었다. 그는 음악에 맞춰 몸을 흔들면서 몸에 보습 로션을 바르고는 가슴과 어깨 근육을 마사지했다. 노래가 후렴부에 이르자 골반을 리드미컬하게 흔들면서 감미로운 목소리로 노래를 따라 불렀다.

"네가 제일 잘나가. 넌 날 들었다 놨다 해."

브루스는 검정색 양말을 꺼내 신었다. 사각팬티와 검정 양말만 걸친 채 노래를 흥얼거리며 집 안을 돌아다녔다. 이곳저곳을 살피며 준비가 잘 됐는지 점검했다. 세심하게 신경 쓴 조명이 은은한 빛을 발했고, 구석마다 세워 둔 커다란 선인장이 멀리서 타오르는 불빛에 어른거리는 나무마냥 그림자를 드리웠다. 조명은 완벽했다. 조명을 받은 그의 구릿빛 피부가 육감적으로 드러났고, 테이블에 올려 둔 크리스털 글라스와 책장에 꽂힌 책, 벽에 걸린 영화 포스터, 높게 쌓인 LP 레코드도 멋지게 빛났다.

오디오에서는 여전히 디스코 음악이 요란하게 흘러나오고 있었다. 브루스는 들뜬 마음에 다시 춤을 췄다. 복근에 힘을 주고 두 팔을 들어올리며 가상의 관객을 향해 미소를 날렸다. 유연한 댄서. 지구상에서 가장 매혹적인 은퇴한 슈퍼히어로. 속옷과 양말만 걸쳐도 섹시한 남자. 그가 바로 브루스 웨인이다.

오늘 오후, 파출부를 불러 집 안을 구석구석 청소했다. 구석구석 살펴보니 먼지 하나 없이 말끔했다. 하지만 너무 꾸민 듯한 인상을 줄까 봐 쿠션, 책, 커튼 끝자락 등을 조금씩 흩뜨려 놓았다. 그런 다음 방향제를 뿌렸다. 미세한 방울이 살갗에 떨어졌다. 소파 옆쪽에 세심하게 늘어놓은 《이코노미스트》, 《뉴요커》, 《버라이어티》, 《스포츠 일러스트레이티드》 등의 잡지는 그의 다양한 관심사를 입증해 주는 소품이었다. 개중에는 그의 기사가 실린 과월호 잡지도 몇 권 섞여 있었다.

이제 마지막 마무리만 남았다. 브루스는 화이트 와인이 들어 있는 스테인리스로 된 멋진 얼음 통을 테이블 위에 올려놓았다. 이만하면 완벽했다. 곧 황홀한 밤이 펼쳐질 것이다. 그는 얼음을 하나 집어들고는 다시 욕실로 갔다. 거울 앞에 서서 얼음으로 얼굴을 가볍게 톡톡 두드렸다. 특히 광대뼈에 정성을 들였다. 뺨을 지나 턱선까지 조심스럽게 두드렸다. 손을 움직여 목으로 내려가는 찰나, 뭔가가 눈에 띄었다. 가슴에 하얀 털이 하나 보였다. 그는 핀셋으로 하얀 털을 휙 뽑았다.

'망할.'

그는 한숨을 내쉬며 하얀 털을 싱크대에 버렸다.

이제 옷을 입을 차례였다. 오늘 오후에 산 흰 셔츠를 입었다. 은은한 광택과 부드러운 촉감이 살갗을 기분 좋게 간질였다. 그는 금요일마다 매디슨 애비뉴의 부티크에 가서 쇼핑을 했다. 탄탄한 몸매를 과시할 만한 의상과 장신구를 고르는 데 오후의 절반을 썼다. 옷 고르는 일은 늘 쉽지 않았다. 그는 나이에 맞게 절제되면서도 동시에 몸매가 드러나는 적당히 야한 옷을 찾았다. 점잖으면서 섹시한 스타일! 오늘 오후, 브루스는 셔츠를 수십 벌이나 입어 보면서 살갗을 스치는 원단의 감촉을 체크했다. 아울러 바지도 수십 벌 입어 보면서 탈의실 앞 거울에 자신의 엉덩이가 어떻게 비치는지 세심하게 살폈다. 인내심이 필요한 귀찮은 일이지만 꼭 해야만 했다. 그는 의상의 중요성을 누구보다 잘 알고 있었다. 언제 죽을지 모르니 늘 옷을 차려입고 있어야 한다고 생각했다. 길거리에 큰 대자로 뻗은 채 발견되더라도 전혀 부끄럽지 않을 만한 차림이어야 했다. 그래서 매번 살아생전 마지막으로 입을 옷을 고르는 사람처럼 신중하게 골랐다.

브루스는 배트맨으로 활약하던 시절을 떠올렸다. 몸에 꼭 끼는 배트맨 의상을 입기 위해 밤마다 온몸에 활석(滑石)을 뿌렸다. 검정 망토를 휘날리던 시절, 늘 그 복장을 한 채 죽을지도 모른다고 생각했다. 그는 단순히 유흥을 즐기거나 강아지를 산책시키려고 밤이슬을 맞은 게 아니었다. 악당과 일전을 벌이고 도시의 범죄자를 소탕하겠다는 사명감으로 뛰어다녔다. 집을 나설 때마다 다시 돌아올 수 있을까 불안했지만 의상만큼은 자신 있었다. 배트맨 의상은 자신의 몸을 빛내 줬고 망토는 자신의 몸을 위풍당당하게 감싸 줬다. 이 복장이라면 죽더라도 꼴사납지 않을 듯했다. 요새는 범죄와 싸우거나 격렬한 전투를 벌이지 않아 의상이 달라졌지만 원칙은 똑같았다. 이 옷을 입고 죽어도 괜찮다 싶은 옷은, 살아 있을 때 입어도 괜찮다.

오늘도 브루스는 부티크에서 여유롭게 옷을 골랐다. 판매원 두 명이 달라붙어서 온갖 옷을 선보이며 탄성을 내질렀다.

"핏이 아주 좋습니다, 웨인 씨."

"웨인 씨, 이 재킷은 어깨가……."

그는 이 옷 저 옷 입어 보다가 급기야 탈의실 밖으로 나왔다. 마침 그 앞에 있던 다른 고객과 눈이 마주쳤다. 체구가 다부진 청년이 탈의실 앞의 대형 거울을 마주 보고 있었다. 그는 웃통을 벗고서 판매원이 다른 옷을 가져올 때까지 느긋하게 기다리고 있었다. 저절로 청년에게 눈길이 갔다. 몸매가 좋은 남자를 보면 마음이 끌리면서도 왠지 짜증이 났다. 청년은 유명인을 볼 때 사람들이 흔히 짓는 그런 미소를 지어 보였다. '헤이, 당신이 누군지 알아요.'라고 말하는 듯했지만, 한편으로는 '우리 좀 더 알아가는 건 어때요?'라고 말하는 듯한 미소로도 보여서 브루스는 얼른 시선을 돌렸다. 그러고는 얼굴을 찌푸리며 탈의실로 들어갔다. 제기랄. 다른 남자가 추파를 보내면 그는 늘 당혹스러웠다. 부티크를 나갈 때가 됐다고 생각하는 찰나, 탈의실 바닥에 뭔가가 떨어져 있었다.

갑자기 초인종이 울리는 바람에 생각의 실타래가 뚝 끊겼다. 초인종 소리가 집 안에 퍼지며 대기에 잔잔한 파문이 일었다. 그는 퍼뜩 정신을 차렸다. 9시 정각이었다. 시간을 정확히 지키는 걸 보니 더 기대가 됐다. 이제 재킷만 걸치면 됐다. 오디오에서는 디스코 음악의 마지막 부분이 흘러나오고 있었다. 그는 서둘러 거실로 나가서는 분위기 있는 세련된 프랑스 밴드의 앨범으로 바꿨다. 그래도 머릿속에는 "네가 제일 잘나가. 넌 날 들었다 놨다 해."라는 후렴구가 계속 맴돌았다.

그는 은은한 광택 소재의 셔츠 위에 재킷을 걸쳤다. 머리칼을 쓸어 올린 후 그가 지을 수 있는 가장 매혹적인 표정을 지으며 문을 열었다.

키가 크고 중성적인 매력을 지닌 소녀 같은 아가씨가 거기 서 있었다. 그가 딱 좋아하는 타입이다. 그녀는 앞이 뾰족한 하이힐에 꼭 끼는 바지 차림이었다. 엉덩이는 남자처럼 작고 탄탄했으며 티셔츠 속에 도드라진 가슴은 어린 소녀처럼 자그마했다. 갈색 빛이 도는 짧은 금발머리가 귀금속을 조각한 듯한 얼굴과 잘 어울렸다. 많아야 스무 살쯤 됐을까. 여자가 거실로 들어와 섰다. 거실의 따뜻한 조명 아래에서 눈을 깜빡이며 그녀에게 자신을 감상할 시간을 줬다. 잠시 후, 브루스가 다가와 와인을 권했다.

브루스는 잔을 쥔 그녀의 손을 유심히 관찰했다. 작고 가늘면서도 야무져 보였다. 그는 흡족하게 잔을 들었다.

"위하여!"

그가 건배하자 여자도 눈웃음을 지으며 건배했다.

"위하여!"

브루스는 와인을 한 모금 마시고 나서 제대로 골랐구나 싶어 흡족했다. 순하면서 향긋한 맛이 일품이었다. 풍미가 혀끝에 느껴지는가 싶더니 곧 입안 가득 퍼졌다. 목으로 넘기자 가장 민감한 부위까지 부드럽게 타고 내려갔다. 그는 그녀가 와인에 대해 아는지 궁금해 표정을 살폈다. 하지만 그녀는 속을 알 수 없는 묘한 표정으로 서 있었다.

"왜 그러지?"

그가 웃으며 물었다.

여자가 고개를 저으며 살짝 웃었다.

"죄송해요."

그러고는 한 번 더 고개를 저으며 설명했다.

"제 생각엔 당신이…… 그러니까 당신이 배트맨 의상을 입고 있을
줄 알았어요."

"저런, 그래서 실망했나?"

브루스가 상냥하게 웃으며 말했다.

"아, 아니에요."

그녀가 얼른 대답하며 아까의 그 묘한 표정을 지었다. 여자의 눈동
자는 잿빛으로도 보이고 초록빛으로도 보였다. 어쨌든 조금 차갑게
느껴지는 눈빛이었다. 그녀가 화제를 돌리려고 주변을 둘러보더니
물었다.

"집 좀 둘러봐도 될까요?"

"물론 되고말고."

브루스가 가만히 서서 대답했다. 그러고는 집 안을 둘러보는 여자
의 얼굴을 가만히 살폈다. 그녀의 눈길이 벽을 훑어보다 액자에 걸린
영화 포스터 앞에 멈췄다. 그 또래 아가씨들이 흔히 그렇듯이 수줍음
과 무관심이 어우러진 모습이었다. 그러더니 다시 이해하기 어려운
묘한 표정을 지으며 말했다.

"참 흥미로운 곳이네요."

브루스는 고개를 끄덕이고는 와인을 한 모금 마셨다. 속이 훤히 보
이는 사람보다 수수께끼 같은 사람이 훨씬 더 섹시했다.

"날 따라와. 다른 곳도 보여 줄게."

두 사람은 마법사의 동굴을 살피는 탐험가처럼 카펫이 깔린 아치형
복도를 말없이 걸어갔다. 여자가 침착하게 따라오다 넌지시 물었다.

"여기 우리밖에 없나요? 제 말은…… 그러니까 집사는 어디 갔나
요?"

"집사?"

브루스가 당황해서 반문했다. 그의 삶을 소재로 한 영화에서 등장하는 집사를 가리키는 듯했다. 사실 오래전에는 그와 비슷한 사람이 있었지만 영화는 현실을 많이 왜곡한다.

"어린 친구가 하나 있었지. 아마 네가 태어나기도 전에 죽었을 거야."

"아!"

여자가 조금 실망한 기색으로 한숨을 지었다. 아니, 어쩌면 안도의 한숨을 내쉰 건지도 모른다.

"따라와 봐."

브루스가 그녀를 재촉해 작은 방으로 안내했다. 작은 방은 커다란 목재 장식장이 벽 세 면을 가득 채우고 있었다. 그는 문 하나를 가리키며 말했다.

"이 안에 뭐가 들어 있는지 맞혀 봐."

그녀가 장식장 문을 바라보며 말했다.

"제가 그걸 어떻게 알아요?"

"그래도 한 번 맞혀 봐."

"잘 모르겠어요."

"괜찮아. 한 번 도전해 봐."

브루스가 그녀의 머리카락을 슬며시 만지며 말했다. 전에도 늘 머리카락을 만져 준 것처럼, 또는 그렇게 해 주면 여자가 답을 생각해 내는 데 도움이 될 것처럼 자연스럽게 매만졌다.

"우리가 방금 얘기했던 거야."

그가 힌트를 주자 여자가 골똘히 생각하는가 싶더니 웃으며 말했다.

"집사의 시체?"

그녀의 농담에 브루스가 웃었다. 유머 감각까지 갖춘 여자는 흔치 않았다. 그녀를 보내 준 친구에게 새삼 고마운 마음이 들었다. 나중에 전화로 꼭 인사해야겠다고 다짐했다.

"그냥 한 번 찍어 봐."

그가 한 번 더 재촉했다.

"찍는 것도 못하는 건 아니지?"

여자가 한숨을 내쉬며 고개를 저었다. 브루스는 그녀를 쳐다보며 긴장감을 한껏 높인 뒤 장식장 문을 확 당겼다. 번쩍이는 검정색 의상이 나일론 케이스에 담겨 투명한 플라스틱 옷걸이에 걸려 있었다.

"배트맨 의상이야."

"아!"

"한 번 만져 봐."

그녀가 주저했다. 이상한 동물을 만난 사람마냥 의상을 쳐다보기만 했다.

"괜찮아. 만져 봐."

브루스가 재촉했다.

그녀가 손을 뻗었다. 나일론 케이스 안으로 손가락을 넣고 소매 끝을 살짝 만졌다.

"와! 정말 멋져요."

그녀의 입에서 탄성이 터져 나왔다. 그러고는 손으로 어깨 부분과 가슴 부분을 어루만졌다. 브루스는 그 모습을 흐뭇하게 지켜봤다.

"특수 원단으로 만든 거야."

그는 숨을 한 번 크게 들이쉬고는 말을 이었다.

"실은 원단이 아니라 일종의 라텍스야. 얼마나 촉촉한지 느껴 봐. 온기가 느껴지지 않아? 사람의 체열을 흡수하거든. 네 손길에도 민감하게 반응할 거야."

그는 숨을 더 크게 들이쉬면서 살짝 다가섰다. 그와 여자와 슈퍼히어로의 옛 의상이 한 데 어우러져 무슨 일을 벌일 것만 같았다.

여자가 음모에 가담이라도 하듯이 고개를 끄덕였다. 딱히 놀란 기색도 없이 그의 눈을 응시하며 말했다.

"저도 민감하게 반응해요."

사실 브루스는 이 의상이 어떠한 반응도 할 수 없음을 숨겼다. 그가 방금 설명한 특징은 오리지널 의상에만 해당되는 것이다. 지금 그녀가 만지고 있는 의상은 성능이 훨씬 떨어지는 복제품이었다. 오리지널 의상은 몇 년 전에 도난당했다. 도난 사건 이후 그가 얼마나 애를 먹었는지 생각만 해도 몸서리가 쳐졌다. 백방으로 수소문한 끝에 특별한 물건을 보면 성욕을 느낀다는 물신주의자 클럽에까지 갔다. 첼시파크 근처에 있는 그 클럽에서 도난당한 의상을 찾으려고 몇 날 며칠을 죽치고 기다렸다. 배트맨으로 분한 사람은 물론이요, 슈퍼히어로 의상을 입고 돌아다니는 사람은 모두 뒤쫓아 그들의 체취를 맡았다. 행여 옷을 찾을까 싶어 가죽과 고무 냄새, 땀 냄새를 확인했다. 성적 쾌감을 높이려고 바른다는 아질산아밀 냄새까지 킁킁대며 확인했다. 그런 자들 중에 그의 오리지널 의상을 입은 사람은 없었다. 결국 그는 의상을 되찾을 생각을 접었다. 하지만 그에 대한 보상심리로, 클럽에서 알게 된 젊은 친구들과 어둑한 실내에서 화끈한 밤을 보냈다. 이런 얘기를 그녀에게는 한 마디도 하지 않았다. 그저 좀더 가까이 다가가 거친 목소리로 속삭였다.

"다른 손도 갖다대 봐."

여자가 나머지 손도 나일론 케이스 안에 넣고는, 부드럽게 원을 그리듯 의상을 어루만졌다. 복근이 도드라진 부위를 손가락으로 스칠 때는 그녀의 숨결도 거칠어졌다. 그녀도 게임에 빠져든 것 같았다.

손이 미끄러지듯이 아래로 내려갔다.

"그만! 그만 하면 됐어."

브루스가 갑자기 그녀의 행동을 중단시켰다. 그는 이미 맥박이 빨라지고 음경이 딱딱하게 부풀어 올랐다. 하지만 게임을 너무 서두르고 싶지 않았다. 아직 시간이 많았다.

"밤은 길어. 아직 보여 줄 게 많아."

*

오늘 오후, 매디슨 애비뉴의 부티크에서 쇼핑을 하던 그는 탈의실로 들어간 뒤 얼른 옷을 입고 나가야겠다고 생각했다. 그때 뭔가 눈에 띄었다. 종이쪽지였다. 그 쪽지가 언제부터 바닥에 떨어져 있었는지는 알 수 없었다. 몇 초 전에 누군가 탈의실 문 앞에 떨어뜨렸거나 아니면 한참 전부터 바닥에 있었을 것이다. 그때까지 다른 데 신경 쓸 새가 없었다. 그는 판매원들이 보여 주는 은은한 광택 소재의 셔츠를 입어 보느라 탈의실 바닥에는 눈길도 주지 않았었다.

브루스는 반으로 접힌 하얀 종이쪽지를 집어 들었다. 그 종이가 원단이나 천 조각, 혹은 의상의 끝단이라도 되는 양 손끝으로 질감을 만져 봤다. 매끄럽고 섬세했다. 이런 종이라면 자신이 좋아할 만한 옷을 만들 수도 있을 것 같았다. 이 세상에는 그가 입고 싶은 옷이 정말 많았다. 한편, 머릿속에는 방금 탈의실 거울 앞에서 마주친 청년이 떠올랐다. 청년의 은밀한 눈길로 봐서, 필시 그가 대범하게 탈의실 바닥에 쪽지를 떨어뜨렸을 것 같았다. 기분이 우쭐하면서도 한편으로 짜증이 났다. 필시 자신의 전화번호나 사랑의 메시지 따위를 끼적였을 것이다. 어쩌면 단도직입적으로 같이 자자는 말을 적었을 수도 있다. 물론 브루스는 콧방귀도 뀌지 않을 것이다. 청년은 그의 취향이 아니었고 게다가 나이도 많아서 남자 냄새가 풀풀 풍겼다. 브루스는 경멸하는 듯한 미소를 띠며 쪽지를 펼쳤다. 실망스럽게도 쪽지 내용은 그런 게 아니었다.

잘 가요, 배트맨

예상했던 내용과 사뭇 달랐다. 브루스는 쪽지를 여러 번 뒤집어 봤다. 이게 도대체 무슨 뜻이지? 도대체 누가 보낸 거야? 무슨 일인지 당장 알아보는 수밖에 없었다. 그는 탈의실 문을 확 젖히고는 천천히 고개를 내밀었다. 아까 봤던 청년이 판매원과 재킷의 재단에 대해 한창 이야기를 나누고 있었다. 두 사람이 깜짝 놀라 이야기를 멈추고는 무슨 일인가 싶어 그를 쳐다봤다.

브루스는 오만한 거북이처럼 고개를 천천히 거뒀다. 청년과 판매원은 다시 재킷의 뒤트임이 얼마나 중요한지에 대한 이야기를 나눴다. 브루스는 한 번 더 고개를 삐죽 내밀고는 그들을 살폈다. 그러자 그들도 다시 이야기를 멈추고는 의아한 눈으로 그를 쳐다봤다.

잠시 어색한 침묵이 흘렀다. 청년의 얼굴에 떠올랐던 반가운 미소는 사라진 지 오래였다. 오히려 브루스의 행동이 성가신 듯했다.

"뭐가 잘못됐나요? 다른 셔츠도 입어 보시겠어요?"

판매원이 물었다.

"아냐. 아무것도 아냐."

브루스가 실망한 얼굴로 찡그리며 말했다. 언뜻 보기에도 청년이나 판매원은 쪽지와 아무 상관도 없어 보였다. 그렇다면 누구란 말인가? 다른 판매원? 아니면 다른 손님?

"저, 혹시 좀 전에 누가 이 탈의실 앞을 지나갔나요?"

그의 질문에 점원이 무표정한 얼굴로 대꾸했다.

"지나간 사람 없습니다. 그런데 '누구'란 누굴 뜻하는…… 혹시 어디 불편하십니까?"

브루스는 탈의실 문을 쾅 하고 닫고는 무슨 일인지 곰곰이 생각했다. 도무지 짚이는 게 없었다. 결국 별일 아니라고 판단하고는 그냥 넘겨 버렸다. 기분 좋은 금요일 오후였고, 밤에는 여자를 만날 예정이었다. 터무니없는 장난에 기운을 허비할 이유가 없었다.

'여자를 만나는 날에는 최대한 집중해야 해. 쓸데없는 데 신경 쓸 새가 없어.'

발치에 떨어진 종이쪽지나 거기에 적힌 문구에 연연해할 이유가 없었다. 게다가, 생각해 보니 이번이 처음도 아니었다. 똑같은 쪽지를 몇 주 전에 우편으로도 두 번이나 받았다.

잘 가요, 배트맨

어투로 봐서는 예전에 만났던 연인이 낙심하고 써 보낸 쪽지일 성싶었다. 충분히 그러고도 남았다. 딱 한 번 만나고 차 버린 수많은 여자애 중 하나일 것이다. 그렇게 생각하는 것이 가장 그럴듯한 해답이었다. 폭동이 일어난 다음 날 길거리에 깨진 병들이 어지럽게 널려 있듯이 브루스의 과거에는 실연의 아픔을 안고 떠나간 여자가 아주 많았다. 그는 우쭐하면서도 씁쓸했다. 짝사랑에 빠진 이름 모를 아가씨가 작별 쪽지를 전하러 부티크까지 쫓아왔을 거라는 생각이 다소 황당하긴 했지만, 뭐가 됐든 당장은 무시하기로 마음먹었다.

끝내주는 밤이 기다리고 있다! 오늘 밤, 새로운 아가씨를 만날 것이다. 의식을 치르고 황홀한 시간을 보낼 것이다.

*

라텍스 의상 앞에서 가볍게 분위기를 띄운 뒤, 두 사람은 거친 숨을 몰아쉬며 다음 방으로 옮겨갔다. 서로 상대를 깊이 의식하면서 말없이 걸음을 옮겼다. 이번엔 아주 큰 방이었다. 값비싼 램프 두 개가 원목 마루와 가구를 은은하게 비추고 있었다. 한 폭의 수채화처럼 빛과 어둠이 조화를 이뤘다. 여자가 호기심 어린 눈으로 빙 둘러보며 한가운데로 걸어갔다.

"여긴 내 서재야."

브루스의 말에 여자가 다소 안도하는 표정으로 웃었다.

"실은 당신이 사는 곳이 어떻게 생겼는지 무척 궁금했어요."

그녀가 한 번 더 빙 둘러보고는 솔직하게 말했다.

"당신이 슈퍼히어로로 활약할 때 고안한 장비나 이상한 장치가 잔뜩 있을 것 같았거든요."

"예전에 살던 저택 창고에는 아직 많이 있어."

브루스는 설명하면서 조명을 제일 잘 받을 수 있는 곳으로 나아갔다. 그러고는 가장 자신 있는 미소를 지었다.

"상당수는 박물관에 기증했어. 이젠 다 쓸모없는 쓰레기니까. 기계나 장비는 금세 시대에 뒤처져. 난 낡은 걸 싫어하거든."

브루스가 손사래까지 치며 말했다. 그러면서 자신의 서재가 주는 고전적 스타일을 한껏 자랑했다. 붉은색 가죽의 안락의자, 검정색 원목 책상, 전면이 크리스털 유리인 책장, 책 위에 놓인 서진(書鎭) 등이 은은하게 빛났다. 특히 서진은 크리스털을 거북이 모양으로 조각한 것인데, 거대한 다이아몬드처럼 영롱한 빛을 발했다. 만면에 미소를 띤 브루스의 얼굴은 자신감으로 넘쳤다.

"넌 어퍼 이스트 사이드 출신이라지? 고급 주택가니까 너희 집도 여기와 비슷할 것 같은데."

그녀가 고개를 끄덕였다.

"비슷해요."

하지만 자세한 이야기는 일부러 피하며 신중하게 말했다.

"아무튼 여기엔 요상한 장치가 없다는 거네요. 폐쇄회로 비디오 감시 카메라나 집 전체를 통제하는 중앙 컴퓨터……."

브루스가 웃음을 터뜨렸다.

"그 딴 게 어디 있다고. 예전엔 그런 장치를 즐겨 사용했지. 하지만 그때도 대단한 물건은 아니었어."

그렇게 말해 놓고는 너무 겸손을 떨었다고 생각했는지 한 마디 덧붙였다.

"더 멋진 걸 보여 줄게. 낡은 전자 기기보다 훨씬 흥미로울 거야."

여자가 기대에 찬 눈으로 그를 쳐다봤다. 얼굴에 창백하고 비장한 기운까지 감돌았다. 하지만 살짝 조명이 덜 미치는 쪽으로 물러나는 바람에 무대에서 사라지는 것처럼 보였다. 브루스가 최면에 걸린 듯 그녀를 쳐다보다가 조금씩 다가갔다. 그러고는 전기충격이라도 받을까 봐 두려워하는 사람처럼 그녀의 손을 조심스럽게 잡았다.

여자가 잠시 당혹스러워하더니 금세 얼굴을 풀었다. 브루스는 어둑한 조명 아래에서 그녀의 얼굴이 변하는 모습을 주시했다. 하지만 포착하기 어려울 정도로 미묘해서 도무지 종잡을 수가 없었다.

'참, 이상하지. 얼굴이 수시로 바뀌는 것 같아. 천 가지 얼굴을 숨기고 있다가 그때그때 적당한 얼굴을 드러내는 것 같아.'

사실 그가 가장 좋아하는 얼굴은 예나 지금이나 같았다. 남자애들에게 더 끌리던 시절부터 지금까지 똑같았다. 첫째 이목구비가 반듯해야 했다. 연한 눈동자, 갈색 빛이 도는 금발, 콧잔등에 내려앉은 주근깨, 천사처럼 상냥하면서도 쌀쌀맞은 입매와 표정. 남자든 여자든 상관없었다. 맘에 들어서 보면 다 똑같았다. 한 사람이 여러 가지 스타일로 분장한 것처럼 다 비슷했다.

"네 얼굴은."

브루스는 말하다 말고 숨을 깊이 들이마셨다. 잡고 있던 손을 내려다보며 나긋나긋하게 말했다.

"멋진 얼굴이야. 손도 그렇고."

그는 그녀가 내민 나머지 손도 꼭 잡았다. 그 손의 감촉과 촉촉한 온기를 느끼며 말했다.

"날 따라와."

그는 서재 한쪽에 난 문으로 그녀를 이끌었다. 여자가 고분고분하게 따라왔다. 문을 열고 들어가니 작은 체육관이 나왔다. 쇠로 된 아령과 역기에서 금속 냄새가 풍겼다.

"이게 당신이 보여 주려던 건가요?"

그녀가 운동 기구를 둘러보며 물었다. 누워서 역기를 들어올리는 벤치는 가죽으로 싸여 있었고 아령과 역기는 크기별로 놓여 있었다. 다기능 운동 기구도 두어 개 보였다.

브루스가 그녀의 손을 놔줬다.

"여긴 내가 굉장히 좋아하는 방이야."

그는 잠시 어깨를 으쓱하며 포즈를 취했다. 배에 힘을 잔뜩 주고 가슴근육을 크게 부풀려 셔츠 속에 감춰진 근육을 뽐냈다.

"하지만 여기를 보여 주려던 건 아니야."

그는 체육관을 지나 다른 문으로 다가갔다. 문을 가볍게 밀어 열면서 여자에게 따라오라고 손짓했다.

그곳은 조그마한 전시실이었다. 전시실 한가운데에 또 한 명의 브루스 웨인이 스포트라이트를 받으며 다리를 조금 벌린 채 오만한 표정으로 그들을 쳐다보고 있었다. 배트맨 의상을 차려입은 조각상이었다. 검정색 합성수지로 실물 크기와 똑같이 제작된 것으로, 상의 앞자락이 살짝 벌어져 있었다. 눈에 보이지 않는 지퍼가 달린 것 같았다. 브루스가 한 손으로 조각상의 왼쪽 가슴 부위를 더 드러냈다. 어머니가 아기에게 젖을 물리려고 가슴을 드러내듯이 관객 앞에 가슴근육을 고스란히 노출했다. 브루스는 여자의 얼굴을 살폈다. 그녀의 눈은 정면을 주시하고 입술은 살짝 비틀어져 음란한 표정을 짓고 있었다.

그들은 말없이 조각상을 바라봤다. 브루스는 여자가 질문할 때까지 기다렸다. 이 작품의 내력을 시시콜콜 들려줄 생각이었다. 실물 크기의 조각을 매우 사실적으로 묘사하는 네이선 퀴스트의 작품임을 자랑하고 싶어 입이 근질근질했다. 네이선은 극사실주의 작가로, 벌거벗은 여자가 엎드린 자세로 히틀러와 구강 섹스를 하면서 스탈린과 항문 성교를 하는 조각상을 제작해 센세이션을 일으켰다. 브루스는 몇 년 전에 그 작품을 처음 보고 존경심과 혐오감이 동시에 들었다. 몇 주 후, 우연히 한 잡지사에서 주최한 파티에 참석했다가 그 예술가를 소개받았다. 네이선 퀴스트는 체리 향이 나는 보드카를 마시면서 미술학도들에게 둘러싸여 있었다. 다들 네이선이 어떤 도발적인 발언을 하나 싶어 귀를 쫑긋 세우고 있었다. 당시 네이선이 교황의 조각상을 제작한다는 소문이 돌고 있었다. 브루스와 네이선이 안면을 트는 데는 그리 오래 걸리지 않았다. 네이선이 은퇴한 슈퍼히어로의 다부진 체격을 보고 눈독을 들였기 때문이다. 예술가의 칭찬은 브루스의 자긍심을 한껏 높여 주었다. 다음 날, 네이선이 술이 덜 깬 목소리로 전화해서는 그에게 포즈를 취해 달라고 부탁했다.

"네이선 퀴스트의 작품이야."

브루스가 착 가라앉은 목소리로 말하며 여자의 반응을 기다렸다. 그런데 그녀는 아무런 반응도 보이지 않았다. 그가 담담한 목소리로 말한 건, 당연히 그녀가 놀랄 거라고 생각했기 때문이다.

"그렇군요."

그녀가 말했다. 그런데 그 이름에 별 감흥이 없는 것 같았다. 브루스는 기가 막혔다. 세상의 절반을 분노케 했던 예술가를 어떻게 모를 수 있는지 어이가 없었다. 보수적인 성향을 띠는 네 곳의 주에서는 그의 작품을 박물관에 전시하지도 못하게 막았다. 그의 작품은 센트럴파크가 내려다보이는 펜트하우스보다 더 비싸게 팔렸다. 그런 예술가가 그의 멋진 가슴근육을 조각하려고 교황의 조각상을 미완으로 놔뒀다.

"네이선 퀴스트라고!"

그가 거듭 강조했다.

"그렇군요."

한참 만에 여자가 대답했다. 그런데 그 말투가 왠지 살짝 비꼬는 것처럼 들렸다. 정말 의외였다.

히틀러와 스탈린이 한 여자랑 섹스하는 조각상을 만든 유명인을 모르다니, 어이가 없었다. 어쩌면 히틀러와 스탈린이 누구인지도 모를 수 있겠다 싶었다. 요즘 애들은 아무것도 몰랐다. 마치 다른 별에서 온 사람들 같았다.

"아주 유명한 예술가야."

브루스는 여자가 조각상을 보고도 별로 감동받지 않자 실망하여 자신의 복제품을 한참이나 쳐다봤다. 다른 방문자들은 대부분 보자마자 넋이 나갔다. 그는 지금도 이걸 보면 여전히 눈이 부셨다. 이 작품에는 뭐라 규정하기 어려운 힘이 엿보였다. 대단히 비싼 예술품에서 흔히 묻어나는 묘한 기운이 서려 있다고나 할까? 아무튼 이걸 구입하느라 엄청난 돈을 들였다. 퀴스트가 작품을 완성했다는 소식을 듣고는 누구보다 먼저 달려갔다. 그는 작품을 보자마자 매료됐다. 자신의 몸을 묘사한 방식, 근육을 돋보이게 하는 의상, 몸의 일부분인 양 유연하게 펼쳐진 망토를 보고 온몸에 소름이 돋았다. 실물을 똑같이 재현해 낸 솜씨가 대단했다. 퀴스트는 그의 육체에서 풍기는 포스를 제대로 파악했다. 아니, 그걸로 끝이 아니었다. 조각상에서는 그 이상의 기운이 풍겼다. 조각상의 자세와 얼굴에서 뭔지 모를 흥분과 불안이 배어났다. 순진한 구석이라곤 하나도 없었다. 조각상을 보면 자신의 현재 모습을 거울에 비춰 보는 듯했다. 주색을 밝히는 늙은 사티로스! 언뜻 보면 여전히 청년 같은 몸매를 자랑하며 세상을 유혹하려 애쓰는 반인반수의 괴물 같았다. 당시 퀴스트는 의기양양하게 미소를 지었던 반면 그는 화를 내야 할지 기뻐해야 할지 몰라 얼떨떨한 상태였다. 그는 즉석에서 작품을 구입하겠다고 제안했다. 다른 관객들이 그가 감지한 느낌을 감지하면 어쩌나 하는 생각이 들었기 때문이다. 그와 똑같이 연상하지는 않더라도, 전시회에 떡하니 세워 놨을 때 사람들이 보일 반응을 생각하니 두려웠다.

그녀가 몇 걸음 물러났다. 그녀의 관심은 벽에 걸린 다른 예술품에 쏠렸다. 벽에는 화폭에 그려진 유화 대여섯 점과 유명 사진작가들이 찍은 갖가지 인물 사진이 걸려 있었다. 그녀는 특히 한 인물 사진 앞에 멈춰 서서 유심히 살폈다. 그러고는 아주 흥미로운 목소리로 물었다.

"로빈?"

브루스는 내키지 않은 걸음으로 그녀에게 다가갔다. 그녀가 자신의 엄청난 조각상에 관심을 보이지 않아서 조금 화가 났다. 자신의 탁월한 힘과 관능미, 빛과 그림자를 동시에 품은 듯한 분위기를 알아채지 못하는 것 같아 속상했다. 그녀가 별 볼 일 없는 초상화에 눈길을 주는 것이 안타까웠다. 어쨌든 그것은 리처드 애버딘이 찍은 사진이었다. 애버딘은 한때 슈퍼히어로의 사진을 찍는 데 열정을 쏟았다. 그녀가 감탄의 눈으로 바라본 작품은 슈퍼히어로 의상을 걸친 청년의 사진이었다. 아니, 엄밀히 말하면 그의 조수 의상을 걸친 청년이었다. 사진 속 청년은 신뢰하는 눈길로 렌즈를 쳐다보고 있었다. 빛이 그를 감싸면서 천사 같은 이미지를 부여했다.

"그래, 로빈이야."

브루스가 건성으로 대답했다.

"죽은 지 얼마나 됐어요?"

여자가 물었다.

"하도 오래돼서 기억도 안 나."

"눈빛이 참 선하네요."

"아마 그럴 거야."

브루스가 시큰둥한 투로 말했다.

"당신에게 아주 중요한 사람이었죠, 그렇죠?"

여자가 사진에서 눈을 떼지 않으며 물었다.

"아마도. 기억도 잘 안 나. 너처럼 젊은 애들은 왜 죽은 영웅한테 관심이 많은지 모르겠다."

브루스가 코웃음을 치며 대꾸했다.

여자가 시선을 휙 돌리고는 미안한 듯 미소를 지었다.

"화내지 마세요."

그러면서 한 손을 브루스의 가슴에, 다른 한 손을 자신의 가슴에 댔다. 두 심장이 똑같이 뛰기를 기다리기라도 하듯이 그 자세로 한참 동안 서 있었다. 그의 마음이 풀린 걸 알자 눈이 반짝 빛났다. 그 빛은 놀랄 정도로 진한 잿빛이었다.

"알았어, 알았어."

브루스가 결국 화를 풀었다. 그러고는 숨을 한 번 깊이 들이쉬더니 충동적으로 말했다.

"이젠 네가 날 위해 뭘 해 줘야 할 시간이야. 아주 멋진 일이지."

＊

아주 오래 전, 그러니까 80년대 초반에 벌어졌던 일이다. 로빈이 그의 삶에 들어온 것은 녀석이 열여덟 살 때였다. 브루스는 젊은 남자를 여러 명 사귀고 있었지만, 로빈만큼 어린 사람은 없었다. 사실 브루스는 그때까지 어떤 타입이 더 좋은 줄도 몰랐다. 로빈은 어느 날 밤 뜬금없이 그의 삶에 들어왔다. 갈색 빛이 도는 금발과 콧잔등에 내려앉은 주근깨가 브루스의 잠재의식 속에 들어 있던 이상형에 딱 들어맞았다. 사랑을 주관하는 자애로운 신이 그에게 딱 맞는 제품을 디자인해 선보인 것 같았다.

게다가 청년은 수줍어하면서도 야무졌다. 한 번 물면 절대로 놓지 않는 파충류처럼 어떤 생각이 떠오르면 우직하게 밀어붙였다. 그러면서도 걸핏하면 얼굴을 붉혔고 눈을 똑바로 쳐다보지 못했다. 체구는 크지 않았지만 단단했고, 그레코로만 레슬링 팀에서 정기적으로 훈련한 덕에 투지가 넘쳤다. 브루스는 어느 골목길에서 우연히 로빈을 만났다. 당시 로빈은 남자 두 명과 붙어서 한창 싸우고 있었다. 나중에 듣기로, 그들이 그에게 호모라고 놀렸기 때문에 한판 붙었다고 했다. 브루스는 로빈을 놀려 대는 두 녀석을 혼쭐내서 쫓아 버렸다. 그런 다음 아무 말도 하지 않고 그 자리를 떠나려고 했다. 그런데 어린 녀석이 코피를 줄줄 흘리면서 그를 불러 세웠다. 그러고는 수줍게 다가와 눈을 반짝이며 말했다.

"진짜로 존재하는군요. 당신이 존재할 거라고 늘 생각했어요. 실제로 있기를 간절히 바랐어요."

브루스는 청년의 초록색 눈동자를 한참 동안 들여다봤다. 그 순간, 두 사람의 삶이 완전히 바뀌었다.

그때만 해도 배트맨의 존재를 놓고 세간에 말이 많았다. 배트맨이 진짜라고 자신하는 무리는 그에게 흠씬 두들겨 맞은 범죄자나 일부 목격자, 미스터리한 영웅을 파헤치고자 애쓰는 기자들뿐이었다. 많은 사람이 배트맨의 존재를 어렴풋하게 짐작하긴 했지만 확신하진 못했다. 이러한 의구심 덕분에 그는 더 매력적인 인물이었다. 거의 전설적인 존재로 떠받들렸다. 그때까진 로빈에게도 그랬다. 그는 청년의 마음속에만 존재하던 이상이요, 꿈이었다. 그때까진 감히 만나볼 엄두도 못 내던 존재였다. 그런데 그날 밤의 사건을 계기로 단 며칠 만에 그의 연인이 됐다.

브루스는 스무 살이나 어린 남자의 구애가 한없이 귀여웠다. 로빈은 몇 달러짜리 선물을 사들고 찾아오거나 자동 응답기에 어설픈 시를 녹음해 놓기도 했다. 어떤 때는 애처롭기도 하고 어떤 때는 흥분되기도 했다. 로빈은 그의 삶에 그렇게 운명처럼 조금씩 다가왔다. 로빈과 함께 있으면 유쾌했다. 그의 충성심을 유용하게 써먹을 수도 있었다. 흠모의 감정을 대놓고 드러내는 것이 밉지 않았다. 함께 저녁을 먹은 뒤 집으로 데려와 품에 안고 자기도 했다. 눈을 뜨면 로빈이 그의 품에 안겨 천사처럼 잠들어 있었다. 누군가를 그의 날개 아래 두고 품어 준다는 생각에 한없이 뿌듯했다. 알을 깨고 나올 때까지 지켜주고 보호하고픈 마음이 새록새록 들었다.

결국 로빈은 그의 저택으로 옮겨왔다. 그는 배트맨의 은밀한 비밀을 모두 알게 됐다. 워낙 군세고 용감했기 때문에 오래지 않아 배트맨의 든든한 조수가 됐다. 배트맨이 가는 곳이라면 밤이고 낮이고 따라다녔다. 밤에 도시를 함께 순찰하고 돌아와서는 한 침대에 나란히 누웠다. 슈퍼히어로 임무를 수행할 때도, 새로운 성적 충동을 발견할 때도 완벽한 조수였다. 로빈은 무슨 일이든 척척 해냈다. 언제나 웃는 낯으로 순종하면서 브루스의 욕구를 채워 줬다. 재단에 바치는 희생양처럼, 실험실의 동물처럼 자신의 희고 고운 몸을 온전히 그에게 바쳤다.

브루스는 로빈을 대상으로 미지의 세계를 탐색했다. 그가 좋아하는 신체 타입을 알아냈고, 다른 사람의 손과 발을 새로운 시각으로 보게 됐다. 발가락의 육감적 감촉을 감지했고, 두 손이 주는 황홀한 매력도 발견했다. 눈처럼 희고 고운 손으로 로빈은 그가 모르던 세상에 눈뜨게 해 줬다. 두 손이 펼치는 부드러운 마법에 몸을 내맡기면 황홀한 세계가 열렸다. 브루스는 두 손을 통해서 로빈의 심장박동을 느꼈다. 두 손이 혼연일체가 돼 그를 황홀경에 빠뜨렸다. 오랫동안 로빈은 그의 삶을 채워 줬고, 그의 육체와 나르시시즘을 충족시켜 줬다. 로빈은 그의 말이면 뭐든 믿고 따르는 신봉자요, 유능한 파트너였으며, 매일 밤 불멸의 사랑으로 두 손의 마법을 보여 준 황홀한 연인이었다.

브루스는 작은 욕실로 여자아이를 데려갔다. 거울 위쪽에 설치된 조명을 켜자 깔끔한 화강암 싱크대가 훤하게 드러났다.

"내가 원하는 건."

그가 여자아이에게 말했다.

"아주 간단해. 그냥 여기에서 손만 씻으면 돼."

그는 자신의 설득력 있는 목소리에 흡족했다. 또한 지구 대기에 부딪쳐 반사되는 태양 복사열처럼 그의 말에 흠칫 놀라는 그녀의 반응도 흡족했다. 브루스는 군림하는 걸 좋아했지만 완전히 지배하려 들지는 않았다. 긴장감이 감돌아야 진짜 흥미로운 게임이 펼쳐졌다. 지배하는 것과 지배당하는 것 사이에서 이뤄지는 아슬아슬한 줄타기를 즐겼다.

"손을 씻어."

그가 아주 부드럽지만 단호한 목소리로 명령했다.

그녀는 고분고분 그의 지시를 따랐다. 놀라는 눈치도 아니었다. 브루스가 좋아하는 걸 제대로 알고 온 것 같았다. 미지근한 물을 틀어 놓고 손에 비누칠을 해가며 차분하게 씻었다.

"그래, 좋아."

브루스가 숨을 헐떡이며 말했다. 그는 은빛 물살에 흔들리는 여자아이의 작은 손을 쳐다봤다. 비누거품이 팔찌처럼 손목을 감쌌다. 신비한 동물이 흘리는 침처럼 거품이 그녀의 두 손을 핥았다. 여자아이의 얼굴과 마찬가지로, 두 손에서도 뭔지 모를 기운이 느껴졌다. 브루스는 순간적으로 현기증이 일었다. 두 손을 붙잡아 그의 얼굴에 대고 싶었다. 두 손에 키스하고 맘껏 빨고 싶었다.

그는 몇 분 더 여자아이가 손을 씻는 모습을 바라봤다. 두 손이 하얀 거품 속에 숨었다가 흐르는 물에 속살을 드러내는 모습에 매료됐다. 손가락이 가늘고 길었다. 몇 시간을 쳐다봐도 질리지 않을 것 같았다. 하지만 계속 손만 씻으라고 할 수는 없었다. 당장은 그 정도로 만족하고 그녀에게 수건을 건넸다.

"아주 잘했어."

그녀가 서두르지 않고 천천히 손의 물기를 닦았다.

"더 오랫동안 지켜보실 줄 알았어요."

여자아이의 얼굴이 무척 침착했다. 브루스는 그녀가 어떤 일에도 놀라지 않을 거라고 장담했다. 어떤 상황이 닥쳐도, 어떤 요구를 해도 침착한 태도를 잃지 않을 듯했다. 순진무구하면서도 세상사에 초월한 사람 같았다.

여자가 그를 쳐다봤다. 녹색이 감도는 잿빛 눈동자에 브루스는 숨이 멎을 것 같았다. 그녀를 보내 준 친구가 이번엔 진짜 제대로 골랐다. 그녀는 확실히 그가 뻑 가는 타입이었다.

두 사람은 다시 거실로 나왔다. 감미로운 음악이 둘을 반겼다. 램프에서 나오는 불빛도 따사로운 석양처럼 온기를 더해 줬다. 그녀가 소파에 편안하게 앉았다. 힘든 일을 마치고 온 사람처럼 길게 숨을 내쉬었다.

"하아!"

브루스는 와인잔에 와인을 새로 따랐다. 그러고는 얼음을 두어 개씩 넣고 손가락으로 저었다.

"자, 이젠 무슨 얘기를 하고 싶어?"

여자에게 잔을 건네며 그가 물었다.

"무슨 얘기라뇨?"

여자가 예의 그 묘한 표정을 지으며 한참 생각하다가 말했다.

"전 별로 할 말이 없어요."

브루스가 자신의 잔으로 그녀의 잔을 가볍게 건드렸다. 두 잔이 부딪치며 감지하기 어려울 정도로 작은 소리가 났다.

"그렇다면……."

브루스가 그녀 옆에 앉으며 말했다.

"오늘 뭘 했는지 말해 봐."

"오늘 뭘 했냐고요?"

여자가 아까 브루스가 했던 것처럼 와인잔에 손가락을 넣더니 와인을 저었다. 그런 다음 젖은 손가락으로 입술을 적셨다.

"그게 중요해요?"

"아니."

브루스가 그녀의 손가락과 매혹적인 입술을 바라보며 말했다.

"아니, 그냥 얘기해 봐. 널 좀 더 알 수 있게."

브루스는 가장 매력적인 미소를 지으며 재촉하듯 덧붙였다.

"나에 대해서는 이미 많이 알고 있잖아."

"물론이죠."

여자가 눈길을 피하며 말했다.

"당신은 배트맨이잖아요. 배트맨."

여자는 무슨 좌우명이나 표어를 읊조리듯 차분한 목소리로 그의 이름을 내뱉었다.

"당신을 그렇게 불러도 돼요? 그러니까 배트맨이라고 불러도 괜찮아요?"

"그래. 부르고 싶은 대로 불러."

브루스는 대답하면서 와인을 한 모금 삼켰다. 그러고는 누군가가 두 사람을 지켜본다면 어떠할지 상상해 봤다. 구릿빛의 건장한 남자가 섹시한 아가씨 옆에 앉아 있는 모습이 누가 봐도 멋진 그림일 것 같았다. 그는 무척 유쾌했다. 손을 뻗어서 그녀의 촉촉한 입술을 슬며시 만졌다.

여자는 그의 손길을 알아채지 못한 듯했다. 누구의 손길에도 초연한 고양이마냥 언제 누가 만져도 신경 쓰지 않을 듯했다.

"오늘 뭘 했냐 하면, 준비를 했다고 할 수 있죠. 그래요, 오늘 밤을 준비했어요."

브루스가 살짝 웃었다. 우스워서가 아니라 웃어 줘야 할 것 같아서. 그는 그녀의 부드러운 목덜미로 손을 가져갔다.

"하루 종일 준비만 했나?"

여자가 잠시 생각에 잠기더니 다시 입을 열었다.

"아뇨. 센트럴파크에 갔어요. 센트럴파크요."

"공원에 갔구나. 그래, 날씨가 참 좋았지."

브루스가 얼른 맞장구를 쳤다. 하지만 속으로는 그녀가 혼자서 도시를 돌아다녔다는 생각에 질투심이 일었다. 어이없게도 그는 가끔 이렇게 엉뚱한 질투심이 일었다. 세상엔 그가 좋아하는 소녀와 소년, 그를 빨려들게 하는 눈빛과 콧잔등에 내려앉은 주근깨를 지닌 아이들이 널려 있었다. 그가 아직 취하지 못한 아이들이 아직도 많았으며, 그들이 밖으로 싸돌아다니도록 그냥 놔두고 있었다. 이런 생각이 정말 어리석다는 걸 알지만 그도 어쩔 수 없었다. 그는 여자아이의 목덜미를 계속 어루만졌다. 그런 생각이 저절로 사라지기를 기다렸다. 그녀의 목덜미는 길고 매끄러웠다. 브루스가 갑자기 손에 힘을 줬다. 거친 손길에도 그녀는 동요하지 않았다.

"날씨가 정말 좋았어요. 잔디밭에 누워서 책을 읽었어요."

"음, 그거 좋지."

그는 목에서 손을 떼고 등으로 내려갔다.

"나무도 많고 귀여운 다람쥐도 많았을 거야."

그녀의 등 역시 매끈하면서도 힘이 있었다. 이 젊은 아가씨가 무슨 운동을 하는지 궁금했다. 그는 더 아래로 손길을 옮기며 척추 마디마디를 하나씩 하나씩 매만졌다. 진귀한 묵주 구슬을 세듯이 천천히 음미했다.

그녀의 등골이 갑자기 긴장하는 것 같아 그가 웃으며 물었다.

"불안하니?"

여자가 그의 질문을 무시하며 말했다.

"솔직히 말하면 전 다람쥐를 좋아하지 않아요. 다람쥐를 보면 쥐가 떠오르거든요."

잔을 기울여 와인을 한 모금 마시더니 갑자기 그의 의견을 물었다.

"그 둘 사이에 어떤 연관이 있다고 생각하지 않으세요? 그러니까 센트럴파크의 다람쥐나 시궁창에 사는 쥐나 모두 같은 게 아닌가 해서요."

브루스는 질문에 다시 웃었다.

"잘 모르겠는걸. 시궁창에 들어가 보지 않아서 말이야."

그는 그녀에게 더 가까이 다가가 숨결에서 풍기는 와인 향을 음미했다. 그 향에서 그녀의 촉촉한 몸을 감지할 수 있었다. 그녀의 관자놀이에서 고동치는 심장박동을 관찰할 수 있었다. 그녀의 등 아래쪽을 더듬는 그의 손에서도 심장박동의 반향을 느낄 수 있었다.

"근데 이거 아세요?"

여자가 다시 물었다.

"책에서 읽었는데, 우리는 쥐나 다람쥐 같은 설치류와 오 미터 이상 떨어져 본 적이 없대요. 그만큼 우리 주변에 많다는 얘긴가 봐요."

여자는 아주 중요한 정보를 공개하는 것처럼 신나서 떠벌렸다.

"책을 많이 읽었나 보구나."

브루스가 그녀의 손을 잡으며 말했다. 그런데 브루스의 비꼬는 듯한 목소리를 알아차렸는지 그녀가 돌연 화제를 바꿨다.

"당신은요? 당신은 오늘 어떻게 지냈어요?"

브루스가 놀라는 눈빛으로 그녀를 쳐다봤다. 그녀와 비슷한 나이 또래 아이들은 좀체 질문을 하지 않기 때문이다. 대개 만사에 무심한 듯 대답만 했다.

"난 옷을 샀어. 운동도 조금 했고. 그리고 네가 오기를 기다렸지."

브루스가 속삭이면서 그녀의 손을 들어올려 그녀의 손가락 끝으로 그의 입술을 가볍게 쓸었다. 혀를 내밀어 그녀의 손톱을 핥았다.

"제 생각엔,"

여자가 적당한 말을 찾으려고 잠시 머뭇거렸다.

"제 생각엔, 당신은 전용 클럽에서 운동하는 줄 알았어요. 슈퍼히어로들만 가는 체육관이 있는 줄 알았거든요. 당신 같은 슈퍼히어로들은 서로 어디에서 만나나요?"

"만나지 않아."

브루스가 혀끝으로 다른 손톱을 핥으며 대답했다. 쇠처럼 단단하고 조개껍데기처럼 짭짤한 맛이 났다. 그는 여자아이의 손가락을 입에 넣고 몇 초 동안 가만히 있었다.

"그래요? 전 슈퍼히어로들이 자주 만난다고 생각했어요."

브루스는 그 점에 대해 자세히 설명해 줄 수도 있었다. 예전에는 이따금 만났었다고 말해 줄 수도 있었다. 같은 임무를 띠고 같을 일을 하다 보니 가끔 부딪치기도 했다. 하지만 현직에서 물러난 뒤로는 **239**

만날 일이 거의 없었다. 리드 리처즈를 조지 호텔 헬스 클럽에서 두어 번 만난 적은 있었다. 그의 몸매와 비교하면 한참 모자랐지만 그래도 늘어 빠진 껌 딱지는 여전히 봐줄 만했다. 그때 무슨 말을 했더라? 필시 옛 시절에 대해 몇 마디 나눴을 것이다. 전망 좋은 사우나에 앉아서 석양을 바라봤을 것이다. 그후로 브루스는 집에 체육관을 설치하고 조지 호텔에 발길을 끊었다. 그뒤로는 리드를 비롯해 은퇴한 슈퍼히어로를 전혀 만나지 않았다. 만날 일도, 만날 이유도, 만나서 나눌 이야기도 없었다.

하지만 브루스는 이런 말을 그녀에게 한 마디도 하지 않았다. 너무 딱딱한 이야기라 이 자리에서 할 만한 이야기는 아니었다.

그는 여자아이의 손가락을 맛있게 빨다가 잔이 빈 걸 보고는 입에서 손가락을 빼고는 자리에서 일어났다. 그런데 와인을 많이 마시면 좋지 않을 것 같아 마음을 바꿨다. 대신에 그의 삶을 토대로 제작된 영화 포스터에 그녀가 전혀 관심이 없었던 사실을 떠올렸다. 또한 그의 기사가 실린 잡지나 테이블에 놓여 있는 귀중한 물건에도 전혀 관심이 없었던 점도 떠올렸다.

"이리 와 봐."

그가 말했다.

"이번엔 너를 놀라게 할 수 있나 보자."

*

몇 년이 흘렀다. 브루스와 로빈은 여전히 함께 살고 있었다. 겉으로 보면 둘의 관계는 그대로였지만 실제로는 변한 것이 많았다. 사람들 눈에 둘의 삶은 아무런 변화도 없었지만 사실은 게걸스러운 애벌

레에게 속을 갉아 먹힌 곤충처럼 껍데기만 멀쩡했다.

브루스는 다른 남자들을 만나기 시작했다. 로빈에게 싫증을 느꼈기 때문이 아니었다. 그저 젊고 싱싱한 애들이 널려 있었기 때문이다. 새로 만나는 청년은 전에 만났던 청년의 판박이였다. 새로운 남자를 만나면 전에 만났던 남자를 까맣게 잊어버렸다. 그는 한 사람에게만 충실해야 하는 이유를 도무지 알 수 없었다. 젊은이들의 수수께끼 같은 얼굴과 붙잡을 수 없는 시선에 끌렸다. 그의 취향에 맞는 젊은이를 만나면 두 팔 벌려 환영했다. 그들은 먼 땅에서 그에게 비밀을 전하러 온 사절 같았다.

로빈은 그저 묵묵히 지켜봤다. 환멸에 찬 시선과 벌겋게 달아오른 뺨, 슬픔에 잠긴 표정으로 타오르는 질투를 표현할 뿐, 아무 말도 하지 않았다. 나이를 먹으면서도 로빈은 복잡한 바깥세상과 인간의 삐딱하고 파편화된 욕망에 초월한 듯, 소년처럼 맑은 얼굴을 유지했다.

"사랑해요, 브루스. 우리 관계가 왜 예전과 같을 수 없나요?"

"나도 너를 사랑해."

처음 몇 번은 브루스도 호응해 줬다.

"너는 계속 나와 함께 살면서 내 곁에 머물면 돼. 하지만 전과 똑같을 수는 없어. 우린 많이 달라졌어. 나이를 먹었잖아."

두 사람 가운데 나이를 먹는다는, 용서할 수 없는 죄를 지은 쪽은 로빈이었다. 로빈은 이제 남자 냄새가 풀풀 나는 성인이었다. 어깨가 떡 벌어졌고 뱃살이 붙었으며, 옅은 젖꼭지 근처에는 금빛 털이 자라났다. 로빈은 성인이 된 남자의 몸으로, 그가 사랑하는 남자가 어리다는 것 말고는 딱히 대단한 것도 없는 애들한테 빠지는 모습을 묵묵히 지켜봤다.

그들의 관계는 악화되기 시작했다. 브루스는 언제부터인가 로빈의 묵직한 몸과 상처받은 표정이 싫증나기 시작했고, 점점 더 심해졌다. 그는 로빈이 세상을 좀 더 유연하게 바라보기를 원했다. 안 그래도 칙칙한데, 모든 걸 비극적으로만 봐야 할까? 그는 로빈이 다른 남자랑 자고 다니기를, 차라리 화를 내며 물건을 던지고 부수기를 바랐다. 어떤 반응이든 괜찮았지만 그 시선만은 참을 수 없었다. 사랑과 터무니없는 충성심으로 가득한 로빈의 시선은 새벽빛처럼 맑았고 번득이는 칼날처럼 예리했다. 브루스는 그 시선이 너무 부담스러워 제대로 쳐다볼 수조차 없었다.

몇 년 후 두 사람은 낡은 맨션을 떠나 도시로 이사를 했다. 웨스트빌리지에 있는 브라운스톤 건물이었다. 80년대 후반이었고 슈퍼히어로들의 생활이 변해 가고 있을 때였다. 리드 리처즈가 이끌던 슈퍼히어로 그룹이 해산했다는 소문이 떠돌았고, 브루스는 대중 앞에 모습을 드러냈다. 여러 해 동안 배트맨이 존재한다는 사실은 비밀에 부쳐졌다. 그러나 곧 그는 자신이 존재한다는 사실을 밝히고 세상 사람들 앞에 모습을 드러냈다. 가끔 TV 쇼에도 출연했고 경찰 행사에도 참석했다.

로빈은 이런 변화를 반대했다. 세상은 그들의 영웅이 전설적인 존재로 불가능한 영역에 묻혀 있기를 바란다고 말했다.

"현실적 존재가 된다는 건 영웅에게는 최악이에요."

로빈은 난처한 목소리로 말하곤 했다. 하지만 브루스는 로빈의 말을 이해하지 못했다. 너무 오랫동안 그림자처럼 살아왔기 때문에 좀 드러내고 인기를 즐기고 싶었다. 이젠 거리를 순찰하는 일도 그만뒀지만 공적인 자리에서는 배트맨 의상을 입었다.

배트맨과 로빈은 본의 아니게 뉴욕에서 가장 유명한 커플이 됐다. 둘 다 미남이고 유명한데다 당시 남성 커플로는 드물게 아주 건강했기 때문이다. 신문의 가십난은 두 사람 소식으로 채워졌다. 우편함은 화려한 행사의 초대장으로 넘쳐났다. 두 사람의 독특한 관계를 추종하는 무리가 늘면서 대중의 상상력도 날개를 폈다. 확실히 사람들은 평범하지 않은 사랑 이야기에 열광한다.

처음에 브루스는 소문을 웃어넘겼다. 그는 지인들에게 자신에 대한 말도 안 되는 소문을 들려 달라고 청했다. 배트맨과 로빈이 하와이에서 결혼식을 올릴 거라는 소문, 배트맨과 로빈이 성기에 상대의 이름을 문신했다는 소문, 배트맨과 로빈이 캄보디아 어린이, 샴쌍둥이, 혹은 알비노 캄보디아 어린이를 입양할 거라는 소문. 말 그대로 웃겨 죽을 정도로 어이없고, 너무 놀라 머리를 한 대 치고 싶을 정도의 소문이었다. 그러나 시간이 흐르면서 브루스는 더 이상 그런 소문에 웃지 않았다. 사람들이 자기 이야기를 하는 건 좋았지만, 그런 우스갯소리로 비웃는 건 싫었다. 로빈의 이름과 계속 엮이는 것도 달갑지 않았다.

그때 브루스는 로빈에게 상당한 거리감을 느꼈다. 로빈은 지나치게 커 버린 몸을 가진 순종적인 청년일 뿐이었다. 더 정확히 말하면, 체육관과 레슬링 매트를 오래전에 포기한 삼십 대의 육중한 남자였다. 지나치게 민감한 피부와 애늙은이 같은 얼굴, 주근깨와 벗겨진 머리, 지긋지긋한 충성심과 짜증 날 정도의 일관성, 옛것에 지치지도 않는 열정을 보이는 성가신 존재였다. 브루스는 그런 로빈에게 점점 더 거리감을 느꼈다. 시시해 보이는 새로운 전자 기기에 로빈은 여전히 열광했다. 로빈은 웨스트 빌리지의 저택 지하에서 십 대처럼 전자회로를 만지작거리고 배트맨 복장에 딸린 무기를 조정하며 오랜 시간을 보냈다. 슈퍼히어로를 지겨워하지 않았고 슈퍼히어로 놀이를 영원히 계속할 수 있을 거라 확신했다. 그에 비해 브루스는 자신이 다른 별에 와 있는 듯했다. 망토 입은 영웅이 돼 거리에서 전투하는 것이 지겨웠고 첨단기술로 만든 각종 기기도 시시했다. 무엇보다도 로빈이 지겨웠다.

브루스는 사람들 앞에서 로빈에게 수치심을 주기 시작했다. 시작은 어느 여름 오후였다. 사람을 더 날카롭고 잔인하게 또는 더 연약하게 만드는 뜨거운 오후였다. 브루스는 낯선 사람들 앞에서 로빈의 몸매를 언급했다. 그러자 다들 로빈의 눈치를 살피며 킥킥거렸다. 그 웃음소리가 시작을 알리는 종소리가 됐고 그 뒤로 로빈에게 잔인한 계절이 찾아왔다. 로빈의 생일날, 브루스는 레스토랑에 가서 무엇이든 먹고 싶은 걸 시키라고 다정하게 말했다. 그런데 주문하고 한참 있다가 웨이터를 불러서는 로빈의 '심각한 체중 문제' 때문에 다른 메뉴는 취소하고 샐러드만 주문하겠다고 말했다. 하하! 로빈의 표정을 좀 보라지!

오랜 연인을 골려 먹는 일이 브루스에게 즐거운 소일거리가 됐다. 뒤에서 몰래 비웃는 것이 더 재미있었다. 파티에서 로빈이 음료를 가지러 간 사이 브루스는 로빈의 옷차림과 입 냄새에 대한 농담을 했다. 브루스는 그 이야기에 웃어 주고 그날 저녁 내내 로빈을 보며 의미심장한 미소를 날릴 멍청하고 둔한 사람들을 열심히 찾아서 농담을 했다.

로빈이 자신을 멀리서 보고 있다는 확신이 들면 그는 뻔뻔하게도 남자든 여자든 젊은 사람이라면 가리지 않고 추파를 던졌다. 그에게는 조금도 중요하지 않고 이름조차 금방 잊어버릴 그들의 얼굴이 며칠 동안 로빈을 괴롭힐 것임을 생각하고는 키득거렸다. 브루스는 로빈이 얼굴을 붉히며 급히 자리를 뜨는 모습에 자신이 성공했음을 알았다.

"저 사람 당신 남자 친구죠?"

누군가 이렇게 물어보기도 했다.

"로빈이요? 조수라고 하는 게 맞을 겁니다."

누군가를 집에 데려올 때면 로빈이 그 사실을 눈치 챌 수 있게 했다. 일부러 침실 문을 열어 로빈이 소리를 듣게 했다. 브루스의 가학성은 며칠에서 몇 주 동안 파도처럼 몰아치다가 한 번씩 잦아드는 바람처럼 잠잠해졌다. 그럴 때면 평소와 아주 다른 밤이 찾아왔다. 브루스는 옛 애인의 방에 까치발을 하고 숨어들었다. 로빈을 깨우지 않으려고 살며시 다가가 그가 자는 모습을 지켜봤다. 로빈의 얼굴을 차분히 관찰하며 어째서 자기에게 이리도 충실한지 그 수수께끼를 파헤쳐 보려 했다.

"도대체 왜 아직도 나를 사랑하는 거지?"

밤의 적막함 속에서 브루스가 속삭였다.

"나는 늙은데다 허영심으로 가득한 구역질 나는 인간이야. 도대체 왜 나를 떠나지 않는 거지?"

어스름한 침실에 서서 브루스는 여드름 자국이 남아 있는, 핏기 없고 남을 쉽게 믿는 얼굴을 바라봤다. 이럴 때면 브루스의 마음 한 구석에서 온화한 기운이 파도처럼 밀려왔다. 그는 손을 내밀어 로빈의 얼굴을 쓰다듬었다.

'모든 사랑 이야기의 숙명이 이런 걸까? 우리에게 대체 무슨 일이 일어난 걸까? 이런 식으로 끝이 나다니 말도 안 되잖아. 내가 너를 정말 사랑하긴 했을까? 사랑이 대체 뭘까?'

"너는 나를 채워 줄 수 없어."

브루스는 마지막으로 이렇게 속삭였다. 내일이 오면 모든 게 원래대로 돌아갈 줄 알면서도 그는 용서를 구하는 목소리로 덧붙였다.

"너뿐만 아니라 그 누구도 나를 채울 수는 없어."

다음 날 아침이 되면 로빈은 전날과 똑같은 결점, 즉 소극적이고 따분하고 짜증나는 태도와 피부 문제, 소화불량, 부족한 유머 감각을 드러낼 것이고, 브루스는 전날처럼 무자비한 잔혹성을 드러낼 것이다. 그러나 브루스가 밤에 이렇게 찾아오면 로빈은 몸을 떨었다. 로빈은 눈을 감은 채 브루스의 손을 자신의 얼굴과 가슴으로 가져가 흐느끼듯 한숨을 내쉬었다. 로빈의 피부는 유령처럼 창백했다.

"브루스, 날 떠나지 말아요. 너무 외로워요."

그는 브루스의 손을 꼭 잡아 그의 하얀 몸 아래쪽의 긴장한 사타구니로 가져갔다. 그러고는 세게 문질러 댔다. 브루스는 몇 초 동안 혼란에 빠진 듯 멍하니 있다가 곧 연민과 역겨움에 몸을 떨고는 손을 빼냈다. 로빈은 치명상을 입은 뱀처럼 침대 위에서 몸을 비비 꼬았다.

"밤에 순찰하러 나가면 모든 것이 무감각하게 느껴져요. 브루스, 우리는 영웅이었어요. 늘 함께했어요. 외로워요. 점점 더 외롭고 쓸쓸해요."

브루스는 방에서 나와 버렸다. 머리가 핑 돌았다. 그날 밤 이후 다시는 로빈의 방에 들어가지 않았다. 때로는 로빈이 떠나는 상상을 하기도 했다. 그렇게만 된다면 둘이 서로 의존하는 고리를 끊을 수 있을 듯했다. 하지만 로빈은 그를 떠나지 않을 것이다. 그럴 힘도 없고 마땅히 갈 곳도 없었다. 로빈은 일주일에 서너 번 슈퍼히어로 의상을 입고 밤거리로 나갔다. 그를 이끌어 줄 대장도 없이 혼자서 말없이 나갔다. 도시를 여기저기 순찰하다 해뜰 무렵 피곤에 지친 모습으로 돌아왔다.

브루스는 로빈이 순찰하면서 얼마나 많은 범죄자와 싸우는지 몰랐다. 한번에 범죄자인지 알아보고 한판 붙어볼까 싶은 자들이 아직도 밤거리를 쏘다닐까 의문이 들기도 했다. 세월은 많이 변했다. 이곳은 뉴욕이고 90년대였다. 거리에서 범죄자가 점점 사라지고 있었다. 우격다짐으로 범죄자를 소탕하는 시대는 지났고, 공식 통계로 봐도 길거리에서 벌어지던 중대 범죄는 크게 줄었다. 하지만 범죄가 다른 곳에서 은밀히 벌어지고 있을지 누가 알겠는가? 브루스가 보기엔, 범죄가 세상에서 사라졌다기보다는 옆길로 샌 것 같았다. 샴쌍둥이임을 숨기려고 한쪽 머리에 인형을 씌운 복화술사처럼 악당들은 사람들 눈에 띄지 않게 숨어 버렸다. 악은 여전히 존재하지만 알아차리기가 더 어려워졌다. 이상한 파동처럼 사람들 주변에 반향을 일으키지만 어디서 비롯된 것인지 알 수 없었다.

브루스는 로빈에게 야간 순찰을 그만두라고 여러 번 말했다. 예전에 활약하던 슈퍼히어로 중 아직도 밤거리를 순찰하는 자는 아무도 없었다. 이제 그런 일은 철권을 휘두르는 시장과 경찰서장에게 맡기는 게 더 현명했다. 수많은 관리자들이 그런 일을 하려고 세금을 축내고 있지 않은가!

"넌 몸도 예전 같지 않고 도와줄 사람도 없어. 그런 일을 혼자서 하다가 보면 위험해질 수 있어. 이젠 정말 그만둘 때가 됐잖아?"

*

오디오에서 잔잔한 음악이 흘러나왔다. 브루스는 여자가 테이블을 지나 자신의 곁으로 오기를 기다렸다. 그녀가 공손히 다가와 그가 들고 있는 물건에 관심을 보였다.

"그게 뭐죠?"

"달력이야."

브루스가 설명했다. 그녀가 보고 싶어 안달한다고 생각했는지, 싱긋 웃으며 달력을 건넸다.

그녀가 달력을 식탁에 내려놓고는 한 장씩 넘겼다. 브루스는 그녀가 보이는 반응을 하나도 놓치지 않았다.

"슈퍼히어로들이네요."

그녀가 달력을 넘기며 말했다.

"맞아."

브루스가 말했다. 아까 슈퍼히어로들끼리 만나지 않느냐고 물어보지 않았던가? 사실 달력에 나온 슈퍼히어로들은 서로 만난 적이 없다. 각기 다른 장면에서 사진을 찍었기 때문에 만날 일이 없었다. 게다가 그들은 초창기에 활약하던 슈퍼히어로도 아니었다. 대부분 거의 알려지지 않은 새로운 무리였다. 이구아나 맨은 사막의 모래언덕에 서서 포즈를 취했는데, 온몸에 윤활유를 잔뜩 바르고 비늘로 뒤덮인 천으로 아랫도리만 간신히 가린 모습이었다. 화산 입구에서 사진을 찍은 블랙 크리스털이라는 작자는 한 손으로 자신의 은밀한 부위를 가리고 다른 한 손을 들어 작은 구 모양의 빛을 만들고 있었다. 전혀 챔피언 같지 않은 아이스 챔피언은 2월을 장식했다. 그는 숲에서 벌거벗은 채 나무에 기대어 외설적인 포즈를 취하고 있었다. 브루스는 그들이 누구인지 몰랐다. 그저 TV나 리얼리티 쇼에 나와 대중의 호기심을 채워 주는 돌연변이일 거라 짐작했다. 만난 적은 없지만 아무튼 그들도 슈퍼히어로로 통했다.

페이지를 넘기던 여자의 손이 7월에 이르자 잠시 주춤했다. 브루스의 사진을 보고 그녀가 모호한 표정을 지었다. 사진 속에서 브루스는 검붉은 노을을 배경으로 벌거벗은 채 수영장 옆에 서 있었다. 운동을 막 마친 사람처럼 다리근육이 팽팽하게 긴장했고, 불룩 솟은 음경은 하얀 도자기처럼 빛났다. 반면에 몸의 나머지 부분은 햇볕에 검게 그을려, 하얗게 빛나는 음경과 대조를 이뤘다. 환하게 웃는 미소와 젖은 머리칼이 햇빛에 반사돼 눈부시게 반짝였다.

"몸매가 좋으시네요."

여자가 공손한 목소리로 논평했다.

브루스는 사진에서 눈을 떼지 못했다. 그 사진을 보면 뿌듯하다 못해 가슴이 터질 것 같았다. 퀴스트의 조각상과는 사뭇 다른 느낌이었다. 평범한 달력 사진에 불과하니 예술적 견지에서 보면 가치가 떨어졌지만 사진 속의 그는 순수한 아름다움을 지녔다. 금방이라도 부서질 듯한 아름다움이 서려 있었다.

물론 그 사진 때문에 욕도 많이 먹었다. 그처럼 명망 있는 슈퍼히어로가 홀딱 벗고 달력 모델이나 한다고 다들 손가락질을 했다. 실제로 달력에 나온 슈퍼히어로 중에 브루스 또래는 하나도 없었고, 다들 삼십 년이나 어린 풋내기들이었다. 하지만 그들과 비교해도 손색없는 몸매였다. 근육질 다리와 단단한 복근은 한창 때와 다름없었다. 브루스는 달력에 실린 다른 슈퍼히어로의 몸매와 자신의 몸매를 몇 시간이고 들여다보며 비교하곤 했다. 그러고는 늘 똑같은 결론을 내렸다.

'이게 나야. 정말 멋지잖아. 우스꽝스럽다고? 흥, 그게 뭐 어때서? 인간은 원래 우스꽝스러운 존재가 아닌가?'

여자가 사진을 몇 초 더 쳐다보다 다음 장으로 넘겼다. 브루스가 실망하면서 8월의 인물을 힐끔 살폈다. 속으로는 달력을 넘기지 말라고 소리치고 싶었다. 그의 사진 뒤로는 들여다볼 가치도 없었다.

"그자는 스피닝 톱이라고 해."

그 장에서 머뭇거리는 걸 보고 브루스가 툭 던졌다.

"도대체 그런 자를 뭘 보고 슈퍼히어로라고 하는지 모르겠어. 무슨 초능력을 가졌는지 알게 뭐야."

여자는 별로 수긍하지 않는 눈치였지만 고개를 끄덕였다. 눈으로는 청년의 탄탄한 체구와 히스패닉계 특유의 진지한 표정을 자세히 살펴보고 있었다. 브루스는 점점 더 화가 났다.

"그자가 무엇을 상대로 싸우는지도 확실하지 않아. 내가 틀렸으면 틀렸다고 말해 줘. 아무튼 그자는 미국에서 태어나지도 않은 것 같아. 혹시 그자에 대해 알고 있는 사실이라도 있나? 새로운 슈퍼히어로들은 다 생소해. 자기들끼리만 아는 어떤 힘이 있나 봐."

그가 계속 성토하자 그녀의 얼굴에 어색한 미소가 떠올랐다. 필시 그를 성가신 늙은이라거나 이민을 반대하는 인종주의자라고 생각했을 것이다.

여자가 결국 달력을 덮었다.

"화내지 마세요. 이중에서 가장 멋진 사람은 당신이에요."

브루스가 몇 걸음 물러났다. 조바심치는 자신도 싫었고, 그녀의 목소리에서 묻어나는 위선적인 태도도 싫었다. 그런 이야기를 듣고 싶었던 게 아니다. 입에 발린 칭찬이 아니라 진심에서 우러나오는 존경을 원했다. 사람들이 그를 무조건 믿어 주고 절대적으로 지지해 주길 바랐다.

브루스는 그녀의 말에 코웃음 치면서 음악을 바꿔야 하나 고민했다. 물론 음악을 바꾼다고 성난 기분이 풀릴 것 같지는 않았다. 거실 공기가 급속도로 냉랭해졌다. 그 자리를 벗어나고픈 충동이 일었다. 결국 그녀를 거실에 홀로 남겨둔 채 욕실로 가 버렸다.

그는 얼굴에 찬물을 끼얹고는 물 묻은 손으로 머리칼을 쓸어 넘겼

다. 탈모를 방지하려고 피나스테리드를 꾸준히 복용해 온 덕에 머리
숱은 여전히 풍성했고, 블리커 스트리트에 있는 미용사의 도움을 받
아 염색한 머리칼은 자연스럽게 빛났다. 조명을 몇 개 더 켜자 얼굴
이 더 탱탱하고 환하게 빛났다. 그런데 눈 밑과 입 주변이 살짝 그늘
져 조금 처진 것처럼 보였다. 순간, 보톡스를 맞아볼까 하는 생각이
들었다. 불과 몇 시간 전만 해도 그는 정말 태평했다. 어떤 여자일지
기대에 들떴고 거울 앞에서 유쾌하게 춤도 췄다. 그 순간이 그리웠고
혼자 있고 싶었다.

그는 세판스키 박사에게 물어보기로 마음먹었다. 입 주변의 그늘
은 아무래도 손을 봐야 할 것 같았다. 미용 성형이라면 세판스키 박
사만큼 해박한 사람도 없었다. 전에 세판스키 박사가 추천한 의사에
게 두어 번 주름 제거 수술을 받았고, 최근에도 박사에게 조언을 구
한 적이 있다. 예전처럼 탄탄한 엉덩이를 갖고 싶어서 수술을 받아
볼까 고민도 했다.

'입과 엉덩이를 좀 손볼까? 그러면 나무랄 데가 없을 텐데……'

생각이 여기에 미치자 갑자기 웃음이 터졌다. 고개를 저으며 찬물
로 얼굴을 더 세게 두드렸다. 결국 승리감과 패배감이 뒤섞인 상태에
서 마음을 정했다.

'됐어. 이 정도면 쓸 만해.'

그는 새롭게 각오를 다지고는 거실로 돌아왔다. 그날 밤에 하기로
한 일을 할 시간이었다. 곧장 소파로 다가가자 여자가 불안한 얼굴로
자리에서 일어났다. 그를 화나게 했다고 생각했는지 다소 불안한 눈
치였다.

"기다리고 있었어요."

여자가 말했다. 그가 없는 사이에 그녀도 머리를 쓸어 올린 듯했다. **251**

"무슨 일인가 했어요. 이제 뭘 해야 하죠? 손을 다시 씻을까요?"

"아냐."

게임의 고삐를 좀 더 단단히 쥐기로 결심했는지, 브루스가 딱딱한 목소리로 말했다. 잠시 생각에 잠기는 척하다가 다정하게 웃으며 말했다.

"변화를 주는 게 좋겠어. 이제 옷을 벗어 봐."

*

로빈은 한겨울 밤에 센트럴파크의 어둑한 구석에서 싸늘한 시체로 발견됐다. 과학수사대의 조사에 따르면 로빈은 강제로 끌려간 뒤 목이 찔렸다고 했다.

그들은 로빈이 한참 동안 살아 있었다고 했다. 공원의 비포장길을 따라 피가 길게 나 있었고, 손톱 밑에는 흙이 잔뜩 껴 있었다. 죽어 가면서도 도움을 청하려고 한참 기었던 것이다. 시체 주변에 잔뜩 고여 있던 피가 밤새 얼어붙어 검붉은 빙판을 이뤘다. 핏방울 하나하나가 미세한 결정으로 변해 영롱하게 빛났다. 로빈은 눈을 크게 뜬 채 얼어붙어 있었다. 다음 날 아침 현장에 도착한 브루스는 로빈의 눈동자에 반사된 자신의 모습을 봤다. 자신의 얼굴을, 이젠 정말로 홀로 남은 성숙한 남자의 얼굴을 봤다.

"결국 이렇게 됐구나."

그는 혼잣말을 했다. 결국 이렇게 되고 말았다. 되돌릴 수 없었다. 수년 동안 그의 조수였던 남자, 그에게 늘 충성했던 남자, 그를 열렬히 사랑했던 남자가 숨이 멎은 채 흙바닥에 쓰러져 있었다.

현장에 있던 경찰은 파트너를 잃은 남자에게 합당한 애도를 표했다.

"정말 유감입니다, 웨인 씨."

"기운 내십시오, 웨인 씨."

브루스는 배트맨 의상을 입고 망토를 두르고 있었다. 그래도 납빛처럼 어둑어둑한 새벽 어스름에 몸을 떨었다. 경찰은 그에게 로빈의 최근 행적을 물었다. 로빈이 밤중에 거리에서 무엇을 했으며, 그를 노릴 만한 적이나 가까이 어울리던 사람이 있었는지 물었다. 브루스는 고개를 저었다. 아는 게 없었다. 최근에 그와 로빈 사이가 그만큼 적조했고, 둘의 관계는 침묵, 거리감, 냉담, 이 세 마디로 요약할 수 있었다. 죽기 전에 로빈은 무슨 표식을 남기려고 했는지 손가락으로 축축한 흙바닥을 마구 긁어놨다. 별 의미 없는 홈이 잔뜩 파여 자그마한 수로처럼 피가 고여 있었다.

갑자기 진눈깨비가 내렸다. 데니스 드 빌라라는 이름의 젊은 경찰관이 브루스에게 커피를 가져다줬다. 브루스는 경찰관이 주는 커피를 받아들었다.

"기운 내십시오."

드 빌라 경찰관도 다른 사람과 똑같은 말을 했다. 그것도 두 번이나.

"기운 내십시오."

브루스는 택시를 탔다. 젖은 의상 때문에 의자가 축축해졌다. 집에 돌아와서도 의상을 벗지 않고 소파에 앉았다. 지금 옷을 벗으면 다시는 입을 수 없을 것 같다는 생각에 두려웠다. 오랜 세월 그 의상은 그의 삶이었다. 그는 배트맨으로 살아왔다. 충실한 조수를 대동하고 망토를 휘날리며 약자를 보호하는 어둠의 기사, 다크 나이트였다. 죽을 고비를 여러 번 넘긴 그와 로빈은 밤마다 죽음의 복병을 교묘히 피하면서 한껏 웃곤 했다.

브루스는 결국 의상을 벗었다. 물에 젖어도 여전히 가벼운 의상을 양손에 들고 멍하니 서 있었다. 살아 움직이길 기다리는 사람을 대하듯 의상을 하염없이 바라봤다. 너무 허전했다. 이젠 뭘 해야 하지? 누구에게 전화를 할까? 아니면 그냥 잘까? 기자들이 전화할 때까지 기다릴까?

브루스는 영화를 보기로 마음먹었다. 어렸을 때부터 즐겨보던 영화로, 볼 때마다 영감을 불어넣어 줬으며, 때론 두려움에 떨게도 하고 때론 감동을 주기도 했다. 로빈하고도 여러 번 봤다. 브루스는 웨스트 빌리지의 저택 거실에 혼자 앉아 죽은 사람처럼 미동도 하지 않은 채 로빈하고도 여러 번 봤던 〈쾌걸 조로의 모험〉을 봤다. 밖에서는 택시들이 질주하고 사람들이 바쁘게 다녔다. 도시는 아무것도 변하지 않은 듯했다.

조로가 마스크를 벗을 때까지 브루스는 자신이 울고 있는 줄도 몰랐다. 눈물이 하염없이 흘러내렸다. 운동으로 다져진 탄탄한 몸매의 중년 남자가 소파에 혼자 앉아 수십 년 전에 만들어진 영화를 보면서 눈물을 쏟고 있었다. 브루스는 그런 자신이 한없이 가여웠다. 아니, 저주스러웠다. 죄책감과 상실감에 어쩌할 바를 몰랐다. 그의 몸을 감싸 주던 보호막이 사라지고, 오랫동안 누적된 피로가 한꺼번에 밀려드는 듯했다. 영화가 끝난 후에도 소파에 그대로 앉아 있었다. 오후 햇살이 비스듬히 퍼질 때까지, 그에게 아무것도 남지 않을 때까지 꼼짝도 하지 않았다. 비웃음도, 훌쩍임도, 감정의 찌꺼기도 모두 사라질 때까지 미동도 하지 않았다. 결국 의식의 파편처럼 순수하고, 깨진 유리 조각처럼 투명한 현실만 남았다. 이제 다 끝났다. 로빈이 죽었다. 진짜 죽었다.

*

그들은 주방으로 들어갔다. 도자기 세트와 고가의 전기 용품, 이탈리아산 에스프레소 기계, 난화분이 크리스털 선반 위에 놓여 있었다. 천장에 설치된 조명이 물에 반사된 듯 은은한 빛을 드리웠다. 여자가 실오라기 하나 걸치지 않은 채 조명 아래 앉았다. 스툴에 앉아서도 그녀는 아주 편안해 보였다. 브루스의 시선이 그녀에게 꽂혔다. 어깨는 넓은 편이었지만 몸매는 호리호리했다. 팔은 가늘고 길었다. 작지만 봉긋한 젖가슴은 파도에 출렁이는 부표마냥 호흡에 맞춰 오르락내리락했다.

"이곳에서 제일 마음에 드는 건?"

좀 전에 브루스를 화나게 해서 미안했는지, 그녀가 용서를 구하는 듯한 투로 말했다.

"조명이에요."

"조명?"

브루스가 놀란 척 반문했다.

"이곳의 조명에는, 뭐랄까……."

여자가 스툴에서 몸을 살짝 움직이며 말했다.

"온기가 배어 있어요."

그녀의 복부는 탱탱했다. 길고 매끄러운 다리 사이로 부드러운 음모가 살짝 드러났다.

브루스가 가까이 다가갔다.

"유혹은 원래 조명에서 시작된다고 하더군."

그는 자기 목소리의 음색에 흐뭇해하며 말을 이어 나갔다.

"조명을 제대로 비춰야 육체가 빛을 발하거든. 육체는 행성과 같아서 깊은 어둠 속에서도 찬란히 빛날 수 있어."

"아, 그렇군요."

여자가 공손한 태도로 수긍했다. 브루스가 스툴을 지나 그녀 뒤쪽에서 멈춰 섰다. 두 팔을 들어 양손으로 그녀를 잡자 바닥에 그림자가 생겼다. 박쥐인지 흡혈귀인지 모를 실루엣이 펄럭이더니 그녀의 머리에 사뿐히 앉았다. 그녀가 활짝 웃었다. 브루스 역시 미소를 지었다. 그는 두 손을 풀어 박쥐를 사라지게 했다. 두 사람의 그림자만 남았다. 브루스는 그녀의 목덜미를 어루만졌다. 그의 손이 닿자 그녀의 몸이 가볍게 떨렸다. 브루스가 손끝으로 등을 간질이다 말고 갑자기 물었다.

"배고프니?"

"네?"

여자가 당혹스런 목소리로 물었다.

"배고프냐고?"

브루스가 몇 걸음 물러나며 다시 물었다. 그는 그녀의 놀란 표정을 보게 돼 기분이 좋았다.

"가정부가 맛있는 요리를 해놨거든."

그는 냉장고에서 상추와 과일 샐러드, 신선한 코리앤더 잎으로 장식한 고기 요리를 꺼내 조리대에 올려놓았다.

"맛있어 보이네요."

그녀가 별로 내키지 않는 목소리로 말했다.

"솔직히 말하면…… 전 배 고프지 않아요."

"네가 먹는 모습을 보고 싶어. 그리고 너를 좀 더 알고 싶어."

브루스가 단호하게 말하며 샐러드와 고기를 접시에 덜었다.

"당신은 안 먹을 건가요?"

"응. 난 생각 없어."

그가 웃으며 그녀에게 접시를 내밀었다. 여자아이는 내키지 않았지만 접시를 받아 들었다. 체념의 그림자가 얼굴에 스쳤다. 그 모습이 매력적이었다.

"저를 좀 더 알고 싶다고요……."

여자아이가 벌거벗은 다리를 꼬며 브루스의 말을 따라했다.

"물론이야."

브루스가 맞은편 스툴에 앉으며 말했다.

"옷만 벗기고 끝낼 줄 알았니?"

그는 그녀를 향해서인지 자신을 향해서인지 모르게 생긋 웃었다.

"가만 있자, 무슨 얘기를 할까? 그래, 아까 하던 얘기가 좋겠군."

"무슨 얘기요?"

"네가 오늘 뭘 했는지 얘기했잖아. 공원에 가서 책을 읽었다며."

"아."

여자아이가 포크로 샐러드를 콕콕 찍으며 말했다.

"공원이요. 그랬죠."

브루스는 얼음물을 한 잔 가득 따랐다. 세심히 계획된 몸짓으로 한 모금 들이켠 다음 말했다.

"네가 읽은 책에 대해 자세히 말해 봐."

"그 책은……."

여자아이가 샐러드를 먹는 핑계로 시간을 벌더니 웃으며 말했다.

"지금 저를 시험하시는 거군요."

브루스도 마주 보며 웃었다. 가벼운 실랑이가 그를 더 흥분시켰다. 여자아이가 조명 아래에 벌거벗은 채 앉아 있는 모습도, 포크를 쥐고 있는 모습도, 포크로 과일을 콕콕 찍어 먹는 모습도 그를 흥분시켰다. 그녀의 포즈와 미스터리한 분위기에 그는 후끈 달아올랐다.

"그냥 궁금해서 그래. 네가 읽은 책에 대해 말해 봐."

"푸코의 책이에요."

여자가 가늘게 한숨지으며 말했다.

"미셸 푸코의 책을 읽었어요."

"푸코?"

브루스가 놀라 소리쳤다.

"정말 놀랍군. 너처럼 어린애가 그런 책을 읽으리라곤 생각도 못했는데."

"어린애들이 어떤 책을 읽는지는 저도 몰라요. 그냥 저는 그걸 읽고 있어요."

여자아이가 시큰둥한 목소리로 말했다.

"그렇군."

브루스가 즐거운 표정으로 말했다.

"난 그런 책은 질색이야. 프랑스 철학이라니! 이론만 장황하게 늘어놓잖아. 장황하고 거만하게 떠벌리는 얘기가 뭐 좋다고!"

"푸코는 장황하게 떠벌리지 않아요."

여자아이가 반기를 들었다.

"그자가 그렇게 가학피학성 변태 성욕에 관심이 많았다지?"

그의 눈에서 도발적인 불꽃이 튀었다.

"난 그런 가학피학성 변태 성욕자의 개똥철학을 진지하게 받아들일 수 없어."

브루스는 고려할 가치도 없다는 듯 그녀의 의견을 일축했다. 여자아이가 의아한 표정을 지으며 자신의 벌거벗은 몸과 브루스를 번갈아 쳐다봤다. 이런 상황에서 그가 남의 성적 행위를 비난하는 게 전혀 타당해 보이지 않았다.

브루스가 폭소를 터뜨렸다.

"내가 제대로 한 방 먹었군."

브루스는 이런 화제에서 얼른 벗어나 다시 그녀의 살결을 어루만지고 싶었다. 그녀의 목덜미에서 느껴지던 부드럽고 따스한 감촉이 손끝에 남아 있는 것 같았다. 그녀를 만지고 싶었고, 그녀의 손길을 느끼고 싶었다. 몸 깊은 곳에서 기대감이 부풀어 올랐다.

"오해하진 마. 그냥 널 골린 거니까."

브루스는 접시에서 코리앤더 잎을 집어 손가락 사이에 끼우고는 슬쩍 향을 맡았다.

"코리앤더 향을 맡으면 늘 흥분돼. 사람 냄새를 맡는 것 같거든."

따스한 조명 속에서 그녀의 얼굴이 점점 흐릿해지더니 미묘하고 신비로운 모습으로 변하기 시작했다. 브루스는 그녀의 입술에 코리앤더 잎을 물리고 씹어 넘길 때까지 기다렸다. 그러고는 가까이 다가가 그 입술에 키스했다.

*

로빈이 죽고 나서 그가 느낀 감정은 로빈이 살았을 때 느꼈던 감정과 똑같았다. 애정, 회한, 짜증. 이 세 감정이 묘하게 어우러진 상태였다. 로빈은 죽을 때까지 성가실 정도로 충성스러웠다. 브루스는 로빈에게 슈퍼히어로가 활약하던 시대는 갔으며, 두 사람의 관계도 끝났다는 걸 납득시키려고 노력했다. 로빈은 살아 있을 때나 죽을 때나 정말 고집스러웠다. 불쌍하기도 하고 성가시기도 한 녀석이었다. 살인 사건이 있고 나서 한동안 브루스는 로빈이 혹시나 순교자로 떠받들릴까 봐 두려웠다. 젊은 나이에 죽었다는 이유만으로 전설적인 인물이 되는 사람들이 있지 않은가! 브루스는 그런 부담을 짊어지기 싫 259

었다. 세상 사람들이 그를 상실감에 빠진 홀아비 취급하는 건 절대로 참을 수 없었다.

하지만 그런 걱정은 기우였다. 로빈의 살해 소식에 상당히 놀라기는 했지만 세간의 관심은 곧 시들해졌다. 게다가 동시대인을 신격화하는 올림포스 산에 로빈을 입장시키지도 않았다. 로빈이 살아 있을 때 너무 차분하고 너무 뻔하고 너무 조심스럽게 행동했기 때문이다. 배트맨과 얽힌 이야기 외에는 남의 입에 오르내리지도 않았고, 대중에게 강렬한 인상을 준 적도 없었다. 그저 지하 운동을 벌이는 자들과 무명 포크 뮤지션 등 소수에게만 관심을 끌었을 뿐이다. 그들로부터 격려 편지가 왔지만 브루스에게는 전혀 필요 없었다.

장례식날 밤에도 브루스는 젊은 남자와 뒹굴었다. 그의 몸은 탐욕스럽게 남자의 손을 핥고 빨았다. 땀을 너무 많이 흘려서 침대 시트가 흠뻑 젖었다. 그날 이후로도 어린 남자와 줄기차게 뒹굴었고, 그들이 싫증나면 어린 여자를 데리고 놀았다. 날마다 진땀을 흘리고 애걸하며 시트를 흠뻑 적셨다.

그렇게 격렬한 밤을 보낸 다음 날 아침, 축축한 시트에서 눈을 뜨면 배가 고파 죽을 지경이었다. 그가 좋아하는 유기농 시리얼로 허기를 채우고, 수중 마사지 분사 장치가 달린 욕조에 몸을 담갔다. 그러고는 말짱한 정신으로 간밤에 벌였던 미친 짓을 곰곰이 생각했다. 불과 몇 시간 전에 일어난 일이었지만 매번 딴 사람처럼 낯설었다.

'그게 나였나? 땀을 뻘뻘 흘리고 쾌락에 빠져 신음하던 그 남자가? 정말로? 꿀꿀거리고 침을 질질 흘리며 애걸하던 그 남자가?'

혼란스러운 상태에서도 그는 자기 안에 어떤 틈이 벌어지고 있음을 인식했다. 자신과 동떨어져 있다는 느낌, 점점 더 멀어진다는 느낌을 떨칠 수가 없었다. 감정이 미로 속을 헤맸다. 그는 무대 한가운

데에서 날뛰는 자신을 지켜봤다. 그로 분한 사내가 날마다 새로운 사람과 섹스하고, 체육관에 가고, 머리를 다듬고, 태닝베드에 눕고, 피부에 좋은 크림을 구입했다. 그 사내는 할 일도 많았다. 오랫동안 꾸려온 가족 기업도 운영해야 했고, 인터뷰도 해야 했으며, 근육도 만들어야 했다. 개인 트레이너에게 맞춤 훈련도 받아야 했고, 영양사와 식단도 조율해야 했으며, 외부 행사에 얼굴도 비쳐야 했다. 그는 무대의 중심에 있어야 했다. 그 무대가 어디인가는 중요하지 않았다.

아, 그리고 주치의를 만나 검진도 받아야 했다. 침대에서 그가 하는 행위를 생각할 때, 몸 상태를 꾸준히 진찰받는 게 중요했다. 세판스키 박사는 그에게 질문을 많이 했다. 성적 취향에 대해 꼬치꼬치 캐물었다. 로빈이 죽자 질문이 더 많아졌지만 브루스는 대답할 게 많지 않았다. 젊은 애들을 좋아한다는 사실 말고 뭘 더 말할 수 있겠는가? 그가 그들을 사랑하는 방식이 그에겐 지극히 자연스러웠고, 운명처럼 거역할 수 없었다. 그들의 강렬함과 무심함, 환한 피부, 은밀한 눈길을 보면 몸이 후끈 달아올랐다.

어느 시점에 이르자 대상이 굳이 남자일 필요도 없었다. 그는 경험을 통해서 자신의 성적 취향을 점점 더 알아갔다. 그가 가장 좋아하는 것은 딱히 실체가 없었다. 구체적으로 어떤 것이라고 정해지지 않았다. 남자인지 여자인지도 중요하지 않았다. 어느 쪽에서든 그것을 똑같이 감지할 수 있었다. 그것은 바로 넘치는 기백이었다. 뭐라 규정하긴 어렵지만 어떤 젊은이에게는 그런 굳센 기상과 정신이 한동안 살아 있었다. 그는 남자나 여자의 눈에 언뜻 비치는 기백에 순식간에 매료됐다.

"그렇다면 언제부터 여자애들이 좋았나?"

어느 날 세판스키 박사가 그에게 물었다. 브루스는 뭐라고 대답 **261**

해야 할지 몰랐다. 늘 여자애들을 좋아한다고 알고 있었기 때문이다. 시간이 지나면서 남자애들보다 여자애들에게 좋은 점이 더 많다는 사실도 알았다. 로빈의 죽음이 그런 변화에 얼마나 영향을 미쳤는지 말할 수 없었다. 또한 나이를 먹으면서 자기 몸과 다른 남자의 몸을 비교하는 것이 싫었으며, 그 점이 여자를 더 좋아하게 되는 데 얼마나 영향을 미쳤는지도 말할 수 없었다. 어찌하다 보니 건장한 젊은 남자를 향한 열정이 확 식었다. 헬스 클럽에도 발길을 뚝 끊었다. 젊은 애들의 탱탱한 근육도 보기 싫었다. 젊은 애들은 조금만 노력해도 탄탄한 몸매를 유지할 수 있었다. 쳇, 지옥으로 꺼져 버려! 하지만 그는 죽도록 운동했다. 매일 두 시간씩 운동하고, 시간당 수백 달러나 하는 마사지사에게 근육 마사지를 받고, 엄격한 다이어트도 꾸준히 했다. 젊은 남자의 몸을 보면 저도 모르게 분하고 짜증이 났다. 그런데 젊은 여자의 몸은 자기와 비교할 이유가 전혀 없었다.

여자애들은 알쏭달쏭하지만 그 대신 더 고분고분했다. 더 많은 것을 보여 줄 것 같고 더 미묘하고 더 촉촉하고 더 투명했다. 여자애들은 자신을 온전히 내맡기지 않으면서도 브루스의 판타지 속으로 온전히 들어왔다. 그가 꾸민 유혹에 온전히 빨려들었다. 여자를 유혹하는 일은 마치 안무를 짜는 것처럼 부드럽고 유동적이었다. 완벽한 영화의 한 장면을 연출하는 것 같았다. 그가 무슨 말을 하든, 어떤 몸짓을 하든, 남자의 몸보다는 여자의 몸에서 더 큰 반향을 일으켰다. 여자의 섬세한 피부에서 더 매끄럽게 흘렀다.

그런데 세상은 여전히 그가 남자를 좋아한다고 떠들고 있었다. 각종 게이 단체는 행사 때마다 그를 초대했고 언론은 그를 가장 영향력 있는 게이 반열에 올려놓았다. 브루스도 처음엔 그냥 흘러가는 대로 내버려 뒀다. 그러던 어느 날 밤, 런던의 한 자선 만찬에 초대 손님으로 참석했다. 그 옆에 가수 엘튼 존이 앉았다. 그날 만찬의 주제는 '무지개'였다. 요리마다 일곱 빛깔 무지개 색이 고루 담겨 있었다. 구색을 맞추느라고 모든 요리에 그가 끔찍할 정도로 싫어하는 보라색 양배추 잎이 곁들여져 나왔다.

'맙소사, 내가 지금 여기서 뭘 하고 있지?'

브루스는 어두운 옷을 즐겨 입었다. 섹시하고 어린 여자를 좋아했다. 그런데 양배추 접시를 앞에 놓고 엘튼 존 같은 늙은이랑 노닥거려야 하다니, 구역질이 났다.

그뒤로 브루스는 두어 번의 인터뷰 자리에서 게이 아이콘의 이미지를 떨치려고 자신의 성적 취향에 대해 언급했다. 하지만 근거 없는 믿음은 쉽사리 사라지지 않았다. 사람들 눈에 그는 여전히 동성애자의 아이콘이었다. 온갖 나이 대의 남자들이 별의별 장소에서 그에게 접근했다. 공항 라운지, 부티크의 탈의실, 치과 대기실 등 때와 장소를 가리지 않았다.

한번은 텍사스 주의 박물관 개관식에서 연설할 때였다. 동성애 혐오자들이 몰려와 그에게 휘파람을 불며 야유를 보냈다. 그들이 들고 있던 피켓에는 이런 문구가 적혀 있었다.

'슈퍼 게이, 슈퍼 치욕
남자애들은 놔두고
게이 박쥐들하고나 놀아라.'

브루스는 그런 문구를 읽고도 경멸의 미소를 날리며 연설을 이어 나갔다. 그런데 한 문구가 그를 도저히 참을 수 없게 만들었다.

'당신 남자 친구는 센트럴파크에서 항문 성교를 즐겼다.'

결국 무대를 내려와 버렸다. 그때까지 저런 사람들이 있는 줄 미처 몰랐다. 나치 뉘앙스를 풍기는 인터넷 사이트를 운영하고, 동성애자를 강제 수용소에 감금할 것을 요구하는 탄원서에 서명하고, 동성애자나 동성애로 의심되는 유명인사들에게 항의 시위를 벌이려고 버스를 전세 내 수백 킬로미터를 달려오는 사람들이 있으리라고는 생각지도 못했다. 게이 단체들은 소송을 제기하는 식으로 그에 대처했다. 양측 간에 총성 없는 전쟁이 벌어지고 있었다. 하지만 그런 게 나와 무슨 상관이란 말인가?

한편, 피켓에 쓰인 문구를 단서로 로빈 살인 사건에 대한 조사가 새롭게 활기를 띠었다. 경찰은 동성애 혐오자가 로빈을 살해했을 거라고 추측했고 언론의 관심이 다시 뜨겁게 달아올랐다. 하지만 조사에 진척이 없자 그 관심은 곧 차갑게 식어 버렸다. 브루스는 동성애 혐오자의 소행이라는 단서에 별로 신경 쓰지 않았을 뿐더러, 다른 단서에도 의미를 부여하지 않았다. 로빈의 살해에 관한 한 논리적으로 따지는 기능이 멈춰 버렸다. 베일에 가려진 진실을 파헤칠 능력이 사라져 버렸다. 로빈의 죽음은 바람이 만들어 낸 흔적만큼이나 미스터리하고 자연스러웠다. 브루스는 이미 벌어진 일을 손 놓고 바라볼 수밖에 없었다. 평생 온갖 사건, 사고에 맞서서 살아왔는데, 그의 주변에서 일어나는 일을 안개에 휩싸인 조각상마냥 바라볼 수밖에 없었다.

브루스는 이제 예순 살이었다. 언제 이렇게 나이를 먹었나 싶어 깜짝 놀랄 때가 많았다. 지금 주변에서 벌어지는 일도, 과거에 벌어졌던 일도 그를 놀라게 했다. 남자아이들, 여자아이들, 무지개 요리, 배트맨 의상, 아질산아밀 약품 냄새, 시체의 눈에 비친 자신의 얼굴, 센트럴파크 흙바닥에 얼어붙은 핏자국. 온갖 물건과 사건들, 이름 모를 범죄자들 그리고 로빈을 살해하여 그를 자유롭게 해 줌과 동시에 심연을 홀로 헤매게 한 자들. 그 모든 것이 그를 놀라게 했다.

*

그녀는 키스를 잘 못했다. 젊은 애들은 원래 키스하는 법을 잘 몰랐다. 그게 좀 불편했다. 브루스는 그녀가 먹은 코리앤더 잎과 샐러드의 풍미를 느끼려고 혀를 입안 깊숙이 밀어 넣었다.

물론 그것만 불편한 건 아니었다. 솔직히 말하면, 젊은 애들은 너무 수동적이고 소극적이었다. 대화를 나눌 줄도 몰랐다. 다 아는 것처럼 굴지만 조금만 깊이 들여다보면 황당하거나 얕은 지식에 불과했다. 참을성도 없고 마음에 안 들면 금세 토라졌다. 주는 것보다 받는 게 많은 존재라서 가능한 한 빨리 떨쳐 내는 게 현명하다고 생각했다. 젊은 애들은 늘 '나, 나, 나'를 외치며 자기 위주로 생각하고 행동했다. 브루스는 다른 사람의 '나'에 신경 쓰고 싶지 않았다. 그런데도 그들을 향한 사랑을 멈추지 못했다. 특히나 오늘 온 여자아이는 확실히 또래 여자아이와는 달랐다. 손가락으로 그녀의 작은 가슴을 가볍게 어루만지다가 손으로 감싸 안았다.

"꼬맹아,"

그가 속삭였다.

"이제 마지막 방에 들어갈 시간이야."

한때는 그와 나이가 비슷한 여자를 사귀려고 애쓴 적도 있다. 성숙한 두 남녀의 만남은 생각보다 괜찮았다. 그들은 계속해서 추켜세우고 자극해 달라고 요구하지 않았고, 서로 대등한 상태에서 대화가 술술 풀렸다. 그런데 그중 한 여자와 함께 욕조에 몸을 담근 적이 있다. 그녀의 눈에 자신의 모습이 비쳤고, 결정적인 순간에 그는 더 나아가지 못했다. 성숙한 사람과는 사랑에 빠질 수 없었다. 젊은 애들은 지루하고 성가신 면이 많았지만 늘 불꽃이 튀었다. 젊은 애들에게는 특별한 게 있었다. 뭐라 말로 형용할 수 없는 어떤 정신이 있었다. 브루스가 딱 보면 알아차리는 기백이 넘쳤다.

두 사람은 침실로 들어갔다. 아까 집을 둘러볼 때 브루스는 이 방을 일부러 건너뛰었다. 이 방의 조명도 아주 세심하게 꾸며졌다. 어디에서 나오는지도 모르는 호박색 조명이 방 안을 은은하게 채웠다. 그녀는 벌거벗은 채 꿈같은 조명 속으로 몇 걸음 나아갔다. 마루는 전체적으로 적갈색 원목이 깔려 있었지만, 이 방은 문에서 방 한가운데 떠 있는 커다란 침대까지 검정색 원목이 한 줄 깔려 있었다.

"자석 침대네요."

그녀가 말했다.

"그렇다면 첨단 기기에 대한 애착이 완전히 사라진 건 아니군요."

"아, 이건 첨단 기기가 아니야."

브루스가 침대에 기대 구두를 벗으며 말했다.

"그냥 자기장일 뿐이야. 첨단 기기하고는 거리가 멀어."

"흥미로워요."

그녀가 아리송한 미소를 지으며 말했다.

"저 위에 누우면 날아다니는 기분이 들겠어요."

"날아다니는 기분?"

그는 여자아이의 말을 따라하며 바지에서 셔츠를 꺼냈다. '날아다닌다'는 말이 귓가를 맴돌았다.

"이상하지. 그동안 살아오면서 나는 법을 아는 사람을 여럿 만났었어. 슈퍼히어로로 말이야. 그런데 난 한 번도 날고 싶다는 욕구를 느낀 적이 없어."

여자아이는 아무 말도 하지 않았다.

브루스는 갑자기 이상한 기분이 들었다.

"너도 설마 그들이 진짜로 날 수 있다고 생각하는 건 아니겠지? 그러니까 그들이 초능력을 가졌다고 확신하는 사람은 아니지? 아니, 실은 네가 초능력을 '가진' 사람은 아니지, 그렇지?"

그녀가 침실 한가운데에 뚝 멈춰 섰다.

"물론 아니에요. 왜 그런 걸 물으세요?"

브루스는 셔츠 단추를 풀었다.

"젊은 애들은 가끔, 가끔 그런 생각을 품고서 여기 오거든. 기회를 엿보다가 나한테 넌지시 부탁해. 내가 자기를 슈퍼히어로로 되도록 도와줄 수 있냐고. 슈퍼히어로가 되면 뭐 대단히 흥미로운 줄 아나 봐."

그는 복근에 힘을 주면서 셔츠를 벗고는 침대 옆 선반에 조심스럽게 내려놓았다. 옷을 입을 때 못지않게 벗을 때도 격식을 차렸다. 그가 잠시 생각에 잠겼다가 덧붙였다.

"가만 생각해 보니, 여자애들은 그러지 않았어. 내가 만났던 여자애 중에는 단 한 명도 슈퍼히어로가 되고 싶다며 도와달라고 부탁하지 않았어."

무슨 이유에서인지 그녀가 한숨을 내쉬었다.

"저도 그래요. 단 한 번도 슈……, 당신 같은 사람이 되기를 바라지 않았어요. 전 다른 걸 소망했어요."

브루스도 한숨을 내쉬었다. 몸속에서 기대감이 차올랐다. 점점 더 뜨거운 기운이 가슴을 조이며 올라왔다. 그는 헛기침을 했다.

"다른 걸 소망했다고?"

브루스가 재미있다는 말투로 반문했다. 자신이 상황을 통제한다는
걸 보여 주려고, 대답을 기다리지 않고 얼른 말했다.

"애들은 아무것도 소망하지 않아. 그저 공상하는 거지. 그건 달라."

그녀가 감정을 억제하며 초조하게 웃어 보였다. 브루스는 그녀가
자기만큼 후끈 달아올랐거나 어쩌면 두려움에 떤다고 짐작했다. 경
험이 없는 사람은 흔히 이런 상황에서 두려움에 떨었다.

"그래요."

여자아이가 인정했다.

"제가 소망한다고 말할 수 없다면…… 그냥 제 미래에 대해 다른
생각을 품었다고 하죠."

"너처럼 젊은 애들은 생각도 품지 않아."

브루스가 날카롭게 반박했다.

"기껏해야 감각을 느낄 뿐이지."

"그래요!"

그녀가 다소 격분해서 말했다.

"그렇다면 적어도 어떤 운명 같은 게 있다고 하죠."

"운명?"

브루스가 아주 생소한 말을 내뱉듯이 물었다.

"정확하게 어떤 운명인데?"

그녀가 어깨를 으쓱하더니 두 팔을 밑으로 떨어뜨렸다. 완전히 항
복한 듯이 그 앞에 가만히 섰다.

브루스의 몸이 가볍게 떨렸다. 드디어 시작할 때가 됐다.

"잘 들어."

흥분과 기대로 목소리도 떨렸다.

"먼 미래까지는 모르겠고, 당장 네 운명이 어떻게 될지 말해 줄게."

브루스는 몸이 떨려서 다시 침대에 기댔다.

"이제 너는 저기 욕실로 가서 손을 씻을 거야. 불이 켜 있으니 그대로 둬. 네가 손을 씻는 동안 난 여기서 네 그림자를 볼 거야. 시간을 충분히 두고 깨끗이 씻어. 난 여기서 널 기다릴게."

여자아이가 방금 들은 명령을 되새기더니 곧 욕실로 향했다. 브루스는 물 흐르는 소리를 들으며 벌거벗은 채 침대에 누웠다.

그는 누가 자기를 지켜본다고 상상했다. 욕실에서 들리는 물소리에 전율하며 온몸의 근육에 힘을 줬다. 잠시 눈을 감았다. 물이 가볍게 튀는 소리와 콸콸 쏟아지는 소리를 구분할 수 있었다. 눈을 뜨고 몸을 일으킨 후 선반에서 아질산아밀이 든 병을 집어 냄새를 맡았다. 그런 다음 다시 침대에 누웠다. 침실 천장이 거대한 심장처럼 팔딱거리는 것 같았다. 그는 천장의 파동과 어슴푸레한 조명에 빠져들었다. 모든 게 점점 더 강렬하게 느껴졌다. 그를 받치고 있는 침대의 밀도, 몸속에서 일어나는 부드러운 감각, 혈관을 타고 흐르는 피의 흐름, 욕실에서 나는 물소리가 한데 어우러졌다. 수도꼭지에서 나오는 물소리가 뚝 그치자 음경이 발딱 섰다.

*

여자아이가 욕실에서 나왔다. 침대에서 열 걸음 정도 떨어진 곳에서 멈추고는 브루스를 쳐다봤다. 브루스가 고개를 들었다.

"꼬맹아, 왜 그렇게 멀리 있니?"

그는 부드러운, 거의 아버지 같은 목소리로 말했다.

"걱정하지 마. 어려운 일 아니야. 두고 보면 알아."

그녀가 다가왔다. 브루스가 몸을 살짝 비틀었다. 은은한 조명 속에서 가슴과 배에 힘을 잔뜩 주고는 익살스럽게 음경을 그녀에게 조준했다. 브루스의 익살스러운 몸짓에도 여자아이는 별 반응이 없었다. 오히려 그의 왼쪽 가슴에 있는 문신을 응시했다.

"달력에서 봤을 땐 이게 뭔지 잘 몰랐어요. 흉터인 줄 알았어요."

"아니야."

그가 가슴을 만지며 말했다.

"문신이야. 옛 시절을 추억하는 기념품이지."

그는 숨을 깊이 내쉬었다. 그를 둘러싼 현실이 바뀌기 시작했다. 소리는 점점 멀어지고 사물은 점점 희미해져 갔다. 공기도 점점 희박해졌다. 그는 흥분과 불안한 기대감 속에 붕 떠올랐다.

여자아이는 브루스의 가슴에 새겨진 문신을 넋을 잃고 바라봤다. 자그마한 검정 박쥐였다.

"배트맨, 배트맨."

그녀가 신음하듯 내뱉었다.

"잘 들어."

브루스가 숨을 헐떡이며 천천히 말했다. 이젠 또 다른 차원의 현실로 들어간 듯 아주 신중하게 설명했다.

"아주 잘 들어야 해. 저 선반에 윤활유가 있어."

그녀가 고개를 돌려 그가 가리키는 방향을 쳐다봤다.

"이거요?"

"그걸 짜서 손에 발라."

여자아이가 잠시 주저했다.

"차라리 장갑을 끼는 게 낫지 않을까요?"

"걱정 마."

브루스가 다시 몸을 비틀며 말했다.

"넌 오늘밤 손을 충분히 씻었어. 손톱도 깔끔하게 다듬어져 있었어."

그녀가 계속 머뭇거리자 다시 안심시켰다.

"걱정 마. 안에 들어와도 괜찮아. 난 검사를 자주 받아. 아주 안전하고 부드러워. 네 손을 기다리고 있어."

그녀가 이상한 꿈에서 깨어난 듯 의아한 표정으로 자신의 오른손을 쳐다봤다. 그러더니 고개를 끄덕이며 윤활유를 집어들었다.

그녀의 손가락이 먼저 들어왔다. 호기심에 찬 탐촉자처럼 하나씩 하나씩 미끄러지듯이 들어왔다. 미지의 세계를 탐색하듯이 안으로, 안으로 들어오다 볼록한 관절 부위가 항문 입구에 걸렸다. 여자가 동작을 멈췄다.

"윤활유를 더 발라."

브루스가 숨을 깊이 내쉬었다.

"손을 살짝 돌려."

"못하겠어요."

그녀가 우는소리를 했다. 두려움에 목소리가 갈라졌다.

"손을 돌려."

브루스가 신음하듯 말했다.

아질산아밀 냄새가 그의 목구멍에 진동했다. 그는 다리를 높이 들어 여자아이의 어깨에 발을 걸치고 있었다. 그녀의 손이 안으로 들어오자 그는 숨을 거칠게 쉬면서 긴장을 풀었다. 손이 부드러운 뜨개바늘처럼 그를 찔렀다. 그러고는 그의 몸 안으로 점점 더 깊이 밀고 들어왔다. 브루스의 심장이 놀라 잠시 멈추는가 싶더니 다시 차분하게 뛰기 시작했다.

"이젠 주먹을 쥐어 봐."

브루스가 간청했다.

271

"부드럽게!"

그의 입에서 신음 소리가 터져 나왔다.

방 안에는 그들의 숨소리만 가득했다. 거실에서 들려오던 음악 소리도 그쳤다. 침묵에 잠겨 브루스가 여자아이를 쳐다봤다. 희미한 불빛 속에서도 눈부시게 빛나 형체를 똑똑히 볼 수 없었다. 그는 침을 꿀꺽 삼키며 그녀와 시선을 맞추려 했다.

"꼬맹아, 왜 나를 쳐다보지 않니?"

그의 목소리는 애원처럼 들렸다.

"어디에 있니, 꼬맹아? 이리 와. 이리 와서 나랑 함께 있어. 제발……"

그녀가 눈을 들었다. 촉촉한 육체의 만남처럼 둘의 시선이 마주쳤다. 브루스가 땀을 흘리기 시작했다.

"그래. 그래야지."

그녀도 땀을 흘렸다. 두려운 기색은 모두 사라졌다. 놀라움을 금하지 못하면서도 섬뜩할 정도로 차분했다.

"배트맨."

그녀가 묘하게 웃으며 말했다.

"도저히 믿을 수가 없군요."

"가만가만. 집중해. 나와 함께 있어."

"왜 장갑을 끼지 못하게 하는 거죠?"

그녀가 손가락을 아주 천천히 움직이며 말했다.

"널 느끼고 싶어서. 널 느끼고 싶어서."

브루스가 신음하듯 말했다.

"그러면 왜 자세를 바꾸지 않으세요? 엎드리면 더 편할 텐데요."

브루스는 그녀의 말을 귀로 감지하는 게 아니라 몸에서 느끼는 진

동으로 감지한다고 생각했다. 마주친 시선을 통해, 그녀의 손을 통해

그에게 도달한다고 생각했다.

"너를 보려고. 너를 느끼려고."

그는 계속해서 신음 소리를 냈다.

"배트맨."

그녀가 다시 그를 불러서 잠시 고개를 돌렸다. 반쯤 감은 눈으로 그를 다시 쳐다보며 물었다.

"지금 기분이 어때요?"

브루스가 미소를 짓듯이 얼굴을 살짝 찡그렸다.

"오, 아가야. 난 네 거야. 온전히 네 거야."

"당신이 내 거라고요?"

"그래."

그가 숨을 들이마셨다가 천천히 내뱉으며 말했다.

"평온해. 난 아주 평온한 기분이 들어. 충족감 같은 거야."

그가 자신의 음경을 향해 고개를 끄덕이며 덧붙였다. 그의 음경은 이미 무기력하게 축 쳐져 있었다.

"단순한 섹스가 아니야. 훨씬 더 심오하고 격렬한 거야."

브루스가 여자를 쳐다봤다. 그녀의 이마에서 한 줄기 땀방울이 주르르 흘러내리고 있었다.

"너는? 너는 기분이 어떠니?"

그가 꿈결처럼 속삭이며 물었다.

그녀가 정신을 집중하는 것 같았다.

"촉촉하기도 하고 꽉 조이기도 해요. 당신의 심장박동이 느껴져요."

"그래."

그 말을 끝으로 두 사람은 입을 다물었다. 멍한 눈으로 서로 쳐다보기만 했다. 브루스는 그녀의 손이 자신의 몸 안에서 고동치는 걸 감지했다. 아니, 고동치는 것은 자신의 몸이었다. 자신의 몸이 그녀의 손을 에워싸고 격렬하면서도 부드럽게 고동쳤다. 완벽한 충족감이 온몸을 채웠고 그는 아무런 욕망도 없이 평온한 상태에 젖어 들었다. 이 순간이 영원히 지속되길 바랐지만 그럴 수 없음을 누구보다 잘 알았다. 그녀가 다시 입을 열었지만 그는 그 상태에서 벗어나고 싶지 않았다.

브루스는 여자의 말을 귀담아듣지 않았다. 무슨 말을 하려는 건지 어렴풋이 알았지만 개의치 않았다. 놀라거나 당황하지도 않았다.

"당신이 알아야 할 게 있어요."

그녀가 말했다. 그녀의 얼굴이 점점 희미해져 그림자 속으로 사라질 것 같았다. 이번에도 그녀의 얼굴 위로 다른 얼굴이 스쳐 지나갔다. 깊은 바다에서 떠오르는 난파선처럼 여러 얼굴이 수면 위로 떠오르는 것 같았다. 먼저 로빈의 어렸을 적 얼굴이 스쳐 지나갔다. 그동안 만났던 남자아이들 얼굴과 여자아이들 얼굴도 비쳤다. 심지어 꿈에서 본 듯한 얼굴도 스쳤다. 그녀가 비장한 목소리로 말했다. 브루스는 이제 그 목소리마저 불가사의하게 들렸다.

"난 당신을 죽이러 왔어요."

브루스의 몸에서 경련이 일었다. 몸속의 손이 더 날카롭게 느껴졌다. 그런데도 전혀 두렵지 않았다. 그는 전과 똑같이 숨을 쉬었다. 충족감을 느끼던 순간과 지금 새로운 사실을 알아차린 순간 사이에 아무런 변화도 단절도 없었다. 브루스는 자기에게서 혹은 그녀에게서 좀 더 주목할 만한 변화를 기다렸다. 그녀의 말이 내포한 심각성을 확실히 드러낼 뭔가를 기다렸다.

"그러니까 난 곧 죽겠구나."

그가 주저하는 목소리로 중얼거렸다.

"누가 널 보냈지?"

"그건 신경 쓰지 마세요."

여자가 대답했다.

"나를 여기로 보낸 당신 친구는 이 일과 아무 상관없어요. 그는 순전히 선의였어요."

"그렇다면 누구지?"

"그건 중요하지 않아요. 굳이 알 필요도 없으니까 묻지 마세요. 이제 와서 그게 무슨 소용이에요?"

브루스의 머릿속에 오만 가지 생각이 떠올랐다.

'누군가가 나를 죽이고 싶어 하다니, 내가 아직도 중요한 사람이라는 뜻이로군.'

마지막까지 그는 어리석은 자존심에 우쭐했다.

"누가 너한테 이렇게 하라고 시켰니? 로빈을 죽인 자들이 보냈니?"

불현듯 눈을 커다랗게 뜬 시체가 떠올랐다. 그는 로빈의 놀란 얼굴에 내려앉은 아침 서리를 봤다. 로빈이 죽어 가면서 손가락으로 공원의 딱딱한 흙바닥에 새긴 흔적을 봤다. 꽁꽁 언 눈에서 브루스를 향해 번뜩이는 불멸의 사랑을 봤다. 그는 그 모든 걸 봤다. 그 순간 그는 모든 걸 잃었다. 로빈은 죽었고 그도 곧 뒤를 따라갈 것이다. 사랑을 헛되이 낭비했으니 그 역시 헛되이 죽음을 맞게 됐다. 시간도 없고 구원도 없으며 마지막 영광도 없었다.

'이 자석 침대에서 벌거벗은 채 죽겠구나.'

"넌 로빈을 살해한 사람들에게 고용됐구나."

브루스가 조심스럽게 말했다.

"너희는 무슨 조직 같은 거니?"

그의 몸 안에 들어 있는 손이 싸늘해졌다. 그 손이 갑자기 확 움직이는가 싶더니, 지독한 통증이 온몸으로 퍼졌다.

"경찰이 널 붙잡을 거야. 넌 감옥에서 평생 썩을 거야."

"난 잃을 게 하나도 없어요."

"잠깐!"

그가 간청했다. 꿈을 꾸는 게 아니라 지독한 현실임을 깨닫자 다시 경련이 일었다.

"넌 내가 살아 있는 모습을 본 마지막 사람이야."

무슨 말이든 듣고 싶었지만 아무 대답도 듣지 못했다.

"그 정도는 알 자격이 있다고 생각해. 난 영웅이었어. 세상을 자유롭게 해 주고 사람들을 구하겠다고 약속했어. 하지만 그들을 사랑하진 않았어. 어느 누구도 사랑했던 것 같지 않아."

그는 극심한 공포 속에서 고백하면서도 그녀의 눈길에서 뭔가를 감지할 수 있었다. 그것은 기백이었다. 그가 지금까지 수많은 사람을 만나면서 계속 추구해 온 바로 그 정신이었다.

소름이 끼치고 눈앞이 아찔했다. 사람들이 그를 발견하는 모습을 상상했다. 경찰이, 어쩌면 드 빌라 경찰관이 이 방에 걸어들어와 벌거벗은 그의 시체를 바라볼 것이다. 싸늘한 눈으로 혹은 불쌍한 눈으로 그를 바라볼 것이다. 그래서 그가 다시 입을 열었다. 관객이 이미 침실에 와 있는 것처럼, 당치도 않은 승리감에 들떠 브루스는 마지막 대사를 읊었다.

"너는 나를 채워 줄 수 없어. 그 누구도 나를 채워 줄 수 없어."

그는 여자가 무슨 말이든 할 거라고 착각했다. 새로운 통증이 파도처럼 밀려왔다.

"잠깐……."

그가 미쳐 뭐라고 말하기도 전에 복부가 갈가리 찢기기 시작했다.

제3편

브루스 드 빌라

2006년 3월
&
1970년대~1990년대 초

시간은 한 점 흐트러짐 없이 질서정연하게 흘러간다. 연이어 쓰러지는 도미노처럼 하루가 지나기 무섭게 또 다른 하루가 지나간다. 그 흐름이 너무 빠르고 기계적이라 숨이 막힐 지경이다. 수개월 전, 브루스 웨인의 사망 소식이 온 나라를 충격에 빠뜨렸다. 앳된 살인범이 붙잡혔으나 재판은 불과 몇 주 전에야 시작됐다.

언론은 재판 관련 기사를 끝도 없이 쏟아냈다. 신문과 잡지의 지면이 온통 브루스 웨인의 사진으로 도배됐다. 구릿빛 피부를 자랑하며 억지스럽게 포즈를 취한 사진을 싣는가 하면, 다크 나이트를 쏙 빼닮은 합성수지 조각상을 싣기도 했다. 입술을 비틀고 정면을 주시한 이 조각상은 브루스 웨인의 외설적인 이미지를 고스란히 담고 있었다. 살았을 때도 자기 중심적이더니 죽어서도 무대를 독차지했다.

하지만 이때까지만 해도 더 자극적이고 비극적인, 미국인의 아니, 전 세계인의 가슴에 더 큰 상처를 입힐 사건이 일어나리라고는 상상조차 못했다.

몇 주 후, 뉴욕 거리의 차들이 모두 멈춰 설 것이다. 사람들이 차에서 내리고 건물에서 쏟아져 나와, 유명 호텔 건물에서 뿜어져 나오는 연기 기둥을 쳐다볼 것이다. 끔찍한 폭탄 공격으로 프랭클린 리처즈가 죽을 것이다. 미국인이 가장 사랑하는 아들이요, 젊은 세대의 아이콘인 금발 청년이 사우나에서 아무런 저항도 못해 보고 죽을 것이다.

그 시간이 시시각각 다가오고 있었지만 지금까지는 어떤 낌새도 없다. 아니다. 실은 여러 조짐을 눈치챈 남자가 있었다. 그 남자의 이름도 브루스이다. 브루스 드 빌라 기자. 보통의 키의 남자로 서른다섯이지만 나이보다 흰머리가 일찍 나기 시작했다. 우울한 분위기와 비꼬는 표정이 묘하게 어우러졌고, 커다란 갈색 눈은 뭔가를 예견하듯 우수에 젖어 있었다. 브루스 드 빌라. 요사이 그는 걸핏하면 생각에 잠겼다. 무슨 일이 터질 것 같은 예감이 더 자주 들었기 때문이다. 그의 폐와 복부뿐만 아니라 몸 여기저기에서 감지됐다. 그러나 정확히 무슨 일이 터질지는 꼬집어 말할 수 없었다. 다만 아주 끔찍한 사건이라는 것만 알았다. 다른 사람들이 전혀 감지하지 못하는 게 정말 이상했다. 폭풍 전야처럼 사방에 불안한 기운이 뻗치고 있는데 어떻게 아무도 알아채지 못한단 말인가?

그가 아는 것은 은퇴한 슈퍼히어로 두어 명이 곧 죽는다는 점이었다. 딱 거기까지였다. 그는 슈퍼히어로의 죽음을 감지했지만, 그런 걸 알고 싶지도 않았고 안다고 해도 뭘 해야 하는지 몰랐다. 그런 걸 미리 알아차리는 것은 기이한 능력이었다. 하지만 당장엔 그 문제에 크게 신경 쓰지 않기로 했다.

*

법원 건물이 초봄의 따사로운 햇살을 받아 하얗게 빛났다. 거센 파도처럼 밀려드는 차량으로 법원 정문이 북새통이었다. 기자들과 구경꾼들이 보안 검색대를 통과하려고 입구에 줄지어 늘어서 있었고, 그중에 브루스 드 빌라 기자도 있었다. 차례가 오자 그는 조금 성가신 표정으로 보안 요원에게 기자증을 내밀었다. 두툼한 양복과 하늘색 셔츠 차림에 이탈리아제 구두를 신고 있었다. 프리랜서 기자의 얄팍한 지갑으로 최대한 살린 스타일이었다. 보안 요원이 그에게 기자증을 돌려주며 물었다.

"성이 드 빌라네요. 그 형사랑 무슨 관계가 있나요?"

그는 별 표정 없이 고개를 끄덕였다. 그 질문을 벌써 여러 번 받았다. 이 살인 사건을 조사하는 형사가 그의 동생이었다. 동생은 가끔 TV에도 나와 수사 상황을 보고하기도 했다. 브루스는 입을 꾹 다문 채 기자증을 받아들고는 입구를 통과했다. 그러고는 대리석 마루가 깔린 로비를 향해 조용히 걸어갔다.

법정은 상당히 붐볐고 웅성거리는 소리가 끊이질 않았다. 온실의 환한 조명이 빼곡히 늘어선 화초를 비추듯 천장에서 쏟아지는 강렬한 조명이 방청객의 얼굴을 비췄다.

TV 카메라 대여섯 대가 방청객을 훑으며 유명인을 찾았다. 몇 주째 재판이 지지부진했지만 방송사는 날마다 최신 소식을 내보냈다. 대중은 늘 새로운 소식에 목마른 법이다. 근래 들어 가장 충격적인, 슈퍼히어로 시대의 거장을 살해한, 외설적이고 비극적인 형사 사건 재판이었다.

브루스 드 빌라 기자가 법정에 들어섰다. 방청석을 몇 줄 지나는데 누군가 손을 흔들며 알은척을 했다. 동료 기자이자 오랜 친구인 앨리슨 로즈였다. 오래전부터 알고 지낸 사이였지만 한동안 못 만나다가 이 재판을 취재하면서 다시 만났다. 브루스는 사람들 틈을 비집고 앨리슨 옆으로 다가갔다. 엉거주춤한 자세로 옆걸음으로 가다 보니 한

두 명의 발을 밟았다.

"휴우, 늦는 줄 알았네."

그는 앨리슨 옆자리에 앉으면서 한숨을 내쉬었다.

"늦으면 어때?"

앨리슨의 목소리는 빈정대는 것 같기도 하고 체념한 것 같기도 했다. 앨리슨은《뉴욕 옵저버》기자였다. 브루스처럼 이 사건 공판에 자주 참석했다.

"극적으로 전개될 것 같지도 않은데, 뭘."

브루스는 고개를 끄덕이며 자세를 잡았다. 앨리슨이 무슨 말을 하는지 바로 알아들었다. 재판은 시답잖은 뉴스거리만 제공할 뿐 진척이라곤 찾아볼 수 없었다. 아무런 소득도 없이 장애물과 불분명한 사항만 수두룩했다. 어린 피고는 사건의 배후에 대해 한 마디도 하지 않았다. 배후 주동자를 아는지 모르는지도 말하지 않았다. 사람들은 사악한 단체가 뒤에서 조종한 게 아니냐고 수군대기 시작했다. 브루스는 이 사건에 대해 어떤 특별한 의견도 없었다. 다만 탁월한 예지력 덕분에 이 사건은 시작일 뿐이며 은퇴한 슈퍼히어로들이 하나씩 죽어 갈 거라는 것만 알았다.

"브루스?"

앨리슨이 그를 불렀다.

"또 무슨 생각해? 그런데 이번엔 네가 무슨 생각을 하는지 알겠어."

"그래?"

"이 재판이 점점 암울한 서커스로 변질된다고 생각하는 거지?"

"어쩌면."

그는 자세한 얘기는 하지 않고 슬쩍 웃어넘겼다.

"이보세요, 우린 기자예요."

앨리슨이 담담하게 말했다.

"세상은 원래 그렇게 돌아가는 거야. 쇼가 암울하고 삐딱하게 돌아가더라도 우리는 끝날 때까지 묵묵히 지켜봐야 해. 이 재판도 마찬가지야."

앨리슨은 상황을 직설적으로 표현할 줄 아는 여자였다. 브루스는 앨리슨의 말을 새겨들었다. 브루스는 이탈리아의 한 신문사에 기사를 제공하고 있었다. 미국의 은퇴한 슈퍼히어로들의 근황을 다루는 내용이었다. '쇼가 끝날 때까지 묵묵히 지켜봐야 한다'는 말은 지금 같은 상황에서 그에게 꼭 필요한 조언이었다.

공판은 늦게야 시작됐다. 브루스는 앨리슨이 건넨 껌을 받아서 씹었다. 이상한 화학적 풍미가 입안 가득 퍼졌다. 그는 고개를 빼고 주변을 둘러봤다.

TV 카메라는 살찐 청파리처럼 법정을 훑으며 먹잇감을 찾고 있었다. 그날의 주인공은 조지프 세판스키였다. 배트맨의 주치의였던 세판스키는 TV 카메라가 자신에게 집중되자 흡족한 미소를 지었다. 하지만 햇볕에 말린 가죽처럼 피부를 팽팽하게 당겨놓은 탓에 표정이 잘 드러나지 않았다. 저 늙은 의사가 곧 세상을 떠들썩하게 할 책을 출간할 거라는 소문이 기자들 사이에서 돌고 있었다. 하지만 무엇을 폭로할지는 아직 알려지지 않았다. 아무튼 세판스키는 세인의 이목을 끌 기회를 절대 놓치지 않았다. 지난 공판에서도 그를 비롯해 여러 인사들이 방청석에 앉아 있었다. 희생자의 친구이거나 아니면 재판에 집중된 관심을 기회로 언론의 조명을 받으려는 자들이었다. VIP만 모시는 방청석에는 네이선 퀴스트와 루돌프 길리아니 전 시장, 다크 나이트의 생애를 다룬 영화를 계획하는 감독들, 별로 알려지지 않은 작가들이 앉아 있었다. 심지어 〈아메리칸 아이돌〉의 최근 시즌 우승자도 한 자리 차지하고 있었다. 다들 속셈을 숨기고 짐짓 근엄한 표정으로 방청석을 메웠다. 앨리슨이 말한 대로 정말 암울한 서커스였다.

공판이 여러 차례 진행되는 동안 은퇴한 슈퍼히어로들도 간간히 얼굴을 비쳤다. 늙어 가는 토르와 이미 팍삭 늙은 데어데블 등 구시대 슈퍼히어로였음직한 인사들이었는데 대개 브루스와 그의 동생이 슈퍼히어로에 관한 기사와 사진을 수집하던 시절에 잠시 눈길을 주던 자들이었다.

어렸을 때 그는 뉴욕에서 30여 분 떨어진 곳에서 슈퍼히어로 아이돌에게 푹 빠져 지냈다. 그들의 인터뷰 기사를 달달 외울 정도였다. 슈퍼히어로들은 엄청난 재주와 능력을 지녔으며 자신은 그들과 딴 세상에 산다고 생각했다. 너무 오래전 일이어서 기억도 가물가물했다.

브루스는 법정을 마지막으로 한 번 더 둘러봤다. 이번에도 동생의 얼굴은 보이지 않았다. 지난 공판에서는 법정에서 몇 번 마주쳤지만, 동생에 대해서는 아는 바가 거의 없었다. 브루스는 동생이 지금 어디에 있으며 무엇을 하는지 궁금했다. 지난 세월 동안 그와 동생은 연락을 끊고 지냈다. 여느 때처럼 무심함과 거리감, 안타까움이 뒤섞인 마음으로 고개를 떨궜다.

*

조사 결과에 따르면, 배트맨과 잠자리를 한 여자 아이들은 그와 하룻밤을 보내기 전에 지시 사항을 전달받았다고 한다. 다시 말해 다들 그가 뭘 하고 싶어 하는지 알고 갔다. 대개는 배트맨의 오랜 친구들이 그들을 연결해 줬는데, 배트맨이 피부가 희고 중성적인 매력을

283

지닌 소녀를 선호한다는 사실을 그들은 익히 알았다. 그동안 그런 스타일의 여자를 수십 명이나 소개했고, 피고도 그중 하나였다. 피고는 배트맨의 오랜 친구 중 한 명에게 의도적으로 접근했고, 실제 의도를 숨긴 채 유명한 영웅을 만났다.

여자의 이름은 마라 존스였다. 나이는 열아홉 살로, 고급 아파트만 전문으로 중개하는 부동산업자의 딸이었다. 배트맨을 살해한 날 밤, 마라는 배트맨의 저택에서 멀지 않은 웨스트 빌리지를 배회하다 체포됐다. 피를 잔뜩 묻히고 정신이 혼미한 상태였다. 갈색이 감도는 짧은 금발 머리에, 녹회색 눈동자를 지녔다. 콧잔등에 주근깨가 나 있고, 얼굴이 아주 예뻤지만 뭔지 모를 사악한 기운이 내비쳤다. 눈빛은 순진하면서도 한편으로 로봇처럼 초점이 없었다. TV 뉴스는 그녀의 뒷모습이나 옆모습, 혹은 눈과 입, 턱선, 귓불 등 얼굴의 세세한 부분에 초점을 맞춰 보여 줬다. 얼굴을 직접 보여 주면 사람들이 너무 동요할까 봐 그랬을 수도 있지만, 그보다는 어린 피고의 외모를 감질나게 보여 줘 시청자의 상상력을 자극하려는 속셈이었다.

언론은 수개월째 이 사건에 대해 쉴 새 없이 떠들었다. 계속해서 피비린내 나는 살인 사건의 정황과 피고에 관한 뉴스를 쏟아냈고, 이에 따라 피해자의 사생활에 관한 소문이 줄기차게 이어졌다. 가령 배트맨은 신종 마약을 가끔 복용했다거나, 매디슨 애비뉴의 부티크에서 의상을 구입하는 데 매주 만 달러 넘게 썼다는 식이었다. 또한 열아홉이던 레오나르도 디카프리오를 유혹하려고 했고, 열여덟이던 클로이 세비니를 유혹하려고 했다는 식의 소문이 쉴 새 없이 흘러나왔다.

여기에 살인자를 둘러싼 정황도 통렬한 풍자의 먹잇감이 됐다. 마라 존스라는 이름으로 분한 캐릭터가 자위행위를 하거나 주먹을 항문에 집어넣는 등 엽기적인 포르노 비디오가 인터넷에 대거 등장했다. 힙합 가수는 은퇴한 영웅의 죽음을 둘러싼 모욕적인 발라드를 불러 대히트를 쳤다.

매춘을 알선하는 옛 친구들, 함께 어울린 젊은 여자들, 자신에 대한 지나친 집착, 마흔 살이나 어린 여자들과 치른 에로틱한 의식…….
슈퍼히어로 시대 가장 영광스러운 인물 중 하나인 다크 나이트의 삶이 끔찍하고 엽기적인 소재로 희화화됐다.

브루스 드 빌라도 은퇴한 영웅의 한심한 몰락을 인정했다. 하지만 대부분의 사람들과 달리 배트맨의 사생활에 분개하지는 않았다. 그의 문란한 성생활에 충격을 받거나 도덕적으로 비난하지도 않았다. 그저 씁쓸하고 안타까워했다.

어렸을 때 그는 배트맨을 가장 좋아하고 숭배했다. 다크 나이트에 관한 짤막한 기사에도 얼마나 흥분했는지, 또 이 미스터리한 인물의 전기를 얼마나 흠모했는지 모른다. 그때만 해도 배트맨은 사진을 찍거나 인터뷰하는 걸 극도로 꺼렸다. 그런 자가 후에 이렇게 되리라고 누가 상상이나 했겠는가!

그러나 막상 은퇴한 영웅의 죽음이 실제로 닥쳤을 때 브루스는 전혀 놀라지 않았다. 금이 가서 쓰러질 것 같은 건물이 결국 무너진 것처럼 그의 죽음을 불가피한 몰락으로 바라봤다. 그는 이미 배트맨이 살해되기 몇 달 전부터 예감하고 있었다. 또한 다른 은퇴한 슈퍼히어로들의 삶에도 돌이킬 수 없는 사건이 임박했음을 확실히 느꼈다.

브루스는 이런 예지력도 일종의 초능력이라고 추정했다. 그렇다면 이런 능력이 어디에서 비롯된 것일까? 그는 유전일 거라고 추정했다.

*

"너한텐 어떤 비밀이 있는 것 같아."

오전 공판을 마치고 법정을 나오면서 앨리슨이 말했다. 따사로운 햇살 속으로 걸어 나온 두 사람은 손님을 기다리는 택시 사이를 지그재그로 지나며 길을 건넜다. 따뜻한 봄바람이 그들 쪽으로 불어왔다.

"지난 몇 주 동안 널 죽 지켜봤는데 늘 정신이 딴 데 팔려 있는 것 같아."

"나도 알아."

브루스가 가볍게 웃으며 말했다. 그들이 서 있는 인도의 절반은 공사 현장과 이어져 있었고, 갓 쏟아낸 시멘트 냄새가 진동했다. 하늘 높은 곳에서는 크레인이 위엄 있게 내려다보고 있었다.

"그런데 내가 정신을 딴 데 팔지 않은 적이 있었나?"

앨리슨이 살짝 웃었다. 그 이야기는 더 이상 꺼내지 않았다.

"브루스 드 빌라. 넌 내가 만났던 사람 중 가장 알 수 없는 남자야."

앨리슨의 안경이 햇살을 받아 반짝거렸다. 그녀는 대학시절 처음 만났을 때처럼 변함 없이 예뻤다. 둘 중에 삶에 찌든 쪽은 브루스였다. 흰머리가 희끗희끗 보였고 눈도 퀭하니 불안해 보였다.

점심때가 다 돼 앨리슨이 평소 자주 가는 레스토랑으로 그를 이끌었다. 두 사람은 차이나타운에서 멀지 않은 건물의 2층 창가에 자리를 잡았다. 재생지에 둥그런 활자체로 인쇄된 메뉴를 살폈다. 채식주의자를 위한 레스토랑이었다. '이 음식은 당신을 아프게 하지 않습니다.' 혹은 '이 음식은 당신의 영혼을 맑게 합니다.'라고 보증하는 도장이 메뉴마다 찍혀 있었다. 동물의 고통은 물론이요, 세속의 죄로 인한 고통까지 엄격히 배제한다고 알려진 레스토랑이었다.

"어쨌든 연재 기사가 어떻게 진행되고 있는지는 알려 줄 수 있잖아. 이탈리아에서 반응은 좋아?"

주문을 마친 앨리슨이 물었다. 안경을 벗어 테이블에 올려놓고는 기대에 찬 눈망울로 브루스를 바라봤다.

"그런 것 같아. 로마에서 내 기사에 대한 반응이 좋다고 들었어."

브루스는 기사를 작성해서 미국과 이탈리아에 있는 여러 신문사에 보냈다. 가장 최근에는 《라 레푸블리카》에 기고하고 있었다. 브루스가 뭐라고 더 설명하려고 할 때 음료수가 나왔다. 브루스는 유기농 맥주를 주문했고 앨리슨은 그가 들어본 적도 없는 아마존 열대 생과일 주스를 주문했다.

"기사엔 뭐라고 쓰고 있는데?"

앨리슨이 주스를 살짝 맛보더니 만족한 듯 고개를 끄덕이며 물었다.

"그냥 요즘 벌어지는 일…… 과거의 영광을 뒤로 하고 미친 짓을 일삼는 미국 영웅들의 시시껄렁한 얘기."

브루스가 별로 내키지 않은 투로 말했다.

"브루스, 그렇게 부정적으로 말하지 마. 너답지 않아."

앨리슨이 그를 자세히 살피려는 듯 머리를 옆으로 살짝 기울였다. 달랑거리는 은 귀걸이가 움직일 때마다 흔들렸다.

"내 말은 이번 사건의 수사 진행에 대해 뭐라고 적었느냐는 거야. 무엇보다 수사에 대한 네 생각이 궁금해."

브루스는 곧바로 대답하지 않고 맥주를 한 모금 들이켰다.

"당장은 나도 뭐라고 써야 할지 모르겠어."

"동생한테 정보 좀 달라고 해 보지 그래? 다른 기자 같으면 수사에 관여하는 동생을 십분 활용할 거야."

앨리슨이 그를 압박했다. 귀걸이가 작은 종처럼 달랑거렸다.

"난 동생한테 수사 정보를 부탁한 적 없어. 이제 와서 그러는 것도 이상하잖아."

브루스는 겸연쩍게 웃으며 의자에 등을 기댔다. 공판 중에 몇 차례 마주친 거 빼고는 동생과 몇 달 동안 말 한 마디 나누지 않았다. 사실은 몇 년 동안이다. 아니, 어머니가 돌아가신 뒤로는 둘이 진지하게 대화를 나눈 적이 한 번도 없었다.

브루스는 앞에 앉아 있는 여자를 한참 동안 바라봤다. 예전에 두 사람은 깊이 사귀던 사이였다. 이스트 빌리지의 작은 아파트에서 한동안 함께 살기도 했다. 그가 쳐다보는 걸 눈치챈 앨리슨이 음식을 먹다 말고 얼굴을 들었다. 둘의 시선이 마주쳤다. 서로 친밀감을 교환하며 한참 동안 마주 봤다.

"내가 처음 채식 요리를 해 줬던 때가 생각난다. 넌 날 못 미더워했어."

"아냐, 전혀 그렇지 않아."

그는 아니라고 극구 부인하며 말했다.

"그랬어, 넌."

앨리슨 역시 지지 않았다.

"네 어머니한테 전화해서 이탈리안 레시피를 물어보게 했잖아."

앨리슨이 웃으며 고개를 다시 한쪽으로 갸웃했다. 그러고는 가물가물한 기억을 떠올리는 사람처럼 눈을 가늘게 떴다.

"브루스, 함께 살 때 넌 참 이상했어."

앨리슨이 조심스럽게 말했다. 어떠한 원망도 서려 있지 않았다. 오히려 상대를 이해하지 못했을 때 오는 당혹감과 다정함이 묻어 있었다.

"오랜 시간이 흘렀지만 난 아직도 그때 너한테 무슨 일이 있었는지 몰라. 아니, 정확히 말하면 네 어머니께 무슨 일이 일어났는지 몰라."

브루스가 남은 맥주를 죽 들이켰다. 어머니를 생각하면 지금도 목이 탔다.

그는 감정을 숨기고 어깨를 으쓱 했다. 아픈 기억이 주마등처럼 스쳐 갔다. 뱃속에서는 음식 맛과 통렬한 기억의 풍미가 한데 어우러졌다. 이스트 빌리지에서 앨리슨과 함께 살던 시절, 클리프턴에서 부모님과 살던 낡은 집, 동생이랑 슈퍼히어로에 관한 기사를 모아 둔 낡은 상자…… 그들은 그저 평범한 이탈리안 가정처럼 보였다. 하지만 그의 어머니는 끝내…….

앨리슨이 테이블을 살짝 밀면서 일어나더니 커피를 마시러 가자고 했다. 브루스는 그런 앨리슨이 정말 고마웠다.

*

브루스는 일과를 마치고 집으로 돌아왔다. 작은 아파트였다. 일단 샤워부터 했다. 뜨거운 물이 다 떨어질 때까지 물줄기 속에 눈을 감고 가만히 서 있었다. 수건으로 물기를 닦고 거울에 비친 자신의 몸을 바라봤다. 두 명의 브루스 드 빌라가 벌거벗은 채 결코 만날 수도 함께 존재할 수도 없는 두 세계에서 마주 보고 있는 것 같았다. 브루스는 허리에 수건을 두르고 집 안을 서성거렸다. 자꾸만 엄습하는 불안감이 저녁 공기 속으로 사라지길 간절히 바랐다. 오늘도 아주 힘겨운 하루였다. 오전엔 공판에 참석했고, 점심엔 앨리슨과 채식주의자 레스토랑에 갔고, 오후엔 그가 일하는 신문사의 뉴욕 지부 편집실에서 기사를 작성하고 유창한 이탈리아어로 떠드느라 애를 먹었다.

처리할 이메일이 있었지만 일단 소파에서 쉬기로 했다. TV를 켜니 여느 때처럼 재판에 관한 최신 소식이 나왔다. 채널을 돌리자 〈나모르와 함께 풍덩〉 쇼가 나왔다. 이 토크쇼의 사회자는 아틀란티스의 왕자, 늙은 나모르였다. 나모르는 언제나처럼 거만한 태도로 형형색색의 물고기와 거대한 수족관 안에서 떠들고 있었다. 다른 채널에서는 미스틱이 이끄는 쇼 프로그램이 나왔다. 미스틱은 한때 온 나라를 두려움에 떨게 했던 여성 돌연변이였지만 지금은 온 나라를 즐겁게 해 줬다. 브루스는 미스틱 쇼를 지켜봤다. 눈으로는 쇼를 봤지만, 실은 내내 공상에 잠겨 있었다.

그는 눈을 감았다. 슈퍼히어로에 대한 생각을 떨쳐 낼 수가 없었다. 살아 있는 자들과 이미 죽은 자들까지 그의 뇌리를 떠나지 않았다. 긴장을 풀려고 애쓰면서 호흡에 집중했다. TV 소리가 멀어지고 사방이 고요해졌다. 그는 몸을 살짝 떨었다. 앞으로 얼마나 더 이런 상태로 살아야 할까? 후회와 그리움으로 잠 못 이루고, 어린 시절 숭배하던 영웅과 이별하고, 살면서 겪었던 온갖 사건과 이별하는 시기가 얼마나 더 계속될지 막막했다. 브루스는 고개를 들었다. 그런데 방에 다른 사람이 있었다. 식탁 밑에 웬 여자가 숨바꼭질 놀이를 하는 꼬마처럼 그를 쳐다보며 어색하게 웃고 있었다. 브루스가 눈을 비볐다. 가슴이 철렁 내려앉았다.

"엄마, 거기서 뭐 하세요?"

엄마는 그의 기억과 꿈속에서 늘 같은 나이로 등장한다. 아마 지금 그의 나이와 비슷할 것이다. 히피풍의 꽃무늬 원피스를 입고 숨바꼭질을 하는 것처럼 식탁 밑에 계속 웅크리고 있었다. 누가 찾아주길 기다리는 걸까? 아니면 자신을 찾으려는 사람에게서 영원히 숨으려는 걸까? 엄마가 그에게 같이 숨자고 손짓하는 듯했다. 엄마의 미소는 음모라도 꾸미는 듯 희미하고 음울했다.

브루스가 소파에서 일어나며 말했다.

"엄마, 거기 숨어 있지 말고 이리 나오세요."

브루스는 엄마를 내려다보며 식탁 앞에서 머뭇거렸다. 머리를 막 감은 듯 엄마의 젖은 머리칼에서 향긋한 냄새가 났다.

"거기 계속 있으면 안 돼요."

"브루스."

엄마가 그를 불렀다.

"브루스."

그는 엄마의 팔을 잡고 밖으로 당겼다. 하지만 꿈쩍도 하지 않았다. 엄마의 몸이 이상할 정도로 무거웠다. 갑자기 엄마가 슬픈 눈으로 그를 쳐다봤다. 그는 엄마의 팔을 놓아주고는 한 걸음 물러났다. 엄마가 왜 저리 슬픈지 알 수 없었다.

"오, 브루스."

엄마는 더 웅크리더니 한층 더 슬픈 눈으로 그를 바라봤다.

"나 때문에 괴로워하지 말거라. 넌 더 나아가야 해, 브루스. 넌 더 나아가야 해."

그의 몸이 휘청했다. 벽에 기대려고 했지만 벽이 하나도 없었다. 그 순간, 깜짝 놀라 눈을 떴다.

거리가 어둑하고 조용한 걸로 봐서 한밤중인 듯했다. TV에서는 90년대 영화가 방송되고 있었다. 당시 유행하던 음악이 계속 흘러나오는 십 대 코미디물로, 등장인물 중 하나가 인터넷을 아주 생소한 것으로 지칭하고 있었다.

브루스는 발을 질질 끌며 부엌으로 갔다. 머리가 어지러워 얼음물을 한 잔 마셨다. 엄마의 머리카락 냄새를 떠올렸다. 도시가 잠이 들고 차도 거의 다니지 않는 이 시간에 그는 냉장고 문에 기대어 물을 마셨다. 뉴욕의 캄캄한 밤에 홀로 잠을 이루지 못했다. 옛 기억과 이상한 예감으로 분열돼 바닷속 해류처럼 과거와 미래의 시간이 끝없이 부딪치며 소용돌이쳤다.

내가 두 살 때 아버지는 '미국 영주권 복권(Green card lottery)'에 당첨됐고, 그해 시월 우리는 알리탈리아 여객기를 타고 희뿌연 대서양을 건넜다. 동생은 태어나지 않았을 때여서 우리 가족은 이탈리아계 아버지와 어머니, 미국식 이름을 가진 어린 아들이 전부였다. 아버지는 내게 브루스라는 이름을 붙여 줬다. 배트맨과 이름이 같지만 아버지가 애초에 그걸 염두에 뒀던 건 아니다. 그냥 아무거나 미국식 이름을 골라서 지었을 뿐이다.

아버지는 오랫동안 미국 이민을 꿈꿨다. 나는 가끔 아버지의 그 꿈이 정확히 어디에서 비롯됐을까 궁금했다. 우리 몸 안에 생기는 신장 결석처럼 어쩌다 우연히 생겼다가 의식 속에서 천천히 구체화됐을 것이다. 그 꿈을 이루기엔 다소 늦은 나이였고, 동포들의 미국 집단 이주가 반세기 전에 끝났지만 아버지는 그 꿈을 포기하지 않았다. 열렬한 신앙이었는지 단순한 타성이었는지 모르겠지만 아무튼 아버지는 그 꿈을 집요하게 좇았다. 결국 아버지의 꿈은 거대한 회오리처럼 우리를 휩쓸어 완전히 새로운 둥지에 떨어뜨렸다.

우리의 새 둥지는 뉴저지 주 클리프턴에 있었다. 미국에는 클리프턴이라는 동네가 수십 곳이나 있는데 그중 하나였다. 뉴욕 시에서 차로 삼십 분 떨어진 거리에 있는 작은 마을이었다.

마을에서는 허드슨 강의 둑이 얼마 떨어져 있지 않았다. 뉴욕은 희미한 불빛처럼 가깝기도 하고 멀기도 했다. 일요일마다 아버지는 우리를 데리고 맨해튼으로 산책을 나가거나 멀리 코니아일랜드까지 바람 쐬러 나갔다. 코니아일랜드 놀이공원에는 온갖 놀이기구가 빙글 빙글 돌았고, 비릿한 바다 냄새와 핫도그 판매대에서 피어오른 연기 가 바람에 실려 사방으로 퍼져 나갔다.

사람들 말로는 핫도그가 이곳 코니아일랜드의 혼잡한 해변에서 처 음 등장했다고 한다. 한 세기 전에 어느 독일 이민자가 따끈한 독일 식 소시지를 빵 속에 끼워 팔면 어떨까 하는 아이디어를 떠올렸다. 대단한 성공을 거두는 아이디어가 흔히 그렇듯 핫도그도 단순한 생 각에서 비롯됐다. 아버지는 그런 이야기를 즐겨 들려줬다. 뭐든 들은 대로 받아들이던 시절이었다. 내 인생에서 가장 오래된 기억은 혀가 델 정도로 뜨거운 핫도그와 겨자 얼룩이 잔뜩 묻은 티셔츠이다.

*

미국에서 지낸 지 일 년 만에 동생 데니스가 태어났다. 네 명이 되 니 정말 완벽한 가정 같았다. 네 사람, 네 육체! 이 정도면 우리 집을 꽉 채우고도 남았다.

한편, 아버지의 미국 생활은 녹록지 않았다. 처음 예상했던 것보다 훨씬 더 힘들었다. 한 번 삐끗하니까 되는 일이 없었다. 아버지는 직 장을 구했다가도 금세 그만뒀다. 아버지의 성질머리가 문제였다. 걸 핏하면 욱 했고 인내심도 부족했으며 상사의 비위를 맞추지도 못했 다. 이탈리아에서는 우체국에서 일했었다. 미국에 와서 몇 년 동안, 아버지는 직장을 여섯 군데나 옮겨 다녔다. 맘에 안 든다고 그만두 고 새 직장을 잡으면 늘 전 직장만 못했다. 두 달 이상 버틴 곳이 없 었다. 그러면서도 아버지는 언젠가 자기 사업을 할 수 있을 거라고 확신했다. 그때가 되면 아버지도 어엿한 사장이 될 거라는 꿈이 있었다. 엄마는 구인광고란을 샅샅이 뒤져 아버지에게 적당한 일자리를 추천하고 지원서를 쓰도록 도왔다.

"이번엔 제발 쫓겨나지 않겠다고 약속해요, 네?"

막판엔 클리프턴에서 십육 킬로미터 정도 떨어진 도축장에 취직했다. 웬일인지 아버지가 이곳에서는 쫓겨나지 않고 잘 버텼다. 기적이라도 일어난 것 같았다.

물론 도축장 일이 즐거운 건 아니었다. 아버지가 종일 무슨 일을 하는지 한 번도 말해 주지 않아 잘 몰랐지만 아마 전기충격을 가하는 일이었을 것이다. 그러니까 동물을 기절시키는 일 말이다. 아버지는 전극봉을 쥐고서 백오십 킬로그램이나 나가는 송아지를 하나씩 기절시킨 다음, 송아지를 후크에 매달아 도축했다. 아버지는 도축장을 나오기 전에 매일 샤워를 했지만 그 냄새를 완전히 씻어내진 못해서 집에 돌아오면 늘 역한 피 냄새를 풍겼다. 처음 이틀 동안 아버지는 속이 메스꺼워 일을 마칠 즈음 구토를 했다고 한다. 하지만 그뒤로는 차차 적응해 나갔다. 아버지는 이번엔 절대 쫓겨나지 않을 거라고 자신했다. 일이 워낙 힘들고 지저분해서 아버지를 대신할 만한 사람을 구하지 못할 거라는 게 이유였다. 하지만 그건 아버지 생각이었고, 내 생각엔 아무도 못하는 일을 해낸다는 데서 아버지 나름대로 자부심을 느꼈던 듯하다.

몇 년 뒤 로널드 레이건이 정치 무대에 등장했다. 아버지는 그를 TV에서 보고 저 남자는 믿을 만하다고, 우리에게 새로운 지평을 열어줄 거라고 자주 말했다.

"곧 무슨 일이 일어날 거야. 확실해."

아버지는 조만간 도축장 일을 때려치우고 새로운 일을 할 수 있는 기회가 올 거라고 확신했다. 일요일 아침마다 교회에 가서 목이 쉬도록 찬송가를 부르고 기도를 올렸다. 이탈리아는 대표적인 가톨릭 국가이지만, 아버지는 한 번도 성당에 간 적이 없었다. 그런데 미국에 와서는 그리스도의 심판이 두려웠는지 교회에 열심히 다녔다. 아버지가 그동안 살아오면서 잘못을 저질렀다고 생각했는지는 잘 모르겠지만, 어쨌든 그걸 쉽게 고백하지는 않을 사람이었다. 이탈리아인으로든 미국인으로든 아버지는 여전히 오만하고 고집스러운 남자였다.

*

처음에는 아무도 내 열정에 주목하지 않았다. 학교만 파하면 나는 공립 도서관으로 달려갔다. 도서관에서 일하는 여직원이 늘 계피 향이 나는 껌을 씹으며 빈둥거린 덕에 나는 책장 사이를 자유롭게 다니며 원하는 걸 꺼내 볼 수 있었다. 열두 살이나 먹었기 때문에 《뉴스위크》, 《타임》, 《피플》, 《베니티 페어》 같은 잡지나 신문을 얼마든지 훑어볼 수 있었다.

나는 매번 괜찮은 기사를 찾아냈다. 리드 리처즈와 그가 이끄는 그룹의 위업을 다룬 기사, 데어데블에게 일망타진되는 불법 밀수업자에 관한 기사, 돌연변이인 미스틱과 관련된 사건에 관한 기사 등을 어렵지 않게 찾아냈다. 한 성질하는 아틀란티스의 왕자 나모르의 인터뷰 기사, 범죄와 남성 우월주의에 맞서 싸우는 원더우먼의 인터뷰 기사, 논설위원들의 노골적인 빈정거림에서 엄청난 찬사까지 빠짐없이 찾아냈다. 그런데 당시에도 슈퍼맨에 관한 기사는 거의 없었다. 이미 늙고 병들어 별다른 활동을 펼치지 못했기 때문이다. 그래서 나는 철 지난 잡지나 신문을 뒤져 슈퍼맨에 관한 기사를 찾아냈다. 그렇게 슈퍼히어로의 이야기를 내 방식대로 다시 짜맞췄다. 같은 기사를 읽고 또 읽었고, 같은 사진을 보고 또 봤다. 너무 열중해서 살피느라 종이에 손가락을 베인 적도 많았다.

나는 그 누구보다도 배트맨에 열광했다. 뒤에서 펄럭이는 검정 망토가 특히 마음에 들었다. 배트맨이 맹활약한 사건은 아직도 생생하다. 그는 뉴욕 지역에서 개 수천 마리를 납치해 목을 벤 연쇄 살해범을 붙잡았고, 갱단끼리 혈투를 벌이는 현장을 급습해 일망타진하기도 했다. 신문에 등장하는 배트맨 사진은 너무 멀리 찍혀서 알아보기가 어려웠다. 그때만 해도 배트맨은 신비로운 인물이었다. 단 한 번도 인터뷰를 한 적이 없었고, 교묘하게 스포트라이트를 피했다. 자신만의 미스터리한 분위기를 계속 유지했다.

신문에서 읽은 바에 따르면 배트맨을 목격한 사람이 꽤 많았다. 하지만 안타깝게도 내 주변에는 그를 본 사람이 한 명도 없었다. 그나마 다른 슈퍼히어로를 본 사람은 몇 명 있었는데, 가령 반 친구 랠프는 쇼핑센터 개관식에서 원더우먼을 봤다고 했다. 그 자식이 어찌나 부러웠는지 몇 년이나 쫓아다니며 소감을 물어봤다. 그런데 이 랠프란 녀석이 한 말이라곤 원더우먼에게 실망했다는 이야기뿐이었다.

"넌 내 말을 믿지 못할 거야. 그 여자는 가슴이 완전 납작해."

결국 도서관 여직원이 나를 주목하기 시작했다. 그녀는 내게 밖에 나가서 뛰놀라고 말했다.

"얘, 그만하면 충분히 읽었어. 도서관에서는 슈퍼히어로를 만나지 못할 거야. 밖에 나가서 친구들과 놀아!"

그녀의 말이 맞을지도 모른다. 물론 나도 가끔 밖에서 친구들과 놀았다. 하지만 암만 해도 난 잡지가 더 좋았다. 슈퍼히어로의 인터뷰 기사와 수수께끼 같은 배트맨 사진이 더 좋았다. 클리프턴에 사는 열두 살짜리 꼬마가 슈퍼히어로를 만날 기회는 그런 기사뿐이었다.

급기야 나는 도서관을 약탈하기 시작했다. 아무도 보지 않을 때를 노려서 흥미로운 페이지를 찢거나 기사를 오렸다. 여직원은 다른 대출자를 상대하거나 전화로 수다를 떨거나 껌을 씹느라 바빠서 내게 신경 쓰지 않았다.

아버지는 내가 배트맨을 좋아한다는 사실을 알고선 기분이 썩 좋아 보이지 않았다. 아버지는 나중에 내가 실망할 거라고 장담했다.

"그 작자는,"

아버지는 아주 경멸하며 말했다.

"망토를 두른 호모야. 게이라고."

나는 아버지가 배트맨을 왜 그렇게 경멸하는지 알 수 없었다. 당시엔 아무도 배트맨의 사생활에 대해 몰랐다. 아버지가 막연히 그렇게 추측한 건지, 아니면 더 깊은 곳에서 어떤 예감이 든 건지 모르겠다.

"나중에 엄청 실망할 거다."

아니면 훨씬 더 단순한 이유였는지 모른다. 그러니까 내 열정 때문에 아버지가 기분 상했을 수 있다. 어쩌면 아버지는 배트맨의 자리가 탐났는지도 모른다. 어느 정도는 본인이 슈퍼히어로가 되고 싶다거나 적어도 자기 아들에겐 영웅이 되고 싶었을 것이다.

시간이 흐르면서 아버지는 슈퍼히어로에 관한 뉴스가 나올 때마다 채널을 돌려 버렸다. 초능력을 지닌 사람들에 대해 이야기하는 것을 점점 더 꺼렸다. 너무 자유롭고 베일에 가려 있으며 왠지 위기감을 촉발시킨다고 느껴지는 사람을 극도로 꺼렸다. 아버지와 달리 엄마는 그런 사람들한테 아무런 반감도 없었다. 오히려 이따금 몰래 몇 달러씩 쥐어 주며 도서관에서 잡지를 찢지 말고 직접 사서 보라고 했다.

"우리 모두에게는 영웅이 필요하단다."

동생 데니스도 영웅을 찾았다. 내가 모아 둔 신문 기사도 금방 찾아냈는데, 동생은 딱히 누구를 정해 놓고 빠져들지는 않았다. 그저 이 사람 저 사람 옮겨 가며 좋아했다. 때로는 몇 시간이고 앉아서 근엄한 눈빛으로 슈퍼히어로의 사진을 들여다봤다. 저녁때가 되면 우리는 침실에서 기사를 읽었고 엄마는 부엌에서 저녁을 준비했다. 그것은 수년 동안 우리 집에서 펼쳐진 완벽한 구도였고 한가로운 풍경이었다. 두 형제가 영웅의 업적을 설명하는 기사를 읽고 엄마가 홀로 저녁을 준비하는 동안, 아버지는 몇 킬로미터 떨어진 직장에서 놀란 짐승의 머리에 전극봉을 갖다 대는 일을 마무리 지었다.

그러던 어느 날 밤, 부모님이 다투는 소리가 들렸다. 두 분은 이탈리아어로 빠르게 소리치며 다퉜다. 촘촘하게 짜인 니트 원단처럼 복잡하게 꼬였지만, 나는 무슨 일 때문인지 금세 알아차렸다. 도서관 여직원이 집에 전화한 것이 발단이었다. 내가 도서관 소장품을 크게 훼손했다고 항의한 것이다. 어쩌면 도서관에서 변상을 요구했을 수도 있다. 그뒤로는 도서관에 발도 들여놓을 수 없었다. 뿐만 아니라 아버지는 내게 상자를 버리라고 했다. 그건 상상도 못한 처벌이었다. 그동안 모아 둔 자료를 모두 버려야 하는 위기였다.

다음 날 아침, 엄마가 우리 방에 와서 동생 침대에 걸터앉아 이불 끝자락을 만지작거리며 말했다.

"도서관 잡지에 손대지 말라고 했잖아."

엄마는 나를 나무란 다음 부드러운 목소리로 우리를 다독였다.

"아빠가 슈퍼히어로를 미워해서 그러는 게 아니야. 너희의 행복을 염려하는 거야."

그런데 엄마의 목소리가 왠지 서글펐다. 엄마는 이불 끝자락을 꽉 쥐며 우리를 다정하게 쳐다봤다.

"상자를 안전한 곳에 꼭꼭 숨기렴. 기사를 읽다가 아빠한테 들키지 말고. 알았지?"

엄마는 천진한 아이처럼 미소를 지었다. 하지만 그 미소는 곧 사라졌다. 당시 엄마는 삼십 대 초반이었다. 그런데 내 기억에 엄마는 늘 소녀처럼 앳된 모습이다.

"우리만 아는 비밀이야."

엄마의 속삭임에 동생과 나는 좋아서 어쩔 줄 몰라하며 고개를 끄덕였다. 신비로운 여왕의 심복이 된 것 같았다.

*

엄마는 정말 예뻤다. 다들 자기 엄마는 예쁘다고 생각하겠지만 우리 엄마는 정말 예뻤다. 엄마가 학교에 떴다 하면 남자 선생님들이 갑자기 몸이 뻣뻣해지고 말을 더듬었다. 길거리에서도 엄마가 지나가면 남자들이 고개를 돌리고 쳐다봤다. 엄마를 쫓아다니는 추종자들이 엄청 많았을 텐데 어떻게 아버지가 엄마의 마음을 훔쳤는지 도무지 알 수 없었다. 엄마는 우아한 콧날과 자그마한 귀, 모든 걸 받아들이는 검은 눈동자와 희고 가지런한 치아를 가졌다. 적갈색 머리칼은 어깨 길이까지 곱슬곱슬하게 내려왔는데, 엄마가 욕실에서 머리를 감을 때면 동생과 나는 넋을 놓고 쳐다보곤 했다. 엄마는 그런 우리를 보고 웃음을 터뜨리며 소리쳤다.

"너희 둘, 지금 뭘 보고 있니? 엄마 얼굴 빨개지라고 그러는 거지!"

엄마는 유행이 좀 지난 히피풍의 꽃무늬 원피스를 입었다. 80년대로 접어들던 시절로, 사람들이 어깨에 패드를 넣고 번쩍거리는 원단으로 화려하게 꾸미기 시작했을 때였다. 그런데 엄마는 그런 스타일을 아주 싫어했다. 물론 화려한 옷이 있다고 해도 사람들과 어울리지 않아서 입을 일이 없었다. 아버지는 바깥나들이에 흥미를 잃어서 엄마와 함께 외출하는 일이 거의 없었다. 엄마가 꽃무늬 원피스를 입거나 머리를 매만진 이유는 순전히 동생과 나를 위해서였다. 우리가 감탄하며 좋아했기 때문이다. 아니, 어쩌면 엄마 자신을 위해서 꾸몄는지도 모른다. 엄마는 옷을 차려입고 부엌에서 오랜 시간을 홀로 보냈는데, 주로 향초를 피워 놓고 라디오를 들으며 음식을 만들었다.

엄마는 이탈리아에서 책을 딱 한 권 챙겨왔다. 요리책이었다. 저녁 시간이 되면 마법사의 주문처럼 강렬한 향이 집 안 가득 퍼졌다. 그 향은 머나 먼 고국에서 바람을 타고 대양을 건너온 것 같았다. 엄마는 전기 오븐으로 토마토 소스와 오레가노 허브, 얇게 썬 올리브를 듬뿍 얹은 네모난 피자를 만들었다. 저녁 식탁에 오르는 스파게티는 적당히 씹히는 맛이 일품이었는데 가끔 친구 집에서 먹어 본, 푹 익어서 흐물흐물한 스파게티와는 질적으로 달랐다. 어떤 날엔 버섯이나 아스파라거스, 바질이나 아티초크를 듬뿍 넣고 진한 크림 소스를 끼얹은 리소토가 올라왔고, 일요일엔 거울처럼 맑은 국물에 동동 떠다니는 라비올리가 나왔다. 엄마는 필요한 재료가 없거나 새로운 요리를 하고 싶을 땐 미국식 느낌을 가미했다. 북부 이탈리아의 전통 패스트리에 메이플 시럽을 끼얹었거나 세이지 허브를 뿌린 포카치아 빵에 땅콩 버터 맛을 가미하기도 하고, 피자에 크림 치즈를 바르기도 했다. 티라미수는 변신을 거듭해서 결국엔 솜털처럼 부드러운 치즈 케이크를 완성했다.

무엇보다도 엄마의 요리는 푸근했다. 몸에는 물론이고, 마음에도 따스한 기운을 불어넣었다. 요리는 모름지기 그래야 한다고 생각한다. 음식을 먹는 사람이 외롭지 않게 느끼도록 해 주는 것, 그게 바로 좋은 음식이 아닐까? 엄마의 요리는 먹는 이를 따뜻하게 안아 주는 효과가 있어서 우리가 외롭도록 방치하지 않았다. 그런데 우리에게 그 음식을 만들어 준 당사자는 정작 삶의 대부분을 혼자 보냈다.

엄마에겐 친구도 한 명 없었고, 친척은 모두 이탈리아에 있었다. 학교가 파하거나 외출했다가 예상보다 일찍 집에 오면 엄마는 늘 저물어 가는 오후 햇살을 받으며 주방의 작은 식탁에 홀로 앉아 있었다. 손가락으로 머리카락을 꼬면서 슬픈 표정으로 멍하니 앉아 있는 모습이 너무 낯설었다. 누가 지켜본다는 걸 모를 땐, 넋을 빼고 무슨 신호에 귀를 기울이는 사람처럼 보였다. 이젠 엄마가 그리워한 것이 대양 저편에 두고 온 삶이 아니라는 것을 안다. 엄마는 친척을 그리워했던 게 아니다. 아니, 적어도 그들이 그리움의 주된 대상은 아니었다. 엄마가 갈망했던 것은 말 그대로 엄마 자신이었다. 당시엔 그걸 몰랐다. 결코 알 수 없었다.

*

열두 살 무렵 우리 집에서 이상한 일이 일어나고 있다는 첫 번째 경고가 울렸다. 어느 겨울날 저녁, 나는 방과 후에 친구 집에 놀러갈 생각이었다. 바람이 유난히 많이 부는 날이었고 일기예보에서는 눈이 내린다고 했다. 그런데 그날 친구가 학교에 오지 않았다. 독감에 걸린 친구들이 결석해서 교실에 빈 책상이 여럿이었다. 별 수 없이 나는 집으로 돌아왔다. 칼바람을 맞으며 자전거를 타고 와서 숨을 헐떡였고 볼은 시뻘겠다. 나의 갑작스러운 등장에 엄마가 무척 반가워할 거라 생각했다. 늘 그랬으니까.

하지만 내가 곧장 주방으로 걸어 들어가는 순간, 뭔가 잘못됐음을 직감했다. 엄마는 내가 들어오는 소리를 듣고는 놀라서 사색이 된 얼굴로 식탁 모서리를 붙잡고 서 있었다. 그때의 엄마 표정을 결코 잊을 수 없다. 우리는 그 자리에 얼어붙은 채 아무 말도 하지 못했다. 그때 내가 무슨 생각을 했는지는 모르겠다. 다만 엄마가 공포에 질려 있음을 느꼈고, 그 공포심이 엄마의 몸에서 내 몸으로 전염되는 것 같았다.

"엄마."

엄마를 부르는데 갑자기 무슨 소리가 들렸다. 위에서, 엄마와 아버지가 쓰는 침실에서 나는 발자국 소리였다.

"엄마."

엄마를 다시 불렀다. 입이 바싹 말랐다. 나는 괜찮다고, 아무것도 아니라고 엄마가 안심시켜 주기를 바랐다. 아버지는 일터에 있고 동생 데니스는 학교에 있을 시간이었다. 발자국 소리가 점점 커졌다.

엄마가 말했다.

"내 말 잘 들어, 브루스. 심부름 좀 해야겠다. 얼른 가게에 뛰어가서 설탕을 좀 사오너라. 떨어져서 그래. 지금 당장 사오는 게 좋겠어. 지금 당장."

엄마는 평상심을 되찾은 듯했다. 그 어느 때보다 차분했다. 엄마의 눈 주위에 어두운 그늘이 비쳤다. 엄마는 한 손으로 머리를 감싸 쥐며 또다시 재촉했다.

"당장 갔다오는 게 좋겠어, 브루스."

나는 군말 없이 따랐다. 밖에는 바람이 더 거세졌고, 하늘은 하얗게 변했으며 거리엔 사람 그림자 하나 없었다. 나는 자전거 페달을 아주 천천히 밟았다. 두려움이 서서히 가시면서 그 자리에 얼음처럼 찬 공허함이 자리를 잡았다. 평소와는 달리 설탕을 사오는 데 삼십 분이나 걸렸다. 집에 돌아왔을 때는 모든 게 제자리로 돌아와 있었다. 엄마는 한 손에 찻잔을 든 채 라디오를 듣고 있었다. 식료품 가방을 건네받으며 예의 그 순식간에 사라지는 미소를 지었다. 위층 침실에서는 아무 소리도 들리지 않았다.

진실을 깨닫는 데에 몇 년이나 더 걸렸지만 그때 이미 어느 정도는 감을 잡고 있었다. 어떤 상황이 닥치면 사람은 누구나 진실을 알아차린다. 처음부터 알아차리지만 그 진실을 직면하는 게 두려워 그냥 두고 보는 것일 뿐이다. 수년간, 나는 어쩌다 잠깐씩 내 눈앞에서 벌어지는 그 일의 징후를 산발적으로 마주치곤 했다. 그런데 그때는 너무 어려서 다 알아차리진 못했다. 엄마는 주기적으로 침대 시트를 갈았다. 남자는 흔히 그런 세세한 부분을 간과한다. 그런데 나는 어느 날 엄마가 빨래 개는 모습을 보다가 의도치 않게 그 점을 알아채고 말았다. 깨끗이 빤 침대 시트가 유독 눈에 띄었다. 또한 불청객의 흔적을 덮으려는 듯 집 안 곳곳에서 향초가 자주 타올랐다. 손님이 왔다갔는지 부엌 싱크대에는 사용한 유리잔이 여러 번 눈에 띄었고, 어떤 날 밤에는 엄마가 유난히 피곤해 보였다. 낮에 별일 없었다고 하는데도 이상하게 지쳐 보였다. 집으로 돌아오는 길에 어떤 남자가 우리 집에서 나와 회색 머큐리를 몰고 가는 모습을 본 적도 있다. 내 기억으로는 아버지네 사장이 그런 색 머큐리를 몰았다.

이런 일을 눈치챈 사람은 식구 중 아마도 나밖에 없었던 듯하다. 아버지나 동생은 아무 말도 하지 않았다. 매일 밤, 우리 네 식구는 식탁에 둘러앉아 엄마가 요리한 저녁을 먹었다. 분위기는 늘 아버지가 주도했다. 일터에서 기분 좋게 돌아오느냐 성나서 돌아오느냐 그냥 우울해서 돌아오느냐에 따라 분위기가 달라졌다. 어떤 날은 아버지가 식탁에 앉아 한 마디도 하지 않고 식사만 했다. TV 광고에서 흘러 나오는 노래가 착 가라앉은 공기를 흔들었다. 그런 날엔 엄마가 넌지시 나를 쳐다보곤 했다. 나는 큰아들이었고 집안의 이상한 낌새를 눈치챘다. 엄마도 내가 눈치채고 있다고 짐작했다. 그래서 우리는 은밀한 공범처럼 몇 초 동안 시선을 교환했다.

늦은 밤, 나는 적막감에 휩싸인 채 가만히 누워 있을 때가 많았다. 어쩌다 지나가는 자동차 소리나 술 취한 행인의 주정 소리만 간간이 들렸다. 데니스는 옆 침대에서 진즉에 잠이 들었다. 하지만 곱게 잔 적이 거의 없었다. 밤새 이리저리 뒤척였고, 내내 침대보와 씨름했다. 다음 날 아침이면 데니스는 꿈을 꿨는데 하나도 기억이 안 난다고 했다. 선생님 말로는 동생이 좀 내성적이라고 했지만 공부는 썩 잘했다. 어떤 날은 오밤중에 잠이 깨 두서없이 질문을 쏟아놓기도 했다.

"슈퍼히어로가 하는 일이 평범한 사람을 구하는 거라면, 슈퍼히어로는 누가 구해 줄까? 슈퍼히어로가 우리 집에 온 적은 없어? 내가 어느 날 슈퍼히어로와 함께 집을 떠나기로 결심하면, 형이 외로울 것 같아?"

그런 유치한 질문에 당황해서 나는 "잠이나 자." 라고 말하곤 했다. 동생이 당시에 의식이 있었는지, 아니면 그냥 잠결에 횡설수설한 건지 모르겠다.

어느 날 밤에는 뜬금없이 크면 엄마랑 결혼할 거냐고 내게 묻기도 했다. 나는 일어나서 따귀를 한 대 갈겨 주고 싶었다.

"헛소리 집어치워!"

내가 소리를 빽 지르자 동생은 일 분도 안 돼 다시 잠에 빠져들었다. 이리저리 뒤척이고 기억도 못할 꿈을 꾸면서…….

우리 집은 형편이 좋지 않았다. 그저 궁색한 수준을 면한 정도로, 발 뻗고 누울 집이 있고, 자동차와 TV가 한 대씩 있으며, 기본적인 의료 혜택을 받을 뿐이었다. 먹는 데는 아끼지 않았지만 옷은 잘 사 입지 못했고, 가족끼리 어디 멀리 여행을 떠나 본 적도 없었다. 아버지 수입으로 그럭저럭 생활은 했지만 예상치 못한 일이 닥치면 속수무책이었다. 그런데 우리가 크면서 그런 예상치 못한 일이 점점 더 자주 생겼고, 그럴 때마다 주변의 도움을 받아야 했다.

데니스가 치아 교정을 받아야 할 때였다. 그때 마침 이탈리아에 계신 조부모님이 돈을 보내 주셨다. 쇼핑몰 주차장에서 자동차 엔진이 고장 났을 때는 먼 친척이 엄마에게 유산을 조금 남겨 주셨다. 도축장 운영이 어려워져 아버지가 두 달 동안 수입이 끊겼을 때도 또 다른 친척이 유산을 물려줘 빚을 지지 않을 수 있었다. 우린 정말 운이 좋았다. 은혜로운 별이 우리 위에서 늘 비쳐 주는 것 같았다. 하지만 아버지는 이런 뜻밖의 횡재를 전혀 반기지 않았다. 남한테 의존하는 게 못마땅했겠지만 달리 선택의 여지가 없었다. 데니스와 나는 우스갯소리로 우리가 오래된 왕조의 후손 같다고 말했다. 이름도 모르는 먼 친척들을 위해 만세를 불렀고 이탈리아에 있는 늙어 가는 삼촌들과 숙모들에게 고마움을 전했다. 임종의 순간에도 멀리 사는 조카의 안위를 생각하면서 어떻게 그렇게 때맞춰 차례로 돌아가시는지 신기할 따름이었다.

내 학비가 필요할 때도 비슷한 일이 일어났다. 열일곱 살 때 나는 심각한 기로에 봉착했다. 미래가 거의 보이지 않았다. 꽤 괜찮은 학생이었지만 장학금으로 대학에 갈 만큼 공부를 잘하지도, 운동에 탁월한 소질도 없었다. 대학에 가려면 학자금 융자를 받아야 했다. 모든 게 너무 복잡하고 어려워서 머릿속이 안개가 낀 것처럼 뿌옜다. 어느 날 밤, 아버지가 손에 종이를 쥐고는 들어왔다. 잠시 그 종이를 들여다보더니 어색한 몸짓으로 내게 내밀었다.

"올해 학교를 마치면 한 번 생각해 보거라."

그것은 아버지가 일하는 도축장의 지원서였다. 누르스름한 종이였는데, 불현듯 성당에서 성찬식 때 신부님이 나눠 주는 끈적끈적한 제병(祭餠) 같다는 생각이 들었다. 그 종이를 꿀꺽 삼켜 버리고 싶은 충동이 일었다. 그래야 영원히 사라질 테니까.

하지만 며칠 후 엄마가 해결책을 내놓았다. 엄마는 함께 갈 데가 있다며 내 손을 이끌더니, 나를 데리고 은행으로 갔다. 엄마와 내가 간 곳은 병원 대기실처럼 자그마한 사무실이었는데, 은행 직원이 다가오자 엄마는 계좌를 하나 열고 싶다고 말했다.

"내 아들 이름으로요. 브루스 드 빌라."

엄마의 첫 예치금은 천 달러였다. 엄마는 구겨진 종이봉투에서 지폐를 꺼냈다. 그 지폐가 아직도 눈앞에 어른거린다. 은행원이 지폐를 셀 때 나던 바스락거리는 소리도 들린다. 한 장씩 넘어갈 때마다 내 콧구멍에까지 와닿던 돈 냄새도 떠오른다.

은행을 나선 뒤, 엄마는 다른 얘기는 한 마디도 하지 않고 이렇게만 말했다.

"이 계좌로 돈을 더 넣어둘 거야. 대학에 들어가서 쓰도록 해. 아버지에겐 아무 말 하지 마."

나는 돈이 어디서 났냐고 물어보지 못했고, 엄마도 아무런 설명을 하지 않았다. 평소처럼 물건을 전당포에 잡혔다고 둘러대지도 않았다. 먼 친척에 관한 케케묵은 이야기를 또다시 끄집어 내기엔 내가 너무 많은 걸 알고 있었다. 엄마와 나 사이에 엄청난 공모가 이뤄진 셈이었다.

그날은 그냥 평범한 날이 아니었다. 엄마는 내게 미래를 선물했다. 그런데 얄궂게도 그날은 내가 엄마에게 선물을 드려야 하는 날이었다. 엄마의 생일이었으니까. 서른아홉 살이 된 엄마는 여전히 눈부시게 예뻤다. 세월이 흐르는 동안 미세한 바늘에 긁힌 자국처럼 눈가에 주름이 잡히긴 했지만 여전히 고왔다. 집으로 걸어오는 동안 우리 옆을 스치던 사람들의 시선이 여느 때처럼 엄마에게로 향했다. 난 그게 자랑스럽기도 하고 불안하기도 했다.

그날밤, 우리는 엄마가 직접 구운 케이크를 놓고 엄마의 생일을 축하했다. 엄마는 초콜릿을 녹여 케이크에 이름을 적었다.

실비아

아버지는 선물과 함께 조그마한 주황색 장미꽃 다발을 들고 돌아왔다. 그리고 아무 말도 없이 엄마 무릎에 꽃을 내려놓았다. 엄마는 강아지마냥 꽃을 소중하게 어루만졌다. 아버지가 엄마에게 주는 선물이 다 그랬지만 그 장미꽃 다발도 정말 보잘 것 없었다. 적어도 내가 보기엔 그랬다. 하지만 엄마는 무척 감동받은 듯했다. 두 분이 서로 포옹한 채 한동안 그대로 있었다. 두 분 사이에 따뜻한 기운이, 가슴이 저릴 정도로 깊은 애정이 흐르는 것 같았다. 부부란 원래 저런 건가 싶었다.

나는 아무것도 사지 못했다. 은행에 다녀온 뒤 너무 멍해서 아무것도 할 수 없었다. 그냥 생각만 해도 오싹 소름이 돋았다. 내 운명이 구체화되고 있었다. 희뿌연 안개 속에서 벗어나, 어떤 사람이 될지 고민할 수 있게 된 것이다. 도축장에서 썩을 운명에서 벗어나 대학에 갈 수 있게 된 것이다. 내게는 어떤 날보다 기쁜 날이었다. 그런데 뭔가가 가슴을 세게 짓누르는 느낌밖에 없었다. 아마도 죄책감 때문이었을 것이다. 그 후로도 몇 년 동안 계속 그런 감정에 시달렸다.

그날밤 잠들기 전에 데니스에게 대학 이야기를 꺼냈다. 동생은 한참 동안 말이 없더니 대학에 가면 집을 떠날 거냐고 물었다.

"아!"

나는 미처 그 생각은 하지 못한 것처럼 무심하게 대답했다.

"아마 그러겠지. 어쩌면 기숙사에 들어갈지도 몰라."

동생의 침묵이 길어졌고 나는 가슴을 짓누르는 느낌이 더 심해졌다. 동생에게 소식을 전하는 방식이 좋지 않았음을 깨달았다. 어떻게든 만회해 보려고 한 마디 덧붙였다.

"때가 되면 너도 대학에 갈 거야."

동생의 침대에선 아무 소리도 들리지 않았다. 밤의 적막이 우리를 휘감았다. 창문으로 스며드는 희미한 빛줄기가 그마나 내 숨통을 틔워 줬다. 한참 후에 잠이 들었을 거라고 여기던 데니스가 갑자기 입을 열었다.

"떠날 때 신문 기사가 든 상자도 가져갈 거야?"

나는 동생이 어떤 답을 기대하는지 알 수 없어서 조심스럽게 말했다.

"아니, 그건 너한테 맡겨 둘게. 네가 잘 보관해."

다시 침묵이 흘렀다. 동생이 그걸 받아서 좋았는지 어쩐지 모르겠다. 사실 언제부터인지 우리 둘 다 슈퍼히어로에 관한 뉴스에 흥미를 잃었다. 그 즈음엔 특별한 뉴스도 없었다. 대부분 은퇴했고, 일부는 뉴스 섹션에서 벗어나 가십난과 쇼 비스니스 섹션으로 옮겨갔다. 배트맨이 더 이상 범죄와 싸우지 않으며 돈을 흥청망청 쓰면서 남자친구랑 한가로이 즐긴다는 사실을 다들 알고 있었다.

그들을 믿고 의지할 수 있어서 정말 좋았다. 하지만 남은 게 없었다.

잘 가요, 슈퍼히어로. 슈퍼히어로는 다들 자신들의 삶을 찾아 떠났다. 나도 내 삶을 찾아 떠날 것이다. 그리고 시간이 지나면 데니스도 자기 길을 찾아 떠날 것이다. 우리 두 형제는 푹 꺼진 매트리스에 누워 창문으로 스며드는 빛줄기를 바라보며 뜬눈으로 밤을 지새웠다. 우리 앞에 펼쳐질 일을 짐작하지 못했고 우리가 앞으로 겪어야 할 일을 알지 못했다. 우리가 어떤 사람이 될지, 미래라는 막연한 선물을 각자 어떤 식으로 받아들일지 알지 못했다.

*

나는 몇 달 동안 시티 칼리지의 학생 기숙사에서 살았다. 그러다가 저널리즘 과정에서 앨리슨을 만났다. 만난 지 얼마 지나지 않아 나는 이스트 빌리지에 있는 그녀의 집으로 들어갔다. 중고 의류점 위층에 자리 잡은 원룸형 아파트였다. 수시로 바퀴벌레가 출몰했지만 앨리슨은 빗자루로 쫓아내기만 할 뿐 살충제를 뿌리지는 않았다. 앨리슨은 어떠한 동물도 죽이려 하지 않았다. 물론 먹지도 않았다. 엄격한 채식주의자 단체에 가입했고, 관련 세미나에도 빠지지 않고 참석했다. 세미나에 가면 동물 집중 사육의 문제점이나 채식 식단을 이용해 인간의 폭력적 충동을 조절하는 법에 대해 논의했다.

"다른 문제는 차치하더라도, 동물성 유독물질이 피부에 엄청 안 좋거든."

당시 앨리슨은 플라스틱의 시초인 검정 베이클라이트 안경을 썼는데, 그런 걸 어디서 구했는지 정말 신기했다. 실제론 안경이 필요 없는데도 지적으로 보이려고 착용하지 않았나 싶다. 앨리슨이 안경을 쓰면 내 눈엔 좀 더 도발적으로 보였다. 앨리슨은 머리가 상당히 길었는데, 검은 머리칼이 하얀 피부와 대조를 이뤘다. 섹스를 하고 난 후 불빛에 어른거리던 우리의 벗은 몸이 지금도 눈에 선하다. 앨리슨이 들려주는 영양학적 이론을 자장가 삼아 스르르 잠들곤 했다.

나는 그녀의 식이요법을 기꺼이 따랐다. 동물을 보호한다는 거창한 이념 때문이 아니라 식비를 줄이기 위해서였다. 점심때 가끔 학생 식당에서 햄버거를 사먹는 것으로 단백질을 보충했다. 식비 외에도 등록금, 지하철 승차권, 내 몫의 집세, 잡비 등 돈 나갈 데가 많았다. 아버지는 내가 술집에서 파트 타임으로 일을 해서 경비를 충당하는 줄 알고 있었고, 실제로 나는 바우워리라는 술집에서 일주일에 몇 시간씩 일을 하고 있었다. 콘서트나 시낭송회, 가끔 요상한 예술가들의 모임이 열리는 시끄러운 장소였다. 하지만 내 수입은 대부분 엄마에게서 나왔다. 내 이름으로 개설된 은행 통장으로 꼬박꼬박 돈이 들어왔다. 그날 이후 우리는 그 계좌에 대해 다시는 언급하지 않았다. 한 번도 언급하지 않아서 실제로 존재하는지 의심할 수도 있겠지만, 그 계좌는 확실히 존재했다. 나는 그 계좌에서 돈을 자주 인출했고, 그때마다 돈이 더 입금된 걸 확인했다.

나는 일주일에 두어 번씩 집으로 전화를 걸었다. 동생은 전화를 받을 때 뉴욕 시는 어떠냐고 물었는데, 마치 지구 반대편에서 묻는 말투였다. 내가 이곳 생활에 대해 무슨 말이라도 하려고 하면 동생은 분노의 침묵 속으로 빠져들었다.

"조만간 집에 들를게."

내가 어떻게든 마음을 풀어 주려고 해도 소용이 없었다.

"형 마음대로 해."

"엄마는 어떠시니?"

"직접 물어보지 그래?"

동생은 내가 집을 떠난 걸 절대로 용서하지 않았다. 당시 동생은 열다섯 살이었다. 키는 나랑 비슷했지만 체격은 나보다 더 좋았다. 동생의 미소는 엄마를 쏙 빼닮아, 유성처럼 순식간에 지나갔다. 더이상 형의 뒤꽁무니나 쫓아다니면서 어디 있는지도 모를 슈퍼히어로를 쫓아가겠다고 꿈꾸던 어린애가 아니었다. 집을 떠난 사람은 나였고, 내가 떠난 후 동생의 내향적 성격이 다소 의외의 방향으로 흘러갔다. 진지하고 신중하고 놀라울 정도로 엄격했다. 친구가 많은 것 같지 않았고, 여자 친구를 사귀는 것 같지도 않았다. 그래도 그럭저럭 지냈고 학교 성적은 상당히 좋았다. 슈퍼히어로에 대한 열정이 식은 후, 동생은 어떤 수련을 시작했다. 발음하기도 어려운 어떤 무술에 빠졌는데, 적수와 직접 맞붙지 않고서 오랜 기간 수련해야 하고, 혼자서 막연히 자기 자신과 싸워야 하는 스포츠였다.

나는 가끔 오밤중에 깨어나 향수병과 미스터리한 불안감에 휩싸였다. 그러면 앨리슨이 옆에서 눈을 뜨고 물었다.

"꿈 꿨니?"

"모르겠어. 내 동생, 내 가족……."

나는 달리 더 설명할 수 없었다. 앨리슨은 나를 감싸 안으며 어둠 속에서 속삭였다.

"왜 쉬운 방법을 놔두고 그래? 가서 만나 봐."

하지만 학기가 시작된 이후로 나는 클리프턴에 발길을 조금씩 끊기 시작했고, 그곳으로 돌아가는 게 점점 더 어려워졌다. 집을 떠나고 나서야 우리 집 분위기가 얼마나 암울했는지 알았다. 아버지는 종잡을 수 없는 사람이었고, 동생은 십 대치고는 너무 진중했다. 무엇

311

보다도 엄마는 예뻤지만 늘 외롭고 비밀로 가득 차 있었다. 나를 부양하는 데 드는 돈의 출처는 아무리 생각해도 알 수 없었다. 우리 집엔 어떤 진실이 숨겨져 있었다. 그 진실이 무엇이든, 눈에 보이지 않은 채 활활 타오르는 불길처럼 대기의 산소를 다 빨아들였다.

*

3월, 봄방학. 며칠 동안 캠퍼스가 텅 비었다. 앨리슨은 가족을 만나러 갔다. 나는 더 이상 집에 돌아가지 않을 핑계를 찾지 못했다. 어느 날 오후, 항만관리위원회 터미널에서 버스를 탔다. 내 앞자리에 앉은 승객에게서 진한 화장품 냄새가 풍기던 기억이 난다. 나는 그 냄새가 마취약인 양 흡입하며 도시 밖으로 서서히 이동했다.

뉴욕을 떠난다고 생각하니 우주에서 안전한 식민지 밖으로 모험을 떠나는 식민지 정착민 같았다. 지방 출신들이 흔히 그렇듯이 나도 도망쳐 들어간 대도시에 엄청난 자부심을 느꼈다. 많은 뉴요커들은 뉴욕에 산다는 우월감에 빠질 뿐 아니라, 뉴욕 이외 다른 곳은 단지 뉴욕이 아니라는 이유만으로 엄청난 하자가 있는 것처럼 불신하고 분개했다. 나 역시 그런 감정을 품는 데 오래 걸리지 않았다.

도로가 햇살을 받아 희미하게 빛났다. 창밖으로 스치는 다른 차들도 각자 빛을 반사했다. 뉴저지 주의 풍경이 눈앞에 펼쳐졌다. 녹지대와 주택 지역, 고속도로 교차점, 주유소가 눈에 들어왔다. 맥도널드 지붕에 우뚝 서 있는 광대가 보초병처럼 도로의 교통을 살피는 것 같았다. 버스가 클리프턴으로 진입했고, 어렸을 때 내 집처럼 드나들던 도서관이 보였다. 계피 향 나는 껌을 씹던 여직원은 어떻게 됐을지 궁금했다. 잡지를 보관하던 낡은 보관함이 아직도 그 자리에 놓여 있을지도 궁금했다. 흥미로운 기사를 찾아 잡지를 뒤적이던 시절이 주마등처럼 스쳐 지나갔다. 그곳에 보관된 잡지들은 무슨 엄청난 검열에 걸린 것처럼 찢기고 베이고 잘려 나갔다.

내가 떠난 뒤로 변한 게 하나도 없었다. 우리 가족이 사는 작은 집도 그 자리에 꿈쩍도 않고 그대로 있었다. 뒷문도 여느 때처럼 조금 열려 있었다.

뒷문으로 들어가려는데 집 안에 어두운 그림자가 서려 있었다. 나는 그 자리에 얼어붙고 말았다. 집 안에서 불안한 기운이 나를 향해 뻗쳐 왔다. 온몸이 떨렸다. 침을 꿀꺽 삼키고 고개를 부엌 쪽으로 내밀었다. 내가 들어올 걸 알았는지 엄마가 내 쪽을 쳐다보고 있었다. 엄마의 얼굴은 공포로 하얗게 질려 있었다. 저 표정. 저 얼굴. 나는 기시감을 느꼈다. 부엌의 공기가 유리처럼 단단하게 굳은 듯했다. 우리는 그 자리에 서서 꿈쩍도 못하고 서로 쳐다봤다. 위층에서 발자국 소리가 들렸다. 지난번과 똑같은 상황이었다. 수년 전, 어느 추운 겨울날 오후도 딱 이랬다. 나는 이번에도 엄마가 몇 달러 쥐어 주며 얼른 설탕을 사오라고 심부름을 보내 주길 바랐다.

엄마는 움직이지 않았다. 나는 열여덟 살이었고, 어떤 상황에서도 도망치지 않을 만큼 철이 들어 있었다. 아래로 내려오는 발소리가 들려도 꿈쩍하지 않을 만큼 담대해졌다.

한 남자가 다른 문을 통해 부엌으로 걸어 들어왔다. 그 사람을 어떻게 묘사해야 할지 모르겠다. 그냥 남자였다. 중년에 특별할 것 없는, 슈퍼마켓 계산대에서 옆에 서 있을 것 같은 평범한 남자였다. 길가다 스칠 것 같은 남자였다. 연극 무대에서 단역으로 얼굴을 비칠 것 같은 남자, 세상에 특별한 흔적을 남기지 않고 사라질 것 같은 남자였다. 그냥 어디서나 우연히 마주칠 수 있는 그런 남자였다. 하지만 내가 자란 이 집에서, 엄마의 부엌에서 마주칠 이유는 하나도 없었다. 불청객이 넥타이를 매만졌다. 그는 나를 보면서 저 자식은 뭐지 하는 표정을 지었다. 그러고는 엄마를 돌아보며 학생을 평가하는 교사처럼 말했다.

"늘 그렇듯 나쁘지 않네. 가끔 웃으라고 해. 그럼 더 좋을 것 같아."

그가 고개를 까딱 하고 나가자 다시 엄마와 나만 남았다. 엄마는 행주를 들어 손을 닦고는 창문을 열었다. 시원한 바람이 집 안으로 들어왔다.

"여기 있어라."

엄마는 내 눈을 쳐다보지 않고 말했다.

나는 엄마가 위층으로 올라가는 소리를 들었다. 아까 그 남자의 발소리보다 가벼웠다. 엄마가 침실로 들어간 뒤로 침묵이 흘렀다. 일분 정도밖에 안 되는 짧은 시간, 등줄기를 타고 전율이 흘렀다. 위에서 무슨 일이 벌어지는지, 아까 그 남자의 말이 무슨 뜻인지 종잡을 수 없었다. 아무것도 못본 척 아무 흔적도 남기지 않고 그대로 떠나고 싶은 충동이 일었다.

계단을 내려오는 발소리가 들렸다. 엄마의 지친 얼굴에 가는 미소가 스쳐 지나갔다. 엄마는 부엌으로 들어와 의자를 빼고는 쓰러지듯 앉았다. 나도 의자에 털썩 주저앉았다. 아까 그 정체불명의 사내가 엄마랑 무슨 상관이 있는지 생각하느라 머릿속이 복잡했다.

"내일 오는 줄 알았단다."

엄마가 한숨을 쉬며 말했다.

"죄송해요."

나는 정말 미안했다. 내가 날짜를 잘못 말해 준 건지, 엄마가 잘못 알아들은 건지 모르지만 아무튼 미안했다. 아까 그 상황을 목격한 것

도 미안했다.

"오해가 있었나 봐요."

이 모든 게 그런 사소한 오해에서 비롯됐다는 게 놀라웠다. 오해라니! 나는 어느 날짜에 가겠다고 말했고 엄마는 다른 날짜로 알아들었다. 오해는 도처에 숨어 있다. 박테리아처럼 눈에 보이지 않을 뿐이다.

"나한테 어떤 해명도 요구하지 마라."

엄마가 간청했다.

"그럴 생각 없어요."

엄마는 손가락으로 고운 머리칼을 쓸어 넘겼다. 무슨 소리라도 날까 봐 엄마의 손길이 아주 조심스러웠다.

"삼십 분 후에 네 동생이 올 거야."

"기다릴게요."

"다들 네가 보고 싶었단다. 뉴욕은 괜찮은 곳이지?"

엄마는 머리칼을 계속 만지면서 말했다. 평소와 다를 게 없는 것처럼 행동하기로 작정한 듯했다.

"조만간."

엄마가 덧붙였다.

"네 여자 친구도 한 번 데려오너라."

나는 두 팔을 식탁에 올려놓았다. 기운이 쪽 빠졌다. 창문으로 늦은 오후의 햇살이 스며들었다.

"예."

*

"도대체 내가 왜 그래야 하는데?"

앨리슨이 이해할 수 없다는 표정으로 나를 똑바로 쳐다보며 따졌다. 우리는 크리스토퍼 거리 부두에서 멀지 않은 길을 따라 걷고 있었다. 어둠이 깔리기 시작했고 각양각색의 사람들이 허드슨 강 주변을 서성거렸다.

"아, 왜 그래. 그렇게 어려운 일도 아니잖아."

강가에서 몇 걸음 떨어진 낡은 선창가에 말뚝이 악어의 머리처럼 삐죽삐죽 솟아 있었다. 나는 말뚝을 타고 도는 물살을 물끄러미 바라보다가 시선을 뉴저지 주의 야경으로 돌렸다. 헛기침을 한 번 하고 나서 앨리슨을 다시 설득했다. 엄마에게 왜 특정한 날, 특정한 시간에 전화해야 하는지를 설명했다. 사실 내가 생각해도 억지스러웠다.

앨리슨은 여전히 의혹에 찬 얼굴이었다. 우리 사이에 장벽을 없애려는 듯 안경을 벗고서는 내가 좀 더 설득력 있는 설명을 해 주길 기다렸다. 하지만 내가 덧붙일 말이 없다는 걸 알고서는 다시 안경을 썼다. 결국 체념한 듯 머리를 저으며 말했다.

"알았어. 그 대신 술 한 잔 사. 여기서 멀지 않은 곳에 괜찮은 곳이 있어."

며칠 뒤, 나는 또다시 클리프턴으로 향하는 버스에 올랐다. 다른 버스, 다른 자리에 쓰러지듯 앉았다. 이번엔 여자의 진한 화장품 냄새 따윈 없었다. 버스 자체에서 풍기는 냄새와 내게서 나는 땀 냄새가 전부였다. 내가 지금 하려는 일이 타당한지 곰곰 생각했다. 그런데 아무리 생각해도 다른 도리가 없었다. 진실을 알고자 하는 욕구가 내 안에서 너무 오랫동안 억눌려 있었다. 금요일 오후였다. 지난번에 방문하고 딱 일주일 만이었다. 시간도 똑같았다. 지난번에 무슨 일이 벌어졌든, 이번에도 똑같은 일이 벌어질 것이다.

나는 집에 도착해서 뒷문 밖에 조용히 서 있었다. 숨을 죽이고 기다리는데 안에서 전화벨이 울렸다. 다섯 시 정각이었다. 엄마가 전화기까지 걸어오는 데 얼마나 걸릴지 계산하며 몇 초를 더 흘려보냈다. 그런 다음 안으로 살며시 들어갔다. 여기까지는 아주 순조로웠다. 엄마의 목소리가 들렸다.

"앨리슨? 브루스의 여자 친구?"

전화기가 놓인 부엌 구석에서는 내가 계단 쪽으로 가는 모습을 볼 수 없었다. 물론 계단을 올라가는 모습도 볼 수 없었다. 엄마는 통화에 집중하느라 내 소리를 듣지 못할 것이다. 나는 조심스럽게 위층으로 향했다.

"브루스한테 조만간 너랑 함께 오라고 했단다. 시간 내서 한 번 오렴. 뭐라고?"

믿기지 않는다는 듯 잠시 침묵이 흘렀다.

"그 애가 너더러 나한테 전화해서 요리법을 물어보라고 했다고?"

나는 마지막 계단에 올라섰다. 잠시 현기증이 일면서 몸이 흔들렸다. 그래도 지금까지는 간단했다. 악의 없는 장난이나 순진한 허세 정도로 치부할 수 있었다. 이쯤에서 그만두고 의기양양하게 웃으며 돌아서면 그만이었다. 적군의 깃발을 낚아채는 아이들 놀이처럼 여기까지 온 것에 만족하고 끝낼 수 있었다. 하지만 나는 멈추지 않고 이층 복도로 진입했다.

가슴이 두근두근 뛰었고 숨이 막혔다. 하지만 나는 어둠이 깔린 복도를 따라 계속 나아갔다. 호수에 갇힌 물처럼 아무런 움직임도 없었다. 마침내 부모님의 침실 문 앞에 이르렀다. 안에서 숨소리가 들렸다. 다 왔다. 눈을 감으면 그때의 내가 보인다. 문 앞에 서 있는 내가 뭔가를 보려 하고 있다. 전혀 보고 싶지 않은 뭔가를 보려 하고 있다.

바로 그 순간, 누가 와서 나를 붙잡아 주기를 바란다. 어둑한 복도에서 나를 끌어내 주기를 바란다.

나는 문을 살짝 밀었다. 손잡이가 서늘했다. 열린 문틈으로 안이 보였다. 침대에 낯선 남자가 있었다. 지난 주에 봤던 남자는 아니었지만 역시 특별할 게 없는 남자였다. 그의 벌거벗은 몸이 보였다. 살빛이 누르스름하고 뒷머리가 벗겨졌다. 남자 밑에 여자가 있었다. 엄마였다. 눈에서 불똥이 튀는 것처럼 욱신거렸다. 하지만 눈을 부릅뜨고 노려봤다. 침대에 누워 있는 사람은 정말로 엄마였다. 머리카락이 베개 주변으로 흐트러져 있었다. 위에 있는 남자가 용을 쓰는 동안, 역겨워하는 건지 즐거워하는 건지 알 수 없는 표정으로 누워 있었다.

아래층에서는 엄마가 아직도 통화를 하고 있었다. 엄마는 부엌에 있고, 저 침대에도 있다. 남자가 속도를 높이는데 여자가 고개를 들어 나와 눈이 마주쳤다. 나는 몇 걸음 뒤로 물러났다. 가슴에서 뭔가가 확 타오르는 것 같았다. 신음 소리가 절로 나왔지만 남자가 내뱉는 신음 소리에 묻혀 버렸다.

아래층으로 내려오니 엄마가 통화를 막 끝내고 나를 기다리고 있었다. 내 발소리를 들은 모양이었다. 엄마는 상황을 짐작했다. 식탁에 찻잔이 두 개 놓여 있었다. 이렇게 되고 나니 특별한 설명도 필요 없었다. 어쨌거나 나는 범상한 능력을 지닌 사람들에 대한 이야기를 다년간 읽어 왔다.

나는 맞은편에 앉았다. 차는 몹시 뜨거웠다. 달콤한 차에서 쓰디쓴 고통의 맛이 느껴졌다.

남자가 아래층으로 내려와 부엌으로 들어왔다. 옷을 갖춰 입었고 얼굴은 여전히 땀에 젖어 있었다. 지난 주에 봤던 남자보다는 인상이 좋아 보였다. 그가 나를 다음 고객으로 착각하고는 어깨를 툭 치며 말했다.

"잘해 봐, 젊은이. 아주 뜨겁고 촉촉한 여자야."

나는 눈을 질끈 감고 찻잔을 꽉 쥐었다. 남자의 얼굴로 찻잔을 확 날리고픈 충동을 억지로 참았다. 컵의 파편으로 그의 얼굴이 찢기고 피로 범벅된 모습을 상상하기란 어렵지 않았다.

다시 눈을 떴을 때 남자는 가고 없었다. 엄마는 내 앞에서 벌벌 떨고 있었다. 위층으로 올라가기 전에 숨을 깊이 들이쉬었다.

"브루스."

엄마가 입술을 깨물며 속삭였다. 눈에서는 눈물이 흘러내렸다.

"이건 우리끼리 비밀이야. 이걸 이해할 수 있는 사람은 너밖에 없어. 네 아버지나 동생은 절대로 알아서는 안 돼. 우리만의 비밀이야, 브루스."

*

어떤 면에서 엄마는 내가 알아차려서 한 시름 놓는 듯했다. 엄마는 너무 오랫동안 혼자서 비밀을 간직해 왔다. 이 집에서 얼마 동안 손님을 받았는지 말해 주진 않았지만, 데니스와 내가 어렸을 때부터였을 것이다. 틀림없이 그때부터였을 것이다. 어쩌면 아버지가 처음 직장을 다녔을 때부터였는지도 모른다. 아버지네 도축장 사장이 우리 집에서 나가던 모습을 잊을 수가 없다. 돌이켜 생각해 보면, 아버지를 해고하지 말라고 사장을 설득한 사람이 누구인지, 그를 어떻게 설득했을지 짐작하고도 남았다. 모든 게 딱딱 들어맞았다. 모래로 덮여 있던 고대 글자가 스르르 드러나듯이 우리 가족의 역사가 내 눈앞에 드러났다.

엄마가 들려준 말과 내가 추측한 것을 종합해서 엄마의 초능력을 재구성해 봤다. 미국에 도착한 직후, 엄마는 자기에게 특별한 능력이 있음을 알았다. 그것은 잠깐 동안 몸을 두 개로 만들 수 있는 능력이 었다. 엄마는 자신과 똑같은 사람을, 완벽한 쌍둥이를 창조할 수 있었다. 처음에는 어쩌다 한 번씩 불러냈다. 집에 혼자 있는 오후, 엄마는 욕실에 들어가 문을 잠그고는 옷을 벗고 자신의 몸에서 두 번째 몸을 끄집어 냈다. 뭐라 말로 표현하기는 어렵지만 상당한 집중력과 육체적 노력이 필요했다. 그 과정에서 온몸이 떨리고 진땀이 났다.

엄마를 꼭 닮은, 엄마의 두 번째 몸은 아무 말도 하지 않았다. 그저 눈을 동그랗게 뜨고는 쳐다보기만 했다. 엄마는 그 몸을 욕조에 담가 씻겨 주고, 머리도 감겨 줬다. 그렇게 두려움에 떠는 두 번째 몸을 다정하게 보살폈다. 한 번은 그 입술에 키스도 했다. 보호하기 위해, 또 한 보호받기 위해 몇 시간이고 따뜻하게 안아 줬다. 하지만 그것을 자신의 몸 안에 다시 흡수한 뒤에는 울고 싶은 충동을 느꼈다. 살인 자가 느꼈음직한 회한을 느꼈다.

엄마는 자신의 비밀을 아무에게도 말하지 않았다. 유명해지고픈 환상도 품지 않았다. 엄마는 명성에 관심이 없었다. 자신의 초능력이 명성을 안겨 줄 거라고도 생각하지 않았다. 가끔 나는 이런 생각을 해본다. 엄마가 초능력을 다른 식으로 사용했더라면 어땠을까? 엄마가 TV에 출연하기로 했더라면 어땠을까? 어렸을 때 내가 열정적으로 숭배하던 슈퍼히어로들처럼, 엄마가 슈퍼히어로가 돼 악과 싸웠더라면 어땠을까?

나는 엄마가 자신을 영웅으로 느꼈다거나 관심에 목말랐을 거라고 보지 않는다. 엄마는 그저 당신 자식들에게 평범한 엄마를 갖게 해 주고 싶었을 뿐이다. 평범하거나 정상적인 걸 숭배해서가 아니라 자식들을 보호하고 싶었기 때문이다. 명성과 TV는 검은 곰팡이처럼 축축하고 유독하다고 여겼기 때문이다. 엄마는 자식들을 위험에 노출시키지 않으려고 애썼다. 위험은 언제 어디서 튀어나올지 몰랐고, 엄마에겐 지켜야 할 가족이 있었다. 다른 건 중요하지 않았다.

돈이 궁색해지면서 엄마는 손님을 받기 시작했다. 가스 요금 청구서나 이런 저런 이유로 빌린 돈의 마지막 경고장이 냉장고 문에 덕지덕지 붙었다. 돈이 부족한 사태는 계절처럼 주기적으로 찾아왔고 선택의 여지가 없었다. 몸뚱이를 사용할 수 있는 방법은 여러 가지였다. 엄마는 지독히 고통스러운 결정을 내렸다. 자신의 두 번째 몸을 어떻게 사용할지 결정한 것이다. 엄마를 꼭 닮은 몸은 첫 번째 남자를 받으면서 비명을 질렀다. 하지만 그 후로는 아무 소리도 내지 않았다.

낯선 남자들이 우리 집에 드나들어도 누구 하나 신경 쓰지 않았다. 우리는 이웃과 별로 친하지 않았다. 손님들은 엄마에게 쌍둥이 여동생이 있다고 생각했고, 정신적으로 문제가 있어서 집 안에 갇혀 사는 불쌍한 여자라고 간주했다. 시간이 흐르면서 달리 할 줄 아는 게 없으니, 그저 다리를 벌리도록 훈련받은 동물쯤으로 여겼다.

처음에는 한 달에 한 번쯤, 그저 예상치 않게 드는 비용을 충당하는 정도였다. 그러다 한 달에 두 번으로, 또 세 번으로 늘어났다. 두 아들이 자라면서 과외로 드는 돈이 점점 많아졌기 때문이다.

동생과 나는 치과에 가야 했다. 우리가 아프면 괜찮은 소아과의사에게 갔고, 데우기만 하면 먹을 수 있는 즉석식품이 아니라 좋은 음식을 먹었다. 자라면서 우리는 특별히 가난하다고 느낀 적이 없었다. 호사스럽게 살지는 않았지만 그렇다고 궁핍하게 살지도 않았다. 하지만 내 대학 문제가 불거지면서 사태가 악화됐을 것이다. 내가 뉴욕으로 떠난 뒤 엄마의 두 번째 몸은 훨씬 더 자주 나타나야 했다. 그 생명체는 자꾸만 새롭게 태어나는 고통을 감내해야 했고, 세상을 더 자주 마주해야 했다.

엄마의 두 번째 몸은 더 이상 비명을 지르지 않았다. 잔인한 생각일지 모르지만 어쨌든 그 몸은 정말로 훈련받은 동물을 닮은 듯했다. 처음에 나는 놀라서 꼼짝도 못했다. 하지만 생각을 못할 정도는 아니었다. 나는 마음속으로 그것이 엄마가 아니라고 계속 되뇌었다. 그것은 다른 몸뚱이일 뿐, 절대 엄마가 아니었다.

엄마가 두 번째 몸을 다시 흡수할 때마다 아직도 울고 싶은지 나는 묻지 않았다. 그것은 엄마가 아니었다. 나는 내가 아니었다. 아무도 자기 자신이 아니었다. 그저 기이한 상황에 처한 그림자요, 꿈속의 캐릭터일 뿐이었다.

*

어느 날 밤, 우리는 새롭게 복원된 〈쾌걸 조로〉를 보러 극장에 갔다. 내가 그 영화를 굉장히 좋아한다는 사실을 알고 앨리슨이 티켓을 구입했다. 나는 그 영화를 이미 수십 번이나 봤다. 우리는 어두운 극장에 앉아 배우 타이론 파워가 악당을 붙잡고 정의를 실현하고 사랑을 쟁취하는 모습을 지켜봤다. 조로가 마스크를 벗는 장면에서는 여느 때처럼 감동했다. 그런데 문득 새로운 느낌이 들어 깜짝 놀랐다. 지금까지 수십 번도 더 봤는데 이제야 그 캐릭터가 누구인지 제대로 이해했다는 생각이 들어서였다. 조로. 그가 누구인지 이제야 제대로 알았다. 그는 단지 재미로 영웅 역할을 한 돈 많은 상속자였다. 검은 천 조각을 걸친 검객 시절에도 영웅은 부자들이나 즐길 수 있는 호사였던 것이다.

그날 극장에 귀빈이 찾아왔다. 브루스 웨인이 이 영화를 굉장히 좋아한다는 사실은 익히 알려져 있었다. 영화가 끝나고 나오는데, 군중 속에서 어린 시절 영웅이 저만치 보였다. 브루스 웨인, 배트맨이었다. 사람들이 그를 둘러싸고 사인을 해달라고 난리였다. 그는 청년처럼 건강했고 굉장히 꾸민 듯했다. 이미 오십을 바라보고 있었는데도 마흔 정도로밖에 보이지 않았다.

"이야!"

앨리슨이 소리쳤다.

"저기 배트맨이야. 가까이 가 보자."

"그러고 싶지 않아."

배트맨은 나를 위해 아무것도 해줄 수 없었다. 나를 위해서도, 그 누구를 위해서도 해 줄 게 없었다. 엄마의 진실을 알게 된 지 열흘 정도 지났을 때였다. 그 아픈 진실이 내 의식의 깊숙한 곳까지 조금씩 조금씩 스며들고 있었다. 바닥이 없는 심연 속, 묵직한 비밀이 켜켜이 쌓인 내 의식 층을 하나씩 뚫고 내려가고 있었다. 아무리 거부해도 내 안으로 끝없이 내려갔다. 나는 앨리슨의 손을 잡았다. 앨리슨은 아무것도 몰랐다. 그녀의 손을 잡으니 더없이 행복했다. 우리는 출구로 향했다.

"가서 햄버거나 먹자, 어때?"

나는 웃으며 앨리슨을 재촉했다.

"이 불쌍한 식인종."

앨리슨은 검지를 펴서 칼처럼 나를 푹 찌르며 위협했다.

"조심해. 네 이마에 S 자를 새겨서 평생 두유만 먹게 할 거야."

밖에 나오니 날씨가 쾌청했다. 공기가 따뜻하고 생기가 넘쳤다. 우리는 휴스턴 스트리트의 화려한 길을 따라가다가 북쪽으로 방향을 틀었다. 사람들이 건물 입구의 계단이나 비상계단에 앉아 지나가는 이들을 한가롭게 쳐다보고 있었다. 어디선가 웃음소리도 터져 나왔다. 우리는 손을 잡고 걸었다. 워싱턴 스퀘어 파크에서 살 물건이 있어서 길을 둘러갔다. 그런데 마주 오는 사람들 속에서 낯익은 얼굴이 두어 명 보였다.

"브루스 드 빌라! 이게 누구야? 얘들아, 여기 대도시 아니니? 그런데 우리 집 화장실보다 더 작은 것 같다."

옛 친구 랠프와 데니, 두꺼비 피트였다. 피트는 마리화나를 피울 때마다 눈알이 튀어나올 것 같다고 해서 그렇게 불렀다. 다 클리프턴의 말썽꾼들이었다. 하고 많은 사람 중에 하필 이 녀석들이랑 마주치다니……

거의 일 년 만이었다.

"아, 얘들아. 여긴 웬일이야?"

"그냥 둘러보고 있었지. 여기 오길 잘했다, 그렇지?"

랠프가 윙크를 날리며 말했다. 납작한 코에 눈매가 작고 교활한 랠프는 아주 거친 친구였다. 학교 다닐 때 여러 번 같은 반을 해서 내 딴엔 친구라고 생각했다. 랠프가 앨리슨을 흘낏 보더니 만면에 미소를 띠웠다.

우리랑 헤어지면 녀석들이 바로 앨리슨을 품평해 댈 것이 뻔해서 나는 다소 어색해하며 소개를 했다.

"그건 그렇고, 도시 생활은 어떠냐?"

"잘 지내고 있어."

나는 건성으로 대답했다. 우리는 잠시 멀뚱멀뚱 쳐다봤다. 그들과 수없이 많은 밤을 어울려 놀았지만 마치 다른 생의 기억처럼 아득했다. 사실이었다. 다른 생의 기억일 뿐이었다. 나는 팔짱을 끼고서 서먹하게 웃었다.

"언제 클리프턴에 오면 연락해라."

"그럴게."

랠프가 이유없이 낄낄거리며 말했다.

"어쩌면 우연히 마주칠지도 몰라."

우리는 작별을 고하고는 각자 가던 길로 향했다. 그런데 채 몇 미터 가지 않고 랠프가 서둘러 돌아오더니 옛 친구에게 은밀한 비밀을 속삭이는 투로 말했다.

"실은 말이야. 얼마 전에 너희 집에 갔었어."

"우리 집에?"

나는 뺨이라도 맞은 듯 얼굴이 화끈 달아오르고 숨이 막혔다. 하늘이 노래지고 눈앞이 아득해졌다.

"그렇다니까. 너희 엄마에게 인사하러 들렀어."

랠프가 교활한 목소리로 대답했다. 앨리슨을 슬쩍 살피더니 목소리를 더 낮췄다.

"너희 엄마가 여동생을 소개해 주더라……."

그는 손가락을 들어 자기 입술에 갖다 댔다. 더 이상 아무 말도 하지 않겠다는 뜻인지, 아니면 내게 아무 말도 하지 말라는 뜻인지 알 수 없었다. 그는 내게 윙크를 날린 다음 친구들한테로 뛰어갔다.

거리의 소음 외엔 아무것도 남지 않았다. 가슴에 커다란 구멍이 뚫려 온몸의 기운이 다 빠져나가는 것 같았다.

"저런 자식들하고 어울려 놀았던 건 아니지?"

앨리슨이 고개를 절레절레 흔들며 말했다. 그러더니 일부러 고상한 체하며 덧붙였다.

"아까 그 자식 입 냄새가 완전 죽이더군."

우리는 다시 말없이 걷기 시작했다. 한참 걷다가 앨리슨이 걱정스러운 얼굴로 물었다.

"무슨 문제라도 있어? 아까 그 바보 같은 얘기는 뭐야?"

"몰라."

나는 거짓말을 했다. 의아해하는 앨리슨을 잡아끌며 말했다.

"얼른 집에 가자."

*

그날 밤, 나는 잠을 잘 수 없었다. 침대에 누웠지만 정신이 말똥말똥했다. 앨리슨이 깰까 봐 몸을 뒤척이지도 못했다. 동이 트려면 까마득했다. 일 분이 일 년 같았다. 나는 뜬눈으로 밤을 지새우다 어슴푸레한 빛을 감지하고 살며시 일어났다. 욕실로 들어가 차가운 물로 세수를 했다. 목구멍에서 올라오는 씁쓸한 맛을 없애려고 오랫동안 이도 닦았다.

아침을 먹으러 밖으로 나갔다. 길 건너 24시간 영업하는 식당에서 달걀, 팬케이크, 오렌지 주스를 주문했다. 무슨 맛인지도 모르고 먹었다. 종업원을 위해 팁을 놔두고 자리에서 일어나 터덜터덜 식당을 나왔다. 로봇처럼 기계적으로 움직였다. 세상은 예전과 똑같았고 내 행동도 예전과 똑같았다. 아침을 먹고 팁을 남겼고, 변한 건 아무것도 없었다. 달라진 게 있다면 이젠 내가 알았다는 것이다. 나는 예전보다 훨씬 더 많이 알았다. 사람이 알 수 있는 것에는 한계가 없다. 쌓이고 쌓이면서 고통을 계속 안긴다. 점점 더 아프게, 점점 더 괴롭게……

'너희 엄마에게 인사하러 들렀어.'

이젠 내가 쓰는 돈이 어디에서 나오는지 안다. 랠프 같은 사람들의 지갑에서 나왔다. 뉴저지 주에서 나랑 같은 학교에 다녔던 랠프 같은 놈들, 아니면 그보다 더 큰 놈, 특별할 것 없는 얼굴에 누르스름한 살빛을 한 놈들, 내 부모님 침대에서 숨을 헐떡이고 꿀꿀거리며 신음 소리를 내뱉는 놈들의 지갑에서 나왔다.

그날 아침, 내가 돈을 써야 하는 데가 아침 식사만은 아니었다. 처음엔 아무 계획도 없었다. 치받치는 분노를 주체하지 못하고 그냥 정처 없이 걸었다. 분노가 저 아래 깊은 곳에서 일더니 다리에서 배로, 머리로 끓어올랐다. 그러다 아무 경고 없이 펑 하고 터질 것 같았다. 머리가 지끈거렸다. 어느새 항만관리위원회 터미널에 이르렀다. 버스로 가면 시간이 너무 오래 걸릴 것 같아 택시를 타기로 했다. 집시 기사에게 클리프턴까지 가자고 했더니 오십 달러라고 했다.

"좋아요."

추잡한 돈 오십 달러. 그까짓 게 뭐라고. 머리가 지끈지끈 아팠다. 오십 달러. 오십 번의 한숨. 오십 번의 사정. 오십 방울의 정자.

"우리 엄마 돈이에요."

그 말에 기사가 나를 슬쩍 쳐다봤다.

엄마에게 무슨 말을 하려고 달려갔는지 모르겠다. 택시에서 내릴 때 나는 술 취한 사람처럼 비틀거렸다. 잠 한 숨 못 잔데다 치받치는 분노와 역겨움에 자꾸 욕지기가 올라왔다. 그저 끝을 내고 싶었다. 어떤 식으로든 끝내고 싶었다.

집으로 다가갔다. 그 시간이면 아버지와 동생은 나가고 없을 때였다. 나는 숨을 죽이고 부엌으로 들어갔다. 식탁에 아침 식사 흔적이 보였다. 먹다 남은 토스트 조각과 컵들이 어지럽게 놓여 있었다. 유

327

리잔 테두리에는 희미하게 입술 자국이 찍혀 있었다. 식탁에는 사람들의 흔적이 남아 있고, 대기에는 커피 향이 감돌았다. 엄마는 보이지 않았다. 위층으로 올라가면서 내 발자국 소리에 나도 모르게 흠칫 놀랐다. 내 숨소리가 복도에 울려 퍼졌다. 나는 침실 문을 열었다가 그 자리에 얼어붙고 말았다.

그녀가 내 앞에 서 있었다. 순간, 이 사람은 내 엄마가 아니라는 생각이 퍼뜩 스쳤다. 그녀의 눈에는 이상한 기운이 감돌았다. 인간의 시선이 아니라 개의 시선 같다는 생각이 들었다. 적개심이 드러나지는 않았다. 오히려 구슬픈 눈망울에서 절대적 복종심이 묻어났다. 시선 말고는 머리카락, 얼굴, 몸매까지 엄마와 똑같았다. 그녀는 벌거벗은 상태였고, 숨 쉴 때마다 복부와 가슴이 가볍게 오르락내리락했다. 나는 엄마의 벗은 몸을 본 적이 없다. 지금도 엄마의 몸을 보는 것은 아니다. 엄밀히 말해서, 내가 보는 것은 엄마 쌍둥이의 몸이었다.

방금 샤워하고 나왔는지 피부가 촉촉했다. 머리카락도 젖어 있었다. 미동도 하지 않고 그 모습을 지켜봤다. 나는 그 머리카락을, 그 짙은 머리카락을 알아봤다. 내가 자기 머리카락을 응시하는 걸 알아차린 그녀가 깜짝 놀라며 멍한 상태에서 깨어났다. 그녀는 손가락으로 머리카락을 한 움큼 집더니, 실크처럼 부드러운 그 머리카락을 살살 어루만졌다. 나는 그 몸짓을 절대 잊지 못할 것이다. 그녀가 머리카락을 내게 내밀었다. 나더러 만져 보라고 하는 것 같았다.

나는 한 걸음 뒤로 물러났다. 내 안의 분노가 모두 사라지고 없었다. 걸치고 있던 옷처럼 스르르 흘러내렸다. 내가 흠칫 놀라자 여자가 실망한 듯, 아니 고통스러운 듯 얼굴을 찡그렸다. 나는 침을 꿀꺽 삼키고 그녀에게 다가갔다. 넋이 빠진 듯한 표정과 유순한 미소, 슬

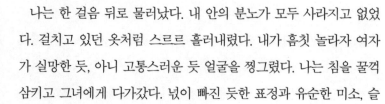

품어린 시선에 나도 모르게 빨려들었다. 그녀가 굴복하듯이 팔을 벌렸다. 숨소리가 거칠어졌다. 나는 손을 뻗어 그녀의 얼굴에 살짝 댔다. 따뜻했다. 내 손가락이 그녀의 목을 지나 가슴으로 내려갔다. 그녀가 눈을 크게 뜬 채 신음 소리를 냈다. 나는 그녀의 체취를 맡았다. 이상한 향신료처럼 달콤한 향이 느껴졌다. 내 몸이 자석처럼 그녀의 몸에 붙었다. 짧은 순간이었다. 나는 바로 떨어졌다. 열병에 걸린 사람처럼 숨이 찼다. 비명을 지르고 싶은 충동이 일었다. 나는 뒤돌아서 달아났다. 계단을 한달음에 뛰어 내려왔다.

부엌에 엄마가 서 있다. 나는 숨이 차서 가슴이 들썩거렸다. 가쁜 호흡을 가라앉힐 수도, 숨길 수도 없었다. 우리는 많은 것을 숨길 수 있지만 헐떡거리는 숨은 절대로 숨길 수 없다. 엄마는 무척 놀란 것 같았다. 그러더니 곧 상황을 알아차렸다. 엄마는 내 시선을 피했고 나는 엄마의 시선을 피했다. 나는 문을 열고 집을 뛰쳐나왔다.

*

아무리 잊으려 해도 잊을 수가 없었다. 그 시선과 달콤한 향을. 강의실에 앉아 있을 때도 떠올리지 않으려고 무진 애를 쓰며 유럽 작가의 글에서 미묘한 뉘앙스를 파악하려고 노력했다. 카페에서 뜨거운 커피를 마실 때도 옆 테이블에서 주고받는 대화에 귀를 기울였다. 42번가에 있는 공립 도서관 계단을 올라가면서, 두 개의 거대한 사자상 사이를 지나가면서, 한때 레온 트로츠키가 일했다는 열람실 책상에 앉으면서도 그 생각을 떨쳐 버리려고 노력했다. 어떻게든 그 생각을 떨쳐 버리려고 몸부림쳤다. 그 생각 대신에 유럽의 유명 작가와 레온 트로츠키에 대해 생각하려고 애를 썼다. 그 시선과 달콤한 향이 아닌 다른 걸 생각하려고 죽도록 애를 썼다. 그런데 아무리 애를 써도 허사였다. 매번 그 몸의 이미지가 내 의식 속으로 기어 들어왔다. 엄마의 두 번째 몸, 숨 쉴 때마다 가볍게 흔들리던 그 몸, 아무런 방어력도 없던 그 따뜻한 몸이 뇌리에서 한시도 떠나지 않았다.

머릿속에서 수많은 의문이 떠올랐다. 그녀가 말을 한다면 목소리가 어떨까? 이탈리아어로 말할까, 아니면 영어로 말할까? 잠시라도 의식이 있다면 자기가 어디에 있는지 알아차릴까? 사내가 방에 들어와 옷을 벗기 전까지 자신이 살아 있음을 깨달을 시간이 있을까?

앨리슨과 함께 있을 때도 그 장면을 잊을 수가 없었다. 눈을 꼭 감고 앨리슨과 사랑을 나누는 데 집중하려고 했지만 내 관심은 사방팔방으로 흩어졌다. 앨리슨이 이상한 낌새를 눈치채고는 내 얼굴을 두 손으로 잡으며 물었다.

"너 지금 어디 있어? 나 좀 똑바로 봐."

나는 어설프게 웃었다. 젊고 열정적인 앨리슨이 내 곁에 있었다. 그녀의 눈이 어둑한 침실에서 반짝였다. 그녀에게 나를 온전히 내맡길 수 있다면 얼마나 좋을까? 나는 미안하다고 사과하며 다정하게 키스했다. 하지만 머릿속을 짓누르고 있는 그 생각을 한 마디도 털어놓지 않았다.

어느 날 밤, 우리는 건물 옥상에 올라갔다. 늦은 봄이라 밤공기가 많이 차지는 않았다. 절반쯤 불이 켜진 나지막한 건물들이 드넓게 펼쳐졌다. 이스트 빌리지의 구시가지가 우리를 에워싸고 있었고, 하늘엔 희끄무레한 구름이 낮게 드리워 발광 해파리처럼 도시의 조명을 반사했다. 비행기가 천천히 이륙하며 섬광등을 깜빡거리는 모습이 저 멀리에서 보였다. 엔진의 굉음은 우리가 있는 곳까지 미치지 못했다. 침묵의 마법에라도 걸린 것처럼 사방이 고요했다.

"예전에 말이야."

내가 침묵을 깨고 입을 열었다.

"비행기가 지나가면 저건 어디로 가나 궁금했어. 목적지가 어디든 저기 타고 있으면 좋겠다고 생각했어."

"여긴 뉴욕이야, 꼬마야. 도대체 어디로 가고 싶은 거야?"

나는 고개를 끄덕였다. 몹시 피곤했다. 난간에 기대 전경을 바라봤다.

"아무래도 직장을 구해야겠어."

"이미 일을 하고 있잖아."

앨리슨은 올라올 때 챙겨온 담요를 두르며 자리에 앉았다. 그러고는 주머니에서 작은 꾸러미를 꺼내 마리화나 담배를 말기 시작했다.

나도 앨리슨 옆에 앉았다.

"술집에서 하는 그런 멍청한 일 말고 일다운 일을 하고 싶어. 돈을 좀 더 벌 수 있는 일."

나는 잠시 뜸을 들이다 이야기를 맺었다.

"독립하고 싶거든."

앨리슨은 계속 마리화나를 바스러뜨리며 말했다.

"다들 그러고 싶지. 아니, 적어도 그렇다고 주장하지."

앨리슨이 고개를 들고 덧붙였다.

"이해를 못하겠어. 집에서 돈을 충분히 보내 준다고 했잖아."

"집에서…… 음, 그래도 독립하고 싶어."

나는 무심코 앨리슨의 말을 따라하다 얼른 말을 바꿨다.

"난 네 말의 요지를 모르겠어. 넌 요새 프로젝트 과제도 제때 못 내잖아. 일을 본격적으로 하면 수업을 못 따라가."

나는 힘없이 뒤로 물러나 고개를 들고 하늘을 처다봤다. 희끄무레한 구름이 불가사의한 발광 해파리 무리처럼 계속 떠돌고 있었다.

"학자금 융자를 받을 수도 있겠지. 많이들 그러잖아. 이대로 계속 갈 수는 없어. 은행에서 돈을 인출할 때마다……"

이러다 앨리슨에게 몽땅 털어놓을 것 같아 나는 얼른 입을 다물었다.

"무슨 말을 하는 거야?"

라이터 불꽃이 반짝이며 앨리슨의 얼굴을 비췄다. 순간, 나는 위에서 누군가가 우리를 내려다보고 있지 않을까 상상했다. 구름 낀 하늘을 지붕 삼아 남자와 여자가 20세기의 끝자락을 보내고 있다. 불이 붙은 마리화나 담배에서 가는 연기가 피어오르더니 부드럽게 퍼졌다.

"죄책감 갖지 마. 집에 여유가 있다면 자식을 대학에 보내는 게 당연하잖아."

"하긴 그래."

나는 침울하게 대답했다. 앨리슨은 특별한 문제가 없는 가정에서 자랐으니 그렇게 생각하는 게 당연했다. 팔을 뻗어 앨리슨을 잡아당겨 꼭 껴안았다. 낯선 두 몸이 하나가 됐다.

"브루스."

앨리슨이 내 이름을 불렀다. 그 이름 안에 세상 모든 게 담겨 있는 것처럼 들렸다. 키스할 때 그녀의 입안에서 마리화나 풍미가 감돌았다. 그렇게 한참을 더 있다 집으로 내려왔다. 전화벨이 울리고 있었다.

"이 시간에 누구지."

오밤중이었다. 수화기를 들었다. 정말 웃긴 건, 통화하기 전인데도 엄마에게 무슨 일이 생겼다는 걸 직감할 수 있었다는 것이다.

"형."

데니스의 목소리였다.

"집에 좀 와야겠어. 두 분이 다투셨어. 엄만 지금 병원에 계시고."

*

나는 커피 자판기에 동전을 집어넣었다. 기계에서 쏴 하는 소리가 나더니 플라스틱 컵 안으로 뜨거운 액체가 쏟아졌다. 김이 모락모락 나는 커피 두 잔을 들고 대기실로 돌아왔다. 한 잔을 데니스에게 건네고는 옆에 앉았다.

날이 훤히 밝았지만, 의사가 엄마를 진찰하려면 한참 더 기다려야 했다. 엄마 앞으로 환자가 둘이나 대기하고 있었다. 다리에 자상을 입은 여자가 하나 있었고, 오밤중에 롤러스케이트를 타다 넘어진 것 같은 오십 대 중반의 남자가 하나 있었다.

드디어 엄마 차례가 왔다. 빛바랜 파란 문 안쪽에서 안경을 쓴 내과의사가 엄마를 살폈다. 엄마는 입술이 터지고 광대뼈 주위가 찢어졌다. 눈도 퍼렇게 멍들었지만 심각하진 않았다. 적어도 육체적으로는 그랬다. 엄마는 부서지기 쉬운 얼음 조각상처럼 뻣뻣하게 굳은 걸음으로 응급실에 걸어 들어갔다. 엄마가 많이 아팠을 거라고 생각지는 않는다. 다만 충격에 빠졌을 것이다. 나도 그랬다. 아버지는 성질이 불같기는 해도 단 한 번도 폭력을 쓴 적이 없었다. 그런데 주먹을 날려서 엄마 입술을 터뜨리고 광대뼈 주위를 찢어 놨다.

데니스는 간밤에 비명 소리에 놀라 잠에서 깼다. 아버지와 엄마가 심하게 다투고 있었다. 데니스의 말에 따르면, 지난 며칠 동안 집안 분위기가 살벌했다고 한다. 엄마가 웬 남자랑 바람을 피운다고 아버지가 의심하는 것 같다고 했다.

나는 가만히 앉아 동생이 들려준 말을 곰곰이 생각했다. 아버지가

333

아직 전모를 알아내지는 못했지만 뭔가 감을 잡은 건 확실했다. 엄마의 두 번째 몸과 관련된 게 틀림없었다. 지금까지는 나만 알고 있었지만 다른 식구들도 어렴풋이 짐작하기 시작했다. 진실의 물줄기가 거침없이 쏟아지며 댐의 벽을 세차게 밀고 있었다. 내가 비밀을 지킨다고 해도 식구들이 알아차리는 건 시간 문제였다.

나는 뜨거운 커피를 후후 불어가며 한 모금 마셨다.

"엄마가 회복되려면 얼마나 걸릴 것 같아?"

걱정스러운 목소리로 물었다.

동생은 손에 커피를 든 채 의자 끝에 걸터앉아 있었다. 잠잘 때 입는 남루한 스웨터 차림에 낡아 빠진 아디다스 운동화를 신고 있었다. 제대로 묶지도 못한 운동화 끈이 무기력한 팔처럼 길게 늘어져 있었다.

"엄마 얼굴? 한 두어 주면 괜찮아지지 않을까?"

동생의 목소리에 깜짝 놀랐다. 다 큰 어른의 목소리였다. 엄마 목소리와 흡사했지만 남자 냄새가 풍겼다. 응급실 주변의 소음과 확실히 대조되는 카랑카랑한 목소리였다.

간호사 두어 명과 주변에서 기다리는 사람들이 계속 소곤거렸고, 어디에 있는지 보이진 않지만 라디오에서 오래된 블루스곡이 흘러나오고 있었다. 누가 자판기에 동전을 집어넣는 소리도 들렸다.

"눈이 퉁퉁 부으셨더라. 예전 모습으로 돌아올 수 있을지 걱정이다."

두 형제가 천천히 숨을 들이쉬며 말없이 앉아 있었다. 그때의 심정이 어땠는지 명확하게 설명하긴 어렵다. 다만 응급실에 진동하는 소독약 냄새를 맡으며 각자 상념에 잠겨 있었다.

동생의 손을 잡았다. 따뜻하고 힘이 느껴지는 그 손을 한동안 잡고 있었다. 긴장한 듯 동생의 손이 조금 떨렸다. 동생이 엄마의 비밀을 알아내는 데 얼마나 걸릴지 궁금했다. 아직은 어린아이의 손이지만 왠지 힘이 느껴졌다. 지금도 그 느낌이 남아 있다. 손을 꼭 잡고서 동생에게 미안하다고 말하고 싶었다. 그동안 벌어진 일에 대해, 그때는 알 수 없었지만 막연히 앞으로 벌어질 일에 대해 미안하다고 말하고 싶었다.

엄마는 짙어지는 의혹 때문에 얼굴을 두들겨 맞았고, 아버지는 분에 못이긴 짐승처럼 집 안에 남아 부정한 아내가 돌아오길 기다리고 있었다.

"형."

동생이 입을 열었다.

"모든 게 다 잘못된 것 같아."

*

데니스와 엄마를 병원에 남겨 두고 나는 부모님 집으로 향했다. 아침 햇살이 클리프턴을 환하게 비추고 있었다. 버스는 뉴욕 시를 향해 성급하게 질주하고 승용차는 교차로에 멈췄다가 매캐한 연기를 뿜으며 내달렸다. 펑크 스타일의 여자애가 버스 정류장 쪽으로 걸어왔다. 얼굴에 한 피어싱이 햇살에 반짝거렸다. 아침을 먹을까 싶어 식당에 들어갔지만 커피 외에는 아무것도 넘어가지 않았다.

집에 도착한 나는 거칠게 뒷문을 열어젖혔다. 처음엔 아버지를 찾을 수 없었다. 부엌은 텅 비어 썰렁하고 괴괴했고, 아버지의 재킷만 식탁에 아무렇게나 던져져 있었다. 계단을 올라가 부모님 침실로 이어지는 어둑한 복도를 따라 걸어갔다. 잠시 걸음을 멈췄다. 이미 여러 번 마주했던 장면이다. 어쩌면 평생 무한정 반복될지도 모른다. 두려움을 품은 채 부모님 침실을 들여다보는 짓을 언제까지고 반복해야 할지도 모른다. 문이 벌컥 열렸다. 아버지가 성난 눈을 부릅뜨고 우뚝 서 있었다.

우리는 둘 다 몸이 딱딱하게 굳었다. 둘 다 한 대 칠 기세로 서로를 노려봤다. 아버지는 나보다 덩치가 더 컸다. 맘만 먹으면 나를 당장 때려눕히겠지만, 나도 아버지 얼굴에 한 방 갈길 수는 있었다. 아버지는 내 마음을 읽은 듯했다. 고개를 절레절레 흔들더니 시선을 떨궜다. 헛기침을 한 번 하고 나서 내게 물었다.

"엄만 어떠시냐?"

아버지는 목이 잠겨 소리가 잘 나오지 않았다. 체중을 한쪽 다리에서 다른 쪽 다리로 옮기더니, 내 얼굴은 쳐다보지도 않고 똑같은 말을 반복했다.

"엄만 어떠시냐?"

아버지가 몹시 피곤해 보였다. 가슴팍까지 풀어헤친 셔츠는 잔뜩 구겨져 있었다. 구겨진 셔츠 사이로 가슴털이 시꺼멓게 드러났다.

"엄마는 병원에 계시죠. 데니스가 지키고 있어요."

내가 대답했다.

"엑스레이를 찍어야 한대요. 한두 시간 지나면 돌아오실 거예요."

아버지는 내 말을 받아들이기 힘든 듯했다. 잠시 휘청하더니 문설주에 어깨를 기댔다.

"엄마가 경찰에 신고한다더냐?"

"계단에서 넘어졌다고 하셨대요."

아버지는 머리칼을 잡아 뜯을 듯이 쥐었다.

"빌어먹을."

한숨을 푹 쉬며 같은 말을 반복했다.

"빌어먹을."

괴로운 기색이 역력했다. 자기 행동을 뉘우치는 듯했다. 난생처음 보는 모습이었다. 아버지는 셔츠를 바로 펴고 머리를 쓸어 넘기더니 말했다.

"바람 좀 쐐야겠다."

나는 아버지를 따라 계단을 내려왔다. 우리는 앞뜰을 지나 거리로 나가 길 건너의 조그만 잔디밭으로 갔다. 공원이라고 하기엔 좁았지만 동네 아이들이 뛰놀기에는 좋은 곳이었다. 데니스와 나도 어렸을 때 그곳에서 많은 시간을 보냈다.

나는 아버지가 그날 결근하면서 뭐라고 둘러댔을지 궁금했고, 우리 두 사람이 무슨 말을 나눌지도 궁금했다. 지난 몇 년 동안 한두 마디 이상 나눠 본 적이 없는 부자지간에 무슨 말이 오갈 수 있을까? 한 집에 살 때도 각자 다른 세상에 살았었다. 그리고 우리만 여기 있을 때 집안 분위기를 모르는 사내가 우리 집에 찾아와 문을 두드리는 모습을 아버지가 본다면 어떨지 정말 궁금했다.

심장이 오그라드는 것 같았다. 그래도 용기를 내서 입을 열었다.

"왜 그러셨는지 알고 싶지 않아요. 다만 앞으론 절대 그러지 않겠다고 약속해 주세요."

아버지 표정이 굳었다. 놀란 것 같았다. 아버지가 나를 보려고 고개를 살짝 기울였을 때, 까칠하게 자란 은백색 턱수염이 햇살을 받아 반짝였다. 아버지의 시선은 무척 냉담했다.

"네 엄마가 웬 사내놈이랑 바람이 난 것 같다. 그게 아니면 뭐란 말이냐? 네 엄마는 자꾸 아니라고 하더구나. 하지만 내 눈은 못 속인다. 그래서 다그치다가 그만 분에 못이겨 터뜨리고 말았다."

나는 아버지 눈을 애써 똑바로 쳐다보며 말했다.

"무슨 증거라도 있으세요?"

"아니야. 그냥 감이야. 네 엄마가 바람피우는 걸 진짜 알아내면⋯⋯."

아버지는 말을 잇지 못하고 저만치 걸어가 버렸다. 그러고는 팔을 벌리고 숨을 깊이 들이마셨다. 고개를 들어 하늘을 보더니 운세를 점치는 사람처럼 눈을 게슴츠레 뜨고 쳐다봤다. 얼굴에 난 하얀 수염이 햇살에 반짝였다.

"흐음⋯⋯."

아버지가 숨을 깊이 들이마시며 말했다.

"우리가 처음 이곳에 살러 왔을 때, 공기가 아주 맑다고 느꼈었다. 숨 쉬기가 더 편했어."

나도 숨을 깊이 들이마셨다. 아직도 심장이 오그라들 것 같았다. 좀 전에 품었던 용기는 벌써 사그라들고 없었다. 아버지는 다시 집 쪽으로 걸음을 옮겼지만, 나는 꼼짝도 할 수 없었다. 아버지를 따라갈지 말지 고민하며 서 있었다.

"아버지."

내가 부르자 아버지가 돌아섰다. 내가 더 이상 아무 말도 하지 않자 아버지는 주머니에 손을 찌르고는 나를 차갑게 노려봤다. 그 자세로 한동안 움직이지 않았다. 사십 대 초반의 이탈리아 출신 남자가 미국 교외의 어느 거리를 배경으로 삐딱하게 서 있었다. 아버지는 그렇게 한참 동안 나를 노려보더니 결국 입을 열었다.

"언젠가는 너나 나나 심판받을 날이 올 거다."

나는 깜짝 놀랐다.

"술집에서 일한다는 네 얘기를 내가 곧이곧대로 믿을 줄 안다면 오

산이다. 네가 도대체 뭐로 먹고 사는지 모르겠다만 내가 언젠가는 알

아낼 거다."

아버지는 돌아서서 다시 걸어갔다. 나는 잔디밭에 서서 아버지가 멀어지는 모습을 가만히 보고만 있었다. 몸이 썩 좋아 보이진 않았다. 어깨가 축 처지고 등도 좀 굽어 보였다. 그래도 아버지에겐 완강한 힘이 엿보였다. 그 옛날 이탈리아에서 대양을 건너올 때부터 품고 온 냉담하고 우둔한 분노 같은 것이 엿보였다. 방금 나눈 대화가 유쾌하지는 않았지만 그래도 아버지와 내가 여태껏 나눈 대화 중 가장 의미 있는 것이었다.

*

깜짝 놀라 눈을 번쩍 떴다. 입을 벌려 숨을 가쁘게 내쉬었다. 한참 만에 주변이 차분해졌다. 부드러운 이불과 폭신한 베개, 열린 창문으로 불어오는 산들바람이 느껴졌다. 앨리슨이 옆에서 숨을 쉬고 있었다. 숨소리가 고르지 않은 걸로 봐선 깬 것 같았다. 하지만 앨리슨은 아무 말도 하지 않았다. 이젠 무엇 때문에 괴로워하는지 묻지 않기로 한 것 같았다. 내가 먼저 말해 줄 때까지 기다리기로 했나 보다. 앨리슨은 하염없이 기다려야 할 것이다. 그때는 온 세상이 어떤 전환점을 기다리는 것 같았다.

밖에는 새벽이 성큼 다가오고 있었다. 부지런한 이웃이 갓 내린 커피 향이 은은하게 퍼져 들어왔고 새벽의 잔잔한 기운도 창문을 통해 스며들었다. 나는 눈을 깜빡거리다가 조심스럽게 침대에서 빠져나왔다.

"어디 가는 거야? 그냥 내 옆에 있어."

앨리슨이 한숨 섞인 목소리로 말했다.

"잠깐만. 금방 돌아올게."

맨발에 사각팬티만 걸친 채 방을 나서 불안한 걸음으로 계단을 한 칸 한 칸 올라갔다. 썰렁한 옥상에서 태양이 떠오르는 모습을 지켜봤다. 거의 맨몸으로 붉게 떠오르는 태양을 바라보며 알 수 없는 힘이 차오르는 걸 느꼈다. 그와 동시에 아무것도 할 수 없다는 무력감이 엄습했다.

이제는 확실히 안다. 떠오르는 태양으로 약동한 것이 햇살만이 아니었음을, 내 안에서 뭔가 새로운 것이 꿈틀대기 시작했음을. 당시에는 흐릿했지만 세월이 흐르면서 점차 확실히 알아차리게 됐다. 그래서 지금은 확실히 안다. 엄마는 내게 얼굴 생김새와 검은 눈망울만 물려준 게 아니었다. 엄마의 몸속에 숨어 있던 비밀스러운 불꽃을 내게 물려줬다. 내 피부 아래 가장 미세한 세포 사이에 그 불꽃이 살아 있다. 나 역시 이상한 초능력을 지닌 것이다. 하지만 당시엔 너무 일러서 그 사실을 미처 알아차리지 못했다.

아버지의 폭행 사건이 있고 나서는 몇 주 동안 내 계좌에 돈이 들어오지 않았다. 나는 얼마 남지 않은 돈으로 근근이 살았다. 엄마가 두 번째 몸을 매춘부로 활용하는 일을 그만뒀다고 생각했다. 그런데 어느 날부터 곧 예전처럼 돈이 수시로 들어왔다.

여름 학기가 시작될 무렵이었다. 그해 여름 학기에는 들어야 할 과목이 여럿 있었다.

그 사건 이후 엄마를 한 번 더 만났다. 6월 어느 날 오후였다. 나는 엄마에게 내 도착을 미리 알렸다. 엄마는 천사 같은 미소를 띠고 나를 맞았다. 엄마 얼굴에는 어떤 흔적도 남아 있지 않았다. 나는 엄마에게 어떻게 지냈느냐고 묻지 못했다. 지난 일을 언급하면 불길한 주문처럼 엄마 얼굴에 다시 상처가 생길 것 같아 두려웠다. 엄마가 레모네이드를 만드는 동안 나는 식탁에 앉아서 기다렸다. 한참 떨어진 거리였지만 엄마의 머리칼에서 나는 향내를 맡을 수 있었다.

나는 이제 그 일을 그만둘 때가 됐다고 말했다. 내가 하려는 일에 대해서도 슬쩍 내비쳤다. 새 학기가 시작되면 수업을 들으면서 파트타임으로 일할 수 있다고 강조했다. 어떻게든 둘 다 해내겠다고 다짐했다.

"그러니 저를 위해서 하는 일이라면 이젠 그만두셨으면 해요."

목소리가 떨리고 식은땀이 났다. 그런데 엄마는 쓸데없는 이야기를 하는 어린아이 대하듯 고개를 절레절레 저었다. 그러더니 라디오 볼륨을 높였다. 엄마가 좋아하는 추억의 노래가 흘러나왔다.

"난 스티비 원더가 정말 좋단다."

엄마가 향수에 잠긴 목소리로 말했다.

"엄마, 제 얘기 들으셨어요?"

엄마는 라디오에서 나오는 스티비 원더의 〈파트타임 러버 Part-time Lover〉에 귀를 기울였다. 그러더니 박자에 맞춰 고개를 까닥거리며 흥얼흥얼 따라 불렀다.

"진짜로 할 말이 있어. 지난 밤 누가 우리 집 초인종을 눌렀는데……"

"엄마."

마침내 엄마가 나를 쳐다봤다. 순간, 엄마의 동공이 수축하더니 눈에서 불꽃이 튀는 것 같았다. 엄마는 얼른 행주로 손의 물기를 닦아냈다. 그런 다음 내게 레모네이드 잔을 건네고는 맞은편 의자에 털썩 주저앉았다.

"브루스."

엄마가 힘겹게 입을 열었다.

"이젠 너무 늦었단다. 모르겠니? 돌아가기엔 너무 늦었어. 너무 늦어서 도움을 청할 수도 없어."

엄마가 완전히 체념하는 걸 보자 나는 겁이 덜컥 났다. 엄마는 아주 슬픈 눈으로 나를 바라보더니 다시 노래에 맞춰 고개를 까딱거렸다. 라디오에서는 여전히 스티비 원더의 노래가 흘러나오고 있었다. 갓 짠 레몬 향이 진하게 풍겼다. 잔을 들어 한 모금 마시자 차가운 얼음 조각들이 입술에 부딪쳤다. 나는 레모네이드 한 모금을 바로 삼키지 못하고 한참이나 입안에 담고 있었다. 둘 다 난처하고 당황해서 눈을 들지 못했다. 따가운 오후 햇살이 쏟아져 들어와 금박을 입히듯 우리를 감쌌다.

나는 그 분위기를 견딜 수 없었다. 유리잔을 세게 움켜쥐었다가 식탁에 내려놓았다. 김이 서린 유리잔 표면에 손가락 자국이 선명하게 생겼다.

"참, 이런 얘기 들어보셨나 모르겠네요. 잘 듣고 어떤 상황인지 맞혀 보세요. 띠링. 띠링. 띠링. 으악!"

나는 어떻게든 분위기를 바꿔 보려고 장난기 어린 목소리로 말했다.

엄마가 어리둥절한 표정으로 나를 쳐다봤다. 그러다가 곧 내가 우스갯소리를 한다는 걸 알아차렸다.

"생전 가야 농담 한 번 안 하더니, 너도 그런 얘기를 할 줄 아니?"

"한 번 맞혀 보세요. 띠링. 띠링. 띠링. 으악! 이게 무슨 상황이게요?"

내가 재촉했다.

"모르겠구나."

엄마가 희미하게 웃으며 대답했다.

"띠링. 띠링. 띠링. 으악! 이건 스티비 원더가 전화기 대신 증기다리미를 받는 상황이에요."

엄마는 한참 만에야 알아들었다.

"내 평생 그런 바보 같은 농담은 처음이구나."

말은 그렇게 하면서도 엄마의 얼굴에 미소가 번졌다. 처음엔 수줍
게 살짝 웃더니 생각할수록 우스웠는지 깔깔거리며 웃었다. 급기야
기침까지 하면서 배꼽을 잡고 고개를 뒤로 꺾었다.

"맙소사."

엄마가 겨우 진정하고 한 마디 했다.

물론 바보 같은 농담이었지만 스티비 원더가 나를 용서해 주리라
믿는다.

잠시 후 나는 엄마에게 작별 인사를 하면서 뺨에 가볍게 뽀뽀를 하
고는 문을 열고 나와서 재빨리 앞뜰을 벗어났다. 그 순간, 또다시 섬
뜩한 느낌이 스쳐 지나갔다. 며칠 전 새벽에 집 옥상으로 나를 이끌
었던 느낌과 같은 것이었다. 아마도 그 느낌이 내 예지력의 시초였던
듯하다. 나는 그때 이미 엄마의 운명을 예감했다. 그런데 그걸 감지
할 수만 있었지, 믿을 수는 없었다. 그런 불길한 예감을 어떻게 믿을
수 있겠는가.

내게 무슨 일이 일어나는지 그땐 몰랐다. 초능력과 엄마를 향한 사
랑이 마구 뒤얽혔다. 서로 뒤얽히고 충돌하면서 아무런 효력도 발휘
하지 못했다.

그렇게 도망치는 게 아니었다. 그곳에 더 머물며 엄마가 앞뜰에 가
꿔 놓은 노란 장미 덤불에 눈길을 줬어야 했다. 나지막한 담장 주변
에 탐스럽게 피어난 장미를 보며 엄마를 추켜세웠어야 했다. 밖에서
머뭇거리며 창가에 드리워진 체크 무늬 커튼을 오래도록 바라봤어야
했다. 평온한 상태가 깨지기 전에 아늑한 그 장면을 온전히 기억했어
야 했다.

그런데 나는 빠져나오느라 바빴다. 이미 백 걸음 넘게 걸어 나왔는

데 엄마가 불렀다. 뒤돌아서니 엄마가 나를 향해 뛰어왔다. 머리칼을 흩날리며 소녀처럼 가녀린 몸으로 힘차게 뛰어왔다. 따가운 햇살 속에서 필사적으로 달려오는 그 모습이 정말 처연했다. 엄마가 나를 붙잡고는 팔로 내 목을 감싸며 숨을 헐떡였다.

"엄마……."

나는 누가 볼까 봐 주위를 둘러봤다. 엄마는 나를 놔주지 않았다. 엄마의 심장박동이 내 가슴으로 고스란히 전해졌다.

"날 웃게 해다오."

엄마가 애원했다.

"날 다시 웃게 해다오."

엄마는 나를 꼭 붙잡고 속삭였다. 나는 당황해서 아무 말도 하지 못했다. 딱히 아는 농담도 없었다. 엄마를 다시 웃게 할 방법이 없었다.

*

엄마를 마지막으로 보고 온 다음 날, 앨리슨과 나는 메트로폴리탄 미술관에 갔다. 뻔뻔하게도 우리는 가난한 고학생처럼 달랑 오십 센트씩만 기부하고는 들어갔다. 그러고는 왕족의 무도회에 초대받은 손님마냥 근엄하게 홀 여기저기를 돌아다녔다.

어떤 점에서 보면 완벽한 오후였다. 우리 목소리와 발자국 소리가 미술관 홀과 대리석 바닥에 어떻게 울려 퍼졌는지 기억난다. 앨리슨이 내게 살며시 기대며 예술 작품을 감상하던 모습과 따뜻한 온기가 떠오른다. 둘이 함께 미술관에 간 건 그때가 처음이었다. 우리는 서로에게 제일 좋아하는 전시실을 소개했다. 앨리슨은 내 손을 꼭 잡고 아프리카 미술품 전시실로 가서 우주선처럼 생긴 짙은 목제 조각품의 아름다움을 보여 줬다. 내 차례가 되자 나는 앨리슨을 중세 시대 갑옷 전시실로 이끌고는 수세기 전에 먼지로 변한 사내들이 남기고 간 빛나는 금속 껍질을 보여 줬다.

우리는 고대 그리스와 로마 미술품을 차례로 감상했다. 알몸 상태의 흰 대리석상 앞에 멈춰 섰다. 어렸을 때 이 전시실을 둘러보다 성적으로 흥분했다고 고백하자 앨리슨이 웃음을 터트렸다.

"꼬마 변태였구나! 하긴 나도 이쪽에 오면 더 오래 머물곤 했어. 저 멋진 몸매를 봐. 엉덩이가 죽이지 않아?"

"가슴은 또 어떻고? 저 조각상들의 하얀 가슴을 봐. 끝내주잖아."

"남자 조각상은 참 안됐어. 그거 알아? 조각상에서 가장 먼저 떨어지는 게 바로 남근이야."

그날 우리는 혼이 떠나갈 듯 바보처럼 마구 웃었다. 아주 사소한 것에도 어린아이처럼 깔깔거렸다. 너무 정신없이 웃어서 머리가 멍할 정도였다. 그러다 나중엔 정신을 차리고 남은 여름과 새로 시작할 학기에 대해 진지하게 이야기했다. 앨리슨은 한 시사 주간지에서 인턴 일을 시작할 예정이었다. 좋은 기회였다. 나는 여름 학기 강의를 들으며 뉴스 작성실에서 인턴으로 일할 기회를 찾기로 했다. 잘 짜여진 계획 같았다. 앞으로 몇 주, 아니 몇 달 후까지 명쾌한 그림이 그려졌다.

"그런데 말이야."

내가 뜬금없이 고백했다.

"난 미래에 대해 얘기하는 게 싫다는 걸 깨달았어."

"무슨 말이야?"

"'미래'라는 말은, 뭐랄까……."

나는 적당한 비유를 찾았다.

"뭐랄까, 맛대가리 없는 열대 과일 같다고나 할까? 하얀 속살에 씨가 없어. 즙이 많은 것 같고, 독성도 좀 있어. 그런데 껍질을 벗기는 법을 몰라."

앨리슨이 다시 웃기 시작했고 나도 덩달아 웃었다.

우리는 늦게 남쪽으로 향하는 지하철에 올라탔다. 그날 집으로 돌아오던 여정이 떠오른다. 우리를 태운 지하철이 왠지 속도를 제대로 내는 것 같지 않았다. 목적지에 도달하는 게 두려운 듯 천천히 달리며 이리 비틀 저리 비틀 흔들렸다. 정류장을 나서는데 갑자기 등골이 서늘했다. 이젠 그런 오싹한 기운에 익숙해져 있었다. 집에 들어오자마자 전화벨이 요란하게 울렸다. 순간, 목이 바싹 탔다.

그저 평범한 여름날 저녁이었다. 처음으로 여자 친구와 함께 메트로폴리탄 미술관에 다녀왔다. 두 사람 입장료로 겨우 일 달러를 지불했고, 고대 그리스와 로마 조각상의 남근 실종에 대해 말하며 한바탕 웃었다. 그뿐이었다. 여자 친구는 저녁으로 채식 요리를 준비할 생각이었다. 우리는 마리화나를 피우고 평소처럼 침대에 누울 예정이었다. 다음 날 아침엔 여름 학기 수업을 들으러 나설 터였다. 다른 건 없었다. 전화벨이 계속 울렸다. 내 안에서 뭔가가 탁 하고 터지는 듯했다. 상상할 수도 없는 비통한 일을 예견하는 캡슐이 탁 하고 터지는 듯했다. 두려움에 떨며 앨리슨을 쳐다봤다. 무슨 말을 했는지 기억나지 않는다. 어쩌면 그녀에게 전화를 받으라고 간청했던 것 같기도 하다.

결국 내가 전화를 받았다. 데니스의 전화라는 걸 어렵지 않게 짐작했다. 엄마에게 무슨 일이 생겼다고 몇 주 전에 전화했던 것처럼 이번에도 데니스일 거라고 짐작했다. 데니스였다. 동생의 전화였고 엄마 소식이었다.

동생이 자초지종을 설명해 줬다. 말하는 품새로 볼 때, 동생도 엄마의 비밀을 진작 알았던 듯하다. 어쩌면 나보다 먼저 알아차린 듯했다. 마지막 모습을 봤을 때 동생 나이가 열여섯이었다. 동생은 모든 걸 봤다. 그날 이후, 동생의 눈은 모세혈관이 터져 흰자위에 주홍색 지도 같은 게 생겼다. 처음엔 일시적으로 나타났지만 점차 고질병처럼 굳어 갔다. 눈으로 몰려든 피가 빠져나가지 않기로 했거나 돌아갈 길을 찾지 못하는 것 같았다.

그날, 앨리슨과 나는 메트로폴리탄 미술관의 여러 전시실을 돌아다니며 어린아이처럼 웃고 떠들었다. 우리 말고도 수많은 방문객이 박물관을 찾았다. 센트럴파크의 한 귀퉁이에 있는 아이스크림 노점상은 그날 대목을 만났다. 여름의 뜨거운 열기가 북반구 전역을 숨막히게 달궜다. 그사이 클리프턴에서 아버지는 전혀 예상치 못한 일을 저질렀다. 평소와 다른 시간에 집에 돌아온 것이다. 대낮에 집에 돌아온 이유가 회사에 말한 대로 복통 때문이었는지, 아니면 집을 비운 사이 자기 아내가 뭔 짓을 하는지 알아내려는 충동 때문이었는지 우리는 결코 알아내지 못했다. 최근 들어 아버지는 부쩍 아내의 행동을 못 미더워했다.

나는 아버지가 뒷문을 통해 조용히 들어가는 모습을 떠올릴 수 있다. 필시 도축장의 피 냄새를 잔뜩 풍기며 들어갔을 것이다. 물론 그런 냄새를 피운다고 아버지를 비난할 수는 없다. 또한 그런 의혹을 품었다고 아버지를 비난할 수도 없다. 아버지는 그 순간을 수년 동안 미뤄 왔을 테니까. 그렇다면 이 사악한 느낌, 이 오싹한 느낌은 누구를 탓해야 할까?

아버지가 복도를 따라 조용히 움직인다. 운동화를 신고서 조심스럽게, 신중하게 나아간다.

데니스는 그때 집에 없었다. 수련을 마치고 자전거를 타고 집으로 돌아오다 멀리서 현장을 봤다. 그는 혼비백산해서 미친 듯이 페달을 밟았다. 집 앞에 도착했을 때는 숨이 가빠서 도와달라고 소리칠 수도 없었다.

아버지는 엄마를 집 안에서 끌어내고 있었다. 엄마의 머리채를 붙잡고 질질 끌고 있었다. 분노가 폭발해 다른 건 아무것도 보이지 않았다. 입술은 일그러졌고 눈은 가늘게 떠서 거의 감은 것 같았다. 그와는 대조적으로 엄마의 눈은 휘둥그렇게 떠 있고 입은 비명을 지르려는 듯 벌어져 있었다. 데니스는 그 모습에 너무 충격을 받아 아무것도 할 수 없었다고 했다. 두 분의 입과 눈을 보고 데니스는 그야말로 망연자실했다. 두 분의 모습이 너무나 일그러져 있어 그대로 분해돼 없어질 것 같았다. 부모님은 사라지고 그저 두 형상만 남았다. 그들은 아버지와 엄마가 아니었다. 그저 분노와 공포 그 자체였다.

"이 음탕한 년!"

아버지가 마구 소리쳤다.

"빌어먹을 돌연변이 매춘부 같으니. 너랑 네 매춘부 쌍둥이년이 아직도…… 날 감쪽같이 속인 줄 알았지? 앞으로도 그렇게 속일 수 있다고 생각했지, 응?"

데니스는 더욱더 충격을 받았다. 아버지가 그런 말을 입에 담으리라곤 상상도 못했다. 엄마가 뭐라고 대답하려는 것 같았다. 데니스는 엄마의 말을 들었는지 아니면 입 모양을 읽었는지 확신이 서지 않는다고 했다.

348

"제발 부탁이에요. 날 집에서 멀리 데려가지 말아요. 난 멀리 갈 수 없어요. 다른 몸과 멀리 떨어져 본 적이 없어요. 그럼 난 죽을 수도 있어요. 제발 부탁이에요."

데니스가 몇 걸음 앞으로 나섰다. 처음에는 주저했지만 곧 뛰기 시작했다. 당시에 그는 숨도 못 쉬고 심장도 멎은 것 같았다고 했다. 공포 영화의 한 장면처럼 자신이 엄청 천천히 움직이는 것 같았다고 했다. 아무튼 데니스는 부모님 앞까지 갔다. 뭐라고 말을 하려고 했다지만 아마 울부짖는 소리로 들렸을 것이다. 그는 손바닥으로 아버지의 얼굴을 탁 쳤다. 정통으로 맞혔지만 소리가 둔탁하게 들려 다른 상황이었다면 그 소리에 아마 웃음을 터뜨렸을 것이다. 아버지 얼굴에 손바닥 자국이 났다. 아버지가 순간적으로 휘청거렸다. 데니스는 강한 아이였고, 일격을 가하는 법도 알았다. 하지만 한 방으로 마무리 짓지 못했다.

어쩌면 너무 놀라 아버지 눈에서 불똥이 튀었는지도 모른다. 어쩌면 아버지가 반사적으로 주먹을 날렸는지도 모른다.

데니스는 그 자리에 쓰러졌다. 엄마가 그 모습을 보고 비명을 질렀을 것이다. 데니스는 전혀 기억하지 못했다. 그저 두 분이 멀리 갔다고만 했다. 백주 대낮에 몸부림치는 모습을 동생은 그림자 인형극을 보듯이 멀거니 지켜볼 수밖에 없었다. 엄마의 실루엣이 무릎을 꿇고서 아버지가 잡아끄는 대로 질질 끌려갔다. 엄마가 흐느끼며 또다시 애원했다.

"난 멀리 갈 수 없어요. 그 애한테서 이렇게 멀리 떨어지면 안 돼요."

데니스는 그밖에 다른 건 기억하지 못했다. 이웃이 전해 준 바에 따르면, 아버지가 몇 분 뒤에 엄마를 품에 안고서 울부짖었다고 했다. 아버지는 도대체 엄마를 끌고 어디로 가려고 했던 것일까? 멀리, 어딘가 멀리 데려가려 했을까? 아니면 우리가 동네 꼬마들과 뛰놀던 잔디밭으로 데려가려 했을까? 어쩌면 뉴저지 주에서 멀리 떨어진 곳으로? 복잡한 도시 속으로? 코니아일랜드로? 아니, 어쩌면 저 멀리 이탈리아로? 머리채를 붙잡고 바닷가로 끌고 가서 모세처럼 대양을 건너려 했을까? 자기가 사랑했던 여자를, 온전히 소유하지 못했던 여자를 도대체 어디로 데려가고 싶었던 것일까?

엄마의 몸과 침실에 남아 있던 쌍둥이 몸 중에서 어느 쪽이 먼저 죽었는지 아무도 모른다. 우리가 발견했을 때 엄마의 쌍둥이 몸은 벌거벗은 채 창턱에 널브러져 있었다. 필시 그곳에서 바깥 상황을 다 지켜봤을 것이다.

엄마는 몇 미터 더 끌려간 뒤에 시체처럼 축 늘어졌다. 발버둥 치던 움직임이 멈추자 아버지가 뒤를 돌아봤다. 엄마 얼굴이 잿빛으로 변하고 의식도 없었다. 분노의 악마가 순식간에 아버지를 떠났다. 아버지 손에는 머리카락이 한 움큼 뜯겨 있었다. 아버지는 축축한 바닥에 주저앉아 엄마를 흔들었다. 엄마는 너무나 창백했다. 아니 새하얗게 변했다.

"실비아."

아버지는 엄마의 이름을 하염없이 불렀다. 내가 그 자리에 있었더라도 똑같이 했을 것이다. 엄마를 한없이 불렀을 것이다.

아버지는 엄마를 품에 안았다. 이웃들이 전하길, 아버지는 엄마 얼굴에 끊임없이 입김을 불어넣었다고 한다. 엄마에게 다시 생명을 주입하려는 듯 부드럽게 숨을 불어넣었다고 한다.

제4편

미스틱

2006년 5월

블라디미르 푸틴은 끝내주게 섹시했다. 몸에 딱 달라붙는 티셔츠 때문에 럭비공처럼 불룩한 이두박근이 고스란히 드러났고, 강철처럼 반짝이는 철회색 눈동자는 시선을 사로잡는 매력이 있었다. 그야말로 지구상에서 가장 섹시한 국가원수였다. 그가 무대에 등장하자 관객들이 일제히 일어나서 박수를 쳤다. 관객들은 매주 그를 열렬히 환호했다. 블라디미르 푸틴은 무대 중앙으로 걸어 나와 강철 같은 시선으로 관객을 응시하며 자신만만한 포즈를 취했고, 카메라맨들은 다각도로 그를 잡아내느라 분주했다. 환호하는 관중을 향해 그가 팔을 불끈 들어 보였다. 푸틴은 단연 요즘 가장 핫한 스타이다. 그가 위대한 러시아의 근육에 대해 헛소리를 지껄이더니 관객들을 향해 자신의 근육을 보고 싶으냐고 물었다. 관객들의 열렬한 호응에 그가 티셔츠를 들어올려 탄탄한 복근을 내보였다. 객석에서 웃음이 터지며 박수갈채가 쏟아졌다. 푸틴은 오만한 표정으로 복근을 몇 차례 더 노출했다. 노출할 때마다 더 우스꽝스러운 표정과 말로 더 큰 웃음을 유발했다.

'위대한 러시아의 근육.'

이 레퍼토리는 실패한 적이 없었다.

광고가 나가는 사이 무대가 잠시 조용해졌다.

다음으로 아놀드 슈워제네거가 등장했고, 다음엔 마돈나가 분위기를 끌어올렸다. 푸틴과 마찬가지로 마돈나도 탄탄한 몸매를 과시할 기회를 절대로 놓치지 않았다. 마돈나는 선정적인 댄스 공연을 펼쳤다. 자기보다 스물다섯 살이나 어린 남자 댄서들에게 둘러싸인 채 엉덩이를 정신없이 돌리다가 갑작스런 어깨 경련으로 그만 그 자리에 얼어붙고 말았다. 객석에서 웃음보가 터졌다.

피날레가 다가오자 쇼의 속도가 더 빨라졌다. 멜 깁슨이 등장해 자신이 출연했던 영화에서 가장 오글거리는 대사를 읊으며 미친놈처럼 날뛰었다. 그러자 조수로 분한 차드가 쫓아다니며 흥분한 멜 깁슨을 진정시키려고 애썼다. 마지막으로 하얀 드레스 차림의 오프라 윈프리가 위풍당당하게 걸어 나와 교황이나 할 만한 축복을 내리고, 존재하지도 않는 책을 추천하며 우스꽝스러운 명언을 들려줬다. 이것도 쇼의 대표적인 레퍼토리이다.

쇼를 마무리하는 테마곡이 흘러나왔다. 관객들이 더 크게, 더 열렬히 호응했다. 마지막 게스트가 퇴장하고 드디어 그녀가 등장했다. 쇼에 등장하는 유일한 실제 인물이 가장 열렬한 환호를 받으며 무대로 나왔다. 그녀는 자신의 진짜 모습으로 나타나서 스튜디오의 관객들과 카메라를 쭉 둘러봤다. 앞서 등장한 인물은 모두 그녀가 변신해서 보여 준 캐릭터였다. 그녀는 어떤 모습으로든 변신할 수 있었다. 쇼를 위해 선정한 게스트의 겉모습대로 '똑같이' 변신할 수 있었다. 변신한 모습으로 온 나라를 떠들썩하게 웃길 수 있었다. 그녀는 미국에서 가장 유명한 돌연변이요, 타의 추종을 불허하는 스타, 바로 〈셀러브리티 미스틱 쇼〉의 사회자 미스틱이었다.

순식간에 카메라 조명이 꺼졌다. 테마 곡이 잦아들면서 박수 소리
가 길게 이어졌다. 미스틱은 스튜디오 관객, 스태프, 단역, 댄서들에
게 한 번 더 고마움을 전하고 차드와 함께 분장실로 향했다.

"맙소사!"

그녀가 한숨을 내쉬며 말했다.

"완전 녹초가 됐어."

"그런 말 하지 마세요."

차드가 우는소리를 했다.

"난 이놈의 신발 때문에 죽을 것 같아요."

그는 발에 비해 너무 작아 보이는 로퍼를 신고 있었을 뿐 아니라
체구에 비해 너무 작은 빨간색 빤짝이 턱시도를 걸치고 있었다.

"아무래도 멜 깁슨을 너무 과장한 것 같아."

미스틱이 아쉬운 듯 말했다. 완벽주의 때문에 쇼가 끝나면 늘 부족
한 점을 아쉬워했다.

"멜 깁슨을 너무 과장했어. 형체를 유지하는 게 어려웠거든. 변신
한 캐릭터를 억지로 유지하려면 다소 과장할 수밖에 없어."

"아뇨, 정말 좋았어요. 스튜디오를 휘젓고 다니는 미치광이 멜 깁
슨! 그나저나 당신을 쫓아다니느라 심장이 멎는 줄 알았어요. 발이
아픈 건 말할 것도 없고요. 아야야!"

차드가 뒤뚱거리며 엄살을 떨었다.

"발이 아픈 뚱보보다 더 괴로운 사람이 어디 있겠어요?"

"아냐, 있어."

미스틱이 반박했다.

"너무 지쳐서 자기 발의 감각조차 느끼지 못하는 돌연변이!"

각자 분장실로 들어가기 전에, 두 사람은 피곤하지만 만족스러운 미소를 주고받았다. 임무를 완수한 사람들의 미소였다. 가장 인기 있는 TV 쇼를 함께 만들어 낸 사람끼리 나누는 뿌듯한 미소였다.

미스틱은 분장실에 들어가자마자 소파에 쓰러졌다. 눈을 감고 그 순간을 음미했다. 드디어 카메라와 엿보는 시선과 스튜디오의 조명에서 벗어났다. 모든 것으로부터 벗어난 이 고독한 순간이 참 좋았다.

"아, 평화롭다."

복부에 찌릿한 통증이 느껴졌다. 쇼를 하고 나면 늘 이랬다. 더 이상의 변신을 감당할 수 없는데도, 그녀의 몸은 더 변신하고 싶어 하는 것 같았다. 지나치게 흥분한 아이처럼, 미쳐 날뛰는 동물처럼 한 모습에서 다른 모습으로 펑펑 변신하고 싶어 하는 것 같았다. 이젠 그런 욕구를 진정시켜야 한다. 그래서 숨을 깊이 들이마셨다가 천천히 내뱉었다. 깊이 들이마시고 천천히 내뱉고, 들이마시고 내뱉고를 반복했다. 눈을 감고 그 리듬에 집중했다. 기본적이면서 치료 효과도 높은 신비로운 리듬에 몸과 의식을 집중했다.

'다른 건 다 비우고 호흡에만 집중해.'

바로 그때, 갑자기 무슨 소리가 들려 그녀는 눈을 번쩍 떴다. 조그만 탁자에 놓인 전화기가 요란하게 울렸다. 구내 전화였다.

"무슨 일이야?"

그녀가 탄식하며 물었다.

"죄송한데요."

제작을 돕는 보조 스태프의 목소리였다.

"저기, 저, 알려드릴 게 있어서요. 쇼가 시작되기 직전에 게리한테서 전화가 왔었어요. 쇼 시작 시간이라 연결해 드리지 못했는데……

아무튼 게리가 메시지를 남겼……."

"제발 부탁인데, 난 지금 아무 말도 듣고 싶지 않아. 그저 호흡 훈련을 하면서 쉬고 싶어."

미스틱이 중간에 말을 끊고는 짜증스럽게 말했다.

"그건 알겠는데요. 게리가 저더러 이 말을 꼭 알려……."

"이봐, 나중에 알려 주는 게 어때?"

미스틱이 잠시 웃었다. 대화를 중단하고 싶을 때 흔히 나오는 초조한 웃음이었다.

전화를 끊고 다시 눈을 감았다. 놓쳐 버린 리듬감을 되찾으려고 다시 호흡에 집중했다. 어떻게든 자신에게 들러붙어 있는 불안감을 내쫓으려고 애썼다. 팔다리와 명치에 들러붙어 있는 긴장감을 풀려고 애썼다. 더 이상의 변신은 없다고, 더 이상의 가면은 없다고 자신의 몸에 확신시키려고 애썼다. '더 이상은 없어. 지금 당장은.' 또한 자신이 변신했던 몸들의 체취를 몰아내려고 애썼다. 블라디미르 푸틴을 몰아내고, 멜 깁슨을 몰아냈다. 남자의 몸이 더 힘들었다. 그들의 묵직한 체중과 따끔거리는 턱의 느낌을 힘겹게 지워 냈다. 체모와 가슴 근육, 딴딴한 엉덩이의 느낌도 몰아냈다.

몸이 조금씩 차분해졌다. 따뜻하고 차분한 기운이 몸 전체로 서서히 퍼져 나갔다. 블라디미르 푸틴과 멜 깁슨이 희미해지더니 결국 모두 사라졌다. 평화로운 분장실 소파에서 다시 '그녀 자신'으로 돌아왔다. 푸르스름한 피부, 가늘지만 단단한 팔, 원숙한 얼굴, 짙은 머리카락을 지닌 미스틱으로 돌아왔다.

*

십여 분 동안 긴장을 푼 미스틱은 소파에서 일어났다. 몸을 툭툭 털고 블라우스와 바지로 갈아입었다. 머리를 매만지고 입술에 립스틱을 발랐다.

'됐어. 상큼해.'

단장을 마치고 분장실 문을 벌컥 열었다. 그런데 한 걸음도 떼지 못하고 앞으로 고꾸라질 뻔했다. 문 앞에서 누군가가 그녀를 엿보고 있었던 것이다.

"맙소사, 수지!"

그녀는 손을 가슴에 얹고는 소리쳤다.

"간 떨어질 뻔했잖아. 여기서 뭐하는 거야?"

"죄송해요."

제작 보조 스태프인 수지가 난처해하며 말했다. 이십 대 초반인데 나이보다 훨씬 어려 보였고, 부끄럼을 많이 타서 걸핏하면 얼굴이 빨개졌다.

"괜찮아."

미스틱이 마음을 추스르며 말했다.

"내 수명을 몇 년 단축시키는 것 빼고 달리 나를 기다릴 이유가 있니?"

"음, 그게 좀 복잡한 상황이라."

수지가 조심스럽게 입을 열었다.

"게리가…… 제 얘기는, 그러니까 아까 말한 것처럼 쇼가 시작되기 직전에 게리가 전화했었거든요. 당신에게 알려 주라고 했는데……."

수지는 얼굴이 빨개진 채 말을 제대로 잇지 못했다.

"그래, 괜찮아."

미스틱이 다시 말했다. 그게 뭐든 화내지 않을 거라고 안심시키려고 환하게 웃어 보였다.

"자, 이제 무슨 얘긴지 해 봐. 게리가 나한테 뭘 알려 주라고 했지?"

수지가 못 믿겠다는 표정으로 눈을 크게 뜨더니 마음을 굳게 먹은 듯 다시 얘기를 꺼냈다.

"스튜디오로 누가 찾아올 거라고 당신에게 알려 주라고 했어요."

"오케이."

미스틱이 인내심을 발휘하며 물었다.

"그런데 누구?"

"남자요. 경찰이라는 것 같았어요."

'경찰'이라는 말이 먼지처럼 허공에 맴돌았다. 수지가 숨을 한 번 크게 들이쉬더니 속사포로 쏟아냈다.

"사실은 그 사람이 벌써 여기 와 있어요. 위층에요. 지금 당신 사무실에서 기다리고 있어요."

이번엔 미스틱이 눈을 크게 떴다.

"경찰? 지금 여기 와 있다고?"

게리가 자신에게 이런 장난을 치다니 믿을 수가 없었다.

"하지만 난 지금 바빠. 아니, '우리'가 바빠. 당장 제작회의를 시작해야 하잖아."

수지가 눈을 내리깔았다. 어쨌든 전할 말을 다 전해서인지 아까보다는 훨씬 편하게 숨을 쉬었다. 둘이 더 나눌 얘기는 없었다. 미스틱은 어수룩한 이 아가씨에게 화를 터뜨릴 수도 없어 잔뜩 골이 난 채 쿵쿵거리며 걸어가기 시작했다.

'게리, 두고 봅시다.'

미스틱은 엘리베이터 벽에 비친 자신의 모습을 불안한 시선으로 쳐다봤다.

'맙소사. 경찰이라니.'

지난 육 년 동안 경찰과는 거리를 두고 살았다. 어떤 꼬투리도 잡히지 않고 잘 지내 왔고, 앞으로도 그렇게 된다면 정말 좋을 듯했다. 그녀는 바지 정장으로 갈아입길 잘했다고 생각했다. 남자 못지않게 단호한 인상을 풍겼기 때문이다.

'젠장. 나도 모르겠다. 어떻게 보이든 무슨 상관이야. 불안해할 이유가 없잖아.'

*

미스틱이 문을 열고 들어가자 머리를 짧게 잘라 목덜미가 훤히 드러난 남자의 뒷모습이 눈에 들어왔다. 인기척에 남자가 고개를 돌리더니 발딱 일어섰다. 그러고는 미소를 지으며 손을 내밀었다.

"데니스 드 빌라 형사입니다."

미스틱은 그와 악수를 나눴다. 악수한 손을 한 번 흔들며 남자의 체중을 가늠했다. 나이는 삼십 대로 보였고 이목구비가 반듯했다. 하지만 수수께끼 같은 시선이 조금 거슬렸다. 가벼운 원단으로 된 회색 양복 차림으로 얼핏 봐도 몸이 탄탄해 보였다. 이렇게 몸이 탄탄한 경찰은 처음이었다. 전체적으로 봤을 때 형사라기보다는 전직 모델 같은 인상이었다.

'경찰이야. 난 지금 경찰이랑 악수하고 있어.'

그녀는 불신의 눈길을 드러내며 형사 맞은편에 있는 의자에 앉았다.

"여기까지 오게 해서 죄송합니다. 굳이 그럴 필요까진 없는데……."

그녀의 말을 들은 드 빌라 형사가 고개를 살짝 끄덕이며 다리를 꼬았다. 그는 단번에 자신의 방문을 언짢아 한다는 사실을 알아차렸다.

"당신 말이 맞기를 바랍니다."

그가 말했다.

"제가 굳이 여기 올 필요가 없었기를 바랍니다. 그런데 당신이 익명으로 이상한 메시지를 받았다고 들었습니다. 당신 쇼의 프로듀서가……."

"게리요."

그녀가 끼어들었다.

"게리가 당신에게 전화한 건 알아요. 사실대로 말하면 전 게리에게 아무 말도 하지 말라고 했어요. 걱정하지 않아도 되니까."

그녀도 다리를 꼬며 의자에 기대고는 말을 이었다.

"그런 메시지 따위에 위협을 느끼진 않습니다."

드 빌라가 생각에 잠긴 듯 고개를 끄덕였다. 미스틱은 형사의 빨간 눈을 유심히 살폈다. 뭔가에 깊이 감동받았나, 아니면 알레르기 같은 게 있나 싶었다. 아무튼 그런 취약점을 발견하니 그에 대한 반감이 조금은 누그러졌다. 그렇긴 해도 경찰의 방문은 성가셨다. 늦은 시간이었고, 당장 제작회의도 해야 했다. 경찰이랑 노닥거릴 시간이 없었다.

"아까 잠깐 쇼를 봤습니다."

형사가 말했다.

"방송 조종실에 모니터가 있더군요."

"조종실에서요? 경찰은 정말 좋은 직업이군요. 아무 데나 들어갈 수 있으니."

미스틱은 대놓고 빈정대는 투로 말했다.

"보조 스태프가 들여보내 줬습니다."

형사가 사과조로 말했다.

"수지요? 맹랑한 계집애 같으니."

미스틱이 투덜거렸다.

"제가 제대로 이해한 거라면……."

드 빌라가 잠시 머뭇거리더니, 무슨 은밀한 질문이라도 하려는 듯 목소리를 낮췄다.

"당신은 당신이 선택한 사람의 몸으로 변신할 수 있죠, 그렇죠? 그게 당신의 초능력인가요?"

"맞아요."

"흥미로운 능력입니다."

형사가 존경의 뜻을 내비치는 뜻으로 고개를 살짝 기울였다. 잠시 더 생각하는 것 같더니 덧붙였다.

"아주 멋지더군요……. 당신 쇼는 아주 빠르게 전개되고 굉장히 재미있었습니다."

"고맙군요."

미스틱은 남자가 무슨 꿍꿍이로 이런 말을 하는지 궁금했다.

"혹시 쇼의 인기와 그 메시지 간에 무슨 연결고리가 있다고 생각하십니까?"

"휴우, 굉장히 많은 사람들이 제 쇼를 봅니다. 그중에 별난 사람이 왜 없겠어요? 하지만 아까도 말했듯이 난 그런 메시지 따위에 위협을 느끼진 않습니다."

그녀가 한숨을 쉬고는 말했다.

"아니면 혹시,"

형사가 더 파고들었다.

"과거와 관련이 있다고는 생각지 않습니까?"

미스틱에게 이 질문은 좀 가혹했다. 드 빌라도 그 점이 미안했는지

361

다소 부드러운 목소리로 덧붙였다.

"그러니까 제 말은 법을 어기던 시절과……."

"아무런 관련도 없다고 생각합니다, 드 빌라 형사."

미스틱이 차갑게 대답했다.

"경찰 아카데미에서 근거 없는 추정에 의존하지 말라고 가르치지 않던가요? 내 과거는 그저 돌이킬 수 없는 과거일 뿐, 지금은 더 이상 그런 사건과 아무런 관련도 없습니다. 완벽하게 손 뗐어요. 어쨌든 변호사가 없는 자리에서 이런 말을 하고 싶지는 않습니다."

드 빌라가 항복의 신호로 두 손을 들었다.

"그럴 필요 없습니다. 심문하러 온 게 아니니까요."

슬며시 웃으며 몸을 뒤로 빼는 그의 모습에서 소년 같은 순수함이 묻어났다. 그 미소에 여자들이 많이 넘어갔을 것 같았다. 하지만 미스틱은 그 미소도 성가셨다.

"당신을 비난하러 온 게 아닙니다. 도와주려고, 가능하면 보호하려고 왔습니다."

미스틱은 대답 대신 회의적인 표정을 지었다.

"그런 메시지가 혹시라도…… 그러니까 좀 더 심각한 문제로 돌변한다면,"

드 빌라가 다시 질문했다.

"당신의 초능력이 당신을 지켜낼 수 있다고 생각하십니까?"

"무슨 말씀이세요?"

그녀는 책상 위에 놓인 시계를 힐끔 쳐다보며 말을 이었다.

"필요한 경우, 그런 멍청한 사이코한테서 나 자신을 지킬 방법 정도는 알고 있어요."

"알겠습니다."

드 빌라는 손을 모으고 잠시 그녀를 뚫어져라 쳐다봤다.

"시간을 많이 빼앗지는 않겠습니다. 그 쪽지에 대해 좀 더 말씀해 주시죠."

미스틱은 대화를 끝내 버릴까 생각했다. 짜증나게 하는 질문과 모호한 태도, 시뻘건 눈을 한 사내한테 시간을 내줄 의무 따위는 없었다. 그녀는 반감을 드러내며 그의 눈을 쏘아봤다. 그런데 전혀 예기치 못한 그의 말에 그만 허를 찔리고 말았다.

"희귀한 종류의 결막염입니다."

"네?"

그녀가 흠칫 놀랐다.

"제 눈이요. 희귀한 종류의 결막염 때문입니다. 어렸을 때부터 이랬습니다."

"아!"

미스틱은 달리 할 말이 없었다.

"자, 제 비밀을 털어놨으니,"

드 빌라가 다시 그 매력적인 미소를 지으며 말했다.

"이번엔 당신이 쪽지에 대해 말할 차례입니다."

미스틱은 그 미소에 반응하고픈 욕구와 화내며 쫓아내고픈 충동 사이에서 갈등했다. 피곤과 짜증으로 속이 부글부글 끓어올랐다. 펜을 하나 집어 들고는 책상을 연신 두드리기 시작했다.

"쪽지는 세 개예요."

미스틱은 결국 그 미소에 넘어가고 말았다.

"우편으로 받았어요. 두 개는 사무실로 왔고, 나머지 하나는 집으로 왔어요."

그녀는 책상 서랍을 열고 종이쪽지를 하나 꺼냈다. 가운데에 인쇄된 글자만 빼면 그냥 흰 종이였다.

"갖고 있는 건 이것뿐이에요. 나머지 두 개도 똑같았어요."

그녀가 쪽지를 드 빌라에게 내밀었다. 그는 쪽지를 받아들고는 자세히 살폈다. 그냥 종이쪽지였다. 조금 광택이 나는 직사각형의 하얀 쪽지였는데, 우편으로 배달된 그 익명의 쪽지에는 납득할 수 없는 문구가 적혀 있었다.

잘 가요, 미스틱

두 사람의 시선이 동시에 쪽지로 향했다.

"아까 말했잖아요. 위협으로 보이진 않는다고요."

미스틱이 말했다.

"굳이 신고할 이유도 없었는데."

"괜찮다면 이건 제가 보관하겠습니다."

드 빌라는 이렇게 말하며 재킷 주머니에서 비닐봉투를 꺼내 쪽지를 집어넣었다.

"사실 프로듀서가 제대로 처리한 겁니다. 리드 리처즈 아시죠?"

"리드요?"

그 이름을 들으니 가슴이 철렁 했다.

"마지막으로 그를 본 게 아들의 장례식이었어요. 딱 한 달 됐군요. 그런데 굉장히 오래전 일 같네요."

"그 사건이 한 달밖에 안 지났군요."

드 빌라가 동의했다.

"저도 장례식에 갔었습니다. 실은 거기서 당신을 봤습니다."

그 얘기를 하려던 게 아니라는 듯 그가 고개를 흔들었다.

"리드 리처즈도 이런 쪽지를 받았었나 봅니다. 폭발 공격으로 아들을 잃기 전에요."

미스틱이 눈을 가늘게 떴다. 순간, 이 문제를 심각하게 받아들여야 한다는 충동이 일면서 가벼운 통증이 온몸에 퍼졌다. 몸이 떨리면서 또다시 변신하려는 조짐이 보였다. 그녀는 숨을 깊이 들이마시며 다시 펜을 두드리기 시작했다. 그러고는 쪽지에 쓰인 문구를 꼼꼼히 생각해 봤다. '잘 가요, 미스틱.' 하지만 아무리 생각해 봐도 도무지 무슨 말인지 알 수 없었다.

"사실은, 리드 리처즈만이 아닙니다. 배트맨도 살해되기 전에 똑같은 쪽지를 받았습니다. 그리고 어쩌면 로빈도 몇 년 전에…… 로빈을 기억하시죠? 로빈도 센트럴파크에서 죽기 전에 이런 쪽지를 받았을지도 모릅니다. 우린 그 점을 배제할 수 없습니다."

드 빌라가 말했다.

"맙소사, 도무지 이해가 안 돼요."

미스틱이 답답한 듯 내뱉었다.

"우리도 잘 이해하지 못합니다."

드 빌라가 솔직히 인정했다.

"우리도 어떻게든 퍼즐 조각을 맞추려고 고심하고 있습니다. 은퇴한 슈퍼히어로의 세계에 살인의 물결이 일렁이다니……. 당신도 그런 얘길 들어봤을 겁니다. 광적인 사람들의 소행인 것 같습니다. 그들의 목적은 역사에 남을 만한 슈퍼히어로들을 제거하는 것으로 보이고요. 아마도 로빈이 그 첫 번째 희생자가 아니었을까 추정합니다. 다시 말해 그가 시발점이었다는 거죠. 그런데 살인의 속도가 점점 빨라지고 있습니다. 배트맨, 프랭클린 리처즈, 리드 리처즈……."

"잠깐만요. 제가 알기론 리드는 자살했어요."

그녀가 반박했다.

"그는 몽톡 등대에서 뛰어내렸잖아요."

"맞습니다. 그는 살해된 게 아닙니다. 하지만 리처즈 씨는 죄책감 때문에 자살한 겁니다. 조지 호텔 공격에서 진짜 목표는 아들이 아니라 아버지였던 것으로 추정됐거든요. 제가 드리고 싶은 말은, 우리가 지금 위험한 상황에 봉착했다는 겁니다. 위험한, 진짜로 위험한 상황이에요. 당신이 받은 메시지를 그냥 지나칠 수 없습니다."

"잠깐만요."

미스틱은 이제야 어떤 상황인지 이해가 됐다.

"그러니까 이거였군요. 당신 말은 내가 그 집단의 표적일 수 있다는 말이죠? 내가 받은 쪽지가 그 증거고요."

형사가 의자에서 몸을 살짝 비틀었다.

"그렇다고 생각합니다."

미스틱은 펜을 책상에 내려놓고는 형사가 들려준 말을 곰곰이 따져 봤다.

"말도 안 돼요."

그녀는 그의 말이 터무니없는 소리로밖에 들리지 않았다.

형사가 다시 몸을 비틀었다.

"당신은 이해하지 못하겠지만,"

미스틱이 다시 입을 열었다.

"누군가가 나를 해칠 계획을 꾸밀 이유가 전혀 없어요. 물론 모두 나를 좋아한다는 말은 아니에요."

생각만으로도 기분이 좋아서 잠시 말을 멈췄다.

"물론 그건 아니에요. 내 이름만 들어도 짜증내는 사람도 있어요. 내가 유명인사로 변신해서 그들을 조롱한다고 비난하는 사람도 있고요. 하지만 그건 별게 아니에요. 그저 게임의 일부니까요. '시스템'의 일부라고요."

형사가 무슨 말을 하려고 하자, 그녀가 손짓으로 막으며 계속 말했다.

"누굴 죽이려면 동기가 있어야죠, 동기. 당신도 그건 알죠? 난 감옥에서 십육 년을 썩었어요. 난 아무런 동기도 없이 그런 데 처박힌 작자를 본 적이 없어요."

"이 집단은 딱히 논리적으로 움직이는 것 같진 않습니다."

드 빌라가 그녀의 말을 간신히 자르며 말했다. 그러더니 무슨 진귀한 부적이라도 되는 양 넥타이 매듭을 만지작거리며 덧붙였다.

"이 집단은 누구든 설득할 수 있습니다. 배트맨을 죽이려고 보낸 여자애를 생각해 보세요. 그들은 아무나 뽑아서 누구든 해치울 수 있습니다. 지금으로선 은퇴한 슈퍼히어로 중 안전한 사람은 아무도 없습니다."

"당신은 은퇴한 슈퍼히어로를 말하는 거잖아요."

미스틱이 반박했다.

"나와는 아무 상관도 없어요. 난 슈퍼 '히어로'가 아니었어요. 배트맨이나 리드 같은 영웅과는 거리가 멀어요. 예전의 난 오히려 그들을 피해 다녔어요. 물론 그들도 나를 피해 다녔고요. 난 위험 인물로 여겨졌어요. 혁명가라고나 할까. 아무튼 예전엔 온 나라가 나를 두려워했어요. 그러다 감옥에 갇혔고요. 그땐 사람들을 두려움에 떨게 했지만, 지금은 즐거움에 떨게 하죠."

그녀는 두 팔을 들어 사무실 내부를 죽 가리키며 자신이 이뤄 낸 것들을 자랑스레 보여 줬다. 그녀는 거칠고 탐욕스럽고 화려하고 진부한 쇼 비즈니스의 세계에서 화려하게 부상했다. '쇼의 여왕이자 쇼의 노예'였고 잘나가는 코미디언이었다. 연금술 증류기의 구부러진 관을 통과하듯이 미국의 사법 시스템과 교도소 시스템을 무사히 통과해서, 모범시민의 원형인 무해하고 유쾌한 사람으로 거듭났다.

"난 적이 없는 여자예요."

그녀는 빈정대는 투로 말을 끝맺고는 몸을 앞으로 내밀며 형사를 뚫어지게 쳐다봤다. 그리고 괴상한 음모 운운하는 얘기 집어치우라고 했다. 음모는 경찰 머릿속에나 존재했다. 어쩌면 저 밖에는 암살 단체 같은 게 있을지도 모른다. 노쇠한 슈퍼히어로를 처단하자고 맹세한 놈들이 왜 없겠는가? 하지만 그게 나랑 무슨 상관이란 말인가? 그녀가 겪어온 삶과는 아무 상관도 없었다. 그녀가 보기에 그런 쪽지는 불쌍한 미치광이의 소행일 뿐이었다. 그녀는 경찰의 보호 조치가 필요 없었다. 그녀 주변에 경찰이 얼쩡거릴 필요가 전혀 없었다. 경찰이나 교도관은 이미 충분히 겪었다. 감옥에 있는 동안 그들에게 충분히 시달렸다. 더 이상은 필요 없었다.

사실, 필요한 게 딱 하나 있긴 했다. 당장 이 대화를 끝내는 것. 그래야 제작회의를 마치고 집으로 돌아가 뜨거운 욕조에 몸을 담글 수 있으니까.

*

모닝사이드 하이츠의 언덕을 타고 넘어 창문으로 스며든 산들바람이 하얀 커튼을 흔들며 새벽을 알렸다. 미스틱은 시트를 붙잡고 밤새 뒤척였다.

새벽 공기는 늘 상쾌했다. 그래서 미스틱은 에어컨을 끄고 창문을 열어 두곤 했다. 날씨가 아직은 참을 만했다. 그녀는 비몽사몽인 채 침대에 누워 기지개를 켰다. 어슴푸레한 빛이 침실로 스며들었다. 잠이 깬 건지, 깼다고 생각한 건지 정신이 오락가락했다. 피곤해서 눈도 떠지지 않았다. 온몸이 나른하고 물 먹은 솜처럼 무거웠다. 꼭 감은 눈꺼풀로도 점점 환해지는 빛이 느껴졌다. 그녀는 이불 속으로 얼굴을 파묻었다. 쇼가 끝나면 늘 진이 빠졌다. 쇼는 그녀를 열광케도 하고 지치게도 했다.

그녀는 얼굴을 찡그리며 다리를 쭉 폈다. 전날 밤의 일을 기억해보려고 애썼지만, 보자기로 싸인 갖가지 물건처럼 윤곽이 또렷하게 잡히지 않았다. 하나하나 구별하기가 어려웠다. 블라디미르 푸틴의 몸을 하고 스튜디오를 돌아다니며 러시아 악센트로 복근을 자랑한 사람이 정녕 그녀였을까? 정말로 그랬나? 마돈나의 몸으로 미친 듯이 엉덩이를 흔들며 분노에 찬 눈으로 카메라를 노려본 사람이 그녀였을까? 그게 꿈일까, 아니면 기억일까? 진짜 그랬던 것 같은데 확신이 들진 않았다. 쇼를 진행하면서 너무 빠른 속도로 너무 많이 변신하면 이런 느낌이 들었다. 그렇게 날뛰고 난 다음 날 아침이면 이렇게 혼란스럽고 나른하고 술 취한 듯한 기분에 정신을 차릴 수가 없었다. 극도로 흥분한 뒤에 찾아오는 허탈감 같은 것이었다.

그녀는 팔과 허벅지와 엉덩이를 차례로 어루만졌다. 분장실 문 앞에서 수지에게 걸려 넘어질 뻔한 사람이 그녀였을까? 사무실에서 형사와 얘기하다 욱하는 마음에서 그를 고약하게 대한 사람이 그녀였을까? 그녀는 눈을 감은 채 몸을 뒤척였다. 아무것도 걸치지 않아서 이불의 감촉이 고스란히 느껴졌다. 전날 저녁 일로만 머릿속이 복잡한 것은 아니었다. 앞으로 벌어질 일까지 끼어들어 정신을 흩뜨렸다. 곧 침대에서 일어나 눈을 찌르듯 강렬한 빛을 대면해야 한다. CBS 라디오의 뉴스 전문 채널인 텐텐윈스(Ten-Ten Wins)를 들으며 과일 스무디를 만들 것이다. 옷을 대충 걸치고 야구모자를 쓴 다음 모닝사이드파크를 조깅할 것이다. 그녀는 꿈인지 생시인지 모르는 와중에도 아침에 일어나 할 일을 계획했다.

'안 돼. 눈 뜨지 마.'

손끝에 스치는 살결이 매끄러웠다. 빛이 점점 강해지면서 그녀의 숨소리도 점점 거칠어졌다. 여섯 시쯤 됐지만 그날 아침은 서두르지 않았다. 방송이 나간 다음 날에는 늦잠을 즐기다 느지막이 스튜디오에 나갔다. 손가락으로 피부를 어루만지다 부드러운 젖가슴에 이르자 자신도 모르게 깜짝 놀랐다. 짜릿했다. 손이 서서히 아래로 내려가자 몸이 파르르 떨렸다. 다리를 오므리며 몸을 옆으로 굴렸다. 머리카락이 얼굴을 덮었다. 슬슬 변신할 조짐이 보였다. 그녀도 얼른 변신하고 싶었다. 몸의 경계가 흔들리는가 싶더니 흐물흐물해지며 살이 녹아내릴 것 같았다.

아침에 하는 변신은 쇼에서 연속해서 서둘러 하는 변신과는 달랐다. 온몸의 조직과 신경이 녹아내리다 사라질 것 같았다. 입에서 신음 소리가 새어나왔다. 남자의 입에서 나는 신음 소리였다. 벌써 다른 몸으로 갈아입었다. 데니스 드 빌라였다. 그녀는 데니스 드 빌라가 돼 시트를 몸에 감은 채 온몸을 비틀었다. 그러고는 자신의 두툼한 허벅지를 어루만졌다. 손가락이 사타구니와 딱딱한 고환에 이르렀다. 그녀, 아니 그는 본능적인 충동에 따라 계속 몸을 어루만졌다. 한 손으론 가슴을 더듬으며 자그마한 젖꼭지를 애무하고 다른 손으론 다리 사이의 음경을 움켜 쥐었다. 손에 힘이 들어가고 침대가 요란하게 흔들렸다. 신음 소리가 점점 더 거칠어졌다.

그는 전율이 온몸을 관통하기 직전에 손을 멈췄다. 오싹한 전율이 너무나 강렬해 침대가 흔들렸다. 아니 온 방이 진동했다. 그 순간, 미스틱이 다시 나타났다. 미스틱은 깊은 물속을 잠수하다 수면에 막 떠오른 사람처럼 헉 하고 숨을 토해냈다. 등을 둥글게 말고서 손가락을 계속 움직였다. 손끝으로 음핵을 애무했다. 처음엔 가볍게 스쳤지만 점차 손가락에 힘이 들어갔다. 음부가 수축하며 짜릿한 느낌이 온몸으로 퍼져 나갔다. 신음 소리가 절로 튀어나왔다. 뜨거운 파동을 더 오래 느끼려고 몸을 둥그렇게 말았다. 작은 별에서 보내는 전파신호처럼 다리 사이에서 시작된 파동이 온몸으로 퍼져 나갔다.

짜릿한 전율이 한동안 지속되다 서서히 잦아들었다. 강렬한 햇빛이 아침을 재촉했다. 미스틱은 눈을 떴다. 온 세상이 환했다. 그녀는 가늘게 한숨을 쉬었다. 아무리 피곤하고 나른해도 이젠 일어나야 한다.

*

"내 말 좀 들어 보세요."

차드가 책을 하나 들고서 책상 모서리에 걸터앉으며 말했다. 지금쯤이면 온 나라가 이 책 이야기로 떠들썩할 것이다. 화려한 표지만으로도 세인의 주목을 끌 만했다.

"배트맨은 알려진 바와 달리 게이가 아니라고 적혀 있어요. 여자가 손 씻는 모습을 보면 흥분했대요. 깨끗한 손으로 자기 엉덩이를 찔러 주는 걸 엄청 좋아했대요."

"다 아는 사실이잖아."

미스틱이 시큰둥하게 말했다. 그녀는 팔짱을 끼고 사람들을 둘러봤다. 다들 똑같은 책을 들고서 열심히 뒤적이고 있었다. 오전 열한 시경이었고 그들은 제작 사무실에 모여 제작회의를 하려는 참이었다. 그녀와 차드, 꼬마 수지, 호레이스, 작가가 모여 있었다.

"재판에서 다 나왔던 얘기 아냐?"

미스틱이 차드의 손에 들린 책을 바라보며 덧붙였다.

"하지만 여긴 더 많은 얘기가 나와 있어요."

차드가 음흉하게 웃으며 말했다. 중요한 책이라는 걸 납득시키려고 자세히 설명했다.

"여자한테 쾌걸 조로처럼 입히고 그런 적도 있대요. 게다가 항문 성형 수술을 받을까 진지하게 고민했었다나 봐요."

"항문 성형 수술이요?"

수지가 놀라서 물었다. 그런 게 진짜 있는지 궁금한 듯 주변을 둘러보다 바로 눈을 내리깔았다. 수지는 자기 말소리에 당황해서 또다시 얼굴을 붉혔다.

"맙소사, 다른 불쌍한 아가씨에 대한 얘기도 적혀 있어. 이 아가씨는 '시멘트 인간'이랑 섹스를 했다는군."

호레이스가 책을 훑어보면서 말했다.

"그건 벤 그림일 거야."

차드가 얼른 끼어들었다.

"세판스키가 슈퍼히어로의 이름을 바꿔놓았지만 누구를 지칭하는 건지 뻔하잖아."

차드가 발레리나처럼 유연하게 자세를 바꾸며 말했다. 책에 나온 시시콜콜한 이야기에 흥분한 듯했다. 아직 잉크도 안 마른 이 책은 조지프 세판스키 박사가 야심차게 준비한 대형 폭탄이었다.

"맙소사!"

호레이스가 책장을 넘기다 말고 또다시 소리쳤다.

"안타깝게도 그 아가씨가 이 시멘트 인간에게 구강 섹스를 하겠다고 나섰나 봐."

그는 입이 귀에 걸칠 정도로 씩 웃으며 차드에게 말했다.

"차드, 시멘트로 된 음경을 빨면 어떤 느낌이 들지 상상이 가?"

"나야 모르지. 좀 거칠지 않을까?"

두 남자가 폭소를 터뜨렸다. 그들은 배꼽을 잡고 웃었다. 미스틱은 머리를 저으며 창턱에 걸터앉았다. 반쯤 열린 창문으로 상쾌한 바람이 들어왔다. 그녀는 손가락으로 유리잔 위쪽을 어루만지며 아스토리아의 평온한 스카이라인을 내다봤다. 낡은 공장 건물과 지저분한 고가 철도, 건설 현장이 번갈아 이어지며 멀리까지 뻗어 있었다.

"너무 심하게 웃지 마."

그녀가 차드에게 경고했다.

"그러다 책상 무너지겠어."

"뭔 그런 소릴? 요새 살 좀 뺐어요. 백이십 킬로그램도 안 나가요."

하지만 그가 입은 반팔 셔츠는 배를 다 가리지도 못했다. 그래도 아랑곳하지 않고 팔을 넓게 벌리며 자신의 몸매를 과시했다. 그는 손에 든 책을 흔들며 얼른 화제를 바꿨다.

"당신이 이런 내용을 좋아하지 않는다는 건 알아요. 사람들의 음탕한 호기심만 자극하는 저속한 쓰레기죠. 맞는 말씀이에요. 요새는 아무도 슈퍼히어로를 거들떠보지 않아요. 그러면서도 다들 그들이 침대에서 뭘 하는지 알고 싶어 하죠. 요는, 이게 엄청난 베스트셀러라는 겁니다. 앞으로 몇 주 동안 온 나라가 이 책에 대해 떠들걸요. 두고 보세요."

차드가 책 표지를 보여 주며 단언했다. 표지에는 제목이 커다란 활자로 선명하게 찍혀 있었다.

《슈퍼히어로의 은밀한 성생활》

미스틱은 그것을 한 번 더 쳐다봤다. 제목이고 책이고 주제고 다 혐오스러웠다. 슈퍼히어로의 은밀한 성생활이라니! 읽지 않아도 무슨 내용인지 훤히 보였다. 온갖 소문과 터무니없는 억측으로 사람들의 병적인 호기심을 자극하는 책이 벌써 몇 번째 나왔는지 모른다.

"아, 제발 그만 좀 해!"

그녀가 급기야 화를 냈다.

"사람들이 그런 쓰레기를 읽고 싶어 할까? 난 도무지 모르겠어."

"맙소사!"

호레이스가 책에 고개를 처박은 채 소리쳤다. 그러더니 고개를 들고는 놀라운 표정으로 동료들을 둘러봤다.

"이게 정말일까? 불쌍한 리드 리처즈. 늙은 고무 인간…… 그는 자기 음경의 크기가 어느 정도인지 몰랐대."

미스틱은 고개를 절레절레 흔들며 호레이스와 차드를 번갈아 쳐다봤다. 삼십 대의 아프리카계 미국인 남자와 체중 문제로 고민하는 젊은 백인 남자가 낯 뜨거운 줄도 모르고 《슈퍼히어로의 은밀한 성생활》에 빠져들고 있었다. 차드가 이 책을 여러 권 사들고 사무실에 뛰어들며 몇 주 동안 고대하던 폭탄이 터졌다고 소리친 순간, 그녀는 왠지 모를 짜증이 솟구쳤다. 차드 말이 맞는다면, 뭐 얼핏 봐도 그 말이 맞을 듯하지만 아무튼 그렇다면, 수십만 명이 저 책을 사볼 것이다. 그녀는 사람들의 어리석은 호기심을 비웃었다. 그들의 우스꽝스러운 흥분은 자신의 두 동료가 느끼는 흥분과 다르지 않을 듯했다.

"저는 도무지 모르겠어요."

수지가 기어들어가는 목소리로 말했다. 아까보다 더 당황한 듯했다.

"그 사람은 남의 사생활을 어떻게 다 알아냈을까요?"

"지어낸 것도 있을 거야. 알게 뭐야?"

호레이스가 대답했다.

"세판스키는 여러 슈퍼히어로의 주치의였어."

차드가 설명했다. 그는 몇 줄 더 읽고 나서 책을 덮었다. 책상에서 베이컨 맛이 나는 감자칩 봉지를 집어 와락 뜯었다. 그러고는 우적우적 먹기 시작했다.

"빌어먹을, 책을 읽으니까 배가 고파지네."

"저라면 주치의가 저의 은밀한 비밀을 폭로하는 책을 쓰면 참을 수 없을 것 같아요."

수지가 말했다. 그녀는 그런 일이 일어나면 얼마나 끔찍할지 상상하는지, 얼굴을 또다시 붉혔다.

"저도 미스틱의 생각과 같아요."

수지가 당황한 목소리로 말했지만, 정확히 어떤 점에서 생각이 같은지는 설명하지 않았다.

"유명한 슈퍼히어로들은 가명으로 언급됐어."

차드가 그 점을 상기시키며 과자를 쩝쩝거렸다. 베이컨 맛이 나는 감자칩 냄새가 사무실에 진동했다.

"뭐가 됐든, 개중에는 책에 언급됐다고 좋아할 사람도 있을걸. 우리도 속으로는 다 떠벌리고 싶어 하잖아, 안 그래?"

"너나 그렇지!"

미스틱이 톡 쏘아붙이며 벽에 걸린 시계를 쳐다봤다. 차드가 무엇을 염두에 두고 하는 말인지는 알았지만 그녀는 아직 긴가민가했다.

"그건 그렇고."

차드가 말했다.

"이 책에 당신 얘기는 한 마디도 없네요?"

"글쎄, 세판스키가 내 주치의가 아니라서 그런가? 아니면 내가 아 **375**

주 조신한 여자라서? 그것도 아니면 아무 흠도 없는 훌륭한 여성이라서?"

그녀의 농담에 두 남자가 다시 배꼽을 잡았다. 수지는 그녀를 빤히 쳐다보며 웃어야 할지 말아야 할지 고민하는 눈치였다.

"이 책이 나온 이상, 세판스키는 의사 가운을 포기해야 할 겁니다."

차드가 손톱에 묻은 과자 가루를 핥으며 말했다.

"뭐 그런 데 신경 쓸 위인도 아니지만. 이 책으로 억만장자가 될 테니까요."

"오케이!"

미스틱이 창틀에서 뛰어내리며 말했다. 피곤하긴 했지만 아침에 잠자리에서 느꼈던 나른함은 싹 가셨다. 순간, 그날 아침 이불 속에서 변신했던 형사가 떠올랐다. 그리고 전날 그와 마주했던 장면도 떠올랐다.

"오케이!"

그녀는 어떻게든 집중하려고 애쓰며 똑같은 말을 반복했다.

"수다는 그만 떨고 본론으로 들어갑시다. 다들 이 세판스키라는 작자가 올해의 인물 중 한 명으로 선정될 거라고 보는 거지?"

"백 프로 확신합니다."

차드가 셔츠 앞자락에 손가락을 닦으면서 말했다.

"이 작자는 영광스러운 위치에 오를 겁니다. 대부분의 일간지가 그의 얘기로 도배되고, 모든 토크쇼는 그 작자를 모시겠다고 혈안이 될 테니까요. 아가미 달린 친구가 진행하는 프로그램도 예외는 아니겠죠. 온 나라의 가십 산업이 몇 주 동안 그 작자와 그의 책으로 먹고살 테니까, 두고 보세요."

차드가 말을 멈추고 뜬금없이 꼬맹이 수지를 쳐다봤다. 그러고는 감자칩 부스러기가 잔뜩 묻은 입으로 헤벌쭉 웃으며 추파를 던졌다.

수지는 평소처럼 얼굴을 붉혔다. 그 모습을 보고 호레이스가 킬킬거렸다. 외부 사람이 이 모습을 본다면, 이 허접한 팀이 몇 년째 인기 TV 쇼를 제작했다는 사실에 놀라움을 금치 못할 것이다. 물론 그들의 우스꽝스러운 행동 뒤에 숨겨진 엄청난 창의력을 안다면 더더욱 놀라워할 것이다. 미스틱은 동료들이 제멋대로 노는 분위기에 익숙했다. 하지만 그들의 떠들썩한 장난과 흥분에도 그녀는 냉정을 잃지 않았다. 그녀가 책상에 놓인 책을 한 권 집어 들었다.

뒤표지에 세판스키의 사진이 실려 있었다. 악명 높은 조지프 세판스키가 사진 속에서 환하게 웃고 있었다. 자연스럽게 보이려고 손을 많이 봤을 것이다. 피부는 너무 당겨서 찢어질 것처럼 팽팽했다. 미스틱은 그 사진을 계속 들여다봤다. 이 작자가 애초에 어떻게 의사가 됐는지 궁금했다. 또한 자기 겉모습에 이토록 집착하면서 어떻게 다른 사람의 몸속을 깊이 파고드는지도 궁금했다. 그녀는 여전히 반신반의했지만 현 상황을 무시할 수는 없었다.

'당분간은 이 작자가 가장 핫한 인물일 거야. 그런 화제의 인물로 변신하는 게 내가 할 일이지.'

"그러니까 그자가 나모르 쇼의 게스트로 나온단 말이지?"

"그렇다니까요."

차드가 단호하면서도 걱정스러운 목소리로 대답했다. 나모르가 라이벌 쇼의 사회자여서인지, 차드는 나모르 이야기만 나오면 목소리가 굳었다.

"어떻게 생각하세요?"

차드가 은근한 목소리로 미스틱을 압박했다. 미스틱은 세판스키의 얼굴에서 눈을 떼지 않은 채 고개를 끄덕였다.

"이 작자에겐 상당히 재미있는 면이 있어. 그 점을 한 번 파고들어 볼게."

마침내 그녀가 동의했다. 벌써 몸이 후끈 달아 올랐다. 변신할 새로운 캐릭터를 선정하면 늘 짜릿한 흥분이 밀려왔다.

*

미스틱은 차에 오른 후 가방을 옆좌석에 내려놨다.

'오늘도 이렇게 끝났구나. 휴우.'

기사가 차에 시동을 걸고 서쪽을 향해 차를 몰았다. 그녀는 자동차 엔진의 리듬을 타며 긴장을 풀었다. 그녀는 이 순간을 무척 좋아했다. 하루 중 가장 기분이 좋을 때가 두 번 있다. 하나는 지금처럼 일을 마치고 기사가 모는 차를 타고 집으로 돌아가는 순간이고, 다른 하나는 정반대로 일을 시작하는 아침이었다.

'난 이 일이 참 좋아. 나와 함께 쇼를 만드는 팀원들도 좋고. 말도 많고 탈도 많지만 그래도 우리 팀이 좋아. 손발이 척척 맞는 걸 보면 내가 잘 적응한 것 같아.'

퀸즈 너머로 해가 서서히 떨어지고 있었다. 석양에 아스팔트가 붉게 물든 것처럼 보였다. 간간이 그리스 레스토랑 간판이 눈에 띄었다. 5월인데도 여름이 성큼 다가온 듯했다. 반바지 차림의 남자들이 민소매 셔츠 차림의 여자들과 느릿느릿 걸어가는 모습이 보였다. 미스틱은 서늘한 에어컨 바람을 맞으며 걸어가는 사람들을 하나씩 살폈다. 그들의 모습으로 변신하고픈 충동이 마구 일었다.

그녀는 숨을 깊이 들이마시며 의자에 기댔다. 그녀가 초조해하는 걸 기사가 눈치 챘는지, 에어컨 온도를 낮춰 주길 바라냐고 물었다.

"아니, 괜찮아요."

그녀가 얼른 대답했다. 그러고는 잠시 머뭇거리다 결국 질문을 던졌다.

"물어보고 싶은 게 있어요. 들어봤는지 모르겠는데, 슈퍼히어로를 치료한 의사가 쓴 책인데……."

"물론 들어봤죠."

기사가 히스패닉계 억양으로 대답하며, 조금 당황한 듯 백미러로 그녀를 힐끔 쳐다봤다. 바보 같은 질문을 던져서 그가 쳐다본 건지 궁금했다.

"슈퍼히어로의 은밀한 성생활이죠?"

산티아고가 눈길을 거두며 책 제목을 말했다.

이 에콰도르 출신 기사가 혹시 그 책에 그녀의 이름이 언급됐을 거라고 생각한 것일까? 그래서 당황한 눈길로 그녀를 쳐다봤을지도 모른다. 미스틱은 살짝 웃으며 이야기를 접었다. 어쨌든 한 가지는 확실해졌다. 차드 말이 맞았다. 조지프 세판스키의 책을 모르는 사람은 없었다.

아주 흥미로운 인물이 나올지도 모른다. 그는 코믹한 소재가 많은 인물이다. 주름 제거 수술을 수차례 받은 늙은 의사가 성을 주제로 열변을 토한다? 흠, 나쁘지 않았다. 쇼의 시청률이 몇 주째 제자리 걸음이었다. 제작자들이 새로운 캐릭터를 내놓으라고 그녀를 압박했다. 그녀는 내일부터 세판스키에게 공을 들이기로 마음먹었다. 새로운 캐릭터로 변신해야겠다는 생각만으로도 몸이 떨려 왔다.

빨간 신호등에 차가 멈춰 섰다. 아스토리아 대로에 어둠이 깔렸다. 신호등 불빛이 어둠 속에서 보석처럼 빛났고 레스토랑 창문에서는 희미한 불빛이 새어 나왔다.

"저는 썩 마음에 들지 않습니다."

산티아고가 조심스럽게 입을 열었다.

"그 책만 해도 그래요. 정말 마음에 들지 않습니다. 그건 옳지 않다고 봅니다."

"아, 걱정 말아요. 당신이 그 책을 읽을 거라고 생각하진 않아요. 그냥 그 책에 대해 들어봤는지 궁금했을 뿐이에요."

"정말이에요. 그건 옳지 않다고 생각합니다."

기사가 거듭 강조하는 사이, 초록불로 바뀌었다. 차가 다시 출발했다. 그들은 이스트 강의 환한 강둑을 향해 질주했다.

"불쌍한 리드 리처즈 씨에 대한 얘기도 나온다고 들었습니다. 그분이 겪은 고초를 생각하면 그런 식으로 떠드는 게 옳지 않습니다."

그가 분개한 목소리로 성토했다.

"제가 리드 리처즈 씨를 알거든요. 그분을 여러 번 모셨어요."

"아, 그랬군요."

미스틱은 더 이상 대꾸하지 않고 고개를 뒤로 젖혔다. 온갖 생각이 꼬리를 물고 이어졌다. 리드 리처즈. 형사의 방문. 익명의 쪽지. 형사가 말한 바로는 리드 리처즈도 똑같은 쪽지를 받았고, 리드를 노린 것으로 추정되는 공격으로 아들을 잃었다. 젊은 여자와의 불행한 연애로 상심한데다가 아들의 죽음에 죄책감을 느낀 그는 결국 자살하고 말았다.

그동안 여러 가지 일이 벌어졌다. 그 모든 일이 불과 몇 주 사이에 자신이 사는 도시에서 일어났다. 미스틱은 아들의 장례식과 아버지의 장례식에 모두 참석했다.

차가 다리를 빠르게 건너갔다. 강에도 밤의 장막이 드리워졌다. 강물이 신비로운 금속판처럼 움직임 없이 어둠 속에서 은은하게 빛났다. 미스틱은 장례식에 대한 생각을 멈추려고 애썼다. 리처즈 부자에게 벌어진 일은 정말 끔찍했다. 세상엔 남아 있는 슈퍼히어로를 처단하겠다고 날뛰는 미친놈들이 분명히 있다. 그녀도 그 점엔 동의했다. 하지만 그게 나랑 무슨 상관이란 말인가?

당분간은 그런 생각을 하지 않기로 마음먹었다. 물론 이해되지 않는 점이 많았지만 그런 일에 신경 쓰고 싶진 않았다. 그 일이 아니어도 이해할 수 없는 일이 주변에 널려 있었다. 세판스키의 책이 뜻밖에 호응이 좋았고, 아가미 달린 끔찍한 사내가 이끄는 라이벌 쇼의 시청률이 계속 올라갔다. 다음 쇼를 위해 준비한 의상을 차드가 어떻게 소화할지도 크나큰 미스터리였다. 생각이 거기에 미치자 미스틱은 속으로 킥킥거렸다. 어떤 위험이 닥쳐왔다는 게 전혀 실감이 나지 않았다. 그녀의 삶에 더 이상 위험은 없었다. 그녀는 눈을 감고 기사의 부드러운 운전에 몸을 맡겼다.

*

다음 날 오전, 세판스키에 관한 대본을 작성하고 나서 그녀와 팀원들은 점심을 먹으러 구내식당으로 갔다. 스튜디오에 딸린 식당은 사람들로 붐볐다. 퀴즈쇼를 찍던 TV 스튜디오라 널찍하고 천장도 높았다. 넓은 홀에 흰색 테이블과 의자가 빼곡하게 들어 차 있었다. 감독이 일하던 부스는 배식대로 개조됐다. 배식대 반대편이 판유리로 되어 있어 스튜디오 앞뜰이 훤히 보였다. 편집자, 기술자, 작가, 감독, 의상 담당자, 엑스트라, 댄서, 유·무명의 사회자 등이 쟁반을 하나씩 들고 더 좋은 자리를 찾아 서성거렸다.

식당 중앙의 빈 테이블에 자리 잡은 미스틱과 팀원들은 다음에 할 공연에 대한 이야기를 나눴다. 호레이스가 출연자의 라인업을 재정비할 아이디어를 내놨고, 미스틱과 꼬마 수지는 그의 이야기에 귀를 기울였다. 반면에 차드는 커다란 피자 조각을 게걸스레 먹는 데만 집중하고 있었다. 그러다 고개를 들고는 살짝 트림을 하더니 갑자기 눈을 동그랗게 떴다.

"미스틱, 할 말이 있어요."

"말 안 해도 알아. 피자 한 조각 더 먹겠다고?"

그녀는 샐러드를 먹으면서 그의 말을 웃어넘겼다.

"예? 아니에요. 아니, 맞아요. 한 조각 더 먹긴 할 거예요. 하지만 그 말을 하려던 건 아니에요. 누가 당신을 찾아온 것 같아요."

차드가 구내식당 입구를 향해 고갯짓을 했다. 다들 차드가 가리킨 방향으로 시선을 돌렸다. 밝은 회색 정장 차림의 데니스 드 빌라 형사가 침착한 태도로 주변을 둘러보고 있었다. 그가 누구를 찾는진 말 안 해도 다들 알았다.

"저자가 왜 또?"

미스틱이 투덜댔다.

"무슨 말을 하려고. 난 저 작자랑 노닥거릴 시간 없어."

"아, 너무 그러지 마세요."

차드가 능글맞게 웃으며 말했다. 그러더니 빈정대는 태도로 덧붙였다.

"더 나쁠 수도 있잖아요. 저만하면 체격도 좋고 섹시하고만!"

"다들 움직이지 마. 우릴 못 볼 수도 있어."

"너무 늦었어요. 벌써 이쪽으로 오고 있어요."

"제기랄!"

"어머나! 저분 진짜 잘생겼어요."

수지가 끼어들었다.

"그래?"

미스틱이 수지를 째려보며 말했다.

"소중한 의견을 내 줘서 고맙구나."

"체격 좋고 섹시한 남자가 납셨네요. 난 가서 피자나 한 조각 더 가져와야겠다."

차드가 발딱 일어나며 쟁반을 들었다.

"움직이지 마! 아무도 움직이지 마!"

"흠, 난 사생활이 보장되는 자리에서 조용히 점심을 즐길 생각이야."

호레이스도 차드만큼 가학적인 미소를 지으며 자리에서 일어났다.

"다들 가만 안 둘 거야!"

미스틱이 소리쳤지만 두 배신자는 아랑곳하지 않고 자리를 떴다.

"수지!"

수지도 달아날 기미를 보이자 미스틱이 얼른 소리쳤다.

"그러기만 했단 봐!"

"하지만 전……."

"안녕하세요?"

드 빌라 형사의 목소리가 크게 울렸다.

"점심시간에 이렇게 불쑥 찾아오는 게 예의가 아닌 줄 압니다만……."

그가 두 여자에게 매력적인 미소를 날리며 말했다. 구내식당의 환한 조명 아래 서 있으니, 전에 봤을 때보다 더 커 보였다.

"지금은 별로 좋은 때가 아닌 것 같군요. 동료들과 업무에 대해 논의하던 중이었거든요."

미스틱이 그의 미소를 애써 외면하며 말했다. 미스틱과 업무를 논 **383**

의하던 수지는 얼굴이 벌게진 채 이 상황을 어떻게 감당해야 할지 몰라 절망하는 눈치였다.

"그렇습니까?"

드 빌라가 속삭였다.

"시간을 많이 빼앗진 않겠습니다. 당신의 동료가 양해해 주실 거라 믿습니다."

그는 공손한 태도로 말하며 꼬마 수지가 홀딱 넘어갈 만한 미소를 지었다. 수지는 미스틱의 성난 눈초리를 피하며 간질 발작이라도 일으킬 것처럼 몸을 떨면서 얼른 도망갔다.

"방해해서 진심으로 죄송합니다."

형사가 맞은편에 앉으며 말했다. 그러고는 이마를 살짝 찡그리며 덧붙였다.

"지난번에 만났을 때 얘기를 제대로 나누지 못한 것 같아서요. 제 행동이 불쾌했다면 다시 한 번 사과드립니다. 당신의 안전이 걱정돼서 찾아왔다는 점만 알아주세요."

미스틱은 못 믿겠다는 표정으로 그를 쳐다보다가 신경질적으로 포크를 들었다. 그냥 무시하고 식사나 계속 하자고 마음먹었다. 그러다 포크를 내려놓고는 그를 다시 쳐다봤다. 뭐 저렇게 뻔뻔한 인간이 다 있나 싶었다. 그녀는 경찰을 잘 알았다. 불쾌한 행동뿐 아니라 괴롭히는 짓거리도 미안하게 생각하는 경찰은 한 명도 없었다.

"제가 제기했던 문제를 진지하게 생각하지 않는 것 같군요."

드 빌라는 그녀의 대답을 기다렸다. 하지만 아무런 반응도 없자 뜬금없이 화제를 돌렸다.

"아니, 점심으로 그것밖에 안 드세요? 멋진 몸매가 그냥 나오는 건 아니군요."

미스틱은 샐러드 접시를 내려다봤다.

"초능력을 최대한 활용하려면 식단 조절을 잘해야 합니다. 난 섬유소와 비타민을 많이 먹어요. 단백질 보충제도 챙겨 먹고. 혹시 궁금해할까 봐 하는 말인데, 콜라겐 캡슐도 챙겨 먹습니다. 그걸 알고 싶어서 찾아온 겁니까?"

"이런 또 실수했군요."

드 빌라가 고개를 흔들더니 진짜 미안한 표정을 지었다.

"불쾌하게 해드렸다면 진심으로 죄송합니다. 너그럽게 용서해 주셨으면 합니다."

미스틱은 당황했다. 앞에 앉은 남자를 어떻게 생각해야 할지 종잡을 수가 없었다. 팔을 테이블에 올려놓은 모습이 자신감이 넘쳐 보이기도 하고 약간 수줍어 보이기도 했다. 그의 눈은 여전히 빨갰다. 환한 곳에서 보니, 눈의 실핏줄이 대리석판의 줄무늬 같았다. 그것만 아니라면 괜찮은 얼굴이라고 그녀도 인정했다. 그는 짙은 머리를 짧게 잘라 뒤로 넘겼다. 작은 귀는 꽃봉오리처럼 섬세한 반면에 깔끔하게 면도한 턱과 목은 단단해 보였다. 연하늘색 셔츠의 단추를 몇 개 풀어놔서 구릿빛 빗장뼈가 섹시하게 드러났다. 셔츠 사이로 가슴털이 살짝 보였다. 미스틱은 이 사복 형사가 지나치게 친밀하게 군다고 생각했다. 그의 끈적끈적한 행동 뒤에는 뭔가 흥미로운 점이 있을 것 같았다.

그녀는 포크로 신선한 야채를 찍어서 입에 넣었다. 야채의 풍미가 입안 가득 퍼졌다. 어제 아침에 저 남자를 떠올렸었다. 아니, 정확히 말하면 저 남자로 변신했었다. 이불을 뒤집어쓰고서 온몸을 비틀었었다. 그녀는 계속 접시를 쳐다봤다. 그가 아침에 일어나서 정말 그렇게 하는지 궁금했다. 그가 새벽녘에 베개에 얼굴을 파묻고는 자기

몸을 더듬으며 신음하는지 궁금했다. 그의 손을 살짝 쳐다봤다. 결혼
반지 같은 건 없었다. 혼자 산다면 그럴 수도 있겠지 싶었다.

"다크홈……"

형사가 입을 열었다.

"당신의 진짜 이름이죠, 그렇죠? 레이븐 다크홈."

미스틱은 욱 하는 감정을 억눌렀다. 온갖 선정적인 생각이 가시면
서 짜증이 확 밀려왔다.

'제기랄. 이 남자는 남의 신경을 건드리는 데 재주가 있어.'

"아무도 나를 그렇게 부르지 않아요."

그녀가 화가 나서 낮게 말했다.

"마지막으로 그 이름이 불렸을 때에는 감옥에 있었죠."

"아무래도 오늘은 실수 연발이네요."

그가 당황하며 말했다.

그는 어떻게든 웃어넘기려 했다. 그의 웃음에는 우울한 기운이 서
려 있었다. 홍채 주변의 빨간 모세혈관이 가지를 더 뻗쳤다. 테이블
에 내려놓은, 반지를 끼지 않은 손이 억세 보였다.

"지난 며칠 사이에 다른 쪽지를 받진 않았습니까?"

그가 물었다.

"아뇨. 쪽지 같은 건 없었어요."

미스틱이 식사를 계속하면서 대답했다. 그에게 점심을 먹었는지
물어볼까 하는 생각이 잠깐 스쳤지만 그에게 예의를 차릴 이유가 없
겠다 싶어 곧 접었다.

"더 이상 쪽지가 오지 않아도 놀랍지 않아요. 지난번에 그 쪽지를
살펴봤잖아요. 누가 보냈든, 이젠 그런 장난에 물렸나 보죠."

데니스 드 빌라는 그녀의 말을 주의 깊게 들었다.

"당신 말이 맞기를 바랍니다."

그가 말했다.

"하지만 혹시라도 쪽지를 또다시 받거나, 의심스러운 정황이 포착되거나, 주변에 누가 이상하게 행동하거나, 이 '장난'의 배후일 거라고 짐작되는 게 있다면……."

그는 목을 한 번 가다듬고는 다시 말을 이었다.

"제게 바로 전화하겠다고 약속해 주셨으면 합니다. 낮이든 밤이든 아무 때나."

미스틱이 입술을 깨물었다. 순간적으로 숨이 막힐 뻔했다. 형사의 등 뒤에서 호레이스와 차드가 촌극을 펼치고 있었기 때문이다. 호레이스가 형사의 결막염을 나타내려는 듯 눈꺼풀과 눈 밑에 케첩을 바르고는 그녀를 향해 활짝 웃고 있었다. 차드는 그녀의 행동을 따라하며 상추 잎사귀를 찍어 들고 거만하게 눈을 깜빡였다.

그야말로 우스꽝스러운 모습이었다. 미스틱은 침을 꿀꺽 삼켰다. 냅킨으로 입을 가리고는 웃지 않으려고 애를 썼다. 배 속에서 쿨럭거리며 솟구치는 웃음을 누르려고 물을 마셨다. 하지만 더 이상 웃음을 참을 수가 없었다. 형사가 당장 떠나 주기를 간절히 바랐다.

"궁금한 게 있습니다."

등 뒤에서 펼쳐지는 쇼를 의식하지 못한 채 그가 눈치를 살피며 말했다. 그는 애완동물의 등을 매만지듯이 테이블 상단을 만지더니 결심한 듯 질문을 던졌다.

"흠, 그냥 쓸데없는 호기심인데요. 당신이 다른 사람으로 어떻게 변신하는지 궁금합니다. 그러니까 누구로든 변신할 수 있는 건가요? 한 번도 만나 보지 못한 사람으로도?"

호레이스와 차드가 더 미친 듯이 연기를 펼쳤다. 호레이스는 눈꺼풀에 케첩을 더 발랐고, 차드는 호레이스를 쫓아내려는 듯이 상추 잎사귀를 그에게 던졌다. 미스틱은 입술을 깨물며 살짝 웃었다. 자제력을 어느 정도 회복한 그녀는 두 사람에게 눈길을 주지 않으려고 애를 썼다. 그의 질문에 대답할 마음은 없었지만 아무래도 이야기를 하는 것이 냉정을 유지하는 데 도움이 될 것 같았다.

"때로는 사진만 있어도 돼요. 몸이 조금이라도 보이면 더 좋고요. 블라디미르 푸틴 같은 경우가 그래요. 그 러시아 대통령은 상반신을 노출하고 싶어 안달하죠. 그가 가슴을 드러낸 사진 한 장만 있으면 돼요. 그 사람의 피부를 쳐다보고 몸의 특정 부위에 집중해요. 그러면 나머지는 저절로 나타나요. 행동 방식도 알 수 있어요. 몸의 한 부분만으로도 그 사람의 모든 걸 파악할 수 있어요."

그녀는 물을 한 모금 더 마시고는 말을 맺었다.

"때로는 대상을 직접 대면해야 해요. 적어도 쳐다보기는 해야 하죠. 정말 어려운 경우엔 악수를 하기도 하고요."

"정말 흥미롭군요."

형사가 계속 테이블을 어루만지며 말했다. 그의 미소는 어린 소년의 미소를 연상시켰다. 어떤 이유에서인지 너무 일찍 커 버린 진지한 소년 같았다.

"바보 같은 질문이라고 생각하지 말아 주세요. 예전부터 그런 데 흥미가 있었거든요. 초능력이 어떻게 작동하는지 늘 궁금했어요."

형사의 진지한 태도를 보자 그녀는 또다시 웃음이 몰려왔다. 배 속에서 웃음이 부글부글 끓어올라 참는 게 고통스러울 지경이었다. 이젠 오히려 미안한 마음이 들었다.

"그렇군요."

그녀는 평정심을 유지하려고 애썼다.

"그런 일에 왜 그렇게 호기심이 많은 거죠?"

그가 어깨를 으쓱했다. 선뜻 대답하기 어려운 질문인 듯했다.

"어렸을 때……."

그는 슈퍼히어로에 관한 신문기사를 모으던 형과 자신의 어린 시절 이야기를 들려줬다. 이때부터 미스틱은 그의 이야기를 더 이상 듣고 있지 않았다. 형사 뒤에서 그녀를 웃기려는 두 광대와 너무나 진지한 형사가 너무 대조적으로 보였다. 그녀는 형사의 매력적인 미소와 가끔씩 엿보이는 수줍은 태도, 어제 아침에 있었던 일에 빠져들었다. 그는 짐작도 못하겠지만 그녀는 어제 아침에 그로 변신해서 그의 몸을 더듬었었다. 그녀는 소리 내어 웃고 싶었다. 앞에 앉은 사내는 정말 섹시했다. 그 점은 부인할 수 없었다. 하지만 당장은 그가 빨리 떠났으면 했다.

구내식당에 빈자리가 늘어났지만 그녀는 샐러드를 반도 먹지 못한 채였다. 데니스 드 빌라가 마침내 일어섰다. 호레이스와 차드는 그에게 들키지 않으려고 얼른 몸을 돌렸다. 그가 떠나고 나자 두 사람이 미스틱을 쳐다봤다. 세 사람은 참았던 웃음보를 빵 터뜨렸다. 너무 참다 터진 웃음이라 쓰러질 지경이었다.

*

그녀는 남을 괴롭힐 생각이 없었다. 죄 없는 사람들에게 고통을 줄 생각은 더더욱 없었다. 그래서 생명을 빼앗는 활동에 한 번도 가담하지 않았다. 다만 체제를 바꾸려고 애썼다. 그랬다. 모든 걸 바꾸고 싶었다. 당시에는 많은 사람들이 그렇게 하려고 했다. 그녀는 남들보다 더 간절히 그걸 원했다. 바보같이 그렇게 할 수 있다고 믿었다. 그러다 보니 돌연변이 미스틱은 급진적 여성 운동가로, 체제를 전복하려 한다는 의혹을 받았다. 결국 70년대와 80년대 초에 돌연변이 집단의 불법 활동에 공모했다는 죄목으로 기소당했다.

그들은 그녀가 무장 강도 사건에 가담했다고 누명을 씌웠다. 그녀가 그러한 사건에 개입했다는 증거는 하나도 없었지만 그들은 그녀가 겉모습을 바꾸고 참여했다고 주장했다. 그녀로서는 항변할 방법이 없었다.

체포된 뒤에 스무 시간 넘게 심문을 받았다. 그때의 기억은 떠올리고 싶지도 않았다. 형사들은 그녀를 딱딱한 의자에 꽁꽁 묶어 놓고, 경멸하는 투로 질문을 던졌다. 그들은 정치적 이유로 그녀에게 죄를 뒤집어 씌웠다. 그 점은 명백했다. 재판이 열리는 동안 많은 지식인과 일부 슈퍼히어로들이 그녀의 무죄를 호소하며 사법당국을 공개적으로 비난했다. 작가이자 비평가인 수잔 손택은 호소문까지 썼다. 그녀를 석방하라는 탄원서가 쇄도했지만 소용없었다.

그 뒤로 몇 년에 걸쳐서 재판이 이어졌다. 정치적 논란과 항의 집회가 연일 열렸고, 사회해방이라는 모호한 주장이 판을 쳤다. 그녀와 사브리나가 참여했던 돌연변이 거짓혁명가 집단에 대한 조사가 집요하게 이뤄졌다. 사브리나는 그녀와 함께 활동했던 옛 동료였다. 미스틱은 당시 함께 활동하던 동료들이 어떻게 됐는지 거의 알지 못한다. 아직도 감옥에서 썩고 있거나 어디 먼 나라로 도망갔거나 아니면 죽었을 거라고 짐작만 할 뿐이다. 그녀는 강도 사건이나 방화 공격에 가담하지 않았지만 간간이 이야기를 들어 알고 있었다. 당시는 세상이 둘로 갈라져 있었다. 하나는 누구나 좋아하던 슈퍼히어로의 세계였고, 다른 하나는 슈퍼 악당 또는 슈퍼 불순분자라 불리는 자들의 세계였다. 하지만 다 흘러간 이야기일 뿐이다. 기억하는 사람도 거의 없는 구시대 이데올로기에 불과했다.

그렇지만 과거는 완전히 지워지거나 사라지지 않는다. 그것은 거대하고 유독한 해파리처럼 그녀의 등 뒤에서 끊임없이 맴돌며, 그녀가 지금까지 이뤄 놓은 '쇼의 여왕, 쇼의 노예'라는 타이틀에 불길한 그림자를 드리웠다.

그녀는 렉싱턴 교도소의 엄중한 경비구역에서 십육 년을 보냈다. 그 기간이 너무 길다고 생각하는 사람도 있었고, 충분치 않다고 생각하는 사람도 있었다. 그녀도 자신이 대가를 다 치렀는지 알지 못했다. 실은 그런 대가를 치른 이유가 무엇인지도 몰랐다. 그녀의 환상 때문인지, 그녀가 저지른 일 때문인지, 아니면 그녀가 저지르지도 않은 일 때문인지 도무지 알 수 없었다.

확실히 아는 게 있다면, 그것은 과거가 삶의 한쪽에 여전히 존재한다는 것이었다. 그녀의 삶은 감옥이라는 깊은 구렁에 의해 둘로 나뉘었다. 누군가가 자신을 상대로 음모를 꾸민다니 그저 웃음만 나왔다. 삶이 두 갈래로 나뉜 여자를 상대로 무슨 음모를 꾸민단 말인가? 과연 어느 쪽을 상대로 꾸미는 것일까? 과거 여자를 상대로, 아니면 지금 여자를 상대로? 도대체 무슨 빌미로 음모를 꾸미는 것일까? 과거의 높은 이상 때문에, 아니면 현재의 무분별함 때문에?

당분간 그녀는 자신에게 이런 질문을 끊임없이 던질 것이다. 누가 무슨 이유로 그녀에게 사형선고를 내리려 하는지 자문할 것이다. 용서할 수 없는 잘못을, 여전히 살아 숨 쉬는 잘못을 저질렀다고 비난하는 이유를 따져 볼 것이다. 과거는 죽었는데 그녀는 여전히 살아있다. 이것이 정녕 그녀가 마땅히 죽어야 하는 잘못일까?

*

반스 앤드 노블스 서점에서 출판 기념회가 열렸다. 이른 시간부터 서점 정문에는 수백 명의 사람들이 책을 들고 줄을 길게 늘어섰다. 차드도 뙤약볕에서 두어 시간이나 기다렸다. 육중한 몸에서 땀이 줄줄 흘렀다. 문 안으로 들어서자 에어컨 바람 덕에 조금 시원했다.

세판스키가 안에 있었다. 그가 앉은 테이블 양옆으로 보안 요원들이 지키고 서서는 지나치게 열성적인 독자들을 제지했다. 의사는 손목을 현란하게 움직이며 서명했다. 가끔 고개를 들어 입이 찢어져라 웃기도 했다. 그의 얼굴은 물광 주사라도 맞은 듯 광채가 났다. 차드는 육중한 몸 때문에 다리가 후들거렸지만 끝까지 참고 기다렸다. 마침내 그의 차례가 됐다. 늙은 의사에게 책을 건네며 얼굴을 똑바로 쳐다봤다. 읽어내기 어려운 얼굴이었다. 성형수술로 피부가 너무 팽팽해졌기 때문에 추상적인 조각품처럼 포착하기가 어려웠다.

의사가 난데없이 눈을 들더니, 그녀와 똑같이 마음속을 꿰뚫어 보는 듯한 시선으로 그를 마주 봤다. 둘 사이에 전율이 흘렀다. 이런, 제기랄. 의사가 눈치챈 걸까? 어쨌든 그는 초능력을 지닌 사람들을 오랫동안 봐온 사람이다. 그러니 그런 사람을 만나면 직감적으로 알아차릴지도 모른다.

"재미있게 읽으셨습니까?"

세판스키가 서명한 책을 건네며 물었다.

차드로 분한 미스틱이 책을 받다가 의사의 따뜻한, 조금 끈적거리는 손끝을 스쳤다.

"물론입니다."

그녀는 거짓말을 했다.

"손에서 뗄 수 없더군요."

세판스키는 그녀에게 억지웃음조차 지어 보이지 않았다. 무표정한 얼굴로 가만히 앉아 있었다. 어쩌면 내내 웃는 척하느라 힘들었는지 모른다. 아니면 자기가 누구랑 얘기했는지 짐작했는지도 모른다.

미스틱-차드가 뒤뚱거리며 카펫 깔린 바닥을 지나 거리로 나왔다. 그녀는 오후의 뙤약볕 아래서 한숨을 내쉬었다. 신분을 숨기려고 차드로 위장해서 돌아다니는 일을 이제는 그만둬야 할 것 같았다. 더운 여름에 육중한 몸으로 돌아다니는 일은 할 짓이 아니었다. 그녀는 공기가 조금이라도 들어가도록 셔츠 가슴팍을 붙잡고는 펄럭거렸다. 그 빌어먹을 의사에게 다가가느라 두 시간이나 줄을 서서 기다렸는데 일 분도 채 만나지 못했다. 책을 쓰레기통에 던져 버리고 싶은 충동이 일었다. 하지만 차드에게, 그러니까 '진짜' 차드에게 돌려주기로 약속한 걸 기억해 내고는 억지로 참았다.

'그나마 다행이라고 생각해야지. 그 의사를 가까이서 보긴 했잖아.'

서점 앞의 줄이 점점 더 늘어났다. 다들 이 화제의 베스트셀러를 손에 들고서 엑스트라처럼 참을성 있게 기다렸다. 미스틱-차드는 헉헉거리며 행인 사이에 섞여 들었다.

마침 길 건너에 스노콘 아이스크림 가판대가 보였다. 그녀는 반가운 얼굴로 거리를 가로질러 갔다. 중간 사이즈를 주문하려다 마음을 바꿔 큰 사이즈를 주문했다. 차드의 몸뚱이로 돌아다니려면 차드의 기초대사량에 맞춰 주문하는 편이 나았다.

스노콘의 얼음이 갈증을 풀어 주긴 했지만 속에서 끓어오르는 짜증까지 삭히진 못했다. 그녀는 줄지어 늘어서 있는 사람들에 대한 생각을 멈출 수가 없었다. 서점마다 이 악랄한 베스트셀러를 사려는 독자들로 난리가 났을 것이다. 사람들은 터무니없고 소름끼치는 온갖 억측과 소문에 왜 그리 관심이 많은 걸까? 배트맨의 변태적 행동, 캡틴 아메리카의 여성 편력, 원더우먼의 유방 확대 수술, 울버린의 에

393

로틱한 모험, 나모르의 믿기 어려운 재주, 벤 그림의 시멘트 음경, 리드 리처즈의 음경 크기 등 사람들의 병적인 호기심을 채워 주는 온갖 에피소드가 세판스키의 입을 통해 적나라하게 까발려졌다.

사실, 리드 리처즈에 관한 충격적인 내용은 책이 출간되기 직전에 급하게 추가됐다고 한다. 그 결과, 잡지와 라디오, TV 토크쇼에서 리드의 사생활을 주제로 토론이 벌어졌다. 성과학과 남성 심리 분야에서 자칭 전문가들이 나와 '미스터 판타스틱 신드롬'이라는 문제에 대해 떠벌렸다. 슈퍼히어로든 아니든 간에 자신의 음경 크기를 사실대로 알아내는 것이 불가능하다는 하나마나한 소리를 떠들었다. 리드 리처즈는 생전에 사생활 노출을 꺼리는 냉철한 사람이었다. 하지만 그의 은밀한 삶을 까발리며 토론하는 것을 비판하는 사람은 아무도 없었다.

미스틱-차드는 겨드랑이에 끼고 있는 책 때문에 더 땀이 났다. 도로에서 뜨거운 열기가 올라왔다. 경찰차 한 대가 사이렌을 울리며 골목으로 휙 지나갔다. 그러자 괜히 마음이 불안해졌다. 스노콘을 후루룩 마시다 말고 컵을 이마에 갖다 댔다. 푹푹 찌는 열기가 콧속으로 밀려들었다. 그녀만큼이나 지친 사람들이 칙칙한 땀 냄새나 갓 샤워한 비누 냄새를 풍기며 스쳐 지나갔다.

'참, 잘하는 짓이다. 숨 막히게 더운 뉴욕 시내를 백이십 킬로그램의 육중한 몸으로 돌아다니다니!'

그녀는 빈 플라스틱 컵을 쓰레기통에 던져 넣었다. 책도 던져 버리고 싶은 마음이 굴뚝같았다.

'예전에는 사람들이 어떤 일을 군이 알아야겠다고 덤비지 않았어.'

그녀는 땀을 뻘뻘 흘리며 걸어가면서 골똘히 생각했다.

'슈퍼히어로의 성생활에 대해 시시콜콜 떠벌리지도 않았어. 슈퍼히어로에 관해 굳이 알아야 할 게 없었던 것 같아. 그냥 그들이 그림자 속에서, 거의 신화적인 영역에서 활동하도록 내버려 뒀어. 슈퍼히어로들은 각자 맡은 역할을 수행했어. 세계를 지키려 한 자도 있었고, 나처럼 세계를 위협한다고 비난받는 자도 있었어.'

그녀는 얼른 집에 가고 싶었다. 안락하고 서늘한 침실이 그리웠다. 걸음을 재촉하면서 계속 생각에 잠겼다. 겨드랑이에 끼고 있는 책을 생각하고, 그 책에 자신에 대한 내용이 왜 없는지 궁금해할 사람들을 생각했다. 미스틱에 대한 내용은 단 한 줄도 없었다.

'답은 간단해. 상상할 수 없을 만큼 간단하지. 내 성생활에 대해 떠벌릴 게 별로 없으니까. 사실대로 말하자면, 단 하나도 없지.'

*

반스 앤드 노블스 서점에 들르고 스노콘 아이스크림을 사먹고 뙤약볕에서 몇 블록을 걷다가 택시를 탔다. 마침내 모닝사이드 하이츠에 있는 그녀의 아파트에 이르렀다. 그녀는 주변을 살피고는 살며시 집 안으로 들어갔다.

세판스키의 책을 거실 탁자에 내려놨다. 탁자 한쪽에는 우편물이 놓여 있었다. 아침마다 와서 집안일을 하는 청소부가 올려놓았나 보다. 그녀는 욕실로 걸어가서 옷을 벗었다. 악명 높은 그 의사를 가까이서 봤으니 다행이라 여기면서도 계속 심란했다. 꼬집어 말할 수는 없지만 왠지 기분이 좋지 않았다. 불안감이 스멀스멀 피어올랐다. 그런 감정이 수족관의 물고기처럼 그녀의, 아니 차드의 커다란 몸속을 휘젓는 듯했다.

이제 그녀 자신으로 돌아올 시간이었다. 차드의 육중한 몸을 버리고 그녀의 자그마한 체구를 되찾을 시간이었다. 큼직한 옷을 곱게 개어 옷장에 올려 놓았다. 이 옷장에는 그녀가 특별한 체형으로 변신할 때 사용하는 옷이 들어 있었다. 다양한 스타일과 사이즈의 남성복과 여성복이 갖춰져 있었고, 신발, 벨트, 야구모자도 종류별로 있었다. 특히 대형 사이즈의 남성복이 많았는데, 커다란 셔츠, 현란한 색상의 티셔츠가 옷걸이에 차례로 걸려 있었다. 미스틱-차드는 방금 벗어서 개어 놓은 옷의 냄새를 맡다가 빨랫감 바구니로 던져 버렸다.

물을 마시러 부엌으로 향했다. 물을 한 잔 마시고 욕실로 돌아와 자신의 몸을 되찾을 것이다. 그리고 기분 좋게 샤워를 할 것이다. 햇살이 얇은 커튼을 뚫고 들어와 거실을 지나는 벌거벗은 뚱뚱한 남자의 그림자를 길게 만들었다. 그것은 그녀의 그림자요, 그의 그림자요, 미스틱-차드의 그림자이다.

거실의 테이블 옆을 지나는데 우편물이 눈에 띄었다. 그녀는 우편물 뭉치를 집어 들고 하나씩 넘기면서 부엌으로 걸어갔다. 입출금 내역서, 각종 서류, 에이전트에서 보낸 서신, 첼시의 어느 갤러리에서 보낸 전시회 초대장, 그리고……. 밖에는 햇살이 점점 더 강해져 커튼을 뜨겁게 달구는 듯했다.

그녀는 열기가 후끈한 부엌에서 우뚝 멈춰 섰다. 발신인 주소가 없는 봉투를 보자 불안과 분노로 호흡이 가빠졌다. 뜯어 보지 않아도 안에 뭐가 들었을지 훤했다. 별 특징 없는 하얀 종이가 나올 것이다. 그리고 똑같은 메시지가 적혀 있을 것이다.

잘 가요, 미스틱

*

체포는 새벽에 갑자기 이뤄졌다. 폭동 진압복으로 무장한 경찰 특공대가 불시에 들이닥쳤고, 머리 위에서는 헬리콥터들이 으르렁거렸다. 대대적인 체포 작전이 이뤄졌다. 그들은 순식간에 그녀에게 수갑을 채우고는 호송차에 밀어 넣었다. 그녀의 기억은 여기서 잠깐 끊겼다. 다음 장면은 창문도 없는 오싹한 취조실. 그녀가 덮을 걸 달라고 하자 형사들 사이에서 조롱하는 웃음소리가 터져 나왔다. 딱딱하고 차가운 의자 때문에 등이 배겼다. 그녀도 똑같이 조롱하는 미소로 응수했다. 그녀의 미소는 영웅적이고 우월한 자의 미소였고 순교자의 미소였다. 그들이 그녀를 체포할 수는 있으나 굴복시킬 수는 없다고 확신하는 자의 미소였다.

이것이 체포 당시의 기억이다. 장면이 다시 휙 넘어갔다. 아마도 그녀가 잠시 의식을 잃었던 것 같다. 오싹한 기운에 눈을 떠 보니 다른 형사는 모두 사라지고 딱 한 사람만 남아 있었다. 남자는 탁자 끝에 앉아 있었다. 묘하게 위협적인 느낌을 풍기는 사람이었다. 미스틱은 앞으로 어떤 일이 펼쳐질지 알았다. 장시간에 걸친 심문과 구금, 굴욕적인 신체검사가 이어질 것이다.

그녀는 남자가 탁자에서 일어날 때 그의 손을 알아봤다. 결혼반지가 없는 그의 손과 연회색 양복, 핏발이 선 눈까지 모두 알아봤다. 그녀의 입에서 신음 소리가 절로 나왔다. 저 남자가 이 일과 무슨 상관이 있는 거지? 드 빌라 형사는 취조실에 온 적이 없었다. 당시 그는 어린 소년이었다. 그렇다면 이 장면은 더 이상 기억이 아니다.

'꿈이구나. 꿈으로 바뀐 게 틀림없어.'

그런데도 마음이 놓이지 않았다. 안도감은커녕 불안감만 가중됐다.

데니스 드 빌라가 그녀를 향해 걸어왔다.

미스틱은 팔목이 자유로워진 걸 알았다. 본능적으로 그가 있는 곳으로 손을 뻗었다. 그에게 가까이 다가오지 말라고 손짓하려는 것일까? 아니면 그를 만지려는 것일까? 그의 몸에 그녀의 손이 닿았다. 무척 따뜻했다. 그가 더 가까이 다가왔다. 그는 아무 말도 하지 않고 아무런 몸짓도 하지 않았다. 그냥 가까이 다가왔다. 두 사람은 똑같이 한숨을 내쉬었다. 두 사람의 숨소리가 취조실을 가득 채웠다.

그녀가 눈을 떴다. 서늘한 바람이 창문을 통해 들어왔다. 잠에서 깬 그녀는 침대에 누워 한쪽 팔로 기지개를 켰다. 얼굴이 땀으로 축축했다. 흥분한 건지 언짢은 건지 종잡을 수 없었다. 이불 속에서 몸을 뒤틀었다. 눈을 감고서 다시 그 격정에 찬 꿈속으로 빠져들고 싶은 충동이 일었다. 이제 드 빌라 형사는 꿈속에까지 나타나 그녀를 흔들고 있었다.

이틀 전처럼 이번에도 그로 변신할 수 있었다. 그로 변신해서 몸을 어루만지며 혼자서 누리는 오르가슴으로 하루를 시작할 수도 있었다. 맘만 먹으면 얼마든지 할 수 있었지만 부드러운 껍질 같은 침대에서 빠져나와 조깅을 하기로 결심했다. 그녀는 방금 꿨던 꿈 때문에 죄책감을 느꼈다. 그녀 자신에게도 미안했고 그 남자에게도 미안했다. 조깅할 때 입는 옷으로 갈아입었지만 기운도 없고 호흡도 고르지 않았다. 그리고 또다시 후덥지근한 하루를 예고하는 여명이 떠오르고 있었다.

*

미스틱은 종일 분장실에 틀어 박혀 세판스키를 분석하고 연습했다. 스튜디오는 쥐 죽은 듯 고요했다. 제작되는 프로그램도 없고 리허설도 없는 날이다. 그래서 그런지 스튜디오 전체에 사람 그림자 하나 비치지 않았다.

그녀 혼자만 쓰는 분장실이라 옷을 훌훌 벗었다. 호흡 훈련을 한 뒤 의사의 이미지를 떠올렸다. 세판스키의 매끄러운 얼굴과 플라스틱 인형 같은 광대뼈, 서점에서 서명할 때 보였던 팔목의 과장된 움직임을 떠올렸다. 미스틱은 이 노쇠한 의사의 형체가 쉽지 않음을 직감했다. 아마 지금까지 변신했던 캐릭터 중 가장 힘든 인물이 될 듯했다.

살아오면서 그녀는 수백 명의 사람으로 변신했었다. 남자로도 변신하고 여자로도 변신했다. TV 프로그램을 맡은 뒤로는 어려운 인물만 골라서 변신했다. 블라디미르 푸틴, 오프라 윈프리 등이 현재의 라인업이다. 그전에도 마이크 타이슨, 달라이 라마, 지미 카터, 오노 요코, 도널드 트럼프 등 다양한 캐릭터로 변신했다. 목둘레가 깊이 팬 옷을 입고서 젖가슴을 훤히 노출하는 등 찬란한 칠십 대를 보내는 소피아 로렌으로 변신한 적도 있다. 앨 고어로 변신해 뚱뚱한 전직 야구선수처럼 성큼성큼 걸어 나오면 관객들은 늘 웃음을 터뜨렸다. 남자와 여자, 젊은이와 늙은이를 가리지 않고 끊임없이 변신했다. 그런 다음에는 늘 차분한 호흡 훈련으로 변신에 따른 피로를 이겨냈다. 지금까지 쇼의 여왕이자 쇼의 노예 역할을 성공적으로 수행해 왔다. 이제 조지프 세판스키로 변신할 차례이다. 그런데 난생 처음으로 난관에 봉착했다.

두어 차례 시도했지만 허사였다. 퉁퉁 부어서 알아보기 힘든 얼굴의 노인으로 변신했을 뿐, 부자연스럽게 팽팽한 세판스키의 얼굴은 나타나지 않았다. 세 번째 시도에서는 몸이 타들어가는 것 같아 중도에 포기했다. 그녀는 소파에 털썩 주저앉았다. 당혹스러웠다.

'부자연스러운 얼굴. 경직되고 무표정하고 혐오스러우면서도 완

벽한 피부. 그 모든 걸 담고 있는 얼굴을 어떻게 똑같이 재현해 낼 수 있단 말인가?'

그녀가 기운을 차리고 다시 시도하려는데 노크 소리가 들렸다. 데니스 드 빌라 형사라는 예감이 들었다. 갑자기 불안감이 엄습했다. 없는 척할까, 아니면 수지나 청소부 등 다른 사람으로 변신할까? 또다시 노크 소리가 들렸다. 그녀는 체념하고 목욕 가운을 걸쳤다. 허리띠를 단단히 묶고는 문을 열었다.

"여기 있었군요!"

차드가 소리쳤다.

"엄청 찾아다녔어요. 위층 사무실도 가보고 스튜디오도 전부 뒤지고…… 당신에게 보여 줄 게 있어요."

그는 분장실로 성큼성큼 들어와서는 한가운데에 자리를 잡고는 발레리나처럼 한쪽 발로 서서 한 바퀴 휙 돌며 물었다.

"어때요?"

미스틱은 안도의 한숨을 내쉬며 문을 닫았다. 차드는 반짝이는 초록색 연미복을 입고 의상 피팅을 하는 중이었다. 늘 그렇듯이 의상이 체구보다 두 사이즈는 작아 보였다. 허벅지가 너무 꽉 껴서 언제 터질지 불안했다. 그런데 아무것도 신고 있지 않았다. 통통한 분홍빛 맨발이 고스란히 드러났다.

"헤이, 의상을 보여 주러 온 겁니다. 왜 엉뚱하게 발만 쳐다보세요?"

차드가 우는소리를 했다.

미스틱이 고개를 들었다.

"흠, 글쎄. 거대한 키위맛 사탕 같은걸."

그녀는 소파로 돌아가 털썩 주저앉았다.

"좀 덜 끼는 의상으로 준비하라고 하지 않았어?"

"했죠."

그가 거울에 비춰 보며 말했다.

"의상 담당자가 날 미워하나 봐요. 그래도 전체적으로 봤을 때 이번 의상은 나쁘지 않아요, 그렇죠? 살 빠진 게 드러나는 것 같죠?"

그는 당찮은 자신감으로 연신 거울에 자기 모습을 비춰 봤다.

"당신은 잘돼 가요?"

"최악이야."

미스틱이 대답했다. 그녀는 이마에 흘러내린 머리칼을 넘기며 억지로 웃었다.

"세판스키로 변신하는 게 쉽지 않아."

"힘내세요! 당신은 살아 있는 어떤 인간으로도 변신할 수 있잖아요."

"바로 그게 문제야. 어떤 인간으로도 변신할 수 있는데, 수술대에 남겨진 비곗덩어리로는 곤란하거든."

그녀는 한껏 비꼬며 말했지만 불안한 마음을 완전히 숨기진 않았다.

"계획을 바꾸는 것도 고려해 봐야겠어. 아직은 다른 인물을 생각해 볼 여유가 있잖아."

차드의 눈이 휘둥그레졌다.

"지금 농담하는 거죠? 캐릭터를 포기하다니, 한 번도 그런 적 없었잖아요. 게다가 프로듀서들이 가만 있지 않을 거예요. 다들 이번 캐릭터에 기대를 걸고 있어요. 게리가 스폰서들한테 벌써 귀띔을 했거든요."

"게리!"

그녀는 얼굴을 찌푸리며 그 이름을 따라 불렀다.

"그건 그렇고,"

차드가 턱을 쓰다듬기 시작하더니 생각에 잠긴 듯 시무룩한 목소리로 말했다.

"시청자한테서 이메일을 받았는데, 내가 어제 반스 앤드 노블스 서점 앞에 줄서 있는 걸 봤다는 거예요. 세판스키의 책에 서명을 받겠다고 뙤약볕에 서 있었대요. 이상하지 않아요? 난 어제 오후 내내 스튜디오에 있었거든요."

"진짜 이상하네."

그녀가 애써 태연하게 말했다.

"미스틱, 나로 위장해서 돌아다니는 거 그만뒀으면 좋겠어요. 골백 번도 넘게 부탁했잖아요."

차드가 한숨을 쉬면서 말했다.

"불평하지 마. 다 쇼를 위해서 그런 거니까."

그녀가 사과하면서 다시 머리칼을 쓸어 넘겼다. 운동선수의 근육에 젖산이 생길 때처럼 그녀의 팔다리에 찌릿한 통증이 일었다. 잠시 후에 다시 세판스키로 변신하려고 노력해야 한다는 생각에, 흥분과 두려움이 동시에 일었다.

차드가 그녀의 마음 상태를 감지한 듯했다.

"오케이. 난 너그러운 영혼의 소유자니까 당신을 용서할게요. 게다가, 오늘은 왠지 우리 둘 다 최고 상태는 아닌 것 같네요. 당신은 썩 예쁜 모습이 아니에요, 알고 있죠? 목욕 가운을 걸친 푸르딩딩한 돌연변이가 머리를 산발하고서 소파에 널브러져 있는 꼴이라니!"

"맙소사, 숙녀에게 그런 식으로 찬사를 보내는 사람은 너밖에 없을 거야."

"헤이!"

차드가 밖으로 나가다 말고 그녀를 불렀다. 침울해하는 그녀를 위로할 겸 작별 인사로 뭔가 보여 줄 심산인 듯했다.

"이것 좀 보세요."

그는 맨발로 탭댄스를 추면서 둔하고 우스꽝스러운 소리를 자아냈다. 미스틱이 소리 내어 웃었다. 차드는 춤 동작을 마무리하고 허리를 숙여 인사했다. 그런 다음, 초록색 연미복의 매무새를 바로잡고는 의상 피팅을 하러 돌아갔다.

그녀는 다시 혼자가 됐다. 갑작스러운 고요 속에 그녀의 호흡 소리만 들렸다. 적막감마저 감돌았다. 다시 시작해야 했다. 그녀가 어떻게 하나 보려는지, 거울이 밝게 빛났다.

"자, 기운 내!"

그녀는 소파에서 일어나 목욕 가운을 벗으며 혼자 중얼거렸다.

*

하루 일과를 마치고 스튜디오를 나섰다. 평소처럼 차가 대기하고 있는 곳으로 걸어갔다. 드넓게 펼쳐진 하늘에는 시뻘건 태양빛에 물든 구름이 높이 떠 있었다. 저 멀리 라과르디아 공항에서 비행기 한 대가 불빛을 깜빡이며 어둑한 하늘로 솟아올랐다. 미스틱은 배가 단단히 조여 오는 듯했다. 비행기를 타본 지가 언제인지, 뉴욕을 떠난 지가 언제인지 기억이 가물가물했다.

'《뉴욕 타임스》의 여행 섹션을 들여다보는 것도 이젠 지겨워. 이번 시즌을 마치면 휴가를 떠나야겠어. 이번엔 정말로 떠날 거야.'

그녀는 차에 올라타고는 운전기사 산티아고에게 인사를 했다. 기사는 딴 생각에 잠겨 있는 듯했다. 백미러를 통해 이상한 눈으로 그녀를 쳐다보더니 고개를 흔들며 몽상에서 깨어났다. 웅얼거리며 사과하는가 싶더니 바로 차를 출발시켰다.

미스틱은 잠깐이라도 눈을 감고 쉬고 싶었다. 그녀도 자신의 몸 상태가 어떤지 잘 몰랐다. 졸린 건지, 혼란스러운 건지, 그도 아니면 그냥 불만스러운 건지 종잡을 수가 없었다. 세판스키로 변신하는 연습이 잘되지 않아 결국 내일 더 해보기로 마음먹었다. 차창 밖으로 시선을 돌렸다. 도로에 줄지어 늘어선 레스토랑마다 사람들로 붐비는 것을 보면서 주말이 시작됐다는 사실을 깨달았다. 내일은 스튜디오에 오지 않아도 된다.

'오늘이 금요일이구나.'

그녀는 레스토랑 창문 너머로 보이는 사람들과 도로를 오가는 행인들을 관찰했다. 생소하고 낯선 원주민의 생활상을 조사하는 문화인류학자처럼 유심히 관찰했다. 창문을 살짝 내리니 거리의 공기가 얼굴로 훅 밀려왔다.

그녀는 자리에 푹 파묻히며 앞으로 이틀 동안 무슨 일이 일어날지 상상했다. 어딘가에서 점심 초대를 받은 게 생각났다. 연극 초연에 초대받은 것 같기도 했다. 갈지 말지 아직 정하지 않았다.

산티아고는 운전에만 몰두했다. 그는 무단횡단을 하려는 보행자를 향해 경적을 울리고는 속도를 높였다. 그러더니 뜬금없이 그녀에게 결혼했냐고 물었다.

그 질문에 함축된 수많은 의미를 알기에, 미스틱은 몸을 움찔했다. 사람들은 늘 많은 걸 기대한다. 그녀 또래 여자에게는 당연히 결혼을 기대하고, 주말엔 가족이나 남편 또는 연인에게 헌신하기를 기대한다. 그와 동시에 사람들은 그녀 같은 돌연변이에게 무엇을 기대해야 하는지 몰랐다. 그녀 같은 여성이 혼자 잔다는 걸 알면 놀랄 것이다. 또한 그녀가 누군가와 함께 잔다는 걸 알아도 똑같이 놀랄 것이다.

"아뇨, 결혼하지 않았어요."

그녀가 대답했다.

자동차 안에는 침묵이 감돌았다. 뜨거운 아스팔트에 스치는 타이어 소리와 엔진 소리만 들렸다. 차가 아스토리아를 벗어나 맨해튼의 따뜻한 품으로 미끄러지듯 나아갔고, 미스틱은 눈을 감았다. 의식이 가물가물해지려는데 산티아고가 다시 이야기를 시작했다.

"처음 뉴욕으로 왔을 때,"

기사는 옛 기억을 회상하며 말했다.

"아내와 전 동물원에 자주 갔습니다. 물론 주말에요. 이 도시에는 동물원이 아주 많습니다. 뉴욕에 있는 동물원만 찾아다녀도 주말에 하나도 심심하지 않을 겁니다. 멸종된 동물의 기념비가 세워진 동물원도 있습니다. 어디인지는 기억나지 않지만요."

그의 목소리가 어두웠다. 연극 대사를 읊는 것처럼 극적으로 들렸다.

"참, 허무해요. 그 기념비를 보면서 이제는 사라지고 없는 온갖 동물을 떠올립니다. 끝나 버린 모든 종을요."

"무슨 얘길 하고 싶은 거죠?"

미스틱은 머릿속이 흐릿한 상태로 중얼거렸다. 나른한 기분에서 깨어나게 돼 기분이 좋지 않았다. 그녀는 기사가 심각한 대화를 나누고 싶어 한다는 인상을 받았다.

"오늘은 금요일 밤이에요. 당신은 나보다 스무 살은 젊어 보여요. 그런 음울한 문제로 속 썩지 마세요."

"손님, 그런 식으로 위장하지 마세요."

"예?"

그녀가 당황해서 물었고, 기사는 어깨와 목을 잔뜩 움츠린 채 핸들을 꽉 쥐었다.

"당신은 그런 분이 아니잖아요."

그는 잔뜩 쉰 목소리로 말했다.

"그러니까 당신은 금요일 밤엔 무조건 흥겹게 놀아야 한다고 생각하지 않는다는 말입니다. 당신은 뭔가를 꼭 잊어야 한다고 생각하지도 않죠. 딱히 재미를 추구하는 성격도 아니고, 그렇게 느긋한 사람도 아니에요. 전혀 아니죠. 당신은 TV에 나오는 모습과 많이 다릅니다."

"알겠어요."

미스틱이 조금 불안하게 웃으며 말했다.

"칭찬으로 받아들일게요. 그 말은 칭찬인 것 같군요. 이제 전 좀 쉬어야겠어요."

하지만 기사는 거기서 멈출 생각이 없었다. 어떤 생각에 사로잡혀 괴로운 것 같았다.

"운명이 뭐라고 생각하세요?"

그가 운전대를 더 꽉 붙잡으며 계속 말을 했다.

"운명은 쇠창살로 된 우리 같은 겁니다. 사람은 자기 삶을 선택하지 못합니다. 동물원의 동물처럼 말이죠. 당신은 스스로 자유롭다고 생각하세요? 천만에요. 동물과 마찬가지로 우리에 갇혀 있는 겁니다."

미스틱은 뒷자리에서 그를 응시했다. 목덜미가 이발기로 깔끔하게 다듬어져 있었고, 얼핏 보이는 관자놀이는 힘줄이 불끈불끈 뛰었다.

"그렇게 볼 수도 있겠군요."

그녀는 최대한 침착하게 대답했다. 창문을 좀 더 내렸다. 바깥 소음이 고스란히 들렸다. 질주하는 자동차 소리와 경적 소리가 정신을 번쩍 들게 했다.

몇 분 후 차가 그녀의 집 앞에 멈췄다. 미스틱은 이 순간만큼 절실하게 얼른 차에서 내려 집 안으로 들어가고 싶은 적이 없었다. 편안한 그녀의 집으로, 헛소리를 지껄이는 운전기사가 없는 조용한 집으

로 당장 피신하고 싶었다. 차에서 막 내리려는데 기사가 몸을 돌리고
는 그녀를 노려봤다.

"운명은 우리에게 원치 않은 일을 하도록 강요할 수 있습니다. 운
명은 당신을 죽게 할 수도 있고, 심지어 다른 사람을 죽이게 할 수도
있습니다."

그녀는 가슴이 철렁 했다. 머리가 번개처럼 빠르게 돌아갔다. 복잡
하게 꼬인 생각의 매듭이 한 순간에 풀리는 듯했다. 그녀가 받았던
쪽지들, 그녀가 진짜로 위험에 직면한 것이다. 광적인 집단이 누군가
를 사주해 그녀를 해치려 한다는 사실을 진지하게 받아들여야 한다.
필시 그녀가 아는 사람일 것이다. 그녀는 운전기사를 뚫어지게 쳐다
봤다. 어스름한 조명에 가려진 그의 얼굴을 응시했다. 불안하고 음울
한 그의 눈빛을 주시했다.

그녀는 차에서 내렸다. 현관문까지 의연하게 걸어가서는 얼른 집
안으로 들어갔다. 어두운 방 안을 여기저기 살핀 다음 창가로 가서
차가 떠났는지 확인했다. 그녀는 이 상황을 어떻게 받아들여야 하는
지 전혀 감이 잡히지 않았다. 일단 구두를 벗고 따끈한 허브 차를 마
셔야겠다고 생각했다. 먼저 현관문이 제대로 잠겼는지부터 확인했
다. 그러다가 자신이 너무 과민한가 싶어 픽 웃음이 나왔다. 에어컨
스위치를 켜고 서늘한 바람으로 몸을 식혔다. 그날 그 기사의 행동은
확실히 수상쩍었고, 말투는 위협적으로 들릴 정도였다. 미스틱은 결
국 가방을 뒤져 명함을 찾고는 전화기를 들었다. 하지만 자신이 정말
로 전화를 걸고 있다는 게 믿기지 않았다. 바보같이 느껴졌지만 최면
에 걸린 듯 꼼짝도 않고 벨소리에 귀를 기울였다. 마침내 드 빌라 형
사의 목소리가 들렸다.

*

주말 내내 날씨가 푹푹 쪘다. 뜨거운 바람이 밤낮으로 불어 나른하고 후텁지근했다. 수많은 사람들이 센트럴파크로 쏟아져 나와 푸른 풀밭을 빽빽한 인종 전시장으로 바꿔 놓았다. 그들은 노스우즈의 오솔길을 점령하고 공원 주변의 크고 작은 호수를 에워쌌다. 센트럴파크는 이 도시의 파릇파릇한 심장이었다. 미국의 설계자와 영국의 건축가가 백오십 년 전에 설계한 '도심 속 오아시스'였다. 나무 한 그루, 바위 하나까지 신중하게 배치했고, 도시민들에게 더없이 좋은 휴식 공간을 제공했다. 도시의 다른 공원으로도 사람들이 쏟아져 나왔다. 그들은 이스트 강을 따라 조성된 공원과 리버사이드의 좁고 긴 도로를 점령했다. 초록이 우거진 공간을 모조리 차지하고는 햇빛과 산소에 굶주린 듯 풀밭에 누워 파릇한 풀냄새를 맡았다. 민망한 줄도 모르고 옷을 훌렁훌렁 벗어 던졌다. 그들의 벗은 몸에 후끈한 열기가 스며들었다. 사람들은 모닝사이드파크로도 몰려들었다. 이곳에는 좀 더 소박하고 얌전하게 차려입은 사람들이 가족 단위로 잔디밭에 둘러앉아 맛있는 음식을 먹으며 흥겹게 놀았다.

하지만 미스틱은 이런 풍경을 한 번도 본 적이 없었다. 해가 떠오를 무렵 조깅하러 나오면 공원에는 사람이 거의 없었다. 그녀는 조깅할 때 외엔 좀체 집 밖으로 나오지 않았다. 청소해 주는 아주머니가 필요한 찬거리를 사다 놓아 냉장고는 늘 채워져 있었다. 신선한 야채와 다양한 유기농 식품, 스피룰리나 단백질 바를 비롯한 홀푸드사의 먹을거리가 가득 했다. 그러니 나갈 일이 없었다. 그녀의 집은 안락하고 안전한 요새였다.

도시의 공기가 후끈 달아올랐다. 너무 달아올라 가스처럼 작은 틈이라도 있으면 안으로 헤집고 들어왔다. 미스틱은 모든 약속을 취소하고 꼬박 이틀 동안 세판스키로 변신하는 연습을 했다. 바깥세상과의 유일한 접촉은 차드와 문자 메시지를 주고받은 것뿐이었다. 차드도 주말 내내 집 안에 틀어박혀 지내는 것 같았다. TV를 보다가 늙은 의사가 화면에 나오면 그녀에게 어김없이 알려 줬다. 세판스키는 주말 프로그램에도 두 번이나 나왔다.

세판스키는 줄곧 자신의 베스트셀러에 대해 떠들었다. 책에서 묘사한 외설스러운 주제를 완곡하게 언급하고, 쇼의 다른 게스트가 제기한 비우호적인 발언을 싹 무시하면서 TV 카메라를 향해 윙크를 날렸다. 그는 의심할 여지 없는 스타였다. 미스틱은 그 의사로 변신하는 데 도움이 될 만한 정보를 찾으려고 그가 나오는 장면을 반복해서 봤다.

에콰도르 출신 운전기사와 관련된 일로 엉겁결에 드 빌라 형사에게 전화하긴 했지만, 그런 행동에 자신도 적잖이 놀랐다. 도대체 무슨 생각으로 그에게 전화했는지 알 수 없었다. 더 끔찍한 일도 수없이 겪었는데 이런 사소한 일로 경찰에게 전화를 하다니, 정말 알다가도 모를 일이었다.

지금 와서 곰곰 생각해 보니, 불쌍한 그 기사는 아무것도 숨기지 않았다. 너무 피곤한 나머지 악의 없이 이상한 소리를 지껄인 듯했다. 누구나 때로는 자제력을 잃기도 하고 별거 아닌 일에 열변을 토하기도 한다. 경찰이 산티아고를 조사하더라도 특별한 문제를 찾아내지 못할 거라고 확신했다. 또한 자신을 상대로 음모를 꾸미는 광적인 집단 따위는 없을 거라고 확신했다. 자신은 결코 위험한 상태에 빠지지 않았다고 거듭 확신했다. 아니, 그렇다고 거듭 중얼거렸다.

월요일에는 여느 때처럼 방송국에 갔다. 그리고 하루 종일 끝없이 이어지는 회의에 시달렸다. 작가들과의 회의가 끝난 뒤 프로듀서들과의 진 빠지는 회의가 이어졌다. 겨우 마무리하고 스튜디오를 빠져나오는데 누군가 그녀를 기다리고 있었다.

인적이 드문 주차장에 형사가 자기 차 보닛에 기대어 서 있었다. 미스틱은 어깨를 펴고 형사에게 다가갔다. 드 빌라 형사도 그녀에게 다가왔다.

"안녕하세요?"

그가 은근한 목소리로 인사했다.

"이곳에 영원히 안 나타나시는 줄 알았습니다. 항상 이렇게 늦게까지 일하세요?"

"안녕 못 합니다."

그녀가 땍땍거리며 말했다. 갑자기 짜증이 밀려오며 머리가 지끈거렸다. 오밤중에 꿈에도 나타나더니 눈앞에까지 불쑥 나타나는가 싶어서였다.

"그래요, 난 늘 이렇게 늦게까지 일해요. 그건 당신도 마찬가지 아닌가요?"

"아."

그가 미스틱의 반감을 모르는 척하며 대답했다.

"사실대로 말하면 저는 시간을 정해 두고 일하진 않습니다. 비번이 없는 경찰이라고나 할까요? 경찰이 아닌 순간이 없습니다."

그는 말을 마치고 껄껄 웃었다. 그런데 그 웃음이 평소보다 조금 애처롭게 들렸다. 그러더니 얼른 진지한 표정을 지으며 주변을 살폈다. 그녀에게 전해 줄 소식이 있어서 왔다고 하고는 말도 없이 자기 차로 향했다. 미스틱은 어쩔 수 없이 그를 따라갔다.

이번엔 회색 양복 차림이 아니었다. 조각 같은 어깨선을 강조한 셔츠와 캐주얼 바지를 입고 있었다.

"그 기사 말입니다."

그가 입을 열었다.

"산티아고 고메즈. 그자는 쪽지나 우리가 쫓는 광적인 집단과는 아무 상관도 없어 보입니다."

"저도 그렇게 짐작했어요."

미스틱이 한숨을 쉬며 말했다.

"하지만 오늘 그자를 체포했습니다. 그가 다른 걸 숨기고 있었거든요."

날이 점점 어두워졌다. 주차장 주변에서 종이 타는 냄새와 마른 흙 냄새가 풍겨 왔다. 한적한 주차장과는 달리 도로에서는 간간이 질주하는 자동차 소리가 들렸다. 형사의 말에 불안감을 느낀 미스틱이 왜 체포됐냐고 물었다.

"방금 말했듯이 그자는 쪽지나 광적인 집단과는 아무 상관도 없습니다. 그런데 그자 집에서 시체가 나왔습니다."

그는 '시체'라는 말을 아주 작게 속삭이듯 말했다. 잠시 고개를 숙인 채 머뭇거리더니 힘겹게 말을 이었다.

"그의 아내였어요. 몇 달 전에 죽인 것 같아요. 두 사람은 뉴욕에 온 이후 줄곧 사이가 좋지 않나 봐요. 말다툼 도중에 죽였대요. 여태 아내 시체를 냉동고에 숨기고 지냈답니다. 그뒤로도 운전기사 일을 계속했어요."

미스틱은 목이 탔다. 무슨 말이든 하고 싶었지만 나오지 않았다. 냉동고에 구겨 넣어진 여자의 얼굴을 상상했다. 대리석처럼 단단한 피부, 감긴 눈, 얼음으로 덮인 머리카락을 상상했다. 차가운 핏방울로 얼룩진 여자의 몸과 눈가에 맺힌 크리스털 눈물을 상상했다.

"그자가 당신에게 위험한 존재는 아니었던 것으로 보입니다. 하지만 당신이 그의 이상한 행동에 대해 말해 주지 않았다면 그가 부인을 죽인 줄은 몰랐을 겁니다. 순전히 우연이었죠. '다행스러운' 우연이라고 할까요."

데니스 드 빌라는 주머니에 손을 찌르고는 차 옆에 멈춰 섰다. 시선은 여전히 바닥을 보고 있었다. 그의 등 뒤로 저녁노을이 붉게 물들었다. 빨갛게 핏발선 눈이 유난히 애처로워 보였다. 웬일인지 이 사건에 대해 말하는 게 무척 힘든 것 같았다.

"자기 아내를 죽인 남자."

그는 사건의 전말을 요약하려는 듯 그렇게만 말하고는 입을 다물었다.

"세상에나."

미스틱은 생각에 잠겼다. 너무나 놀라운 소식에 어안이 벙벙했고, 그 소식을 전하는 형사의 태도도 정말 이상했다.

"그래서 산티아고가 그런 목소리로 말했구나. 그래서 그런 얘기를 했던 거야."

그녀는 혼잣말을 중얼거렸다.

드 빌라는 꼼짝도 하지 않았다. 스러지는 저녁놀에 그의 머리가 붉게 빛났다. 그가 한참 만에 얼굴을 들더니 조수석 문을 벌컥 열고는 그녀에게 태워다 주겠노라고 말했다.

미스틱은 아무 대답도 하지 않았다. 계속 냉동고에 갇힌 여자를 생각하고 있었다. 그녀의 입술에 낀 성에, 얼어붙은 장기, 자궁에까지 스며든 한기가 떠올랐다. 얼음관에 담긴 그녀의 몸이 자꾸만 떠올랐다. 경찰이 냉동고 문을 열었을 때, 그녀의 피부가 빛을 받아 반짝거렸을까? 꽁꽁 언 시체에서는 어떤 냄새가 났을까? 낯선 이의 죽음에

대한 이야기를 들으며 이런 의문이 자꾸만 떠올랐다. 일시적이기는
하지만 화끈거리는 통증도 느꼈다.

"뭐라 그랬죠?"

그녀가 퍼뜩 정신을 차리고는 물었다.

"댁까지 모셔다 드리겠습니다. 제가 알기로는 자동차 회사에서 산
티아고를 대신할 사람을 아직 구하지 못했거든요."

그가 적막한 주차장을 둘러보며 말했다.

"우리가 그를 체포한 지 두 시간도 안 됐습니다."

"두 시간…… 맙소사."

미스틱은 젊은 기사를 생각하며 말했다.

"그렇게 성실한 사람이 그런 고통을 안고 살다니, 참 안됐어요."

"그자는 살인자예요."

드 빌라가 찡그리며 말했다.

"자, 얼른 타세요. 밤새 거기 서 있을 겁니까?"

그가 한결 누그러진 목소리로 말하며 차문을 살짝 흔들었다.

미스틱은 한 걸음 뒤로 물러났다. 두 사람은 마주 보고 섰다. TV 시
리즈에서, 라이벌 갱단이 인질을 교환하거나 거래를 끝내려고 주차
장에서 만나는 장면 같았다. 그런데 그녀와 형사는 교환할 인질도 없
었고 청산할 거래도 없었다. 바람이 두 사람의 머리칼을 흩날렸다.
그녀는 택시를 부를까 생각했다. 어쩌면 차드나 호레이스가 지나가
다가 그녀를 태워 줄 수도 있었다. 형사의 차는 아주 깔끔해 보였다.
그는 아직도 차문을 붙잡고 있었다. 그날따라 형사가 굉장히 인간적
으로 보였다. 사랑하는 여자를 살해한 남자의 이야기를 들려주고는
적막한 주차장 한가운데 거의 무방비 상태로 서 있었기 때문이리라.

두 사람은 서로를 계속 쳐다보고 있었다. 두 개의 자북극(磁北極) **413**

사이에 떠 있는 나침반 바늘처럼 팽팽한 긴장이 감돌았다. 미스틱은 이러지도 저러지도 못하고 망설였다. 마지막 순간에 그녀의 몸이 흔들렸다. 결국 엉겁결에 차에 오르고 말았다.

*

차 시트가 쿠션처럼 폭신했고, 차 안에서는 라벤더 향이 났다. 형사는 적당한 속도로 맨해튼을 향해 나아갔다. 에어컨 온도를 조절하고, 그녀에게 몇 번이나 괜찮냐고 물었다.

미스틱은 여전히 충격에서 헤어나지 못한 채 간신히 대답했다. 멍하니 앞을 내다봤다. 시커먼 아스팔트가 어둠 속에 길게 뻗어 있었다. 그녀는 일부러 형사의 시선을 피했다. 그도 충격을 받아서인지 시선이 불안해 보였다. 그 이유가 뭔지 궁금하면서도 선뜻 물어볼 수가 없었다.

'저 남자도 못 믿겠고 내 반응도 못 믿겠어. 살얼음판을 걷는 기분이야. 저 사람이 형사라서 그런 건지, 그냥 저 사람 때문인 건지도 잘 모르겠어.'

자기 옆에서 남자가 형사의 손으로 운전하고 형사의 목소리로 말했다. 형사의 몸짓이었고 리드미컬한 형사의 숨소리였다. 좀 전에 그가 보였던 비통한 분위기는 어느 정도 가라앉아 있었다. 그는 운전을 하면서 기사가 체포됐다고 문제가 해결된 것은 아니라는 취지의 말을 중얼거렸다. 익명의 쪽지에 대해서도 언급했다. 산티아고가 그 쪽지와 아무 상관도 없다는 점은 다행이지만, 한편으로 그 얘기는 쪽지를 보낸 자가 버젓이 활보하고 있다는 뜻이기도 했다.

미스틱이 움찔했다. 드 빌라가 자신의 몸 어딘가를 건드린 듯했다.

존재하는 건 알지만 어디 있는지 자신도 모르는, 너무나 민감하고 적나라하게 노출된 부위를. 그녀는 며칠 전에 받은 쪽지에 대해서는 한마디도 하지 않았다. 아무 하고도 의논하지 않았고 앞으로도 의논할 생각이 없었다. 말해 봤자 아무 소용 없을 것 같았다. 그녀는 화제를 기사 이야기로 돌려야겠다고 생각했다. 산티아고가 그녀에게 들려줬던 말을 털어놓았다. 며칠 전 밤중에 형사한테 허겁지겁 전화했을 때보다는 차분하게.

"그가 운명에 대해 말했어요. 운명이라는 게 다른 사람을 죽이게 할 수도 있다고 하더군요."

이번엔 형사가 움찔했다. 그는 신호에 걸리지 않으려고 엑셀을 살짝 밟았다.

"운명이 다른 사람을 죽이게 할 수도 있다고요?"

그가 깜짝 놀란 목소리로 되물었다. 신호등 옆으로 지날 때마다 불빛이 차 안으로 쏟아지며 그의 얼굴을 차갑게 비췄다.

"자신이 한 짓을 그런 식으로 정당화하려는 거겠죠. 운명을 믿으십니까?"

"산티아고도 비슷한 질문을 했는데……."

미스틱이 골똘히 생각하며 말했다. 라벤더 향이 콧속으로 가득 스며들며 신경안정제처럼 작용했다.

"난 잘 모르겠어요. '운명'이라……. 내겐 그저 막연한 말처럼 들리는군요."

드 빌라가 다시 물었다.

"흠, 산티아고가 다른 말은 안 하던가요?"

"멸종동물에 대해 말했어요."

그녀는 정신이 아득해지며 목소리가 기어들어간다고 생각했다. 에 **415**

에어컨에서 습한 바람이 나와 창문이 뿌옇게 흐려졌다.

"우리에 갇힌 동물에 대해서도 말했어요. 나한테 결혼했냐고도 물었고요."

"아."

형사의 목소리도 조금 이상하게 들렸다. 두 사람 모두 무슨 말을 하려는 듯하다가 그냥 입을 다물었다. 차 안에 침묵이 감돌았다. 거리의 소음도 들리지 않았다. 추운 겨울도 아닌데 창문에 김이 서려 앞이 하나도 보이지 않았다.

차가 더 이상 움직이지 않는 것 같았다. 밖을 볼 수도 없었다. 미스틱은 갑작스런 현상 때문에 두렵기도 하고 놀랍기도 해서 꼼짝도 하지 않았다. 거리의 신호등이 흐릿해지는가 싶더니 뿌연 창문 때문에 더 이상 알아볼 수가 없었다. 두 사람의 호흡 때문이라고 짐작할 뿐이었다. 달리 설명할 수 있는 말이 없었다. 두 사람이 무겁게 내쉬는 호흡 때문에 창문에 김이 서렸을 것이다.

숨이 막히면서 저절로 입이 벌어졌다. 몸이 나른해지며 숨이 가빠왔다. 차 안의 산소가 점점 희박해져 갔다. 두 사람은 공기가 안 통하는 차 안에 꼼짝 않고 앉아 있었다. 김 서린 창문은 꼭꼭 닫혀 있었다.

"숨이 막혀요."

그녀가 애원했다. 데니스 드 빌라가 그녀의 얼굴을 어루만졌다. 그의 얼굴에 서글픈 미소가 떠올랐다.

"숨이 막혀요."

미스틱이 눈을 번쩍 뜨고는 거칠게 숨을 몰아쉬기 시작했다. 심장이 쿵쾅거렸다. 꿈결에 질식할 것 같은 느낌 때문인지, 아니면 흥분 때문인지 종잡을 수 없었다. 동이 트려면 아직 멀었다.

억지로 일어나 욕실로 향했다. 벽을 더듬어 간신히 스위치를 켰다. 환한 불이 카페인처럼 각성 효과를 발휘해 잠이 확 달아났다. 반쯤 감겨 있던 눈이 번쩍 뜨였고 그와 동시에 작은 생명체가 움츠러들 듯 동공이 수축했다.

입술을 앙다물고 콧김을 내뿜었다. 잠을 자도 피곤이 풀리지 않았다. 다섯 시간도 못 잔 듯했다. 이런 꿈을 계속 꾸니 피곤이 풀릴 리가 없었다.

'이러다 습관이 되겠어. 왜 드 빌라 형사가 나오는 음란한 꿈을 자꾸 꾸는 걸까?'

방금 꿨던 꿈과 달리 간밤엔 아무 일도 없었다. 그녀와 형사는 산티아고에 대해 이야기를 나눴다. 창문에 김이 서리지도 않았고 차가 멈추지도 않았다. 그런 일은 전혀 일어나지 않았다. 드 빌라 형사는 그녀를 집에 데려다 주고 정중하게 작별 인사를 했다.

'도대체 나한테 무슨 일이 일어나고 있는 거지?'

정말 무슨 일이 일어나고 있는 건지 궁금했다. 얼굴을 씻고 수건으로 물기를 닦았다. 수건의 부드러운 감촉이 얼굴을 간질였다. 몸 상태가 좋지 않았다. 그날 밤에는 쇼를 해야 했다. 수건으로 얼굴을 계속 문질렀다. 수건을 얼굴에 대고 숨을 깊이 들이마셨다. 꿈속에서 있었던 일을 떨쳐 내려고 애썼다. 산티아고와 있었던 일, 냉동고에 웅크린 여자의 이미지, 데니스 드 빌라의 생각을 머릿속에서 지우려고 애를 썼다. 그래야 그날 펼쳐질 긴 하루에 집중할 수 있을 테니까.

*

블라디미르 푸틴은 여느 때처럼 기립 박수를 받았다. 블라디미르는 '위대한 러시아의 근육'을 자랑하며 스튜디오에 모인 관객의 폭소를 자아냈다. 오프라와 마돈나 등 다른 등장인물도 똑같이 열렬한 환호를 받았다. 쇼는 빠른 속도로 진행됐다. 촌극과 박수, 상업 광고, 댄스 공연이 정신없이 이어졌다. 그녀가 새로운 인물로 변신하러 무대 뒤로 사라지면 차드가 현란한 초록색 연미복을 입고 등장했다. 모든 게 딱딱 들어맞았다. 매끄러운 표면 위로 물이 흐르듯 순조롭게 흘러갔다. 그 밑에 예기치 못한 구멍이 뚫려 있으리라고는 아무도 의심하지 않았다. 쇼 스케줄이 막판에 재조정됐다. 미스틱이 미처 준비하지 못한 촌극을 다른 걸로 대체해야 했기 때문이다. 악명 높은 세판스키에 관한 촌극은 결국 이번에는 공연하지 못했다.

쇼가 끝난 후에 팀원들과 감독이 모여 회의를 할 예정이었다. 회의에 참석하기 전, 미스틱은 분장실에서 긴장을 풀고 또 자신이 변신했던 여러 육체의 흔적을 떨쳐 내려고 애썼다. 그런데 조심스럽게 문을 두드리는 소리가 들렸다. 그녀는 머리를 매만지고 담담한 목소리로 들어오라고 했다. 프로듀서인 게리 모딘이 고개를 쑥 내밀었다. 그의 작은 초록색 눈이 어둑한 방에서 반짝거렸다.

"내가 방해한 건 아니지?"

"천만에요. 오실 줄 알고 있었어요."

게리가 등 뒤로 문을 닫고는 그녀를 향해 성큼성큼 걸어왔다. 상당히 큰 키에 적당히 그을린 피부가 보기 좋았다. 그는 늘 점잖게 웃는 낯으로 사람을 대했다. 그녀와 비슷한 나이로 오십 대 초반이었다. 고급스러운 맞춤 양복을 입었고, 평소에도 얼굴과 손, 머리까지 세심하게 관리를 받았다. 전체적으로 보면, 그는 해변의 아름다운 저택에서 칵테일을 홀짝이거나 특권층 전용 골프장에서 클럽을 휘두를 것 같은 남자이다.

"사랑스러운 미스틱,"

그가 은근한 목소리로 속삭였다.

"조종실에서 공연을 지켜봤는데, 당신은 언제 봐도 멋져."

"예."

그녀는 별다른 말을 하지 않았다. 게리에게 소파에 앉으라고 한 뒤, 좁은 분장실을 서성거렸다. 쇼가 끝나면 늘 찾아오는 불안감에 가만히 앉아 있을 수가 없었다.

"물론 문제가 없지는 않아."

게리가 프로듀서답게 문제점을 거론했다.

"물론이죠."

그녀도 인정했다.

게리가 다리를 꼬고 몸을 소파에 더 기댔다. 바짓단 밑으로 깔끔한 검정 양말이 살짝 드러났다.

"솔직히 말할게."

그가 여전히 다정하게 웃으며 말했다.

"다음 주야. 더 이상 늦추면 곤란해. 세판스키 공연을 다음 주엔 반드시 해야 해. 오늘밤 첫 번째 시청률 조사에서 나모르 쇼와 동률이야. 동률이라고! 예전엔 보통 4포인트 이상 앞섰잖아. 다음 주엔 아가미 달린 그 친구가 우리를 제칠 가능성도 있어."

미스틱은 가운만 걸치고 분장실을 계속 서성거렸다. 몸이 들썩거려 참을 수 없을 지경이었다. 계속 변신하고 싶은 충동이 일었다. 특정한 인물로 변신하는 데 실패했다는 자각 때문에 더 불안하고 초조했다. 다들 고대하는 그 빌어먹을 인물로 변신하지 못했다. 그녀도 그 인물로 변신하고픈 마음이 굴뚝같았다. 하지만 두렵기도 했다. 결국 게리에게 조심스럽게 물었다.

"우리가 원하는 인물이 진짜로 세판스키가 맞나요?"

막상 질문을 하긴 했지만 엉거주춤 한 발 물러났다.

"그러니까 다음 주에는 확실히 해낼 거예요. 세판스키로 변신할 겁니다. 조금만 더 연습하면 돼요. 그런데 우리가 집중해야 할 인물이 세판스키인 게 확실해요?"

"확실하고말고."

게리가 단정적으로 말하더니 책망하는 눈길을 담아 그녀를 쳐다봤다.

"세판스키가 다음 주에 나모르 쇼에 게스트로 나올 거야. 우리에게는 대안이 없어. 나모르가 그 의사를 초대할 거니까, 우리가 그 의사를 훨씬 더 웃기게 보여 줘야 해. 진짜보다 더 화끈하게."

미스틱이 쌀쌀맞은 태도로 고개를 끄덕였다. 가운을 단단히 여미고 고개를 돌렸다. 나모르 같은 작자를 신경 써야 한다는 게 믿기지 않았다. 그 호들갑스러운 아틀란티스의 왕자를. 귀가 뾰족한 예순 살의 거만한 인간을. 때와 장소를 가리지 않고 초록색 팬티만 걸치고 다니는 노출증 환자를. 그 양서류 인간이 시청률 경쟁에서 이기려고 기를 쓰더니, 드디어 기회를 잡은 모양이었다. 조지프 세판스키와 정말 잘 어울렸다. 경험 많은 그 의사가 나모르의 축 처진 가슴 지느러미를 탄력 있게 바꿔 줄 조언을 해 줄지도 모르겠다. 미스틱의 얼굴에 씁쓸한 미소가 스쳤다. 여름날 신기루처럼 입꼬리가 파르르 떨렸다.

"나모르가 그 늙은 의사랑 뭘 할 거라고 생각하세요?"

그녀가 농담조로 물었다.

"자기랑 같이 어항에 뛰어들자고 하려나?"

게리가 고개를 옆으로 살짝 기울였다. 그녀의 떨리는 미소와 달리,

그의 미소는 전혀 흔들리지 않았다. 그는 손목을 살짝 틀었다. 그렇게만 해도 시간을 알 수 있다는 듯 시계는 쳐다보지도 않고 말했다.

"시간 더 뺏지 않을게."

그가 일어나며 말했다. 느긋한 목소리, 감쪽같이 시술한 얼굴, 우아한 몸짓, 삼백 달러는 족히 줬을 것 같은 헤어스타일, 실크 넥타이의 고상한 매듭, 심지어 고급 면사로 짠 양말도 그의 위세를 드러냈다.

"당신도 위기 상황임을 알 거야."

그가 은근한 목소리로 말했다.

"방송국 임원들이 쇼의 미래를 재단하고 있어."

미스틱이 다시 고개를 끄덕였다. 그가 뭘 암시하는지 알고도 남았다.

'쇼의 미래.'

프로그램의 다음 시즌을 암시하는 말이다. 아니, 더 정확히 말하면 새로운 시즌이 없을지도 모른다는 위험성을 암시하는 말이다. 미스틱은 입안에 모래가 가득 든 것 같았다. 숨을 쉬기도 어려웠다. 산소가 필요했다. 그녀의 초능력은 엄청난 양의 산소를 소비하는 불꽃처럼 지체 없이 산소를 공급하라고 요구했다.

바로 그때 불현듯 꿈속 장면이 떠올랐다. 김 서린 창문과 질식할 것 같은 기분, 차문을 열 수도 없었지만 굳이 도망치려고 하지도 않았다. 데니스 드 빌라가 등장하는 꿈의 감흥, 냉동고에 구겨 넣어진 여자의 이야기를 들었을 때 받은 충격, 지금 게리와 대화하면서 느낀 기분 등 최근에 자신을 짓누르던 다양한 감정이 뒤섞여 몸 안에서 소용돌이를 일으켰다. 스노돔 안에 든 눈송이처럼 마구 휘돌았다.

게리가 나가려고 해서 정말 다행이었다. 그가 문을 열자 바람이 분장실로 훅 밀려들어 왔다.

"아, 그건 그렇고. 그 일은 어떻게 됐지? 경찰이랑 얘기는 좀 해봤 421

나? 이상한 쪽지가 또 날아오진 않았고?"

게리가 나가면서 덧붙였다.

"그 뒤론 없었어요."

그녀는 거짓말을 했다. 방송국 임원들이 평가하는 '쇼의 미래' 문제만으로도 골치가 아팠다. 그 쪽지를 화제에 올릴 마음은 추호도 없었다.

"허위였던 것 같아요. 신경 써 주셔서 감사해요. 하지만 별거 아니니까 걱정하지 마세요."

"좋아."

그가 만족스러운 듯 말했다.

"매사에 신중을 기하는 게 좋잖아. 암, 늘 신중해야지."

그가 복도를 따라 걸어가면서 현자 같은 목소리로 중얼거렸다.

*

"개자식!"

차드가 거칠게 소리쳤다.

"고상한 척 굴면서 할 말 못할 말 마구 지껄이다니! 그 자식이 진짜로 '쇼의 미래'라고 그랬어요?"

방송이 나간 다음 날 아침, 차드와 미스틱은 단둘이 얘기하려고 구내식당으로 갔다. 누가 방해하거나 엿들을 염려가 없는 곳이었다. 점심시간이 되려면 한 시간 넘게 남아서 식당은 조용했다. 테이블과 의자가 깔끔하게 정리되어 있었다. 조용한 식당에 두 사람의 목소리만 울렸다. 판유리로 된 창문에 빗방울이 후드득 떨어졌다. 전날 밤부터 비가 내린 덕분에 도시를 후끈 달궜던 열기가 조금 식었다.

"그렇다니까."

미스틱이 분명하게 확인해 줬다. 판유리를 두드리는 빗소리가 더 강해졌다. 전등을 켜지 않아서 식당 안은 어둑했다. 동료의 얼굴에 떠오른 좌절감을 읽으면서 그녀가 말했다.

"너무 욕하지 마. 그가 결정하는 건 아니잖아."

"저도 알아요. 하지만 영향을 미칠 수는 있잖아요."

두 사람은 똑같이 하얀 식탁에 손을 올려놓고는 손가락으로 식탁을 계속 두드렸다. 얼마 전부터 온갖 소문이 떠돈다는 사실을 둘 다 알고 있었다. 아직은 관객이 열렬히 호응하지만 조만간 라이벌 프로그램에 선두 자리를 뺏길 거라고들 했다. 이번 시즌이 마지막이 될지도 모른다거나 〈셀러브리티 미스틱 쇼〉가 막을 내릴 거라고 수군거렸다. 간사하고 교묘한 소문, 은밀하게 오가는 쑥덕거림. 어느 프로그램도 이런 소문의 위협에서 자유로울 수 없었다. 쇼의 고정 시간을 유지하려고 혈안인 상황에서 그 누구도 안전하지 않았다. 게리가 어제 한 말은 그런 소문이 진짜일 수 있다는 증거였다. 쇼가 진짜로 막을 내릴 수도 있었다.

미스틱은 유리창 밖의 뜰을 무심히 바라봤다. 비가 내리니 평소보다 더 적막했다. 빗물이 나뭇잎을 흔들며 떨어져 바닥에 깔린 돌을 적시고 빗물 배수관으로 흘러들어갔다. 두 사람은 쇼에 대해 더 이야기를 나눴다. 잊지 못할 멋진 에피소드를 만드는 게 그 어느 때보다 절실하다고 입을 모았다. 처음엔 근심어린 목소리로 이야기를 나눴지만 곧 기운을 차리고는 활기차게 떠들었다. 새로운 에피소드에 대한 아이디어로 격론을 벌였다. 차드의 눈에 다시 생기가 돌았다. 좀 전에 비쳤던 좌절감은 어느새 사라지고, 예언자에서 남자 동성애자에 이르기까지 다양한 아이디어를 쏟아냈다.

"이건 어때요? 다음 에피소드에서 아놀드 슈워제네거가 가슴을 드러내고 등장해서 매력적인 보디빌더 포즈를 취하다가 막판에 자기 겨드랑이를 핥는 거예요."

미스틱이 킥킥거렸다. 그런 동작으로 상황을 바로잡을 수만 있다면, 평소보다 조금만 더 비틀어서 해결된다면 얼마나 좋을까!

"아니면 마돈나가 옛날에 히트했던 노래를 다시 부르는 거예요. 가령, 난 잘 모르겠지만 〈라이크 어 버진 Like a Virgin〉은 어때요? 숫처녀처럼 이 노래를 부르며 엉덩이를 과격하게 흔드는 거예요. 그러다 몸이 완전히 마비되는 거죠. 그때 제가 으스대며 무대에 등장하는 거예요. 마돈나처럼 레이스로 된 코르셋을 입고 그녀에게 일어나라고 소리치는 거죠. 어때요?"

이번엔 미스틱이 아주 깔깔거리며 웃었다.

"차드 대 마돈나. 진짜 끝내주겠다. 관객이 배꼽을 잡고 넘어갈 거야."

이런 아이디어는 너무 터무니없어서 라인업에 집어넣을 수 없겠지만, 어쨌든 그녀가 보기에 차드의 말이 맞았다. 미리 낙심할 이유는 없었다. 다음 에피소드가 있는 한 언제나 희망은 있었다. 마돈나와 슈워제네거가 제 역할을 해낼 것이다. 블라디미르와 오프라가 분위기를 띄워 줄 것이다. 그리고 세판스키가 등장할 것이다. 다음 쇼에서는 세판스키 촌극을 반드시 포함시켜야 한다는 데 절대적으로 동의했다.

구내식당 직원들이 나와서 배식 준비를 하기 시작했다. 차드는 주방에서 나오는 요리에 관심을 보였다. 꿀꿀한 기분을 오랫동안 유지할 젊은이가 아니었다.

미스틱은 그를 넌지시 쳐다봤다. 가슴속에서 그를 향한 애정이 샘

솟았다. 철없는 소년 같은 차드가 벌써 육 년이나 그녀의 조수 역할을 하고 있었다.

'그래. 차드를 위해서라도 해내야 해.'

가슴이 뭉클해졌다.

'세판스키를 반드시 성공시켜야 해. 차드, 호레이스, 수지 그리고 이 쇼를 위해 애쓰는 모든 사람을 위해서 반드시 성공시킬 거야.'

"참, 그 형사 양반은 어때요?"

차드가 뜬금없이 물었다.

"싹싹하고 섹시한 그 친구는 잘 지내나요?"

미스틱이 눈을 깜빡거렸다. 본능적으로 차드는 그녀를 자극할 기회라고 판단했다.

"넌 한시도 나를 가만히 놔두질 않는구나."

그녀가 장난에 동조하며 대답했다.

"너의 뒤틀린 정신 상태는 진작 알고 있었지만, 지금 그런 질문을 떠올린 이유는 도대체 뭐지?"

"구내식당에 있으니까요."

그가 흥겹게 대답했다.

"하하하, 그가 이곳에 나타났을 때 당신 표정을 절대 잊지 못할 거예요."

"하하하."

그녀도 어금니를 질끈 깨물며 웃고는 짓궂게 말했다.

"게다가 나는 방금 네가 참 괜찮은 애라고 생각하던 참이었어."

두 사람은 텅 빈 식당에서 흥겹게 농담을 주고받았다. 쇼의 진행자와 충실한 조수로서 호흡이 척척 맞았다. 하지만 곧 사람들이 밀려들 것이다. 테이블을 차지하고 의자를 옮기고 음식이 담긴 쟁반을 들고 서성거릴 것이다. 지금 이 순간 두 사람 사이에 만들어진 소중하고 친밀한 분위기를 흩뜨려 놓을 것이다.

밖에는 계속 비가 쏟아지고 있었다. 하늘이 은회색 금속이나 습기 찬 거울처럼 어슴푸레 빛났다.

"형사가 당신에게 반한 것 같았어요."

"당분 부족으로 네 머리가 어떻게 된 것 같다."

"그걸 왜 나쁘게 받아들이세요? 그만하면 괜찮은 친구죠. 잘 빠진 몸매, 잘생긴 얼굴. 생고기 같은 눈만 빼면……."

"그는 만성 결막염을 앓고 있어."

"거봐요! 지금 그를 변호하고 있잖아요. 당신이 그 남자를 생각한다는 뜻이에요."

"그를 변호하는 게 아니야. 그자는 경찰이야."

"경찰이 당신을 걱정할 이유가 하나도 없다면서요?"

차드가 따졌다.

"그런데도 드 뭐시기 친구는 계속 당신 뒤를 졸졸 따라다니고 있잖아요. 그건 딱 한 가지 이유밖에 없죠. 당신에게 반했다는 거죠!"

"그자는 경찰이야."

그녀는 같은 말을 반복했다.

"그에게 기회를 한 번 줘 보세요. 남자랑 데이트한 지가 백만 년은 지났죠?"

"그는 너무 어려. 난 그가 몇 살인지도 몰라. 게다가 경찰이잖아."

그녀가 재차 반복했다.

누군가가 식당의 불을 켰다. 바로 그 순간, 몸에 오싹한 기운이 흘렀다. 그녀는 나무 테이블을 손가락으로 다시 두드리기 시작했다. 다가오는 쇼가 퍼뜩 떠올랐다. 슈워제네거에 대해 다시 생각했다. 레이스로 된 코르셋을 입은 마돈나, 블라디미르 푸틴과 그의 우스꽝스러운 몸짓을 생각했다.

세판스키 공연도 생각했다. 이번엔 반드시 그를 무대에 올려야 한다. 그녀의 몸이 계속 흔들렸다.

"형사 얘기는 그만하고, 이젠 우리 쇼에 대해 생각해 보자."

*

사람들은 뒤에서 그녀에 대해 수군거렸다. 온갖 소문과 억측과 전설적인 이야기가 떠돌았다. 예전에 나돌던 악평은 수면 아래로 가라앉았지만 이젠 그녀의 초능력과 밀접하게 관련된 더 기이한, 거의 병적인 소문이 떠돌았다. 그녀가 어떤 사람인지 모르기 때문에 더 극성스러웠다.

수많은 시청자들이 집에서 그녀를 지켜본다. 그들은 칭찬하는 이메일을 보내기도 하지만 자기가 좋아하는 유명인사를 비하한다고 불평하는 이메일을 보내기도 한다. 그리고 그녀의 사생활에 대해 적나라하게 묻는 질문을 보내기도 한다.

TV 시청자만 그녀를 지켜보는 것이 아니다. 다른 누구보다도 쇼 비즈니스에 종사하는 사람들, 구내식당에서 마주치는 전문가들, 그녀가 어쩌다 한 번 참석하는 파티에서 마주치는 사람들도 그녀를 지켜본다. 그들은 자신과 가까운 곳에 있으면서도 늘 뒤에서 살피는 듯했다.

미스틱은 그들 눈에 자신이 어떻게 비칠지 상상할 수 있었다. 그녀는 육 년 동안이나 TV 쇼를 성공적으로 진행해 온 진행자였다. 마음만 먹으면 누구로든 변신할 수 있으니 이 분야에서 성공을 거두는 데

적격인 능력이었다. TV에서 이보다 더 잘 활용된 초능력은 없다. 사람들은 〈셀러브리티 미스틱 쇼〉라는 이름만 들어도 웃음을 터뜨린다. 육 년간의 '변신', 육 년간의 불손한 코미디와 인기. 그녀는 당연히 감탄과 질시의 대상이었다. 시청률이 떨어지기 전부터 사람들은 프로그램이 없어질 수도 있다고 쑥덕거렸다.

사람들은 온갖 일에 대해 떠들었다. 그녀의 버릇과 일하는 방식에 대해 수군거렸고, 그녀가 거절한 광고 계약에 대해서도 말이 많았다. 워낙 철저한 성격이라 함께 일하는 스태프와 동료들을 들들 볶는다거나 함부로 주먹을 날린다는 말도 떠돌았다. 만사를 자기 뜻대로만 하려 한다거나 병적일 정도로 완벽주의자라는 소문도 있었다. 메이크업 아티스트를 따로 두지도 않고, 옷을 갈아입을 때도 혼자 한다는 점 역시 이미 널리 알려져 있었다. 분장실에 아무도 들이지 않고, 쇼가 시작되기 전에 혼자 분장실에서 호흡 훈련을 한다고도 했다. 사람들은 그녀가 어떻게 변신하는지 짐작만 할 뿐이었지만, 어쨌거나 옷을 다 벗고 심호흡을 하며 집중해야 한다는 점은 확실히 알고 있었다.

때로는 그녀의 신체 특징에 대한 얘기도 떠들었다. 사람마다 취향이 달라서 다들 그녀를 좋게 보지는 않았지만 그녀는 확실히 매력적인 외모를 지녔다. 나이에 비해 몸매도 끝내주게 멋졌다. 다만 한 가지, 푸르스름한 피부가 문제였다. 악의적인 사람들은 그녀를 시체 같다고 했고, 반대로 그녀의 피부색이 이국적이고 섹시한 느낌을 준다는 사람도 있었다. 그런데 안타깝게도 그녀에 대한 정보는 알려진 게 거의 없었다. 그녀는 지금까지 인터뷰에 응한 적이 단 한 번도 없었다. 그녀는 일 외에 어느 것에도 시간을 허비하지 않았고 금욕적인 생활방식을 고수했으며 개인 비서나 보디가드도 두지 않았다. 사교 모임에도 거의 참여하지 않았다. 그녀가 나타날 거라고 기대한 이벤트에 실제로 참석한 적이 손에 꼽을 정도였다. 오만한 여자, 어쩌면 불감증에 걸린 여자라고 생각할 만했다.

그런데 이렇게 사생활을 꽁꽁 숨기는 여자를 사람들은 어떻게 생각해야 할까? 성적으로 억눌렸다? 부적절한 섹스에 빠졌다? 유부남과 데이트를 하고 다닌다? 등 뭔가 비밀이나 충격적인 뒷이야기가 있어야 했다. 토요일 밤에는 도대체 뭘 하며 보낼까? 열여덟 살짜리 여대생으로 위장하고 대학 기숙사에서 진탕 마시며 난잡하게 놀까? 남자로 변신하여 흥분을 지속시키려고 음경에 고리를 끼우고 게이들과 그룹 섹스를 벌일까?

쓸데없는 호기심으로 요상한 질문을 쏟아내면 쏟아낼수록 그들은 기발한 답변을 짜내느라 시간을 낭비했다. 물론 그런 질문을 생각해내고 멋대로 상상하며 흥분할 수는 있다. 사람들은 원래 잔뜩 흥분해서 뒤틀리고 왜곡된 생각을 짜맞추며 터무니없는 억측을 퍼뜨리는 일을 좋아하니까.

때로는 아무 상관없는 일에도 그녀의 이름이 거론됐다. 그들은 그녀에게 연락도 하지 않고서는 엉뚱하게도 그녀의 이름을 팔아먹었다. 그녀의 현재나 과거와 전혀 상관없는 일에 그녀를 연루시켰다. 그녀가 혼자서 도도하게 고독을 즐기는 동안, 그들은 그녀에게 경의를 표하며 우스꽝스러운 파티를 열었다.

*

할렘의 붉은 벽돌 건물에 비가 내렸다. 백이십오 번가에 늘어선 상점 창문에도 빗줄기가 흘러내렸다. 주일에 찬송가 소리가 울려 퍼지는 교회문에도 비가 떨어졌고, 학교 운동장에도 비가 후드득 떨어졌다. 거리에도 비가 쏟아졌다. 사람들이 샌들을 신고서 미적지근한 빗속을 걸어갔다. 우산을 받치거나 판초 같은 비옷을 걸친 사람도 있었지만, 온몸으로 비를 맞는 사람도 있었다.

미스틱-차드도 온몸으로 비를 맞고 있는 사람 중 하나였다. 흠뻑 젓도록 느릿느릿 걸었다. 피부에 흐르는 빗물 때문에 그녀의 몸도 유체처럼 흐느적거리는 듯했다. 그런데 걷다가 물웅덩이라도 만나면 민첩하게 건너뛰었다. 차드의 거대한 몸집은 우아하게 움직이는 법을 알고 있었다. 그녀는 할렘에 오면 늘 마음이 들떴다. 물론 이곳도 많이 달라졌다. 확실히 더 안전해졌다. 특별한 위험에 부닥치는 일 없이 백인 남자의 몸으로 거리를 활보할 수 있으니까. 그래도 한편으론 옛 시절이 그리웠다. 그 시절엔 지금보다 노상 강도는 더 많았지만, 축 처진 어깨로 터덜터덜 걸어가는 뚱뚱한 사람은 별로 없었다.

그렇다고 그녀가 뚱뚱한 사람을 싫어하는 것은 아니다. 그건 절대 아니다. 어쨌거나 자신도 지금 차드의 몸을 하고 돌아다니고 있지 않은가! 뚱뚱한 사람 중에서 가장 가볍고 가장 민첩하고 가장 우아한 차드의 몸으로 웅덩이를 건너뛰면서 실실 웃고 있었다. 그녀의 웃음소리는 열대 계절풍 기후처럼 쏟아지는 폭우 속에 잠겨들었다.

드디어 어떤 건물 앞에 도착했다. 미스틱-차드는 계단을 올라가서 벨을 눌렀다.

오십 대 초반으로 보이는 여자가 문을 열었다. 짧은 머리에 연한 색상의 소박한 원피스를 입고 있었다. 우산도 쓰지 않고 빗속을 뚫고 온 뚱뚱한 남자를 보고서 그녀는 속눈썹이 짙은 눈을 휘둥그레 뜨고는 놀란 목소리로 맞았다.

"세상에!"

사브리나가 소리쳤다.

430

"이런 모습으로 시내를 돌아다닌 건가요?"

집 안으로 들어가자 널찍한 거실이 한눈에 들어왔다. 천장이 높고 바닥엔 견고한 원목이 깔려 있었다. 한쪽 벽엔 지난 반세기 동안 한 번도 사용하지 않았을 법한 벽난로가 있었다. 젖은 발자국을 남기며 미스틱-차드는 여자를 따라 거실로 들어갔다. 거실 겸 서재로 사용하는 곳을 지나니 주방이 나왔다. 그녀는 사브리나가 건넨 수건을 받아들었다.

"요새 통 들르지 않더니, 오랜만에 왔네요."

사브리나가 말했다. 그녀는 맞은편에 앉은, 비에 흠뻑 젖은 뚱뚱한 청년을 유심히 살폈다.

"내가 뭘 도와주면 될까요? 뭐 필요한 거라도 있어요?"

그녀가 주전자에 물을 받아 불에 올리며 물었다.

"예, 좀……."

미스틱-차드가 지친 듯 말했다. 그녀는 먼지 하나 없는 주방을 둘러봤다. 유리문이 달린 찬장에는 머그잔이 줄지어 놓여 있었다. 뒤뜰 건너편에 있는 건물에서 힙합 가수의 낮고 굵은 목소리가 들렸다.

"요즘 제가 불안해서 통 잠을 못 자요. 긴장을 푸는 데 도움이 될 만한 게 있을까요? 아기처럼 평온하게 잠 좀 잤으면 좋겠어요. 지난번에 주신 약 같은 거면 좋겠어요."

"그래요."

사브리나가 고개를 끄덕였다. 그녀는 스타벅스 로고가 찍힌 머그잔을 두 개 꺼내 뜨거운 물을 붓고 티백을 하나씩 넣었다. 그런 다음 한 잔을 방문자에게 건네며 말했다.

"나한테 좋은 게 있어요."

미스틱-차드는 뜨거운 차를 후후 불었다. 그러면서 건너편에 앉은 여자를 애정 어린 시선으로 살짝 쳐다봤다. 사브리나는 그냥 믿을 만한 공급자가 아니었다. 두 사람은 사회운동을 활발하게 벌이던 시절에 처음 만났다. 돌연변이 해방운동을 부르짖고 온갖 환상에 사로잡혀 투쟁하던 시절, 사브리나도 미스틱처럼 정치 투쟁에 열심히 참여했었다. 하지만 그들은 아무것도 해방시키지 못했고, 오히려 몇 달 차이로 체포돼 옥고를 치러야 했다.

두 사람의 인생역정은 비슷했다. 각기 다른 감옥에서 형기를 마치고 비슷한 시기에 출소했다. 그 후로 미스틱은 마리화나를 구한다는 핑계로 이따금 그녀에게 들렀다. 매번 차드로 변장하고 왔기 때문에 사브리나는 그녀를 찾아온 뚱뚱한 젊은이가 예전에 함께 투쟁하던 동료일 거라고 생각하지 않았다. 어쩌면 의심하지만 내색하지 않는 것일 수도 있다.

사브리나가 자신의 머그잔에 설탕을 한 조각 떨어뜨렸다. 그런 다음 기다란 스푼으로 차를 저어 조심스럽게 한 모금 마셨다.

"난 젊은이와 거래하는 게 좋아요. 요즘엔 '긴장을 푸는 데' 도움이 될 만한 물건을 찾는 사람이 별로 없거든요."

짙은 속눈썹이 그녀의 눈에 그늘을 드리웠다. 그 모습이 음침하게도, 불안하게도 보였다. 감옥에서 나온 뒤로 그녀는 마리화나를 팔면서 간신히 생계를 잇고 있었다. 복역하기 전에는 초능력도 조금 있었지만 너무 오랫동안 쓰지 않아서 이젠 그 능력을 상실했다.

사브리나가 말을 계속 이어 나갔다.

"내가 기억하기로는, 사람들이 예전엔 그런 걸 많이 찾았어요. 물론 그땐 내가 이런 일을 하지 않았지만요. 그래도 사람들이 긴장을 푸는 데 좋은 물건을 구하려고 딜러한테 찾아간다는 건 알았죠. 혹자는 '흥겹게 노는 데' 좋은 물건을 찾기도 했어요."

미스틱-차드는 사브리나의 이야기에 귀를 기울였다. 두 손으로 잡은 머그잔에서 연기가 모락모락 피어올랐다.

"이젠 긴장을 푸는 게 아니라 바짝 긴장시키는 데 좋은 물건을 구입하려고 하죠. 몽유병자처럼 계속 깨어 있도록 해 주는 물건을 찾아요. 그래봤자 사람 모양을 한 입간판처럼 아무것도 못하는 멍한 상태로 움직일 뿐이죠."

사브리나가 말을 멈추고 차를 한 모금 더 마셨다.

"그들은 화학적으로 합성된 쓰레기를 원해요. 무엇으로 정제된 건지도 모르는 싸구려 코카인을 찾는 거죠. 그런 쓰레기를 무엇으로 만든다고 생각해요? 페인트 공장에서도 쓰지 않는 불량품 같은 거 아니겠어요?"

미스틱-차드는 연신 고개를 끄덕였다. 사브리나가 무슨 이야기를 하는지 잘 알았다. 그들이 감옥에서 지내는 사이에 뭔가가 변했다. 그러한 변화는 마약류 시장의 변덕스러운 취향에만 국한된 것이 아니었다. 훨씬 더 보편적이었다. 사람들이 풍기는 느낌이 달라진 것이다. 그 변화는 현실의 주파수와 이 세상의 가장 내밀한 욕망과 관련된 것이었다.

하지만 그녀는 이런 이야기를 들으려고 이곳에 온 것이 아니다. 그저 옛날 방식으로 만든 순수한 약을 사러 왔다. 그렇다고 그녀가 약에 중독된 건 아니다. 사브리나의 약은 최근에 받는 압박과 불안감을 해소하는 데 좋았다. 그녀를 점점 더 짓누르는 고통스러운 흥분을 가라앉히는 데도 좋았다. 또한 밤마다 드 빌라 형사 꿈을 꾸다 몸서리치며 깨지 않는 데도 좋았고, 아기처럼 곤히 자고 일어나 개운한 상태로 일할 수 있게 하는 데도 좋았다.

차를 마시고 거래를 마친 그들은 문 쪽으로 걸어갔다.

"그 기이한 TV 쇼에서 가끔 당신을 봐요."

사브리나가 말했다. 그녀는 현관에 멈춰 서서 팔로 자기 몸을 감싸고는 빗물에 잠긴 거리의 냄새를 맡았다.

"참 대단해요. 당신도 대단하고 미스틱도 대단해요. 그녀에게 안부 좀 전해 줘요. 그녀가 날 기억할지 모르겠지만요. 사브리나가 여전히 그녀를 기억한다고 꼭 전해 줘요."

미스틱-차드는 계단을 내려와 거리로 나섰다. 몇 미터 걸어가다가 뒤를 돌아보니 사브리나가 아직도 현관에 서 있었다. 지금은 빗방울이 좀 더 서늘했다. 그녀는 마리화나가 든 작은 봉지를 주머니에 넣고 계속 걸었다. 빗줄기가 훨씬 굵어졌다.

사브리나를 만나고 나면 늘 기분이 묘했다. 갈 때마다 원하는 마약에 대해 설명하고 스타벅스 머그잔에 뜨거운 차를 한 잔 마시는 게 전부였다. 그런데 그녀를 만나고 오면 찻잔에서 올라오는 연기처럼 옛 기억, 렉싱턴 교도소에서 보낸 그 시절이 아스라이 떠올랐다. 독방, 형편없는 식사, 교도소 의무실의 강렬한 빛, 그곳에서 만난 사람들의 얼굴, 변호사의 방문 등 십육 년 세월이 주마등처럼 스쳤다.

그녀는 사브리나도 그 시절을 기억하는지 궁금했다. 순진하게 정치적 혁명을 부르짖던 그 시절을 사브리나는 어떻게 기억할지 궁금했다. 그녀의 기억도 빛바랜 사진처럼 흐릿할까?

어느덧 골목 끝에 다달았다. 어쩌면 사브리나는 아직도 현관에 서 있을 것이다. 그녀는 돌아보지 않기로 했다. 돌아본들, 이렇게 폭우가 쏟아지니 아무것도 알아볼 수 없을 것이다. 자신의 머릿속처럼 모든 게 흐릿하고 가물가물하리라.

*

'남자로 변신해 봐. 제발 부탁이야. 남자의 몸을 만지고 싶어.'

렉싱턴 교도소의 샤워실이나 교도소 앞뜰 구석지에서 여자 수형자들이 걸핏하면 그녀에게 남자로 변신해 달라고 애원했다. 가끔은 여자 간수들도 그런 요구를 했다. 때로는 거칠게, 때로는 절망적으로. 그들의 부탁을 들어줄 수 없다는 사실을 알면서도 그녀에게 매달렸다. 그녀는 변신할 수 없었다. 전자 팔찌 때문에 변신 능력을 전혀 발휘할 수 없었다. 정말 최악의 형벌이었다. 자신의 몸에서, 근육에서, 복부 깊숙한 곳에서 능력이 시들어 가는 걸 지켜봐야 했다. 배출구도 없이 한없이 타들어 가는 걸 온몸으로 감당해야 했다. 그런데 만약에 변신할 수 있었다면, 혹여 다른 제소자의 간절한 요구를 들어줬을까?

렉싱턴 교도소에서 보낸 오랜 세월 동안, 변신할 수 없는 고통은 성적으로 굶주린 재소자들의 암울한 분위기와 뒤섞였다. 밀실공포증에 시달리는 고독한 영혼들, 그녀를 옭아맨 전자 팔찌, 감방의 이부자리에서 풍기는 서늘하고 쾌쾌한 냄새, 단체 샤워실에서 푸르스름한 몸뚱이를 드러낼 때의 당혹감, 이 모든 것이 그곳에서 지낸 시간보다 더 오랫동안 그녀를 괴롭혔다.

그녀가 감옥에서 나왔을 때 세상은 몰라볼 정도로 달라져 있었다. 다시 변신할 용기를 내는 데만도 몇 주가 걸렸고, 그것도 어느 레스토랑의 비좁은 화장실에서 처음 시도했다. 그녀는 문을 잠그고 옷을 벗었다. 그러고는 몇 분 전에 아보카도 샐러드를 서빙한 젊은 웨이터로 변신했다. 다른 일은 일어나지 않았다. 그녀는 작은 화장실에 숨어 별 볼 일 없는 남자로 변신한 채 가만히 서 있었다. 어쩌면 눈물을 흘렸는지도 모른다. 아니, 분명히 눈물을 흘렸을 것이다.

몇 달 후 그녀는 쇼 비즈니스 세계에 첫발을 내디뎠다. 돌연변이 급진주의자였던 미스틱이 코미디 스타로 새롭게 등장한 것이다. 그런데 명성을 떨칠수록 뜬소문도 늘어났다. 그녀의 사생활에 관한 터무니없는 억측이 난무했다.

그러나 파헤칠 게 없었다. 숨기고픈 비밀이나 격정에 찬 밀회 따위는 없었으니까.

그녀는 불감증에 걸리지도 않았고 남자한테 무관심하지도 않았다. 그건 결코 아니었다. 자신의 능력이 제자리를 찾기 시작할 때, 그녀는 다른 능력도 저절로 돌아올 거라고 믿었다. 곧 활기를 띨 거라고 믿었다. 세상과 다시 연결될 수 있도록 자신을 도와줄 사람을 찾을 거라고 믿었다. 전기에 감전된 것처럼 불꽃을 일으켜 줄 사람, 세상의 에로틱한 기류에 편승하도록 자신을 자극해 줄 사람을 곧 만날 거라고 믿었다.

그런데 당시 그녀 주변에는 게리의 동료들이나 게리와 스타일이 비슷한 방송국 임원들뿐이었다. 그들은 지나치게 세련된 목소리와 가식적인 웃음으로 고상한 척 굴었고, 한 병에 오백 달러는 족히 나가는 브랜디를 선호했으며, 고급 클럽의 회원임을 은근히 자랑했다. 그녀 눈에 그들은 너무 말라서 존재하는 것 같지도 않았고, 그저 호화로운 삶에 들러붙은 스티커처럼 존재감이 없었다. 미스틱은 호감 가는 사람에게 다가가고 싶었지, 그들의 화려한 삶에 들러붙을 생각이 전혀 없었다. 그들을 위해 일하긴 했지만 그들에게 가까이 다가가고 싶을 만큼 매력을 느끼진 못했다.

물론 다른 부류의 남자도 있었다. 쇼 비즈니스 세계에서 일하는 창의적인 남자들, 작가와 감독, 그들의 친구가 주변에 널려 있었다. 때로는 몇 주 동안이나 그녀에게 꽃을 보낸 남자도 있었다. 어쩌다 데이트한 남자도 있었지만 이야기를 나누다 보면 하나같이 지루했다. 그들은 대개 좌절된 야망에 집착하거나 과도한 나르시시즘에 빠져 있었다. 게다가 그들은 잠자리에서 똑같은 것을 요구했다. 벌거벗은 채 신음하고 땀을 흘리고 미친 듯이 안달하면서 그녀에게 자기와 똑같은 모습으로 변신해 달라고 요구했다.

'나로 변신해 줘. 제발. 난 나 자신과 섹스하고 싶어.'

배우도 마찬가지였다. 신비에 싸여 있고 가끔은 매력적이기도 한 배우도 다르지 않았다. 오히려 눈물이 날 정도로 우스꽝스러웠다.

미스틱이 척 노리스를 소개받은 날은 마침 시상식 날이었다. 지저분한 붉은 턱수염으로 유명한 척 노리스가 시상식 내내 그녀를 힐끔거렸다. 턱수염을 긁으며 그녀에게 초조한 미소를 날리더니 오케스트라에게 블론디의 〈콜 미 Call Me〉를 연주해 달라고 부탁한 뒤, 능글맞게 웃으며 그녀에게 전화번호를 건넸다. 미스틱은 평생 그렇게 어색했던 적이 한 번도 없었다. 척 노리스! 그녀와 차드는 그 사건을 이야기하며 몇 주 동안 배꼽을 잡았다.

그 일을 시작으로, 남자를 만나고 나면 늘 차드와 한바탕 웃음으로 끝이 났다. 그렇다고 모든 만남이 그렇게 웃겼다는 것은 아니다.

호감 가는 남자를 찾을 수 없는 여자는 십중팔구 아무도 찾고 싶지 않은 여자이다. 미스틱도 그 정도는 이해할 수 있었다. 하지만 자신의 행동을 다 이해하지는 못했다. 남자에게 거리를 둬서 그녀가 뭘 얻으려 했을까? 세상을 벌 주려 했을까? 아니면 그녀 자신을 벌 주려 했을까?

그렇게 시간이 흐르다 보니, 그녀는 섹스와 점점 더 멀어졌다. 섹스는 이제 그녀와 관련 없는 일이나 달성하기 힘든 일이었고, 마치 주변에서 부는 바람 같았다. 느낄 수는 있지만 붙잡을 수는 없는 것: 뉴욕 거리에는 섹스의 바람이 광풍처럼 휘몰아쳤다. 브로드웨이 대로는 물론 좁다란 골목에 자리 잡은 모텔 지붕의 깃발까지 흔들었고,

길가의 먼지를 흩날렸다. 강둑을 따라가다 다리를 건너서는 반대편 브루클린이나 퀸즈처럼 비교적 평온한 동네까지 널리 퍼져 나갔다.

물론 그녀도 끊임없이 불어대는 섹스의 바람을 느낄 수 있었다. 지구상에서 가장 매혹적인 도시, 불타는 욕정이 지배하는 도시에 살고 있는데 어찌 모르겠는가! 그녀는 사람들이 섹스의 바람에 휘둘리고 있음을 감지했다. 그들이 애쓰는 모습도 눈치 챘다. 허공 속에 처박히지 않으려고 상대를 끌어당기고, 또 상대의 궤도 속으로 진입하려고 애쓰는 모습 모두 감지했다.

일터에서도 섹스의 바람이 불었다. 아니, 일터에서는 더 심했다. 호레이스는 쇼의 의상 담당자를 쓰러뜨렸다. 실은 스튜디오에서 제작되는 모든 프로그램의 의상 담당자들을 다 자빠뜨렸다. 심지어 소심한 천사의 얼굴을 한 꼬마 수지도 스튜디오의 기술자 두어 명과 잠자리를 같이했다. 쇼의 댄서들은 파트너를 바꿔 가며 관계를 맺었다. 남자와 여자, 남자와 남자, 여자와 여자 등 신중한 짝짓기 프로젝트를 수행하듯이 가능한 모든 조합으로 짝을 맞췄다.

그들의 성적 활동은 전혀 수그러들지 않았다. 감으면 돌아가는 거대한 태엽 장치처럼 쉴 새 없이 육체를 탐했다. 그런 모습을 옆에서 지켜보면서 그녀는 질투하거나 부러워하지 않았다. 그저 거리감을 느꼈을 뿐이다. 그녀는 미스틱이었다. 십육 년 동안의 감옥 생활을 견뎌낸 여자였다. 그녀는 육체가 그리웠다. 하지만 변신할 수 있는 육체가 그리웠던 건 아니었다. 다른 사람의 육체는 아무 문제가 없었다. 너무 멀어지고 거의 도달 불가능해진 것은 오히려 그녀의 육체였다. 변화무쌍하고 혼자 있기를 좋아하는 그녀의 육체는 다른 육체와 섞이길 거부했다. 그 대신 그들의 육체로 직접 변신해 구석구석 탐색했다.

*

목요일 아침, 미스틱은 옷을 조신하게 차려입었다. 검정색 면 원피스에 새벽이 오기 직전의 밤하늘 같은 어두운 청색 스카프를 어깨에 둘렀다. 머리를 뒤로 넘기고 립스틱을 연하게 바른 다음 심플한 샌들을 신었다. 사브리나의 마리화나 약초 덕분에 간밤에 잠을 좀 잤다. 그래서인지 편안하고 안정된 모습은 아니었지만 그런대로 남 앞에 나서도 될 정도로는 보였다.

'이만 하면 됐어. 이만 하면 나가도 되겠어.'

그녀는 막판에 마음을 바꿔서 스카프로 머리를 감쌌다. 눈에 띄지 않기를 바라는 마음에서 커다란 검정 선글라스도 썼다. 차드나 다른 사람으로 변신해서 장례식에 참석해도 됐지만 그러고 싶지 않았다.

사십 분 뒤 그녀는 워싱턴 하이츠에 있는 작은 성당에 도착했다. 성당에는 에콰도르 출신으로 보이는 사람 대여섯 명이 있었다. 산티아고의 아내 로지타 고메즈의 장례식이 이곳에서 열린다. 살해된 후 수개월 동안 냉동고에 갇혀 있던 로지타는 뉴욕에 친척이라곤 한 명도 없었다. 장례식에 참석한 사람들도 그녀를 개인적으로 아는 것 같지 않았다. 나이 든 신부가 스페인어로 미사를 집전했다. 경건한 성가를 시작으로 신부의 목소리가 썰렁한 성당에 울려 퍼졌다.

재단 옆에는 미스틱이 주문한 화환과 출처를 알 수 없는 화환 하나가 덩그러니 놓여 있었다. 제단 앞에 피운 향에서 연기가 피어올라 공기 중으로 서서히 퍼졌다. 미스틱은 맨 뒤쪽에 자리를 잡고 신부가 하는 말을 알아들으려고 애를 썼다. 하지만 이내 그 소리와 향 냄새, 차분한 분위기에 젖어들었다. 장례식장에 감도는 서글프고 무력한 분위기에 마음이 숙연해졌다. 살해된 젊은 여자가 수개월 동안 얼음관에 갇혔다가 이제 싸구려 목관에 안치됐다. 신부가 관 위에 성수를 듬뿍 흩뿌렸다.

장례식이 끝나고 성당을 나서려는데 몇 안 되는 참석자가 미스틱을 알아봤다. 그들 중 두어 명이 주변을 둘러보기 시작했다. TV 스타가 참석했으니 카메라도 있을 거라고 생각했나 보다. 또 다른 두어 명은 사인을 받을 생각으로 그녀에게 다가왔다. 미스틱은 조용히 빠져나가고 싶었다. 서글픈 마음에 목이 잠겼다. 바로 그때, 성당 한쪽 구석에 서 있는 드 빌라 형사의 익숙한 모습이 눈에 들어왔다.

두 사람은 말없이 성당을 나와서 나란히 걸었다. 바깥 날씨는 성당 안의 그늘지고 서늘한 공기와 사뭇 달랐다. 세상 만물을 고사시키려는 듯 햇볕이 쨍쨍 내리쬐고 있었다. 최근에 내린 비의 흔적은 어디에도 없었다. 일기예보에 따르면, 고기압 전선이 북동 해안을 따라 형성되어 온도를 상승시킬 거라고 했다. 여름이 다시 돌아왔다. 전보다 더 성나게 이글거리면서 돌아왔다. 온 도시가 맹렬한 열기에 굴복할 기세였다.

데니스 드 빌라가 재킷을 벗고 셔츠 소매를 말아 올리기 시작했다.

"죄송하지만 이런 열기에는……."

그는 말을 뚝 멈추더니 화제를 바꿨다.

"이곳에 오면 당신을 만날 수 있을 것 같았습니다."

미스틱도 스카프를 풀었다. 두 사람은 뙤약볕 아래 서서 마주 봤다.

"당신이 장례식에 올 거라고 생각했습니다."

"맞아요. 꽃도 보냈죠."

미스틱은 손바닥을 이마에 댔다. 땀방울이 맺혀 있었다. 이런 열기 아래서는 장례식의 서글픔도 찐득한 땀방울에 녹아 없어질 것 같았다.

"이렇게 무더운 날에는 뉴욕 경찰도 숨을 좀 돌릴 거라고 생각했는데……."

"아니, 정반대입니다."

형사가 셔츠 소매를 팔꿈치까지 말아 올리며 말했다. 그의 이마에 크리스털 같은 땀방울이 송골송골 맺혔다.

"이번엔 나를 보호하러 왔다는 헛소린 하지 않았으면 좋겠네요."

"왜죠?"

그가 이마를 찌푸리며 진심 어린 눈으로 그녀를 응시했다. 그 시선이 너무 지긋해서 당황스러웠다. 그녀는 짙은 선글라스를 쓰고 있어서 다행이라고 생각했다.

"새로운 운전기사는 괜찮습니까?"

"물론이에요."

마침 새로운 운전기사의 차가 몇 미터 앞에서 그녀를 기다리고 있었다.

"가야겠어요."

이마와 목덜미, 등허리에 땀방울이 맺히기 시작하자 그녀가 서두르며 말했다.

형사가 한쪽 발에서 다른 쪽 발로 체중을 옮기며 말했다.

"제가 스튜디오까지 모셔다 드리고 싶습니다."

그녀가 뭐라고 대답하기도 전에 그가 후회하는 목소리로 덧붙였다.

"물론 어림없는 얘기겠죠."

미스틱은 어떻게 반응해야 할지 몰라 잠시 망설였다. 순간, 형사가 그녀에게 반했다던 차드의 말이 떠올랐다. 차드가 이 대화를 엿들으면 깔깔대며 웃을 것이다. 스튜디오에서 차드에게 이 상황을 들려주는 모습을 상상했다. 구내식당이나 프로덕션 사무실에서 그와 함께

441

깔깔거리는 모습도 상상했다. 하지만 곧 썩 우습지 않을 것 같다는 생각이 들었다. 아직도 성당에서 맡았던 향 냄새가 코끝에 감돌았기 때문이다.

"참 끈질긴 양반이군요. 그 점은 인정할게요. 하지만 보시다시피 지금은 태워 주지 않아도 돼요."

그녀가 차 쪽으로 걸어가자 형사가 그녀와 보조를 맞추며 걸었다.

"당신을 처음 봤던 곳도,"

그가 고백하듯 말했다.

"성당이었습니다. 기억하세요? 프랭클린 리처즈의 장례식이요. 오늘 열린 장례식과는 딴판이었죠. 슈퍼히어로 무리에서 당신을 봤습니다. 당신이 프랭클린의 부모와 포옹하는 모습도 봤고, 무리에서 벗어나 혼자 성당을 빠져나가는 모습도 봤습니다."

미스틱이 차에 올랐다. 차 안의 서늘한 공기가 그녀의 축축한 피부로 스며들어, 텅 빈 몸 속이 시원한 바람으로 채워지는 듯했다.

"하지만 난 그곳에서 당신을 보지 못했어요. 미안해요. 이젠 가야겠어요."

데니스 드 빌라가 한 손으로 차문을 잡고는 상체를 안으로 쑥 집어넣었다. 두 사람의 얼굴이 거의 맞닿을 것 같았다. 그가 초조하게 눈을 깜빡이며 마른침을 삼켰다.

"그날, 당신이 걸어가던 모습을 지켜보던 게 기억납니다. 언젠가 우리가 이야기를 나눌 거라고, 언젠가 우리가 서로 교감할 거라고 생각했던 것도 기억납니다. 웃기지 않나요? 제가 그 쪽지에 대해 알기 전인데, 당신을 만날 이유가 있다는 걸 알기 전인데 말입니다."

미스틱은 안쪽으로 더 들어갔다. 거리를 약간 띄우고는 최대한 차가운 목소리로 말했다.

"차 안으로 더운 바람이 들어와요. 문 좀 닫아 주겠어요."

"한 가지만 부탁드리겠습니다. 새로운 쪽지가 도착하면 꼭 전화해 주세요."

그가 쉰 목소리로 말했다.

"이상한 일이 생기면 언제든 전화 주세요. 아니, 그냥……"

그가 목소리를 낮추고 고개를 살짝 돌렸다.

"아무 일이 일어나지 않아도 전화 주세요. 물론 어림없는 얘기겠지 만요."

미스틱은 선글라스를 조심스럽게 다시 썼다. 형사의 벌어진 옷깃 사이로 듬직한 가슴이 살짝 엿보였다. 단단한 가슴은 섬세하고 여려 보이는 작은 귀와 상당히 대비됐다. 방금 한 말을 용서해 달라는 듯 이 그의 얼굴에 애절한 표정이 떠올랐다. 그의 눈동자가 충혈된 모세 혈관에 둘러싸여 더 선명하게 보였다.

'저 눈과 저 입술로 도대체 무슨 말을 하는 거지? 내게 관심이 있 다는 걸까? 지금 나한테 고백한 거야? 그런 거야? 차드가 이 얘길 들 으면 아마 배꼽을 잡고 웃을 거야.'

그녀는 미지의 세계에서 길을 잃지 않으려고 똑같은 행동을 되풀 이했다. 형사의 행동과 고백에 당황하면서도 엉뚱하게 차드를 떠올 리며 이 상황을 모면하려 했다.

형사가 문을 닫자 운전기사가 시동을 걸었다. 그러고는 햇볕에 달 궈진 아스팔트 위를 미끄러지듯 달려 나갔다. 도로 옆으로 낡은 건 물이 줄지어 늘어서 있었다. 만원 버스 한 대가 도로를 막아 차량 흐 름을 끊었다. 미스틱은 오전 약속에 늦을 것 같아 차창으로 스쳐 지 나는 낯선 동네를 초조하게 바라봤다. 머릿속으로는 장례미사와 히 스패닉계 성직자의 목소리, 관에 뿌려진 성수를 생각했다. 참석한 몇 안 되는 사람들의 뻣뻣한 등과 작은 성당의 썰렁한 벽도 생각했다. 몇 주 전에 참석했던, 미국인이 가장 사랑하는 아들의 장례식과 비교하면 천지 차이였다.

그녀는 프랭클린 리처즈의 장례식을 세세하게 기억했다. 어떻게 잊을 수 있겠는가? 흐느끼던 어마어마한 관중, 수백 개의 화환에서 나던 꽃 냄새 등 그 장례식은 엄청난 이벤트였다. 온 도시가 애도하며 운행을 멈췄다. 그날 다른 사람의 눈으로 바라본 자신의 모습은 어땠을까? 그녀는 형사가 자신을 바라봤을 때 어떤 모습이었을지 상상했다. 검은 옷을 입은 여자, 죽은 남자의 부모를 포옹하는 여자, 유명하지만 고독한 여자, 성당을 가득 메운 인파를 헤치고 홀로 말없이 걸어 나가는 여자.

강렬한 햇빛이 유리창을 뚫고 들어왔다. 그녀는 스튜디오로 가는 동안 햇빛을 피하려고 다시 스카프를 둘렀다. 그런데 어쩌면 그 이미지를, 드 빌라 형사의 눈으로 바라본 자신의 이미지를 감추려고 스카프를 둘렀는지도 모른다. 아니 그 남자의 은근한 눈초리를 피하려고 스카프를 둘렀는지도 모른다.

*

음악이 시작됐다. 그들은 팔을 들어올리고 첫 번째 스텝을 밟았다. 하나 둘 셋, 하나 둘 셋. 안무가인 구스타프가 입에 물고 있던 파이프를 빼고 동작을 보여 줬다. 그들은 스튜디오에서 다음 쇼의 댄스곡을 연습하고 있었다. 열두 명의 댄서는 중요한 부분만 가린 채 구스타프의 지시에 집중하며 몸을 흐느적거렸다. 스튜디오 바닥을 맨발로 누비며 고갯짓 하나, 손짓 하나까지 똑같이 움직였다. 호흡이 척척 맞왔다. 하나 둘 셋, 하나 둘 셋.

미스틱-마돈나도 그 안에 있었다. 안무가의 지시에 따라 엉덩이를 흔들었다. 폐로는 공기를 들이마시고 심장으로는 흥분된 에너지를 뿜어냈다. 마돈나의 몸을 취하면 언제나 기이한 감흥이 일었다. 댄스 스텝을 연습하는 것도 기이했다. 그녀는 춤을 전혀 못 췄지만 마돈나의 몸으로 변신하면 완전히 딴 사람이 됐다.

"처녀처럼, 기분이 아주 좋아요."

80년 대 히트송이지만 언제 들어도 신났다. 젊은 남녀 댄서들이 그녀를 둘러싸고 박자에 맞춰 몸을 날렸다. 그들은 열정적인 동작에도 전혀 힘들어 보이지 않았다.

'이 노래가 처음 나왔을 때 이들 중 일부는 태어나지도 않았을 거야. 그런데 난 애들이 세상에 태어나기도 전에 감옥에 갇혔어.'

그들이 갑자기 모든 동작이 멈추고, 동시에 바닥에 쓰러졌다. 그녀와 댄서들과 안무가까지, 열네 개의 육체가 바닥을 쓸었다. 체중을 실어서 바닥을 스치며 흐느적거리다 활 모양으로 서서히 일어났다. 스튜디오의 강렬한 조명을 받으며 한몸처럼 똑같이 움직였다.

구스타프가 맨 앞쪽으로 나갔다. 그의 움직임은 대단히 우아했다. 미스틱보다 대여섯 살 많은 이 신사는 은발 머리와 턱수염을 길게 길렀고 두툼한 렌즈가 달린 안경을 썼다. 사계절 내내 연한 갈색 코듀로이 정장을 입었다. 전체적으로 봐서는 철학을 가르치는 노교수 같았다. 유서 깊은 대학의 강의실이나 도서관에서 마주칠 것 같은 남자였다. 그런데 실제로도 그 이미지와 별 차이가 없었다. 구스타프는 철학과 교수였으며, 안무가로 새로운 인생을 살고자 몇 년 전에 강단을 떠났다. 그의 외모나 스타일은 강단에 섰던 시절과 하나도 변하지 않았다. 점잖은 코듀로이 정장을 입고 댄스 연습실에 나타났다. 음악이 시작되면 그는 구두를 벗고 파이프를 입에서 뺐다. 그러고는 의외로 매우 민첩하게 몸을 놀렸다. 브로드웨이 공연에서 이미 여러 작품을 성공시켜 명성을 떨쳤고, 두어 시즌 전부터 TV로 활동 무대를 옮겼다.

미스틱은 안무가의 리드에 몸을 내맡기게 돼 안도했다. 어떤 몸짓을 하고 어떤 스텝을 밟을지 알려 주는 대로 따라가기만 하면 됐다. 든든하고 확실한 리듬에 모든 걸 내맡기면 그만이었다. 음악에 몰두하면 몸 안에서 샘 솟는 에너지를 발산할 수 있고 세판스키로 변신해야 한다는 부담감도 잊을 수 있었다.

구스타프가 그녀에게 뭐라고 소리쳤다.

"미스틱! 골반! 골반을 흔들어!"

오, 예스! 그녀는 골반을 흔들었다. 더 세게, 더 육감적으로 흔들었다. 추가 흔들리듯이 좌우로, 앞뒤로 흔들었다. 남자처럼, 여자처럼, 흑인 여자처럼, 백인 여자처럼 흔들었다. 아니, 전 인류를 아우르는 몸짓으로 골반을 마구 흔들었다.

그런데 또다시 불안감이 스멀스멀 피어올라 그녀를 아프게 찔렀다. 포탄 파편처럼 날카로운 끝으로 마구 찔러댔다. 그 불안감이 세판스키로 변신하는 것에 대한 걱정 때문인지, 아니면 오늘 아침 장례식에서 만난 데니스 드 빌라 때문인지 알 수 없었다.

그녀를 둘러싸고 여러 육체가 한몸처럼 춤을 췄다. 그들은 이슬 같은 땀방울을 분출했다. 그들의 호흡이 하나로 합쳐져서 노래와 함께 스튜디오를 꽉 채웠다.

"내게 첫눈에 반한 거 아닌가요?"

차드가 무대로 나와 함께 춤췄다. 그녀와 똑같은 의상을 입었지만 몸집이 적어도 그녀의 두 배는 돼 보였다. 차드도 마우 민첩하게 움직였다. 두 사람만 무대에 남아 나란히 춤을 췄다. 같은 인물을 완전히 다른 버전으로 표현했다. 초능력을 지닌 돌연변이는 오리지널과 똑같은 몸매와 똑같은 피부, 똑같은 근섬유를 지녔다. 심지어 지문까지 똑같았다. 반면에 뚱뚱한 여장 남자는 의상만 똑같을 뿐 믿기 어려울 정도로 우스꽝스러웠다. 댄스 공연이 클라이맥스에 도달했다. 우스꽝스럽고 도발적이고 가슴이 뭉클할 정도로 완벽했다! 한몸처럼 똑같이 돌고, 똑같이 팔을 들어올리고, 똑같이 뜨겁고 화끈하게 흔들었다.

하지만 파편처럼 날카로운 불안감이 여전히 그녀를 찔러댔다. 춤 동작에 아무리 빠져들어도 점점 더 날카롭게 찌르는 것 같았다. 이렇게 불안한 이유를 알아내는 건 어렵지 않았다. 다가오는 쇼나 드 빌라와의 만남 때문이 아니었다. 로지타 고메즈의 장례식을 마치고 사무실에 왔을 때 그녀가 발견한 것 때문이었다. 사무실에 들어섰을 때 뭔가가 그녀를 기다리고 있었다.

그녀는 계속 춤을 췄다. 운동선수 같은 팝스타의 모습으로 계속 흔들었다. 안무가의 동작에 맞춰 열정적으로 움직였다. 그녀가 렉싱턴에 갇혀 있고 구스타프가 캘리포니아의 어느 대학에서 가르치던 시절에 그리고 스튜디오에 있는 대부분의 사람이 갓 태어났거나 태어나기도 전에 유행하던 노래에 몸을 내맡겼다.

'난 마돈나야. 난 미스틱이야. 난 스튜디오에서 공연 연습을 하고 있어.'

이 모든 것들이 갑자기 낯설게 다가오는 것 같아 그녀는 계속해서 자신에게 그 사실을 상기시켰다. 두 사람의 팔이 하늘을 찔렀다. 차드의 몸과 그녀의 몸이 나란히 어깨와 엉덩이를 흔들었다.

몇 시간 전 사무실에 들어갔을 때 쪽지가 그녀를 기다리고 있었다. **447**

예전처럼 흰 봉투에 담겨 책상 위에 놓여져 있었다. 그런데 이번에는 우체국 소인이 찍혀 있지 않았다. 우편으로 배달된 게 아니었다. 그녀가 드 빌라 형사와 장례식에 참석했을 때 누군가 놓고 간 게 틀림없었다. 이 메시지를 전하러 누군가 그녀의 사무실에 몰래 들어온 것이다.

잘 가요, 미스틱

하나 둘 셋, 하나 둘 셋! 노래가 막바지에 접어들었다. 그들은 모두 호흡을 맞춰 가며 피날레를 준비했다. 그녀와 차드, 댄서들, 구스타프까지 팔과 다리를 쭉쭉 늘이며 아라베스크 동작을 선보였다. 고개를 앞뒤로 흔들고 머리카락을 빙글빙글 돌리며 마지막 몇 초 동안 열정적으로 움직였다.

'이렇게 마음이 약해지긴 처음이야.'

그녀도 이젠 인정했다. 완벽하고 세련된 안무에 맞춰 광란에 가깝게 몸을 흔들면서 그녀도 이젠 위험이 닥쳤음을 인정했다.

*

댄스 연습을 마치고 미스틱은 얼른 분장실에서 본래 모습으로 변신하고는 샤워실로 뛰어들었다. 물줄기가 쏟아져 몸의 굴곡을 따라 부드럽게 흘러내렸고, 머리칼을 적시고 등줄기를 지나 엉덩이 굴곡을 타고 흘러내렸고, 어깨와 기다란 팔을 타고 흘러 손끝에서 폭포처럼 떨어졌다.

감은 눈꺼풀에 물줄기를 맞으려고 얼굴을 들었다. 마돈나의 몸에서 느꼈던 감흥이 물과 함께 씻겨 내려갔다. 긴장된 근육, 작은 몸집에서 오는 갑갑함, 동그스름한 얼굴과 격정에 찬 육체의 느낌이 녹아내렸다. 마돈나가 사라지고 미스틱이 돌아왔다.

'내가 돌아오고 있어. 피부, 호흡, 심장박동이 돌아오고 있어.'

줄기차게 쏟아지는 물줄기 아래에서 그녀는 목과 아픈 어깨를 마사지했다. 피곤했다. 살아오는 내내 이런 피로감이 파도처럼 밀려왔다가 밀려가곤 했다. 그런데 그 주기가 갈수록 짧아지고 있었다. 샤워 타월을 집어 물에 헹군 다음 여전히 눈을 감은 채 피부를 가볍게 문질렀다. 물 튀는 소리가 귓전을 울렸다. 그런데 짙푸른 바다에서 난파선이 떠오르듯 뜬금없이 그 문구가 떠올랐다.

'잘 가요, 미스틱.'

그녀는 샤워 타월로 푸르스름한 팔을 문지르고, 팔꿈치와 겨드랑이도 꼼꼼히 문질렀다. 그날 아침, 누군가가 책상에 새로운 쪽지를 두고 갔다. 그 빌어먹을 집단에서 그랬을까? 미스틱은 드 빌라 형사를 처음 만났을 때 들은 이야기를 떠올렸다. 배트맨과 프랭클린 리처즈를 살해한 집단은 아무나 뽑아서 누구든 해치울 수 있다고 했다. 아무나? 그렇다면 과연 그 '아무나'는 누구일까? 사무실에 쪽지를 두고 간 사람이 스튜디오에서 일하는 사람일까?

하지만 그녀는 직감적으로 그럴 리 없다고 생각했다. 그녀는 지하 단체가 어떻게 작동하는지 잘 알고 있었다. 물론 그녀의 판단이 틀릴 수도 있지만 그녀와 함께 일하는 사람 중에 그토록 섬뜩하고 암울하고 억센 기질을 지닌 사람은 없었다. 그런 식의 공격과 살인을 획책하거나 누군가를 해치려고 진지하게 음모를 꾸밀 만한 사람들이 못됐다. 어둠의 세계에서 의식적으로 행동하고, 현실 세계에서 아무도 눈치 채지 못하도록 교묘히 움직이려면 남다른 기질과 능력이 있어야 한다.

'내 주변에 그런 능력을 지닌 사람은 없어. 있었으면 내가 벌써 알 아챘을 거야.'

마돈나가 완전히 빠져나갔다. 샤워기를 너무 오래 틀어놨는지 물이 차가워지기 시작했다. 얼른 물기를 닦고 알로에 젤을 발라야 했다. 그런 다음 전화를 걸고 쇼의 기술진과의 협의 등 예정돼 있는 일을 소화해야 했다. 그런데도 그녀는 차가운 물줄기 아래에서 계속 뭉그적거렸다. 머리카락이 머리와 목덜미에 착 들러붙었다.

사태가 어떻게 돌아가든 최근에 받은 쪽지에 대해서는 아무한테도 말하지 않을 작정이었다. 경찰이나 데니스 드 빌라 형사에게 이야기해 봤자 도움은커녕 곤란한 상황만 초래할 것이다. 그녀는 쇼를 위험에 빠뜨리고 싶지 않았다. 지금까지 혼자서도 자신을 잘 지켜왔고, 게다가 경찰에 대한 반감이 워낙 커 그들이 그녀를 보호해 줄 거라는 이야기를 신뢰하지도 않았다. 쪽지에 대해 말하지 않을 이유는 끝도 없이 많았다. 거기에 가장 치명적인 이유가 하나 더 있었다.

'배트맨이 살해되고 조지 호텔의 한 개 층이 몽땅 날아갔어. 이런 사건을 획책한 자들이 날 제거하기로 결정했다면 조만간 그들이 성공할 거라고 보는 게 논리적으로 맞아. 누가 그들을 막을 수 있겠어?'

이런 생각에 빠지다 보니 물줄기가 완전히 차가워진 것도 몰랐다. 숨이 가빠 오고 무력한 상태에 빠져들었지만 겁을 집어먹은 건 아니었다. 불현듯 떠오른 그 생각은 의문의 여지가 없어 보였다. 그런데도 그녀는 남의 일인 양 무덤덤했다. 의식의 벽에 새겨진 고대 글자처럼 예전부터 늘 그렇게 생각했던 듯했다.

'조만간 그들이 성공할 거야.'

금요일, 다섯 명의 젊은이들이 이스트 강에 뛰어들었다. 그러고는 맨해튼 해안을 따라 헤엄치기 시작했다. 몇 주 뒤에 열릴 수영 대회에 대비해 당국의 허가도 받지 않고 연습을 한 것이다. 해마다 지구상에서 가장 유명한 섬을 싸고 흐르는 이스트 강과 허드슨 강을 따라 사십오 킬로미터 거리를 반시계 방향으로 일주하는 수영 대회가 열렸다. 그런데 무모한 다섯 젊은이가 지원 팀이나 구조 보트도 없이 너무 일찍 강물에 뛰어든 것이다.

지역 방송국 뉴스에서 그 소식을 전했다. 무모하게 강물에 뛰어든 다섯 명 중 한 명이 문제가 생겨 물에 빠졌는데, 나모르가 나타나 안전하게 구조됐다고 했다. '신의 섭리로' 때마침 근처를 지나다 그를 구했다는 것이다. 유명 토크쇼 사회자이자 은퇴한 슈퍼히어로이며 아가미 달린 수영 챔피언이, 때마침 그 시간에 강둑을 산책하다가 헤엄치는 사람들을 '우연히' 목격했다고 기자들에게 떠벌렸다. 우연치고는 참 묘한 우연이었다.

미스틱과 차드는 사건에 대해 이야기하며 적어도 한 시간은 깔깔거렸다. 늙은 나모르가 다섯 명의 바보들을 꼬드겨 일을 꾸민 게 분명했다. 저녁 뉴스 시간에 방송을 타서 언론의 주목도 받고 다음 쇼를 홍보하려는 속셈이었다. 완전히 날조된 사건임을 알아차린 뉴스 캐스터도 빈정대지 않으려고 애쓰는 모습이 역력했다. 저런 꼼수까지 부리다니!

뉴스가 너무 우스워 미스틱의 울적한 기분까지 확 날려 줬다. 그녀는 지난 며칠 동안의 불안감과 우려를 잊고 쇼의 원고를 편집하는 데 집중했다. 하지만 오후가 지나면서 다가올 공연에 대한 두려움이 다시 그녀를 엄습했다. 쇼를 앞둔 며칠은 늘 그랬지만, 이번엔 여러 가지 사건으로 더욱 불안했다. 늙은 나모르를 비웃는 것만으론 부족했다. 스튜디오에서 벗어나고픈 충동이 강하게 일었다. 폐쇄된 공간에서 달아나고픈 욕구가 너무 강해, 결국 제작 스태프에게 몇 가지 지시를 내리고는 어딘가에 약속이 있는 듯 택시를 불렀다. 그녀는 운전기사에게 시내로 가자고 했다.

"시내 어디로 모실까요?"

기사가 물었다.

"아무 데나 시내로……. 아니, 컬럼버스 서클로 가 주세요."

택시가 출발했다. 꽉 막힌 맨해튼을 벗어나는 데 시간이 좀 걸렸다. 기사가 라디오를 틀었다. 라디오 진행자가 교통 상황과 푹푹 찌는 주말 날씨에 대한 예보를 전한 후, 그날 오전 강물에 뛰어든 다섯 사람의 도전과 나모르의 '우연한' 구조 등 그날의 주요 소식을 전했다.

택시 기사가 못마땅한지 고개를 절레절레 저었다. 정말 짜증나는 하루였다. 수은주는 한없이 올라가고, 젊은 녀석들은 멍청하게도 이런 날씨에 섬을 일주하려 들었다.

택시에서 내리자마자 미스틱은 잽싸게 타임워너 센터의 로비로 들어갔다. 그러고는 이렇게 갑자기 변신할 때마다 이용하는 화장실로 향했다. 그런데 이번엔 차드로 변신하는 데 필요한 옷을 준비하지 못했다. 그래서 일단 옷을 벗고 젊은 수지의 모습으로 변신했다. 수지는 그녀보다 몸이 한 치수 정도 작았다. 그런 다음 옷을 다시 입고는 로비로 나왔다. 이젠 편하게 돌아다녀도 괜찮을 듯했다. 타오르는 불안한 불길을 진정시킬 때 그녀가 가끔 써먹는 방법이었다.

그녀는 브로드웨이를 따라 걸었다. 강렬한 햇살이 따갑게 쏟아졌다. 수지의 피부는 너무 약해서 뙤약볕을 그대로 받았다가는 화상을 입을 듯했다. 미스틱-수지는 가능한 한 그늘진 곳으로 걸어다녔다. 스타벅스, 헬스 클럽, 레스토랑, 신문 가판대, 꽃가게, 식료품점, 수상쩍은 전자제품 할인점 등을 빠른 걸음으로 지나갔다. 앞에서 어물거리는 뚱뚱한 여자들을 제치려고 더 빨리 걸었다.

미스틱은 극장가를 지나 사람들로 붐비는 타임스 스퀘어로 들어갔다. 거의 뛰다시피 가다 보니 사람들이 놀라 길을 터 줬다. 가는 도중에 한 남자가 카우보이 모자와 부츠만 걸친 채 컨트리 노래를 부르고 있었다. 사람들이 그를 둘러싸고 사진을 찍었다. 타임 스퀘어의 유명한 벌거벗은 카우보이였다. 미스틱-수지는 여행객으로 붐비는 곳을 벗어나 남쪽으로 계속 걸어갔다. 어깨를 스치며 지나가는 사람들의 시선을 마주 보며 걸음을 재촉했다. 마음이 불안해서 뒤를 힐끔힐끔 돌아본 게 한두 번이 아니었다. 아무도 쫓아오지 않는 걸 확인하고는 자신이 바보 같다고 생각했다.

수지의 몸에서 미묘한 땀 냄새가 났다. 그녀는 지나는 사람들과 의도치 않게 눈을 계속 마주쳤다. 뉴욕 거리를 지나는 사람들의 시선은 크게 두 가지로 분류할 수 있었다. 하나는 적대적인 시선으로, 그런 시선을 마주치면 '뭘 꼬나 봐?' 이렇게 말하는 듯했다. 다른 하나는 은근하게 유혹하는 듯한 시선이었다. 아무 날 아무 시간에 아무 데서 마주친 사람들끼리 서로 추파를 던지는 듯했다. 남자, 여자 가릴 것 없이 다들 딱히 어떤 결과를 기대하지 않고 그냥 은근한 눈길을 보냈다. 누구도 심각하지 않았다. 뉴욕에서 추파를 던지는 행위는 유쾌한 노이로제였다. 거의 강박적 반사작용이자 돈 안 들이고 만족감을 느끼는 수단이었다.

피해망상과 유혹, 이 두 가지 상호 보완적 방식은 뉴욕 거리에서 사람들이 소통하는 수단이었다. 미스틱-수지는 그냥 눈을 감고서 어떤 시선도 피하고픈 심정으로 계속 걸었다. 인도에서 내려와 교차로를 건넜다. 핫도그 판매대에서 매캐한 연기가 피어올랐다. 그녀는 멈추지 않고 곧장 내달렸다. 강렬한 햇살 때문에 벌게진 얼굴로 피해 망상의 도시, 유혹의 도시를 서둘러 걸어갔다. 그러다 사람들이 몰려 있는 곳에서 어쩔 수 없이 지체하며 이런 날 시내에 나온 게 실수라며 후회했다. 그녀는 과연 어디로 달려가고 있었을까? 무엇을 찾고 있었을까?

*

데니스 드 빌라가 전신 거울 앞에 섰다. 오후 햇살이 유리창으로 쏟아지며 벌거벗은 몸의 윤곽을 투명하게 비췄다. 울룩불룩한 근육에 투명한 코팅을 입힌 듯했다.

그는 체격이 좋았다. 옷을 벗으니 더 멋졌다. 어깨는 조각처럼 아름답고 가슴은 넓었다. 헬스 클럽에서 급하게 키운 가슴근육과는 비교할 수 없을 정도로 진짜 단단하고 멋진 근육이었다. 가슴 상단엔 곱슬곱슬한 털이 났는데, 짙고 단단한 유두가 털에 살짝 묻혀 이끼로 덮인 나무옹이처럼 보였다. 데니스는 손을 둥그렇게 말아 가슴을 어루만졌다.

그의 피부는 옅은 황갈색으로, 몸 전체가 고르게 그을린 걸로 봐선 아무것도 걸치지 않고 일광욕을 한 게 틀림없었다. 그렇다면 그는 그녀가 예상하는 것보다 훨씬 덜 폐쇄적인 사람이다.

미스틱이 가장 좋아하는 부위는 그의 다리였다. 그의 다리는 단단하고 균형이 잘 잡혀 있었다. 운동선수처럼 근육이 발달했고 전체적으로 솜털이 덮여 있었다. 발은 너무 크지도 작지도 않고 적당했다.

창문으로 쏟아져 들어온 햇살이 침실 바닥을 밝게 비치며 그의 발을 감쌌다.

전체적으로 봤을 때 데니스의 다리에는 어떤 힘이 내재돼 있었다. 그 힘은 심장에서 가장 먼 곳까지 혈액이 지나면서 그의 하체에 전해 준 것이었다. 데니스의 육체는 속에 딱딱하고 접근하기 어려운 부분을 숨길 줄 아는 과육 같았다.

미스틱-데니스가 허벅지를 애무했다. 그녀는 거울에 반사된 그의 음경을 바라봤다. 그녀의 시선을 감지한 듯 음경이 발딱 서서 뭔가를 위협하듯이 힘차게 앞으로 뻗었다. 거울에 비친 자신의 이미지에 끝 부분이 벌써 축축하게 젖었다.

미스틱-데니스가 몸을 떨었다. 허벅지를 다시 만지고 고개를 뒤로 젖히면서 원래 모습으로 돌아왔다. 미스틱의 푸르스름한 육체가 남자의 육체와 교대했다. 그녀의 젖꼭지도 단단해졌고 다리 사이도 축축해졌다.

*

잠시 후 미스틱은 그대로 거울 앞에 서서 숨을 깊이 들이마시며 다른 남자로 변신을 시도했다. 그 악명 높은 의사로 변신하는 연습을 토요일에는 하지 않겠다고 마음먹었지만, 그냥 한 번 시도해 보자고 마음을 고쳐먹었다. 그녀는 거울에 비친 가슴과 복부에 난 흰 털, 말라빠진 다리, 작고 쪼글쪼글해진 음경을 바라봤다. 데니스 드 빌라의 육체와는 확연히 달랐다.

나이 든 육체를 취한다고 해서 못마땅하지는 않았다. 나이는 아무 문제가 안 됐다. 그녀는 어떤 육체로 변신하든 그 안에서 늘 남다른 아름다움을 찾아냈다. 아무리 나이 들고 추한 몸뚱이라도 그 안에는 고유한 아름다움이 있었다. 하지만 세판스키의 몸은 생경했다. 미스 틱-세판스키가 거울에 비친 모습을 살피며 문제점을 분석했다. 얼굴 에 모호한 주름이 잡혔고 눈꺼풀과 광대뼈도 팽팽하지 않았다.

'어떻게든 해내겠다고 약속했는데 어쩌지. 그 작자로 변신하는 게 왜 이리 어렵지.'

미스틱은 자신에게 괜찮다고 말하고 싶었다. 거지 같은 베스트셀 러를 팔아먹자고 환자를 배신한 멍청한 의사로, 아니 전직 의사로 변 신하지 않아도 된다고 말하고 싶었다. 거울에 비친 모습은 믿기 어려 울 정도였다. 그녀도 아니었고, 그렇다고 온전히 다른 사람도 아니었 다. 이도 저도 아닌 어중간한 육체에 갇힌 듯했다. 그녀는 다시 원래 모습으로 돌아온 후 샤워를 마치고 부엌으로 향했다.

냉장고에는 홀푸드사에서 만든 다양한 음식이 들어 있었다. 요구 르트와 세척 과일은 물론, 녹황색 채소도 미세한 물방울이 응결된 투 명한 봉지에 담겨 있었다.

'오늘 하루는 아무 생각 하지 말고 쉬라니까. 딱 하루 쉬는 것도 나 한텐 허락되지 않는구나.'

그뒤로는 책을 읽고 토막잠을 자고 마리화나를 피우고 차드와 지 루한 문자 메시지를 주고받으며 토요일 오후를 보냈다.

차드는 이번 주말에 부모를 만나러 코네티컷 주에 갔다. 이 말은 그가 집에서 하던 일을 부모님 집에 가서 했다는 말이다.

'갑갑한 집에만 틀어 박혀서 뭐하냐고 물어봐도 돼요?'

차드가 뜻밖에 활력 넘치는 말투로 물었다.

'남자가 굴뚝에서 뚝 떨어지기를 기다리는 거예요? 그러지 말고 좀 움직여요! 오늘밤 첼시에서 새로운 전시회가 열려요!'

차드의 메시지 때문이 아니었다. 밀실 공포증 때문도 아니었다. 거대하고 신비로운 짐승의 신음 소리처럼 문틈으로 들어오는 뜨거운 바람 때문은 더더욱 아니었다. 오랫동안 하지 않았던 일을 하기로 결심한 이유는 일종의 자부심 혹은 도전의식 때문이었다. 결국 그녀는 자신의 본래 모습으로 나가서 사람들과 어울리기로 결심했다. 밖에 무엇이 기다리고 있든 상관하지 않았다. 과열된 도시의 무질서, 뒤에서 수군대는 어리석은 사람들, 심지어 자신을 해치려는 광적인 집단도 신경 쓰지 않았다. 그런 건 더 이상 중요하지 않다고 생각했다. 어떤 위험이 도사리고 있든 맞서기로 결심하고 자신의 진짜 모습으로 집을 나서고는 택시를 잡아탔다.

오후 햇살이 조금씩 누그러지기 시작했다. 첼시에 있는 한 대형 갤러리에서 오늘 새로운 전시회가 열린다. 도로에서 두어 계단 아래에 자리 잡은 지하 갤러리는 예전에 창고로 쓰던 곳이다. 정문 앞에 사람들이 잔뜩 모여 있었다. 주변에 몰려든 사람들에게 미스틱이 반갑게 인사하는 척하며 그쪽으로 다가가자 기자들이 그녀를 향해 플래시를 터뜨렸다. 전시회를 개최한 예술가는 굉장히 유명한 사람이었다. 내부로 들어가니 쇼 비즈니스 업계와 슈퍼히어로 세계의 인사들이 손에 차가운 와인잔을 들고는 서성거리고 있었고, 기자와 비평가, 관광객, 개성 강한 윌리엄스버그의 젊은이들이 그들을 에워싸고 있었다. 다들 분위기를 의식하며 가식적인 표정을 짓고 있었다.

미스틱이 좋아하는 분위기는 아니었지만, 이왕 여기까지 왔으니 전시회를 둘러보며 예술가들에게 인사라도 건네야겠다고 생각했다. 그녀는 사람들 무리를 뚫고 복숭앗빛 네온등이 환하게 밝혀진 한 전시실로 들어갔다. 그런데 그곳에서 예술가 대신에 데니스 드 빌라를 발견했다.

딱히 놀라진 않았지만 기분이 묘했다. 이 전시회를 개최한 예술가는 슈퍼히어로와 인연이 많았다. 그러니 형사가 전시회에 온 게 하등 이상할 게 없었다. 막상 이런 곳에서 그와 마주치니, 왠지 이곳에서 그를 만날 거라고 애초에 알았던 것 같은 느낌이 들었다. 그 점을 미리 알고 있었고, 아마도 그렇게 되기를 바란 듯했다. 그런 기분이 들자 감전된 것처럼 몸이 찌릿하며 떨렸다.

*

네이선 퀴스트는 대단히 성공한 예술가였다. 그에게는 황금기가 여러 번 찾아왔다. 첫 번째는 그가 활동을 막 시작한 80년대였다. 그는 욕조에 물을 가득 담고 검정 물감을 풀어 놓고 스쿠버 장비를 갖추고는 벌거벗은 채 욕조에 누웠다. 아무것도 모르는 방문자들은 두어 명의 진행 요원에게 이끌려 신비한 검정 액체 속에 손을 담가 보라는 권유를 받았다. 밖에서 무슨 일이 일어나는지 볼 수 없는 시커먼 물속에 누워 있는 것도 대단한 용기였지만, 뭐가 있는 줄도 모르고 물속에 손을 집어넣는 것도 상당한 용기가 필요했다. 사람들이 주저하면서도 호기심에 하나둘 손을 넣고 그의 몸을, 온몸을 더듬기 시작했다. 그러고는 바닥에 살아 있는 사람이 누워 있다는 사실을 감지했다. 바로 예술가 네이선 퀴스트였다. 한 비평가가 이 퍼포먼스에 굉장히 감동받아 《가디언》에 극찬하는 글을 기고했다.

두 번째는 90년대에 찾아왔다. 당시 퀴스트는 초현실주의에 심취해 논란의 소지가 많은 인물을 실물 크기로 조각해 연이어 발표했다. 영국의 고위 성직자들이 조각상과 관련해서 장황하고 세밀한 분석을 쏟아냈다. 그도 그럴 것이 모니카 르윈스키가 빌 클린턴 앞에 무릎을 꿇고 앉은 조각상의 경우, 빌의 손이 모니카의 목덜미를 만지며 성직자 같은 미소를 짓고 있었기 때문이다.

세 번째는 엎드린 자세로 히틀러, 스탈린과 동시에 섹스하는 여자의 조각상을 내놓았을 때 찾아왔다. 런던과 뉴욕에서 전시된 이 작품은 두 나라에서 엄청난 논란을 불러일으켰다. 작품의 정치적 메시지보다 성기를 사실적으로 묘사한 점이 더 논란의 대상이었다. 그런 논란 덕분에 그는 지구상에서 가장 핫한 예술가로 부상했다. 아울러, 그 작품으로 그의 결혼 생활도 종지부를 찍었다. 엎드린 여자의 조각상을 위해 포즈를 취한 사람이 바로 그의 아내였다. 그녀는 역사상 가장 나쁜 독재자의 음경을 입에 넣은 모습으로 온갖 잡지의 표지를 도배하자 염증을 느끼고 그를 떠나 버렸다.

네이선 퀴스트는 그 즈음 뉴욕으로 이주했다. 뉴욕에서 자신의 명성을 만끽하며 어마어마한 가격으로 작품을 팔기 시작했다. 새천년의 시작을 기점으로 미술 시장이 급성장한 덕을 톡톡히 봤다. 뒤집힌 방패에 오줌을 싸지르는 캡틴 아메리카, 흉근을 음흉하게 드러낸 배트맨 등 슈퍼히어로를 모델로 한 조각상도 상당수 제작했다. 사악한 살인 사건과 함께 공개된 배트맨 조각상은 그에게 또 다른 황금기를 안겨 줬다. 실제로 배트맨은 죽기 직전에 살인자에게 이 도발적인 작품을 보여 줬다고 한다.

하지만 첼시 갤러리에는 이런 유명한 작품은 한 점도 없었다. 오히려 '네이선 퀴스트를 만나라' 등 그의 최신작이 전시실을 가득 메우고 있었다. 이 설치 미술품은 한쪽 벽면을 천장 높이까지 수많은 사진으로 도배한 작품이었다. 그는 여자의 얼굴을 근접 촬영한 사진으로 거대한 얼굴 모자이크를 완성했다. 퀴스트는 이혼하고 뉴욕에서 지내는 동안 자신과 섹스한 여자가 오르가슴에 도달할 때마다 사진

459

을 찍었다. 이 작품은 결국 오르가슴 모자이크인 셈이다. 강렬한 얼굴, 찌푸린 얼굴, 흥에 겨운 얼굴, 눈을 감거나 뜬 얼굴, 비명을 지르는 얼굴, 입을 살며시 벌린 얼굴 등 절정에 도달한 수많은 얼굴이 한자리에 걸렸다.

이 작품에서 특히나 놀라운 건 정말 다양한 여자가 등장한다는 점이었다. 퀴스트는 온갖 인종의 여자와 섹스를 즐긴 듯했다. 아시아, 백인, 흑인, 히스패닉계, 인디언, 유럽인으로 보이는 여자, 초록 눈을 가진 흑인 여자, 주근깨가 있는 아시아계 여자, 모호하게 섞인 여자, 온갖 인종의 염색체를 지닌 것 같은 여자 등 인종 전시장을 방불케 했다. 진짜 금성에서 왔는지 도저히 기원을 파악하기 어려운 여자도 있었다.

미스틱은 작품 앞에 서서 일종의 계시라도 받은 듯 생각에 잠겼다. 충격을 받기도 했지만 재미있다는 사실을 부인할 수는 없었다. 네이선 퀴스트 같은 예술가는 온갖 개탄스러운 방법으로 죄책감을 동반한 즐거움을 선사하는 데 일가견이 있었다. 그는 사람을 자극하고 도발하는 법을 알았다. 사악한 천재성을 지닌 음흉하고 자극적인 이 예술가는 현실의 온갖 측면을 상스럽고 흥미롭고 병적인 대상으로 비틀었다.

그녀는 당혹감을 느꼈다. 미술 작품 때문이 아니었다. 옆에 서 있는 남자, 데니스 드 빌라 때문이었다. 우연히 마주친 두 사람은 몇 마디 인사를 나눴다. 놀라울 게 없었는데도 둘 다 놀란 척했다.

'마음속 깊은 곳에서 이곳에 오면 그를 만날 거라는 걸 알고 있었어. 필시 그도 알고 있었을 거야.'

두 사람은 형식적으로 몇 마디 인사를 나눈 뒤, 절정에 도달한 얼굴로 형상화된 모자이크를 말없이 바라봤다. 한동안 어색한 분위기가 흘렀다. 복숭앗빛 네온 불빛 아래 얼어붙은 채, 두 사람은 편하게 다가가지도 못하고 그렇다고 자연스럽게 헤어지지도 못했다.

네이선 퀴스트는 빈티지 사파리를 걸치고 있었다. 칼라가 없는 베이지색 사파리 재킷에, 햇볕을 가리는 용도의 피스 헬멧(pith helmet)을 쓰고 있었다. 그의 뒤에는 기자들과 숭배자들이 수행원처럼 길게 따라 붙었다. 그가 한 손에 작은 체리 보드카 잔을 들고 미스틱에게 다가왔다.

"자기야, 이렇게 와 줘서 정말 기뻐. 자기는 아무 데도 참석하지 않는다고 하더라고. 뭐 좀 마시지 않겠어? 저쪽 바에 괜찮은 술이 아주 많아."

한 번 정도밖에 만난 적이 없는데 그가 아주 은근한 목소리로 전시실 한 쪽에 마련된 바를 가리키며 말했다.

그를 뒤따른 사람들이 뭔가 재치 있는 대답을 기대하면서 킬킬거렸다. 복숭앗빛 네온등이 그들의 얼굴과 유행하는 머리 스타일, 서 있는 모습, 의상과 화려한 구두를 은은하게 비췄다. 여러 전시실 중 하나에서 록음악이 시끄럽게 울려 퍼졌다. 순간적으로, 미스틱은 이 장면이 영화의 한 장면 같다는 생각이 들었다. 어쩌면 수세기가 흐른 뒤, 미래 사람들이 서구 사회의 모순과 부조리를 이해하려고 이 장면을 살펴볼지도 모르겠다 싶었다.

퀴스트가 드 빌라에게 말을 걸었다. 그는 한 손을 이마에 올리고는 매의 눈으로 형사를 예리하게 바라봤다.

"우리가 만난 적이 있었나? 본 것 같기도 한데…… 아, 맞다. 그 형사! 당신은 배트맨 살인 사건과 프랭클린 리처즈 살인 사건을 조사했던 형사로군! 이제야 기억나네."

그가 손을 여전히 이마에 붙이고 드 빌라와 미스틱을 번갈아 보며 말했다.

미스틱의 몸이 뻣뻣해졌다. 그녀는 퀴스트와 수행자들의 눈에 비치는 의혹과 추측을 읽어냈다. 수수께끼 같은 토크쇼 사회자와 슈퍼 히어로 살인 사건 전담 형사의 만남이라…… 그들은 그녀가 형사의 보호를 받고 있거나 두 사람이 데이트를 하고 있거나 아니면 그 둘 다라고 짐작하는 눈치였다.

미스틱은 드 빌라와 시선을 교환했다. 드 빌라는 이 상황이 즐거운 것도 같았고, 퀴스트의 교활한 시선에 당황한 것도 같았다.

어쨌든 그날 밤 전시된 주요 작품과 함께 두 사람도 많은 주목을 받았다. 시선을 끄는 네이선 퀴스트의 작품 속에서 본의 아니게 그들도 예술 작품이 됐다. 미스틱이 의례적인 미소를 띠며 말했다.

"전시회를 성공리에 개최한 걸 축하합니다. 당신은 무슨 일이든 어중간하게 하진 않는군요."

*

데니스 드 빌라가 바에서 화이트 와인을 두 잔 받고는 한 잔을 미스틱에게 건넸다. 미스틱은 그와 동행하는 게 어색했지만 어쨌든 그와 함께 왔다. 목도 축이고 싶었고, 이제 와서 서둘러 떠나는 것도 우스웠기 때문이다.

'이왕 만났는데 어쩌겠어. 어차피 우리 둘이 있는 걸 다들 봤는데.'

"전시회가 마음에 드세요?"

드 빌라가 물었다. 그가 잔을 살짝 흔들자 얼음끼리 부딪치는 소리가 났다.

462

"작품들이 재미있다고 생각해요."

그녀가 신중하게 대답했다. 그러고는 와인을 한 모금 마시며 차가운 액체를 음미했다.

"당신은 어때요? 마음에 들어요?"

"전 예술을 잘 모릅니다."

그가 어색하게 웃으며 대답했다.

"게다가 여기 전시된 작품은 대부분 너무 당혹스럽네요."

그가 잔 너머로 그녀를 쳐다보더니 와인을 한 모금 들이켰다.

미스틱은 형사의 목구멍이 수축하는 모습을 바라보며, 액체가 체내의 관을 따라 흘러내려가는 모습을 상상했다. 그녀는 형사에게 호기심을 느끼면서도 무심한 척 행동하며 몰래 살폈다.

"네이선 퀴스트는 교활한 예술가예요."

그녀가 어색한 침묵을 깨려고 입을 열었다.

"정곡을 찌르는 법을 아는 예술가죠. 그의 작품은 다 그런 것 같아요. 도발적이고 시선을 확 끌어당기죠."

"그게 예술가들이 하는 일인가요?"

"예술가들이 뭘 하는지는 나도 잘 몰라요."

그녀는 무심한 말투로 말했다. 자신의 말투에 흡족해서 잠시 뜸을 들이다 계속했다.

"네이선 퀴스트는 시스템을 자극하는 데 탁월한 재주가 있어요. 가려운 데를 정확히 포착해서 확실하게 긁어 주죠."

"아."

그가 알아듣기 어려울 정도로 작게 중얼거렸다. 그러더니 몇 미터 떨어진 곳에서 다른 손님들과 이야기를 나누는 네이선 퀴스트를 쳐다봤다.

"저 남자의 눈은…… 저 눈은 사람을 꿰뚫어보는 것 같습니다. 아까도 저를 스캔하는 것처럼 쳐다봤어요."

미스틱은 웃음을 참지 못하며 말했다.

"설마 그렇게 사소한 일로 겁먹은 건 아니죠?"

그녀는 머리를 가볍게 넘기면서 둘이 여기서 뭐하고 있나 싶었다. 많은 사람들이 한가롭게 수다를 떨거나 진지하게 의견을 주고받거나 도발하는 등 갖가지 모습으로 주변에 서 있었다.

"네이선 퀴스트는 늘 사람을 그런 식으로 쳐다봐요. 어쩌면 당신을 모델로 세울까 궁리하거나 당신 초상화를 그리고 싶었나 봐요."

드 빌라는 그녀의 말을 진지하게 받아들였는지, 눈을 동그랗게 뜨고 말했다.

"아, 아닙니다. 그럴 리가……."

미스틱은 호기심을 최대한 감추며 곁눈질로 그를 살폈다. 아마 퀴스트가 그를 쳐다보며 드러낸 호기심과 별반 다르지 않을 것이다. 뒤로 쓸어 넘긴 머리카락, 넓은 가슴, 얇은 소재의 바지에서 드러나는 다리 라인 등 그녀는 그의 몸을 속속들이 알았다. 그의 몸이 담고 있는 감정까진 이해하지 못하지만, 그의 겉모습뿐만 아니라 내부까지 알았다. 문득 자신이 그를 너무 오랫동안 쳐다본 걸 깨닫고는 머리를 흔들며 살짝 놀리는 목소리로 말했다.

"당신은 지금 근무 중인가요? 아마 여기 있는 슈퍼히어로들을 보호하러 온 거겠죠?"

"글쎄요."

그가 미소를 지으며 말했다.

"전에도 말씀드렸듯이 전 늘 근무 중입니다. 슈퍼히어로에 대해 말씀드리자면, 우리 경찰이 안전에 만전을 기하고 있습니다. 어쨌거나 우리가 가장 걱정하는 사람은……."

미스틱은 그에게 좀 더 구체적으로 말해 달라고 요구하고 싶었다. 경찰이 그녀를 걱정한다는 말인지, 아니면 데니스 드 빌라가 그녀를 걱정한다는 말인지 궁금했다. 하지만 이런 궁금증을 억누르고, 좀 전에 드 빌라가 했던 것처럼 잔의 얼음을 빙빙 돌렸다. 그들이 서 있는 곳에서 은퇴한 슈퍼히어로 두어 명이 보였다. 울버린은 지루한 표정으로 전시실을 돌아다니고 있었고, 그를 수행하는 보디가드 두 명도 똑같이 지루한 표정으로 그를 뒤따랐다. 전시실 반대쪽에는 백발이 성성한 토르가 흥분한 얼굴로 서 있었다. 그는 술을 많이 마셨는지 지나치게 큰 소리로 웃고 떠들고 있었다.

갤러리를 가득 메운 군중 사이로 익숙한 얼굴이 몇몇 보였다. 그중에는 뷔페 테이블에서 패스트리를 먹고 있는 레이먼드 미네타도 있었다. 그를 보자 돈 많고 괴상한 인간들이 다 모이는 자리라면 조지프 세판스키도 얼굴을 내밀지 모르겠다 싶었다. 필시 그도 나타날 것이다. 미스틱은 더 머물다가 그를 보고 갈지 그냥 갈지 마음을 정하지 못했다.

그녀는 잔을 죽 비웠다. 그 자리에 어울리지 않는 것 같아 마음이 울적했다. 다른 전시실에서 박수 소리가 요란하게 들렸다.

"뭐라고요?"

그녀가 드 빌라에게 물었다. 좀 전에 그가 뭐라고 말했는데 알아듣지 못했다. 형사도 잔을 죽 들이켰다.

"저 사람 말입니다. 왜 저런 바보짓을 하는 걸까요?"

형사가 레이먼드 미네타를 가리키며 물었다.

미네타는 패스트리를 먹으면서 연신 얼굴을 찌푸렸다. 통증 때문에 움찔거리는 게 분명했다. 그는 주변의 즐거운 분위기에 도통 관심이 없었다. 값비싼 바지 속에 입고 있다는 말총 속옷이 문제였다. 백

465

만장자가 패스트리를 삼키더니 목이 답답한 듯 신음 소리를 냈고, 곧 이어 다리 사이를 꽉 잡더니 거의 경련에 가까운 소리를 내질렀다. 누군가가 참지 못하고 웃음을 터뜨렸다. 미스틱은 확인되지 않은 사실을 하나 알고 있었다. 모르는 게 없는 차드에게서 들은 이야기였다. 미네타가 바지 속에 참회의 도구를 차고 다니는 게 아니라, 남근 대용품이 달린 고무 팬티를 입고 다닌다는 것이었다. 그것은 끊임없이 성적 희열을 안겨 주는 도구였다. 따라서 미네타는 고통을 느끼는 게 아니었다. 반복되는 신음 소리는 황홀감에 터져 나오는 탄성이었다. 그는 정반대로 생각하는 사람들을 속으로 비웃고 있었다.

뭐가 맞든 그녀는 진실을 알고 싶은 마음이 없었다. 그냥 그 자리가 어색하고 불편할 뿐이었다.

'이래서 집 밖에 나오기 싫다니까. 이 세상엔 진실을 추구할 만큼 가치 있는 게 너무 없어.'

갑자기 주변 장면이 흔들리는 듯했다. 바람에 흩날리는 캔버스에 그려진 장면처럼 추악한 예술 작품과 술 취한 슈퍼히어로, 패스트리를 입에 문 백만장자, 박수 치고 웃기만 하는 사람들이 마구 흔들려 보였다. 그녀와 드 빌라의 눈이 마주쳤다. 두 사람 눈에서 불꽃이 튀는 것 같았다. 눈이 부신 듯 두 사람은 눈을 찡그렸다. 마치 그 자리에서 처음 만난 사람들처럼, 기이한 이유로 남의 꿈에 등장한 낯선 사람처럼 상대를 알아차리려는 듯 계속 쳐다봤다.

*

갤러리 밖에는 해가 넘어가면서 붉은 석양이 깔렸다. 택시들이 천천히 정차하며 전시회에 오는 손님을 내려주고 떠나려는 사람을 태웠다. 미스틱과 드 빌라는 북적거리는 갤러리를 벗어나 거리로 나왔다. 석양, 높이 솟은 건물, 지그재그로 연결된 비상계단 등 바깥세상의 익숙한 풍경을 보니 마음이 조금 누그러졌다. 십 대 두 명이 건물 사이에 있는 좁은 코트에서 느릿느릿 공을 튀기며 농구를 하고 있었다.

산들바람이 그들을 향해 불어왔다. 미스틱은 돌아가야겠다고 생각했다. 작별 인사를 우아하게 하고 택시를 잡아탄 뒤 편안한 집으로 돌아갈 시간이었다. 그것 말고는 달리 할 일이 떠오르지 않았다. 그들은 천천히 걸으며 머뭇거렸다. 지나가는 사람들이 그녀를 알아보고 힐끔거렸지만 성가시게 하지는 않았다.

드 빌라는 헛기침을 한 번 하고는 진지한 목소리로 입을 열었다. 미스틱도 이젠 그가 질문하기 전에 늘 헛기침을 한다는 걸 알아차렸다.

"이런 상황에서 당신이 어떤 기분이 드는지 궁금했습니다. 다른 은퇴한 슈퍼히어로들이 있는 상황 말입니다. 물론 당신이 스스로 은퇴한 슈퍼히어로라고 생각하지 않는다는 건 잘 압니다. 제 말은……."

"무슨 말인지 알아요."

미스틱이 그의 말을 끊었다. 그녀는 또다시 떠날 때가 됐다고 생각했다. 깨진 유리 위를 걷는 것처럼 걸음을 옮길 때마다 구두 소리가 높은 소리를 냈다.

"은퇴한 슈퍼히어로를 봐도 특별한 감정은 없어요. 그냥 귀찮아요. 성가시다고 해야 하나."

그녀는 머리를 흔들며 다시 생각했다.

"아니, 아니에요. 별로 특별한 게 없어요."

"슈퍼히어로들은,"

그가 다시 입을 열었다.

"초능력을 지녔죠. 어렸을 때는 저도 그런 초능력이 있는 게 아닐까 궁금했어요. 하지만 있었더라도 소용없었을 거예요. 그런 능력으로 뭘 해야 하는지도 몰랐으니까."

"그 말은 너무 극단적으로 들리네요."

미스틱이 지적했다.

"당신 말이 맞을지도 몰라요. 요즘엔 초능력을 가진 사람이 아주 많아요. 하지만 아무도 그걸 제대로 활용하지 않는 것 같아요."

그녀는 잠시 생각하더니 다시 입을 열었다.

"어렸을 때 초능력이 있는 게 아닌가 궁금했다고 했죠. 왜죠?"

형사가 대답하지 않고 어깨를 으쓱했다. 그러더니 얼른 말을 돌렸다.

"구세대 수호자들, 제가 궁금한 건 당신들이에요. 당신들은 당신네 목숨을 구하려고 초능력을 사용했죠. 당신은 당신 초능력을 '진지하게' 사용했다고 생각하세요?"

미스틱은 대화가 이런 쪽으로 흘러갈 거라고는 예상하지 못했다.

"그건 고리짝 시절 얘기죠. 늙은 영웅들이 옛 시절을 떠올릴 때 무슨 기분이 드는지 내게 묻는다면, 난 해 줄 말이 없어요. 향수, 회한, 가벼움, 덧없음. 뭐 그런 기분 아닐까요?"

그들은 갤러리에서 상당히 멀리까지 걸어왔다. 몇 미터만 더 가면 십이 번가 인도가 끝난다. 그 너머는 허드슨 강의 강둑으로 이어졌다.

"회한이요?"

드 빌라는 이 말을 놓치지 않았다.

"많은 일이 생각대로 풀리지 않았어요. 많이 실망했죠. 지켜지지 않은 약속도 많았어요. 그건 분명해요."

미스틱은 갑자기 말을 멈췄다. 더 이상 이런 이야기를 하고 싶지 않았다.

"진짜 오래전 얘기네요."

드 빌라는 강둑까지 올라갈 작정인 듯했다. 그가 잠시 걸음을 멈추고는 대답했다.

"하지만 은퇴한 슈퍼히어로들에게는 여전히 중요한 의미가 있습니다. 중요한 시대의 흔적이니까요. 그들은 여전히 세상에 그림자를 드리웁니다. 그 점을 인정해야죠."

"그럴지도 모르죠."

미스틱이 수긍했다. 그가 무슨 말을 하려는지 추측하며 덧붙였다.

"그렇지 않다면 광분한 자들이 그들을 살해하려고 이렇게 날뛰진 않겠죠. 그렇죠?"

"결국 당신이 위험에 빠졌다는 걸 인정하는군요."

"난 아무것도 인정하지 않았어요. 난 슈퍼 '히어로'가 아니었으니까."

그녀는 자기 말에 모순이 있음을 알면서도 똑같은 이야기를 반복했다.

"아, 그런 말 마세요. 이제 와서 그런 걸 구별해서 뭐합니까? 그런 게 중요하지 않다는 건 당신도 알잖아요."

그들은 인도를 지나 유유히 흐르는 허드슨 강의 물결을 바라봤다.

"그건 관점의 차이일 뿐입니다. 당신들은 전부 한통속이었어요. 당신과 슈퍼히어로들은 더 자유로운 세계라는 이념을 추구하려고 초능력을 사용했죠. 안타깝게도 다들 그 이념을 달성하진 못했지만요. 너무 허술했으니까."

미스틱은 몸이 떨렸다. 형사의 뜬금없는 말 때문일 수도 있고 강에서 불어오는 바람 때문일 수도 있었다. 갤러리에서 마신 차가운 와인 향이 아직도 혀끝에 감돌았다. 태양이 강둑 저편 뉴저지 주의 높다란 빌딩 너머로 기울어져 갔다. 패배한 군주처럼 의연하고 당당하게 스러지면서 마지막 햇살을 강물에 투사했다. 잔잔히 흐르는 수면 위로 관광객과 통근자, 선원을 태운 여객선이 미끄러지듯이 지나갔다. 스러지는 햇살 속에서도 모든 게 눈부시게 빛났다.

미스틱은 팔로 몸을 감쌌다. 손으로 팔을 꼭 잡으며 희미하게 미소지었다. 강바람에 머리카락이 날렸다.

'그와 단둘이 강둑을 거닐고 있어. 우리가 지금의 우리가 아니라면. 내가 좀 더 어리고 덜 지쳤다면. 애초에 쪽지 따위가 없었다면. 그가 슈퍼히어로에 집착하는 경찰이 아니었다면. 슈퍼히어로가 존재하지 않았다면. 이런 일이 일어나지 않았다면. 그와 나 단둘이서, 이 세상에 오로지 단둘이서 잔잔히 흐르는 저 강물을 바라본다면……'

"집에 가야겠어요."

그녀가 말했다.

형사의 표정이 어두워졌다.

"제가 또 헛소리를 지껄였군요. 당신을 저녁 식사에 초대하고 싶습니다."

그가 고백했다.

"당신을 데려가고 싶은 곳이 있습니다. 영혼까지 맑게 해 주는 음식을 파는 곳이에요. 절대 후회하지 않을 겁니다. 정말 맛있는 곳이에요."

"그건 좀 곤란해요."

그녀는 지금 자신의 기분이 어떤지 설명할 말을 찾으려다 관두고 그냥 덧붙였다.

"별로 좋은 생각 같지 않아요."

"뭘 두려워하세요? 걱정 말아요. 당신에게 경찰의 보호를 받으라고 하는 게 아니니까."

그가 웃으며 말했다.

"적어도 오늘 밤엔 아닙니다."

갑자기 두 사람 뒤에서 뛰어오는 발소리가 들렸다. 누군가가 그들을 향해 곧장 뛰어오고 있었다. 두 사람은 얼른 뒤돌아봤다. 돌아서는 그 짧은 순간에 수많은 생각이 번개처럼 스쳤다. 시끄러운 자동차 소음과 유유히 흐르는 강물이 대비되며 긴장을 고조시켰다. 그런데 그들을 향해 달려온 사람은 아주 온화한 표정을 짓고 있었다. 자신이 두 사람을 놀래킨 걸 알고는 안심시키듯 두 손을 들어 보이며 웃었다.

"놀라게 해서 미안. 길 저편에서 전력 질주를 했거든."

남자는 드 빌라 형사보다 나이가 더 들어 보였다. 그는 형사와 마찬가지로 머리카락이 가늘었다. 길이는 더 짧았고 벌써 희끗희끗했다. 체구는 형사보다 덜 다부졌지만 키는 비슷했다. 전체적으로 둘이 굉장히 닮았다.

"전시회에서 널 봤어."

그가 형사에게 말했다.

"그냥 인사나 하려고 널 따라왔어."

"형."

형사가 놀라 말했다.

"형 때문에 심장마비에 걸릴 뻔했어."

"놀라게 해서 미안하다."

남자가 얼른 사과했다. 잠시 침묵이 흘렀다. 새로 합류한 남자가 소개되기를 기다리다 그냥 미스틱에게 직접 자신을 소개했다.

"제 이름은 브루스 드 빌라입니다."

짧은 만남이었다. 브루스 드 빌라가 미소를 짓자 형사와 더욱 닮아 보였다. 똑같이 애절하고 희미한 미소였다. 작고 섬세한 귀도 닮았다. 하지만 눈은 좀 달랐다. 브루스 드 빌라의 눈은 크고 눈동자가 까맸다. 그 크고 까만 눈동자에 그녀의 모습이 비쳤다. 깊은 바다에 아주 작은 두 명의 미스틱이 서 있는 것 같았다.

그 자리에서 세 사람은 가볍게 인사를 나눴다. 두 남자는 형제였지만 오랫동안 만나지 않았는지 서먹서먹했다.

"형."

형사가 낮은 목소리로 부르더니 아무 말도 하지 않았다. 주머니에 손을 찌르고 먼 곳만 바라보더니 한참 만에야 겨우 말을 끝맺었다.

"이런 곳에서 만날 거라곤 생각도 못했어."

"실은,"

다른 남자가 머리를 긁적이며 다소 감격스런 목소리로 말했다.

"너한테 무슨 일이 생겼나 궁금하던 참이었어. 저번 배트맨 사건 공판에 나오지 않았잖아."

형사가 아무 대답도 하지 않자, 브루스 드 빌라가 미스틱에게 몸을 돌리며 말했다.

"참, 전 기자입니다."

그가 재판에 대한 이야기를 부연 설명하려는 듯이 그녀에게 말했다.

미스틱이 고개를 끄덕였다. 일반적인 상황이라면 짜증이 났을 것이다. 경찰과 언론인은 그녀가 가장 싫어하는 직업이었다. 그녀가 볼 때 언론인은 만족할 줄 모르는 인간으로, 쉴 새 없이 움직이는 개미처럼 늘 사냥을 하러 다녔다. 인터뷰와 논평을 요구하고 새로운 특종을 찾고 사생활과 소문을 캐고 다녔다. 특히나 무슨 소문이 돌면 눈에 불을 켜고 덤벼들었다. 그런데 브루스 드 빌라의 눈은 너무 깊어서 그런 일에는 초월한 듯했다. 그는 미스틱이 유명한 사람임을 알면서도 그냥 차분하게 바라봤다. 호기심 어린 눈길이 아니라 서글픈 눈길이었다. 미스틱에겐 매우 낯선 눈길이었다.

'나에 대해 뭔가 아는 사람에게서나 나올 법한 눈빛이야. 나도 모르는 뭔가를 아는 것 같은……'

다시 침묵이 흘렀다. 지평선 너머로 사라진 태양의 여운이 강물에 어른거렸다. 보트 한 척이 통통거리며 남쪽을 향해 나아갔다. 보트가 지나간 뒤로 잔잔한 물결이 일었다. 그 물결이 갈매기 떼에 이르자 갈매기들이 검붉은 하늘로 우르르 날아올랐다. 두 남자가 이젠 미스틱을 응시하고 있었다. 그녀가 무슨 말이라도 해 주길 바라는 것일까? 두 사람은 정말 서로 할 말이 없는 것처럼 보였다.

보트가 일으킨 작은 물결이 해안에 부딪히며 찰랑거리는 소리가 희미하게 들렸다.

두 형제의 얼굴과 어색한 분위기에서 그들의 과거를 조금이나마 직감할 수 있었다. 미스틱이 보기에 두 사람의 거리는 다투거나 불쾌한 일 때문이 아니라 오래된 아픔 때문인 듯했다. 아마도 대단히 암울한 기억을 공유하고 있는 듯했다. 가족이 해체되는 아픔을 겪었을까? 그녀의 짐작이 맞는다고 단정할 수는 없지만 자세히 캐고 싶은 생각도 없었다. 그녀가 상관할 일이 아니었다.

그런데 사실대로 말하면, 그녀는 손을 내밀어 형사의 얼굴을 어루만지고 싶었다. 이제 그녀는 데니스 드 빌라에게 집중하기 시작했다. 그가 새롭게 보였다. 어린 소년이 아니므로 위로의 손길이 필요하진 않겠지만 그래도 그녀는 그를 위로해 주고 싶었다. 강바람이 살랑살 **473**

랑 부는 그곳에서, 어스름한 그 시간에, 그의 얼굴에 손을 올리고 부드럽게 쓰다듬어 주고 싶었다.

그것은 일종의 계시였다. 그녀는 진짜로 손을 내밀어 그렇게 하고 싶었다. 그런 충동 때문에 남자가 자신에게 점점 더 다가오는 것을 받아들일 수밖에 없었다.

*

식당은 할렘의 레녹스 애비뉴 건너편에 있었다. 작은 홀에는 선풍기 두 대와 플라스틱 식탁이 몇 개 놓여 있었다. 좁은 홀에 비해 널찍한 주방에서는 나이 든 요리사가 사무라이처럼 차분하게 음식을 준비했다. 그녀는 눈 한 번 들지 않고 묵묵히 음식만 준비했다.

요리사의 딸로 보이는 젊은 아가씨가 두 사람 앞에 메뉴판을 내밀었다.

"난 이곳이 정말 좋습니다."

데니스 드 빌라가 말했다.

"꿀을 발라 구운 치킨이 정말 맛있어요. 프라이드치킨 샐러드도 나쁘지 않고요. 아, 당신은 샐러드를 고르겠네요. 아무튼 디저트 먹을 배는 남겨 두세요."

괜찮은 식당이었다. 주방에서 군침이 돌 만큼 맛있는 냄새가 솔솔 풍겨 왔고, 작은 오디오에서는 발라드 연주곡이 흘러나왔다. 벽에는 식당을 운영하는 두 여자가 다양한 손님들과 함께 찍은 사진이 걸려 있었다. 사진 속 사람들은 아마도 유명 인사이거나 오래된 단골일 것이다. 테이블에 앉아 있는 손님들은 이 지역 사람들로 보였다. 전시회와는 달리 가족적인 분위기가 아주 편하고 좋았다. 그런데도 미스틱은 이곳에 온 게 잘한 일인지 의문이 들었다.

"무슨 생각을 그렇게 하세요?"

그가 물었다.

"아무 생각도 안 했어요."

미스틱이 의자에 똑바로 앉으며 의연하게 대답했다.

"그냥 메뉴에 대해 생각했어요. 뭘 주문할지. 그리고 당신 형에 대해……."

그녀가 잠깐 뜸을 들이다가 다시 말했다.

"아까 강둑에서…… 두 사람이 함께 있는 모습을 보니 이상한 기분이 들었어요."

"왜요? 우리가 그렇게 이상해 보였나요?"

그가 침착하게 물었다.

"아, 아뇨. 내 말은 그게 아니라,"

미스틱은 괜한 질문을 해서 형사를 곤란하게 하고 싶지 않았다. 자신 앞에 앉아 있는 남자를 알려고 애쓰면 그도 똑같이 자신에게 그런 노력을 기울일 터라 더 이상 묻지 않기로 했다.

"내가 하려던 말은……."

하지만 기어이 말이 나가고 말았다.

"지금까진 당신이라는 사람에 대해 별로 관심이 없었어요. 가족이나 어린 시절 등등……."

"아,"

그가 웅얼거리더니 교활하게 웃으며 말했다.

"그러니까 지금은 나에 대해 더 알고 싶어졌다는 거군요."

미스틱은 다시 메뉴를 쳐다봤다. 선풍기 바람이 일정한 간격으로 바람을 보냈다. 식당에 흐르던 음악이 뮤지컬 공연을 녹음한 것인지 **475**

갑자기 노래가 튀어나왔다.

"그런 셈이네요."

그녀가 순순히 인정했다.

"사람들이 나더러 너무 속마음을 드러내지 않는다고 하더군요. 그런데 당신은 나보다 훨씬 더 속내를 드러내지 않는 것 같아요."

"내 인생은 흥미로울 게 별로 없습니다."

이번엔 그가 메뉴판에 시선을 고정시켰다. 그러다 고개를 들고는 자신의 삶을 요약해서 들려줬다.

"뉴저지에서 태어나고 자랐습니다. 이탈리안 가정에서요. 형은 대학에 들어간다고 집을 떠났죠. 열여섯 살 때 엄마가 돌아가셨어요."

그의 눈빛이 잠깐 흔들렸다. 그러더니 손을 들어 서빙하는 아가씨를 불렀다. 그리고 아가씨가 도착하기 전에 자신의 이야기를 마무리했다.

"아버지도 몇 년 후에 돌아가셨어요. 스물한 살 때 경찰에 들어갔죠. 몇 년 동안 경찰 유니폼을 입다가 형사로 진급했습니다. 이게 다예요. 프라이드치킨 샐러드를 드셔 보세요. 당신과 이곳에 와서 정말 기쁩니다. 디저트 들어갈 배는 꼭 남겨 두고요."

미스틱은 가볍게 팔짱을 꼈다. 정신이 조금 멍해져 메뉴판이 고대 글자로 적힌 양 뚫어져라 쳐다봤다. 방금 한 남자가 자신의 삶에서 가장 중요한 사건을 요약해서 들려줬다. 그런데 그녀는 그 얘기를 듣고 어떻게 반응해야 할지 몰라 갈피를 잡을 수가 없었다. 감동했는지, 더 알고 싶은지, 꼬치꼬치 캐물어서 미안한지 알 수 없었다.

"디저트는 아무래도 무리네요."

결국 이렇게만 말하고 입을 다물었다. 식사는 유쾌한 분위기에서 이뤄졌다. 나이 든 요리사가 만든 음식은 드 빌라가 칭찬할 만했다.

두 사람은 식사를 하면서 이런 저런 얘기를 나눴다. 너무 부담스러운 주제는 피하면서 적당한 속도와 거리를 유지했다. 때로는 한참 동안 침묵이 흘렀다. 두 나라를 대표하는 외교 사절이 느리고 장황한 통역기를 통해 이야기하듯이 대화가 뜨문뜨문 이어졌다.

미스틱은 남자와 주변을 번갈아 가며 관찰했다. 작은 식당은 사람들로 꽉 들어차 있었다. 자기와 드 빌라를 빼면 아프리카계 미국인이 아닌 사람은 식당 한쪽에 자리 잡은 백인 가족뿐이었다. 그녀는 부부와 금발의 두 아이가 행복한 얼굴로 프라이드치킨을 먹는 모습을 지켜봤다. 할렘에 사는 금발 아이들. 그것이 무엇을 뜻하겠는가? 금발 아이는 안전한 거리를 뜻하고 안정을 뜻했다. 백인 가족이 남쪽 지역으로 이주하고, 재개발 계획이 수립되고, 건물이 유명 건축가들에 의해 개조되고, 임대료가 두세 배 치솟고, 오래 산 세입자들이 집세를 못 내 쫓겨난다는 뜻이었다. 평화롭고 순진한 두 금발 아이가 프라이드치킨을 맛있게 먹고 있었다.

"자꾸 생각에 빠져서 날 잊으시는군요."

드 빌라가 불평했다.

"아, 미안해요. 이 동네에 대해 생각하고 있었어요."

며칠 전 자기가 이곳에서 몇 블록 떨어진 곳에 들러 마리화나를 샀다는 사실을 그가 알면 어떤 반응일지 궁금했다. 사브리나…… 그녀는 옛 친구와 그 친구의 집을 떠올렸다. 사브리나도 집세 문제로 힘들어하는지 걱정됐다. 친구와 그 친구의 연한 드레스, 스타벅스에서 훔쳐 온 머그잔과 부엌 풍경, 몹시 뜨거운 차를 마시며 나눈 이야기가 떠올랐다.

한편, 드 빌라는 다른 손님들이 미스틱에게 보내는 호기심 어린 시선을 의식했다.

"당신은 여기에서도 유명한가 봅니다."

그녀는 그가 무슨 생각을 하는지 깨닫고는 별 감흥 없이 고개를 끄덕였다.

"그들은 내가 궁금한 게 아니에요. 그저 내가 순식간에 다른 사람으로 변하는 걸 보고 싶은 거죠. 내가 누구로 변신할지, 그게 궁금한 거랍니다."

"그렇게 생각하세요?"

형사는 납득하지 못하겠다는 듯 말을 이었다.

"제 생각엔 그들이 궁금해하는 건 바로 당신이에요. 지금 그대로의 당신 말이에요."

그는 포크를 접시에 내려놓았다.

"역시 끝내줘요. 당신도 맛있게 먹었는진 모르겠지만요."

"어쩌면 당신도 내가 변신하는 모습을 보고 싶어할지도 모르겠네요."

미스틱은 갑자기 그를 도발하고픈 충동이 일었다.

"그게 무슨 말씀이세요?"

"한 번 말해 봐요."

그녀가 웃었다.

"내가 누구로 변신하길 원하죠? 화장실에 가서, 흠, 누구로 할까? 스칼렛 요한슨으로 변신할 수 있어요. 스칼렛 요한슨과 함께 저녁식사를 하고 싶나요?"

"그런 농담하지 마세요."

그가 이마를 찌푸리더니 두 손으로 식탁 모서리를 잡으며 말했다.

"난 스칼렛 요한슨에게 관심 없습니다. 당신과 이곳에 앉아 있고 싶을 뿐이에요."

미스틱은 더 밀어붙이지 않았다. 그저 살짝 미소를 지으며 남자의 진심 어린 마음을 모르는 척했다. 잔을 들어 한 모금 마신 뒤, 투명한 잔 테두리에 입술을 댔다. 할렘에 사는 금발 아이, 오디오에서 흘러나오는 음악, 선풍기에서 전해 오는 시원한 바람 등 주변 상황이 점점 더 생생해지는 듯했다.

식사가 다 끝났다. 요리사의 딸이 빈 접시를 치워 간 후 두 사람이 먹을 바닐라 치즈케이크를 들고 와서는 서비스라고 했다.

"봤죠? 저들이 당신을 알아봤다니까요."

드 빌라가 꼭 집어 말했다.

"먹음직스러워 보이네요."

미스틱이 혼잣말처럼 작게 말했다. 앞에 놓인 케이크 조각이 거대해 보였다. 신선한 생크림 냄새도 풍겼다. 전형적인 치즈케이크였다.

"먹어 보세요. 어서요!"

드 빌라가 자꾸 권했다.

"로즈의 바닐라 치즈케이크는 유명해요. 디저트 먹을 배는 남겨 두라고 했잖아요."

"난 단 음식을 먹으면 안 돼요. 그렇다고 이 멋진 선물을 그냥 버려서는 안 되겠죠. 결국 당신이 내 것까지 다 먹어야 한다는 뜻이네요."

"그건 어렵지 않습니다. 하지만 당신이 뭘 놓치는지 절대 모를 거예요."

드 빌라는 한 스푼 듬뿍 떠서 입에 넣었다. 그는 끝내주는 맛에 고개를 흔들며 미소를 지었다.

"스튜디오 구내식당으로 당신을 보러 갔을 때가 생각나네요. 당신은 형편없는 샐러드를 먹으며 다이어트 중이라고 했죠. 점심으로 그것밖에 먹지 않느냐고 물으니까 화를 냈어요."

"기억해요."

그녀는 오래전 기억을 더듬는 표정을 지으며 말했다.

"당신이 말하는 데 애먹었던 것도 기억합니다."

드 빌라가 치즈케이크를 한 입 더 먹으며 즐거운 표정으로 말했다.

"웃지 않으려고 무던히 애쓰더군요. 동료들이 내 뒤에서 우스꽝스러운 짓을 했잖아요."

미스틱의 눈이 휘둥그레졌다.

"알고 있었어요? 맙소사. 우릴 멍청이 패거리라고 생각했겠군요."

그가 다시 고개를 저었다. 치즈케이크의 크림이 입술에 묻어 반짝거렸다.

"나도 웃기다고 생각했어요."

그렇게 말하며 껄껄 웃었다.

자상한 저 웃음, 촉촉하고 달콤한 치즈케이크가 묻은 저 입술…….

"그래요."

그녀도 거북한 표정으로 인정했다.

"정말 웃겼어요."

식당 손님들이 하나둘 자리를 뜨기 시작했다. 백인 가족도 식사를 마치고 자리를 떴다. 그들이 떠난 식탁에는 빈 접시와 절반쯤 남은 콜라, 닭뼈의 잔해가 어지럽게 흩어져 있었다. 이제 식당에는 나른한 분위기가 감돌았다. 포만감에 젖은 육체에서 느긋함과 피로감이 동시에 밀려왔다. 미스틱은 의자 깊숙이 몸을 기댔다. 긴 하루였다. 두어 시간 전 강둑에서 석양을 바라보며 느꼈던 충동이 떠올랐다. 이 남자의 얼굴을 손으로 어루만지고 싶다. 염증으로 붉게 타는 눈, 자상하면서도 완강한 성품, 가까이 다가오는 듯하다가도 머뭇거리는 이 남자에게 그녀는 자꾸만 끌렸다.

그들이 식당을 떠나기 전에 요리사와 딸이 함께 사진을 찍자며 다가왔다. 나이 든 로즈가 주방에서 빠져나와 미스틱 옆에 와서 앉고 딸도 미스틱 옆에 앉았다. 형사가 카메라를 들고 사진을 찍으려고 준비했다. 푸르스름한 미스틱이 두 흑인 여자 사이에 앉아 카메라를 향해 웃었다. 그녀는 셔터 누르는 소리가 들리길 기다리며 계속 미소 짓고 있었다. 그녀는 자신이 지금 카메라를 향해 웃는지, 형사를 향해 웃는지, 아니면 식당 벽면에 걸릴 액자를 바라볼 수많은 사람들을 향해 웃는지 종잡을 수 없었다.

*

다음 날 아침 그녀는 꽤 늦게까지 잠을 잤다. 침대 옆에 놓인 탁상시계가 여덟 시를 알렸다. 누르스름한 모닥불을 피운 것처럼 아침 햇살이 창문을 통해 들어왔다. 미스틱이 눈을 깜빡거렸다. 일요일이라 바로 일어나지 않아도 괜찮았다. 침대에서 뭉그적거리는 사람은 아니었지만 가벼운 현기증에 그대로 누워 있었다. 입술이 바짝 말랐다. 전날 힘들게 일한 것도 아닌데 온몸이 저렸다.

그녀는 멍한 상태로 몸을 뒤척이며 천장을 응시했다. 머릿속으로 전날 밤 일을 하나씩 떠올려 봤다. 전시회, 강둑에서 바라본 석양, 데니스의 형 브루스 드 빌라 기자, 뭔가 미스터리한 사실을 아는 듯한 그의 시선, 할렘의 어느 식당, 바닐라 치즈케이크의 부드러운 냄새, 두 여자와 찍은 사진…….

그녀의 외출은 형사가 그녀를 집에 데려다 주면서 끝이 났다. 차를 멈춘 뒤로도 두 사람은 그대로 앉아 있었다. 어두운 조명 속에서 가만히 바라볼 뿐, 상대의 속내를 몰라 선뜻 움직이질 못했다. 그가 시동을 껐다가 다시 켰다. 그러더니 또다시 시동을 껐다. 침묵 속에서 목구멍으로 암호문을 주고받듯이 침만 삼키며 앉아 있었다. 미스틱이 당황해서 살짝 웃으며 그에게 저녁 식사에 초대해 줘서 고맙다고 인사했다. 그런 후 차문을 열자 실내등이 켜져 형사가 움찔했다. 그녀는 차에서 내려 말없이 곧장 집 안으로 들어갔다. 그리고는 문에 기대서 거칠게 숨을 쉬었다. 데니스 드 빌라가 다시 차의 시동을 걸고 출발할 때까지 못 박힌 듯 그 자리에 서 있었다.

이젠 정말로 일어나야 했다. 너무 늦어 조깅하러 나갈 수는 없지만 실내에서 요가를 하고 차를 마시며 다음 쇼 연습을 해야 했다. 하지만 그녀는 그대로 누워 있었다. 이상하게 계속 현기증이 일었다. 어젯밤엔 데니스 드 빌라를 집에 초대할 준비가 안 됐다고 생각했다. 언제쯤 준비가 될지 궁금했다. 그리 오래 걸릴 것 같지는 않았다. 실은 곧 그렇게 될 거라고 확신했다.

그녀는 몸을 비틀었다. 땀이 흐르고 오한이 느껴져 본능적으로 이마에 손을 댔다. 열은 없었다. 이불이 자신을 무겁게 짓누르는 듯해 이불을 홀렁 젖혔다가 다시 끌어당겼다. 그리고는 커튼 자락이 흔들리는 모습을 가만히 지켜봤다.

오래전 자신의 초능력을 처음 실험하던 시절이 떠올랐다. 변신을 시도한 뒤엔 기운이 없어서 쓰러졌고 열이 펄펄 끓었다. 그때가 몇 살이었더라? 열여섯, 어쩌면 열일곱이었을 것이다. 처음엔 친구의 몸을 취해 보려고 시도했다. 그런 다음 그녀가 좋아하던 남자 아이, 그녀의 마음을 사로잡은 선생님의 몸으로 변신했다. 그런데 변신한 다음 날 눈을 뜨면 몸에서 열이 펄펄 났다. 매번 그랬다. 열여섯 살인가 열일곱 살 때는 초능력을 사용하고 나면 늘 이마에 차가운 물수건을 올리고 체온을 재고는 두통약을 삼켜야 했다.

밖에서는 자동차 소음이 거의 들리지 않았다. 일요일이라 도시가 텅 빈 듯했다. 다들 롱아일랜드나 휴가지로 떠난 것 같았다. 몸에서 열이 나듯이 도시에서도 뜨거운 열이 났다. 그 때문에 사람들은 멀리 서늘한 곳으로 달아나거나 나무가 우거진 공원으로 몰려들었다. 그녀는 일어나 침대 가장자리에 걸터앉았다. 몸이 아픈 건 아니라고 결론을 내렸다. 열도 나지 않았다. 이젠 어린 소녀도 아니었고, 더욱이 어젯밤엔 초능력을 사용하지도 않았다. 그저 어떤 남자와 밖에서 저녁을 먹었을 뿐이다. 너무 젊은 남자, 경찰치고는 너무 괜찮은 남자, 눈이 시뻘건 남자, 이탈리아 성을 쓰는 남자, 먼 옛날 가족이 이상한 일을 겪은 남자, 그럴 이유가 하나도 없는 것 같은데도 자신의 삶에 끼어들려는 어떤 남자와 저녁을 먹었을 뿐이다.

그녀는 이불을 움켜쥐었다. 침대 끝에 앉아 있는데 마치 벼랑 끝에 불안하게 서 있는 기분이었다. 어렸을 때는 초능력을 사용하면 몸속에서 뜨거운 불이 일어났다. 꺼졌다가도 금세 일어나는 불가사의하고 파괴적인 불이었다. 그 불길에 타 버리지 않으려고 무진 애를 썼고 결국엔 그 불길을 잡아 완전히 꺼뜨렸다.

'그 남자와 저녁을 먹고 나서 아침에 느끼는 이 기분도 다스릴 수 있을까?'

*

월요일 정오쯤 태양이 정점에 도달하고 고층 건물이 자신의 그림자와 하나로 합쳐졌다. 따가운 햇살이 직통으로 내리비추며 지붕을 달구고 땅속까지 뚫고 들어갔다.

제작 사무실에 가만히 앉아 있는데도 차드는 오전 내내 숨을 헐떡였다. 에어컨이 숨 가쁘게 돌아가는데도 그는 바깥의 열기를 '생각만 해도' 숨이 막힌다는 듯 불평을 해댔다. 두꺼운 판지로 커다란 부채를 만들어 두 시간째 부채질을 했다. 다른 사람들도 굼뜨긴 마찬가지였다. 호레이스는 컴퓨터 키보드에 똑같은 문장을 썼다 지웠다를 반복하면서 시간을 죽였고, 수지는 연하늘색 보온병에서 아이스티를 따라 권하는 것 말고는 하는 일이 없었다.

미스틱은 그들이 얼마나 피곤한지 알 수 있었다. 더군다나 최근에는 여러 가지로 압박을 받는 상태라 더 피곤했다. 그녀 역시 다시 변신해야 한다는 생각에 우울하고 기운이 빠졌지만 그만둘 순 없었다. 팀원들도 마찬가지였다. 내일 밤에 그들은 다시 방송을 내보내야 한다. 이번 방송이 얼마나 중요한지 모두 알고 있었다. 그녀가 동료들한테 잔소리를 하려던 찰나, TV에서 뉴스 속보가 나왔다.

배트맨 살인 사건의 재판이 끝났다. 수개월 동안 질질 끌더니 뜬금없이 평결이 내려졌다. 사실 프랭클린 리처즈의 죽음 때문에 배트맨 살인 사건은 관심 밖으로 살짝 밀려났고, 재판도 대중의 기억에서 반쯤 지워진 상태였다. 사건 초기에 언론이 보였던 지나친 흥분도 상당히 가라앉아 있었다. 대중은 이렇게 한 번에 한 가지 살인에만 집중하고 싶어 했다. 그런 점에서 갑자기 내려진 평결은 사람들의 나른한 의식을 확 깨웠다.

미스틱과 동료들은 CNN 뉴스에 귀를 기울였다. 나이 어린 피고 마라 존스는 살인죄로 유죄 판결을 받았다. 흉포한 살해 방법과 뒤에서 조종한 사람을 자백하지 않은 점 때문에 가중처벌을 받았다. 결국 수개월에 걸친 공판에서 가담자나 사악한 단체의 주동자에 관한 정보는 하나도 드러나지 않았다. 뉴스 앵커는 그 단체가 은퇴한 슈퍼히어로들을 여전히 위협하고 있다고 보도했다.

앵커가 소식을 자세하게 전했다. 평결이 발표되자 피고의 아버지가 심장발작을 일으켜 응급처치를 하느라 법정이 소란해졌을 때도 존스 양은 눈도 깜짝하지 않았다. 그녀의 무표정한 입과 멍한 회색 눈동자가 TV 카메라에 고스란히 담겼다. 가석방 없는 종신형을 언도받았는데도 아무런 표정이 없었다.

그 모습을 보고 미스틱은 몸서리를 쳤다. 이십여 년 전 그녀가 재판받던 때가 떠올랐기 때문이다. 평결을 들을 때 어떤 기분이었는지 정확히 기억나진 않지만 마라 존스만큼 침착했던 것 같지는 않았다.

CNN 뉴스 말미에 유죄 판결을 받은 마라가 경비원에게 끌려가는 모습이 나왔다. 피부가 백짓장처럼 창백하고, 중성적 매력이 넘치며, TV 화면을 잘 받는 예쁜 얼굴이었다. 어떤 상황에서도 흔들리지 않는 무자비한 킬러요, 수수께끼 같은 괴물이었다. 음모를 조장하는 현대 사회의 완벽한 대리인이었다. 도대체 그녀는 왜 그런 짓을 저질렀을까? 왜 그렇게 남의 말에 쉽게 속아 넘어갔을까? 인생이 따분했을까? 광적인 믿음이 있었을까? 아니면 어떤 대가를 치러서라도, 가령 자신의 창자가 갈가리 찢기더라도 늙은 슈퍼히어로를 살해해야겠다는 확고한 신념이 있었을까? 저 여자를 아무리 조사해도 애초에 그녀가 왜 누군가의 접근을 허용하고 그런 일을 저지르라는 지시를 따랐는지 알아내지 못할 것이다.

갑자기 호레이스와 차드가 생기를 띠며 바보 같은 농담을 주고받기 시작했다. 그들에겐 마라 존스의 이야기가 끈적끈적한 음담패설의 소재일 뿐이었다. 수지는 그런 농담을 하나도 알아듣지 못했다.

"그게 무슨 말이에요?"

수지가 성가신 목소리로 쩍쩍거리더니 미스틱에게 돌아서서 물었다.

"아이스티 좀 더 드릴까요?"

"됐어."

그녀가 빽 소리쳤다. 짜증이 치밀어 터지기 일보 직전이었다.

"난 너희들이 일을 하길 원해. 내일 밤에 방송이 나간다는 건 다들 알고 있지?"

화면에는 마라 존스의 주변 사람들 인터뷰가 나오고 있었다. 대학 동창, 그녀를 가르쳤던 교수가 평결에 대한 의견을 내놓았다. 미스틱은 TV를 꺼 버렸다. 그러자 사무실이 갑자기 조용해졌다. 미스틱은 가슴에 구멍이 뻥 뚫린 듯했다. 마라 존스 때문에 마음이 너무 아팠다. 나이 어린 아가씨가 평생 감옥에서 썩어야 한다는 게 안타까웠다. 친구라는 자들이 인터뷰에 나와 바보 같은 소리로 떠드는 것도 너무 속상했다. 아무리 살인자라지만 이런 식으로 매도하고 비웃는 건 옳지 않았다.

"헤이!"

차드가 반대하고 나섰다.

"굳이 끌 필요는 없잖아요. 끝까지 보고 싶다고요."

그녀는 마라 존스가 세상과 이별하고 어둡고 음울한 감옥에서 평생 갇혀 지내야 한다는 게 너무 슬펐다. 빛도 통하지 않고 바깥세상에 대해 들을 수도 없는 곳에서 죽을 때까지 살아야 한다니, 정말 가혹한 운명이었다. 그렇게 해서 얻은 게 무엇이란 말인가? 재판은 끝났고 아무것도 해결되지 않았다. 그녀에게 살인을 교사한 자는 전혀 드러나지 않았다. 아무런 처벌도 받지 않고서 여전히 활개치고 다니며 다음 희생자를 제거할 터였다. 그런데도 차드와 동료들은 계속 노닥거리며 마라 존스에 대한 농담을 주고받았다. 수지가 그 농담을 못 알아듣거나 못 알아듣는 척하는 걸 두고서도 농담을 주고받았다.

미스틱은 단호한 얼굴로 그들을 노려봤다. 그들의 행동이 도무지 이

해가 되지 않았다. 그들이 누구인지, 그녀의 삶과 무슨 관계가 있는지 따지기도 힘들었다.

그녀의 몸이 갑자기 진동하기 시작했다. 이젠 더 이상 이런 증상을 간과할 수 없었다. 배트맨의 죽음이 나랑 무슨 관계가 있을까? 다음 희생자로 내가 지목됐을 가능성을 고려해야 하나? 만약 그렇다면 나는 무엇을 할 수 있을까? 마라 존스의 변호사로 변신해 감옥으로 찾아가 어떤 정보든 알아내야 하나?

그녀는 자신이 그런 임무를 수행할 수 있을지 의심스러웠다. 감시가 삼엄한 교도소에 변호사로 위장해 들어간다고? 옛날 같으면 두 번 생각할 것도 없이 실행했을 것이다. 하지만 지금은?

'지금은 내가 할 수 있는 힘을 모두 끌어내 TV 쇼를 준비해야 해. 그런데 이 녀석들은 손가락도 까딱하지 않는군. 일단은 이들부터 움직이게 해야겠어.'

수지가 다가와 아이스티를 한 잔 더 먹겠냐고 물었을 때, 미스틱은 화가 머리끝까지 차올라 통제할 수 없는 수준에 이르렀다. 그녀는 아이스티 글라스를 받는 척하다가 일부러 쓰러뜨려 아이스티를 전부 바닥에 쏟아 버렸다.

"제발, 아이스티 좀 그만 권할래?"

그녀가 이를 갈면서 낮게 쏘아붙였다.

"제발, 자리에 앉아서 일 좀 하지그래? 너희들 모두 이 쇼를 진행하는 데 도움이 되도록 맡은 바 소임을 다했으면 좋겠어. 그러라고 월급받는 거 아냐?"

사무실에 갑자기 냉기가 감돌면서 다들 얼어붙었다. 에어컨 돌아가는 소리 외에는 숨소리도 들리지 않았다.

의도한 건 아니지만 재스민 아이스티가 수지의 구두에 거의 다 쏟아졌고 일부는 세라믹 타일 바닥에 튀었다. 수지는 처음엔 젖은 구두와 바닥을 멍하니 바라봤다. 그러더니 금세 얼굴을 붉히고는 눈물을 글썽이며 자기 자리로 돌아갔다.

분노가 사악한 영혼처럼 미스틱을 버리고 떠났다. 미스틱은 놀란 눈으로 방금 자신이 저지른 짓을 쳐다봤다. 그러고는 서둘러 그곳을 빠져나와 사무실로 갔다. 그녀는 손으로 머리를 감싸 쥐었다. 관자놀이의 힘줄이 불뚝불뚝 솟았다.

'믿을 수가 없어. 도대체 무슨 짓이야? 불쌍한 애한테 그토록 심하게 창피를 주다니, 도대체 내가 무슨 짓을 한 거야?'

몇 분 뒤 차드가 찾아와 그녀 앞에 앉았다.

"에헴! 당신이 한 동료의 영혼을 무참히 짓밟았다는 인상을 받았습니다. 그녀의 구두를 훼손한 것은 말할 것도 없고요."

"알아. 미안해. 수지에게는 당연히 새 구두를 사줄 거야."

"나한테 미안하다고 하실 필요는 없습니다. 수지에게 하셔야죠."

차드가 한숨을 내쉬며 말을 이어 나갔다.

"도대체 요즘 무슨 생각에 사로잡혀 있는지 말 좀 해 주세요."

미스틱이 얼굴에 흘러내린 머리카락을 뒤로 넘기며 말했다.

"그야 물론 방송이지, 차드. 이 방송이 얼마나 중요한지 같이 얘기했잖아. 기억하지? 그런데 호레이스는 아직 농담 하나도 제대로 수정하지 않았고, 수지는 한 시간 전에 나한테 드레스 리허설에 대해 보고했어야 하고, 넌 댄스 공연에 대해 감독과 얘기하러 스튜디오로 갈 거라고 말만 하고는 꼼짝도 하지 않았어."

차드는 무릎에 손을 올려놓고는 꼼지락거렸다. 토실토실한 얼굴에 미심쩍은 표정이 떠올랐다.

"그게 문제였나요? 확실해요? 다른 문제가 있는 건 아니고요?"

그녀는 숨을 깊이 들이마시고는 한참 동안 숨을 참았다가 고통스러울 정도로 천천히 내뱉었다.

"그래, 확실해."

거짓말이었다.

"너희들은 오전 내내 노닥거리기만 했어."

차드의 표정이 확 굳었다.

"갑자기 왜 그러세요? 늘 이런 식으로 일해 왔잖아요. 빈둥거리며 노는 척하고, 바보처럼 행동하고, 멍청한 얘기를 주고받죠. 새로울 게 하나도 없잖아요, 안 그래요? 방송 들어가기 전에 두려운 마음을 억누르는 우리만의 방식이잖아요. 그렇게 노닥거리다 보면 당신이 좋아할 만한 아이디어도 떠오르고요. 우리도 당신만큼 쇼에 신경 쓰고 걱정해요. 그건 당신도 알잖아요. 하지만 난 당신이 무슨 생각에 빠져 있는지 도무지 모르겠어요."

차드가 분개한 군주처럼 진지한 얼굴로 자리에서 일어나 사무실을 나갔다. 그러더니 바로 돌아와서는 좀 더 부드러운 어조로 다시 말했다.

"미스틱, 그 재판에 대한 뉴스 때문인가요? 나한테 털어놓으세요. 무슨 걱정거리라도 있어요?"

그녀는 부인했다. 아니라고 부인하기는 쉬웠고, 부인하고 나면 불안감도 다소 줄어들었다.

하지만 다시 혼자 남겨지자 부인할 수가 없었다. 불현듯 모든 게 분명해지는 것 같았다.

'잘 가요, 미스틱. 그래, 배트맨의 죽음을 사주한 자가 누구든 내게도 사형을 선고했어.'

그녀는 벌떡 일어났다. 그 바람에 의자가 뒤로 밀리며 끼익 긁히는 소리가 났다. 그녀는 사무실 안을 서성거리며, 데니스 드 빌라가 처음 이 사무실에서 그녀를 기다리던 때를 떠올렸다. 그가 맞은편 의자에 앉아서 그녀를 위협하는 위험에 대해 경고하던 때를 떠올렸다. 둘이 처음 악수하던 때를 떠올렸다. 그녀가 갑자기 대화를 중단하려 했던 것과 그의 매력적인 미소를 떠올렸다. 포커 플레이어처럼 수수께끼 같은 태도로 그녀를 바라보던 모습도 떠올렸다.

"데니스 드 빌라."

두 주쯤 전에 그가 앉아 있던 의자를 손으로 만지며 그녀가 낮은 소리로 그의 이름을 속삭였다.

"데니스 드 빌라."

책상을 손가락으로 두드리면서 다시 그 이름을 불렀다.

"데니스 드 빌라."

"데니스 드 빌라."

"데니스 드 빌라."

컴퓨터 키보드와 책상 램프 등 사무실의 온갖 물건을 스치듯 만지며 계속해서 그 이름을 불렀다. 그러고는 그 이름이 상기시키는 모호하고도 오싹한 울림에 압도됐다.

*

그날 저녁 미스틱은 차드의 몸을 하고 사브리나를 만나러 할렘으로 향했다. 마리화나를 더 살 목적이 아니라 다른 이유에서였다. 미스틱-차드가 초록색 대문을 두드리자 사브리나가 나왔다. 미스틱-차드가 그녀에게 종이 봉지에 담긴 작은 선물을 내밀었다.

"나한테 주는 거예요? 뭔데요?"

사브리나가 물었다. 평소대로 맨발에 하얀 원피스 차림이었다.

"수집품에 보태세요."

사브리나가 봉지에 담긴 물건을 꺼내며 빙그레 웃었다. 스타벅스 머그잔이었다.

"고맙기도 해라. 안으로 들어와요. 당장 이 머그잔을 사용해 봅시다."

두 사람은 천장이 높은 집 안으로 들어가 곧장 부엌으로 향했다. 사브리나는 새로운 머그잔을 깨끗이 헹구고 수집품 중에서 다른 잔을 하나 더 꺼낸 다음 냉장고에서 과일 주스를 꺼내 따랐다.

미스틱-차드는 주스를 받아 들며, 사브리나가 이번엔 뜨거운 차를 권하지 않아 다행이라고 생각했다. 지금은 차를 마실 기분이 아니었다.

지난번 비오는 날 방문했을 때와는 분위기가 사뭇 달랐다. 사방에 초여름의 기운이 감돌고 있었다. 숯불에 고기 굽는 냄새가 밖에서 솔솔 풍겨 오고, 빵과 마시멜로, 옥수수 따위를 굽는 냄새도 풍겨 왔다. 하지만 숯불에서 피어나는 매캐한 냄새가 온갖 군침 도는 냄새를 모두 묻어 버렸다. 날이 어두워졌다. 사브리나가 부엌에 달린 전등 스위치를 켰다. 그러고는 긴 속눈썹을 살짝 떨면서 자신을 찾아온 손님을 지긋이 바라봤다.

"오늘은 날 만나러 온 거군요."

"그렇습니다."

미스틱-차드가 주스를 한 모금 마셨다. 오렌지색을 띤 주스는 맛이 진했다.

"젊은 사람이 이런 걸 챙겨 오다니 참 고맙군요. 아까 문 앞에서 보고 왜 찾아왔을까 궁금했어요. 벌써 약이 떨어지진 않았을 테니까."

사브리나가 건배를 제안하듯이 머그잔을 살짝 들었다 내리며 다시 말했다.

"그러니까 날 보러 왔다, 이거죠."

상냥한 목소리였지만 살짝 미심쩍어하는 느낌이 들었다.

"사실은,"

미스틱-차드가 재빨리 덧붙였다.

"작별 인사를 하러 왔다고 해야 맞겠군요."

말할 때 입에서 과일 주스 향이 났다. 망고, 복숭아, 살구 주스이거나 이 셋을 함께 갈아서 만든 주스 같았다. 주스 향이 나는 이 입은 자신의 입일까, 아니면 차드의 입일까? 갑자기 엉뚱한 의문이 생겼다. 내가 죽으면 더 이상 차드로, 어느 누구로도 변신할 수 없다는 걸 깨달았다. 생각만 해도 가슴이 울렁거렸다.

"작별 인사를 하러 왔다니, 무슨 말이에요?"

사브리나의 눈이 가늘어지면서 물었다. 안타깝고 서운한 표정이 스쳤다.

"다신 오지 않을 건가요? 어디로 떠나나요?"

"아뇨, 저도 잘 모릅니다. 그냥 작별 인사를 하고 싶었습니다."

미스틱은 육중한 몸을 부엌 벽에 기대며 사브리나의 시선을 피했다. 그리고 진실을 고백하고픈 충동을 억눌렀다.

'나야, 나. 모르겠어? 너의 옛 친구.'

미스틱은 자신의 모습을 드러낼 수 있기를 바랐다. 자신의 기분을 털어놓을 수 있기를 바랐다. 오늘이 마지막일지도 모른다고 말할 수 있기를 바랐다.

'실은 정말 그럴지도 몰라. 목이 점점 더 조여 오는 기분이야.'

하지만 그녀는 아무 말도 하지 않고 그냥 서 있었다. 육중한 차드의 몸으로 방충망이 쳐진 창 옆에 그대로 서 있었다.

두 사람은 꿈쩍도 하지 않았다. 하얀 원피스를 입은 여자와 젊은 남자로 보이는 사람이 서로 얼굴을 마주 본 채 섰다. 한쪽은 가벼운 숨소리를 내고 다른 한쪽은 무거운 숨소리를 냈다. 밖에서 시끄러운 소리가 들렸다. 뒤뜰 어딘가에서 개 짓는 소리가 났고, 멀리서 털털거리는 자동차 엔진 소리가 났다. 벌레 한 마리가 부엌 안으로 들어올 작정인지 방충망 근처에서 계속 윙윙거리고 있었다.

이웃집에서 틀어 놓은 TV 소리가 공기의 파동을 통해 그들에게 전해졌다. 미스틱-차드는 그 소리에 귀를 기울였다. 뉴스 프로그램의 테마 음악이었다. 낮에 봤던 배트맨 살인 사건의 평결 소식을 재방영하는 것이었다. 그녀는 머그잔을 부엌 조리대 위에 내려놓았다.

"이만, 가야겠습니다."

사브리나는 점점 더 혼란스러운 표정이었다.

"벌써요? 이렇게 금방 간 적은 없었는데…… 괜찮아요? 무슨 일 있는 건 아니죠?"

"괜찮습니다."

사브리나가 현관까지 나와 배웅했다. 미스틱-차드는 계단을 재빨리 내려와 거리로 나섰다.

커다란 창문이 달린 붉은 벽돌 건물에서 불빛이 새어 나왔고, 바비큐 냄새와 뜨거운 아스팔트에서 올라오는 눅눅한 냄새가 코끝을 자극했다. 근처 도로에 설치된 소화전의 스프링클러가 저절로 돌아가며 물을 흩뿌린 것 같았다.

미스틱-차드는 서둘러 그곳을 빠져나왔다. 마음이 착잡했다. 하지만 변장한 모습으로나마 작별 인사를 해 마음이 놓이기도 했다. 그녀는 뒤돌아보지 않고 골목에서 바로 몸을 틀었다. 그녀가 돌아봤더라면, 사브리나가 현관 앞에서 양손을 내리고 거의 차렷 자세로 꼿꼿하게 서 있는 모습을 봤을 것이다.

사브리나는 무슨 일이 벌어지는지 종잡을 수가 없었다. 기분이 너무 이상했다. 하지만 눈앞에서 걸어가는 저 사람이 자신에게 작별 인사를 한 이유가 있을 거라고 짐작했다. 산들바람에 그녀의 원피스 자락이 나부꼈다. 눅눅한 밤기운이 온 동네에 퍼졌다. 사브리나는 자기를 만나러 온 사람이 누구인지 알았다. 처음 찾아왔을 때부터 알았다. 그 사람은 육 년 동안 이따금 한 번씩 들렀다. 그 사람이 골목 저끝에서 사라진 후에야 사브리나도 작별 인사를 했다.

'부디 안녕, 친구야. 잘 지내, 미스틱.'

*

마지막 쇼가 벌어진 날, 그녀는 평소처럼 새벽에 집을 나와 조깅을 했다. 텅 빈 거리에 그녀의 발소리와 숨소리가 울려 퍼졌다. 그녀가 공원 오솔길로 접어들자 새들의 지저귀는 소리가 잦아들었다. 잔디밭에 있던 다람쥐 한 쌍이 고개를 들고 꼬리를 위로 치켜들며 경계 자세를 취했다. 나뭇가지가 바람에 흔들렸다. 미스틱은 서쪽으로 방향을 틀어 다시 거리로 나왔다. 웅장한 성당을 빠르게 지나서 계속 달리다가 인근에서 가장 유명한 서점을 지나쳤다. 맞은편에서 한 소년이 스케이트를 타며 빠르게 다가왔다. 이렇게 이른 아침에! 둘 다기이한 유령이라도 본 듯 서로를 스쳐 지나갔다.

미스틱은 계속 달렸다. 피부의 미세한 분비샘이 열리며 투명한 눈물을 내보냈다. 땀이 흐르는 얼굴에 손을 갖다 댔다. 지금 이 순간, 사람들은 수많은 주택과 아파트 안에서 에어컨 바람을 맞으며 마지막 단잠에 빠져 있을 것이다. 알람 소리에 억지로 눈 뜨기 전까지 꿈속을 헤맬 것이다. 태양이 솟아오르며 현실 세계를 빛으로 감싸기 시작했다. 이른 시간인데도 빵집 두어 곳이 문을 열었다. 미스틱은 브로드웨이를 따라 뛰다가 방향을 틀어 집으로 향했다. 집에 가서 샤워기에서 쏟아지는 물줄기에 몸을 맡겼다. 머릿속으로는 도시의 각종 건물 안에서 이제 막 기지개를 켜는 사람들을 생각했다. 헝클어진 이부자리에서 빠져나와 깨끗이 세탁된 옷을 걸치는 사람, 그녀처럼 샤워의 축복을 누리는 사람, 바깥세상으로 나가기 전에 거울 앞에서 단장하는 사람, 그날 저녁에 피곤하지만 뿌듯한 마음으로 혹은 씁쓸한 마음으로 TV 앞에 앉아 그녀의 쇼를 볼 사람……. 그녀는 얼굴도 이름도 모르는 이 모든 사람에게 난데없이 애정이 솟구쳤다.

샤워를 마치고 라디오 뉴스를 들으며 아침을 먹은 다음 쇼에서 선보일 스텝을 연습했다. 라디오에서는 뉴스가 끝나고 신나는 음악이 흘러나왔다. 갑자기 울컥해 눈물이 쏟아지려고 했다. 그녀는 이러다 실성하는 게 아닐까 궁금했다.

세상 사람들이 그녀에게 무엇을 원하는지 궁금했다. 지금까지 살아오면서 자신이 무엇을 원했는지도 궁금했다. 한때는 세상이 무엇을 원하는지 안다고 믿었고, 그런 착각과 오만 때문에 삶을 송두리째 흔드는 실수도 저질렀다.

그녀는 욕실로 들어가 출근 준비를 했다. 브러시를 들고 머리를 빗었다. 밖에서 차 소리가 점점 더 시끄럽게 들렸다. 가까운 미래에 무슨 일이 벌어지든 냉정을 잃지 않겠다고 결심했다. 두려워하지도 않을 작정이었다. 그저 차분하게 대처하기로 마음먹었다.

어쨌든 그녀는 자신이 실성하지 않았다고 결론 내렸다. 오히려 너무 말짱했다. 거울을 쳐다보며 참담한 미소를 지었다. 모든 게 점점 더 분명해졌다. 그녀를 살해하려는 자가 누구인지 알 것 같았다.

삼십여 분이 지났다. 미스틱은 분장실에 앉아 집중하려고 애썼다. 문 밖에서는 테마 음악이 울리길 기다리며 엑스트라와 댄서들이 분주하게 움직이고 있었다. 수지가 소리를 지르며 상황을 통제하고 있었다. 미스틱은 머릿속으로 라인업을 검토하고 대사를 중얼거렸다. 그런 다음 팔다리를 아무렇게나 벌리고 소파에 쓰러졌다. 방송 직전에는 늘 이렇게 아무 생각도 안 나고 멍했다.

노크 소리가 들렸다. 그녀는 일어나 앉았지만 노크 소리를 진짜 들었는지는 헷갈렸다. 처음에는 문이 움직이지 않았다. 그러더니 벌컥 열리며 차드가 뛰어 들어왔다.

"헤이!"

잔뜩 흥분한 모습이었다. 그는 번쩍이는 무대 의상을 과시하듯 빙그르르 돌았다. 머리에는 커다란 롤이 잔뜩 붙어 있었다.

"흐흠, 물러나세요. 오늘밤 내 의상이 이렇게 멋지니까 다들 나만 쳐다볼 겁니다."

미스틱은 무슨 일인지 몰라 눈만 껌뻑였다. 꿈꾸는 것처럼 멍해져서가 아니라 정반대로 너무나 생생했기 때문이다. 그녀는 방을 휘 둘러봤다. 그녀가 입을 의상들이 옷걸이에 순서대로 걸려 있었고, 구두도 같은 순서대로 바닥에 정돈되어 있었다.

"좀 있으면 시작이야. 새로운 쇼를 보여 줄 거야."

그녀는 놀란 얼굴로 중얼거렸다. 중압감에 그러는 사람처럼 보였다. 그러거나 말거나 차드는 신경 쓰지 않았다. 그는 롤을 만지며 들뜨고 흥분된 목소리로 떠들었다.

"이 롤을 머리에서 빼면 진짜 끝내줄 거예요. 헤어드레서 말이, 짧은 곱슬머리가 나한테 잘 어울릴 거래요. 르네상스 그림에 나오는 천사처럼 보일 거라나."

미스틱은 눈을 계속 깜빡였다. 차드의 얼굴도 너무 생생한 것 같았다. 익숙한 얼굴을 한참 쳐다보고 있으니, 그녀가 평소에 동료와 대화할 때 쓰는 목소리 톤이 저절로 나왔다.

"맙소사, 너랑 헤어드레서랑 르네상스 그림에 대해 얘기했다고?"

"그녀는 미술사를 공부한대요."

"넌 마돈나 촌극에 맞는 가발을 쓰기로 했잖아?"

"물론 써야죠. 하지만 다른 시간에는 곱슬머리를 하고 있을 겁니다!"

복도에서 호레이스가 뭐라고 소리치자 왁자한 웃음소리가 터져 나왔다. 누군가가 방송 이십 분 전이라고 소리쳤다.

"그나저나,"

차드가 다시 말했다.

"수지에게 사과했다고 들었어요."

미스틱이 고개를 끄덕였다.

"그리고 다른 얘기도 들었는데……."

차드가 머리를 만지작거리며 머뭇거렸다. 얼굴 표정이 심각했다.

"감독이 그러던데, 이번에도 세판스키 공연을 못 하겠다고 했다면서요."

그녀가 소파에서 일어났다. 그녀는 분장실을 한 번 더 둘러보려다가 어느 쪽으로 몸을 돌려야 할지 몰라 그냥 주저앉았다.

"그 공연은 라인업에서 영원히 빼야 할 것 같아. 도저히 그 작자로 변신할 수가 없어. 어떻게 해야 할지 모르겠어. 그는 내가 넘을 수 없는 울타리를 치고 있는 사람 같아."

497

차드가 곰곰 생각하더니 반박했다.

"내가 무슨 생각을 하는지 알잖아요. 결국 기회를 놓치겠군요. 나야 그저……"

그가 말하려다 말고 잠시 생각하는 듯했다. 그의 눈이 온화해지고 입술에 신뢰하는 미소가 번졌다.

"나야 당연히 당신의 결정을 받아들이죠. 어떤 경우든, 대단한 공연이 될 테니까."

"대단한 공연이 될 테니까."

그녀도 동의했다. 심란한 마음을 숨기고 힘없이 웃어 보였다.

"계획이 바뀌었다고 게리에게 얘기했죠?"

"게리?"

그 이름을 말하는 품으로 봐서, 그녀 자신이 당장은 제작자의 반응을 걱정하지 않는 게 분명했다.

차드가 깜짝 놀라는 듯했다. 그는 걱정스러운 눈으로 그녀를 응시했다. 하지만 더 얘기할 시간이 없었다.

"이젠 가서 곱슬머리를 매만져야겠어요. 이따 무대에서 봐요."

그는 문 쪽으로 나가면서 숨을 크게 내쉬었다. 그런데 나가려다 말고 돌아서서 두툼한 손을 마주잡더니 어색하게 말했다.

"미스틱, 당신에게 무슨 일이 벌어지는지 모르겠지만 내 마음 알죠? 난 당신 결정을 받아들이겠어요. 난 당신 편이에요. 언제나 당신 편이에요."

미스틱은 다시 홀로 남았다. 소파 쿠션에 얼굴을 묻었다가 곧 똑바로 앉아서 몸을 뒤로 기댔다. 숨 쉬는 것도 고통스럽지만 이내 옷을 벗고 스케줄에 따라 첫 번째 몸으로 변신했다. 밖에서 쇼 시작 오 분

전이라는 소리가 들렸다. 정신이 아득해지려는 순간 누군가가 그녀

를 분장실에서 끌고 나왔다. 스튜디오에는 테마 음악이 쩌렁쩌렁 울려 퍼지고 있었다. 아놀드 슈워제네거가 비틀거리며 몇 걸음 나아갔다. 그가 무대에 나오자 스튜디오에 우렁찬 박수 소리가 울려 퍼졌다. 아놀드가 휘청거렸다. 눈부신 조명 때문에 눈도 제대로 못 떴다. 하지만 그가 두 팔을 들자 이두박근이 불끈 솟았다. 힘겹게 첫 번째 대사를 읊조리자 웃음이 터져 나왔다. 차드와 엑스트라들이 그를 둘러싸고 빙글빙글 돌자 객석에서 계속 웃음이 터져 나왔다. 이젠 그의 입술에서 대사가 술술 흘러나왔다.

광고 방송이 나가는 사이, 미스틱은 다시 정신이 아득해졌다. 화장실에 들어와 처음 무대에 오르는 초심자처럼 숨을 헐떡였다. 하지만 곧 정신을 차리고는 새로운 몸으로 변신했다. 쇼가 다시 시작됐다. 그 어느 때보다 빠른 속도로 진행됐다. 미스틱은 비몽사몽한 상태에서 이 캐릭터에서 저 캐릭터로 변신하며 관객 앞에서 사랑을 고백하듯이 대사를 읊었다. 그리고 우아하게 춤을 추고 노래를 불렀다. 불타는 운석처럼 뜨거운 스포트라이트가 쏟아졌다. 마돈나가 댄서들에 둘러싸여 세트 주위를 빙그르르 돌았다. 그런 다음 차드와 듀엣으로 춤을 췄다. 서로 눈을 바라보며 가슴이 터질 듯한 만족감을 느꼈다.

마지막 공연은 그야말로 반전이었다. 무대에 나타난 캐릭터는 세판스키가 아니었다. 그보다 더 충격적인 인물이었다. 무대로 걸어 나온 인물은 바로 나모르였다! 사람들이 너무 놀라 처음엔 아무 소리도 내지 못했다. 아틀란티스의 왕자, 아가미 달린 쇼맨, 같은 시간에 다른 방송사에서 라이벌 쇼를 이끌며 시청률에서 미스틱을 이기려고 부단히 애를 쓰고 있는 바로 그 남자였다. 그야말로 대담하고 기발한 선택이었다. 그녀는 상대편 쇼의 사회자로 변신했던 것이다.

놀라서 아무 소리도 내지 못하던 관객들이 미친 듯이 열광하기 시작했다. 초록색 팬티만 걸친 나모르가 노쇠한 프랭크 시나트라의 애창곡을 흥얼거렸다. 와이어에 매달린 댄서들이 금붕어 의상을 입고 공중에서 헤엄치듯이 버둥거렸다. 차드는 불가사리 의상을 입었다. 나모르가 점점 소리 높여 노래했다.

"안녕, 그녀가 아주 자연스럽게 말했어요. 안녕, 아주 조용히 말했어요. 안녕 안녕 안녕."

스튜디오의 관객은 물론이요, TV 앞에 있던 수백만 시청자들도 그 노랫말에 감동받아 눈물을 흘렸다. 나모르의 우스꽝스러운 표정에 계속 웃으면서도 눈에서는 눈물이 나왔다.

마침내 그녀가 원래 모습으로 돌아왔다. 공연이 모두 끝나고 쏟아지는 박수갈채를 받으러 그녀가 다시 무대로 나왔다. 누군가가 꽃다발을 던져 줬고, 카메라가 꽃을 클로즈업했다. 관객들이 모두 일어나 열렬히 환호했다. 그녀는 꽃다발을 집어 들었다. 이 자리에 다시 설 수 있을까 의심하면서도, 목소리를 가다듬고 다음 쇼에서 또 만나자고 했다.

*

그녀가 공연에 엄청난 에너지를 쏟아 부은 덕에 〈셀러브리티 미스틱 쇼〉는 진짜 나모르가 진행하는 프로그램과 멋진 대결을 펼쳤다. 결과는 무승부였다. 시청률이 똑같았다. 그녀가 분장실에서 회복하는 동안 수지가 달려와서 그 소식을 전했다.

중요한 일이긴 하지만 시청률에서 뒤지지 않았다는 사실만으로 게리가 만족할진 미지수였다. 미스틱은 게리가 나타나기 전에 얼른 옷을 갈아입고는 분장실을 나왔다. 제작 임원들과 부딪힐 마음이 전혀 없었다. 지금 같은 상황에서는 더더욱 견딜 수 없었다. 복도를 지나는데 차드와 다른 사람들이 분장실에 모여 축배를 들며 웃고 떠드는 소리가 들렸다. 쇼의 운명이 어떻게 되든 프로그램 역사상 가장 화려하고 멋진 공연을 펼쳤으니 건배를 들 만했다. 수지가 좀 전에 축하 자리에 빨리 오라고 말했지만, 미스틱은 복도를 잽싸게 지나 엘리베이터에 올랐다.

그녀는 일 층 버튼을 눌렀다. 엘리베이터 거울에 비친 자신의 모습을 보니 정말 놀라웠다. 그토록 여러 모습으로 변신했는데도 자신의 모습을 온전히 기억하고 돌아온다는 게 신기했다.

'이 모습, 이 얼굴로 다시 돌아왔구나.'

그녀는 블라우스의 깃을 바로 잡고 가방에서 립스틱을 꺼냈다. 부드러운 입술에 립스틱을 살짝 발랐다. 동료들에게 아무 말도 하지 않고 나와 버려서 미안한 마음이 들었다. 그들은 필시 내일 자신을 볼 수 있다고 생각할 것이다.

밖으로 나오니 밤 풍경이 참 아름다웠다. 탁 트인 주차장에 후끈한 바람이 불었다. 보이지 않는 거대한 불꽃에서 열기가 솟구치는 듯했다. 길쭉한 모양의 달 조각 하나가 창공에 박혀 있을 뿐 하늘은 거울처럼 맑았다. 주변 세상이 그 어느 때보다 활기차 보였다. 미스틱은 주차장으로 걸어가다가 예상대로 데니스 드 빌라를 봤다. 그가 자신의 차 옆에 서 있었다.

데니스가 그녀를 향해 걸어왔다. 그는 평소처럼 태연해 보였지만 그녀에게 다가올수록 걸음이 빨라졌다. 그리고 목소리도 약간 떨렸다.

"정말 멋졌어요."

그도 참 멋졌다. 머리카락이 젖은 걸로 봐서 조금 전에 샤워한 듯했다. 면도한 턱과 뺨이 대리석처럼 매끄러워 보였고, 불타는 듯한 눈이 유난히 더 밝게 빛났다. 두 사람은 그의 차를 향해 걸어갔다. 약속이라도 한 듯 아무 말도 하지 않았다. 바람결에 두 사람의 옷자락이 나부꼈다.

"일기 예보에서 날씨가 급변할 거라더군요."

그가 시동을 걸고 주차장을 빠져나가면서 말했다. 그는 핸들을 잡고 남쪽 방향으로 천천히 차를 몰았다.

아이들 몇몇이 바람을 타고 훨훨 날고 싶은지 팔을 활짝 벌리고 걸어가는 모습이 보였다.

두 사람은 그녀가 아는 식당에 가기로 했다. 사람이 붐비지 않는 조용한 식당엔 낡은 벨벳 의자가 벽면에 기다랗게 붙어 있었다. 까무잡잡한 피부에 눈이 아몬드 모양 같은 웨이트리스가 만면에 미소를 띠며 다가와 주문을 받았다. 미스틱은 젊은 아가씨가 그녀를 어떻게 바라볼지 상상했다. TV에 나오는 유명한 여자가 저녁 쇼를 마치고 피곤한 몸으로 젊은 연인처럼 보이는 남자와 함께 식당에 나타난 것으로 봐서, 집에 가는 길에 간단히 먹고 가려나 보다라고 생각할 듯했다.

그녀는 배가 고팠다. 그날 하루 종일 아무것도 먹지 못했다. 그녀가 치즈케이크를 주문하자, 데니스가 싱긋 웃었다. 두 사람은 낡은 벨벳 의자에 폭 기대앉아 많은 얘기를 나눴다. 웨이트리스가 한참 떨어진 곳에서 그들을 따뜻한 눈으로 바라봤다.

어느덧 두 사람 사이를 가로막던 장벽이 허물어졌다. 그녀는 가슴속에 꽁꽁 숨겨 뒀던 이야기를 털어놓았다. 지금까지 살아오면서 겪은 이야기를 모두 들려줬다. 즐거웠던 일뿐 아니라 괴롭고 억울했던 일, 후회스러운 일까지 남김없이 쏟아냈다. 젊었을 땐 너무 순진했다

502

고, 어쩌면 너무 교만했다고 고백했다. 십 대 여학생 시절엔 다른 사람으로 변신할 때마다 열병을 앓았다는 말도 했고, 아이를 갖지 않은 걸 후회한다고도 말했다. 때로는 사람들이 편지를 보내 그들 곁을 떠난 사람으로 변신해 달라고 부탁했지만, 그녀는 살아 있는 사람으로만 변신할 수 있어서 그들을 도와줄 수 없었다는 말도 했다. 사람들과 어울려 지내지 못해 후회된다고도 말했다. 필라델피아에 사는 한 여장 남자가 그녀처럼 피부를 파랗게 물들이고 변두리 술집에서 쇼를 한다는 이야기도 했다. 그 남자는 자신의 공연 모습을 담은 비디오테이프를 내게 보내면서 이렇게 썼다.

'당신이 수많은 사람으로 변신하니까, 드디어 누군가가 당신으로 변신한다는 얘기를 들으면 좋아할지도 모르겠군요. 안타깝게도 나한테는 초능력이 없어서 완벽하게 변신하진 못합니다!'

두 사람은 이런 저런 얘기를 나누며 때로는 웃고 때로는 심각해졌다. 특별한 이유도 없이 웃다가 서글픈 얘기에 눈물이 맺히기도 했다. 한참 만에 자리에서 일어났다. 그녀는 식탁에 상당한 액수의 팁을 남겨 놓았다. 집에 도착했을 때는 시간이 꽤 늦었고, 데니스가 이번엔 주저하지 않고 시동을 껐다.

*

두 사람은 차에서 내려 그녀의 집으로 들어갔다. 불도 켜지 않고 서로 쳐다보며 상대의 얼굴을 읽으려고 애썼다. 그녀가 몸을 돌려 부엌으로 걸어갔다. 냉장고 문을 열자 주방에 서늘하고 흐릿한 빛이 퍼졌다. 그가 그녀를 바싹 뒤따랐다. 은은한 달빛 아래서 두 사람은 서로를 껴안고 뜨겁게 입을 맞췄다. 데니스의 혀가 그녀의 입안에서 춤을 췄다. 그녀가 그의 혀를 삼킬 듯이 빨다가 그의 몸을 살짝 밀치며 얼굴을 두 손으로 감쌌다. 그녀는 영화 속 한 장면처럼 모든 게 멈추고 지금 이 순간이 영원하길 바랐다.

그들은 차가운 와인을 마시고는 침실로 갔다. 그녀가 작은 램프를 켰다. 데니스가 침대 옆 탁자에 권총을 내려 놓고는 천천히 옷을 벗었다. 램프 불빛이 그의 움직임을 커다란 그림자로 벽에 투사했다. 미스틱이 침대 모서리에 앉아 그를 지켜봤다. 데니스가 사각팬티를 벗고 그녀 앞에 나체로 섰다. 그러더니 곧 그녀에게 다가왔다. 불뚝 선 음경이 촉촉해졌다. 미스틱이 손을 오목하게 오므려 음경을 잡고는 자신의 입에 넣었다.

마침내 두 사람 모두 옷을 벗고 침대에 나란히 누웠다. 남자는 옅은 황갈색이었고 여자는 푸르스름했다. 미스틱이 시트 위에서 몸을 비틀었다. 램프 불빛이 미치지 못한 천장은 어두웠다. 그 어둠이 나선형으로 휘돌며 그들을 덮칠 듯했다. 데니스가 몸을 일으켜 입술로 그녀를 핥았다. 혀끝으로 간질이며 아래로 아래로 내려가 그녀의 음부에 진하게 키스했다. 작은 돌기 부분을 혀로 핥다가 입술로 깊이 빨았다. 부드러운 음핵 부위가 파르르 떨렸다. 그의 몸 아래에 깔린 몸이 변신하려고 했다. 혀에 닿는 살이 녹아드는가 싶더니 미스틱의 몸이 변신했다. 데니스가 얼굴을 들어 미스틱이 변신한 사람을 살폈다. 남자의 몸이었다. 그의 몸이었다. 두 명의 데니스 드 빌라였다. 똑같은 얼굴, 똑같은 음경, 똑같은 피부를 한 두 육체가 똑같이 땀을 흘리며 거친 숨을 몰아쉬고 있었다. 데니스가 상대의 얼굴 가까이 다가갔다. 두 눈이 마주치고 딱딱한 두 입술이 닿았다. 둘은 오랫동안 헤어졌던 쌍둥이처럼 부둥켜안았다. 침대 시트에선 상큼한 향이 났고, 창문 너머에서는 밤이 조용히 깊어 갔다.

야심한 이 밤에 누가 아직도 깨어 있을까? 거대한 천사의 날개에 드리워진 그림자처럼 어둠이 도시를 덮었다. 어디선가 잠 못 이룬 아기들이 잠 못 이룬 엄마 품에서 흔들렸다. 엉큼한 남자들이 후미진 공원에서 일을 치르고는 콘돔을 숲에 던져 버리고 어기적어기적 걸어갔다. 거리의 청소부들이 도시의 위생을 위해 거대한 차를 몰고 거리를 누비며 쓰레기와 구겨진 신문지를 치웠다. 자동차 헤드라이트에 놀란 다람쥐들이 몸을 움츠리며 벌써 해가 떴나 보다고 생각했다. 도시교통국 직원들이 피곤한 눈을 비비며 야간열차를 몰았다. 그들은 도시의 내장 기관인 지하 터널을 통과하며 지금의 삶과는 다른 삶을 상상했다. 신용카드를 팍팍 쓰고 멀리 여행을 떠나 새로운 사랑을 찾는 꿈을 꿨다. 어둠과 네온 불빛 속에서 도시가 새롭게 태어났다. 어둠은 괴로움과 위안이라는 상반된 선물을 안겨 줬다.

"미스틱."

데니스가 불렀다.

"미스틱."

그녀가 돌아왔다. 다시 원래의 모습으로 돌아왔다. 그의 무게에 눌려 몸이 으스러질 것 같았다. 몸을 비틀자 온몸에 짜릿한 전율이 일었다. 그녀는 그를 꼭 안았다가 옆으로 밀어내려고 했다.

"미스틱."

그가 다시 그녀의 이름을 부르며 그녀의 팔을 꼼짝 못하게 눌렀다. 그러고는 그녀의 머리칼에 얼굴을 묻으며 그녀 안으로 들어왔다. 두 몸이 하나가 됐다. 벌거벗은 그의 몸이 벌거벗은 그녀의 몸 안으로 들어왔다. 한몸이 돼 가쁘게 숨을 쉬었다.

그가 자신의 엉덩이를 거칠게 밀고 당기는 동안 그녀의 몸이 격렬하게 진동하며 허리가 아치 모양으로 구부러졌다. 그들은 한참 동안

이 격렬하고 동물적인 움직임에 집중했다.

밖에는 바람이 거세게 몰아치고 있었다. 멀리서 비행기가 불빛을 깜박거리며 하늘로 솟아올랐고, 뒤뜰의 나무가 바람에 바스락거렸다. 동쪽 하늘의 흐릿한 저 빛은 새벽이 가까웠다는 신호일까? 미스틱과 데니스가 돌연 움직임을 늦추고 상대의 이마에 맺힌 땀방울을 응시했다. 두 심장이 박자를 맞춰 뛰었다.

"내가 누군지 아세요?"

그가 신음하듯 내뱉었다.

그녀는 올 것이 왔구나 싶어 소름이 돋았다.

"당신이 누군지 알아요."

그녀도 신음 소리를 냈다.

"당신이 누군지 알아요."

전날, 사무실에서 생각에 생각을 거듭하던 그때, 그가 누군지 퍼뜩 떠올랐다. 어쩌면 며칠 전 할렘에서 저녁 식사를 할 때 알았는지도 모른다. 그가 자기 얘기를 들려주던 용의주도한 모습에서 눈치 챘는지도 모른다. 프랭클린 리처즈의 장례식에서 그녀를 보자마자 끌렸다고 고백했을 때 알았는지도 모른다. 그의 수수께끼 같은 시선을 느꼈을 때 알았는지도 모른다. 그의 몸으로 변신해 너무나 깊고 모호하고 접근하기 어려운 분위기를 감지했을 때 알았는지도 모른다. 그는 그녀를 죽이려는 남자였다. 그는 광적인 단체가 보낸 남자였다. 아니, 지금 이 순간 퍼뜩 생각해 보니 그와 그 단체가 동일한 것일 수도 있겠다 싶다. 그녀가 입을 크게 벌리고는 말했다. 하지만 그 소리는 작은 속삭임일 뿐이었다.

"그 쪽지는?"

"난 쪽지에 대해선 아무것도 모릅니다."

데니스의 얼굴에 맺힌 땀방울이 미스틱의 얼굴에 떨어졌다. 그 땀방울을 없애려는 듯 그가 그녀의 얼굴에 부드럽게 바람을 불었다.

"그 쪽지는 저한테도 미스터리입니다. 누가 당신에게 경고하려고 했던 것 같아요. 어쩌면 단순히 작별을 하려고 했는지도 모르죠. 물론 그 쪽지 덕에 당신한테 수월하게 접근할 수 있었습니다."

그가 고통스럽게 고백했다. 목소리도 갈라졌다.

"미스틱, 눈을 감아요."

그가 간청했다.

하지만 그녀는 계속 그를 쳐다봤다. 흐릿한 불빛 속에서 데니스의 모습이 눈부시게 빛났다. 그녀는 그의 피부와 이마의 땀방울에 반사된 램프 불빛을 바라봤다.

데니스는 그녀가 반격할 힘도 의지도 없음을 알았다. 그는 그녀를 감쌌던 팔의 힘을 살짝 풀고서 그녀의 얼굴에 바람을 불었다. 그러고는 입술에 구슬픈 키스를 하고 다시 말했다.

"눈을 감아요."

하지만 미스틱은 눈을 감지 않았다. 그가 어디에서 비닐봉지를 꺼냈는지, 순식간에 비닐봉지가 그녀의 머리를 감쌌다. 투명한 봉지 너머로 데니스의 얼굴이 흐릿하게 보였다.

그녀의 몸에서 경련이 일었다. 그녀는 가슴을 움켜쥐고 몇 차례 발작적으로 변신했다. 데니스가 봉지를 더 세게 조였다. 산소가 부족해지자 그녀의 몸이 진정됐다. 그녀의 가슴에서 끝없이 타오르던 불길이 마침내 사그라지기 시작했다.

입김으로 나온 김이 봉지에 맺혀 뿌예졌다. 구겨진 봉지에 반사된 불빛이 기이해 보였다. 그녀는 데니스의 몸이 뜨거운 불길 같다고 느꼈다. 그리고 자신의 몸이 거대한 심장처럼 팔딱인다고 느꼈다.

몸이 녹아내리며 한 번도 취한 적 없는 누군가로 변신하는 것 같았다. 이름도 없고 형상도 없고 고통도 없고 회한도 없는, 완벽한 육체를 지닌 누군가로 변신하는 것 같았다. 데니스는 그녀를 꼭 붙잡고서 용서해 달라고, 이렇게 할 수밖에 없었다고 말했다. 일이 분쯤 지난 뒤에야 그녀는 멀리서, 도달할 수 없이 먼 곳에서 그 말을 듣고 있음을 깨달았다. 이 모든 게 아무런 문제도 되지 않는 아주 먼 곳에서.

에필로그

슈퍼맨

2006년 6월

신문 기사에 따르면, 다음 날 청소부가 시체를 발견했다고 한다. 시체는 침대에 벌거벗은 채 누워 있었고 얼굴에 투명한 비닐봉지가 씌어져 있었다고 한다. 살인자가 평온한 모습으로 보내고 싶었는지, 손은 가지런히 모여 있고 다리는 곧게 뻗은 반듯한 자세로 누워 있었다고 한다. 푸르스름한 피부의 시체가 하얀 시트에 반듯하게 누워 있고 하얀 커튼이 미풍에 가볍게 흔들리는 모습이라니…… 아무 일도 없었다면 깔끔하고 평온한 침실이었을 것이다.

처음에 사람들은 섹스 도중에 일이 잘못됐다고 짐작했다. 이런 추측이 나온 이유는 검시 결과가 섹스 직후 혹은 어쩌면 섹스 도중에 죽었다고 나왔기 때문이다. 은퇴한 슈퍼히어로가 또다시 지저분한 죽음을 맞이한 것이다. 신문은 흥분을 감추지 못했다. 하지만 불미스러운 정황과 피해자의 정체로 볼 때, 이번 사건이 성관계에 얽힌 단순한 사고가 아님을 시사했다.

형사들은 좀 더 넓은 범위에서 다양한 가설을 세우고 수사를 진행했다. 수사 과정에서 그런 가설들이 하나씩 지워졌다. 이 사건은 희생자가 일하던 쇼 비즈니스계와는 아무런 관련이 없었다. 정신 나간 팬이나 질투에 눈먼 방송계 유명인이 연루된 증거도 없었다. 오히려 보통은 냉혹하고 무자비한 방송계에 진정한 슬픔을 촉발시킨 듯했다. 쇼 비즈니스계 종사자들은 모두 이 사건에 대해 얘기하며 눈물을 쏟았고 동료들은 그녀를 떠올리며 비탄에 잠겼다. 사건이 발생하고 일주일 후, 희생자의 라이벌인 나모르가 쇼를 진행하면서 거대한 수족관에 떠 있다가 발작적으로 울음을 터뜨렸다. 주변에서 헤엄치던 물고기들이 놀라서 입을 딱 벌리고 그를 바라봤다.

물속에서 눈물을 흘린 것을 두고 시청률을 올리기 위한 꼼수라고 의심하는 사람도 있었지만, 많은 사람들이 그가 진심으로 슬퍼하는 것 같다고 했다. 나모르는 정녕 늙은 어릿광대였지만 심오한 감정을 느낄 줄 알았다.

또한 이 사건은 희생자의 과거와도 관련이 없었다. 감옥에서 보낸 시절이나 70년대 말에 돌연변이 극단주의자 단체에서 활동한 시절과도 연관이 없었다. 그 시절은 이미 과거 속에 묻혀서, 모래성이 높은 파도에 휩쓸려 무너지듯이 사람들 뇌리에서 다 지워졌다. 결국 남은 가설은 한 가지로 압축됐다. 정체를 알 수 없는 그 단체. 은퇴한 슈퍼히어로를 살해한 조직이 또다시 공격을 감행한 것이다.

사건이 발생하고 며칠 뒤, 경찰 고위층은 당혹스러운 사실을 받아들일 수밖에 없었다. 경찰의 노력에도 불구하고 흉포한 단체가 또다시 살인을 저질렀을 뿐 아니라, 주동자로 지목된 사람이 뜻밖의 인물이었기 때문이다. 다수의 목격자에 따르면, 지난 몇 주 동안 피해자와 상당히 가까워진 남자가 한 명 있었다. 희생자와 밤을 보낸 것으로 보이는 이 남자는 그녀와 성관계를 맺고 살해한 뒤, 시체를 하얀 시트에 남겨 두고 흔적도 없이 사라져 버렸다.

시시각각 쌓이는 증거로 볼 때, 문제의 남자를 악명 높은 그 단체의 핵심 인물로 추정해도 무리가 없을 듯했다. 경찰이 곤란해진 이유는 바로 그 남자가 경찰이었기 때문이다. 그 소식에 언론은 먹잇감에 몰려드는 상어 떼처럼 달려들었다. 경찰! 데니스 드 빌라 형사!

*

슈퍼히어로를 살해한 자가 사라졌기 때문에 그에게서는 어떤 진술도 들을 수 없게 됐다. 따라서 언론은 살인 혐의자와 가장 가까운 그의 형에게 초점을 맞추는 것 외에 달리 대안이 없었다. 결국 브루스 드 빌라 기자는 두어 주 동안 기자들에게 심하게 시달렸다.

기자들은 그가 사는 건물 앞에서 몇 날 며칠 동안 진을 치고 기다렸다. 그가 코너 상점에 식료품을 사러 나올 때마다 쫓아오며 온갖 질문을 쏟아냈고, 브루스가 아무리 거부해도 집요하게 달려들었다. 그가 버스를 타러 뛰어갈 때도 쫓아왔고 급기야 조간신문을 사러 신문 가판대로 갈 때도 일단의 신문 기자들이 그를 쫓는 진풍경이 펼쳐졌다.

다른 상황에서라면 브루스 드 빌라는 이런 우스꽝스러운 상황을 웃어넘겼을 것이다. 하지만 지금은 물 뿌린 벽난로에서 꺼져 가는 불씨처럼 웃음이 목구멍에서 잦아들었다.

'데니스가 그 악명 높은 단체의 주모자라고.'

처음 소식을 접했을 때 그는 너무 당황해서 말문이 막혔다. 미래를 내다보는 능력 덕분에 미스틱을 비롯해 은퇴한 슈퍼히어로들의 죽음을 예견할 수는 있었지만, 그들이 어떻게 죽을지는 아는 게 하나도 없었다. 하물며 그들을 살해한 자의 정체를 어떻게 알 수 있었겠는가!

그는 기자들에게 할 말이 없었다. 그런데 왜 자기를 에워싸고 동생에 대해 시시콜콜 캐묻는지 답답했다. 지금쯤 그들은 자기보다 더 많은 사실을 알아냈을 것이다. 경찰은 지금까지 발생한 살인 사건의 윤곽을 그리면서 데니스 드 빌라 형사가 어떤 역할을 했는지 어느 정도 밝혀냈다. 뿌연 안개가 걷힌 풍경처럼 동생의 실체가 눈앞에 훤히 드러난 것 같았다.

《뉴욕 포스트》에서 살인 사건이 단계적으로 확대되는 과정을 상세히 보도했다. 일련의 사건은 몇 년 전, 로빈이 살해되면서부터 시작됐다. 로빈은 센트럴파크의 후미진 곳에서 목에 치명상을 입고 살해됐다. 당시 데니스는 제복 차림의 젊은 경찰이었다. 가장 손쉬운 상대가 아마도 로빈이었을 거라고 전문가들은 추측했다. 그 후로 몇 년 동안, 데니스는 슈퍼히어로 반대 캠페인에 동조하는 사람들을 모아 조직을 구성했고, 그 과정에서 마라 존스도 끌어들였다. 그리고 어린 마라에게 배트맨을 난잡하게 살해하도록 사주했다. 데니스는 공격 대상에게 접근하기 위해 형사라는 신분을 십분 활용했다. 시간이 갈수록 공격 주기가 빨라졌다. 테러에 가까운 조지 호텔 공격도 조직원의 도움을 받아 그가 자행한 것으로 보였다. 그런데 이 공격으로 엉뚱하게도 프랭클린 리처즈가 사망하는 치명적인 실수를 했다. 결국 자기 때문에 자식을 잃고 괴로워하던 리드 리처즈가 스스로 목숨을 끊었다. 마지막 희생자는 푸르스름한 피부를 가진 TV 스타 미스틱이었다. 데니스와 미스틱의 관계는 단순한 호감을 넘어 연인으로 발전한 것으로 보이지만 데니스의 계획을 단념시키진 못했다.

기자 두 명이 데니스 드 빌라를 파헤칠 목적으로 그의 가정환경을 알아보다가 십육 년 전에 그의 어머니가 알 수 없는 이유로 갑자기 사망했다는 사실을 알아냈다. 고릿적 사건이 지금의 사태와 어떤 관계가 있는지 알아보려 했으나 자세한 내막은 알아내지 못했다. 결국 데니스 드 빌라는 불가사의한 죽음의 사자로 남았다. 그를 파악할 만한 단서를 제공해 줄 사람은 그의 형이 유일했다. 성장 과정이나 집안 내력을 안다면 그의 참모습을 파악하는 데 도움이 될 것이다. 그의 실체는 과연 무엇일까?

"이제 좀 누그러질 때가 되지 않았나요?"

끈질기게 따라붙는 기자들을 대동하고 브루스가 상점에 들를 때마다 주인이 물었다.

"저러다 말 겁니다. 두고 보세요."

브루스가 장담했다.

언론의 관심이 정말로 조금씩 줄어들었다. 따라붙는 숫자도 줄고 열의도 점차 식었다. 브루스는 지난 두 주 동안 외부와의 소통을 최소한으로 줄였다. 언론뿐만 아니라 친분이 있는 사람들과도 연락하지 않았다. 업무와 관련된 활동도 모두 중단하고 은둔자처럼 지냈다. 그 뒤로도 며칠 더 집 안에 틀어박혀 누구와도 접촉하지 않았다. 불면증에 시달려서 밤마다 따뜻한 우유에 럼주를 듬뿍 넣어 마셨다. 술기운에 의식이 가물가물해지는 와중에도 기자들이 던진 수많은 질문이 머릿속에 맴돌았다. 각종 논평에서 마지막으로 던진 두 가지 질문은 꿈속에서도 메아리쳤다. 전직 형사가 결국 붙잡힐 것인가? 그가 또 다른 끔찍한 살인을 저지르기 위해 모습을 드러낼 것인가?

이 질문에 대한 답을 그가 어떻게 해 줄 수 있겠는가? 그가 아는 거라곤, 당장은 어떤 죽음의 징조도 느껴지지 않는다는 것뿐이었다. 자신의 예지력이 다시 발동할지, 그 예지력과 함께 살인자도 돌아올지 알 수 없었다. 시간만이 그 답을 알려 줄 것이다.

*

6월이 거의 다 가고 계절은 바야흐로 푹푹 찌는 한여름으로 치달았다. 미스틱을 살해하고 종적을 감춘 전직 형사에 관한 뉴스도 점점 줄어들었다. 그 대신 중동 지역의 시위로 새로운 희생자가 발생했고, 극지방 얼음이 더 녹아내렸으며, 금융위기가 급속도로 확산된다는 통상적인 뉴스가 그 자리를 메웠다.

브로드웨이는 예년처럼 토니상을 선정했고 영화계에서는 여름 블록버스터가 속속 극장에 걸렸다. 조지프 세판스키의 책은 베스트셀러 목록에서 내려올 기미도 없었고, 부유한 뉴요커들은 여름이면 으레 그랬듯이 롱아일랜드와 케이프 코드 등지의 여름 별장으로 거처를 옮겼다. 브루스는 세상의 조그마한 움직임이라도 포착하려는 듯 거의 매일 밤 뜬눈으로 지새웠다. 밤새도록 어떤 예시를 기다린 것일까? 자신의 이상한 초능력으로 뭘 어떻게 해야 할지 고민했을까? 아니면 자신의 삶이 앞으로 어떤 방향으로 펼쳐질지 걱정했을까?

어느 날 아침 그는 〈라 레푸블리카〉의 뉴욕 지국에서 걸려온 전화 때문에 잔뜩 겁을 먹었다. 이탈리아 신문사가 동생 문제로 그와 인터뷰를 하자고 요청할까 봐 걱정스러웠다.

그런데 예상과는 달리 지국장은 그 문제에 관해서는 단 한 마디도 언급하지 않았다. 그저 사무적인 말투로 언제부터 일을 시작할 수 있는지 물었을 뿐이다. 아, 물론 인터뷰 문제를 의논하고 싶다고는 했다. 그런데 브루스와 인터뷰를 하자는 게 아니라 브루스에게 다른 사람을 인터뷰해 달라는 부탁이었다. 보아하니 상당히 중요한 인터뷰 같았다.

처음에 브루스는 결정을 내리지 못하고 망설였다. 언론인으로 계속 살아가야 할지 확신이 들지 않았기 때문이다. 앞으로 무엇을 할지 정하진 않았지만 계속 기자로 살아갈지 회의가 들었다. 지난 몇 주 동안 그는 자신에게 불어닥친 변화를 감지했다. 그의 인생은 폭발로 산산이 부서졌다가 다시 원래대로 조립된 건물 같았다. 모든 게 폭발하기 전과 똑같아 보였지만 실상은 그렇지 않았다.

이런 저런 생각으로 고민하고 있을 때 지국장이 인터뷰해야 하는 인물을 말해 줬다.

브루스는 침을 꿀꺽 삼켰다.

"뭐라고요? 다시 말씀해 주시겠습니까?"

지국장이 웃으며 그 이름을 다시 말해 줬다.

브루스는 잠시 뜸을 들이다가 대답했다.

"그렇다면 거절할 수 없겠군요."

그는 신문사가 그런 특종 인터뷰를 어떻게 따냈는지 의아했지만 어쨌든 기자 생활을 화려하게 마무리할 수 있는 절호의 기회였다. 이 인터뷰를 자신의 마지막 임무로 삼자고 마음먹었다. 덕망 높은 노인 중에서 가장 덕망 있는 인물, 영예롭게 빛나는 인물 중에서 가장 눈부시게 빛나는 인물, 모든 슈퍼히어로의 아버지 같은 사람을 인터뷰할 기회였다. 그는 자세한 일정을 물었다. 인터뷰는 내일 오후 파크 슬로프의 유서 깊은 저택에서 진행할 예정이었다. 이곳은 문제의 그 노인이 '진지한 목적을 지닌 슈퍼히어로' 지망생들을 위해 설립한 일종의 훈련 센터였다.

브루스는 훈련 센터를 별로 좋게 생각하지 않았다. 요즘 같은 시대에 '진지한 목적을 지닌 슈퍼히어로' 지망생이 있을까 싶었다. 하지만 인터뷰 덕분에 위대한 인물을 만날 수 있다는 점에 들떴다. 아무나 만날 수 없는 살아 있는 전설, 슈퍼맨을 인터뷰하게 된 것이다.

516

다음 날 그는 브루클린행 지하철을 탔다. 그랜드 아미 플라자에서 내려 남쪽으로 걸어갔다. 날씨가 눈이 시리도록 맑고 화창했다. 유리처럼 빛나는 하늘엔 하얀 구름이 한 점 떠 있었다. 브루스는 구름 모양이 꼭 롱아일랜드 같다고 생각했다. 거대한 나무가 줄지어 늘어선 거리로 접어들자 혼자 산책하는 사람들이 두어 명 보였다.

파크 슬로프의 유서 깊은 저택들을 지나자 드디어 그가 찾던 저택이 보였다. 벨을 누르기 전에 옷매무새를 살폈다. 두 벌밖에 없는 여름 양복 중 좀 나은 것에 아침에 세탁소에서 찾아온 셔츠를 받쳐 입었다.

벨을 눌렀다. 아무도 나오지 않았다. 다시 벨을 누르고는 창문을 통해 안을 살폈다. 커튼 뒤로 원목 마루만 조금 보였다.

한참 기다리니 삐걱거리며 문이 천천히 열렸다. 브루스는 당연히 집사나 가정부, 경호원, 그도 아니면 훈련생 중 하나가 문을 열어줄 거라고 생각했다. 그리고 노쇠한 영웅이 화려한 사무실이나 베란다에 앉아서 그를 맞이할 거라고 생각했다. 그런데 문을 연 사람은 슈퍼맨이었다. 슈퍼맨이 희끄무레한 실내 조명을 받으며 그 앞에 서 있었다.

프랭클린 리처즈의 장례식 때 브루스는 상당히 먼 거리에서 그를 잠깐 봤다. 당시 슈퍼맨은 슈퍼맨 복장을 하고서 느리지만 근엄한 모습으로 절뚝거리며 걸었다. 애도하는 다른 슈퍼히어로들이 그의 뒤를 따랐다. 나이와 병마에도 불구하고 여전히 카리스마가 넘치는 모습이었다. 그는 오래전, 그러니까 이십오 년 전에 슈퍼히어로 무대에서 은퇴했다. 그때만 해도 위대한 슈퍼히어로 시대가 쇠퇴하기 전이

517

었다. 그 덕에 그는 서서히 몰락하는 슈퍼히어로 세계의 암울한 분위기에 휩쓸리지 않았다.

두 사람은 가만히 선 채 서로를 쳐다봤다. 슈퍼맨은 감청색 바지와 리넨 소재의 짧은 셔츠를 입고 있었다. 나무 지팡이를 짚고 섰는데도 떨림증 때문에 미약하게나마 계속 떠는 것 같았다. 세월이 많이 흘러 표정이 경직되고 피부가 조금 칙칙하고 창백했지만, 다부진 사각턱과 눈빛에는 미국을 대표하던 예전 얼굴이 남아 있었다. 머리칼은 예전만큼 새카맣진 않아도 여전히 숱이 많았다. 검은 암석에 은맥이 여기저기 뻗은 것처럼 흰머리가 희끗희끗 보였다. 눈빛도 여전히 살아 있었다. 병 때문에 얼굴 표정이 굳고 눈의 움직임이 느려지긴 했지만 연푸른 두 눈동자는 여전히 생기가 넘쳤다. 슈퍼맨이 그 눈으로 브루스를 관찰하고 나서 말했다.

"드디어 왔군."

"예? 무슨 말씀이시죠?"

브루스는 자신을 다른 사람으로 착각했나 싶어 머뭇거렸다.

"제 이름은 브루스 드 빌라입니다, 켄트 씨. 이탈리아 신문사를 대신해서 왔습니다."

"알고 있네."

슈퍼맨이 필요 이상으로 오랫동안 고개를 끄덕이며 말했다. 진짜 고개를 끄덕이는 것인지 아니면 떨림증 때문인지 알 수 없었다.

"드 빌라."

그가 한 번 더 불렀다.

"드 빌라."

저택 내부는 천장부터 바닥까지 전부 개조한 것처럼 보였다. 지붕에 둥글고 커다란 채광창을 설치해 사층 건물 꼭대기에서 바닥까지

빛이 내려오는 채광정(採光井)이 나 있었다. 채광정을 중심으로 빙 둘러 방이 배치돼 있고 실내가 전체적으로 은은하게 빛이 났다. 슈퍼맨과 브루스는 채광정을 둘러싸고 있는 난간 쪽으로 걸어갔다. 슈퍼맨이 브루스의 팔을 격의 없이 잡고 남은 한 손으론 지팡이를 짚었다. 그의 풍채에서는 여전히 늠름한 기상이 엿보였다.

'나보다 키도 크고 체중도 확실히 더 나가겠어. 그의 팔과 내 팔의 힘이 서로 교차하고 있어.'

브루스는 잡힌 팔에서 슈퍼맨의 떨림증을 고스란히 느낄 수 있었다. 연달아 발생하는 지진파처럼 희미하지만 지속적으로 떨렸다.

"훈련 센터에 온 걸 환영하네."

노쇠한 영웅이 웃음 띤 목소리로 말했다.

브루스가 난간에 몸을 살짝 기대 지하층을 내려다봤다. 대여섯 명이 작은 방석에 다리를 꼬고 느긋한 자세로 앉아 있었다. 얼핏 봐선 명상 훈련을 하는 것 같았다. 브루스는 그 모습을 보고는 조금 놀랐다. 저들이 슈퍼히어로 지망생들일까? 방석에 앉아서 명상을 한다고? 이게 다 뭐지? 훈련 센터야, 아니면 힌두교도들이 수행하는 아쉬람이야?

"이런 걸 기대하진 않았을 거라 짐작하네."

슈퍼맨이 말했다. 그의 입술이 미소를 지었다고 하기에도 부족하다 싶을 정도로 살짝 움직였다. 하지만 그의 표정은 뱃속에서 터져 나오는 웃음을 참느라 애쓰는 사람처럼 보였다. 그의 팔이 아까보다 더 심하게 흔들렸다.

"진짜로 이런 걸 기대하진 않았을 거야."

"사실대로 말씀드리면, 전 어떤 것을 기대해야 하는지도 몰랐습니다."

"물론 저 아이들이 내내 저렇게 앉아 있는 것은 아니네. 더 아래에 강의실도 있고 설비가 갖춰진 체육관도 있지."

연푸른 눈이 브루스의 눈과 마주쳤다. 슈퍼맨이 잠시 말을 멈췄다가 이었다.

"심오한 건 없네. 오히려 이곳은 아주, 아주 실용적이라고 할 수 있지. 액션과 명상 어느 한쪽이라도 부족하면 슈퍼히어로가 될 수 없어."

아래층에서 명상을 하고 있는 사람들은 상당히 어렸다. 편한 바지와 티셔츠 차림이었고 다들 맨발에 눈을 감고 있었다. 그들과 조금 떨어진 곳에서 젊은 여자가 조용히 앉아 노트북의 자판을 두드리고 있었다. 브루스는 저들이 왜 슈퍼맨의 훈련 센터에 들어왔는지, 왜 슈퍼히어로가 되려는 프로젝트에 참가했는지 궁금했다.

'구시대 유물 같은 슈퍼히어로에 무슨 미련이 있는 걸까?'

그는 속으로 생각했다.

'정의를 위해 싸우고 어떤 식으로든 세상을 바로잡고 악당을 물리치는 슈퍼히어로가 되겠다고? 그런 생각은 고리타분한 과거에 지나지 않아. 분명 두 달 내에 멍청한 리얼리티 쇼에 나가거나 안젤리나 졸리 영화에 단역으로 출연할 거야.'

물론 그는 이런 회의적인 생각을 드러내진 않았다. 그저 슈퍼맨이 들려주는 수련생들의 간단한 이력에 귀를 기울였다. 누런 방석에 앉은 히스패닉계 젊은이는 스피닝 톱이라고 했다. 그는 얼마 전까지만 해도 요상한 달력 모델로 먹고 살았지만 실상은 아주 신중한 젊은이였다. 그런데 그는 딱히 정해진 초능력이 없었다. 몸에 아드레날린이 충분히 쌓일 때마다 다양한 초능력이 나타났는데 어떤 것이 드러날지 미리 알 수 없었다. 한 마디로 예측 불가능한 능력을 지닌 슈퍼히어로였다. 노쇠한 영웅이 입술에 잔잔한 미소를 띠며 브루스에게 열심히 설명했다. 좀 떨어져서 컴퓨터를 만지작거리는 여성은 돌연변이인데, 아직 적당한 슈퍼히어로 별명을 짓지 못했다. 그녀는 주변 세상의 인과관계를 전부 무력화시키는 기이한 초능력을 지녔다. 총이 발사돼도 누구 하나 맞지 않고, 입을 크게 벌려도 소리가 나오지 않는 식이었다.

브루스는 여전히 회의적이었다. 슈퍼히어로의 위업을 달성하는 데 필요한 능력이 아니라 변두리 극장에서 공연하는 데 적합할 것 같은 기이한 능력이었다. 그는 주변을 더 살폈다.

어쨌든 분위기는 상당히 좋아 보였다. 천장에 낸 채광창에서 수직으로 내려오는 빛줄기는 성당 창문으로 비스듬히 들어오는 빛줄기와 다르지 않았다. 벽에는 루시앙 프로이트와 스탠리 스펜서 같은 화가의 복제품이 걸려 있었다. 다시 생각해 보니, 어쩌면 진품인지도 모르겠다. 화폭 속에서 말없이 응시하는 남녀의 초상화가 인간적이었다. 브루스와 슈퍼맨은 집 안을 계속 둘러봤다. 둘러보는 도중에 몇 사람과 마주쳤는데, 수련생이거나 지도자로 보였다. 그들은 공손하게 웃으며 지나갔다. 노쇠한 영웅은 센터의 운영 전반에 대해서도 설명했다. 운영에 필요한 자금은 부유한 친구들이 보태 준다고 했다. 지금까지 은퇴한 슈퍼히어로나 국영 방송국, 정부 당국 그 누구도 새로운 세대의 슈퍼히어로 훈련 계획을 진지하게 받아들이지 않았다. 슈퍼맨은 그 점에 매우 흡족해했다. 외부 압력으로부터 제자들을 지켜주려고 언론의 관심을 적극적으로 차단하고 있었기 때문이다.

두 사람은 뒷문에 이르렀다. 문을 열고 계단을 몇 개 내려가니 넓은 정원이 나왔다.

"여기는 영 불편해."

노쇠한 영웅이 계단 위에서 불평했다.

"이 계단 말일세. 자네가 도와주면 좀 쉽게 내려갈 수 있겠구면."

브루스는 그가 계단을 쉽게 내려가도록 부축했다. 슈퍼맨은 몸이 뻣뻣해서 한 계단 한 계단 내려갈 때마다 균형을 잡느라 멈춰서야 했다. 전기충격이라도 받은 것처럼 팔의 떨림이 격렬해졌고, 그 진동이 브루스에게 고스란히 전해졌다.

계단 발치까지 내려가자 슈퍼맨은 브루스에게서 떨어져 몇 걸음 혼자 걸었다. 떨림 증상이 잠시 멎은 듯 지팡이도 짚지 않았다. 그는 어깨를 펴고 오후 햇살을 받으며 똑바로 섰다. 나이가 얼마나 먹었을까? 적어도 팔십 대는 됐을 것이다. 그런데도 황금빛 햇살 속에서, 장미 덤불과 등나무 가지를 뒤로 하고 당당하게 서 있으니, 순간 그가 어느 때보다 위풍당당해 보였다. 그 모습이 눈부셔 브루스는 자신이 한없이 작게 느껴지며 마음이 순수해졌다. 짧은 순간, 그는 위대한 슈퍼히어로를 향한 믿음과 만나고픈 열정으로 가득했던 어린 브루스로 돌아간 듯했다.

"아주 멋지군요. 멋진 정원입니다, 켄트 씨."

"몇 년 전까지는 내가 직접 가꿨다네. 장미 덤불이……."

슈퍼맨이 한숨을 쉬더니, 가까이 피어 있는 꽃을 바라보며 말을 이었다.

"조금 시든 것 같군."

그때까지 지팡이를 짚지 않고 서 있었는데, 조금씩 흔들리기 시작했다. 산들바람에 장미 가지들도 살랑살랑 흔들렸다.

"예전에 내가 날아 다녔다고 누가 믿겠나? 마지막으로 하늘을 난 지가 벌써 이십이 년 전이군. 막판엔 몇 미터밖에 못 날았어. 고작 몇 미터 날고서도 너무 힘들어서 토할 지경이었지."

그의 목소리에 서글픔 따위는 묻어나지 않았다. 차분한 목소리로 말하면서 경직된 입술에 간간히 희미한 미소가 떠올랐다.

"자네는 날 줄 아나?"

브루스는 몹시 당황한 나머지 팔짱을 꼈다. 그러다 자신이 방어적인 태도를 취했다고 생각하고는 얼른 팔을 풀었다. 장미 향이 가득한 정원에서 갑자기 무방비 상태가 된 듯했다.

"무슨 뜻입니까? 전 초능력이 없습니다."

"아, 그런가? 그것 참 안됐군."

그가 다 알고 있다는 듯이 말했다.

그의 눈은 푸르스름한 성운 같았다. 수많은 잎사귀가 살랑살랑 흔들리며 주변의 다른 소리를 잠재웠다. 그 소리가 그들이 나누는 대화의 배경 소리처럼 들렸다.

"드 빌라, 드 빌라."

슈퍼맨이 아까 현관에서 브루스의 성을 처음 불렀을 때처럼 넋 놓고 거듭 불렀다.

정원에 깔린 자갈이 황금빛 햇살을 받아 반짝거렸다. 길을 따라 조금 더 들어가니 등나무 의자와 테이블이 있었다. 테이블 위에 놓인 신문이 바람결에 살짝 들썩였다. 노쇠한 영웅이 휘청거리자 브루스는 재빨리 지팡이를 내밀었다. 하지만 그는 지팡이 대신 브루스의 두 손을 단단히 잡았다. 스케이트를 처음 타는 사람이 균형을 잡으려고 애쓰는 것처럼 그는 브루스를 꼭 붙잡은 채 몸을 떨었다.

"자네도 알겠지만…… 나는 인터뷰를 한 적이 없네."

슈퍼맨이 말했다.

"내가 자네를 왜 만나자고 했는지 궁금하지 않은가, 브루스 드 빌라?"

브루스는 지팡이를 떨어뜨렸다. 슈퍼맨의 무게 때문에 버티고 서 있기가 힘들었기 때문이다.

장미 향이 코끝을 자극했다. 날개가 화려한 곤충들이 이 꽃에서 저 꽃으로 날아다녔다. 슈퍼맨은 정보를 수집한 얘기, 신문 기사를 자세히 읽은 얘기, 심지어 정보원을 풀어서 조사를 했다는 얘기를 들려줬다. 그는 드 빌라 형제에 관해 지금은 많이 안다고 확신하고 있었다.

"내가 제대로 알고 있는지 모르겠군, 젊은 친구. 두 형제가 있었네. 그들의 어머니에게 어떤 일이 벌어졌지. 두 형제 중 하나는 늙은 슈퍼히어로들을 죽이겠다는 못된 생각을 품었어."

어디에선가 스프링클러가 자동으로 돌아가는 소리가 들렸다.

"그런데 말일세, 다른 형제는 어떻게 됐을까? 다른 형제는 무슨 생각을 하고 있을까? 그윽한 눈에서 엿보이는 불안한 빛은 무엇일까? 나는 그 점이 무척 궁금했다네."

이제 모든 게 분명해졌다. 이 만남은 일종의 함정이었다.

슈퍼맨은 인터뷰를 허락할 생각이 아니었다. 그저 살인자가 아닌 다른 형제를 만나고 싶었을 뿐이다. 지난 몇 년 동안 자신의 옛 동료들을 살해한 인물의 형제가 궁금했던 것이다. 스프링클러 주변의 젖은 잔디 냄새가 그들에게까지 퍼져 왔다. 멀리서 누가 그들을 본다면 어설프게 포옹하고 있다고 생각했을 것이다. 어깨가 흔들렸고 얼굴은 거의 부딪칠 듯 가까웠다. 나이 든 남자의 희끗한 머리칼이 젊은이의 희끗한 머리칼에 닿을락말락했다. 슈퍼맨은 막상 브루스 드 빌라를 만나고 보니 궁금증이 더 커졌다. 현관에서 그를 맞이한 순간 본능적으로 이 젊은이에게 특별한 능력이 있음을 감지했다. 초능력을 지닌 사람을 많이 만나 봤기에 척 보면 알 수 있었다.

"젊은 친구, 자네에겐 뭔가 있구먼."

브루스는 그 말에 불안감을 느낄 여유가 없었다. 그저 넘어지지 않고 버티려고 안간힘을 쓸 뿐이었다. 어깨가 욱신거렸다. 노쇠한 영웅을 지탱할 힘이 자신에게 있기를 간절히 바랐다. 그의 떨림증을 가라앉힐 정도로 자신이 굳건하기를 간절히 바랐다. 하지만 그런 바람과는 달리 땀이 비 오듯 쏟아졌다. 이렇게 얼마 동안 버틸 수 있을지 궁금했다. 노쇠한 영웅은 왜 온몸의 체중을 그에게 맡기고 있을까? 어째서 브루스가 끝까지 자신을 받쳐 주리라고 생각할까? 브루스는 두 사람 모두 곧 바닥에 쓰러질 거라고 생각했다. 두 사람은 더 단단히 붙잡았다. 장미 덤불의 잎사귀들이 계속 흔들리며 응원의 소리를 보냈고 그들은 끝까지 쓰러지지 않았다.

*

브루스는 재킷을 벗고 셔츠 소매를 말아 올리고는 공구 창고에서 찾은 원예용 장갑을 끼고 슈퍼맨의 감독 아래 장미 가지를 다듬었다. 정원을 손질해 본 적은 거의 없었다. 어렸을 때 클리프턴의 집 앞뜰에서 어머니를 도와준 게 전부였는데 오늘 해 보니 그리 어렵지 않았다. 넝쿨의 삐쭉삐쭉한 가지 끝을 잘라내고 안으로 들여갈 꽃을 몇 송이 자르면 됐다. 슈퍼맨은 등나무 의자에 앉아 있다가 이따금 가위를 사용하는 방법에 대해 세심하게 알려 줬다. 스프링클러가 켜질 때마다 미세한 물방울이 산들바람을 타고 그가 있는 곳까지 날아왔다.

어쩌다 슈퍼맨의 눈과 마주치면 브루스는 정신이 혼미해지면서도 한편으론 감개무량했다. 이제 그를 인터뷰할 마음은 접었다. 슈퍼맨의 눈길을 의식하면서 브루스는 가시가 난 장미 줄기를 잘랐다. 그러면서 많은 얘기를 털어놓았다.

그는 머릿속에 떠오르는 기억을 가감 없이 들려줬다. 어렸을 때 모 **525**

습들. 코니아일랜드의 해변에서 뜨거운 핫도그를 먹다 혀를 뎄다고 말할 때는 자기도 모르게 빙그레 웃었다. 그와 데니스가 침대에 누워 슈퍼히어로에 대해 나눴던 이야기, 어머니의 젖은 머리카락과 희미하게 떠오르는 슬픈 미소에 대해서도 말했다. 수많은 이야기가 기억 속에서 쏟아져 나와 공기 중으로 퍼졌다. 오후 햇살 속에서 미세한 물방울과 함께 그 이야기도 반짝반짝 빛이 날 것 같았다.

전설적 영웅은 등나무 의자에 앉아 브루스의 이야기에 귀를 기울였다. 검버섯이 돋은 그의 손이 무릎에서 조금씩 흔들렸다.

브루스는 어머니의 쌍둥이 몸에 대해서도 말했다. 누르스름한 살빛의 사내가 어머니의 쌍둥이 몸과 섹스하는 장면을 엿봤던 얘기도 털어놓았다. 지금까지 그 누구에게도 털어놓지 않은 얘기였다. 그런데 어떻게 이렇게 술술 터놓게 된 걸까? 그는 어머니의 죽음에 대해서도 말했다. 집 앞 잔디밭에서 어머니가 아버지와 다투면서 발작을 일으켰다는 얘기, 현장에서 목격한 이웃 사람들의 표정과 그들 눈에 비친 기이한 경련에 대해서도 말했다. 살아서는 헤어졌지만, 적어도 부패하는 과정에서나마 다시 하나로 합쳐지라고 관에 두 시체를 함께 넣었다. 어머니가 돌아가신 뒤로 그는 극도로 인내하며 대학을 조기에 졸업했다. 동생은 장학금을 받고 대학에 들어갔으나 중도에 그만두고 이른 나이에 경찰에 지원했다. 죄책감과 회한에 시달리던 아버지는 외롭게 지내다 우울증과 위암으로 몇 년 뒤 세상을 떠났다.

"계속하게."

슈퍼맨이 그를 격려했다.

브루스는 자신의 능력에 대해 말했다. 아까는 초능력이 없다고 거짓말했지만 실은 그에게도 미력하나마 초능력이 있었다. 어머니가 초능력이 있다는 사실을 알고 난 뒤 자기한테도 그런 능력이 있음을 깨달았다. 그것은 미래를 내다보는 능력이었다. 사실 그가 제일 처음 예견한 것은 바로 어머니의 죽음이었다. 정말 아이러니했다. 모든 일이 너무 순식간에 벌어졌다. 어머니가 어떤 사람인지 알고 나서 바로 자신이 누구인지 알았고, 곧이어 어머니가 세상을 떠날 거라는 사실을 감지했다.

지난 몇 년 동안 그는 다른 슈퍼히어로들의 죽음도 예견했다. 오로지 슈퍼히어로의 죽음만 예견할 수 있었다. 단순한 느낌이 아니라 확신이었다. 직접 만나 본 적이 없어도 슈퍼히어로의 임종이 가까웠다는 사실을 미리 감지했다. 마치 슈퍼히어로가 벼랑 끝으로 곧장 달려가고 있는데, 경비원에게 위급을 알리는 경보가 울리는 것 같았다. 그 경비원이 바로 브루스 드 빌라였다. 수십 년 전에 하늘을 날아다니고 몇 톤이나 나가는 트럭을 들어올리고 눈빛만으로 신호등을 절반으로 꺾어 버린 남자 앞에서, 브루스는 자신의 초능력이 하찮다고 강조했다.

"살인자 형제는 어떤가? 그에게도 초능력이 있나?"

슈퍼맨이 물었다.

"아, 아뇨. 제가 알기론 없습니다."

브루스는 원예용 장갑과 가위를 내려놓으며 말했다. 잘라낸 가지는 잔디밭 한쪽에 가지런히 쌓아 뒀다. 장미꽃을 가지러 집 안에서 사람이 나왔다. 그는 차가운 허브 차가 든 유리 주전자와 유리잔을 테이블에 내려놓고는 장미꽃을 들고 다시 집 안으로 들어갔다. 브루스와 노쇠한 영웅이 등나무 의자에 마주 보고 앉았다.

"정원을 손질해 줘서 고맙네."

"천만에요. 오히려 제가 즐거웠습니다."

브루스가 솔직하게 대답했다.

"다른 초능력은 또 뭐가 있나?"

슈퍼맨이 그에게 물었다. 그는 테이블 쪽으로 몸을 숙여 유리잔에 꽂힌 빨대로 차를 한 모금 마셨다.

"늙은 슈퍼히어로의 죽음을 예견하는 게 자네의 유일한 초능력은 아닐 걸세. 그런 능력은 분명히…… 빙산의 일각일 걸세."

브루스는 테이블에 놓인 주전자를 바라보다가 손에 들린 차가운 유리잔으로 시선을 옮겼다. 허브 차 안에 든 오렌지 껍질이 살짝 흔들렸다. 한 모금 마시니 라임 꽃과 몇 가지 식물이 혼합된 풍미가 느껴졌다. 그는 눈을 감고 허브 차의 향을 가만히 음미했다. 그가 눈을 떴을 때 슈퍼맨은 여전히 그의 대답을 기다리고 있었다. 표정이 점잖으면서도 집요했다.

브루스는 머리가 빙빙 도는 것 같았다. 의자에 깊숙이 기댔다. 모든 사실을 고백해야 할 것 같아 가슴이 두근거렸다.

"가끔 다른 일을 할 수 있을 때도 있긴 합니다. 어쩌다 한 번씩 잠깐……. 예를 들어 미약한 수준의 텔레포테이션 능력입니다. 열심히 집중하면 작은 물체를, 종이나 헝겊 쪼가리 같은 가벼운 물체를 옮길 수 있습니다."

그는 차를 한 모금 더 마셨다. 갑갑한 목이 좀 시원해지는 듯했다.

"이런 것을 물으시는 의도를 모르겠습니다. 말씀드렸다시피, 어쩌다 한 번 드러나는 능력일 뿐입니다. 개발되지도 않았고 통제하기도 어렵습니다."

슈퍼맨이 고개를 끄덕이는 것 같았다.

"훈련할 수 있네. 이곳 젊은이들은……."

그는 말하면서 집 안쪽으로 감지할 수 없을 정도로 살짝 고개를 기울였다. 서쪽 하늘에 낮게 드리운 태양이 잠복한 저격수처럼 마지막

남은 햇살을 쏘아댔다.

"자네와 별반 다르지 않은 초능력을 지녔어. 모호하고 포착하기 어렵고 놀라운 힘을……."

무슨 이유에서인지 그가 두 손을 들어 흔들었다. 손이 흔들리는 모습이 잔디밭에 커다란 그림자로 어른거렸다.

"자네 세대의 초능력은 구시대의 초능력과는 다르다네. 한 마디 덧붙이면, 그래서 더 좋을 수도 있네. 좋은 기회일 수도……."

브루스가 한숨을 내쉬었다. 구세대니 신세대니 하는 얘기에는 관심이 없었다. 셔츠에서 장미꽃 향이 났다. 그는 허브 차를 한번에 마시고는 빈 잔을 테이블에 내려놨다.

시간이 얼마나 지났는지 궁금했다. 일어날 때가 된 것 같았다. 브루스는 헛기침을 한 번 하고 나서 마지막 얘기를 꺼냈다. 그는 작별 쪽지에 대해 말했다. 그가 슈퍼히어로들에게 보냈던 쪽지. 로빈과 배트맨, 미스터 판타스틱과 미스틱에게 보냈던 쪽지. 하얀 종이 중앙에 대문자로 인쇄된 작별 문구가 담긴 쪽지. 애정과 비통한 마음을 담아 그들의 마음에 작별을 고하고자 그가 썼던 편지. 그것은 한때 그의 가슴을 꿈으로 가득 채웠다가 어느 순간 견디기 어려운 공허감을 남긴 사람들에게 보낸 작별 인사였다. 그는 쪽지에 가볍게 키스를 하고서, 자신의 과거 영웅들에게 다양한 방식으로 전달했다.

"제가 좀 더 분명한 방식으로 경고했더라도 그들을 구하진 못했을 겁니다. 어떤 의미에서, 그들은 자신은 잘 몰랐지만 인생의 종착점에 도달한 것 같았습니다. 모두 벼랑 끝에서 비틀거리고 있었습니다."

"살인자 형제가 벼랑 아래로 밀어 버렸군."

슈퍼맨이 한 마디 덧붙였다.

"데니스가 연루됐는지는 전혀 몰랐습니다. 어떤 일이 벌어질지 정확히 알지 못했으니까요."

브루스가 변명하는 투로 말했다. 하지만 곧 노쇠한 영웅이 농담조로 말했음을 깨달았다. 그는 슈퍼맨이 피곤해하는 것을 눈치 챘다.

"죄송합니다."

그가 벌떡 일어서며 낙심한 목소리로 말했다.

"오랫동안 제 얘기를 듣느라 힘드셨을 텐데, 제가 미처 생각지 못했습니다."

두 사람 주변에 어둠이 깔렸다. 잔디밭 군데군데에 은백색 조명이 들어왔다. 새 몇 마리가 잔디밭 위로 낮게 날다가 돌연 높이 치솟더니 어두운 하늘로 사라졌다. 허브 차를 가져다준 여자가 작은 쟁반을 들고 다시 나타났다.

"약 먹을 시간이로군."

슈퍼맨이 말했다.

"켄트 씨……."

브루스는 목이 메어 말이 잘 나오지 않았다.

"난 자네의 작별 쪽지를 받지 않았으면 좋겠네."

노쇠한 영웅이 다시 농담을 건넸다. 순간, 그의 두 눈이 번뜩였다.

"흠, 또한 자네가 이곳에…… 이 훈련 센터에 들어왔으면 좋겠네. 우리에게 합류한다면 흥미로울 것 같지 않나, 브루스 드 빌라?"

*

첼시에 있는 갤러리에서 동생과 미스틱을 만났던 일이 떠올랐다. 해가 허드슨 강 너머로 떨어지고 있었다. 그는 강둑에서 만난 동생이 보디가드처럼 행동한다고 생각했다. 그들 사이에 어떤 긴장감이, 에

로틱한 긴장감이 감돈다는 생각도 들었다. 하지만 그로부터 이틀 뒤에 동생이 무슨 일을 벌일지는 전혀 눈치채지 못했다. 동생의 불그스름한 눈을 바라본 것도 기억났다. 동생과 미스틱을 꼭 안아 주고 싶었는데 그렇게 하지 못했다. 그냥 그 자리에 어색하게 서서 눈길만 주고받았다. 형제는 서로 할 말을 찾지 못했고, 푸르스름한 피부의 여자는 양쪽을 번갈아 바라보기만 했다. 그들의 눈에서는 입으로 뱉어내지 못한 질문이 쏟아졌다. 미스틱은 쪽지를 보낸 사람이 누구인지 알아차린 것처럼 그를 바라봤다. 작별을 고한 사람이 바로 브루스라는 사실을 눈치챈 듯했다. 어색하게 서 있는 세 사람을 뒤로 하고 해가 허드슨 강 너머로 떨어졌다.

그는 그랜드 아미 플라자로 걸어가면서 그 장면을 수없이 떠올렸다. 걷다가 잠시 멈추고는 숨을 골랐다. 몸이 아픈 것 같지는 않았다. 다만 마음이 너무 공허하고 심장이 두근거렸다. 이런 기분이 몇 년 만에 드는지 모른다. 슈퍼맨의 정원 울타리를 벗어난 바깥세상은 하나도 변한 게 없었다. 건너야 할 도로가 나오고 걸음을 재촉하는 보행자가 있었다. 휴대전화에 대고 소리치는 사내도 있었다. 대형 쇼핑몰의 거대한 아치 위에는 경주용 전차가 높이 매달려 있었고, 전차에 탄 청동 군인들이 저 멀리, 캄캄한 도시의 스카이라인을 응시하고 있었다.

브루스는 지하철역으로 내려가 열차를 기다렸다. 온갖 생각으로 머릿속이 복잡했다. 동생이 어디로 숨었을지 궁금했다. 앨리슨이 어떻게 지내는지도 궁금했고, 슈퍼맨의 훈련 센터에 있던 젊은이들이 하루 일과를 마치고 지금은 무엇을 하는지도 궁금했다. 명상하고 자기 자신을 성찰하고 초능력을 개발하는 법을 배운 다음엔 과연 무엇을 할까? 슈퍼맨이 약을 먹은 뒤에도 장미 향 가득한 정원에 계속 머무는지도 궁금했다.

브루스는 그에게 약속했다. 센터에 들어오라는 그의 제안을 생각해 보겠다고. 슈퍼히어로 훈련을 받는다고? 서른여섯에? 이십일 세기에? 지하철에 올라 의자에 털썩 주저앉고는 덜컹거리는 움직임에 몸을 맡겼다. 그는 주변 세상을 떠올렸다. 조지프 세판스키의 베스트셀러에 폭 빠진 세상. 지난 수십 년 동안 인기를 누렸던 여성 슈퍼히어로처럼 차려입은 십 대들이 댄스 클럽에 바글거리는 세상. 폭스 뉴스의 일기예보를 전달하거나 가식적인 다큐 드라마에 출연하는 것 말고는 할 일이 없는 슈퍼히어로들. 온 세상이 너무 천박하게 뒤틀려 버렸다.

터무니없고 허황된 제국이 아무런 저항도 받지 않고 세상을 점령해 버렸다. 이런 세상에서 어떻게 슈퍼맨과 그의 제자들이 믿는 신념에 동조할 수 있겠는가?

지하철 문이 열리고 닫히길 반복했다. 승객들은 한몸처럼 이리저리 흔들렸다. 브루스는 눈을 감았다. 깨어 있는 것도 아니고 그렇다고 잠들지도 않은 몽롱한 상태였다. 생각을 하는 건지 꿈을 꾸는 건지 몰랐다. 동생과 미스틱이 서 있던 강둑 장면이 떠오르다 금세 슈퍼맨의 장미 정원이 떠올랐다. 지하철이 이리저리 흔들리는 대로 그도 양쪽 장면에서 계속 왔다갔다했다.

몸이 축 처지는 게 느껴졌다. 이젠 진짜로 잠에 빠져든 것 같았다. 그의 생각은 이제 더 이상 생각이 아니라 의식 속에서 타오르는 불꽃이었다.

결국 슈퍼맨은 자신의 도덕적 책임을 누군가에게 떠넘기고 싶었던 것이다. 그렇다면 슈퍼맨은 새로운 슈퍼맨을 찾고 있단 말인가? 새로운 슈퍼맨이 있을까? 있다면 이미 파크 슬로프의 훈련 센터에 등

록했을까? 새로운 슈퍼맨이 도시 어딘가에, 아니 지구상에 살고 있을까? 브루스처럼 지하철을 타고 다닐까? 여자일까, 남자일까? 백인일까, 흑인일까? 신비주의자일까, 무신론자일까? 머리를 염색했을까? 레이저로 치아미백 시술을 받았을까? 햄버거를 먹고, 정치적 신념으로 무장했을까? 불임으로 자손을 보지 못할까, 아니면 왕성한 생식세포를 마구 뿌리고 있을까?

브루스는 다른 승객들이 타고 내리는 소리를 들었다. 계피 향이 나는 껌 냄새가 풍겨와 옛 시절의 누군가가 스치듯 떠올랐다. 요람에 흔들리는 아기처럼 승객들의 몸이 계속 흔들렸다. 그의 정신은 흐릿하게 흔들리는 그림자가 가득한 영역으로 빠져들었다. 옆에 앉은 사내들이 최신 뉴스를 떠들었다. 중요한 우주 탐사 임무를 마치고 지구로 귀환하는 우주선에 관한 얘기였다. 그는 동생 얘기가 화제에서 비켜나 다행이라고 생각했다. 사내들 얘기가 진짜로 들리는 것으로 봐서 그는 잠든 게 아니었다.

아, 그렇다면 그가 슈퍼맨과 한 약속도 꿈이 아니었다. 그의 제안을 생각해 보겠다고 진짜로 약속했다. 지하철이 뜨거운 회오리바람을 일으키며 계속 달려 나갔다. 바퀴가 선로를 지나면서 비올라 현처럼 끼익 하는 소리를 냈다. 그 소리의 진동은 펄펄 끓는 지구의 심장부까지 내려갔다가 암석과 흙을 뚫고 지구 표면까지 다시 올라왔다. 그리고 도시의 민감한 고층 건물에까지 전해졌다.

지하 터널에서 수십 미터 위, 깔끔하게 꾸며진 아파트에서 앨리슨 로드가 책을 읽다가 건물이 희미하게 흔들리는 것을 느꼈다. 그녀는 지하철이 지나가며 내는 소리라고 생각했다. 그런 진동을 매번 감지하는 것은 아니었지만 행여 감지할 때면, 별똥별을 보고 소원을 빌듯이 눈을 감고 소원을 빌었다. 내면 깊은 곳에 간직한 소원도 있었고 가벼운 장난 같은 소원도 있었다. 마지막으로 빌었던 소원은, 그녀의 기억이 맞는다면, 괜찮은 핸드백을 저렴한 가격에 살 수 있게 해달라는 것이었다. 그 소원은 진짜로 이뤄졌다.

의자에 앉아 있던 고양이가 고개를 들고 앨리슨을 바라보며 작게 가르랑거렸다. 앨리슨은 일어나 고양이의 머리를 쓰다듬었다. 문득 브루스가 생각났다. 몇 주째 그를 만나지 않았다. 다른 기자들처럼 동생 소식을 캐려 한다고 생각할까 봐 일부러 거리를 뒀다.

앨리슨은 고양이를 쓰다듬으며 소원을 빌었다. 브루스를 생각하며 그가 잘 지내기를 빌었다. 그가 삶의 길에서 헤매지 않도록 평정심과 명쾌한 판단력을 갖게 해달라고, 운명의 길이 무엇이든 그 길을 잘 따라가게 해달라고 기도했다.

*

몇 시간만 지나면 지구 대기권 안으로 진입할 예정이었다. 지상의 기술자들이 흥분해서 떠드는 소리가 무선 송신기에서 흘러나왔고, 승무원들은 수시로 계기판을 확인했다. 우주 탐사선의 사령관이 착륙한 뒤에 펼쳐질 연회에서 무엇을 원하는지를 설명하며 기술자와 농담을 주고받았다.

"이봐, 우리를 위해 무엇을 준비할 거지? 오븐에서 갓 구워 낸 치킨은 어떤가? 두 달 넘게 우주에서 떠돌다 보니 나사의 배급 식량엔 물렸거든."

"난 말이야,"

다른 승무원이 끼어들었다.

"뜨끈뜨끈한 애플파이!"

그가 너무나 간절한 목소리로 말하는 바람에 다들 큰 소리로 웃었다. 우주인들이 내뱉은 말소리는 어디 틈새라도 있으면 무한한 우주 공간으로 훨훨 빠져나가려는 듯 우주선 내부에서 이리저리 메아리쳤다.

"일레인, 뭐가 제일 먹고 싶어?"

유일한 여성 승무원에게 사령관이 물었다.

일레인이 스크린에 나타난 데이터를 바라보다 말고 잠시 생각했다.

"저는, 저는……"

그녀는 고개를 흔들며 웃었다. 아무것도 떠오르지 않았다. 우주의 짜릿한 진공 상태에서 두 달 넘게 지내다 보니 지구에서 즐겼던 음식과 즐거움을 떠올리는 게 쉽지 않았다.

일레인의 기분을 알아차린 승무원들이 그녀 주위로 다가왔다. 그들은 무중력상태에서 그녀를 에워싸고서 가볍게 춤추며 웃었다. 드디어 집으로 돌아간다는 생각에 다들 그녀처럼 감격하고 흥분했다. 임무를 무사히 마치고 지구로 돌아간다니, 한없이 기쁘면서도 한편으론 가슴이 미어졌다. 광활한 우주의 자궁을 떠나야 한다. 위성과 위성이 평형 상태를 이루고 행성과 행성이 허공 속에 떠 있으며 궤도와 궤도가 밀접하게 얽힌 이곳을 떠나야 한다. 항해가 끝났다. 남자 세 명과 불그스름한 머리의 여자 한 명이 우주선의 무중력상태에서 계속 맴돌았다. 그들 뒤로는 계기판의 모니터에서 경보등이 계속 깜빡거렸다. 지구 대기가 진짜로 멀지 않았다.

일레인 라이언은 둥근 창으로 다가가 밖을 내다봤다. 억누를 수 없는 사랑의 충동에 이끌리듯 우주 탐사선이 점점 속도를 높이며 지구를 향해 돌진하고 있었다. 탐사선이 떨어질 것으로 예상되는 바다 근처에는 방송국 카메라들이 일찌감치 대기하고 있을 것이다. 탐사선은 바다에 떨어진 뒤에 해군함정에 의해 회수될 것이다. TV 카메라는 탐사선이 나타나리라고 예상되는 하늘 쪽에 렌즈를 고정시켰을 것이다. 한편, 해설자는 승무원들이 치킨 구이와 애플파이 같은 진짜 지구 음식을 고대하고 있다고 떠벌릴 것이다.

일레인은 흰 구름과 푸른 바다로 둘러싸인 에메랄드빛 지구를 내려다봤다. 그녀를 기다리는 가족들이 뉴저지 주 우주 센터에서 착륙 소식을 기다리고 있을 것이다.

그녀는 지구가 완전히 멈춰 있다는 환상에 빠졌다. 저 아래로 내려가면 새로운 삶이 펼쳐질 것이다. 자신의 체중에서 나오는 중력을 회복하고 빛과 그림자의 신비로운 순환에 다시 몸을 맡길 것이다. 그녀는 자신이 변했다고 생각했다. 우주 탐사선은 두렵고도 황홀한 우주 공간으로 그녀를 인도했다. 그곳에선 고독이 외롭거나 쓸쓸하지 않았다. 낯선 평화로움 속에서 그녀 자신을 뼈저리게 자각했다.

지구가 눈 밑에서 밝게 빛났다. 하얀 덩어리가 대기에 떠다녔다. 표면의 색이 점점 더 선명해졌다. 너무 밝고 환해서 금방이라도 툭 터져 완전히 새로운 색으로 다시 태어날 것 같았다. 일레인은 가볍게 신음했다. 세상이 점점 더 가까이 다가왔다. 공기와 물질과 열기로 가득한 거대한 세상이 다시 그녀의 눈앞에 펼쳐졌다. 세상이 그녀를 기다리고 있었다. 우주 탐사선이 다시 진동하기 시작했다. 순간, 그녀는 자신이 아니라 지구가 흔들린다는 느낌을 받았다. 다 익은 과일이 툭 떨어지듯 지구가 떨어질 것 같았다. 일레인이 둥근 창 쪽으로 손을 뻗었다. 그러고는 기도하는 목소리로 속삭였다.

"떨어지지 마. 떨어지지 마."